UDO WIECZOREK

Nachthall

FINSTERE BÜRDE April 1945. Die Seilschaft um Max Ströttner beerdigt in den letzten Kriegstagen ihre braune Vergangenheit in seinem Steinbruch. Niemand ahnt, was in den felsigen Eingeweiden verborgen ist. 35 Jahre später wird Ströttner plötzlich unruhig und ruft seine einstigen Schergen zu sich. Denn der örtliche Höhlenverein hat mit einer Grabung nahe des Steinbruchareals begonnen. Die junge Geologin Doris Ehrnsteiner ist passionierte Höhlenforscherin und mit Eifer an der Grabung beteiligt. Doch die Aktion wird bald von der Obrigkeit untersagt. Als Ehrnsteiner ihre neue Stelle als Laborleiterin im Steinbruch antritt, tut sie dies nicht ohne Hintergedanken. Und tatsächlich häufen sich bereits in den ersten Wochen die Ungereimtheiten. Sie beginnt auf eigene Faust zu ermitteln und unternimmt waghalsige Vorstöße, um die Wahrheit ans Licht zu bringen. Als Oberkommissar Ruckgaber auf den Fall aufmerksam wird, ist Doris bereits in höchster Gefahr. Doch sie gibt nicht auf, ist sich sicher: Der Bruch birgt ein Geheimnis von enormer Tragweite. Nur welches?

Udo Wieczorek ist gebürtiger Ulmer. Seine Kindheit verbrachte er »in Ulm, um Ulm und um Ulm herum«. Nach dem Studium ließ er sich in seinem Heimatort nieder. In seiner Freizeit widmet er sich seiner Familie, dem Bergsteigen und der Höhlenforschung. Seit 2009 ist der ambitionierte Sportler auch nebenberuflich als freier Autor tätig. Er veranschaulicht seine Erlebnisse in Vorträgen, schreibt Artikel und verfasst Bücher. Mit ›Nachthall‹ debütiert er in der Krimiwelt und bringt seine Eindrücke aus der langjährigen Forschung im Blauhöhlensystem bei Blaubeuren in seinem Werk mit ein. Der Höhlenkrimi kommt daher nicht von ungefähr.

UDO WIECZOREK

Nachthall

Kriminalroman

GMEINER SPANNUNG

Handlung sowie alle einzelnen Geschehnisse sind frei erfunden. Ähnlichkeiten mit lebenden und verstorbenen Personen sind rein zufällig und nicht beabsichtigt. Die geologischen und orografischen Schilderungen entsprechen teilweise nicht den tatsächlichen Gegebenheiten.

Besuchen Sie uns im Internet:
www.gmeiner-verlag.de

Im Ehnried 5, 88605 Meßkirch
Telefon 07575/2095-0
info@gmeiner-verlag.de

1. Auflage 2015

Lektorat: Claudia Senghaas, Kirchardt
Herstellung: Mirjam Hecht
Umschlaggestaltung: U.O.R.G. Lutz Eberle, Stuttgart
unter Verwendung eines Fotos von: © Autor Udo Wieczorek
Druck: GGP Media GmbH, Pößneck
Printed in Germany
ISBN 978-3-8392-1702-3

Für Hans

1

Der Nebel liegt wie ein Leichentuch in den Straßen der verdunkelten Stadt. In den Kellern der geschundenen Häuser ist es still nach der ersten Angriffswelle. Totenstill. Die Bewohner der Ruinen sitzen dicht aneinandergedrängt. Stumm teilen sie ihre Angst, spenden sich Schulter an Schulter Hoffnung. Mit jedem Staubkorn, das von den maroden Ziegelgewölben rieselt, wächst der Hass in ihnen. Wut schreit aus den traumatisierten Gesichtern derer, die sich nach der Entwarnung scheu auf die brennenden Straßen retten. Etwa so, wie am betonierten Luftschutzkeller gegenüber dem hohen Amtsgebäude, das wie zum Hohn noch nie einen Treffer abbekommen hat – mitten in Stuttgart.

19. April 1945, 02:38 Uhr

Gramers Blick flieht gehetzt auf das emaillierte Zifferblatt der Wanduhr. Federnd springt der Minutenzeiger einen Balken weiter. Unzählige Ordner und Mappen türmen sich um ihn herum. Aufgerissen, als würden sie nach ihm geifern, erzählen sie von panischem Beseitigungszwang.

In den von offenen Feuern beleuchteten Räumen des Amtsgebäudes herrscht Hektik. Unsichtbar wabert die Furcht durch die kahlen Gänge, mischt sich mit dem säuerlichen Schweiß der Linientreuen. Sie kennen das Gefühl nicht, das sie noch vor wenigen Tagen selbstbewusst unter die Bevölkerung gestreut haben. Nun nimmt sie die Panik ein, wie eine zurückschlagende Woge, die sie selbst ausgelöst haben.

Und so leistet auch Bartholomäus Gramer dem System einen letzten, treuen Dienst. Sterbehilfe, Schadensbegrenzung oder wie man es auch nennen will. Er weiß, dass dieser Akt nichts anderes ist als das Eingeständnis kollektiven Versagens. Aber Gramer gehorcht, spielt beharrlich seine Rolle zu Ende. Wenn auch mit einer veränderten Intension, die nicht nach außen dringt. Er folgt nicht länger der großen Order aus Berlin. Er ist nur noch darauf bedacht, alles Verdächtige auszulöschen. Alles, was seinen Namen, seine Handschrift trägt. Und in seiner Vernichtungswut ist er gründlich. Gramer funktioniert. So, wie er es immer getan hat.

Niemand im Amt schätzt den jungen Emporkömmling mit dem unbewegten Gesichtsausdruck. Keiner sieht hinter seine makellose Fassade. Wann immer er darauf angesprochen wird, macht Gramer einen strikten Hehl aus seinen Verbindungen nach ganz oben. Selbst dann noch, als die Adern des Systems schon amputiert sind; als er ganz auf sich selbst gestellt ist. Gramer genießt die Einsamkeit hinter seiner Maske aus steifem, aalglattem Nazigehabe. Sie ist Garant für ein Leben über der Masse; dem Pöbel, den er abfällig als *Speichellecker* bezeichnet. Ein ungewöhnlich hoher Rang droht von seinen schwarzen Schulterklappen. Nur, wie lange noch? Einen Tag, ein paar Stunden?

Irgendwann hält Gramer gedankenversunken inne. Er wischt sich mit dem Uniformärmel den Schweiß von der Stirn. Wohltuende Erinnerungen drängen sich zwischen seine fliehenden Gedanken. Er lässt sie zu, träumt sich für einen Moment nach Berlin zurück. Er sei der perfekte

Mann, hatte der Führer gesagt. Er wäre wie geschaffen für diesen koordinativen Posten außerhalb der Politik, nahe der Wehrmacht und mitten in der lukrativen Kriegswirtschaft.

Als er aus seinem Wachtraum erwacht, scheint ihm die Gegenwart schal und grau. Eine Gänsehaut überläuft seinen Körper. Wie hatte sich all das Heroische, das Überragende so schnell abnutzen können? Wo war die Vorstellung von Ehre, der Glaube an das tausendjährige Reich hingegangen? Versank all das unaufhaltsam im Dunkel einer ungewissen Zukunft? Gramer gesteht sich den Untergang seiner Ideologie ein. Widerwillig, trotzig. Dabei hatte er schon vor Monaten begriffen, dass er sterben muss, um zu leben. Zumindest auf dem Papier. Es wird rasch gehen, denkt er vor sich hin und flüchtet sich für ein paar Sekunden hinüber in die rettende Fantasie des Endsieges. Für einen Moment hofft er auf die viel gepriesenen Wunderwaffen. Er weiß, dass es sie gibt. Gramer muss es wissen, gerade er.

Der nächste Alarm schwillt an. Gramers Bewegungen stocken. Das lodernde Feuer im Kamin lässt dunkle Schatten auf seinem glänzenden Gesicht tanzen. Für einen Moment sieht er auf die beiden eleganten Lederkoffer neben seinem Schreibtisch. Dann nickt er sich selbst zu, als würde er sich soeben von jemandem verabschieden. Der SS-Standartenführer Gramer sagt sich im blutleeren Augenblick des Untergangs von allem los. Von seiner ideologischen Überzeugung, von den Erinnerungen an das, was geschehen war, ja, selbst von dem, was noch in Begriff ist zu geschehen. Zum ersten Mal seit Jahren kreisen seine kanalisierten Gedanken nicht mehr um den Krieg. Sie greifen nach dem Frieden, der weder zu seinem Geist noch zu seiner ganzen Erscheinung passen will. Sie wechseln verräterisch die Seite, ringen um seine neue Identität, die beruhigend in den schwarzen Koffern ruht.

Gramer weiß um das doppelzüngige Spiel in den nächsten Tagen. Diesen zerrissenen Akt, in dem er seinem sterbenden Herrn noch treu die Hand hält. Ihm graut vor den Hyänen der Gestapo. Er kennt ihre Folterverhöre, mit denen sie alles zutage fördern könnten, was am Grunde seiner Seele begraben liegt. Am Ende steht für ihn eine mit erschreckender Einfachheit beseelte Einsicht: Er muss handeln. Jetzt. In diesem Augenblick.

Unzählige Bombermotoren pflügen sich in 3.000 Meter Höhe durch den schwäbischen Nachthimmel. Das Schummerlicht der Verdunklung zittert; erlischt schließlich ganz. Gramer ist allein. Ruckartig reißt er den Telefonhörer von der Gabel. Er weiß, dass die Leitungen während eines Angriffes kaum belegt sind, dass alle außer ihm im Schutzraum des großen Gebäudes sitzen. 20 Meter unter der Erde, gleich neben der Telefonzentrale. Gramers Stimme klingt militärisch bestimmt: »Ab heute sind wir in Verzug. Sind wir ausverkauft?«

Der Sturmscharführer am anderen Ende fasst sich entnervt an die Stirn. Mathes Krüb ist fahrig, vollkommen aufgelöst. Er weiß, dass Gramer seine Antwort nicht gefallen wird. »Wir haben noch Restposten«, dringt es nüchtern aus dem Hörer.

Gramer schlägt mit der flachen Hand auf den Schreibtisch und fingert nach dem Befehlsschreiben des Oberkommandos. »Wie kann das sein? Ich muss Vollzug melden!«

Krüb, der klein gewachsene, drahtige SS-Mann, wird ungehalten. »Wie das sein kann? Sieh aus dem Fenster, du Idiot! Es gibt keine Züge mehr, überall nur noch zerbombte Bahnstrecken. Die Lastwagen sind alle schon auf dem Weg zur Alpenfestung. Eine verdammte Scheiße ist das hier!«

Gramer zwingt sich zur Ruhe, lässt Krübs ungestüme Welle in einer langen Pause abebben. Er kennt seine aufbrausende Art seit der Volksschulzeit in Blaubeuren. »Wie viel ist es?«

180 Kilometer entfernt nimmt Krüb eine zerknitterte Liste auf und blättert umständlich auf die letzte der klammen Seiten. »Ladung für zwölf Achsen plus zwei für die Mannschaft.«

Gramer spürt, wie sein Puls gegen den engen Kragen hämmert. Er verzieht das kantige Gesicht, als habe er Schmerzen. »Es muss alles weg! Alles! Es darf in keiner Weise auch nur den geringsten Rückschluss geben. Kein Zettel Papier, kein Fetzen Stoff und schon gar keine … Die Operation muss …«

Er wird energisch unterbrochen. Krübs Stimme überschlägt sich: »Wie denn, verdammt noch mal? Bei mir liegt derselbe Befehl und noch ein weiterer dazu! Unternehmen Nero, Operation Zunft! Fällt euch da oben denn nichts Besseres ein? Natürlich! Jetzt, da der Amerikaner über den Rhein ist, pressiert es den hohen Herren! Und wir stehen hier allein, ohne Material, ohne Transport und sollen die Kartoffeln aus dem Feuer holen? Gestern ist der letzte Zug durchgekommen. Seither ist ab Karlsruhe alles dicht! Aber wem sage ich das!«

Gramer kann den aufgebrachten Atem Krübs deutlich hören. Er sinkt entmutigt auf seinen Sessel zurück und knöpft sich nervös die Uniformjacke auf. »Wir werden es zu Ende bringen! Ich melde mich wieder, sobald ich Max erreicht habe.«

Die Nacht hat Blaubeuren fest im Griff. Dunst zieht von der Blau in die steilen Wälder. Alles ist ruhig, beinahe schon friedlich. Doch man schläft nicht gut in dieser Nacht; obwohl es eine der wenigen ist, in der kein Alarm über die Hügelkette von der Stadt herüberschwappt. Wie ein Schatten schwebt die Ohnmacht des Untergangs über der unschuldig wirkenden Gemeinde, lässt diese Nacht noch schwärzer wirken als die vielen vor ihr. Schiere Angst schleicht sich in die Häuser; unsichtbar und unaufhaltsam. Blaubeuren stockt der kommunale Atem in der Stunde Null, die nun schon Tage andauert.

Der Hörer zittert viermal auf der Gabel. Es dauert eine Weile, ehe Maximilian Ströttner das aufdringliche Klingeln wahrnimmt. Scheppernd zieht es ihn aus seinem intensiven Traum. Als sich das finstere Bild der Realität vor seine Augen schiebt, jagen unliebsame Ahnungen durch sein Gehirn. Ströttner ist sofort klar, dass es um diese Zeit nur einer sein kann.

Zögerlich legt er seine Hand auf den Hörer, glaubt am penetranten Klingeln hören zu können, dass es Schwierigkeiten gegeben haben muss. Schließlich nimmt er ab. »Ja?«

Ströttner erkennt Gramers Stimme sofort. Er bleibt ruhig, hört ihm wortlos und konzentriert zu, bis nur noch Schweigen durch die Leitung knistert. Dann knarrt es aus seiner vom Schnarchen ausgetrockneten Kehle: »Ich soll euch den Kopf aus der Schlinge ziehen?«

Gramer stößt seinen Atem überheblich in den Hörer. »Lassen wir die Spielchen, Max. Du steckst genauso tief drin wie wir alle. Wenn wir das nicht in den Griff bekommen, fliegen wir auf! Du kannst dich jetzt nicht verweigern!«

»Ihr bekommt also Druck von oben?«

»Herrgott, Max. Es gibt eben gewisse Befehle, denen ich mich nicht widersetzen kann. Die Kette besteht aus vielen Gliedern.«

»Konntest dein Maul nicht halten, was? Wer weiß es und welche Namen kennen sie?«

Gramer schnürt es die Kehle zu. Ströttner ist sein einziger Ausweg. Es kostet ihn Überwindung, einfühlsam zu klingen: »Ich habe alles unter Kontrolle; so wie immer. Wo steht dein Zug, Max?«

Auf Ströttners Gesicht schleicht sich ein berechnendes Grinsen. Er schweigt, hört die Detonationen im Hintergrund.

»Max! Wir haben nicht die ganze Nacht Zeit! Wo steht der verdammte Zug?«

»Mein Material soll's am End' also richten? Und wenn ich mich weigere? Was wäre, wenn im Ströttnerbruch wieder gearbeitet wird?«

Gramer atmet seine Fassungslosigkeit abgehackt in das Telefon. »Unsinn! Ich weiß, dass du den Betrieb letzte Woche eingestellt hast. Und dir ist selbst klar, dass es sich ohne Beweise am besten lügt. Und glaub mir: Lügen müssen wir in der nächsten Zeit viel. Also: Wo ist der Transportzug der StuMAG?«

Für einen Moment ist es gänzlich still in der Leitung.

»Wo soll er denn schon sein? Bei uns im Bahnhof auf dem Steinbruchgleis! Seit die Alliierten über den Rhein sind, gibt es ja keine Transportaufträge mehr von der Montan.«

»Gut!«, kommt es erleichtert von Gramer.

»Was heißt hier, gut! Ausgemachter Schafmist ist das!«

Gramer harrt wieder aus, gibt Ströttner Zeit, bevor er besänftigend einfällt. »Ich habe einen Auftrag für dich. Den letzten – für das Reich.«

Ströttners Lachen klingt zynisch. »Oha. Und was habt ihr am Lager?«

Gramer zögert, klingt beschämt, als er antwortet: »Leichte Fracht. Vier Ladungen auf 14 Achsen, inklusive Zugabe.«

Ströttner schweigt wieder, nickt wissend vor sich hin, als habe er nur darauf spekuliert. »Und was wäre das den Herren wert?«

»Fünf Kilo in krisensicherer Währung und …« Gramers Innehalten scheint schwerer zu wiegen als das zeitlose Zahlungsmittel. »… Totales Vergessen.« Er weiß, dass er die verbale Zugabe ohne Garantie vergibt.

Ströttner aber hört den zweiten Halbsatz nicht. Über sein Gesicht huscht die Gier. Er atmet betont gönnerhaft aus, als hätte er tatsächlich eine andere Wahl, als zuzusagen. »Du weißt, was für ein Sauglück du mit mir hast! Wie viel hast du noch?«

Die Leitung schweigt eine Sekunde.

»Genug.«

»Und der große Rest ist sicher?«

Gramer zögert. »Heinrich ist unterwegs.«

»Sechs Kilo«, fordert Ströttner. »Kein Gramm weniger!« Das belastete Ausatmen ist ihm Bestätigung genug. »Eine Lokomotive und ausreichend Kohle wirst du brauchen. Die Steinbruchmaschinen wurden abgezogen. Außerdem haben wir kaum noch Diesel, seit die SS-Division hier durchkam.«

Am anderen Ende der Leitung schließt Gramer für einen Moment die Augen und wischt sich den kalten Schweiß von der Stirn.

»Die Maschine steht in Ulm bereit. Morgen Nacht um punkt eins stehen alle Signale der Strecke auf Durchfahrt. Wir sehen uns im Bruch.«

Die Leitung rauscht eintönig.

»Hörst du noch?« Gramer wiegt den Hörer eine Weile voller Nachdenklichkeit in der Hand. Er kennt Ströttner, weiß um seine Schläue und den Verlass, wenn es um seinen eigenen Vorteil geht. »Elender Speichellecker«, zischt er vor sich hin und wirft den Hörer auf die Gabel.

19. April 1945. 04:55 Uhr.

Als die Entwarnung erleichternd durch die Straßen dröhnt, öffnet Gramer das Fenster. Nur für einen kurzen Moment, um zu atmen; zu erwachen, aus diesem verhangenen Moloch der letzten Stunden. Ein beißender Geruch liegt in der Luft. Asche regnet vom Himmel, als wäre der werdende Tag verbrannt. So, wie all die Akten im Kamin des hohen Raumes.

Das Zimmer ist leer, als sich Gramer mit seinen schweren Koffern auf den Weg nach Süden macht. Nur der graue Qualm von verbranntem Papier wird von der leise knisternden Glut im Kamin am Schweben gehalten. Sie ist alles, was von Bartholomäus Gramer, seiner Arbeit und den vier langen Jahren im Amt übrig bleibt. Ein Häuflein federleichter, schwarzer Staub.

2

22. April 1945, 00:10 Uhr. 80 Kilometer südlich der Donau.

Die Puffer von doppelachsigen Güterwagen schlagen hart aufeinander. Ihre schweren Schiebetüren sind mit rostigen Ketten verschlossen. Kein Schimmer einer Laterne beleuchtet die Stätte des geheimen Geschehens. Alles wirkt gegenstandslos, als gäbe es nur Geräusche in dieser Nacht. Ab und zu zischt ein Überdruckventil, taktet der Zylinder der Dampflokomotive. Martialische Klänge, losgelöst von allem Gegenständlichen.

Weißer Rauch steigt in einen Himmel der endlosen Schwärze. Es ist eine Maschine der Baureihe 89, die geduldig auf ihren Einsatz wartet; ohne Stirnlampen, mit verhängter Feuerbüchse. Selbst in der Nacht wirkt sie angeschlagen, ausgezehrt und viel zu schwach für den Zug, den sie befördern muss; so wie alles in den Tagen des letzten Aufgebotes. Kaum jemand des Trupps ahnt, wohin die Fahrt tatsächlich gehen soll. Nur ein paar wenige wissen, welche Brisanz von diesem letzten Transport ausgeht. Es sind wohlgehütete Geheimnisse, die vorsichtig in die Waggons geladen werden. Entsetzlich schweres Packgut, das plötzlich überflüssig ist. Ein lästiges Geschwür am gesunden Bein der greifbaren Zukunft.

Kein Pfiff, kein Abfahrtssignal hallt durch den nahen Wald. Nur ein klirrender Ruck geht durch den Zug. Der erste Stoß des Dampfzylinders lässt die Lokomotive verbissen am Zug reißen. Ihre Räder rutschen auf den blanken Schienen, suchen Reibung, bis der Zug rollt. 14 Achsen rattern ins Dunkel einer alles umgebenden Nacht des Vergessens. Dann ist es ruhig auf dem Gelände. Nur der Wind streicht sacht über die Wipfel der Tannen und nimmt ihn ein Stück weit mit sich, diesen beißenden Geruch von verglühter, minderwertiger Braunkohle.

Alles ist leer, als das Waldstück seinen letzten explodierenden Atemzug in den Nebel faucht.

Der Fahrtwind zieht scharf über das außen liegende Podest zwischen Lokomotive und Mannschaftswagen. Krüb sieht Gramer skeptisch von der Seite an, bevor er mit dem Kopf auffallend auf den Koffer weist. »Es ist doch alles in Ordnung?«

Gramer schlägt den Kragen seines schwarzen Klepper-Mantels nach oben und nickt. »Wenn alles verladen ist?«

Krüb kann seine fragenden Augen nicht sehen, die den Zweifel an seiner Gründlichkeit und Zuverlässigkeit verraten hätten. »Alles, ohne Ausnahme«, bestätigt er. »Das Gelände ist leer, und was verbrannt werden konnte, ist jetzt Asche.«

Gramer stößt seinen kondensierenden Atem in die Nacht. Er scheint erleichtert, hält Krüb einen Marschbefehl entgegen. »Wie viele Männer hast du noch?«

»Wir sind elf Mann, voll bewaffnet; einschließlich mir und dem Lokführer.«

Barthel Gramer hebt den Kopf leicht an und verschränkt die Arme. »Du kennst das Vorgehen?«

Krüb presst angespannt die Lippen aufeinander, bevor er erwidert:

»Natürlich. Alles wie besprochen.«

Der Sturmscharführer greift nach der Türklinke des Mannschaftswagens. Er sehnt sich nach ein wenig Wärme. Gramer aber hält ihn zurück und drückt ihm einen verschlossenen Umschlag in die Hand. »Du fährst auf der Lok.« Sein Blick ruht kurz auf dem Umschlag. »Der Zug ist mit höchster Priorität freigeschaltet. Dies ist der Passierschein für alle Stationen. Unser Transport hat in jedem Fall Vorrang!«

Krüb lacht bitter in den Wind. Er weiß, dass er keine Wahl hat. »Der feine Herr will nicht in Erscheinung treten, was? Ich soll also wieder die Drecksarbeit machen …«

»Jeder von uns macht in diesen Zeiten seinen Teil der Drecksarbeit!«, gibt Gramer barsch zurück. Seine Miene ist versteinert, als er betont seine Koffer aufnimmt. »Ich denke, das ist es wert, sich die Hände schmutzig zu machen. Oder etwa nicht? Im Übrigen hebt sich der Kohlenstaub weder von deiner schwarzen Uniform noch von deiner Seele ab.«

Krüb schnaubt unwillig vor sich hin. »Treib es nicht zu weit, Gramer! Ab heute bist du nicht mehr und nicht weniger als ich!« Gramer aber hört ihn nicht mehr.

22. April 1945, 04:17 Uhr.

Der Lokführer lehnt sich aus dem Führerstand. Er kneift die Augen zusammen, um sich vor dem Ruß und dem Fahrtwind zu schützen, und versucht, in der nächtlichen Ferne etwas zu erkennen. Hinter der Donaubrücke tanzt das Licht einer roten Laterne von links nach rechts. Krüb legt die Hand an die Stirn und reckt den Kopf aus dem anderen Fenster.

»Verdammt! So kurz vor dem Ziel!«

»Wir haben Glück, dass wenigstens die Brücke noch befahrbar ist!«, ruft der Lokführer zu ihm hinüber und greift ins polierte Bremsrad. »So, wie das aussieht, ist hier Feierabend.« Er deutet mit dem Kopf auf den beinahe leeren Tender. »Schon der Kohle wegen!«

Krüb atmet schwer, seine Augen sind weit aufgerissen. »Wann hier Feierabend ist, bestimme ich!«

Der Lokführer hebt nur abwehrend die Hände.

Sie passieren den Posten mit der Laterne. Er grüßt gezwungen in das Führerhaus hinauf. Auf seinem Gesicht liegt der Schatten des nächtlichen Angriffs.

Gleich zu Beginn des Ulmer Bahnhofs leitet die Weichenstraße den Zug auf ein freies Abstellgleis am Rande des Areals. Wieder steht ein Posten mit einer Warnlaterne zwischen den Gleisen. Hinter ihm gähnt ein tiefer Bombenkrater, in den sich die verbogenen Schienenstränge hinabwinden. Wie ein zerfressener Obelisk ragt der Münsterturm über den orangefarbenen Schein, der träge über die Stadt zieht.

Plötzlich schiebt Gramer seine Koffer in den Führerstand und klettert hinauf. »Was ist los? Weshalb stehen wir schon wieder?«

Krüb schüttelt den Kopf und deutet zuerst auf den Bombentrichter, dann auf den Kohlentender. »Es ist aus, Barthel. Sieh dich um.«

Gramer schwitzt vor Anspannung. Er spürt, wie der fehlende Schlaf an ihm nagt, ihn benommen macht. Energisch wendet er sich an den Lokführer: »Sie nehmen sich vier Mann der Wache und treiben Kohle auf! Gleich wie;

wir brauchen genug für die letzten Kilometer bis Blaubeuren. Und wenn Sie es schaufelweise von anderen Maschinen herübertragen!« Er packt Krüb hart an den Schultern und fixiert ihn mit seinen stechenden Augen. »Du gehst mit deinen zwei Ranghöchsten zum Bahnhofsvorsteher und zeigst ihm den Schein. Dann lässt du den Zug auf der Hauptstrecke einreihen, die als Erstes instand gesetzt sein wird. Wenn erst einmal ein weiterer Zug hinter uns steht, ist alles zu spät!«

Gramer rinnt der Schweiß von der Stirn, als er sich an das schmutzige Blech der Lokverkleidung lehnt und für ein paar Sekunden die Augen schließt. Er ist allein, umgeben von den heißen Armaturen. Wie auf einer winzigen Insel der Ruhe keucht er inmitten des hektischen Treibens seine Furcht in die Nacht. Gramer hofft auf den puren Zufall.

22.04.1945, 06:08 Uhr.

Hannes Strelin geht über zerborstene Schwellen und aufgebogene Gleise; ohne zu denken, weit entfernt vom Hier und Jetzt. In seinem Schritt liegt Unsicherheit und der Unglaube an das, was er nicht sehen will. Das, was zu schwer für seine jungen Augen ist.

Es riecht nach Kohle, abgelassenem Dampf und verbranntem Fleisch. Er ahnt, was da ungeordnet und unnatürlich verdreht zwischen den Schienen, auf dem rauchenden Schotter liegt. Hannes ist froh um die Nacht, die das tote Gelände noch fest im Griff hat. Hier und da fallen Lichtstrahlen von irgendwoher zwischen die Trümmer der

Wagen, lassen diabolische Schatten über die Toten wandern. Es ist der Mond, der in das Grauen ein Bild der leblosen Bewegung zeichnet. In diesem Moment des Wahnsinns aber dringt es nicht bis zu Hannes vor.

Hannes Strelin aus Blaubeuren ist 13 Jahre alt. Er ist groß, blond und sein Geist geblendet. Abgerichtet von den immerwährenden Hassrednern im Internat, der Napola. Als habe man ihm den Sinn für Unrecht verbal aus der Seele gepeitscht, ist er blind gegenüber dem, was vor ihm liegt. Und er will es auch sein. Hannes klammert sich hartnäckig an den schmelzenden Rest von Heldentum und Glorie. So lange, bis darunter endlich der wohltuende Gedanke zutage tritt: Heimzukommen. Endlich zu Hause zu sein.

Langsam fällt die Mauer aus Hass und Stolz. Wut steigt in ihm auf, als sich die Ruinen seiner Heimatstadt über die Sträucher des Bahndamms erheben. Hannes hat von den Angriffen gehört, doch dass es so schlimm steht, hat er sich nicht vorzustellen gewagt. Ihm ist, als reiße jemand mit aller Kraft eine gute Erinnerung aus seiner Seele. Hoffnungslosigkeit verlangsamt seinen Schritt, als er an den Gleisen der Hauptstrecke entlang auf den Hauptbahnhof zu taumelt. Hannes ist unendlich müde, als er die ersten Wagen hinter der Brücke erreicht.

Zögernd tritt er in den finsteren, schmalen Zwischenraum zweier Güterzüge. Einen Steinwurf entfernt zischt heller Dampf in die Waggonflucht, reflektiert das spärliche Licht. Die Waggonwände lassen den Durchgang zu einer unheimlichen Schlucht werden, deren Ende er nicht ausmachen kann. Die nächtliche Einsamkeit spielt seinem jungen Geist gemeine Streiche. Hannes sieht sich gehetzt um. Ist das ein Schatten einer Person hinter den

Wagen? Sind das schon die Amerikaner? Doch hinter ihm liegt nur die Nacht und die Vergangenheit; menschenleer und grau.

Er legt den Kopf in den Nacken und erspäht ein zartes Morgenrot am Himmel. Es wärmt seine frierende Seele, schickt einen Hauch von Hoffnung in sein Denken. Während er weitergeht, gleitet seine linke Hand über die rauen Wände der Waggons. Spielerisch, als suche sie nach einem Halt, nach irgendetwas, an das sich Hannes' durcheinandergeratener Geist festhalten kann. Die krümelige Tünche einer hastigen Aufschrift reibt sich an seinen Fingerkuppen ab, hinterlässt einen Hauch von dreckigem Weiß. Hannes sieht die Aufschrift auf den Waggons nicht. Alles, was er wahrnimmt, sind Geräusche. Laute, die ihn erschaudern lassen.

Hannes summt ein Lied der Verdrängung. Er wehrt sich verbissen gegen seine Sinne, indem er seine Hände fest auf die Ohren legt. Hannes will weglaufen, nur fort von hier. Doch statt seinen Schritt zu beschleunigen, bleibt er plötzlich stehen. Seine Augen sind starr auf ein Rinnsal gerichtet, das aus einer Ritze am Wagenende fließt und im Schotter des Bahnsteiges versickert. Es riecht schal und sauer, setzt sich beißend in seinen Nasenschleimhäuten fest.

»Nur ein Viehtransport.« Flüstert er sich selbst vor, als habe er Angst, die Tiere könnten es hören. Die Vorstellung, die sich in seinem Kopf formiert, verbannt er ins Finster der Umgebung. Er schickt sie weit von sich. Doch sie gehorcht nicht, zwingt Hannes eine brennende Neugier auf. Er handelt gänzlich gegen die Vernunft; tut, wozu er eigentlich viel zu feige ist. Er muss seinen Geist aufräumen; muss die bösen Bilder entweder verbannen oder realisieren. Hannes atmet wild, als er durch ein kastaniengroßes

Loch in der Waggonwand späht. Sein rechtes Auge stochert im Nichts. Dann schreckt er zurück.

Sein Gesicht ist fahl. Es dauert lange, bis er sich abwenden kann und zu laufen beginnt. Geradewegs auf die weiße Dampfwolke an der Lok zu. Er weiß nicht, was hinter ihr liegt, was sie verbirgt. Und dennoch will Hannes nur noch in diesen Nebel fliehen. Hinein in diese Wolke der Unsichtbarkeit. Das fliehende Weiß des Dampfes umgarnt ihn nur kurz. Für einen Augenblick riecht er glühende Kohle, heißes Schmierfett. Es ist dieser eigentümliche, typische Geruch von Kraft und Masse. Hannes läuft blind weiter, als er hart mit einem Uniformierten zusammenstößt.

»Verdammter Bengel! Pass doch auf!«, flucht der SS-Mann vor sich hin und nimmt den fallen gelassenen Sack Kohle wieder auf.

Hannes' Schritt verlangsamt sich erst, als er den Bahnsteig der Hauptstrecke betritt und sich unter die Menschen mischt. Er labt sich an ihrer puren Anwesenheit, an jeder ihrer Bewegungen. Genießt jedes Wort, das er aufschnappt, so armselig es auch sein mag. Hannes saugt aus der tristen Szenerie den letzten Rest Geborgenheit, den sie tief in sich trägt. Inmitten des Gedränges lehnt er sich erschöpft an einen Randpfeiler der großen Halle und gleitet an ihm in die Hocke hinab. Nur einen Moment der Ruhe erhaschen, den rasenden Puls beruhigen, flieht es durch seinen Kopf. Dann schließen sich seine Augen wie von selbst und alles um ihn herum versinkt in der rettenden Stille des Schlafes.

3

Ganze 35 Jahre waren ins Land gegangen. Man war noch einmal davongekommen, wie man hierzulande, in diesem unverwechselbar gemütlichen Dialekt zu sagen pflegte. Und es hatte tatsächlich Zeiten gegeben, in denen die Erinnerung zu verblassen schien. Tage, an welchen sich Hannes selbstsicher vorgaukelte, all das wäre nicht mehr von Belang. Wenn er aber dann in seinen Albträumen wieder zwischen die Waggonreihen am Bahnhof schritt, griff sein Unterbewusstsein hemmungslos nach seiner Seele. Dann kam dieses Dröhnen, dieser penetrante Hall mitten aus dem Nichts der Nacht. *Nachthall* taufte er diese stets gleiche Sequenz für sich selbst. Und eben nachts, wenn sein Geist wehrlos war, kam es über ihn. Unerbittlich, wie der Zorn Gottes, den er nicht verstand. Was am Morgen blieb, war dieser imaginäre Ruf, sein Wissen nicht leichtfertig wegzuwerfen. Hannes schob die Tatsache, dass dieses Rufen von Mal zu Mal lauter wurde, weit von sich. Wann immer er schweißgebadet aufschreckte, dauerte es Minuten, bis er wieder zu sich fand. Bis die zerrende Vergangenheit von ihm abließ. Was blieb, war eine subtile Erkenntnis: Wäre das Vergessen nicht etwa genau das, was sie von ihm wollten? Und die Antwort sprang wie von selbst in seinen innerlichen Dialog: Nein, er durfte es nicht vergessen! Niemals! Irgendwann, so schwor er sich, würde der Tag kommen, an dem er alles ans Licht bringen konnte. An dem ihr erfülltes Leben einen jähen Abbruch erfahren würde. Dann, wenn sie nicht mehr damit rechneten.

Nach diesen schlaflosen Nächten zog es Hannes ins Blautal hinaus. Er ging oft stundenlang spazieren. Ziellos, vielleicht auf der Suche nach dem, was er in dieser einen Nacht verloren hatte. Wie ein einsamer Wolf umkreiste er den Ort des Geschehens. Abwartend, lauernd. Als warte er nur auf den richtigen Moment, sein Wissen zur Waffe machen zu können. Eine Waffe, die unsichtbar in seinem Gedächtnis vergraben war. In jedem Blick, den er über das Tal schickte, wohnten Trost und Sorge zugleich.

Viele Jahre zuvor versuchte er, der Gegenwart all dieser Erinnerungen durch einen Wegzug zu entfliehen. Heute wusste er, dass er vor den Erlebnissen nicht weglaufen konnte. Dabei hatte Hannes nie beabsichtigt, seiner Heimat den Rücken zu kehren. Er wollte nur heraus aus dem ewigen Tal, auf eine freie Terrasse des südlichen Albrandes, wo sich die Augen im Voralpenland verlieren konnten. Die Obstwiese am Waldrand bei Blaubeuren hatte er nie verkauft. Er betrachtete sie gewissermaßen als seine Lebenswurzel. Sie schien ihm wie ein gut angelegtes Faustpfand. Ein Faustpfand wider des Vergessens. Trotzdem er sein verwildertes Ländle seit Jahren nicht mehr betreten hatte, sprossen aus ihm unzählige Erinnerungen. Gute und böse Fragmente seines Lebens.

So sah er, wie sich die Stein- und Mahlwerke Blaubeuren immer weiter nach Süden, und nur nach Süden, ausdehnten. Er hatte genau registriert, wie ein zusätzlicher Zaun mit roten Warnschildern um das einsame Waldgrundstück nahe dem Bruch errichtet wurde. Er sah das wuchtige Fundament für die Ströttner'sche Jagdhütte ebenso wie die meterhohe Hecke aus Thujabäumen und Fichten. Ein immergrüner Burgfried gegen neugierige Blicke.

Hannes war oft mit Doris, seiner Tochter durch das Tal gewandert; damals, als sie noch klein war. Er erinnerte sich gern daran, wie er ihr alles gezeigt hatte. Das Elternhaus, die Felsen, den türkisfarbenen Blautopf. Im Grunde jeden einzelnen Quadratmeter des Tals. Und dennoch hatte Hannes schon zu jener Zeit in einer immerwährenden Skepsis gelebt. Einer höflichen Distanz zu allem und jedem. Vielleicht wurzelte diese Eigenart im Jahre 1945. Eben in diesem Frühjahr, das ihm unverhohlen die bestialische Seite der Menschen vorführte. Und vielleicht hatte ihn eben diese Zeit auch so stumm gemacht.

Hannes sprach nicht viel, weder mit sich selbst noch mit denen, die sein Leben tangierten. Es gab nur zwei Menschen denen er beinahe uneingeschränktes Vertrauen schenkte. Seiner Tochter und seiner Frau. Doch beide weilten weit von ihm. Eigentlich war Hannes allein und einsam, seit seine Ute im vergangenen Jahr unerwartet von ihm gegangen war. Sie hatte ihn wirklich verstanden; war der einzige Mensch gewesen, der auf den Grund seiner Seele sehen durfte. Der Krebs hatte sich ihres Körpers rasch und gründlich bemächtigt. Er gestand ihnen von der erschütternden Diagnose bis zum Abschied kaum drei Wochen zu.

Doris' Ähnlichkeit zu ihrer Mutter war frappierend. Wenn Hannes sie unbemerkt von der Seite ansah, zeichneten sich Falten in sein Gesicht. Falten des Glücks und des Schmerzes zugleich. Doris war, was ihm von seiner Ute verblieben war. Sie und der Mädchenname, den er damals an der Hochzeit aus gutem Grund angenommen hatte. Ehrnsteiner wollte er heißen, nicht mehr Strelin.

Doris war hübsch. Sie versprühte mit ihrem herzlichen Lachen pure Lebensfreude, ohne sich ihrer besonderen Ausstrahlung bewusst zu sein. Alles an ihr wirkte intensiv, von Natur aus unterstrichen und trotzdem weiblich filigran. Nichts ließ vermuten, dass sie mit beinahe penetrantem Selbstbewusstsein beseelt war.

»Die Trasse der Steinbruchbahn sieht man immer noch.« Doris schwang ihre rotblonde Lockenmähne aus dem Gesicht und schmunzelte aufmüpfig. »Ich sollte wieder einmal durch den Tunnel gehen.«

Sie sah, wie sich ein Schatten über den seligen Gesichtsausdruck ihres Vaters legte. Doris lies ihr aufgesetztes Spiel in der kalten Luft verebben. Sie nahm ihren Vater jovial an der Hand, um ihn behutsam auf eine Ruhebank zu ziehen. Genüsslich sog sie die Frühjahrsluft ein und schloss für einen Moment die Augen. »Was sind wir hier schon überall herumgewandert. Bergauf und bergab auf jeden Felsen mit und ohne Weg.« Sie machte eine Pause von eifriger Nachdenklichkeit. »Aber immer nur auf der Sonnenseite. Weshalb eigentlich?«

Hannes entwich ein ruckartiger Atemzug. Fast so, als ersticke er darin einen Schreck. »Man hat hier den besseren Blick.« Er spürte, dass Doris auf mehr wartete. Seine Augen wandten sich unter einem gezwungenen Achselzucken vom Tal ab. »Drüben ist es kalt und es gibt nur den hässlichen Steinbruch von der StuMAG.«

Doris löste sich von Hannes, sah über die vor dem Wald liegende Wachholderheide hinunter ins Städtchen und schließlich auf den Friedhof. »Du vermisst sie sehr, nicht wahr?«

Hannes senkte den Kopf. »Ja«, erwiderte er tonlos. Er fand seine Fassung in seinen ineinandergelegten Händen wieder, obwohl er nur eine davon wirklich spüren konnte. »Sie wollte hier beerdigt werden. Es war ihr letzter Wunsch.«

Doris nickte betroffen und legte ihren Kopf an Hannes' Schulter. »Ich weiß, Vater. So wie es der deine auch ist.«

Für ein paar Sekunden schien in Hannes' Lippen ein

unkontrollierbarer Schmerz zu beben. Das um seinen Mund spielende Zucken verriet, dass ihm etwas auf der Zunge lag. Etwas, das er sich gerne von der Seele geredet hätte. Doch Hannes blieb stumm.

Doris musterte ihn nachdenklich von der Seite. »Gibt es etwas, worüber du mit mir sprechen willst, Paps?«

Hannes wirkte verdutzt. Er mimte den Unbeschwerten, erstickte die ertappten Gedanken im Keim. »Nein, Riesle! Aber sag, wie steht es im Höhlenverein? Kommt ihr in der Falkensteiner Höhle weiter?«, versuchte er geschickt, das Thema zu wechseln.

Doris senkte lächelnd den Kopf »Ich habe neben dem ganzen Prüfungsstress kaum Zeit für die Höhlen. Fritz sagte, es stehe ein Großprojekt an, hier in Blaubeuren. Die Forschung ist nur durch einen anonymen Hinweis und eine Spende möglich geworden.« Sie zuckte mit den Achseln, als wäre es ihr gleichgültig; nahm nicht wahr, dass auf den Zügen ihres Vaters kein frisches Erstaunen lag.

»Und wo genau soll das sein?«, fragte Hannes unbedarft.

»Drüben am Hang vor dem Wald haben Fritz, Michl und Woody letzten Monat eine Stelle lokalisiert, an der kalte Umgebungsluft in den Hangschutt zieht. Sie vermuten eine größere Höhle hinter dem Hang beim Ströttnerbruch.«

Hannes' Backenmuskulatur verkrampfte sich. Seine Stimme klang unüblich laut, als er darauf einging. »So, eine Großhöhle …«

Doris war für eine Sekunde irritiert und wies zögerlich auf eine kleine Ausbuchtung am Waldrand. »Dort hinten wollen wir schon bald zu graben beginnen. Der Grund gehört, Gott sei Dank, der Stadt. Es dürfte nicht allzu schwer sein, eine Genehmigung zu erhalten. Sollte es jedenfalls losgehen, bin ich ganz vorne mit dabei! Das hat mir Fritz zugesichert, schon wegen der Geologie.«

Hannes verschluckte sich an seinem eigenen Speichel, hustete unterdrückt. »Auf keinen Fall! Zuerst das Studium!«, brach es gequetscht aus seiner Kehle.

Doris klopfte ihm sanft auf den gebeugten Rücken. Hannes aber wehrte ab, stand mit einem Male auf und ging ein paar unbeholfene Schritte in die Einsamkeit der Heide. Er schien in sich versunken zu sein, spähte suchend auf den Boden, als wäre ihm soeben der rote Faden seines Lebens entglitten. Doris begleitete ihn sorgenvoll aus der Distanz. Sie sah sein licht gewordenes Haar, den hinkenden Gang. Und sie sah seinen tauben, linken Arm, wie er gezwungen mitschwang. Sie liebte ihren Vater über alles. Und seit dem fiel zu früh erlittenen Schlaganfall noch mehr als zuvor. Dabei konnte und wollte sie nichts von seinem schweren Schicksal kompensieren. Sie wollte ihn nur stützen. Ihm, dem Unnahbaren helfen. Ihm ein kleines Lächeln auf die schmalen Lippen zaubern.

»Ich verstehe ja, dass Du dich sorgst, Paps! Aber ich kann diese Chance nicht an mir vorüberziehen lassen! Ich werde dabei sein, wenn das entdeckt wird, was seit Jahrhunderten hinter dem Ursprung vermutet wird!«

Hannes nickte ihr über die Schulter missmutig zu. Er war stehen geblieben, ließ die Begeisterung seiner Tochter an sich vorüberströmen.

»Ich kann dadurch eine einzigartige Diplomarbeit schreiben. Du wirst stolz auf mich sein!«

Hannes zuckte kurz auf. Ein ahnungsvoller Blick floh zurück zu Doris, als wäre er auf ein nicht wieder gut zu machendes Versehen aufmerksam geworden.

»Nun freu dich doch ein wenig mit mir.« Unter einem schmollenden Augenaufschlag entlockte ihm Doris ein knappes, angespanntes Nicken. Er humpelte weiter bergab und schien mehr mit dem Weg als mit seiner Tochter zu sprechen.

»Überlass das besser den anderen im Verein. Ich kenne die Höhlen hier wie kein Zweiter. Sie sind anders als die übrigen auf der Alb. Das Gestein ist unzuverlässig. Diese Löcher sind trügerisch und unberechenbar. Du weißt nicht, auf was du dich da einlässt.«

Doris war in ein paar federnden Sätzen zu ihm gesprungen. Sie legte ihre Hände auf seine Schultern und suchte seine Augen. »Ich studiere Geologie. Und glaub mir, wenn ich auf etwas gefasst bin, dann auf diese speziellen Gegebenheiten, die ich von dir veranschaulicht bekommen habe.«

Hannes schwieg. Es dauerte einen Moment, bis er es sich eingestehen konnte. Bist auch noch selbst dran schuld, alter Idiot, warf er sich in Gedanken vor. »Zuerst müsst ihr sie finden; diese Höhle. Bis dahin ist es wohl ein langer, mühsamer Weg. Immerhin seid ihr an diesem Punkt mehr als einen halben Kilometer vom Blautopf entfernt. Aber grabt nur.« In seinem letzten Halbsatz schwang eine Spur des Belächelns.

Doris ließ ihre Arme niedergeschlagen von seinen Schultern fallen. So kannte sie ihren Vater nicht.

Hannes' besorgter Blick haftete noch eine ganze Weile auf dem Hang nahe des Steinbruches, als wollte er ihn beschwören, seine Geschichte noch eine Weile für sich zu behalten. Auf einmal legte sich ein unbestimmbarer Zwang auf sein so sorgfältig zurechtgelegtes, gedankliches Konstrukt. Ohne sein Zutun würde es von dieser Stunde an, mit jedem Tag, der verging, konkreter werden. Dass nicht er allein darüber entschied, wann es so weit sein sollte, hatte er bewusst provoziert. Die Frage der Zeit hätte ihn dabei kaltgelassen. Aber die Tatsache, etwas nicht mit einkalkuliert zu haben, etwas Gravierendes vergessen zu haben, trieb Hannes den Schweiß auf die hohe Stirn. Nichts war schlimmer für ihn als die Vorstellung, seine Tochter unbewusst und unverschuldet mit in den Strudel der Vergangenheit gerissen zu haben. Und wäre es nur am Rande gewesen. Es war seine, ureigene offene Rechnung mit dem Teufel. Sein ungewolltes Schicksal, das nur er selbst zu Ende leben konnte. Doris wähnte er dabei immer weit weg. Zog nicht in Betracht, was nicht sein durfte. Er hatte stets ein Bild von sauberen Lehrsälen der Uni Tübingen vor Augen. Ein Bild, in das er Doris nur allzu gern einfügte. Strebsam und brav. Er hatte es nicht einmal erwogen, dass sie daneben noch Engagement für die Höhlenforschung aufbringen könnte. Ihre Zensuren waren zu gut, um ihr freie Zeit zuzugestehen.

Hannes weilte einige Minuten fern der Gegenwart. Schließlich wischte er die ahnungsvollen Gedanken fort und hakte sich stumm bei Doris unter, als hätte es die vergangenen Minuten nie gegeben.

Hannes wusste, dass es genau diese Momente waren, die einem die Zeit unwiederbringlich entrissen. Sie gebaren diesen habgierigen Schmerz, der jedes Mal ein winziges Stück seiner Seele verbrannte. Die Zeit wird's zeigen, was zu tun ist. Bald schon, dachte Hannes vor sich hin, als sie ins Tal zurückwanderten und das Waldgrundstück aus seinem Fokus rückte.

Doris konnte nicht wissen, welche Furcht in Hannes wohnte. Sie sah diese scharf gezeichnete Erinnerung nicht, die in ihm nach Sühne schrie. Sie ahnte es nicht einmal.

4

Die Falten in Maximilian Ströttners Gesicht kündeten von einem Leben, das ihm kaum Zeit gelassen hatte, seinen Reichtum zu genießen. Und er hätte es gar nicht anders gewollt. Max Ströttner sah den Perfektionismus als vaterländische Pflicht an. Sein Bruch, die Stein- und Mahlwerke AG war sein Leben. Stillstand war für ihn gleichbedeutend mit dem Beginn vom Untergang. Und seit diesem einen, großen politischen Untergang vor 35 Jahren, duldete er nicht einmal mehr einen Gedanken an diesen Heldentod, wie er es nannte.

Ströttner saß in seinem ledergepolsterten Sessel hinter dem großen Schreibtisch. Er wirkte angespannt; bei Weitem nicht so abgeklärt wie sonst. Der alternde Zementmagnat gab sich keine Mühe, seinen Unmut zu verbergen. Das stumpfe Ende seines Bleistiftes schlug unaufhörlich auf die grüne Plastik-Schreibunterlage. Ihm gefiel nicht, was er hörte.

Karl Weidlinger gab auf dem kleinen, spartanischen Holzstuhl vor dem wuchtigen Möbel seines Chefs eine tragisch komische Figur ab. Der beleibte Laborleiter der StuMAG hätte zwei der unter seinem Gewicht ächzenden Stühle gebraucht, um seine Masse unterzubringen. Aber er nahm es geduldig hin. Er, der älteste Mitarbeiter der Firma, der kaum fünf Jahre vom Ruhestand entfernt war. Sein grau meliertes, fettiges Haar, glänzte auf der fleckigen, Kopfhaut. Obwohl es nicht übermäßig warm im Büro des Chefs war, hatte sein hellblaues Hemd unter seinem Laborkittel dunkle Flecken bekommen. Ströttner hatte sie sofort bemerkt. Das aufgesetzte, großspurige Gerede und die abstrusen Prognosen Weidlingers hingegen kümmerten ihn wenig. Er hörte ihm kaum zu; wusste längst, worauf er hinaus wollte. Nie war auch nur eine von seinen blumigen Prophezeiungen über herausragende, bevorstehende Anschnitte im Süden des Bruches eingetroffen.

Ströttner begann ihn mit beinahe sarkastisch wirkender Großzügigkeit zu belächeln. »Komm endlich auf den Punkt, Karl! Das soll doch eine letzte Gehaltserhöhung vor dem Ruhestand werden, oder?«

Weidlinger verstummte und blies den Atem verächtlich aus der Nase. »Und zwar eine, die sich gewaschen hat!«

Ströttner lehnte sich unbeeindruckt zurück und musterte Weidlinger abwartend aus der Distanz. Er wartete vergeblich auf eine seiner maßlos übertriebenen Hypothesen. Weidlinger machte nur eine unterstreichende Handbewegung vor seinem unförmigen Bauch. »Ich bin raus, Max.«

Ströttner griff in die Holzschatulle auf dem Tisch, nahm zwei Zigarren heraus und reichte seinem Laborleiter eine davon. Abschätzig verfolgte er, wie sie Weidlinger unbeachtet in seine nass geschwitzte Hemdtasche steckte.

»Was soll das heißen? Raus?«

Weidlinger beugte sich vor. »Ich gehe. Ab nächsten Monat bin ich nicht mehr im Betrieb. Und ich hau' nicht ohne einen ordentlichen Batzen ab!«

Ströttner fixierte ihn, bis er seinen stechenden Blicken auswich. »In Ordnung. Reisende soll man nicht aufhalten.«

Über Weidlingers Gesicht huschte ein Hauch von Verunsicherung. »Vier Jahrzehnte lang schufte ich schon in diesem Drecksbruch. Ich weiß so viel über die Firma wie kein anderer hier! Und ich habe 35 Jahre lang das Maul gehalten.« Er schloss mit Daumen und Zeigefinger ein imaginäres Schloss vor seinen schmalen Lippen auf zu und warf den Schlüssel über seine Schulter. »Schluss damit. Ich habe genug! Verstehst du?«

Ströttner nickte wissend, ließ Weidlingers Worte an der Wand abprallen. Er hasste es, ihn als Einzigen in der Firma duzen zu müssen. »Du bist eine elementare Säule in der Firma. Es steht wieder ein Großauftrag vom Bundesverkehrsministerium ins Haus. Das bedeutet viel Arbeit für uns. Zudem bist du gerade dabei, ein verbessertes Produktionsverfahren aus der Taufe zu heben. Jetzt zu gehen, wäre Hochverrat!« Ströttner suchte in den Augen seines Laborleiters vergeblich nach wiederkehrendem Respekt. »Hast du denn gar keine Ehre im Leib?« Er gab ihm keine Möglichkeit zur Antwort, hob nur abwehrend die Hand. »Gut. Ich werde nach Erhalt des Auftrages über eine großzügige Gehaltserhöhung nachdenken.«

Der schwer atmende Laborleiter aber verzog keine Miene und schob Ströttner einen unverschlossenen Umschlag zu.

Für den Bruchteil einer Sekunde sah Ströttner irritiert auf das Kuvert. Er rührte es nicht an und legte seine Hände abwartend auf seine Oberschenkel. »Was ist das? Deine Kündigung?«

Weidlingers schlecht rasierte Mundpartie verzog sich zu einem unsicheren Grinsen. »Wir reden hier nicht über eine lapidare Gehaltserhöhung. Wenn ich einen Batzen sage, dann meine ich das auch so!«

Ströttner griff nach dem Umschlag, ohne sich von Weidlinger abzuwenden. Erst im letzten Moment folgten seine Blicke dem, wonach er griff. Es war eine Fotografie, die mit der bedruckten Seite nach unten im Kuvert steckte. Weidlinger wurde ungeduldig.

»Na los! Sieh es dir an.«

Bisher war es Ströttner immer leichtgefallen, Weidlinger zu durchschauen. Jetzt aber konnte er ihm nicht mehr folgen. Eine böse Ahnung beschlich ihn, als er seine Lesebrille auf die Nase schob und das Schwarz-Weiß-Foto umdrehte.

Weidlingers Lachen erstarkte im selben Moment, in dem Ströttners Gesichtszüge fahl wurden. »Du verdammter …«

»Langsam, Max«, unterbrach ihn Weidlinger mit einem Male energisch. »Wir wollen doch nicht ausfallend werden! Aber ich sehe schon; du hast die Tragweite dieses Gesprächs erkannt, nicht wahr?«

»Woher hast du dieses Bild? Wie kann das …«, zischte Ströttner aufgebracht.

»Das ist nicht von Belang. Wichtig ist nur, dass ich es habe und daneben noch viele andere. Es gibt noch bessere und eindeutigere Bilder, die auch deine Freunde von damals in bester Pose zeigen. Es wäre doch jammerschade um die drei steilen Karrieren.«

Ströttner hatte schlagartig die Brisanz der Lage begriffen. Vor ihm lag, was er aus seinem Gedächtnis gelöscht wähnte: ein unscheinbarer, schwarz-weiß bedruckter Fotokarton. Ein Bild, das ihm in seiner schlichten Existenz seine grenzenlose Erpressbarkeit vor Augen führte. Widerwillig würgte er seine Wut hinunter, spielte auf Zeit. Er brauchte sie, um wieder einen kühlen Kopf zu bekommen und nachzudenken. »Wie viel?« knarrte es aus seiner rauen Kehle.

Vorsichtige Zufriedenheit flog über Weidlingers Mundpartie. Seine Antwort klang einstudiert: »Das Zehnfache von dem, was mir die Presse dafür bieten würde, wäre wohl angemessen.«

»Die Presse?«, entgegnete Ströttner barsch. »Und wie viel soll das sein?«

Weidlinger verschränkte die Arme vor seinem dicken Bauch. »Sieh, Max. Ich bin fett, trinke zwei Kannen schwarzen Kaffee und rauche zwei Schachteln Reval ohne Filter am Tag. Ich habe keine Familie und vielleicht noch ein paar Jahre. Ich will nicht mehr, als ich in meinen letzten Jahren verbrauchen kann.« Er wog seine Hand hin und her, als würde er sich gerade in diesem Moment über die Höhe seiner Forderung klar werden. »Sagen wir eine halbe Million.«

Ströttner wich die Farbe gänzlich aus dem Gesicht. »Das ist unmöglich!«, prustete er hervor. »Du bist verrückt!«

Weidlinger hingegen stand auf und warf Ströttner noch zwei Bilder auf den Tisch.

»Wie gut, dass ich mir meine Altersversorgung mit der Kamera gesichert habe. Im Übrigen gibt es auch noch ein paar Minuten Filmdokumentation über die Vorgänge; damals in der Dämmerung.« Er machte eine gehaltvolle Pause, in der er Ströttner mit falschem Mitleid ansah. »Damit hast du nicht gerechnet. Sag nur, derjenige, der sonst immer alles über seine Mitarbeiter weiß, ist das erste Mal fassungslos? Ich gebe dir zwei Wochen, Max. Dann wirst du das Geld auf eine Bank in der Schweiz transferieren; Nummernkonto versteht sich. Bis dahin liefere ich dir auch noch das verbesserte Verfahren und die neue Lagerstätte unseres zur Neige gehenden Mergels*. Allein das sollte es dir wert sein.«

* Sedimentgestein, Grundstoff für die Zementherstellung

Ströttner wirkte wie eine aus seinem eigenen Stein gehauene Büste. Er saß nur da und versprühte mit seinen Blicken vernichtende Wut. Hinter seiner regungslosen Fassade aber sinnierte er längst über einen Ausweg aus seiner misslichen Lage. Und dieser Weg nahm rasch Gestalt an. Es gab nur eine Lösung.

Es war bereits kurz vor acht Uhr, als Ströttner das Labor betrat. Weidlinger saß auf seinem Drehstuhl und hatte die Beine entspannt verschränkt von sich gestreckt, als habe er auf Ströttner gewartet. Auf seinem Gesicht lag ein Anflug des Triumphs als die Tür hart an die Wand schlug.

»Ich wusste, dass es nicht lange dauert«, säuselte er süffisant vor sich hin, ohne aufzusehen. Ströttners Stimme klang gefroren. »Wir machen das sofort.«

Weidlinger zog die Brauen nach oben und stellte seine Kaffeetasse auf den gegenüberliegenden Versuchstisch. Seine Augen hafteten fiebrig auf dem kleinen schwarzen Koffer, den ihm Ströttner vor die Füße stellte.

»Bar war nicht vereinbart«, lies er ablehnend fallen, »aber es soll mir recht sein.«

Ströttner ging ein paar Schritte zurück und lehnte sich rücklings am Arbeitstisch an, während Weidlinger gierig nach dem Koffer griff und ihn aufriss. Seine Bewegungen stockten kurz, als er die abgezählten, banderolierten Scheinstapel überstrich. Der Duft von gebrauchtem Geld kroch in seine Nase und schickte seligen Glanz in seine Augen. Er bemerkte nicht, wie Ströttner seine Kaffeetasse ertastete und die kleine Aluminiumampulle aufschraubte. Ein weißes Pulver stahl sich hinterhältig ins tiefe Kaffeebraun.

»Und nun her mit den Bildern und diesem Film!«

Weidlinger löste sich nur schwer von seinem Glück,

zelebrierte an zwei Bündeln das Zählen übertrieben langsam. Dann stand er auf, öffnete seinen Schreibtisch und griff nach einer alten, grün emaillierten Schatulle. Mit unbekümmertem Gesichtsausdruck reichte er sie Tröttner. »Hier, die gesammelten Werke.«

Tröttner griff grob danach, sah ihn lange und durchdringend an. »Dann hätten wir das ja hinter uns gebracht. Gibt's hier keinen Kaffee?«

»Kaffee? Jetzt?« Weidlinger war kurz irritiert. »Moment.«

»Und das ist auch wirklich alles?«, rief ihm Tröttner in den Nebenraum hinterher.

»Absolut«, drang es knapp zu ihm zurück. »Keine Kopien, keine weiteren Abzüge, nichts. Ich spiele nicht falsch, Max.«

Tröttner öffnete die Schatulle und schaute hinein. Er kramte über ein paar vergilbte Fotos hinweg. Jedes einzelne rief längst verdrängte Szenen in ihm wach, frischte unliebsame Erinnerungen auf. Dabei waren es weniger die damaligen Vorkommnisse, die ihn beunruhigten. Es waren vielmehr die Folgen, die sich daraus aufgedrängt hätten, wäre das Material an die Öffentlichkeit gelangt.

Als Weidlinger wieder auf ihn zukam, zog er den Filmstreifen aus der Kunststoffrolle heraus und hielt ihn unprofessionell gegen das Neonlicht an der Decke. Umgekehrt polarisierte Lichtpunkte verrieten Gesichter und Szenen; schickten ihm vergessene Details entgegen.

»Warum erst jetzt?« Tröttners Blicke huschten forschend in Weidlingers Gesicht umher.

Weidlinger zuckte nur mit den Achseln. »Nur Narren spielen ihren höchsten Trumpf am Anfang der Partie aus.« Er nickte der Schatulle zu. »Wäre ich damit vor 30 Jahren an dich herangetreten, hätte ich mir eine andere Arbeit suchen müssen und das Geld längst im Unverstand verpulvert. Es gibt für alles im Leben den richtigen Zeitpunkt. Die Kunst ist es, ihn zu sehen.«

Ströttner blieb unbeeindruckt. »Und die Aufnahmen hast du alle selbst gemacht?«

»Natürlich. Die Fotografie ist seit Kindertagen mein Steckenpferd.« Er grinste wieder zufrieden. »Das ist dir wohl auch entgangen. Was glaubst du denn, wer die große Luftaufnahme vom Bruch gemacht hat, die in deinem Büro hängt? Ich habe sie anno '42 deinem Vater geschenkt. Kurz vor seinem Tod.« Er kniff die Lippen anerkennend aufeinander. »Das war noch ein Mann von Format und Ehre! Gott hab ihn selig.«

Ströttner berührte der Seitenhieb wenig. Er hob seine Tasse an und hielt mitten in der Bewegung auffordernd inne, während Weidlinger seinen lauwarmen Kaffee zu sich zog.

Ströttner wich einen Schritt zur Seite und griff in die Innentasche seines karierten Jacketts. Er zog einen kleinen Flachmann hervor und wollte soeben einen Schuss in Weidlingers Tasse geben, als dieser mit einem schelmisch wissenden Grinsen seine Hand darüber hielt.

»Ich denke du verstehst, dass ich dir ab jetzt mit gesunder Skepsis begegnen muss. Wer weiß, was du da in dem Fläschchen hast!«

Ströttner schüttelte den Kopf. »Was du mir zutraust, nach all der Zeit ...« Er goss den Brandy in seine dampfende Tasse. »Auf so ein schmutziges Geschäft sollte man wenigstens mit reiner Flüssigkeit anstoßen. Aber wenn du nicht willst ...«

Ein kleiner Rest in Weidlinger haderte noch mit sich, als er Ströttner seine Tasse hinhielt. »Wenn du selbst davon nimmst, kann es bestimmt nicht giftig sein.«

Ströttner reagierte nicht darauf, nahm den ersten Schluck, zog kalte Luft zwischen den Zähnen hindurch. Er nahm die Augen nicht von seinem Laborleiter.

Weidlinger schien beruhigt, trank seinen lauwarmen Kaffee in einem Zug aus.

»Es gibt keine Mitwisser außer dir?«

Weidlinger lächelte müde; suchte nach einem Grund für den aufkommenden Schwindel. »Ich … konnte noch nie teilen.«

Ströttner wies hastig auf eines der Bilder, als habe er es eilig. »Was ist mit Krüb und Grameisner?«

Weidlinger zwinkerte auffallend. Seine Stimme hatte abrupt an Kraft verloren: »… Wissen nichts«, stammelte er, »Polizei und Politik … sind mir … zu heiß.« Sein Gesicht verzog sich zu einer schmerzerfüllten Grimasse. Er griff sich panisch an die Brust. Für eine Sekunde floh sein Blick ahnungsvoll zu seiner Kaffeetasse hin, um schließlich anklagend auf Ströttner haften zu bleiben.

»Was hast du …«

Ströttner durchfuhr keine Regung, als sein Laborleiter zu Boden sank und der starre Glanz fliehenden Lebens langsam in seine Augen kroch.

»Ich habe vorgesorgt«, floh es mit dem letzten Atemzug leise aus Weidlingers Kehle. »Du wirst büßen. Schon bald.« Ein erstickendes Röcheln durchschnitt die stickige Laborluft. Dann war es still im Raum.

Ströttner betrachtete nachdenklich den leblosen Körper. Es wollte keine Zufriedenheit in ihm aufkommen. Weidlingers leise Warnung hatte eine gehasste Saat in seinen selbstsicheren Geist gepflanzt. Ein Unkraut, das schmutzig-schwarze Blüten austrieb. Blüten der Furcht.

Nach einer Weile schüttete Ströttner den Inhalt beider

Tassen in den Ausguss und spülte ordentlich mit Wasser nach. Als eine dritte, frisch aufgegossene Tasse auf dem Boden neben Weidlingers Hand aufschlug, durchschnitt zerschellendes Porzellan die Stille des Labors. Dunkler Kaffee sickerte in das rechteckige Geflecht der dunkelroten Klinkerfliesen und stieg langsam im weißen Ärmel von Weidlingers Arbeitskittel auf.

Ein verächtlicher Blick verirrte sich auf das starre Gesicht des Toten, als Ströttner über ihn hinwegschritt und nach Schatulle und Koffer griff. »Jedem Verräter das, was er verdient.«

Ströttner wusste, dass spätestens in vier Stunden der Nachtwächter aufgeregt bei ihm zu Hause anrufen würde. Ihm war klar, dass er sich dann mit der Polizei hier treffen musste – mit dem Obersten vom Posten – mit Mathes Krüb.

Als Ströttner mit seinem schweren Benz über die alte Blaubrücke fuhr, hielt er in der Mitte an und stieg aus. Der eisige Ostwind trieb trockene Schneeflocken über den Asphalt. Er griff in seine Jackentasche und ließ zwei weiße Kaffeetassen auf dem Boden zerschellen. Der liegen gebliebene Schnee auf dem Trottoir dämpfte das Klirren, als er die Scherben mit seiner Schuhspitze unter dem Geländer hindurch in die Blau schob. Ströttner verfolgte die weißen Bruchstücke, bis sie vom Bart einer tanzenden Grünalge verschlungen wurden. Dann stieg er in seinen Wagen und beruhigte seine Gedanken mit der Blechdose und dem kleinen Lederkoffer auf dem Beifahrersitz. Der Spuk war vorüber; zumindest dieser.

5

Mathes Krüb beobachtete immer wieder genervt aus dem Augenwinkel, wie Max Ströttner nervös vor der Fensterfront seiner Villa auf und ab schritt. Der Chef vom Polizeiposten Blaubeuren hatte die Arme ignorant vor der Brust verschränkt. Er sah dem Spiel der Flammen im offenen Kamin zu, als lodere vor ihm ein Heil versprechendes Orakel.

»Schlimme Sache; das mit Weidlinger«, sagte er flüchtig, um das unheimliche Schweigen zu brechen. Ströttner stierte nur gleichgültig weiter hinaus in die Nacht.

Im selben Moment hatte im oberen Hausflur eine Person innegehalten. Der eben ausgesprochene Name ließ ihre Mundwinkel zucken. Sie senkte den Kopf und zog sich ein paar Schritte ins Halbdunkel zurück. Erika war in der Ströttnervilla nicht mehr wegzudenken. Sie kannte jeden Winkel des Gebäudes, jeden Schrank und jedes einzelne Stück des teuren Geschirrs. Sie musste es kennen, als treue, schweigsame Haushälterin.

Krüb schüttelte gespielt ergriffen den Kopf und sah naiv zu Ströttner hinüber. »Wer alles im Übermaß tut … Das akute Herzversagen war die logische Folge seines Lebenswandels. Glasklar. Oder nicht?« Sein Tonfall hatte etwas Provokantes.

Ströttner strafte ihn mit einem stechenden Blick. »Schwätz' keinen Dreck daher! Es hat sich lediglich das bestätigt, was ihm Doktor Frieser schon vor 20 Jahren prophezeit hat. Und jetzt Schluss damit!«

Erika presste unter schmerzverzerrtem Gesicht die geballte Faust gegen ihre Lippen. Das blasse Bild von Karl flog durch ihren Geist. Rachsucht stieg in ihr auf. Sie sah sich an Ströttner rächen, sah ihn um sein Leben flehen. Es dauerte eine Weile, bis sie wieder zu einem ruhigen Atem fand.

Krüb fasste sich ergriffen ans Kinn. »Das muss ein großer Verlust für die StuMAG sein.«

»Kümmere dich um deinen eigenen Mist«, fuhr ihm Ströttner über den Mund.

Krüb sparte sich eine Antwort, nickte Ströttner nur drohend zu. Er sah die Erleichterung in seinen fahlen Zügen, als die Türglocke ging.

Bartholomäus Grameisner wirkte eisern. Er hatte die Hände auf dem Rücken verschränkt, musterte sein Gegenüber mit skeptischer Gleichgültigkeit. Er wusste sofort, was Ströttner umtrieb, als er in seine Augen sah. So wie damals auch.

Die Begegnung war alles andere als unverhofft. Grameisner verschwendete nicht einen sentimentalen Gedanken daran, wie lange sie sich nicht mehr gesehen hatten. Um das ging es nicht. Nicht heute und wahrscheinlich nie mehr. Er hätte sich vielmehr gewünscht, dieses Treffen wäre niemals vonnöten gewesen. Aber das war es; und er wusste das.

Grameisner, der Wirtschaftsminister, schwieg, als er langsam die letzte Stufe der Treppe nahm. Er ließ seinen bohrenden Blick nicht von Ströttner. So, als würde er eben in diesem Moment der Stille alle Fragen mitsamt den ungewissen Antworten aus seinem Hirn saugen.

»Welch Ehre. Der Barthel«, entwich es Ströttner leise unter einem berechnenden Lächeln. »Oder muss ich Doktor Grameisner zu dir sagen?«

Grameisner reagierte unbeeindruckt auf Ströttners Worte. »In Anbetracht der Lage ist eine Diskussion über Anredeformen wohl eher von untergeordneter Bedeutung. Ich darf eintreten?«

Ströttner ließ seinen in den Türrahmen gestemmten Arm kraftlos niedersinken. »Aber bitte. Deinen Mantel?«

»Bemühe dich nicht, Max. Höflichkeit hat dir noch nie gestanden. Ich habe nicht vor, lange zu bleiben. Die Termine, du weißt …«

Sie schritten durch den Eingangsbereich. Grameisners Augen wanderten kaum merklich über alle Auffälligkeiten in Ströttners Haus. Zuletzt über den rötlich schimmernden Marmorboden und die chinesischen Vasen, die raffiniert von irgendwoher, indirekt beleuchtet wurden. »Respekt. Da hat es jemand weit gebracht – dank mir.« Grameisners Pause zwischen den Sätzen verriet, dass er seinem Gastgeber nicht einmal den Staub auf seiner Marmortreppe gönnte. Ströttner tat so, als habe er ihn nicht gehört, und schritt voraus.

Mathes Krüb stierte noch immer in die Glut. Er machte nicht einmal den Versuch, seinen Unmut über die gezwungene Zusammenkunft zu verbergen. »Dann wären wir ja vollzählig«, stieß er gallig hervor und hieb mit seiner zusammengerollten Zeitung ungeduldig in seine hohle Hand. »Heraus mit der Sprache. Weshalb hast du uns herbestellt? Wegen Weidlingers Tod wohl kaum.«

»Du warst noch nie eine Leuchte, Mathes«. Ströttner blies den Atem abschätzig durch die Nase. »Hast es anscheinend schon vergessen, was uns drei verbindet?«

Sofort legte sich eine vergiftete Stille in den Raum. Krüb wandte sich von Ströttner ab.

Grameisner entfloh nur ein widerwilliger Seufzer, als ekele ihn allein der Gedanke an diese wirre, verdrängte Zeit an. Und, weiß Gott, er tat es auch. Der routinierte Landespolitiker besaß einen sechsten Sinn für heraufziehende Gewitter. Er kannte dieses elektrisierende Knistern im Raum. Und er kannte diese zähen, wortfaulen Sitzungen, gleich, wie sie sich auch tarnten. Er wusste um ihre unscheinbare Essenz, die etwas nahezu Lebendiges schufen. Etwas, das gefestigte Existenzen zielgenau ins Chaos lenkte, das steile Karrieren lautlos begrub. Der Zeitpunkt, an dem es nicht mehr aufzuhalten war, hatte eine ganz bestimmte, fahle Aura an sich. Ein unscheinbarer Todesbote am Wegrand der Konversation. Grameisner aber hatte gelernt, dennoch Fassung zu behalten. Er mimte den Überraschten.

»Weidlinger? Dein Laborleiter ist tot?«

Ströttner nickte, warf ihm nur einen kurzen, bestätigenden Blick zu.

In Grameisner stieg ein Gefühl des Unbehagens auf. Er sah Ströttners zuckende Augen. Nahm genau wahr, wie ein Hauch von Unsicherheit an seiner selbstsicheren Maske zerrte. Grameisner wollte das Geheimnis, das sie verband, für alle Zeit behütet wissen, wollte sich in gewohnter Sicherheit wiegen. Doch die heile Welt gab es nicht mehr. Irgendetwas war aus dem Lot gekommen, hatte das Pendel des Vergessens aus seinem gleichmäßigen Takt gebracht. Grameisner verschränkte seine Arme, überlegte laut: »Es ist dieser Bursche. Wie hieß er noch?«

Ströttner winkte in einer Geste der Lächerlichkeit ab. »Der Hitlerjunge? Nein. Der wird uns nichts mehr anhaben. Er ist schon in den 60ern weggezogen. Ich habe ihn seither nie wieder gesehen. Der hat das Ganze längst vergessen. War ja noch ein Kind damals.« Ströttner überbrückte das Schweigen in der Runde. Er nahm eine Zigarre aus einer edlen Holzschatulle und steckte sie sich grob an der Glut des Kaminfeuers an. Grameisner zog pikiert die Brauen nach oben. Ströttner war ganz offensichtlich in jeder Hinsicht der Alte geblieben. Alles, was er tat, was er anfasste oder gar nur betrachtete, war von kaltem Zorn erfüllt. So, als könne er selbst leblosen Dingen Schmerzen zufügen. Grameisners abgenutztes Bild der Erinnerung versank in einer Wolke bläulichen Zigarrenqualms.

»Es ist was anderes im Busch«, knarrte es rauchgedämpft aus Ströttners Kehle. »Der Höhlenverein macht Schwierigkeiten.«

Krüb grunzte amüsiert. »Der Höhlenverein? Alle Höhlen im Blautal sind zuverlässig verschlossen. Außerdem würde sich dort sowieso kein vernünftiger Mensch hineinwagen!«

»Ich spreche nicht von vernünftigen Menschen, sondern von Höhlenforschern!« Blaffte Ströttner zurück.

Grameisner sah gehetzt auf seine sündteure Armbanduhr und ging ungeduldig dazwischen. Seine Frage klang wie ein Befehl. »Würdest du die Freundlichkeit besitzen und endlich auf den Punkt kommen, Max!«

Ströttner ging ein paar Schritte in den Raum, um sich dann abrupt umzudrehen.

»Sie haben eine Grabungsgenehmigung bei der Stadt gestellt.«

Krüb zuckte mit den Schultern. »Was geht uns das an?«

Ströttner reagierte nicht, sah nur in Grameisners nachdenkliches Gesicht.

»Wie weit ist es entfernt?«, kam es ahnungsvoll von ihm.

Ströttner entrollte schwungvoll eine Landkarte auf dem wuchtigen Mahagonitisch. Sein Zeigefinger zog eine unsichtbare, alles verdeutlichende Linie auf dem Papier.

»Rund 520 Meter Luftlinie vom Bruch, etwas über 300 von …«, er zögerte, »… ihr wisst schon.«

Grameisner nickte bitter, während aus Krübs Zügen nur naiver Zorn sprach.

»Erstens«, begann er selbstbewusst, »halte ich es für unwahrscheinlich, dass eine unterirdische Verbindung besteht, und zweitens wird dieses Grabungsgesuch durch den Gemeinderat und letztlich den Bürgermeister abgelehnt. Das kann doch für dich und deinen Sohn kein ernsthaftes Problem darstellen. Ich begreife nicht, weshalb du uns beide wegen einer solchen Lappalie …«

»Halt's Maul, Dorfbüttel!«, explodierte Ströttner. Er warf seine kubanische Cochiba mit wütender Verachtung ins lodernde Kaminfeuer und schritt forsch auf Krüb zu. »Lappalie!«, donnerte er. »Wenn es so einfach wäre, stünden wir heute nicht hier!« Er kniff die Augen zu schmalen Schlitzen zusammen. »Färbversuche ergaben, dass die Stelle an der gegraben werden soll, direkt in den Blautopf entwässert. Unser Problem ist bekanntlich nicht weit davon entfernt. Und was die Genehmigung anbelangt …«, er machte eine kurze Pause, in der er verlegen die Lippen aufeinanderpresste, »sie wurde vorgestern erteilt.«

Für einen Moment war es ruhig. Barthel fuhr sich nervös durch die grauen Haare. Nun zuckten auch seine Augen unruhig hin und her. Ströttners letzter Satz hatte ihn seiner Hoffnung beraubt, es würde sich lautlos bereinigen lassen.

Krüb fächelte mit seiner zusammengerollten Zeitung unablässig durch die Luft. »Ich habe es damals schon gesagt! Das wird uns irgendwann einholen.«

»Und nun hat der Ströttner nicht einmal mehr seinen Filius im Griff!«

Ströttner fuhr aufgebracht herum. »Liegt es etwa in meiner Hand, wenn dieser rote Stadtrat, Kühnel, in Vertretung handelt? Einmal im Jahr darf der Bürgermeister ja wohl auch in den Urlaub gehen!«

Krübs Stimme überschlug sich. »Dann soll er das Ding, verdammt noch Mal, wieder rückgängig machen, wenn er wiederkommt!«

Grameisner wunderte sich selbst über seine äußerliche Ruhe. Er hätte, weiß Gott, lieber geschrien, sich alles von der Seele gebrüllt, so wie Krüb. Aber er konnte den Zwängen seines Naturells nicht entfliehen. Die Worte, die er fand, waren leise. Sie krochen nahezu über seine Lippen: »Ich mache das.« Er nickte überzeugt, als gäbe es keine andere Lösung. »Und zwar über die behördliche Schiene. So kommt erst gar kein Verdacht auf. Ich wäre ein schlechter Politiker, wenn mir dazu nichts einfallen würde: Formfehler, Landschaftsschutzgebiet, öffentliches Interesse und so weiter. Aber …«, der Hass, mit dem er sich an Ströttner wandte, war alt, »nach dieser letzten Schützenhilfe ist die Sache ein für alle Mal erledigt. Ab heute geht mich das nichts mehr an!«

Krüb nickte aufgeregt unter dem naiven Gesichtsausdruck eines ewig gestrigen Duckmäusers. »Genau dasselbe gilt für mich, Max! Genau dasselbe!«

Ströttner lachte unter eisigem Grinsen leise vor sich hin und wandte sich angewidert von den beiden ab. »Ihr Schießbudenfiguren! So einfach stellt ihr euch das also vor?« Er drehte sich um und fuchtelte ihnen mit ausgestrecktem Arm seine Macht entgegen. »Ihr seid an mich gebunden wie die Blätter an den Zweig!«

Grameisner glaubte den bitteren Sarkasmus in Ströttners säuerlichem Atem riechen zu können, als er sich ihm bis auf wenige Zentimeter näherte.

»Ja, ja. Der ehrenwerte Doktor Grameisner. Wenn du dich eben nicht selbst angeboten hättest, würde ich dich jetzt zu diesem Freundschaftsdienst zwingen müssen!« Ströttner warf seinem Gegenüber stinkende Brocken der Vergangenheit vor die Füße. »Du hast mich damals angerufen, mitten in der Bombennacht! Hast ein letztes Mal den übermächtigen Nazi gespielt! Und nun will man nichts mehr davon wissen, was? Eine beweisbare Nazi-Vergangenheit; eine seit Kriegsende bestehende falsche Identität; ein falscher Doktortitel … ich lese schon die Schlagzeilen in der Stuttgarter Tagespost: Minister Grameisner 1945 an geheimer Operation der SS beteiligt! Ein schöner Skandal.« Er zog eine der Fotografien Weidlingers aus seinem Jackett und hielt sie Grameisner vors Gesicht. Seine fleischige Hand umgriff fest seine Schulter. Er zwang seinen Mund dicht an Barthels rechtes Ohr. Auf das gepflegte Gesicht des Politikers legte sich ein feuchter Schimmer, der nicht zu ihm passen wollte. Grameisner hasste nichts mehr als den kalten Schweiß der Angst.

»Wie ist es nun, Herr SS-Standartenführer? Schon vergessen, dass du damals alles unterschrieben hast? All die gefälschten Listen, die Befehle? Sie tragen deine Unterschrift! Von wegen Tiefflieger!« Ströttner ließ von ihm ab und tippte sich hartnäckig auf die Brust, während er zwei hauchdünne Durchschlagspapiere und Ausweise vom Tisch aufnahm. Er hielt sie Grameisner vor, grinste fies. »Ich habe vorgesorgt, Barthel.« Als verspüre er Genugtuung dabei, tippte er immerzu auf die vergilbten Fotografien, welche bittere Fakten in den Raum stellten. »Ja,

Barthel, Du siehst schon recht! Bartholomäus Gramer aus Stuttgart konnte nie aufgespürt werden? Nach einem Bombenangriff vermisst und für tot erklärt!« Ströttner zelebrierte seine Überlegenheit. »Wie ist das, wenn man nach so langer Zeit seinen richtigen Namen liest? Ein Hauch von Nostalgie?«

Grameisner verlor die Fassung. »Das kann nicht sein! Woher hast du diese Papiere? Ich habe sie eigenhändig …«

»… Eigenhändig im Steinbruch in den Brecher geworfen, ganz recht, Barthel.« Ströttner hielt kurz inne, bevor er sein lähmendes Gift weiter verspritzte. »Wir hatten über vier Wochen keinen Strom. Und ich wusste schon damals, dass so ein kleines Druckmittel so manchen Weg ebnen kann.«

Grameisners Kiefermuskulatur war angespannt wie die Backen eines Schraubstockes. Sein Gesicht wurde starr. Er wusste, dass jedes weitere Wort der Drohung und Beschimpfung nichts an seiner Lage ändern konnte. Geschlagen wechselte sein Blick auf den schimmernden Marmorboden des Raumes und fraß imaginäre Löcher hinein, in die er sich am liebsten verkrochen hätte. Grameisner hatte erkannt, welche späte Konsequenz sich unaufhaltsam in alle Adern seines Lebens suchte. Es waren immer die wortfaulen Treffen. Unscheinbare Todesboten.

»Und du, Dorfbüttel?«

Krüb zuckte zusammen.

»Das Grundstück, das man diesem Juden damals enteignet hat, ist seltsamerweise seit 36 Jahren dein Eigentum! Es hat nie ein Hahn danach gekräht. Du weißt genau, dass sich das Grundbuch nicht einfach so von selbst in der Weise korrigiert hat, dass der Name schlicht nicht mehr auftauchte? Sei versichert, diese fehlende Seite liegt ebenso sicher verwahrt in meinem Tresor wie das stumme Zeugnis einer unrühmlichen Vergangenheit unseres Freundes, der sich heute Politiker schimpft.« Ströttner schlug mit der flachen Hand auf den Tisch, dass seine beiden Gäste ein Ruck durchfuhr. »Und das soll doch so bleiben, nicht wahr?«

Ströttner machte eine gehaltvolle Pause, baute sich vor seinem eigenen Spiegelbild im hohen Fenster auf. »Demnächst wird man an der Stelle des alten jüdischen Friedhofs ein Mahnmal errichten. Ich werde dafür die besten Schichten in meinem Bruch opfern. Marmor! Feinster Marmor! Warum denn, glaubt ihr, mache ich das?« Er wedelte aufgeregt mit dem Zeigefinger. »Ich tue das, weil mir verdammt viel an unserem ruhigen Lebensabend liegt. Ich tue das für uns! Auch wenn ich dabei kotzen könnte.«

Es verging eine Weile, bis es Krüb halblaut entfloh: »Du bist ein Schwein, Ströttner.«

»Ich weiß«, fügte Ströttner an, »und ich fühl mich sauwohl dabei.«

Grameisner hatte seine Fassung wiedergefunden. Er nickte sich voller Bitternis selbst zu und begann, Fragmente eines lange zurückliegenden Selbstgeständnisses zu zitieren: »… Am großen Rad mit drehn', ein gutes Stück vom Kuchen abbekommen, bevor das ganze Reich versinkt. Tu ich es nicht, nimmt es ein anderer. Erinnerst du dich?«

Ströttner winkte in einer Geste der Lächerlichkeit ab.

Der Minister ließ sich nicht beirren. »Du hast dich immer schon gerne mit fremden Federn geschmückt. Tatsächlich aber hast du dich damals über Jahre hinweg gesund gestoßen. Angefangen vom Bau des Atlantikwalls, über das Geilenbergprogramm und zuletzt an den Transporten für die Montan. Die StuMAG war gefragt, in allen Belangen, zu jeder Zeit.« Grameisner schüttelte den Kopf, als könne er sich selbst nicht glauben. »Du hast das nicht für uns getan, Max. Und schon gar nicht für die Sache. Du hast es für dich getan, wie alles in deinem Leben.«

Ströttner griff mit stoischem Ernst nach einem zusammengehefteten Pamphlet, auf dem der Briefkopf der Stadt Blaubeuren prangte, um es Grameisner auffordernd entgegenzustrecken. Sie blickten sich starr in die Augen, bevor der Minister schließlich gefasst nickte, das Kinn zum Schein seiner wiedergewonnenen Fassung anhob und das Geheft an sich nahm. Er konnte seine Anspannung nicht überspielen. Mit seiner zitternden Stimme holperte tiefe Nervosität aus seiner Kehle.

»Wenn die Ablehnung eingeht, gehe ich davon aus, dass du deinen Sohn weiter im Griff hast.«

Ströttner funkelte ihn kalt an. Er hasste es, wenn man ihm das Heft aus der Hand nahm. »Darüber mach dir mal keine Sorgen.«

Grameisner musterte zuerst den einen, dann den anderen. Seine Stimme klang wieder führend überlegen, als er sich an Krüb wandte. »Du sorgst dafür, dass sich dieser Verein auch an die Vorgaben der Landesbehörde hält.« Er wartete geduldig, bis Krüb kleinlaut bestätigte. Dann schritt er, ohne sich zu verabschieden, in die Eingangshalle und verschwand.

Krüb folgte ihm hastig. Es schien, als habe er heute eine gewisse Furcht, allein mit Ströttner zurückzubleiben.

Kurz bevor er den Eingangsbereich erreichte, rief ihn Ströttner von hinten an: »Mathes! Wir machen nächste Woche wieder eine Inspektion rund um den Bruch. Diese Bengel haben wieder den Zaun zerschnitten.« Er grinste berechnend und rieb Daumen und Zeigefinger auffällig aneinander. »Du weißt ja: Die Versicherung. Es soll wie immer nicht zu deinem Schaden sein!

Über Krübs Gesicht zuckte die Gier nach Ströttners schmutzigem Geld. Dann fiel die schwere Eingangstür ins Schloss.

Ströttner stand allein vor der großen Fensterfront und hatte die Arme vor dem Bauch verschränkt. Er sah lange durch sein transparentes Spiegelbild hindurch; war unfähig, sich die aufkeimende Beklemmung einzugestehen. Wie Pech hafteten seine Augen auf dem gegenüberliegenden Hang. Wie oft hatte er schon dort hinübergestarrt. Gedankenversunken, zuversichtlich und letztlich sicher, die Vergangenheit ein für alle Mal hinter sich zu haben. Heute aber war es anders. Ein unbestimmbares Gefühl nahm ihn plötzlich ein. Ein Gefühl, das er nicht einschätzen konnte. Ströttner hatte die Möglichkeit realisiert, dass ihn ein irrwitziger Zufall enttarnen könnte. Und während die Folgen dieser Katastrophe vor seinem geistigen Auge vorüberflogen, fing der unnahbare Zementmagnat aus Blaubeuren an, sich vor der Zukunft zu fürchten.

6

Ströttner schaute seinem Sohn über den langen Esstisch hinweg forschend in die Augen. »Du scheinst mit deinen Gedanken noch im Rathaus zu sein, so langsam wie du heute isst.« Jakob legte sein Besteck beiseite und atmete angestrengt durch die Nase aus. »Nichts von Bedeutung.«

Ströttner hakte fordernd nach: »Lüg' mich nicht an. Was ist passiert?«

Jakob antwortete nicht. Er stand nur auf, schlenderte mit verschränkten Armen auf die Fensterfront zu. Sein Blick glitt über den Berghang auf der anderen Talseite. Ziellos und zufällig.

Aus Ströttners Gesicht wollte die ahnungsvolle Skepsis nicht weichen. Er erhob sich; fuhr mit der Hand über sein Gesicht, als wolle er die lästig trüben Gedanken fortwischen. Gedanken, die ihn müde machten. »Der Weidlinger vom Labor ist gestorben«, versuchte er, dem Gespräch belanglosen Schwung zu geben. »Du hast ihn ja auch gekannt. Es war dieser dicke mit dem langen Schnurrbart, der immer …«

»Ich weiß, wer er war, Vater«, unterbrach ihn Jakob. »Wie ist es passiert?«

Sein Vater zuckte in scheinbar verlegener Ahnungslosigkeit mit den Schultern. »Herzinfarkt – sagt man. Ein Jammer. Gerade jetzt, wo wir uns für den Großauftrag beworben haben. Nun muss ich diesen Brüning zum Laborleiter machen! Wenn der das mit dem neuen Verfahren vermasselt, wird es eng mit den Krediten.« Ströttner machte eine kurze Pause, bevor er unter einem väterlich gütigen Lächeln wieder anhob: »Aber das soll den Bürgermeister von Blaubeuren nicht belasten. Du hast andere Sorgen, nicht wahr?« Es lag ein Zögern in seiner Bewegung, als er seine Hand auf die Schulter seines Sohnes legte. »Was beschäftigt dich?«

Jakob drehte sich seinem Vater zu, ohne ihn anzusehen, und verschränkte die Arme vor der Brust. Er schien abwesend; massierte sich mit den Schneidezähnen die

Unterlippe. »Vor meinem Urlaub hatte ich mit diesem Cruner, dem Vorsitzenden des Höhlenvereins gesprochen. Sie wollten eine Genehmigung für eine Probegrabung beantragen und ich sicherte ihnen zu, dass seitens der Gemeinde nichts dagegen einzuwenden sei. Heute ging ein Bescheid des Landesdenkmalamtes ein, die Grabung müsse umgehend eingestellt werden, die Genehmigung sei hiermit widerrufen. Weiters hätte man zukünftig in solchen Angelegenheiten die Landesbehörde und das Denkmalamt unaufgefordert zu informieren. Ich frage mich, woher die das wussten?« Jakob griff sich mit der Hand nachdenklich ans Kinn. »Wir mögen doch das Schreiben über die Erweiterung des Landschaftsschutzgebietes zur Kenntnis nehmen. Ein Schreiben, das dem Bescheid exakt drei Tage vorausging. Die Flächen der Stadt Blaubeuren sollen als anschauliches Beispiel für die Erhaltung schützenswerter Heidelandschaft erkennbar für den Besucher hervortreten. Es sei im Rahmen des aufkommenden Umweltschutzes geboten, diesem ehrbaren Gedanken Rechnung zu tragen.« Jakob ballte die Hand zur Faust und erhob sie in Richtung der Landeshauptstadt. »Nichts als Schikane! Da haben sich die hohen Herren wieder etwas in den Kopf gesetzt, von dem sie nicht das Geringste verstehen! Keinen von ihnen habe ich jemals hier in Blaubeuren gesehen. Niemand scherte sich bis jetzt um unsere kleine Gemeinde. Wenn aber eine Schauhöhle eröffnet wird, stehen sie allesamt vor der Tür und wollen ihre oberflächlichen Grußworte anbringen!«

Ströttner blieb ruhig. In seinem Blick lag geheucheltes Verständnis. »Was hast du erwartet? Du weißt selbst, dass der Naturschutz in diesen Tagen eine große, politische Rolle im Lande einnimmt.« Er hielt inne und wies aus dem großen Fenster hinüber an den Hang seines Steinbruchs. »Ich bin seit zwei Jahren per Gesetz verpflichtet, nach dem Abbau alles zu rekultivieren; nicht nur den Westteil. Und dabei fragt mich niemand, was das kostet.« Ströttner ließ die Arme in gespielter Hoffnungslosigkeit an den Körper fallen. »Die neuen Besen im jungen Umweltministerium kehren gut, mein Junge. Und wenn sie einmal eine Richtung beschlossen haben, gibt es keine Kehrtwende mehr.« Er nickte wissend. »Im Endeffekt muss es dir gleichgültig sein. Du zeichnest hierfür nicht verantwortlich.«

Jakob schüttelte beharrlich den Kopf. »Es ist mir alles andere als gleichgültig! Wir sind eine touristisch orientierte Gemeinde. Menschen aus ganz Deutschland kommen seit Jahrzehnten zu uns, weil sie damit eine der einzigartigsten Karstquellen* verbinden, die im Land existiert. Die Felsen und Wanderwege sind das eine. Der Blautopf und eben das, was wir noch nicht über die Blauquelle wissen, zieht die Massen an. Was aber wäre, wenn man durch die Erschließung einer bislang unbekannten Höhle buchstäblich Licht ins Dunkel bringen könnte?« Jakob schien mit seinen Händen die Zukunft der Stadt in die Luft zu bauen. »Höhlenlehrpfad – den Blautopf von außen und von innen bestaunen – wissenschaftliche Führungen! Das ist gleichbedeutend mit steigenden Übernachtungszahlen, Arbeitsplätzen und dauerhaft gesichertem Wohlstand der Gemeinde! Ich werde morgen mit dem Ministerium telefonieren.«

Ströttner seufzte tief. Seine Augen wirkten finster. »Überlege dir gut, was du unternimmst, Jakob. Der Wahlkampf hat begonnen; dein Wahlkampf. Nichts wäre fata-

* Natürliche Entwässerung eines Höhlensystems/Karstgebietes

ler für dich als ein Affront gegenüber dem Ministerium. Du weißt, wie rasch sich solche Dinge verbreiten.« Ströttner verlieh seiner Rede mit ein paar Schritten in den Raum Nachdruck. »Politik ist dynamisch, das haben wir nach dem Krieg alle gelernt. Aber dies erfordert generell dynamische Menschen, die sie letztendlich umsetzen und ausmachen. Um das Naturschutzthema kommt in Zukunft niemand mehr herum. Vor allem du als Amtsträger nicht. Vergiss nie: Die Kommunalpolitik ist die Infanterie der Politik; die vorderste Front. Sie verzeiht keine Fehler.« Mit nach oben gezogenen Brauen forderte Ströttner eine wohlgefällige Antwort. Das gewohnte Beipflichten.

Jakob wurde skeptisch. »Ihr habt nicht etwa eure Finger im Spiel – du und Grameisner?«

Ströttners Gesichtszüge gefroren. »Barthel ist Wirtschaftsminister! Das geht mit dem Umweltministerium zusammen wie Wasser mit Feuer. Eine Schande, was du mir zutraust!«

Jakob senkte konsterniert die Augen. »Dennoch. Auch als Bürgermeister darf man zu gewissen Themen eine eigene Meinung haben. Ich schätze deine Ratschläge sehr. Das weißt du. Aber verstehe, dass ich mich zuerst unseren Bürgern verpflichtet fühle und danach den oberen Behörden. Ich glaube nicht, dass meine politische Reputation durch eine sachliche Diskussion um dieses Thema Schaden nimmt.«

Ströttners Miene wurde eisern, als Jakob langsam die Treppe hinaufstieg. »Dieses Thema ist noch nicht ausdiskutiert!«, donnerte er ihm hinterher.

Jakob hielt inne, wandte sich misstrauisch zu ihm zurück. »Woher kommt diese Motivation, dich so vehement in meine Dienstgeschäfte einzumischen?«

»Ich bin dein Vater und Berater!«, platzte es aus ihm

heraus. »Und ich sehe nun einmal nicht gerne zu, wie sich mein Sohn überregional lächerlich macht!« Er schritt an das Fenster und deutete ins Tal. »Hast du etwa das Debakel um die Umgehungsstraße schon vergessen? Oder den Felssturz über der alten Steige? Das Gestein ist unzuverlässig, brüchig und tektonisch vollkommen zerrüttet. Komm zur Vernunft! Was nicht machbar ist, das entbehrt von vornherein jeglichem Einsatz. Schlag dir deine Schauhöhle besser aus dem Kopf, bevor daraus ein Millionengrab wird.«

Jakob stützte sich auf das Geländer, hörte geduldig weiter zu.

»Ich kann es nicht fassen! Da muss ich dir erklären, dass man mit wirtschaftlichen Bestrebungen im Kommunalwahlkampf derzeit keinen Blumentopf mehr gewinnen kann! Umweltschutz ist dein Wahlkampfthema! So wie überall. Und damit geht eine ungestüme Wühlerei an einem der schönsten Wachholderheiden der Alb nicht konform!« Ströttner zauberte wundersame Argumente aus dem Hut: »Die Landesgartenschau in Ulm beginnt bald. Diejenigen Besucher, welche zu uns herausfahren, suchen die Schönheit der Natur! Nicht etwa einen durchwühlten Berghang voller Brennnesseln.« Ströttner sah es Jakob an, dass er gegen eine Wand redete, versuchte es auf eine Weise, die ihm überhaupt nicht lag. Er wechselte so nahtlos in die Opferrolle: »Du bist mein einziger Sohn. Deine Entscheidung, den Betrieb nicht zu übernehmen, war schwer für mich. Aber ich habe deinen Willen akzeptiert und dich in allem unterstützt. Ich möchte, dass du verstehst, dass es mir schlicht am Herzen liegt, dir beizustehen. Ich kann nicht einfach zusehen, wie du dich um Kopf und Kragen bringst.«

Jakob bewahrte sich einen Hauch von Misstrauen, als er vergeblich die Augen seines Vaters suchte. »Nichts für ungut, Vater. Bei so vielen Dingen, die nach dem Urlaub auf einen einströmen, verliert man manchmal das Wesentliche aus dem Fokus. Ich werde erst einmal eine Nacht darüber schlafen und morgen Klarheit gewinnen.«

Ströttners Mundwinkel zuckten leicht nach oben, gaben väterlichen Stolz vor. Er verflüchtigte sich erst, als die Tür zu Jakobs Arbeitszimmer geschlossen wurde und er wieder allein vor der großen Glasfront stand. Allein mit dem faltenreich, versteinerten Spiegelbild seiner selbst.

7

Fritz Cruners Atem kondensierte in der kalten Luft zu vergänglichen Wölkchen. Der weiße Reif auf seinen Barthaaren ließ ihn älter erscheinen, als er tatsächlich war. Der Vorsitzende der I. G. Karst und Höhle war kein Mensch, der sich rasch aus der Fassung bringen ließ. Dennoch wanderte seine Pfeife nervös von einem Mundwinkel zum anderen, als er distanziert auf den Polizisten zutrat.

»Es muss sich um einen Irrtum handeln. Die Grabungsgenehmigung wurde am 18. Februar von der Stadt Blaubeuren erteilt.«

Mathes Krüb schmunzelte sarkastisch. »Das Wohlwollen über diesen Vorgang liegt, Gott sei Dank, nicht allein in den Händen der Stadt.«

Cruner stemmte protestierend die Hände in die Hüften. »Was soll das bedeuten, Herr Wachtmeister?«

Krüb griff in die Innentasche seiner Uniformjacke, zog einen Umschlag hervor und hieb damit demonstrativ auf seine andere Hand. »Normalerweise geht dieser Bescheid per Post zu. Da die Angelegenheit aber keinen Aufschub duldet, bat mich der Bürgermeister sozusagen um eine kleine Amtshilfe, nachdem wir unweit voneinander unseren Dienst tun. Er lässt ausrichten, dass er sich in Kürze mit Ihnen in Verbindung setzen wird – wegen des Bußgeldes.«

Cruner riss den braunen Umschlag mit seinen kalten, steifen Fingern umständlich auf und überflog den Bescheid. Am unteren Rand prangte ein großes Amtssiegel.

»… Die Anweisung des Landesdenkmalamtes über die sofortige Einstellung der Grabungsarbeiten ist in Anlage beigefügt?« In Cruners Stimme schwang Fassungslosigkeit. Die Wut grub Falten in sein Gesicht. »Das werden wir noch sehen. Ohne eine schlüssige Begründung akzeptiere ich diesen Bescheid nicht. Wir werden dagegen …«

»Widerspruch einlegen?«, wurde er von Krüb süffisant unterbrochen. »Nun, Herr Cruner. Dieser Bescheid sieht für Sie keine Aussetzung vor. Ich muss Sie bitten, die Grabungsstelle bis heute Abend wieder in ihren Urzustand zu versetzen. Sollte das nicht der Fall sein, müsste ich Sie, als Verantwortlichen, wegen Zuwiderhandlung entsprechend belangen. Sie kennen die üblichen Vorgänge.« Er ließ seinen Blick geringschätzig über die kleine Abraumhalde wandern. »Wie ich sehe, ist ja noch nicht viel geschehen. Acht Stunden sollten genug sein, um dieses Loch wieder aufzufüllen.«

Cruners Augen wanderten von dem frischen Aushubhügel auf Krüb, der zufrieden die Handkante an die Mütze legte und sich abwandte. »Sagen Sie, Wachtmeister. Mich beschleicht der Eindruck, dass Sie dieser Amtssache nicht mit der gebührenden Neutralität gegenüberstehen. Welchen Anteil haben Sie an dieser Entscheidung gehabt?«

Krüb kehrte um, fixierte Cruner scharf. »Ich warne Sie, Höhlenforscher. Üben Sie Vorsicht in dem, was Sie mir gegenüber äußern. Spinnen Sie sich nichts zusammen. Das kann leicht in einer Anzeige enden.«

Cruner lächelte verschmitzt und hob die Hände als übertriebene Geste seiner Wehrlosigkeit. »Ich bitte vielmals um Verzeihung, Herr Wachtmeister!«

Krüb ging zwei energische Schritte auf Cruner zu und hob demonstrierend die Hand. »Kommissar! Meine Dienstbezeichnung ist Kommissar! Merken Sie sich das!«

»Ach? Und ich schimpfe mich Oberstudienrat.« Ein Schmunzeln huschte über Cruners Gesicht.

Krüb presste seine schmalen Lippen aufeinander, kaute an seiner Wut. Dann schritt er schließlich hinab zu seinem Dienstwagen.

Cruner sah ihm eine Weile nach, bevor er die Arme verschränkte und ratlos den Kopf schüttelte. Er dachte an den Brief, den er vor einem halben Jahr zwischen Zeitschriften und Rechnungen aus dem Briefkasten des Vereinsheims gefischt hatte. Er war allein am groben Holztisch im kühlen Aufenthaltsraum gesessen und hatte die wenigen, maschinengeschriebenen Zeilen rasch überflogen. Der Hinweis, welcher seine Theorie im Konsens bestätigte, trug weder Unterschrift noch Absender. Offenbar ein stiller Förderer, der seinen Aufruf zwar fachfremd, aber treffend formuliert hatte. Cruner hatte schon seit Jahren mit einer Grabung an dieser Stelle geliebäugelt. Doch seine Vorstandskollegen konnte er nicht recht davon überzeugen. Zu viel Aufwand für eine vage Vermutung, hieß es. Cruner hatte den Brief noch am selben Abend in den

Kachelofen gesteckt. Er wollte sich nicht dem Vorwurf aussetzen, er habe die Zeilen selbst geschrieben, um sein Forschungsprojekt durchsetzen zu wollen. Und doch war dieser anonyme Brief der letzte Anstoß für seine Aktivitäten in diesem Gebiet gewesen.

Cruners Aufmerksamkeit richtete sich wieder auf den lehmigen Aushub neben dem Schachtmund, aus dem immer wieder rhythmische Hammerschläge an die Oberfläche drangen. Vor ihm lag nicht nur ein gefrorener Haufen Erde. Vor ihm lag eine Menge investierter Zeit und Kraft. Die vielen Begehungen im Winter, Luftmessungen, geologische Untersuchungen. Sollte all das umsonst gewesen sein?

Es lag Wehmut in seinen Zügen, als er auf der Holzleiter in die Grube stieg und Doris mit der Hand auf den Rücken klopfte. »Du kannst aufhören.«

Doris wischte sich den Schweiß von der Stirn. »Wie? Ich habe doch eben erst angefangen!«

Cruner nickte niedergeschlagen und fügte mit ruhiger Stimme an: »Es ist vorbei. Zumindest vorerst. Das Landesdenkmalamt hat die Stadt angewiesen, die Grabung einstellen zu lassen. Lies es selbst.« Er reichte ihr das Schreiben, griff nach dem Grabungswerkzeug und stieg wieder hinauf zur Oberfläche.

»Hat der Krüb das eben vorbeigebracht?«, rief sie zu ihm hinauf.

»Ja, und er will, dass wir den Schacht bis heute Abend um sechs wieder verfüllt haben.«

»Was? Sind die denn ganz verrückt geworden?« Doris blickte in ihrem Geviert resigniert um sich. »Der Bürgermeister war doch unserem Vorhaben gegenüber so aufgeschlossen!«

Cruner nickte geschlagen. »Aber das Landesdenkmalamt nicht. Aus welchem vorgeschobenen Grund auch immer. Lass gut sein, Doris.«

Doris schüttelte energisch den Kopf. »So schnell gebe ich nicht auf, Fritz! Sieh dir nur einmal die breite Spalte an! Dort zieht eindeutig die Luft hinunter. Das ist ohne Zweifel die richtige Stelle! Wir müssen den Spalt nur noch ausräumen!«

Cruner kniete sich an den Schachtrand und streckte Doris mit verbittertem Schmunzeln seine Hand entgegen. »Nun komm erst einmal raus und trink eine Tasse heißen Tee.«

Doris hieb mit der flachen Hand wütend auf die Schachtwand. »Ich brauche weder deine Hand noch einen heißen Tee!«

Cruner sah, wie der Unmut in Doris wühlte. Er kannte sie seit ihrem Vereinsbeintritt vor sechs Jahren. Schon nach den ersten schwierigeren Befahrungen im Umland hatte er erkannt, wie viel Potenzial in ihr steckte. Er bildete sie über viele Jahre hinweg aus, brachte ihr alles bei, was er wusste. Allein deshalb verstand er sie in diesem Moment wie kein zweiter.

Cruner stopfte sich seine Pfeife neu und merkte an: »Ich werde mit dem Bürgermeister reden. Nichts wird so heiß gegessen, wie es gekocht wird. Und dieser Krüb soll uns ruhig anzeigen.« Er hieb mit der Stiefelspitze auf den steinhart gefrorenen Aushub. »Niemand kann von uns verlangen, diesen Aushub binnen sechs Stunden abzutragen. Damit kommt er nicht durch, und das weiß er. Alles, was dieser armselige Bulle will, ist uns das Leben schwer zu machen, weshalb auch immer.« Cruner schaute auf seine Uhr. »In einer halben Stunde kommen die anderen. Bis dahin können wir uns ja Gedanken über ein weiteres Vorgehen machen. Lass uns ein Stück am Waldrand entlanggehen.«

Der frische Schnee knarrte unter ihren Stiefeln, als sie ihre beiden Spuren in die Heide legten. Sie sprachen nicht miteinander. Es schien, als hinge jeder für sich seinen Gedanken nach. Erst am Waldrand hielt Cruner an und wandte sich dem Tal zu.

»So schön die Gegend auch ist – heute verhilft sie mir mit ihrer Eiseskälte zu keiner zündenden Idee.«

Doris wies entmutigt den Hang hinab. »Es ist so logisch! Dieser ebenmäßige Abhang hat nur eine einzige deutliche Verwerfung. Auch die Anordnung der geologischen Schichten lässt auf eine Höhle schließen. Selbst die Höhe und Lage am Hang passen zum gedachten Niveau eines trocken gefallenen Ganges der Blauhöhle!« Doris machte eine Pause, während sich Cruner auf seinen abgewinkelten Oberschenkel aufgestützt hatte und seine Pfeife an einem kantigen Stein ausklopfte. Er bemerkte nicht, dass er damit Doris' Aufmerksamkeit auf sich zog.

»Ich wusste gar nicht, dass wir so dicht an der Grundstückssgrenze liegen.«

Fritz' Bewegungen stockten. Er kniete nieder und säuberte den verwitterten Brocken vom angewehten Schnee. »Ein Grenzstein …« Seine Augen schienen eine unsichtbare Linie den Hang hinab zu ziehen. Dann begann Cruner mit einem Mal zu laufen. »Das ist es! Komm!«

Doris wurde nicht schlau aus seiner impulsiven Flucht. Sie bemühte sich aufzuschließen. »Was meinst du?«

Cruner drehte sich um; hastete rückwärts weiter. Er zog dabei mit dem ausgestreckten Arm eine Linie vom Waldrand bis zur Grabungsstelle. »Sieh doch hin!

Die Grenze verläuft senkrecht zum Tal. Dort, wo das Gestrüpp anfängt, beginnt bereits das Nachbarflurstück!«

Doris winkte ab. »Spielt es etwa eine Rolle, auf welchem Flurstück unsere Grabung liegt? Weder hier noch dort ist uns eine Grabung gestattet!«

Ein ansteckendes Schmunzeln spielte um Cruners Mund. »Was fällt dir am Nachbarflurstück auf?«

Doris zog ahnungslos die Brauen in die Höhe. »Nichts! Es liegt offensichtlich brach.«

Fritz schritt dichter an die einst eingefriedete Wildnis heran, schob ein paar Fichtenzweige beiseite. »Eben! Dieses Grundstück kann kein städtisches Grundstück sein. Schon vor Jahren hat die Kommune ihre hier belegenen Flächen als schützenswerte Heidelandschaft ausgewiesen und in diesem Sinne auch so kultiviert. Ein vorgezogenes Naturschutzgebiet sozusagen. Ergo muss es sich hierbei um ein Privatgrundstück handeln. Und der Zustand verrät uns, dass der Besitzer keinen Wert auf diesen schmalen Streifen vor dem Wald legt.«

Doris zwang sich ein bedauerndes Lächeln auf die Wangen. »Und du glaubst, der Besitzer wird uns, so mir nichts dir nichts, gestatten, auf seinem Grund einen Schacht von wer weiß wie viel Meter Tiefe auszuheben?«

Fritz ließ sich seine heitere Stimmung nicht verderben und wies auf die Grabungsstelle. »Der freigelegte Spalt zieht in diese Richtung. Mit etwas Glück finden wir eine kleine Verbindung. Vielleicht eine schmale Kluft, ein winziger Gang. Es ist immerhin eine Chance!« Er wies auf den überwucherten Zaun. »Das dürften weniger als 20 Meter sein. Mehr als ein Nein kann man uns nicht entgegenbringen. Wir beide gehen gleich am Montag ins Liegenschaftsamt und zum Bürgermeister. Für irgendwas müssen die Osterferien ja gut sein.«

Doris willigte wortlos ein; ließ Cruner weiter hoffen.

8

Fritz Cruner lehnte an der Innenseite einer der dicken Arkadensäulen des Rathauses, schlug sein *Blaumännle*, das Blaubeurer Stadtblatt, auf und begann darin zu lesen. Er hatte noch etwas Zeit bis zu seinem Termin beim Bürgermeister und beschloss, im Freien auf Doris zu warten.

Die plakative Schlagzeile auf Seite drei des Stadtboten versetzte ihm einen imaginären Hieb in den Magen: *Höhlengrabung wieder eingestellt.* Er musste sich überwinden weiter zu lesen. *Wie aus Kreisen der Stadtverwaltung zu vernehmen war, wurde die Grabung der I. G. Karst und Höhle an der westlichen Heide am vergangenen Samstag wieder eingestellt. Die übergeordnete Behörde ordnete offenbar …*

Cruner ließ plötzlich von dem Artikel ab. Langsam senkte er das Blatt. Ein paar laute Worte hatten ihm ausgereicht, um die einprägsame Stimme Krüb zuzuordnen. Cruner sah, wie er sich offenbar angeregt mit jemandem unterhielt. Es schien, als gestikuliere er mit bedeutungsvollem Gesichtsausdruck einer der Arkadensäulen entgegen. Die Person, welche sich dahinter verbarg, konnte Cruner nicht ausmachen.

Ströttner fixierte Krüb mit seinen kaltschwarzen Augen. »Du hast die Sache im Griff?«

»Selbstverständlich. Dem Höhlenforscher habe ich den Marsch geblasen. Der wird tun, was ich anordne.«

Ströttner blieb unbeeindruckt. »Und weshalb ist das verdammte Loch noch nicht verfüllt?«

Krüb war die Frage sichtlich unangenehm. Er stieß seinen Unmut in die kühle Morgenluft. »Dieser Cruner weiß genau, dass ich ihm im Moment nur drohen kann. Aber zumindest wurde die Grabung eingestellt. Das ist es doch was wir …« Krübs Stimme erstarb unter Ströttners scharfem Blick.

»Ich möchte Klarheit in der Sache. Jetzt! Mach deine Arbeit! Und mach sie richtig! Du weißt, wo sich dieser Verein abends trifft. Und keine dieser Höhlenratten ist danach noch nüchtern. Sorg dafür, dass dieses lichtscheue Gesindel in Blaubeuren keinen Fuß mehr auf den Boden bekommt!«

Krüb kramte hinter seiner aschfahlen Fassade nach den Resten seines Selbstbewusstseins. Seine Stimme klang geschlagen. »Ich werde sehen, was ich tun kann.« Er hob abwehrend die Hand und stahl sich zu seinem Dienstwagen hinüber. »Ich habe zu tun. Wir sehen uns dann im Bruch.«

»Wollen wir?«

Cruner zerknitterte vor Schreck die Zeitung. Er fuhr erschrocken herum. »Doris! Ich habe dich nicht kommen hören.« Er faltete den Stadtboten schlampig zusammen und blickte nochmals vorsichtig hinter sich. Der säulengetragene Vorbau des Rathauses war menschenleer. Dann schritt er Doris nach, durch den Haupteingang.

Das Licht, das sich durch die Butzenglasscheiben ins Innere des Gebäudes verirrte, ließ den Fachwerkbau erhaben erscheinen. Wie in einer romanischen Kirche lag eine sakrale Stille im Inneren. Auf der Holzvertäfelung waren sämtliche Wappen der umliegenden Weiler und Gemeinden kunstvoll aufgemalt worden. Die altehrwürdige Eingangshalle zwang Doris unweigerlich den Flüsterton auf.

»Wenn man hier die Augen schließt, und nur dem Widerhall seiner eigenen Stimme lauscht, fühlt man sich wie in einer großen Höhle.«

Cruner wirkte angespannt, wies nur mit der Hand auf die vor ihnen liegende Tür. »Wenn wir einen direkten Vergleich hätten, wäre der hohe Herr hinter dieser Tür sicher etwas besser auf uns zu sprechen.«

Doris löste sich ruckartig von der antiken Architektur. Ihre Gesichtszüge gewannen an Strenge. Ungestümer Zorn stieg in ihr auf. »Ich werde ihm die Meinung sagen, diesem gestriegelten Bürgermeister!« Sie hatte ihre Augen zusammengekniffen und die Lippen aufeinandergepresst. Ehe es sich Cruner versah, beschleunigte sie ihren Schritt, als wolle sie die schwere Tür vor sich mit Gewalt einrennen.

Cruner fischte vergeblich nach ihrem Arm. »Langsam, Doris. Wir müssen diplomatisch …« Er verstummte, verzog schmerzhaft das Gesicht.

Doris hatte nicht bemerkt, dass im selben Moment, als sie sich versichernd zu Fritz umwandte, die Tür aufschwang. Cruners Hoffnung auf ein gütliches Gespräch zerstob in einer Wolke durcheinanderwirbelnder Din-A4-Blätter. In zwei langen Schwüngen glitten die letzten Seiten der Unterschriftenmappe an Doris herab. Ein leises Streichen von Papier; dann war es still.

Doris spürte eine unangenehme Hitze in ihre Wangen steigen. Sie wusste, dass sie gerade knallrot anlief. Zögerlich hob sie ihre Blicke vom Chaos vor ihren Füßen und sah verschämt in ein versteinertes Gesicht. So entsetzlich peinlich es ihr war, suchte sie einen Augenaufschlag lang Verständnis in den ebenmäßigen Zügen ihres Gegenübers. Dann aber fiel ihr wieder das Schreiben an den Verein ein. Nein, dieser Mann konnte kein Verständnis für sie aufbringen. Nun in zweifacher Hinsicht nicht mehr.

»Ich war zu schnell …«, begann sie zu stottern, »… konnte nicht mehr …«

Cruner war rasch um Schadensbegrenzung bemüht. Unter entschuldigendem Gemurmel sammelte er beflissen die auf dem Boden liegenden Blätter auf.

»Ich werde den Schaden natürlich wieder…«, hob Doris erneut nervös an.

Der Bürgermeister unterbrach sie, indem er ihr wortlos seine Hand hinstreckte.

Doris wankte, war konfus. Auf ihrem blassen Gesicht lag ein Ausdruck der Ergebenheit.

Cruner beobachtete die Szene argwöhnisch aus dem Augenwinkel und schüttelte entmutigt den Kopf. Auch das noch. Ich hätte es wissen müssen, sagte er in sich hinein.

»Ströttner, Bürgermeister. Mit wem habe ich das Vergnügen?«

Doris' Augen glitten peinlich berührt auf den Boden, als suchten sie zwischen den verstreuten Akten nach ihrer Identität. »Vergnügen. Nun ja, wie man es sehen will«, kam es zaghaft über ihre Lippen. Doris kannte sich selbst nicht mehr. Ihre Gestik, ihre Sprache wirkten gespielt, ohne dass sie es wollte. »Doris Ehrnsteiner von der I. G. Karst und Höhle«, begann sie.

Der Bürgermeister nickte gelassen und wandte sich Cruner zu, dessen freundlich gemeintes Schmunzeln nur peinlich schien. »Herr Cruner. Sie haben Verstärkung mitgebracht?«

Cruner räusperte sich und entgegnete nervös: »Frau Ehrnsteiner betreut, oder sagen wir besser, betreute die Grabung in geologischer Hinsicht. Sie ist eine unverzichtbare Stütze in unserem kleinen Verein. Ich dachte, es könnte nicht schaden, wenn sie …«

Jakob Ströttners Blick streifte Doris' Gestalt. Sie wich ihm viel zu kategorisch aus, um unbeeindruckt zu wirken.

»Es ist recht, Herr Cruner. Ich habe nichts dagegen, ganz im Gegenteil. Aber ich schlage vor, wir besprechen uns in meinem Büro.«

Jakob legte den ungeordneten Aktenbund auf den Schreibtisch im Vorzimmer und gab seiner Sekretärin ein paar stenotype Anweisungen.

Doris nutzte die Gelegenheit und flüsterte Cruner zu: »Er will uns ruhig stellen. Ich kenne diese Hypnose-Taktik.«

Cruner lächelte sie bemitleidend an. »Ordne besser erst mal deine Gefühle.«

Jakob Ströttner überblätterte ein dünnes, cremefarbenes Geheft mit dem Daumen, bis er an einer bestimmten Stelle innehielt. Er nickte wissend.

»Es wird Ihnen schwerfallen, mir zu glauben. Aber ich habe mich über diesen Bescheid ebenso geärgert wie Sie.« Er lehnte sich in seinen braunen Ledersessel zurück. Sein Bedauern wirkte aufrichtig. »Es tut mir leid. Aber mir sind von nun an die Hände gebunden.«

Doris kniff skeptisch die Augen zusammen. »Sie lehnen ein Widerspruchsverfahren von vornherein ab?«

Jakob Ströttner war der Misston in Doris' Stimme sofort aufgefallen. »Sehen Sie, Frau Ehrnsteiner«, begann er besänftigend. »In der Kommunalpolitik kann man sich mit einer starren Haltung in relativ unbedeutenden Belangen Türen für gewichtigere Maßnahmen verschließen. Momentan steht der Naturschutz an erster Stelle. Warten Sie ein paar Jahre. Dann ist die Zeit vielleicht reif für Ihr Projekt.«

»Unbedeutende Belange!« Doris' Augen streiften verdeutlichend durchs Zimmer und visierten die beiden Vitrinen mit den Gesteinsexponaten aus dem StuMAG-Bruch an. »Sie verleugnen sich an Ihren Wurzeln, wenn Sie die geologische Bedeutung dieser Höhle ignorieren!« Sie zeigte mit dem Zeigefinger anklagend auf seine Brust. »Das Land wäre mit seinen politischen Würdenträgern als Erstes zur Stelle, um sich ins Rampenlicht zu stellen! Können Sie sich dieser einmaligen Chance für die Stadt wirklich entziehen?«

Jakob muteten Doris' Worte seltsam vertraut an. Eine gewisse Neugier schlich sich in seine Züge. Er sah ihr zum ersten Mal bewusst in die Augen, verlor sich gern in den hübschen Zorngrübchen auf ihrer Stirn.

»Hören Sie mir überhaupt zu?«, blaffte ihn Doris an.

»Doch, natürlich«, entgegnete Jakob Ströttner knapp, um sich im selben Atemzug an Cruner zu wenden: »Ich weiß, dass Sie Zeit, Geld und Hoffnung in dieses Projekt investiert haben. Aber ich sehe derzeit keine Chance für die Fortführung der Grabung.«

Cruner sah geschlagen zum Fenster hinaus und schüttelte den Kopf. »Und das, obwohl die Spalte offen liegt! Entgegen des wissenschaftlichen Beweises, dass es sich hierbei um einen meteo tiefen Eingang in eine großräumige Höhle handelt! Dabei deutet schon allein das Einzugsgebiet der Blau auf ein weitverzweigtes System hin.« Cruner verstummte in einer Geste der Enttäuschung und stand auf. »Sie waren unsere letzte Hoffnung, Herr Ströttner.«

Der Bürgermeister schwieg. Nur sein Bleistift tanzte geschmeidig durch die Finger seiner rechten Hand.

Doris wollte Cruners stumme Aufforderung zu gehen, nicht wahrnehmen. Sie sah die Uneinigkeit in Ströttners Zügen, blieb provokant sitzen.

Jakob gefiel ihre Beharrlichkeit. Für einen Moment wusste er nicht, wohin mit seinen Blicken, musste ihnen Gehorsam aufzwingen. »Verstehen Sie mich nicht falsch. Ich bin überzeugt von Ihrem Ansinnen und stehe dem nach wie vor positiv gegenüber. Aber ich muss Sie und Ihren Verein auch um ein wenig Verständnis für kommunale Vorgänge bitten.« Der Bleistift entglitt ihm, klimperte über die Tischplatte. »Glauben Sie mir, Frau Ehrnsteiner. Ich weiß Ihren Einsatz sehr zu schätzen. Und ich bin davon überzeugt, dass Sie Ihr Ziel erreichen werden. Nur ist jetzt nicht der richtige Zeitpunkt dafür. Wann immer ich etwas anderes für Sie tun kann, lassen Sie es mich bitte wissen.«

Ein berechnendes Schmunzeln huschte über Doris' Mundpartie.

»Das könnten Sie in der Tat«, brach es fordernd aus ihr heraus.

Der Bürgermeister sah verlegen auf seine Uhr. »Sie meinen sofort?«

»Ja. Sie sagten, wann immer.«

Cruner hatte inzwischen kehrtgemacht, um Doris vor der nächsten Dummheit zu bewahren. In seinem Schritt lag blanker Frust. »Wir sollten jetzt besser gehen«, polterte er gedämpft, während Jakob die Arme vor der Brust verschränkte.

»Nicht so hastig, Herr Cruner.« Seine Augen wanderten zu Doris. Er bemerkte ihre Blicke, wie sie seine muskulösen Oberarme streiften. »Ich höre?«

Doris rutschte nervös auf dem Stuhl nach vorn. »Angenommen, am Wachholderhang gäbe es ein brachliegendes Privatgrundstück, das nicht in städtischem Eigentum steht. Nehmen wir weiter an, dass der Eigentümer bereit wäre, auf seinem Grund und Boden eine Grabung durchführen zu lassen. Wäre meine Annahme korrekt, dass dies genehmigungsrechtlich weniger Probleme aufwerfen würde?«

In Jakobs Gesicht verselbständigte sich ein Lächeln. Er mochte das Gefühl, das sich in seiner Magengrube einstellte. »Das träfe zu«, erwiderte er abwartend, während Doris nachsetzte: »Ein Blick ins Grundbuch würde uns da sicher weiterbringen.«

Jakob schüttelte amüsiert den Kopf und hob abwehrend die Hände. »Sicher. Und das am besten gleich.«

Doris verschränkte zufrieden die Arme vor der Brust. »Sie können Gedanken lesen?«

Jakob erwiderte ihr vielsagendes Lächeln. »Gedankenlesen ist eine Grundvoraussetzung für meinen Beruf.«

Die alte Holztreppe ächzte, als sie in den zweiten Stock hinaufstiegen. Jakob Ströttner machte lapidare Konversation: »Was machen Sie beruflich, Frau Ehrnsteiner?«

»Ich stehe kurz vor dem Geologiediplom.«

Jakob gab sich erstaunt. »Und ich hätte nach diesem Gespräch geschworen, Sie wären eine gewiefte Kauffrau. Welchem Thema widmen Sie ihre Diplomarbeit?«

Trotzdem er einen wunden Punkt angeschnitten hatte, gefiel Doris seine Art zu sprechen. Sie betrachtete ihn zum ersten Mal bewusst von der Seite. Jakob Ströttner war zweifellos ein gut aussehender Mann. Ein Hauch von Verzweiflung schwang in ihrer Stimme: »Mein Thema liegt seit der Ablehnung der Grabung im Sterben.«

Jakob hielt kurz inne und sah sie bestürzt an. »Ich verstehe.«

Eine schmale Tür führte in die Amtsstube des Grundbuchamtes. Die Sonne fiel schräg durch das Fenster und beleuchtete kleine Staubpartikel, die langsam durch die Luft schwebten. Ein älterer Beamter rückte seine Brille zurecht und fuhr mit dem Zeigefinger die Flurkarte ab. »Wo soll das Grundstück liegen?«, fragte er skeptisch nach.

Doris wies auf eine bestimmte Stelle in der Karte. »Etwa 50 Meter vom Waldrand entfernt, vor der Heide.«

»68 Strich 15«, murmelte der Beamte gelangweilt vor sich hin und verschwand behäbig in einer Flucht von Hängeregistern. »Offenbar ein alter Obstgarten. Unbebaut.« Er schritt auf den Bürgermeister zu und übergab ihm die dünne Akte, die ganz offensichtlich seit Jahrzehnten niemand mehr durchblättert hatte. Staub flog auf, als er sie schwungvoll öffnete. Es dauerte nicht lange, bis eine ganz bestimmte Erkenntnis in Ströttners Gesichtszüge schlich.

»Stimmt etwas nicht?«, fragte Doris ungeduldig nach.

Der Bürgermeister lächelte kühl vor sich hin und übergab Cruner die Akte. »Ich hoffe, Sie haben Ihre kleine Rache genossen.«

Doris suchte in seinem versteinerten Gesicht vergeblich nach einer Erklärung, wechselte zu Cruner, der unter einem verständnislosen Kopfschütteln aufseufzte. »Du musst deinen Triumph wohl immer besonders auskosten! Weshalb hast du nichts gesagt?«

Zorn lag in Doris' Bewegungen, als sie Cruner das braune Geheft aus den Händen riss. Ihre Augen flogen über die maschinen geschriebenen Zeilen des letzten vergilbten Blattes, das aufgeschlagen war. Sie schluckte leer. »Hannes Ehrnsteiner?«, entfuhr es ihr fassungslos. »Das ist mein Vater!« Sie spürte, wie ihr wieder die Röte in die Wangen stieg, versuchte dennoch, glaubhaft zu wirken: »Ich wusste das nicht! Das müssen Sie mir glauben, Herr Ströttner! Es läge mir fern, Sie vorzuführen.«

Jakob und Cruner wechselten ratlose Blicke, schritten mit betretenen Gesichtern aus dem Raum. Als sie wieder vor dem Amtszimmer des Bürgermeisters anlangten, wandte sich Ströttner an Cruner. Er machte keinen Hehl daraus, dass ihm die ganze Sache nicht schmecken wollte: »Ich kann Ihnen die Grabung nicht ausreden. Versprechen Sie mir nur eines: Graben Sie mit Ihrer Mannschaft so unauffällig und geräuschlos wie möglich. Lässt das Vorhaben auch nur irgendeinen Zweifel an meiner Politik aufkommen, müsste ich intervenieren. Haben wir uns verstanden?« Sein bestimmter Blick ruhte lange in Cruners Gesicht, bis er ihm schließlich die Hand reichte – zwanghaft, als Geste der stummen Übereinkunft. Dann wandte er sich versteinert an Doris: »Hätten Sie vielleicht noch einen Moment Zeit für mich?«

Doris wurde plötzlich kalt.

Die Tür zur Amtsstube des Bürgermeisters wurde von der Sekretärin sanft geschlossen.

»Bitte, nehmen Sie Platz.« Jakob wies auf einen der Stühle vor seinem Schreibtisch.

In Doris' Bewegungen lag vorsichtiger Respekt. Sie wich seinen Augen schuldig aus. »Das mit dem Grundstück war mir tatsächlich nicht bekannt.«

Der Bürgermeister lehnte sich abwartend in seinen hohen Ledersessel zurück. »Schwamm drüber. Sie erwähnten vorhin das Dilemma mit Ihrer Diplomarbeit.«

Doris sah skeptisch auf. Für einen scheuen Moment trafen sich ihre Blicke.

»Möglicherweise könnte ich Ihnen zu einer Alternative verhelfen.«

»Inwiefern?«

Jakob Ströttner griff hinter sich in das offene Glasregal und nahm einen polierten, roten Stein heraus. Schon aus der Distanz erkannte Doris die ungewöhnliche Struktur des Brockens. In ihrem Gesichtsausdruck spiegelte sich Wissen und Neugier, während Jakob das Relikt aus vergangenen Tagen betont langsam vor Doris auf dem Schreibtisch ablegte. »Roter Travertin. Der einzige Ort, an dem dieses Gestein in dieser Art vorkam, war der Bruch in Gerhausen.«

Doris griff nach dem Stein. »Und was wollen Sie mir damit sagen?«

Jakob Ströttner lehnte sich nach vorn.

»Der Stein wurde 1906 gebrochen. Damals wurde der Abbau der Schicht aufgegeben. Man ging davon aus, dass sich der Travertin nicht sehr viel weiter nach Süden fortsetzt. Jüngste Untersuchungen ergaben, dass sich möglicherweise eine weitere Travertinbank im Bruch befindet. Die erste Trümmerbohrung brachte Spuren …« Jakob konnte seinen Satz nicht vollenden. Aus Doris sprudelte es nur so heraus.

»Hat man schon Kernbohrungen gemacht? Welche Farbe herrscht vor? Man hat die Probe doch noch? Ich meine, das ist das Wichtigste …«

Jakob schmunzelte zufrieden. »Sie haben Interesse?«

»Natürlich!«, platzte es aus Doris heraus.

Jakob nickte sacht vor sich hin, ließ sich Zeit. »Bislang hat nie jemand darüber geschrieben. Mit Ihrem Einverständnis, werde ich meinen Vater darauf ansprechen. Was halten Sie davon?«

Misstrauen drängte sich zwischen Doris' überschwängliche Gedanken. Abgeklärt legte sie den Stein zurück auf den Tisch. »Ein verführerischer Köder, Herr Ströttner.« Doris ließ ihn mit einem Lächeln wissen, dass sie ihn durchschaut hatte. »Wo ist der Haken an der Sache?«

Der Bürgermeister zog seine Augenbrauen sorgenvoll nach oben, spielte den Ertappten. »Nun. Es ist so: Die StuMAG hat vor Kurzem ihren Laborleiter verloren. Man braucht dort dringend Ersatz. Ich würde mich auch hier für Sie einsetzen. Wenn Sie das wollen.«

Doris lachte auf und schüttelte ungläubig den Kopf. »Glauben Sie tatsächlich, Sie könnten mich mit diesen unverbindlichen Versprechungen ruhig stellen?«

»Sie trauen mir nicht.« Jakob deutete ein Lächeln an und setzte nach: »Es ist nur ein Angebot. Geben Sie mir einfach in den nächsten Tagen Nachricht.« Jakob erhob sich und reichte Doris die Hand. »Es würde mich sehr freuen, Sie morgen Abend in der Stadthalle wiederzusehen. Vielleicht ergibt sich danach ein Gespräch mit meinem Vater.«

Für einen Moment verfing sich Doris' Blick in seinen freundlichen Augen, um dann verschämt an ihm hinabzutanzen. Unsicher griff sie in seine Hand; genoss den warmen, festen Händedruck. Dann wandte sie sich mit einem unsicheren Nicken von ihm ab und ging zur Tür. Doris war unfähig, noch etwas zu erwidern.

Cruner wartete am Haupteingang und sah ungeduldig auf seine Uhr, als Doris auf ihn zuschritt. Sie mied den

Blickkontakt, spürte, wie sie errötete – das dritte Mal am heutigen Vormittag.

»Aha«, entfloh es Cruner mit wissendem Unterton. »Schmetterlinge im Bauch, was?«

Doris knuffte ihn verärgert in die Rippen. »Quatsch!«

Cruner zuckte altklug mit den Achseln. »Es gab ja nur zwei Möglichkeiten: Entweder er hat dich wegen des Flurstückes ins Habtacht gestellt oder er hat dir den Kopf verdreht. Und wenn ich mir dein Gesicht betrachte, hat er sich wahrscheinlich für Letzteres entschieden.«

»So ein Unsinn!«, protestierte Doris. »Er hat mir eine Stelle bei der StuMAG angeboten und dazu noch ein Thema für meine Diplomarbeit vorgeschlagen. Stell dir vor: das legendäre Travertinvorkommen im StuMAG-Bruch!«

Cruner reagierte kühl. »Ich brauche dir nicht zu sagen, was ich davon halte, oder?«

Doris suchte in seinen Augen nach unausgesprochenen Gedanken. »Keine Angst. Von dem lasse ich mich nicht kaufen.« Sie blinzelte ihn gütig an. »Oder bist du etwa eifersüchtig?«

Cruner verzog das Gesicht. »Eifersüchtig! So was wie du würde mir gerade noch fehlen!«

Doris lachte, legte den Arm jovial um seine Schulter und zog ihn aus dem Schatten der Arkaden in die spärlich wärmende Sonne. »Wir können wieder graben, Fritz! Das ist doch das Wichtigste an allem! Und dieses Mal lassen wir uns nicht beirren.«

Sie wartete vergebens auf ein gütiges Lächeln. Stattdessen stellte er sich vor Doris und musterte sie eindringlich. »Du wusstest tatsächlich nichts von diesem Grundstück?«

Doris schüttelte den Kopf. »Ich habe es bestimmt schon hundertfach unbewusst von der anderen Talseite her betrachtet. Paps hat mir nie etwas davon erzählt. Er hat es nicht einmal erwähnt. Ich frage mich nur, weshalb.«

9

Es war ruhig im Haus. Das kühle Sonnenlicht des Frühjahrs fiel schräg durch die Fenster in den Hausflur. Doris sah kurz auf die große Wanduhr mit ihrem gemütlich schwingenden Pendel. Sie kannte diese getaktete Stille, spürte, dass ihr Vater zu Hause war. Es war die Zeit seines Schläfchens. Eine neue Gewohnheit, die ihren Ursprung in der bitteren Notwendigkeit hatte.

Er hatte hart an sich gearbeitet, um wieder auf die Beine zu kommen. Und selbst nach über einem Jahr war es für ihn unendlich schwer, das Handikap zu akzeptieren. Dann, wenn er an die Grenzen stieß, die ihm der Schlaganfall für immer diktiert hatte. Hannes war Fotograf mit Leib und Seele gewesen. Und er war es immer noch; tief in seinen Erinnerungen.

Doris schloss leise die Tür hinter sich und schlich ins Wohnzimmer. Sie lehnte für einen Moment an den großen Ohrensessel und sah sich in dem vertrauten Raum um. Ausdrucksstarke, einnehmende Fotografien zierten die weißen Wände, entlockten ihr zum tausendsten Mal ein Staunen. Sie verlor sich gerne in dieser kleinen Galerie; in den sepia schimmernden Fragmenten eines abrupt beendeten Berufslebens. Für Sekunden nahm sie ein Gefühl der Geborgenheit ein. Beim letzten Bild verharrte sie besonders gern. Es war diese scharf gezeichnete Bahnhofszene, aus welcher ein Zug beinahe greifbar aus dem Bilderrahmen zu fahren schien.

Hannes bemerkte sie erst, als sie ihm mit der Hand über die kahl gewordene Stirn strich. Der selige Ausdruck eines Träumenden legte sich auf sein Gesicht. Im Halbtraum war es seine Ute, die ihn berührte. Erst als er die Augen öffnete, führte ihn das Bild seiner Tochter behutsam zurück in die Realität. Doris bemerkte, wie sich seine Gesichtszüge veränderten. Sie wusste, wie sehr er unter dem Tod ihrer Mutter litt.

Hannes setzte sich unbeholfen auf, strich sich verlegen die Weste glatt und drückte dankbar ihre Hand. »Ich habe nicht mit dir gerechnet, sonst hätte ich nicht so lange geschlafen.«

Doris nickte ihm liebevoll zu. »Was wäre das Leben ohne Überraschungen, Paps? Ich mach uns erst mal etwas zu essen.«Hannes war aufgestanden und hinkte ihr in die Küche hinterher. »Es ist noch etwas Braten da. Frau Schneider von Gegenüber brachte mir gestern etwas vorbei. Sie hatte zu viel zubereitet; meinte, ich müsste ohne Frau im Haus verhungern. Was will man machen.«

Doris öffnete den Herd und spähte in die Kasserolle. »Ah, Frau Schneider von Gegenüber?«, ließ sie in freundlich provokantem Ton fallen. »Alleinstehend. Sieht für ihr Alter sehr ansprechend aus, hat reichlich Geld …«

Hannes reagierte irritiert: »Ach was, Riesle! Was du wieder denkst. Man kennt sich eben und es ist ja nichts dabei, wenn man …«

Doris unterbrach ihren Vater, indem sie ihm kameradschaftlich die Hand auf die Schulter legte. »Paps. Das war scherzhaft gemeint. Es tut dir nur gut. Ich freue mich für dich.«

Hannes hatte das unterschwellige Bedürfnis, er müsse sich weiter erklären, aber er blieb stumm. Seine Blicke irrten ziellos in der Küche umher, als suchten sie etwas Bestimmtes. Es war immer nur ein kurzer Schatten von Trauer, der ihn überkam. So lange, bis der Schmerz verdrängt war.

»Nudeln oder Reis?«

Hannes rang sich ein Lachen ab und griff beherzt nach der Packung Eierspätzle auf der Anrichte. »Spätzle mit Soße, wie es sich für zwei Schwaben gehört!«

Als sie ein paar Minuten später am Esstisch saßen, stellte Doris eine Flasche Wein und zwei der uralten, geschliffenen Kristallkelche auf den Tisch. Hannes' Blick glitt argwöhnisch zum großen Wandkalender hinüber. »Ich habe doch nicht etwa schon wieder irgendein wichtiges Familiendatum vergessen?«

Doris schmunzelte. »Keine Sorge, Paps. Heute gibt es etwas zu feiern, das nicht im Kalender von der Sparkasse steht!«

Hannes legte erwartungsvoll das Besteck aus den Händen, während Doris den dunklen Merlot in die Gläser goss. Er schimmerte rubinfarben und ließ sein fruchtiges Bukett schmeichelnd über den Tisch wandern.

»Eigentlich hatte die Woche nicht gut begonnen«, hob Doris an. »Die Stadt verfügte die Einstellung unserer Grabung. Aber das Blatt hat sich gewendet. Unerwartet.«

Hannes kombinierte schnell. Er schlug beschämt die Augen nieder, während ihn Doris lange und forschend ansah, als erwarte sie ein Geständnis von ihm. Schließlich legte sie ihre Hand auf die ihres Vaters und fragte verhalten: »Warum hast du mir nie etwas von der Obstwiese am Hang gesagt?«

Hannes hatte den Kopf nachdenklich zur Seite gewandt. »Das Grundstück an der Blau …«, er brach mitten im Satz ab, rang um die richtigen Worte. »Nicht einmal deine Mutter wusste es.«

Doris sah, dass ihr Vater im Geheimen durch ungute Erinnerungen watete. Sie gab ihm Zeit, bevor sie das Wort ergriff: »Die Obstwiese liegt nur ein paar Meter von …«

»Ich weiß.«, unterbrach er Doris barsch. »Ich zweifle nicht daran, dass ihr willens seid, einen zweiten Versuch zu starten. Und ich bin mir bewusst, dass nun alles an mir hängt. Mein Ja oder Nein entscheidet über vieles; die Zukunft des Vereins, über Streit oder Frieden in der Stadt, und sogar über den Erfolg deiner Diplomarbeit.«

Doris sah ihren Vater nachdenklich an. »Der Bürgermeister würde eine zweite Grabung auf privatem Grund tolerieren.«

Hannes stieß den Atem verächtlich aus der Nase. Mit einem Mal legte sich etwas in seinen Gesichtsausdruck, das Doris gänzlich fremd war. Etwas, wie der Hauch einer unterschwelligen Drohung. Hannes zitterte vor Anspannung, ohne es selbst wahrzunehmen. Alles, was er in diesem Moment fühlte, war die Kälte der Schatten, wie sie unaufhaltsam über seinen Rücken krochen und den Weg in sein Gehirn suchten. Sie waren verzerrt und zerrissen, machten ihn Glauben, er könnte sie spüren. Stärker als damals, als er unbedarft die Zeitung aufgeschlagen hatte und ihm das Bild Ströttners entgegenschlug: *StuMAG feiert! 100 Jahre schwäbische Tradition und Bodenständigkeit.*

Hannes kannte diese Überfälle der imaginären Art, die

es nur in seiner Fantasie gab. Und er wusste, dass die diabolischen Erinnerungen dieses Mal hartnäckig bleiben würden. Ihm war, als breche um ihn herum die Welt nach und nach ins Bodenlose ab, als stünde er schutzlos im lähmenden Labyrinth seiner eigenen Ängste. Schon als Doris von der Grabung erzählt hatte, wollte er nicht wahrhaben, dass all das, was so lange gut behütet in seinem Geist ruhte, plötzlich ausbrach. Doch langsam begann eine ganz bestimmte Erkenntnis in Hannes' Verstand zu sickern: Die Tage der Buße waren angebrochen. Zwar war der Zeitpunkt unverhofft gekommen, aber er war da. Unumstößlich. Abgrundtiefe Angst nahm ihn ein. Er fürchtete um das Wohlergehen seiner Tochter.

»Du weißt nicht, auf was du dich einlässt!«, brach es laut aus Hannes heraus. »Dort unten gibt es nichts, wofür es sich zu graben lohnt!« Er machte eine gehaltvolle Pause und verlieh seinem panisch wirkenden Satz mit einer unterstreichenden Handbewegung Nachdruck.

Doris war zurückgewichen, fixierte irritiert ihren Vater, wie er mit seiner gesunden Hand die Tischkante umklammerte.

»Du warst schon vor uns da unten, nicht wahr?«

Hannes sah unverbindlich auf, erwiderte nichts darauf.

»Was gibt es noch, von dem ich nichts weiß, Paps? Was ist da unten?«

Als wolle er all die bösen Erinnerungen von sich schleudern, schüttelte Hannes übertrieben den Kopf. »Das geht nur mich etwas an! Nur mich allein!« Er rang nach Luft und knöpfte sich umständlich den Hemdkragen auf. »Ich kann es dir nicht sagen, Riesle. Ich kann es einfach nicht!« Er vergrub das Gesicht in den Händen, keuchte in die holen Handflächen.

Doris' Augen wanderten für Momente fassungslos über den geschüttelten Körper ihres Vaters. Ein Gefühl der Schuld stieg in ihr auf. Sie ging um den Tisch herum und legte ihren Arm um ihn. »Beruhige dich. Ich werde dich nicht mehr danach fragen, Paps. Wir vergessen es einfach.«

Hannes löste sich aus seiner Anspannung, versuchte, seine Emotionen mit kalter Härte zu zähmen. »Entschuldige«, hauchte er kraftlos. »Ich habe mich vergessen.«

Doris sah, wie er mit sich rang. Er war aufgestanden, griff sich mit seiner gesunden Hand zitternd ans Kinn. Böse Geister stoben aus seinem fahlen Gesicht. »Ich kann euch die Grabung nicht verbieten. Und wenn ich es nur aus eurer Sicht betrachte, möchte ich es auch nicht.« Er machte auf dem Absatz kehrt und stütze sich auf die Tischkante. »Aber versprich mir eines: Wenn ihr seht, dass es gefährlich wird, gleich, aus welchem Grund, ziehst du dich zurück! Du musst mir zum richtigen Zeitpunkt Bescheid geben, hörst du?«

Doris konnte seinen geheimnisschwangeren Worten nicht folgen. »Es tut mir leid.« Sie seufzte tief. »Aber wie soll ich wissen, wann ich dir Bescheid geben muss?«

Hannes stierte abwesend zum Fenster hinaus. »Du wirst es wissen, Riesle. Du wirst es sicher wissen.«

Hannes ließ sich wieder auf seinen Stuhl fallen und versuchte, heiter zu wirken. Er griff nach seinem Weinglas. »Auf das, was kommt. Gleich, was!«

Doris rang sich ein Lächeln ab, nickte wortlos.

»Was macht deine Diplomarbeit?«

Doris spülte ihre Nachdenklichkeit mit dem halb trockenen Merlot aus ihren Gedanken, so gut es ging. Sie antwortete zögerlich. »Der Bürgermeister hat mich bei unserem Treffen auf etwas aufmerksam gemacht, das ich nie in

Betracht gezogen hätte: den legendären Blaubeurer Marmor. Ströttner bot mir an, darüber zu schreiben. Außerdem wäre in der Firma gerade die Stelle der Laborleitung frei geworden, die ich nach Abschluss des Studiums einnehmen könnte. Ich weiß nicht, was ich davon halten soll. Es kommt so …«, sie zögerte, »unerwartet.«

Hannes blieb stumm, visierte versteinert den Rotweinkelch an, als flüstere er ihm im nächsten Augenblick einen unbeschwerten Satz ins Ohr. Im kaum wahrnehmbaren Muskelspiel seines Gesichtes lag abermals Furcht, die er nur allzu gern unterdrückt hätte. Aber er konnte es nicht.

Doris blieb keine seiner Regungen verborgen. In ihr keimte eine leise Ahnung.

Das Anheben Hannes' Mundwinkel entsprang reiner Mechanik. In seiner schwachen Stimme lag ein Anflug von unbeabsichtigtem Selbstsarkasmus. »Schön. Dann bist du ja bald wieder zu Hause!«

Doris vermochte es nicht, ihn anzusehen. »Ja, Paps. Dann bin ich wieder da und sehe jeden Tag nach dir.«

Hannes zitterte noch immer, als er über den Tisch nach Doris' Hand griff und sie drückte. »Dieses Haus steht dir immer offen, egal, was auch geschieht.«

Als Doris anfing, mit der anderen Hand umständlich das Geschirr zusammenzustellen, ließ Hannes von ihr ab. »Lass nur Riesle, ich mach das schon.«

Doris schämte sich vor sich selbst, über die Offerte von ihrem Vater froh zu sein. Sie sah entschuldigend auf ihre Armbanduhr und warf ihre in Regenbogenfarben gewobene Studententasche über die Schulter. »Wir haben heute Abend noch eine Monatsversammlung vom Verein. Ich muss auf den Bus.« Als sie ihren Vater an beiden Schultern nahm und herzlich an sich drückte, erwiderte er es nicht. Sie sah ihm hoffend in die Augen. »Kann ich den anderen sagen, dass wir die Grabung auf deinem Grund fortsetzen werden?«

Hannes' Mimik wirkte verkrampft. »Etwa fünf Meter unter dem kleinen Fels am großen Kirschbaum gibt es eine Stelle, die im Sommer immer kühl ist. Wir haben dort früher den Most gekühlt, als Tante Rese und Onkel Schorsch das Grundstück noch bewirtschaftet haben.« Hannes nickte sich selbst zu. Erst als Doris die Türklinke in die Hand nahm, rief er sie noch einmal von hinten an: »Riesle! Du kannst jederzeit alles mit mir besprechen. Hörst du?«

Doris schickte ihm einen sorgenvollen Blick zurück. »Du mit mir auch, Paps. Vergiss das nicht.«

10

Der Lichtkegel, welcher sich durch den Wald über der Blau suchte, ging von einer starken Taschenlampe aus. Das Lichtoval verlieh dem verschneiten Forstweg ein kaltes Glitzern. Irgendwann traf der Schein der Lampe auf eine hohe Hecke. Ein Gewächs, das nicht in den kahlen Buchenwald passen wollte.

»Tuyabäume …«, wisperte sich Doris zu, während sie weiter an der Hecke entlang schlich. Sie hatte noch etwas Zeit bis zur Sitzung, wollte mit dem kleinen Spaziergang wieder klare Gedanken fassen. Zuerst hatte sie die bewetternde Stelle auf dem Familiengrundstück gesucht und rasch entdeckt. Danach war sie einfach den Weg in Richtung Steinbruch weitergegangen. Sie folgte einer logischen Verwerfungslinie die sie schnurgerade auf das Grundstück zuführte, dessen Westgrenze sie gerade abschritt. Der eingezäunte Flecken im Wald war ihr unbekannt. Sie wusste nicht, wem der geheimnisvolle Grund gehörte. Eines aber zeichnete sich trotz der Dunkelheit klar vor ihr ab: Sollte sich die Verwerfung weiter in dieselbe Richtung fortsetzen, müsste sie irgendwo im Westteil des Steinbruches zutage treten. Doris' Gedanken wurden lebhaft. Vielleicht konnte man dort etwas erkennen? Möglicherweise gab es Höhlen im Bruch, von denen niemand wusste? Es ist nicht weit, wenn man durch den Tunnel …

Doris keuchte ihren Atem in die kalte Waldluft, als sie sich kaum zehn Minuten später vor dem Portal des alten Bahntunnels mit beiden Händen auf ihre Oberschenkel stützte. Ein verrostetes Schild warnte vor unbefugtem Betreten. Sie gestand sich einen Moment der Ruhe zu; eine letzte Chance für die Vernunft. Sie wusste: Mit dem nächsten Schritt würde der harmlose, nächtliche Waldspaziergang unweigerlich zum Delikt. Landfriedensbruch. Das alte Bauwerk weckte Kindheitserinnerungen, die mit ihrem kondensierenden Atem durch das kleine, offen gelassene Fenster ins Innere zogen. Gegen Doris' Forscherdrang war kein Kraut gewachsen.

Ein lauter Hall wanderte durch die gleichförmige Tunnelröhre, als ihre harten Stiefelsohlen jenseits der Mauer auf dem blanken Betonboden aufschlugen. Vor ihr lag nichts als Finsternis. Pechschwarz, unheimlich und dennoch vertraut. Doris überlief ein wohliges Kribbeln. Sie hatte sich noch nie vor der Dunkelheit gefürchtet. Doris liebte diese alles umschließende Schwärze. Hier, in der ewigen Stille, in der sie nichts als den eigenen Puls in den Ohren wahrnahm, fand sie zu sich. Zumindest dachte sie das.

Nach ein paar Metern wandte sich Doris zum Fenster im Portal um und ging für eine Weile rückwärts. Sie genoss das Spiel des fliehenden Lichts, wie es in Schwärze zu ertrinken schien. Schließlich wandte sie sich um und schaltete die Lampe wieder ein. Der breite Lichtkegel schnitt wie ein scharfes Messer durch die Dunkelheit. Doris war in den Laufschritt übergegangen. Sie kannte die Stellen, an welchen sie aufpassen musste. Dort, wo die roten Backsteine der Ausmauerung auf dem Gleiskörper der ehemaligen Transportstrecke lagen. An der vorletzten Notnische waren die Schäden am schlimmsten. Kurz darauf gab das Tunnelprofil schon das östliche Portal frei. Ein schwacher Lichtschimmer drang ins Innere des Tunnels. Der fahle Schein des erleuchteten Steinbruchareals.

Einst war der Tunneleingang, der direkt in den Bruch mündete, mit Humus und Kalksplitt zugeschoben worden. Doch in all den Jahren hatte sich der Wall vor der Mauer abgesenkt und bot genug Platz, um hindurchzukriechen.

Doris knipste schon vor dem Durchschlupf ihre Lampe aus. Geschickt huschte sie aus der niedrigen Öffnung hinaus in das Schlehengestrüpp. Sofort nahm sie das typische Idiom des Betriebs ein: Das Rattern der schweren Brecheranlage, das nimmermüde Rieseln des Schüttgutes von den Bändern und die flüsternde Blasanlage des Feinmaterials. Wie ein gefesselter Krake reckte die Anlage ihre fördernden Tentakel in die gelb schimmernden Wunden des Berges. Nach Norden, nach Süden und vor allem nach Osten;

nicht aber gen Westen; dort, wo Doris entlang des eingefriedeten Zauns der deutlicheren Abbruchkante zuschlich.

In den Büros brannte Licht. Doch Doris war für niemanden sichtbar. Der Lichtschein der Scheinwerfer erfasste sie nicht. Aufrecht lief sie an der Halde entlang, um vielleicht zu erhaschen, was man von keinem Punkt des umliegenden Geländes auch nur erahnen konnte. Sie vertraute auf ihren geübten Geologenblick; sah sich an der heutigen Vereinssitzung gleich zwei Neuigkeiten verkünden.

Kurz bevor sie in den Lichtkegel des Bruches eintauchte, konnte sie bereits den gesamten Westteil des Bruches einsehen. Doris schlug resigniert die Augen nieder. Selbst an den hohen Passagen war die Abbruchkante vollständig mit Buschwerk aufgeforstet worden. Nicht ein einziger Meter freie Wand war verblieben, um Aufschlüsse über die Verwerfung geben zu können.

Doris kniete nieder, grub in einer Mulde den Schnee etwas ab und nahm ein paar Steine der Abraumhalde in die Hand. Sie befühlte die kalten Stücke, schlug und rieb sie aneinander und hielt sie an ihre Nase. Ölbesudelter Granit. Wahrscheinlich belasteter Eisenbahnschotter, mutmaßte sie in Gedanken. Hier hat man anscheinend zwei Fliegen mit einer Klappe geschlagen und verräterische Wandstrukturen mit gut bezahlten Altlasten kaschiert. Doris' Blick ruhte eine Weile misstrauisch auf dem Hauptgebäude. Sollte es im Ströttner-Bruch etwa schon vor Jahren eine Höhle gegeben haben, von der niemand etwas wissen durfte? Eine Höhle, die den Abbau gefährden würde? Musste etwa deshalb die harmlose Grabung untersagt werden? Für Doris schien die Reaktion Jakob Ströttners auf die Verfügung des Ministeriums mehr und mehr logisch.

Die Familie hält zusammen. Er konnte nicht anders, floh es durch ihren Geist.

Eine Spur des Bedauerns huschte über ihr Gesicht, als sie sich auf den Rückweg machte.

Als Doris das Portal schon vor sich erkennen konnte, hielt sie plötzlich inne und horchte in den kalten Wind. Hatte sie eben Stimmen gehört?

Doris zuckte zusammen, als ein Lampenstrahl über die Büsche wanderte. Sie begann zu laufen, flüchtete blind durch das Gestrüpp. Dornen angelten nach ihrer Jacke, entrissen ihr ein Stück des Futters. Ein verräterisches, weißes Kunstfaserfähnchen wippte im Tunnelwind.

Landfriedensbruch, hallte es anklagend in ihr nach. Jetzt entdeckt zu werden, könnte das Aus für alles bedeuten, was ihr in den letzten Tagen wichtig geworden war: die Grabung, die Diplomarbeit, die Anstellung und …, sie zögerte gedanklich, … das Geheimnis ihres Vaters.

Hundegebell schwoll hinter ihr an. Doris hetzte panisch durch die schmale Tunnelöffnung, schlitterte gerade noch die schmierige Schräge hinab, als der Schein einer Grubenlampe über die Portalmauer glitt. Doris' Augen waren weit aufgerissen. Sie musste weg von hier; so leise und so schnell es nur ging. Sie wagte kaum, einen Schritt weiter zurück in den Tunnel zu tun. Dass sich in der Tunnelröhre jeder auch noch so leise Laut wie in einem Lautsprecher potenzierte, wusste sie nur zu gut.

Morsches Geäst knackte; Schritte näherten sich. Das aufgeregte Bellen eines Hundes jagte dem Westportal entgegen. Über Doris' Rücken wanderte ungewohnte Angst. Sie riss sich die Schnürsenkel auf und schlüpfte hastig aus den festen Stiefeln. Dann begann sie zu laufen.

Sie sah nicht, wie eine alternde Hand nach einem im Wind winkenden Jackenfetzen griff und ihn wissend durch die rauen Finger gleiten ließ. Aber sie hörte die unbekannte Stimme, welche rau und boshaft zu ihr hinabdrang. »Verdammte Bengels! Graben sich wie die Würmer durch den Dreck; ein paar lächerlicher Kalzitkristalle wegen.«

Der Wachhund zerrte an seiner langen Leine. Er hatte längst Doris' Witterung aufgenommen.

»Du hättest den Tunnel sprengen sollen, als noch Zeit war. Damals, kurz nach dem Ende«, brach sich eine zweite Stimme im Tunnel.

Krüb!, schoss es Doris sofort durch den Kopf.

»Trottel! Die Kreisstraße verläuft kaum zehn Meter darüber. Soll ich die etwa verlegen lassen?«

»Schon gut«, beschwichtigte Krüb. »Gib mir den Hund. Ich werde hineingehen. Weit kann er noch nicht gekommen sein.«

Doris rannte in vollem Lauf. Jeder Stein, der sich in ihre Fußsohlen bohrte, schrie aus ihrem schmerzverzerrten Gesicht. Über ihre Lippen aber fand kein Laut.

Ekel verheißende Geräusche mischten sich zwischen das Gebell des Schäferhundes. Als Doris kurz über ihre Schulter zurückschaute, sah sie, wie sich der Schein von Krübs Lampe langsam die schmutzige Halde hinabsuchte. Sie war noch immer in Sichtweite. Der schwache Radius des Tunnelbogens schob sich viel zu langsam vor den Ausgang.

Doch dann tauchte ein Schatten in ihrem rechten Augenwinkel auf. Der Deckeneinbruch – die Notnische! Katzenartig sprang sie auf die andere Tunnelseite und ließ sich auf dem Bauch in eine vage Hoffnung rutschen. Sofort schwoll ein stechender Schmerz an ihrem Schienbein an.

Nässe saugte sich durch den Hosenstoff, jagte Eiseskälte über ihre Haut.

Krübs Lampe schnitt ruhig und zielsicher ins Finster des Tunnelprofils. Er schien die Situation abzuwägen. Doris hingegen zog ihren Rollkragenpullover über den Mund, um den aufsteigenden Atemdunst so gering wie möglich zu halten. Sie stand lautlos auf und wich mit winzigen Schritten zurück. Ihre Hand, in der sie noch immer die ausgeschaltete Taschenlampe hielt, tastete zurück in den kleinen Raum der Notnische.

Krüb hatte sich indessen den Schmutz von der Uniform geklopft und wandte sich nach draußen. »Ich kann nichts erkennen. Ich werde den Hund von der Leine nehmen. Soll er dem Pack nachstellen!«

Doris stockte der Atem.

»Nein!«, kam es energisch zurück. »Ich habe keine Lust, ewig zu warten, bis er wieder herauskommt! Da unten gibt es Ratten und Ungeziefer, dem er hinterhergeht. Du machst das entweder mit Leine oder lässt es sein!«

Der geifernde Hund schnappte Löcher in die Tunnelluft. Krüb wirkte angespannt, öffnete leise den Druckknopf am Halfter seiner Dienstpistole. Dann ging er los.

Aus und vorbei, warf sie sich im Geist vor. Lautlos beschwor sie alle Heiligen, Krüb möge doch endlich stehen bleiben. Doch er tat es nicht.

Doris' Atem beschleunigte sich. Sie sah sich bereits in Handschellen dem Ausgang zugehen. Gerade als sie ihr Gesicht vor dem Unausweichlichen in den Händen vergraben wollte, blendete sie für einen Augenblick ein Lampenstrahl. Das Licht von Krübs Stablampe hatte kurz durch einen schmalen Riss zwischen der Nische und der Tunnelwand gefunden. Doris sah durch den Spalt bis in den

Haupttunnel zurück, während sie vor Krüb noch verborgen blieb. Die marode Wandpartie fußte dort, wo vor Jahren der Ausbruch herabgestürzt war. Auf vier feuchtmürben Ziegelsteinen der Ausmauerung.

Krüb hatte sich bis auf wenige Meter genähert. Das Lichtspiel seiner Lampe jagte unausgesprochene Vorbehalte über die Wände. Bis der Strahl plötzlich stillstand und nur mehr auf die gerissene Deckenpartie zielte.

Doris erkannte es selbst im Zwielicht: Die labile Basis der sich lösenden Tunnelausmauerung lag direkt vor ihr, schrie nach einem beherzten Tritt. Doris war fest entschlossen: Beim nächsten Schritt Krübs würde sie sich mit den Beinen gegen diese vier Ziegel stemmen; mit aller Kraft.

Und Krüb tat diesen Schritt.

Es war ein unscheinbares, knirschendes Geräusch, das Krüb für einen Augenblick erstarren ließ. Hektisch zitterte der Lampenstrahl von der Decke an die Tunnelsole zu den mahlenden Steinen. Während sich der Hund sofort von ihm losgerissen hatte, hielt Krüb nur noch schützend die Hände über den Kopf.

Ein gewaltiges Bersten brach sich im Halbrund der Röhre, schlug wütend gegen die Mauer des Westportals. Doris spürte, wie sich der feine Staub in ihre Nase legte und entsetzlich zu kitzeln begann. Sie unterdrückte ein Niesen; wollte sich ein letztes Stück bergeinwärts zur abschließenden Mauer tasten. Doch dort, wo sie sich den kühlen Fels des Berges erhoffte, war nichts mehr. Doris griff ins Leere, verlor beinahe den Halt. Das Klimpern ihrer Lampe, die ihr aus der Hand geglitten war, vermischte sich mit dem letzten Rieseln des Versturzes und Krübs lautem Fluchen.

»Verfluchter Mist! Nichts wie raus hier! Das ist Selbstmord! Man muss das Ding endlich sprengen!« Seine Schritte entfernten sich schnell, bis nur noch ein weit entferntes, undeutliches Zwiegespräch zu Doris zurückdrang.

Irgendwann war es wieder so still im Tunnel, dass sie das Aufschlagen der Wassertropfen in den kleinen Pfützen hören konnte. Doris begann, nach ihrer Lampe zu tasten. Immer wieder befühlte sie eine Kante direkt vor ihr, hinter der es in die Tiefe zu gehen schien. Aber selbst nachdem sie sich auf den Bauch gelegt hatte, konnte sie keinen Grund ertasten. Doris nahm einen geborstenen Backstein und ließ ihn hinter der Kante fallen. Der Aufschlag folgte schnell und das Geräusch war eindeutig: Es klang dumpf, nach weichem Lehm. »Der Pumpensumpf für die Tunnelentwässerung«, sagte sie leise zu sich selbst. In ihrer Stimme schwang abklingende Furcht. Doris hatte in der Dunkelheit noch nie mit sich selbst gesprochen. Sie stand auf, tastete sich an der Tunnelwand entlang dem westlichen Portal zu. Den zweiten, tiefen Aufschlag des Ziegelsteins hörte sich nicht mehr.

Fritz Cruner sah nervös auf seine Armbanduhr. Die ersten Vereinskameraden standen schon auf, um sich zu verabschieden, als er sich erklärend an die Sitzungsrunde wandte: »Ich kann nur hoffen, dass die Verspätung etwas Gutes bedeutet. Es ist wohl nicht ganz so einfach, den Vater Ehrnsteiner von unserem Projekt zu überzeugen.«

Ratloses Gemurmel kam im großzügigen Nebenraum des Gasthofs zum Ochsen auf. Kurz darauf schob der Wirt seinen runden Kopf durch die Schiebetür und winkte Cruner zu sich her. »Telefon für dich«, sagte er leise und wies mit dem Kopf auf den Tresen, wo der graue Hörer abgehoben lag.

Cruner klang abwartend. »Ja, hier Fritz Cruner.«

»Fritz? Komm rasch zur Telefonzelle gegenüber. Ich kann nicht hereinkommen.«

Cruner sah den Hörer verdutzt an, als nur noch das gleichmäßige Surren aus ihm drang. Er hängte auf, schritt mit ahnungsvollem Gesichtsausdruck hinaus auf die Straße.

Doris stand im schwachen Neonlicht außerhalb der Telefonzelle. Fritz ahnte Böses, eilte im Laufschritt auf sie zu. »Doris! Um Gottes willen …«, er schaute besorgt an ihr hinab.

Doris wehrte mit der Hand ab. »Es geht mir gut, Fritz. Ich wollte nur nicht in diesem Aufzug durch die Stube des Ochsen marschieren und falsche Spekulationen nähren.« In Doris' Zügen lag gehetzter Ernst. Sie redete schnell und eindringlich. »Sag allen, dass es morgen losgehen kann. Mein Vater hat zugestimmt. Wir treffen uns wie gewohnt um 10 Uhr und verlagern die Baustelle in unser Grundstück. Alles Weitere besprechen wir dort.«

Doris eilte davon. Fritz sah ihr perplex hinterher und schüttelte verständnislos den Kopf. Als sie bereits hinter der nächsten Ecke verschwunden war, rief er ihr noch nach: »Doris! So warte doch!« Er wusste, dass sie ihn nicht mehr hören konnte.

11

Mathes Krüb ließ seinen Blick skeptisch über das gestampfte Gemisch aus Lehm und magerem Humus wandern. Sein Gesicht verriet, dass er sich wider Willen mit dem zufriedengeben musste, was er sah.

»Wie Herr Kommissar bemerkt haben dürfte, wurden heimische Grassamen in die Grabungsstelle eingearbeitet. Die von uns eigens hier gepflanzte Wachholderstaude soll unseren guten Willen zum Ausdruck bringen. Ich hoffe, dass dem Anliegen des Regierungspräsidiums nun Genüge getan ist.«

In Krübs Zügen lag etwas Drohendes. »Ich werde Sie und Ihren komischen Verein im Auge behalten. Sollten Sie sich einbilden, irgendwo unberechtigt graben zu können, dann …«

»Hoffen Sie nicht auf unsere Dummheit«, fiel ihm Cruner überlegen ins Wort. »Und nun entschuldigen Sie mich. Wir müssen unsere Gerätschaften noch verladen.«

Krüb wandte sich mürrisch ab. Cruner ließ ihn nicht aus den Augen; sah ihm so lange hinterher, bis er mit seinem grün-weißen VW Passat über die Blaubrücke gefahren war. Erst dann schulterte er das Werkzeug, um es durch die Fichtenhecke ins Nachbargrundstück hindurchzuschieben.

Michael Rohnelt, der Pressebeauftragte des Vereins, den alle nur Michl nannten, wirkte besorgt, als Fritz bei ihm an der neuen Grabungsstelle ankam.

»Und?«

»Ich denke, den sind wir erst einmal los.« Cruners Augen schienen nach etwas zu suchen. »Wo ist Doris?«

Michl wies auf den nahen Felsen. »Sie ist schon gut einen Meter tief. Sie sagte, sie hätte es im Urin, dass es nicht lange dauert, bis wir drin sind.«

Fritz hatte Doris zu sich gerufen. Er lehnte am rauen Stamm eines alten Kirschbaums. Doris wusste, dass er sich wegen ihres gestrigen Aufzugs Sorgen machte und versuchte, das Gespräch von vorn herein in eine angenehme Richtung zu lenken:

»Sieh es dir an, Fritz!« Sie zog mit der Hand eine Linie in die Luft. »Vom Quelltopf bis hier herauf ist es ein und dieselbe Verwerfung. Selbst im Wald kann man sie noch erkennen. Nur im Steinbruch nicht.« Sie zögerte. »Zumindest nicht auf den ersten Blick«.

Cruners Augen wanderten ahnend in Richtung StuMAG-Bruch. Es wollte keine richtige Begeisterung in ihm aufkommen. »Du warst dort. Durch den Tunnel. Deshalb dein gestriger Aufzug.«

Doris trieb es die Schamesröte ins Gesicht. Sie schwieg, während Fritz noch ernster wurde, als er ohnehin schon wirkte.

»Hat man dich erwischt?«

Doris verneinte zögernd, während Fritz seinen Unmut laut ausatmete.

»Mach so etwas bitte nie wieder. Das könnte das Aus für alle unsere Bestrebungen bedeuten.« Doris nickte nur verhalten und versuchte abzulenken. »Mach dir keine Sorgen! Hier liegt der Zugang in die Höhle! Mein Vater sagte, an der Felswand hätte man früher im Sommer den Most gekühlt. Wir haben daraufhin das feuchte Laub angesteckt. Der Rauch wurde vollständig in die Tiefe gesogen!«

Fritz hatte eingesehen, dass es keinen Sinn machte, mit Doris über die vergangene Nacht zu sprechen. Er rang sich besorgte Neugier ab, während er auf die Grabungsstelle zuschritt. Michl mühte sich zusammen mit einem weiteren Helfer an einem großen Felsbrocken ab.

»Was soll mit dem Aushub geschehen? Wir können das Material ja nicht einfach den Hang hinabkullern lassen.«

Fritz gab die Frage stumm an Doris weiter, die auf einen Absatz in der Wiese wies.

»Wir schichten einfach eine Trockenmauer auf.«

Über Fritz Cruners angespanntes Gesicht huschte zum ersten Mal an diesem Tag ein zufriedenes Lächeln. Er nickte Doris gutmütig zu, als er sich zurück an die beiden Kameraden wandte. »Also Männer! Ihr habt es gehört! Dort wird gegraben und dort gelagert! Glück Tief!«

12

Überall in der Stadt kündigten bunte Plakate die nahe Kommunalwahl an. Ein großes Banner mit dem Konterfei Jakob Ströttners wellte sich im leichten Wind, als Cruner und Doris durch den Eingang der Stadthalle schritten. Jakob stand in einer Seitentür des Podiums. Erleichterung stahl sich aus seinen angespannten Zügen, als er auf Cruner und Doris aufmerksam wurde. Es schien, als habe er auf sie gewartet.

»Kommen Sie. Nur auf ein Wort.«

Cruner und Doris folgten ihm aus dem grellen Neonlicht in eine unbeleuchtete Ecke des Foyers. Sie tauschten fragende Blicke aus.

»Wundern Sie sich nachher nicht über das, was ich sage.« In Jakob Ströttners Stimme schwang betonte Beschwichtigung. »Ich werde den Zuhörern die Grabungseinstellung nahebringen, nicht aber die Neuaufnahme.«

Cruner zog die Stirn in Falten. »Weshalb diese Heimlichtuerei? Rein rechtlich kann das doch niemand torpedieren.«

Der Bürgermeister sah Cruner flehend in die Augen. »Sie wissen, dass ich Ihnen keine schriftliche Zustimmung erteilen kann. Das Einzige, um was ich Sie heute Abend bitte, ist Ihr Vertrauen.«

Auch Cruner wollte mit dieser Kunde so lange hinter den Berg halten wie nur irgend möglich. Alles, worum es ihm ging, war das Verständnis für die gedanklichen Hintergründe Ströttners. Er spielte den Unzufriedenen und schüttelte zum Zeichen seines Unverständnisses sacht den Kopf.

»Mensch, Cruner. Im Grunde bin ich einer von euch«, setzte der Bürgermeister nach. »Aber ein öffentliches Bekenntnis würde meiner Wahlrede momentan zuwiderlaufen.«

Seine Blicke wechselten mehrfach zwischen Doris und Cruner, bis dieser berechnend nickte und feststellte: »Soll heißen: Haltet heute Abend besser den Mund, um es euch nicht zu versauen.«

Jakob zog die Brauen nach oben. »Sie wissen, dass ich das so nicht gemeint habe.«

Ein Funktionär Ströttners trat engagiert auf sie zu. »Noch zehn Minuten, Herr Bürgermeister.«

Jakob atmete tief ein und entschuldigte sich mit einer freundlichen Geste bei Cruner und Doris. »Die Pflicht ruft.«

Jakob hatte bemerkt, wie gut er bei seinem treuen Publikum ankam. Er wusste, dass die Frage irgendwann von selbst aus den Reihen der Zuhörer kommen würde und er war gewappnet.

»Was geschieht mit der Höhlengrabung? Lassen Sie zu, dass man unsere Heide verschandelt?«

Jakob umgriff das Pult mit beiden Händen und stützte sich auf. »Ich bin in Blaubeuren geboren. Dieses Tal mit seinen markanten Felsen, seinen gesunden Wäldern und vor allem der traditionellen Heidelandschaft an den Hängen, ist meine wie auch Ihre Heimat. Unsere Natur ist unser Kapital. Die Grabung an der Heide wurde vor wenigen Tagen eingestellt. Das Areal wurde durch die I. G. Karst und Höhle vollständig rekultiviert.« Er sah kurz zu Cruner und Doris hin, als müsse er sich rückversichern. »Mir liegt sehr viel an der Erhaltung unserer intakten Natur; ergo bin ich Naturschützer aus Überzeugung. Dieses Credo lebe ich und werde es auch weiterhin als Bürgermeister umsetzen. Ich freue mich auf eine weitere Legislaturperiode im Dienste dieser Stadt.« Beim Schlusswort brandete Applaus im Saal auf.

Max Ströttner stand seitlich von der Bühne im Schatten des schweren Vorhangs. Niemand sah das berechnende Grinsen in seinem Gesicht, als er sich von Jakob abwandte und zum Abgang hinüberschritt. Erst als Jakob die schmale Treppe vom Podium herabstieg, trafen sich ihre Blicke. Jakob zwang sich zu lächeln. Misstrauen flog von irgendwoher durch seinen Geist. Er erinnerte sich an die abendliche Unterhaltung vor ein paar Tagen. Dann spürte er die fleischige Hand auf seiner Schulter, wie sie stumme Anerkennung bezeugte.

Jakob löste sich von seinem Vater. Er hatte im Augenwinkel etwas Rotes wahrgenommen. Etwas, das er nur einer ganz bestimmten Person zuordnen konnte. Jemandem, dem er minutenlang in das ebenmäßige Gesicht hätte schauen können, wenn es nicht so aufgefallen wäre.

Doris versuchte, ihre Augen auf etwas anderes zu richten, ihn nicht permanent von der Seite anzusehen. Sie erschrak ein wenig, als er sie zu sich winkte.

»Frau Ehrnsteiner. Darf ich Ihnen meinen Vater vorstellen?« Er drehte sich auffordernd zu ihm um, obwohl er in diesem Moment nicht recht wusste, ob er das Richtige tat. »Ich habe dir von Frau Ehrnsteiner erzählt, Vater.«

Max Ströttner legte seine fast abgebrannte Zigarre in einen Aschenbecher auf einem der Beistelltische. Er nahm Doris' Hand und starrte unangenehm lange in ihr Gesicht; durchdringend, forschend. So, als würde er in ihr lesen wie in einem Buch. Doris überlief ein kalter Schauer. Ihre Augen flüchteten auf den Boden.

»Ströttner mein Name«, knarrte es emotionslos aus seiner Kehle. »Aber das wissen Sie ja. Sie studieren Geologie?«

Doris sah erschrocken auf. Die unverwechselbare Stimme zerrte Eindrücke von vergangener Nacht in ihr Bewusstsein. »Ja, in Tübingen«, entfloh es ihr schüchtern. »Ich arbeite gerade an meiner Diplomarbeit; oder besser, ich suche nach einem geeigneten Thema.«

Ströttner blieb selbst dann unbeeindruckt, als sein Sohn ergänzte: »Frau Ehrnsteiner interessiert sich für die

Blaubeurener Marmorschichten. Ich erinnerte mich an die vakante Stelle der Laborleitung und hatte angedacht, dass …«

»Ohne Berufserfahrung in einer leitenden Position?«, wurde er dominant von seinem Vater unterbrochen. Ströttner verschränkte skeptisch die Arme vor dem Bauch und ließ ein abwartendes »mutig« folgen. »Sie haben nicht vor, einen durchschnittlichen Abschluss zu machen. Sie wollen ein Spitzenstudium hinlegen, habe ich recht?«

Doris wirkte ertappt. »Nun, ich habe die schriftliche Prüfung zu meiner Zufriedenheit absolviert …«

»Das heißt, mit einem Durchschnitt von 1,1 wären Sie unzufrieden gewesen«, fiel ihr Ströttner ins Wort.

Doris entfloh nur ein beschämtes Lächeln.

»Ich denke, eine außergewöhnliche Prüfung bedarf eines ebenso interessanten Themas.« Ströttner hakte sich bei ihr unter. »Gehen wir ein paar Schritte.«

Doris fröstelte.

»Sehen Sie, Fräulein Ehrnsteiner: Unser Marmor wurde bislang nie in der Öffentlichkeit wissenschaftlich beschrieben. Und das hat seinen guten Grund. Ich wollte immer, dass mein Sohn in meine Fußstapfen tritt und den Weg beschreitet, den beispielsweise Sie eingeschlagen haben. Aber es lag ihm nun einmal nicht – das mit den Steinen.« Er machte eine kurze Pause, als trauere er seinen längst begrabenen Familienplänen nach. »Wir haben in der Tat einen Engpass im Labor. Und von der Laborleistung hängt in den nächsten Monaten viel, um nicht zu sagen alles ab. Ein Laborleiter muss unbedingt in der Bauchemie versiert sein. Sind Sie das?« Seine Mimik gab zu verstehen, dass er durchaus in der Lage war, eine ehrliche von einer unehrlichen Antwort zu unterscheiden.

»Wären vier Semester an der Uni Tübingen ausreichend?«, gab Doris vorsichtig zurück.

Ströttner wiegte seinen Kopf anerkennend zu Seite. Seine Augen wanderten zufrieden über Doris' Gestalt. Etwa so, als wäre sie eine gute Partie beim Viehmarkt. »Gut. Kommen Sie morgen im Laufe des Vormittags in mein Büro. Es wird nicht zu Ihrem Schaden sein.« Er wandte sich ohne Verabschiedung von Doris ab und ging an die Garderobe, um seinen Mantel zu verlangen. Dann schritt er ins Halbdunkel des Vorplatzes hinaus.

Cruner sah Jakob Ströttner berechnend in die Augen. »Ich glaube, ich kann mit Gewissheit sagen, dass Sie Bürgermeister bleiben. Aber was wäre Ihr Versprechen wert, wenn in ein paar Monaten doch ein anderer an Ihre Stelle treten würde?«

Jakob schmunzelte überlegen. »Das wird nicht passieren. Und was wir unter sechs Augen besprochen haben, sollte so lange nicht an die Öffentlichkeit gelangen, bis Ihr Verein einen durchschlagenden Erfolg erzielt hat. Ich muss nicht betonen, dass dies auch von Ihrer Seite eine gewisse Zuverlässigkeit verlangt.« Er zählte seine Prioritäten an zwei Fingern ab: »Egal was auf dem Grund geschieht, ich weiß von nichts. Sollten Sie etwas entdecken, konsultieren Sie mich als Ersten, als Einzigen und unverzüglich.«

13

Die Morgensonne fiel schräg auf das große Eingangstor, entriss dem nächtlichen Raureif langsam sein Schillern. Tautropfen hingen am verrosteten Firmenschild. Seine altmodisch geschwungenen Lettern verrieten, dass es seit mehr als 40 Jahren dort oben prangte. Die verräterische Runenschrift war irgendwann hastig und mit wenig Fantasie angeglichen worden. Zwischen den Resten des vierfachen Stacheldrahtes hingen kleine Starkstromisolatoren aus Porzellan; weiße Perlen einer traurigen Zeit.

Doris schob ihr Fahrrad weiter die staubige Piste zum Bruch hinauf. Jedes Mal, wenn einer der großen Magirus-Deutz-Radlader an ihr vorüberschnaufte, wurde sie in eine dichte Abgaswolke gehüllt. Sie hörte zweideutige Pfiffe aus den Fahrerhäusern, ärgerte sich maßlos. Frauen waren selten im Bruch.

Doris kam sich inmitten des riesigen Abbaugebietes verloren vor. Ihre Blicke wanderten zuerst in den westlichen Teil des Geländes; den Bereich der Kalkwüste, den schon die blassen Farben des nahen Frühlings verzierten. Irgendwo dahinter verbarg sich das östliche Tunnelportal der stillgelegten Steinbruchbahn. Nach ein paar Schritten bellte ihr ein Schäferhund aus seinem Zwinger entgegen. Ein Zögern lag in Doris' Schritt. Sie kannte diesen Hund und wusste weshalb er ihr so aufgebracht sein Gebiss zeigte. War sie hier wirklich am richtigen Platz? Wollte sie hier arbeiten? Einen Moment lang fanden wieder geiferndes Hundegebell und Krübs Stimme in ihren Gehörgang. Unterbewusst, mit dem Hauch einer Drohung.

Normalerweise hätte Doris sofort Schlussfolgerungen aus den offen liegenden Schichten gezogen. Aber sie tat es nicht. Stattdessen sah sie stoisch auf das mehrstöckige Hauptgebäude. Sie fühlte sich beobachtet, vom ersten Schritt an, den sie hinter das Eingangstor gesetzt hatte. Doris verabscheute diesen Ströttner mit seinem scheußlichen Charisma von der ersten Sekunde an. Und dennoch reizten sie die Chancen, die ihr dieses Unternehmen bot. Sie malte sich aus, wie umfassend das Archiv der Firma sein musste – eine wahre Schatzkiste – in geologischer Hinsicht und vielleicht auch darüber hinaus.

Ströttner stand schon eine ganze Weile am verstaubten Fenster seines Büros. Das rote Blinklicht auf dem Telefonapparat zeigte die Dringlichkeit des hereinkommenden Gesprächs an. Doch er rührte sich nicht von der Stelle, hatte seine Augen starr auf jemanden gerichtet, der ihn noch nicht wahrnehmen konnte. Schließlich sah er zum Telefon hin und nahm unwirsch ab. »Was gibt's?«

Am anderen Ende meldete sich seine Sekretärin. »Herr Minister Dr. Grameisner für Sie, Herr Ströttner. Es sei dringend.«

»Stellen Sie durch.«

Es knackte kurz im Apparat, dann meldete sich eine bekannte Stimme. »Max?«

Ströttner wartete eine Weile, sah hinunter auf den Eingangsbereich. »Was willst du, Barthel?«

»Deine Bestätigung, dass ich mir keine Sorgen mehr machen muss. Das Problem mit dem Höhlenverein dürfte der Pressemitteilung nach aus der Welt geschafft sein.«

Ströttners Blick wanderte unweigerlich zum Westteil des Bruches hinüber. Es lag Skepsis in seinen Zügen. »Wir haben Ruhe. Dauerhaft. Genügt das?« Er machte eine kleine Pause, bevor er das Thema wechselte. »Was ist mit dem Vertrag?«

Es war kurz still im Hörer. »Vertrau mir. Es wird so sein wie immer.«

Ströttner wurde energisch. »Und wann ist das amtlich? Ich warte seit Monaten auf die Unterzeichnung des Kontraktes! Vielschichtige Unternehmen wie das meine brauchen Planungssicherheit!«

»Geduld, mein lieber«, kam es besänftigend aus dem Hörer. »Liefere mir ein neues Angebot und eine aktuelle Studie über die Güte deines Zements.«

»Hinhaltetaktik! 30 Jahre Zuverlässigkeit und 100 Jahre Tradition reichen wohl nicht?« Ströttner hatte die Person, die sich verhalten dem Gebäude genähert hatte, aus den Augen verloren. »Du weißt, dass wir im Tiefbau und bei den Rohstoffen gleichermaßen unschlagbar sind.«

»Ich schon«, kam es nüchtern zurück, »aber der Verkehrsausschuss in Bonn nicht. Die Studie hebt dich von den anderen Bewerbern ab. Es liegt in deinem Interesse, dich damit zu beeilen.«

Die Leitung schwieg. Grameisner hatte aufgehängt.

Doris erkannte Ströttner sofort, als er die lange Stahltreppe hinabgestiegen kam. Es war das erste Mal, dass sie ihn lächeln sah. In seinem Schritt lag gespielte Beschwingtheit. Und trotzdem lastete seinem Äußeren militärische Strenge an. Ein Habitus, den er nicht abstreifen konnte.

»Fräulein Ehrnsteiner!« Ströttner sah bemitleidend auf Doris' Fahrrad. »Hart im Nehmen, wie? Die Steige herauf ist's im Winter kein Vergnügen.« Ströttner wies auf sein Reich. »Willkommen bei der StuMAG. Das ist meine kleine Welt der weißen Steine. Dort drüben«, er zeigte auf den Ostteil des Bruches, in dem die schweren Maschinen zugange waren, »fördern wir derzeit aktiv. Das Gestein ist zwar nicht hundertprozentig rein, aber es ist noch immer der beste Stein im Umkreis von 50 Kilometern. Hinter der ausgeprägten Bucht haben wir neuerdings wieder eine kleine Linse Marmor in etwa zehn Meter Tiefe entdeckt.« Er wartete, genoss die aufflammende Neugierde in Doris' Augen, bevor er ergänzte: »Die Schichten sind sensibel und müssen möglichst großflächig herausgelöst werden, damit der Steinmetz auch etwas damit anfangen kann. Da Sie ohnehin über den Marmor schreiben, möchte ich Sie mit der Koordination dieses Bereichs betreuen.«

Doris wich seinen fragenden Blicken aus. »Ich kenne mich mit Sprengungen nicht besonders aus. Mit Kernbohrungen ließe sich die Beschaffenheit und Größe der Linse ausmachen. Ich kenne allerdings den Maschinenpark nicht.«

Über Ströttners Gesicht huschte ein stolzes Lächeln. »Wir haben hier fast alles beheimatet, was der Markt hergibt.« Ströttner drehte sich um und ging eiligen Schrittes wieder die Treppe hinauf. »Folgen Sie mir.«

Im Inneren des Gebäudes machte er kurz vor einer lindgrün getünchten Brandschutztür halt. *Labor, Zutritt nur für Autorisierte!*, warnten große, weiße Buchstaben. Er stemmte betont die Hände in die Hüften und hob mit gesenkter Stimme an: »Sofern wir uns heute einig werden, hört jeder hinter dieser Tür ab heute auf Ihr Wort.« Er legte den Zeigefinger an die Lippen. »Sie erwähnen weder, wie alt Sie sind, noch, dass Sie noch im Studium begriffen sind!« Er machte eine gehaltvolle Pause. »Ich bin willens, Ihnen große Verantwortung zu übertragen, Fräulein Ehrnsteiner. Sie sind dem gewachsen?«

Doris nickte zögerlich. »Ich werde mein Bestes tun.«

»Das wird gerade gut genug sein. Enttäuschen Sie mich nicht.«

Doris hasste es, wenn ihre Handinnenflächen schwitzten. Sie steckte ihre Hände in die gefütterten Jackentaschen und folgte Ströttner weiter in sein Büro.

Er ließ sich in einen mitgenommenen Ledersessel zurückfallen und steckte sich genüsslich eine Zigarre an. Es war kühl im Eckzimmer des alten Verwaltungsgebäudes. Die Scheiben strotzten vor Kalkstaub. An einer Wand hing ein großer Plan des Bruches, an der anderen eine eingerahmte Schwarz-Weiß-Fotografie aus vergangenen Zeiten. Die Schrankwand aus dunkel gebeiztem Eichenholz umrahmte einen wuchtigen Tresor.

»Das Wichtigste zuerst«, durchschnitt Ströttner die entstandene Stille. »Die StuMAG bewirbt sich derzeit um einen Großkontrakt mit dem Verkehrsministerium. Es geht sowohl um Unterbauten für Autobahntrassen, Hochbauprojekte als auch die Landebahnerneuerung von Flughäfen. Weidlinger, Ihr Vorgänger, kreierte vor seinem Ableben ein spezielles Produktionsverfahren aus vorhandenen Komponenten. Dabei sollte der Zement, unter Beibehaltung des bisherigen Kostenfaktors, eine bislang unerreichte Qualität aufweisen. Stabilität und Beständigkeit sind den öffentlichen Auftraggebern sehr wichtig!«

Doris zeigte sich interessiert, während sich Ströttner zu ihr beugte.

»Von diesem Verfahren hängt vieles ab. Ich habe gegenüber unseren Vertragspartnern zugesichert, dass wir unser in Aussicht gestelltes Angebot halten können.« Er deutete mit dem Zeigefinger auf Doris. »Sie haben eine Woche für eine positiv transparente Analyse unseres Zements und der dauerhaften Verfügbarkeit des Grundstoffes.«

Doris überfiel ein Frösteln. »Ich kann keine Wunder vollbringen, Herr Ströttner. Alles, was ich imstande bin zu tun, ist, die optimale Schicht und ihre Lage zu lokalisieren, wenn es sie denn gibt.«

Ströttner winkte ab, diktierte laut: »Es gibt sie! Daran besteht kein Zweifel! Sie haben im Labor zwei Chemiker zur Seite stehen. Zudem existieren die Ausrüstung wie auch die bisherigen Aufzeichnungen Weidlingers, der die Chemievorgaben schon formal bestimmt hat. Ihre Aufgabe ist es, sein Werk zu vollenden und die nötigen Schichten zu finden. Schaffen Sie das?«

Obwohl Doris wusste, dass sie sich mit einem schlichten Ja nur ein stumpfes Messer auf die Brust setzte, zögerte sie; überlegte angestrengt: Was wollte er schon tun, wenn es ihr nicht gelingen würde? Mehr als entlassen konnte er sie nicht. Und zudem war sie in der Lage, ihre Arbeit über Wochen in die Länge zu ziehen. So lange, bis sie alle Fakten über die Marmorschichten für ihre Diplomarbeit und die Geologie im Bruch gesammelt hatte.

»Fräulein Ehrnsteiner?«, hakte Ströttner nach ein paar Sekunden nach.

Doris sah ihn mit festem Blick an. »Ich werde alles daran setzen. Sie bekommen eine fundierte Analyse. Nur zaubern kann ich nicht.« Sie hielt inne und schmunzelte. »Wir haben allerdings noch nicht über mein Gehalt gesprochen. Einen Arbeitsvertrag hätte ich schon gern.«

Ströttner lachte laut auf und hieb sich auf seine Schenkel, dass es knallte. »Sie gefallen mir! Linientreu und direkt, so will ich meine Leute haben!« Er schob ihr ein mehrfach ausgefertigtes Schriftstück zu. »Sie müssen nur noch unterzeichnen.«

Doris hatte ihren zukünftigen Zahltag rasch ausgemacht und setzte zufrieden ihre Unterschrift unter den Vordruck. Ein freudiges Schmunzeln flog über ihre Mundwinkel, als sie den Vertrag über die Diplomarbeit im Anhang entdeckte, der beachtlich dotiert war.

»Wann soll ich anfangen?«

Ströttner tastete seine Jackentaschen ab, griff schließlich in die untere rechte davon und zog einen Schlüssel hervor. Er betrachtete ihn eine Weile, bevor er ihn Doris lax über den Tisch hinweg zuwarf. »Das haben Sie bereits.« Er erhob sich und deutete mit seiner ausgestreckten Hand auf die Tür. »Frau Finkel nimmt Ihre Daten auf und ergänzt die Verträge. Aber nun gehen wir zu Ihrer zukünftigen Wirkungsstätte.« Bevor er die Tür hinter sich schloss, hob er den Zeigefinger und deutete hinter sich an die Wand. »Ehe ich es vergesse! Wenn Sie für die Diplomarbeit Unterlagen aus dem Archiv benötigen, wenden Sie sich ausschließlich an mich. Ich bewahre alles hier, in meinem Büro auf.«

Doris befremdete es, wie die beiden Laboranten förmlich Haltung annahmen, als der Alte, wie er im Bruch genannt wurde, mit ihr in den Raum trat. Kalte Anspannung flirrte durch die Laborluft. Brüning und Arnegger waren an die vierzig, leger gekleidet und hatten diesen spontan abrufbaren, engagierten Ausdruck im Gesicht.

Doris erfasste binnen weniger Sekunden jedes unverzichtbare Arbeitsmittel, das offen im Labor zu sehen war. In den Regalen standen verschmutzte, chemische Apparaturen. Von den eingestaubten Glaskolben der Gesteinsproben lösten sich die Aufkleber. Und an der Wand hing eine vergilbte, geologische Karte des Geländes. All dies offerierte ihr stumm, dass hier seit Jahren statt vernünftiger, zielgerichteter Unternehmensgeologie mehr der Zufallsfund regiert hatte.

»Morgen, Laborratten!«, tönte Ströttner herrisch. Er wusste, dass beide seinen abschätzigen Ton hassten und trotzdem freundlich darüber lächelten. »Dies ist Fräulein Ehrnsteiner, unsere neue Laborleiterin.«

Doris registrierte genau, wie die Fassungslosigkeit in Brünings Gesichtszüge kroch.

»Sie wird das Erbe von Weidlinger antreten. Sie können sich nachher selbst bekannt machen.« Ströttner orientierte sich kurz auf der Karte an der Wand, um dann mit einem Zeigestab ein Trapez darauf abzufahren. »Dies sind die Grenzen des Bruches. Etwa die Hälfte befindet sich noch nicht in der Abbauphase.« Er hieb nach und nach auf einzelne Zonen im Areal und fuhr stenotyp fort: »Hier: Westteil! Bereits rekultiviert. Dort: östliche Grenze! Abfallende Weißkalkschichten. Ausbeute auf etwa 100 Meter möglich und schon im Gange. Am Ende – rote Travertinlinse. Ausmaß unbekannt, unverzichtbar wegen des Holocaust-Mahnmals. Wie ich schon sagte: Ihre zweite Baustelle, Ehrnsteiner.«

Doris hörte nur mit einem Ohr zu. Sie las die ausgebleichte Karte schneller als Ströttner sie beschreiben konnte. Ihr fotografischer Blick stolperte über ein Paradoxon zum anderen. Das speckige Werk an der Wand strotzte nur so vor geologischen Ungereimtheiten.

»Der Süden: unsere Hoffnung«, tönte Ströttner und umriss eine kleine Ellipse auf dem Plan. »Dort hat Weidlinger in seinen letzten Tagen eine Lagerstätte von unserem guten Mergel prognostiziert. Die Bohrungen haben es allerdings nicht bestätigt. Und wir brauchen dieses Zeug. Dringend!« Ströttner wirkte mit einem Mal verbissen. Er wandte den Kopf aus dem milchigen Fenster hinaus an den entfernten Hang. »Wenn wir die Zuschläge teuer ankaufen müssen, können wir den Preis nicht annähernd halten.« Er ballte die Hand zur Faust und schwang sie Richtung Norden. »Ohne Mergel kein eigener Zement; und ohne diesen keine lukrativen Großaufträge. Ohne Aufträge …« Er ersparte sich die letzten Worte. Dann sah er schneidend in Doris' Augen. »Noch Fragen?«

»Hunderte!«, brach es provokant aus Doris hervor. »Aber ich denke, die Herren Brüning und Arnegger werden mir die meisten davon beantworten können.«

Nachdem sie das Labor gemeinsam wieder verlassen hatten, wandte sich Doris vorsichtig an Ströttner. »Ich würde heute nach Feierabend gerne damit beginnen, Fakten für meine Diplomarbeit zu sammeln. Ich bräuchte Zugang zum Archiv und wenn möglich«, sie zögerte einen Moment, »auch einen Zeitzeugen.«

Ströttner nickte ernst. »Vor 20 Uhr gehe ich nicht nach Hause. Kommen Sie in mein Büro, wenn Sie hier fertig sind.«

14

Die Nacht hatte dem erleuchteten Bruch schwarze Schatten aufgezwungen. Doris sah auf ihre digitale Armbanduhr. Viertel vor acht. Sie war allein im Labor, saß auf ihrem Arbeitsschemel und rieb sich die brennenden Augen. Abgespannt stand sie auf, knipste die Lampe an ihrem Tisch aus und machte sich auf den Weg zu Ströttners Büro.

Wie in allem, was sie an ihrem ersten Arbeitstag tat, lag auch in ihrem Anklopfen eine zaghafte Schüchternheit, die nicht zu ihr passen wollte.

Als Doris eintrat, stand Ströttner mit dem Rücken zu ihr vor dem großen Bild des Bruches. Er schien sich darin zu verlieren.

»Und? Wie haben Sie sich entschieden vorzugehen?«

Doris trat bis auf wenige Schritte zu ihm hin und breitete eine verkleinerte Karte vor ihm auf seinem Schreibtisch aus. »Ich werde in den hoffungsvollen Bereichen Kernbohrungen durchführen lassen müssen.« Ströttner wandte sich zum Fenster und sah ziellos in seinen Bruch hinaus. »Das hat Weidlinger längst gemacht.«

»Ja, vor zehn Jahren. Und ohne Auswertung«, warf Doris ein.

Ströttner schüttelte kaum wahrnehmbar den Kopf. »Wie viele und wie tief?«

Doris blätterte in ihren Unterlagen und zog eine Tabelle hervor, aus der sie ablas: »Um sicherzugehen, werden 30 Kernbohrungen mit einer Tiefe von rund 60 Metern, und zehn Splitterbohrungen von etwa 20 Metern nötig sein. Nur so können wir …« Ströttner unterbrach sie rücksichtslos: »Machen Sie das. Aber machen Sie es schnell!«

Doris sah zuerst verwundert auf den Plan, der vor ihr lag, dann hinüber zu Ströttner, der ihn noch immer nicht angesehen hatte. Schließlich legte sie die Unterlagen wieder auf einen Stapel und wartete vergeblich auf eine Reaktion. Ihre Augen verfingen sich in seiner markanten Silhouette. Sie beobachtete ihn; studierte sein Profil – ohne ein Wort. So lange, bis sich ihre Blicke kurz in der Fensterscheibe trafen.

Als wäre es eine stumme Aufforderung gewesen, flohen Ströttners Augen sofort wieder in die kalte Nacht. »Dort drüben hat alles begonnen«, begann er leise und wies mit dem Kopf nach Westen. »Der Marmor war der Urkeim der StuMAG. Im Jahre 1877 fand mein Großvater bei Waldarbeiten einen Stein am Berghang, der nicht einfach nur grau war.«

Erst jetzt bemerkte Doris, dass er einen polierten, roten Gesteinsbrocken in der linken Hand hielt.

»Dieser eine Stein war anders. Ungewöhnlich glatt, kantig gebrochen und er hatte diese unverkennbare rote Färbung.« Er hob den Stein wie eine Ikone empor.

Doris sah, dass Ströttner tief in der Vergangenheit schwelgte. Und dennoch war er wie versteinert, als habe er sich über die Jahre seinem felsigen Metier angepasst.

»Mein Großvater sagte immer: Der Herrgott hat eine Flasche seines besten Rotweins über diesem Berg verschüttet und ich wurde auserwählt, ihn rein zu waschen. Ein weitsichtiger Mann. Er kaufte das steile Grundstück für einen Spottpreis; wusste damals schon, dass hier das Kapital einer ganzen Familie begraben liegt.« Ströttner legte den Stein zurück in den offenen Tresor und schaute

Doris lange in die Augen. »Ich hüte diesen Stein wie einen Gral. Sie können für ihre Studien andere, jüngere Exemplare haben.« Er richtete sich wieder auf. »Im Jahre 1879 wurde der Marmor schon im ganzen Land an die besten Adressen verkauft. Der Betrieb umfasste bald 40 Arbeiter. Dann kam der Auftrag für den Württembergischen Hof.« Ströttner nickte zufrieden. Stolz lag in seinen nach unten gezogenen Mundwinkeln, als wäre das allein sein Verdienst gewesen.

»Hoflieferant waren wir! Und heute fördern wir das Reinste, was der Kalk der Alb zu bieten hat; verarbeiten es auch in alle erdenklichen Produkte rund um den Bau. Die Kundschaft reicht von Südamerika bis zum Verkehrsministerium.« Er hob seinen Zeigefinger. »Wir sind ganz oben, Fräulein Ehrnsteiner! Ganz oben! Und da wollen wir auch bleiben.«

Doris holte Luft, um ihre Fragen loszuwerden, die ihr auf der Zunge brannten. Doch Ströttner ließ sie nicht zu Wort kommen. »Behalten Sie sich ihre Fragen für morgen zurück. Im Übrigen ist das Taxi schon hier, das ich Ihnen bestellt habe.«

Doris sah ihn entgeistert an.

Ströttner bemerkte es sofort und hob abwehrend die Hand. »Sie fahren bei Nacht und Nebel nicht mit dem Rad die steile Steige hinunter und wer weiß sonst noch, wohin. Von Ihrem ersten Gehalt sollten Sie sich einen Kleinwagen anschaffen.«

15

Fritz Cruner und Doris saßen nahezu allein im zweiten Wagen des roten Schienenbusses, der langsam, aber tapfer durch das beschauliche Blautal ratterte. Cruner sah ziellos aus dem Fenster, ließ seinen Gedanken auf den gefrorenen Blauwiesen freien Lauf.

»Du hast kurzfristig freibekommen?«

»Ströttner denkt, ich hätte heute Nachmittag eine Nachbesprechung in der Uni.«

Cruner wurde ernst. »Dieser Mensch macht auf mich schon immer einen unberechenbaren Eindruck. Pass nur gut auf dich auf.« In seinen Augen lag ein Schleier der Besorgnis, von dem er selbst nicht recht wusste, woher er kam.

Doris folgte seinem unbewegten Blick in die Landschaft. Sie brauchte eine Weile, bis sie seine Worte bestätigen konnte. »In diesem Betrieb stimmt etwas nicht.«

Cruner neigte den Kopf zur Seite, verfolgte, wie Doris in ihre bunte Jutetasche griff und ein zerknittertes Stück Papier hervorzog.

»Man muss genau hinsehen, um die geologischen Unmöglichkeiten zu erkennen.« Doris deutete auf dem entfalteten Blatt auf den westlichen Teil des Steinbruches und streckte Cruner die verkleinerte Kopie des Geoplans entgegen. »Fehler passieren; in Ordnung. Aber das hier ist zu offensichtlich. Ich frage mich, warum gerade hier kaschiert wurde?«

Cruner hielt das Papier mit ausgestreckten Armen vor sich; kämpfte gegen seine Kurzsichtigkeit.

Doris fuhr mit dem Zeigefinger über das Blatt. »Schau dir die rot hinterlegten Mergelschichten im Westen an. Sie sind von besonderer Güte. Ströttner sagte, sie würden langsam knapp.« Doris sah Cruner an, dass er sie noch immer nicht verstand. Sie wurde ungeduldig. »Die Linie! Wenn man der Zeichnung Glauben schenken darf, hört sie umgerechnet ungefähr 15 Meter vor der Grundstücksgrenze absolut gleichmäßig auf. Sie löst sich sozusagen in Luft oder besser gesagt in Lehm auf.«

Cruner hatte sich mehr erhofft. »Könnte es nicht sein, dass wegen der Grenznähe zum Nachbargrundstück einfach ein glatter Schnitt gemacht wurde; der Einfachheit halber?«

Doris kniff die Augen zusammen. »Nur hier im Westen? Wem, glaubst du, gehört dieses Waldgrundstück?«

Cruner mimte stumm Interesse.

»Es gehört seit Jahr und Tag der Familie Ströttner. Es steht eine alte Hütte darin. Ergo frage ich mich, aus welchem Grund Ströttner hier rekultivieren lässt statt sein Materialproblem zu lösen?«

Cruner seufzte. »Vielleicht weil ihm die Behörde die Rekultivierung vorgeschrieben hat.« Er gestikulierte, als fielen ihm spontan zig Lösungen für Doris' Rätsel ein. »Oder auch weil er sein Waldgrundstück nicht opfern will? Möglicherweise ist ihm der unbrauchbare Humus darüber zu hinderlich; wer weiß?«

Doris kaute unzufrieden an ihren Fingernägeln und sah scheinbar abwesend aus dem Fenster auf die langsam dahinfliehenden Vorstadthäuser von Ulm.

»Du solltest nicht mehr Gespenster sehen, als es gibt«, versuchte Cruner zu besänftigen und reichte Doris den Plan zurück. »Sicher ist, dass es im westlichen Bruch Karsthohlräume gibt«. »Vielleicht kommt deinem Chef gerade das ungelegen. Es ist ja bekannt, dass Steinbruchbesitzer nichts mehr hassen als unrentable Luft im Abbaugebiet. Das würde uns bestätigen.«

Doris atmete beschwert aus. »Ich werde es nachweisen.«

»Und wie?«, hakte Cruner ahnungsvoll nach.

»Ich lasse in diesem Gebiet Kernbohrungen durchführen.«

Cruner bemerkte, wie Doris' Blicke verschämt aus dem Fenster flohen.

»Und das hat Ströttner genehmigt?«

»Die Bohrungen schon. Für die Lage hat er sich nicht interessiert. Ich verwette einen Kleinwagen, dass die Schichten auch hinter der Linie im Plan noch vorhanden sind und sich darunter unsere Höhle fortsetzt.«

Cruner sah Doris amüsiert von der Seite an. »Einen Kleinwagen.«

Aus Doris' Augen sprühte ein Anflug von Stolz. »Fiel mir gerade so ein.«

Cruner nickte und musterte sie von der Seite. Es kehrte Stille zwischen ihnen ein. Erst als sie am Ulmer Hauptbahnhof in den D-Zug nach Stuttgart umgestiegen waren, hob Doris wieder an: »Was ist mit deinen Nachforschungen? Fehlt die Karte tatsächlich im Blaubeurer Archiv?«

Cruner nickte verhalten. »Manchmal sind in den alten Karten Naturerscheinungen vermerkt, die nicht in die neuen Blätter übernommen worden sind, weil es sie nicht mehr gibt. Aufgefüllte Erdfälle zum Beispiel. Ich wollte nur sichergehen, nichts übersehen zu haben. Aber von der Heide vor Blaubeuren gab es nichts außer der aktuellen Flurkarte. Und diese basiert auf den Erhebungen aus dem Jahr 1946. Zur Zeit der napoleonischen Kriege um 1805 wurden relativ genaue Angaben von den Militärgeometern gemacht. Und eben von dieser Serie fehlen alle Blätter.« Cruner stieß missmutig die Luft aus. »Die besagte Talseite ist bis 1946 kartografisch wie ausgelöscht. Wir werden sehen, ob wenigstens im Landesvermessungsamt die fehlenden Seiten erhalten geblieben sind.«

Doris geizte mit Begeisterung. »Hast du dich nach dem Verbleib der Blätter erkundigt?«

Cruner bestätigte unter einem leichten Achselzucken. »Sie sagten, dass beim Einmarsch der Amerikaner etliches abhandengekommen sei. Ich frage mich nur, welches Interesse die Amis an den Blättern der Heide haben könnten. Und dann noch an antiquarischen statt den damals aktuellen.«

In Doris' Stimme schwang zynische Ironie. »Vielleicht ein amerikanischer Sammlerkollege? Vielleicht haben sie Anzündpapier für die dicken Siegeszigarren gebraucht? Oder nur ein Diebstahl in der undurchsichtigen Zeit beim Einmarsch?« Sie machte eine Pause unter einer liebenswert verschmitzten Grimasse. »Wer sieht hier Gespenster? Nein, Fritz. Da hat jemand aus einem ganz bestimmten Grund schon vor langer Zeit begonnen vorzusorgen. Fragt sich nur: Wer und warum?«

Es war bereits 11 Uhr, als sie an dem hohen Gebäude des Vermessungsamtes anlangten, über dessen Portal das Landeswappen prangte. In den Gängen lag der träge Amtsmief von zig Jahren erholsamer Unbehelligtheit. Spärliches Licht drang durch die angelaufenen Scheiben der Portalfenster und beschrieb einen fahlen Strahl, in dem der Aktenstaub schwebte. Cruner wusste, wohin er gehen musste. Er kannte das Gebäude. Vor etlichen Jahren hatte er schon einmal vorgesprochen und sich Repliken von seltenen Exemplaren erbeten, die es auf den Sammlerbörsen nicht mehr zu kaufen gab.

Cruners Anklopfen wurde mit einem knappen Ja erwidert. Als er die Tür öffnete, zögerte er; schien einen Augenblick lang irritiert. Das Gesicht hinter dem Schreibtisch war ihm fremd. Unsicherheit schlich sich in Cruners Züge.

»Cruner mein Name.« Er wies auf Doris. »Das ist Frau Ehrnsteiner. Ich hatte eigentlich gehofft, Herrn Jäger anzutreffen.«

Das sonderbare Bedauern im Gesichtsausdruck des jungen Beamten schickte eine traurige Botschaft voraus. »Es tut mir leid, Herr Cruner. Kollege Jäger ist schon seit zwei Jahren nicht mehr bei uns.«

Cruner lächelte in vorsichtiger Hoffnung. »Der wohlverdiente Ruhestand.«

»Im ewigen Ruhestand, könnte man sagen.« Der Beamte machte eine theatralische Pause und gestikulierte, als müsse er sich dafür rechtfertigen. »Schlaganfall. Es ging sehr schnell.«

Cruner schluckte betroffen und suchte auf dem Boden nach den richtigen Worten. »Ich wollte mit ihm einen Plausch über unsere gemeinsame Sammelleidenschaft halten. Ich war öfter bei ihm, wissen Sie.« Er machte eine erklärende Handbewegung zu den hinter Glas liegenden, wertvollen Karten an den Wänden. »Daneben wollte ich heute noch ein Anliegen vorbringen.«

Der Beamte lehnte sich arbeitsscheu in seinen Stuhl zurück. »Das da wäre?«

Cruner seufzte. »Wir sind auf der Suche nach der Kartografie einer ganz bestimmten Gegend und möchten möglichst alle Serien im Archiv einsehen.«

Der Beamte seufzte, als fiele ihm eine Ablehnung tatsächlich schwer. »Sie müssen verstehen, dass wir Privatpersonen nicht Tür und Tor öffnen können. Sonst können wir irgendwann *Museum* über unser Portal schreiben. Um welche Gemarkung handelt es sich denn genau?«

»Blaubeuren bei Ulm«, kam es prompt von Cruner. »Und ich darf anmerken, dass wir zumindest im Dienste der Wissenschaft danach fragen.«

Der Beamte zog die Brauen nach oben. »Sie machen mich neugierig.«

Doris trat einen Schritt an den Schreibtisch heran und zog ihren Vereinsausweis aus dem Geldbeutel. »Wir kommen von der I. G. Karst und Höhle. Zur Erforschung der Blauquellhöhle und eines möglichen früheren Zugangs über dem Wasserspiegel möchten wir alte Karten hinzuziehen, die Hinweise auf Karsterscheinungen enthalten könnten.«

Der Beamte schwieg. Er musterte zuerst den grauen Vereinsausweis, dann Cruner und Doris. Schließlich drehte er sich zu seinem grün flimmernden Computerbildschirm hin und tippte klappernd etwas auf der Tastatur ein. »Blaubeuren. Soweit ich weiß, besitzt die Stadt selbst eine umfassende Sammlung alter Karten.«

»Das trifft zu«, fiel Cruner erklärend ein. »Doch von dem Gebiet, das für uns maßgeblich ist, existiert keine Karte vor 1946.«

Der Beamte stand schwerfällig von seinem quietschenden Drehstuhl auf und musterte Cruner einen Moment lang. Dann zog er zwei Paar weiße Handschuhe aus der obersten Schublade und hielt sie gönnerhaft Cruner entgegen. »Die alten Exemplare fassen Sie mir nicht mit den bloßen Fingern an! Wenn Sie etwas finden, geben sie mir

Bescheid!« Der Beamte deutete unmissverständlich auf die Zimmeruhr über der Eingangstür. »Sie haben 40 Minuten. Die Gänge sind jeweils nach Jahren sortiert. Aber das wissen Sie sicher schon.«

Ein Gewitter von aufblitzenden Neonröhren begann sich zu entladen, als Cruner und Doris ins Halbdunkel des niedrigen Zimmers schritten. Der ausschließlich mit hohen Regalen bestückte Raum war sofort mit dem typischen, leisen Singen der Lampen erfüllt. Irgendwo surrte ein Ventilator und schaufelte dem alten Papier überlebenswichtige, trockene Luft zu.

»Ich fange ganz zu Beginn an und du arbeitetest dich von den jüngsten Blättern in die Vergangenheit zurück«, wies Cruner Doris an. Kurz darauf bog er zielstrebig in eine Regalflucht ab und ging bis zum Ende. Er wusste, dass die wertvollen Originalblätter vor 1700 nur mit Lagerscheinen und Übersichtstafeln auf ihr Vorhandensein hinwiesen. Sie wurden in einem speziellen Raum mit einer automatischen Luftfeuchtigkeitsregelung aufbewahrt. Rote Kreuze auf den gerasterten Übersichtskartons zeigten an, dass es für diese Planquadrate keine Karten gab. Angestrengt schielte er über seine Brille und fuhr mit dem Zeigefinger über die erste Tafel, bis sein Finger auf dem Blaubeurer Ausschnitt haften blieb.

»1610 – Kreuz. Nichts«, murmelte er in seinen Bart und blätterte um. »1635 – Kreuz. Er wechselte das Ablagefach. »1699 bis 1711 – nichts! Und der Nachbarausschnitt: Vorhanden!« Wütende Eile fand in Cruners Bewegungen. Als wisse er schon, was ihn beim nächsten Regal erwartete, nuschelte er seine enttäuschende Prognose vor sich hin: »Hier finden wir genauso wenig wie in Blaubeuren selbst.«

Ein paar Minuten später traf er auf Doris. »Nichts! Kein einziges Blatt! Bis ins Jahr 1946 ist alles wie ausgestanzt.« Er zog seine Pfeife aus seiner Brusttasche und fuchtelte damit vor Doris' Nase herum. »Da hat jemand gründlich aufgeräumt!«

Doris sah ihn fragend an. »Hast du etwas anderes erwartet?«

Cruner ging nicht auf ihre Frage ein. »Im Jahre 1945 taucht die erste Karte auf«, knurrte er kehlig vor sich hin. »Lächerlich! Und selbst dieses Exemplar deckt sich fast eins zu eins mit der gängigen, topografischen Karte, die man an jedem Kiosk kaufen kann. Ich gehe jetzt hinaus zu diesem Archivwächter und rauche ihm was vor.«

Cruner stieß die Tür zum Amtszimmer hart auf, worauf der Beamte nervös seine Zeitung in die Schreibtischschublade knüllte. »Das ging aber rasch. Sie haben nicht gefunden, was Sie suchten?«

Doris schüttelte den Kopf. »Nein. Haben Sie vielleicht eine Erklärung dafür, weshalb erst ab dem Jahre 1945 eine Flurkarte über das südöstliche Gebiet vor Blaubeuren vorrätig ist? Alle anderen Ausschnitte sind existent, nur darüber liegt nichts vor. Das muss doch selbst auf Sie befremdend wirken.«

Der Beamte hob entschuldigend die Schultern. »Seit ich hier sitze hat niemand eine Revision oder Inspektion durchgeführt. Was davor passiert ist, dürfen Sie mich nicht fragen.« Er überlegte scheinbar angestrengt und griff sich ans glatt rasierte Kinn. »Zugegeben, dass in beiden Archiven nichts zu finden ist, ist sonderbar.« Er zog einen dicken Aktenordner hinter sich aus dem Schrank und fing an, träge darin zu blättern. Schließlich hielt er inne und tippte mit dem Zeigefinger verdeutlichend auf eine Eintragung auf einem registerartigen Vorhefter. Das Blatt war alt und zerbrechlich dünn. Cruner machte das sorgsam überkritzelte Hakenkreuz auf dem Kopf des Schriftstückes sofort aus.

»Hier, die letzte große Revision fand im Jahre 1945 statt. Ich denke, man wollte den herannahenden Alliierten kein taugliches Kartenmaterial in die Hände fallen lassen. Es war sogar jemand von ganz oben mit dabei. Sehen Sie den Stempel dort?«

Doris nickte und las den Namen laut vor. »Gramer, Reichsicherheitshauptamt, 20. April 1945.«

Der Beamte schlug unter einem süffisanten Grinsen den Ordner wieder zu. »Ein markantes Datum mit vergangener Glorie. Nach diesem Jahr wurden laut der Liste nur noch Inspektionen durchgeführt. Hierbei wurden aber generell keine Karten entfernt oder ausgelagert. Wir geben grundsätzlich kein Originalmaterial außer Haus.«

Cruner ging auf den Beamten zu, als würde er ihm anständig die Meinung sagen wollen. »Ich weiß, dass Sie am allerwenigsten dafür können, aber irgendetwas stinkt hier ganz gewaltig. Das riecht irgendwie nach Verschwörung.«

Der Beamte schmunzelte amüsiert. »Ich bitte Sie, Herr Cruner. Das ist wohl die unspektakulärste Behörde im ganzen Land. Und nur, weil ein paar Karten fehlen, die sich vielleicht im Krieg irgendein Sammler unter den Nagel gerissen hat, sollte man nicht gleich zu fantasieren anfangen. Die Zeit war wirr; damals, kurz vor dem Ende.«

Cruner hatte nur mit einem Ohr hingehört. Er starrte wie hypnotisiert auf die Wand hinter dem Schreibtisch des Beamten. Er hörte ihn kaum, als er bedauernd anfügte: »Es tut mir leid, aber ich kann Ihnen da wirklich nicht weiterhelfen.«

Cruner nahm keine Rücksicht auf den entrüsteten Staatsdiener, als er sich zwischen ihm und dem Tisch hindurchzwängte. Er sah nur noch die alte Karte, die eingerahmt an der Wand hing. »Das kann doch nicht wahr sein!«

Der Beamte nahm seine Brille von der Nase und folgte Cruners Blick. Aufkommende Erklärungsnot trieb ihm ein kräftiges Rot ins Gesicht. »Ich habe das Ding noch nie bewusst angesehen. Ich hielt es für eine Replik.«

Cruners Augen tasteten die Karte akribisch ab. »Das ist eine Replik! Aber eine sehr gute. 1704 – Blaubeuren – Gerhausen – Sonderbuch«, Cruners Augen verharrten auf einem ganz bestimmten Punkt, einem Namen und einem Zeichen, das ihm eine Gänsehaut über den Rücken jagte. Er drehte sich zu Doris um und sah ihr vielsagend in die Augen. Sie verstand sofort, während der Beamte ungeduldig auf die Zimmeruhr wies.

»Nun da Sie gefunden haben, was Sie suchten, möchte ich Sie auf die fortgeschrittene Zeit aufmerksam machen. In ein paar Minuten ist Mittagspause. Wir schließen dann.«

Cruner wirkte bestimmt. »Wenn Sie uns von dieser Karte eine Fotokopie überstellen könnten, lassen wir Sie auf der Stelle in Frieden.«

Der Beamte verdrehte echauffiert die Augen und deutete auf den schweren Rahmen. »Unmöglich. Wir können sie nicht einfach aus dem geglasten Rahmen holen!«

Cruner blieb beharrlich, griff in seine Umhängetasche. »Dann gestatten Sie?«

Der Beamte schaute skeptisch auf Cruners Edixa-Spiegelreflex-Kamera. »Wenn es rasch geht, meinetwegen!«

Cruner zögert keinen Augenblick und machte ganze zehn Aufnahmen aus verschiedenen Entfernungen, um das Spiegeln des Glases weitgehend zu vermindern. Nach einer

Weile verstaute er sein Heiligtum zufrieden in der Tasche. Er sah nur kurz auffordernd zu Doris hinüber und reichte dem Beamten seine Hand. »Ich danke Ihnen für Ihre Zeit.«

Doris platzte beinahe vor Neugierde. Kaum hatten sie das Gebäude verlassen, fasste sie Cruner am Ärmel. »Sag schon! Was stand da? Ich konnte es aus der Distanz nicht genau erkennen.«

Cruner setzte sich unter einer der alten Platanen auf eine Bank und hob seinen Fotoapparat demonstrativ vor sich hin. »Hier drin steckt der Beweis dafür, dass es in diesem Gebiet einst eine Höhle oder eine Doline gab, von der wir bislang nichts wussten!«

Doris' Augen funkelten wissbegierig. »Und weiter?«

Cruner schmunzelte. »Als ich noch ein Kind war, durfte ich oft auf dem Hof meiner Tante Ferien machen. Es muss so um 1950 gewesen sein, als ich zum ersten Mal in die winzige Höhle der Mönchsschmiede gekrabbelt bin. Ich erzählte meiner Tante von meinem Ausflug mit Stalllaterne und Kerze und sie wusste natürlich nichts Besseres, als mir eine Schauergeschichte aufzutischen.« Cruner machte eine verdeutlichende Geste mit der Hand. »Und genau diese Geschichte, von der ich nie überzeugt war, fiel mir gerade eben wieder ein.«

Doris starrte beschwörend in Fritz' Gesicht. »Und um was ging es in dieser Geschichte?«

»Um den sogenannten Höllschlund.«

»Höllschlund?«, rätselte Doris. »Nie gehört. Du meinst die Mönchsschmiede.«

Cruner fuchtelte energisch mit den Händen. »Nein. Die Mönchsschmiede liegt nicht in der gedachten Verwerfungslinie.« Er beugte sich zu Doris vor und machte eine Kopfbewegung zum Vermessungsamt hin. »Auf der

Karte da drin stand eindeutig *Höllschlund*! Und das ehemalige Zeichen für Höhle oder Erdfall war weit von der Mönchsschmiede eingetragen.«

Doris neigte argwöhnisch den Kopf zur Seite und deutete ebenfalls auf das Amtsgebäude. »So eine Aktion nur, um eine lapidare Höhle zu vertuschen? Was soll das für einen Sinn ergeben?«

Cruner machte eine auffordernde Bewegung mit der Hand. »Gib mir noch mal den Plan vom Bruch!«

Doris kramte in ihrer Tasche und entfaltete das zerknitterte Blatt.

Cruner fuhr die Hangkante ab. »Wenn ich es richtig gesehen habe, muss diese einstige Höhle etwa hier liegen.«

Doris pfiff anerkennend durch die Zähne. »Wenn das stimmt, läge das Loch genau im Waldgrundstück der Ströttners!«

Cruner sah Doris verbissen an; forderte sie stumm auf auszusprechen, was er dachte.

»Es ist also wahr. Die StuMAG hat tatsächlich ein Geheimnis unter dem Berg. Es gibt einen Grund, weshalb man den Westteil so rasch rekultiviert hat, ohne weiter in die Tiefe zu gehen! Dort gibt es seit 1945 etwas, das keiner erfahren darf.«

Cruner atmete bedrückt aus. Er schien mit einem Mal beladen. »Ich werde die Aufnahmen in aller Ruhe entwickeln. Dann sehen wir weiter. Eines aber sollten wir beide nicht vergessen!« Er suchte Doris' Augen, fixierte sie eindringlich. »Wir sind Höhlenforscher; keine Detektive und schon gar nicht die Kripo. Und du«, er legte seine Hand auf die von Doris, »bist ab jetzt auf der Hut.«

Doris pflichtete ihm wortlos bei. Sie musste an die mahnenden Worte ihres Vaters denken. Sollte er tatsächlich recht behalten? Hatte er sie etwa vor einem Umstand gewarnt, dem sie jetzt, in diesem Augenblick, auf die Spur gekommen waren?

Sie stand auf und sah eine Weile hinauf zu den kahlen Weinbergen über Tübingen. »Fahren wir nach Hause, Fritz. Es gibt viel zu tun. 1945 liegt lange zurück.«

16

Es war laut im Restaurant Adler. Niemand kümmerte sich um den stadtprominenten Besuch. Die Stammgäste wussten, dass die Ströttners in der Mittagspause hier manchmal essen gingen.

Irgendwann schob Max Ströttner seinen Teller beiseite und nickte sich selbst zu, als müsse er sich etwas eingestehen. »Das mit der Grabung«, er hielt kurz inne, um den letzten Bissen Kalbsfilet hinunterzuschlucken, »hast du in deiner Rede ausgesprochen gut gelöst.«

Jakob schlug kurz die Augen nieder, bevor er reserviert erwiderte: »Auf Dauer wird sich dieser Cruner nicht von seinem Vorhaben abhalten lassen. Es wird bald möglich sein, um ein Vielfaches tiefer in den Quelltopf und die Unterwasserhöhle hinabzutauchen. Wenn die Forscher dann auf lufterfüllte Gänge stoßen und die ersten Bilder mit nach draußen bringen, wird auch das Amt seine Entscheidung überdenken müssen.« Ströttners Kinnmuskulatur zuckte nervös. »Taucher«, kam es abschätzig über seine schmalen Lippen. »Sind wir hier etwa in der Karibik?«

Jakob sah skeptisch auf. »Was ist dagegen einzuwenden? Die Heide bleibt bei den Forschungsaktivitäten unberührt.«

Ströttner verschränkte protestierend die Arme vor dem Bauch. »Froschmänner im Blautopf. Und was ist, wenn einer absäuft? Ich will gar nicht an die Schlagzeilen denken!« Er wich Jakobs verständnislosen Blicken kategorisch aus.

»Und was wäre, wenn ein Kletterer vom Blaufelsen oder den Wilhelmsnadeln fällt? Oder wenn ein Segelflieger abstürzt? Bei den sportlichen Herausforderungen rund um Blaubeuren kann man das Risiko nicht gänzlich ausschließen.«

Ströttner murrte etwas Unverständliches vor sich hin, bevor es unwirsch aus ihm herausplatzte: »Und wie tief sind diese Taucher schon?«

Jakob legte einen 20-Mark-Schein auf den Tisch und stand auf. »650 Meter. Solange die Luft eben reicht. Im nächsten Jahr will einer von ihnen einen Alleingang mit doppeltem Luftvorrat wagen.«

Ströttner entwich nur noch ein aufgebrachtes Grunzen. »So etwas hätte es früher nicht gegeben. Langsam fängt das Volk zum Spinnen an.«

Jakob sah ihn eine Weile forschend an. »Man könnte meinen, du hättest grundlegend etwas gegen diese Forschung.«

Ströttner lächelte gekünstelt, machte gute Miene zum bösen Spiel. »Ich kann dieses lichtscheue Gesindel einfach nicht ausstehen. Kein Mensch findet etwas daran, sich durch Geröll zu wühlen und durch Matsch und Lehm zu robben. Und das nur, um ein wenig wohlgeformten Kalk zu entdecken, den es in meinem Bruch zuhauf gibt.« Er tippte sich hart an die Stirn. »Die haben doch alle was am Kopf.«

Für einen Moment erwog Jakob, ihm einen Seitenhieb zu verpassen; ihm zu eröffnen, dass seine neue Laborleiterin Höhlenforscherin sei. Aber eine innere Stimme riet ihm dazu, besser still zu sein.

Krüb sah Ströttner bereits aus seinem Dienstzimmer auf das Rathaus zumarschieren. Er ahnte, was kommen würde. Sekunden später schlug die Eingangstür der Polizeiinspektion im Erdgeschoss hart gegen die Wand. Die diensthabenden Polizisten versuchten Ströttner gar nicht erst nach seinem forschen Begehren zu fragen. Ströttners unbehelligtes Ein- und Ausgehen war hier Usus.

Krüb verdrehte gereizt die Augen und erhob präventiv die Hand gegen Ströttners aufgestauten Frust. Er schloss vorsorglich die Tür seines Büros, als sein gehasster Kamerad aus alten Tagen vor seinen Schreibtisch trat. »Bevor du anfängst, Max: Die Aktivitäten der Höhlenforscher sind eingestellt. Sie konzentrieren sich nun auf die Falkensteiner Höhle bei Urach.« Er warf Ströttner ein paar unbebilderte Zeitungsartikel über den Tisch. »Es besteht kein Grund zur Sorge mehr.«

Ströttner beachtete die Artikel nicht. Er schlug mit der flachen Hand auf den Tisch, dass es knallte. »Lesen kann ich selbst, grünbrauner Kasper! Was hat es mit diesen Tauchgängen im Blautopf auf sich?«

Krüb wusste für einen Moment nicht, wohin mit seinen konsternierten Blicken. »Meine Güte. Die sind doch erst ein paar Meter tief; und viel weiter werden sie kaum kommen. Dafür reicht der Sauerstoff ja gar nicht.«

Ströttners Miene verriet, dass er mehr wusste. Krüb verharmloste weiter: »Bis zum Bruch sind es über zwei Kilometer Luftlinie. Es ist technisch …«

»Unmöglich, so weit zu tauchen«, vervollständigte Ströttner leiernd seinen Satz und schickte eine zynische Grimasse hinterher. »Warum werde ich von dir nicht über diese Vorgänge informiert?«

Krüb zog die Brauen nach oben, als wolle er sich für seinen nächsten Satz im Voraus entschuldigen. »Du hast nie danach gefragt. Und wer dem Blaubeurener Tagblatt die Süddeutsche Zeitung vorzieht …«

Ströttners Mundwinkel sanken ins Bodenlose ab. »Du wusstest davon und hast den Herrgott einen guten Mann sein lassen? Wenn nur einer dieser Froschmänner auf eine höhere Ebene stößt, die über Wasser liegt, und bis unter den Bruch läuft! Was dann, Mathes? Was dann?«

Krüb war blass geworden. »Niemand kann so weit tauchen, Max. Und ebenso kann niemand mit dieser Ausrüstung am Leib einfach so mir nichts, dir nichts aus dem Wasser klettern und davonlaufen. So etwas geht nicht! Nicht jetzt und nicht in 20 Jahren!«

»Schönmalerei, Mathes!« Ströttner war aufgestanden und hatte nach den Zeitungsartikeln gegriffen. »Ich für meinen Teil fühle mich gesund genug um die 80 zu erreichen. In 15 Jahren passiert verdammt viel. Es würde mich nicht wundern, wenn sie eines schönen Tages mit dem U-Boot hinuntertauchen. Es ist bei Weitem nicht so harmlos, wie du denkst.« Er schritt zur Tür und ließ im Hinausgehen abschätzig fallen: »Du warst schon immer ein einfältiger Befehlsempfänger. Und daran wird sich nie etwas ändern.«

Krübs Kiefer waren fest aufeinandergepresst. Er wünschte Ströttner die Pest an den Hals; hätte ihm am liebsten einen Fluch hinterhergerufen. Doch er schwieg. Wie immer.

17

Hannes beschlichen gemischte Gefühle, als er mühsam den oberen Forstweg der Heide hinaufhumpelte. Immer wieder verirrte sich sein Blick hinüber zum Friedhof. Selbst von hier konnte er das junge Grab noch ausmachen. Er bildete sich ein, es gäbe ihm Kraft, sich in die gemeinsame Zeit zurückzustehlen. In jene Tage, an denen sie unbeschwert am gegenüberliegenden Hang entlang gewandert waren. Er dachte an die obligatorische, gemütliche Einkehr im Gasthof Ochsen. Damals lernten sie die Höhlenforscher kennen, die Doris mit ihren spannenden Berichten vollständig in ihren Bann gezogen hatten.

Diesseits der Blau waren sie nie spazieren gegangen. Es mag Zufall gewesen sein, dass Ute es nie wollte. Vielleicht spürte sie auch, dass Hannes diese Seite des Tals nicht mochte. Die Seite, in der die Schatten wohnten.

Heute aber schlug Hannes ganz bewusst diesen dunklen Weg ein. Vor dem gänzlich überwucherten, oberen Eingangstor holte er die Astschere aus seinem Rucksack und legte sie ins feuchte Gras. In Hannes' beschwerlichen Bewegungen lag keine Eile. Er sah eine ganze Weile lang in den kahlen Wald hinauf; ließ die Flut von Erinnerungen auf sich zuströmen.

Es hatte begonnen. Ebenso unaufhaltsam und unerbittlich wie der gefrierende Aprilregen.

Zur selben Zeit ging Maximilian Ströttner in der Stube seiner Jagdhütte unablässig auf und ab. Das Brecheisen in der Hand starrte er immerzu stoisch auf den Boden. Unausgegorene Gedanken flogen durch sein aufgeriebenes Hirn. Die ungünstigen Prognosen über den Tauchfortschritt, die Grabungseinstellung; all dies war ihm zu wenig, zu unsicher. Er schlief des Nachts immer schlechter und erwachte aus Albträumen, die ihn zuvor nie geplagt hatten. Ströttner kniete sich auf die schweren Eichendielen und sprach mit sich selbst, als er das schwere Eisen ansetzte: »Eine Zwölfer-Bohrung würde reichen und dann hinunter mit dem Zeug. Funkfernzündung! Und am besten 10.000 Liter Sprit hinterher. Einfach ausräuchern!« Sein Blick wanderte zum Außenverschlag, in welchem der Haupttank für das Dieselaggregat stand. Mit einem lauten Ächzen stemmte er die schwere Bohle gewaltsam aus ihrem Verbund im Boden. Die darunterliegende Betonschicht von über einem Meter Dicke schien ihn überlegen auszulachen. »Sperrbeton, dreifach armiert. Verkeiltes Blockwerk bis mindestens zehn Meter«, verlieh Ströttner seinem selbst geschaffenen Werk eine verbissene Stimme.

Er hätte sich nicht träumen lassen, hier je wieder Hand anlegen zu wollen. Schließlich fuhr die blanke Wut in seine Arme. Das Stemmeisen schickte klirrend Aussichtslosigkeit in den Raum, als es mit voller Wucht auf dem Fundament aufschlug. Lächerlich kleine Stückchen platzten ab, hinterließen helle Stellen im alten Beton. Spuren späten Zorns.

Ströttner wusste selbst, dass er sich an etwas klammerte, das er nicht einmal annähernd in Betracht ziehen durfte. Jedem würde die große Bohrlafette im Wald auffallen. Weder der Transport noch der Bohrstaub samt dem Aushub wären geheim zu halten. Und der Sprit …, sagte er sich im Geiste vor. Er würde die Hütte selbst gefährden. Ganz zu schweigen von … Plötzlich hob er den Kopf, als wäre er an seinen unausgesprochenen Worten erwacht. Verhasste Bilder drängten von weit her in sein Denken. Bilder, die er längst vergessen wähnte. Dabei waren es nicht die lange zurückliegenden Ereignisse, welche ihn in den schieren Wahnsinn trieben. Es waren vielmehr die späten Folgen, die sich unweigerlich daraus ergaben.

Ströttner entfloh den Unabwägbarkeiten, indem er die Diele mit den Füßen grob in ihre ursprüngliche Position zurückdrückte und keuchend aus der Hütte stürzte. Dass die rostigen Nägel nicht mehr in die ursprünglichen Löcher fanden und sich verbogen, nahm er nicht mehr wahr. Es blieb ein kleiner Absatz auf dem vormals ebenen Holzboden.

Als Ströttner hinüber zum nahen Zaun des Bruches schritt, hatte er begonnen, vorwurfsvoll mit sich selbst zu reden: »Quatsch! Horizontalbohrung über eine Länge von 200 Metern! Du musst das anders lösen. Denk nach, verdammt! Denk nach, Max!« Er konnte sich nur langsam damit abfinden, weiter auf die Zeit zu hoffen, die wie bisher zuverlässig für ihn gearbeitet hatte. Seine Finger krallten sich in den engmaschigen Zaun, bis der eisüberzogene Draht sie taub werden ließ. Er suchte geistige Erholung in seinem funktionierenden Imperium.

Der gleichmäßige Lärm der riesigen Zementöfen verlieh dem Bruch eine dumpfe, träge Stimme. Aus zwei Fenstern im Hauptgebäude drang noch Licht in die Dämmerung. Im Labor wurde noch gearbeitet. Ströttners Atem beruhigte sich etwas. Seine Augen wanderten über die unterste Abbauebene. Er verfolgte die Reihe der grell gekennzeichneten Bohrlöcher im Süden, dachte sich nichts dabei, als er die leichtere der beiden Bohrlafetten schräg unter sich im inaktiven Teil stehen sah. Die Bohrlöcher der Bohrungen nahe der schweren Maschine hatte er nicht ausmachen können. Sie waren unmarkiert. Ganz bewusst.

Es regnete stärker, als Ströttners schwerer Mercedes den oberen Feldweg hinabrollte. Ein kleines Rinnsal fraß an den schmutzigen Eisplatten. Die Scheiben des Wagens waren so stark beschlagen, dass sich Ströttner mit einem störrigen Lederlappen klare Sicht verschaffen musste. Schlieren verzerrten den Blick in die Dämmerung. Er hätte die Gestalt an der Fichtenhecke beinahe nicht wahrgenommen. Erst als sich die Person bewegte, trat er auf die Bremse und versuchte, aus dem angelaufenen Seitenfenster etwas auszumachen. Für den Schäfer war es zu früh im Jahr und zu spät am Tag. Wer hielt sich hier, bei diesem Wetter auf?

Hannes hatte den Wagen längst bemerkt. Sein Gesicht lag im Halbschatten der Kapuze seines dunkelblauen Regenmantels, als er sich für einen Moment dem oberen Weg zuwandte. Er wusste, wer ihm im selben Moment misstrauisch entgegensah; nichts ahnend. Hannes lachte kalt in sich hinein, entriss Ströttner im Geist seine Selbstsicherheit. Souverän und unerkannt, nur mit seinem Wissen.

Ströttner setzte seine Fahrt unbekümmert fort. Er vergaß den Unbekannten schon an der Abzweigung zur Bundesstraße. Die Sicht auf die schützende Plane über der Grabungsstelle hatten ihm die hohen Fichten verwehrt.

18

Michael Rohnelt legte den Finger an die Lippen, als er wieder unter die schützende Plane trat. »Psst. Da kommt jemand!« Im selben Moment war es im Grabungsschacht totenstill. War doch etwas über die weitere Grabung nach außen gedrungen?

Die im durchfeuchteten Erdreich schmatzenden Schritte kamen näher. Sie klangen unregelmäßig, beinahe behäbig, bis sie schließlich innehielten. Die Person war stehen geblieben, hob die Plane unter einem Knistern an und blickte in die stumme Runde.

Fritz Cruner glaubte, das unbewegte Gesicht zu kennen. »Herr Ehrnsteiner? Sind Sie das?«

Hannes schob die Kapuze seines Regenmantels in den Nacken und ließ seinen gesunden Mundwinkel bestätigend nach oben zucken. »Gibt es hier vielleicht einen heißen Tee?«

Die Anspannung wich aus den Gesichtern.

»Aber sicher!« Cruner stieg aus dem Schacht, zog seine Handschuhe aus und reichte Hannes die Hand. »Wir haben auch einen selbst gebrannten Schlehenlikör!«

Hannes wehrte verlegen ab und nahm eine verbeulte Emaille-Tasse entgegen. Er roch sofort, dass man bei der Zubereitung dieses Gebräus nicht mit Rum gegeizt hatte.

Cruner spürte, dass er seiner Mannschaft eine Erklärung schuldig war. »Das ist der Vater von Doris. Ihm verdanken wir die ehrenvolle Aufgabe, honorarlos ein Grundstück umzugraben!«

Anerkennendes, wortloses Nicken folgte, während Cruner Hannes den einzigen Campinghocker anbot, den der beschauliche Grabungsfundus hergab.

»Sie waren in letzter Zeit nicht mehr so oft im Ochsen, nicht wahr?«

Hannes ahnte, wohin das Gespräch zu führen drohte. Er reagierte nicht auf Cruners Frage, deutete nur den Hang hinauf. »Ich habe das obere Tor wieder gängig gemacht. Nur für den Fall, dass Sie es nutzen wollen.« In seiner Stimme schwang Nachdenklichkeit, als ginge er soeben einer bösen Ahnung aus dem Weg. Unter unverbindlicher Neugier spähte er in den Schacht hinunter. »Können Sie schon etwas sagen?«

»Steigen Sie hinunter und wagen Sie einen Blick unter Ihr Grundstück.« Cruner bemerkte sein Zögern und streckte ihm auffordernd seine Hand entgegen. »Keine Angst. Es sind nur zwei Meter. Ich werde Ihnen helfen.«

Hannes war froh, als er von der schmierigen Metallleiter auf den ebenen Schachtgrund treten konnte. Lehmiger Matsch quoll langsam über seine alten Gummistiefel. Hannes fröstelte sofort im kalten Höhlensog. Als er den finsteren Spalt neben seinen Füßen erkannte, stieg Beklemmung in ihm auf.

Aus Cruners Gesicht sprühte dagegen pure Euphorie. Er zog eine Packung Zündhölzer und ein asiatisches Räucherstäbchen aus einer Plastiktüte. »Und jetzt geben Sie acht!«

Aus Hannes' Zügen sprach Argwohn. Er hielt weder etwas von spirituellen Dingen noch von der unergründlichen Schwärze, die an ihm zerrte.

Cruner kniete sich auf eine Holzbohle am Rand der Spalte und steckte das Stäbchen an. Der bläuliche Rauch wurde sofort ins Berginnere gezogen. »Und? Was sagen Sie?«

Hannes' Erstaunen wirkte leidenschaftslos; gezwungen. Er wandte sich ab, griff hinter sich an die eiskalte Leiter. Er wollte nur noch heraus aus diesem Loch; heraus aus dem Verließ, in dem die Kälte wie in einem Kühlschrank stand. Hannes hasste den Atem des Berges. Er spürte den Würgegriff, mit dem er ihn hinabzog; tief ins Dunkel seiner Vergangenheit. »Ich verstehe«, versuchte er sich zitternd aus seinem Unbehagen zu reden. »Früher kam hier am Felsen immer kalte Luft zwischen den Blöcken hervor. Wir kühlten dort den Most an besonders heißen Tagen.«

Cruner richtete sich wieder auf und löschte das Stäbchen zischend im feuchten Lehm der ausgepölzten Schachtwand. »Es liegt an den Jahreszeiten und der konstanten Temperatur in der Höhle. Wir haben hier einen meteo tiefen Eintritt der Luft.« Er deutete zur Hangkante hinauf. »Irgendwo auf der Hochfläche der Alb tritt die warme Höhlenluft wieder aus. Wir sind ganz dicht dran, Herr Ehrnsteiner. Dank Ihnen!«

Hannes konnte Cruners Zuversicht nicht erwidern. Er fühlte, wie das Blut aus seinem Gesicht wich und seine Wangen eine kalte, blasse Färbung annahmen. In Gedanken flüchtete er sich nach Hause in die warme Stube. Heim, zu seinen guten Erinnerungen, die in seinem abgewetzten Lehnsessel wohnten. »Ich halte Sie nicht länger auf. Zudem habe ich beim Hinaufsteigen mehr Mühe.

Doch Cruner hielt ihn sanft an der Schulter fest. »Nicht so rasch. Das war noch nicht alles!«

Hannes sagte nichts, betrachtete nur ahnungsvoll den faustgroßen Stein in Cruners Hand. Waren es nicht schon genug der Beweise, die jene ferne Nacht aus seinem Unterbewusstsein schälte? Hannes war innerlich zerrissen. Er ermahnte sich gedanklich, dass es doch genau das war, was er wollte. Und doch schmerzte es, den unangetasteten Stachel in seiner Seele zu lockern, um ihn irgendwann beherzt herauszureißen.

»Kommen Sie näher und hören Sie!« Bedeutungsvoll ließ Cruner den Stein ins Bodenlose fallen. Hannes kniff die Lippen aufeinander um das Muskelzucken zu verbergen, das er nicht mehr unter Kontrolle halten konnte. Er sträubte sich innerlich gegen das stille Warten in diesen endlos scheinenden Sekunden, in denen der Stein fiel. Und dennoch zählte er sie; zwanghaft und konsequent. Er sah sich selbst fallen; im zähen Lehm aufschlagen. Und für einen Augenblick lag er dort unten; umgeben von aufdringlicher Wahrheit – der eigenen Feigheit zum Fraß vorgeworfen. So lange, bis das gedämpfte Echo eines harten Aufschlages über die Wände zum Schachtmund heraufzitterte.

Cruner ließ seinen Daumen optimistisch aus der Faust springen, weckte Hannes aus seiner Lethargie. »Wir haben es vorhin ausgelotet. Es sind 20 Meter!«

Hannes schickte Cruner einen gejagten Blick zu. Er atmete schwer. »Schön, dass Sie so rasch Erfolg haben«, floh es nüchtern über seine blassen Lippen. Er wirkte erschlagen, als er unbeholfen von der schmierigen Leiter im Zelt auf die Wiese trat. Er gab sich keine Mühe, das Zittern in seinem linken Bein zu unterdrücken, als er sich an Cruner wandte. »Ich möchte Ihnen ein Versprechen abnehmen.«

Cruner neigte erwartungsvoll den Kopf zur Seite.

»Passen Sie auf meine Tochter auf. Ich würde es nicht verkraften, wenn ich sie auch noch …« Hannes' Stimme erstarb in der Hoffnung, verstanden worden zu sein.

Cruner brachte ihm betroffenes Schweigen entgegen, bis er eine erklärende Handbewegung zu seinen Helfern hin machte. »Ich bin mir meiner hohen Verantwortung als Grabungsleiter bewusst. Sie dürfen unbesorgt sein.«

Hannes erwiderte nichts, legte zum Gruß nur zwei Finger an die Schläfe. Erst als er das Tor hinter sich schloss, überfiel ihn die Unruhe. Sein hinkender Gang wirkte getrieben. Er lief schneller, als es seine geschädigten Nerven zuließen. Die Frage, die ihn dabei quälte, bestand längst nicht mehr darin, ob sie es entdecken würden. Sie beschäftigte sich einzig und allein mit dem Wann; mit dem unabwendbaren Zeitpunkt, ab dem es kein Zurück mehr gab. Wie viel Zeit verblieb ihm noch? Wie viele Monate, Wochen? Oder waren es nur noch Tage?

Als Hannes schweißnass in seinen Opel Rekord Automatik stieg, zweifelte er keine weitere Sekunde daran, dass Cruners Mannschaft den steinernen Gral gefunden hatte, der sein Geheimnis über 35 Jahre lang bewahrt hatte. Früher oder später würden sie in ihn eindringen; alles schonungslos ans Tageslicht fördern, was in ihm ruhte. Ahnungslos und entsetzt zugleich. Sie hatten gar keine andere Wahl. Ebenso wie sie auch Hannes nicht mehr hatte.

19

Doris sah gedankenversunken aus dem verstaubten Fenster in den finsteren Westteil des Bruches, als könne sie dem Berg mit ihren bloßen Blicken sein Geheimnis entreißen. Sie hatte die tiefen Bohrungen im Westteil erst durchführen lassen, als Ströttner unerwartet früh das Gelände verlassen hatte. Der von ihr vorgegebene Neigungswinkel erlaubte es, das angrenzende Waldgrundstück ein gutes Stück zu unterfahren. Genau genommen hatte sie die Lafette bis an die Grenzen ihrer Belastbarkeit gebracht.

Die Beschaffenheit der zutage geförderten Aufschlüsse war dafür schon mit bloßem Auge zu erkennen: Die Mergelschichten setzten sich tatsächlich hinter der Bruchgrenze fort. Und in den tieferen Lagen gab es zudem lehmverfüllte Hohlräume im begehrten Kalk. Damit stimmte der bestehende Geo-Plan nicht annähernd mit den vorherrschenden Gegebenheiten überein. Nur den Grund für diese Abweichung blieb ihr der Berg weiter schuldig.

Sie war fest entschlossen, aus Ströttner herauszukitzeln, was es mit dem westlichen Bruch auf sich hatte. Sie brannte auf seine Reaktion, wenn sie ihm die vorläufigen Bohranalysen präsentieren würde.

Doris fiel nicht auf, wie sie ihr eigentliches Ziel mehr und mehr aus den Augen verlor. Es ging ihr nicht mehr ausschließlich um die Diplomarbeit und die Arbeitsstelle. Selbst die Verkarstung der Blaubeurer Alb stand nicht mehr in ihrem unmittelbaren Fokus. Doris suchte längst nach einer verschleierten Vergangenheit, die nichts

Gutes verhieß. Sie suchte nach Ströttners Geheimnis. Dem Geheimnis, das ihren Vater mit der StuMAG verband.

Doris wollte gerade das Licht löschen und das Labor abschließen, als sie auf dem Gang ein einprägsames Schrittmuster vernahm. Außer dem Nachtwächter gab es nur einen, der so spät noch Zugang ins Hauptgebäude hatte.

Als die Tür aufschwang, erreichte Doris eine Böe aus Kraft und Dominanz. Ströttner trat forsch in den Raum. Sofort schlich sich eine unerhörte Spannung zwischen die Apparaturen.

Doris wurde kalt. Sie beugte sich tief über ihre Listen und flüchtete in den einprägsamen Refrain eines Abba-Songs, den das kleine Transistorradio in den Raum trällerte.

Ströttner schlenderte wortlos an der Fensterfront entlang, als würde er in der vermeintlichen Arbeitswut seiner neuen Mitarbeiterin zu einer besonderen Ruhe finden. Doris sah erst in dem Moment auf, als er direkt vor ihrem Versuchstisch innehielt und zwei alte, abgewetzte Ordner vor ihr ablegte.

»Die Archivordner. Für Ihre Diplomarbeit.« Sein faltiges Gesicht durchfuhr keine Regung. Er umkreiste ihren Drehstuhl und streckte seine Hand nach dem Radio aus. Es knackte laut, als er den Kippschalter auf die andere Seite drückte. Dann summten nur noch die Neonleuchten im Labor. »Und? Was werden Sie mir jetzt sagen, Fräulein Ehrnsteiner?«

Der herbe Duft seines Parfums stieg in Doris' Nase. Sie rollte mit dem Drehstuhl ein Stück nach hinten und griff nach einem Stoß Papier. Seine Nähe war ihr unangenehm. »Weidlinger hatte recht«, stieß sie selbstbewusst hervor. »Allerdings nur, was das Vorhandensein der Schichten angeht.« Sie schob Ströttner ein kariertes Blatt Papier zu, worauf handschriftliche Aufzeichnungen mit Bleistift notiert waren. Nervös nahm er es auf, hielt es sich weit vors Gesicht, um es wieder auf den Tisch gleiten zu lassen. Seine Arme waren schlicht zu kurz und eine Lesebrille hatte er nicht dabei.

»Sagen Sie schon! Was haben Sie entdeckt?«

Ein unmerkliches Zittern lag in Doris' Stimme. »Die Schichten sind da, aber …«

»Ich wusste es!« Ströttner umgriff mit beiden Händen kraftvoll die Tischkanten. »Wann können wir mit dem Abbau beginnen?«

Doris kostete es Überwindung weiterzureden. »Als Absicherung habe ich mitunter zwei Bohrungen im Westen durchführen lassen.« Sie fuhr mit einem unbenutzten Holzspatel langsam über den Abbauplan und hielt an einer bestimmten Stelle an. Sie lauerte auf seine Reaktion.

Ströttner kämpfte mit sich; unterdrückte seinen Wutanfall, während Doris in naivem Stolz weiterredete: »Und ausgerechnet dort hatten wir einen Volltreffer! Was sagen Sie dazu?«

Ströttner war an das Fenster gegangen; stützte sich stumm auf den kalten Sims. Doris sah ihm an, dass ihn tausend Gedanken jagten. Sie bohrte weiter: »Entgegen den Aufzeichnungen meines Vorgängers, setzen sich die Mergelschichten weiter nach Westen fort. Sie besitzen eine Mächtigkeit von bis zu 40 Meter.« Doris sah abwartend auf Ströttner. Er starrte noch immer regungslos in den schattengeschwängerten Westteil des Bruches.

Was die Geschichte der StuMAG anbelangte, hielt er Doris für so jung und unkundig, dass er ihr nahezu alles erzählen könne, sofern es nur einen Sinn ergab und sich mit dem Inhalt des Archivs deckte. »Ich hätte es wissen sollen«, begann er. »Das Glück liegt immer da, wo man es am allerletzten vermutet. Sie können das nicht wissen; sind viel zu jung.« Er seufzte tief, griff mit einer erklärenden Handbewegung weit in die Vergangenheit zurück. »Wir waren verpflichtet zu tun, was die Besatzungsbehörde uns aufzwang. Damals, nach dem Krieg. Rekultivierung. Alles dem Erdboden gleichmachen; das wollte sie. Wir einigten uns schlussendlich auf den Westteil, um wenigstens die Abbaurechte im Süden aufrechtzuerhalten. Ich konnte mir damals nicht vorstellen, den hochwertigen Zement dauerhaft zu produzieren. Er war in der Herstellung viel zu teuer, konnte nicht verkauft werden. Mit den neuen Herstellungsverfahren ist das alles kein Problem mehr. Die Zeit hat die StuMAG überholt. Heute ist diese Zementart ein Standartprodukt, das wir derzeit nur noch eingeschränkt produzieren können. Es war einfach unrentabel, damals in den 50ern einen hochfesten Zement herzustellen, den man ein paar Jahre zuvor lediglich für herausragende Bauten verwendet hatte.« In Ströttners Augen flammte glorifizierender Glanz auf. »Der Führerbunker in Berlin, die Wolfsschanze, Teile des Atlantikwalls.« Damals war alles anders. Disziplin, Qualität und Ordnung; die Säulen des Erfolges …« Ströttners Stimmung wechselte abrupt. Er fesselte Doris mit seinen Augen, als wollte er sie hypnotisieren. »Sie würden alles in Bewegung setzen, um zum Ziel zu gelangen, nicht wahr?«

Nach ein paar Sekunden gespannter Stille wich Doris seinen anklagenden Blicken aus.

»Sie haben es gut gemeint und sogar gefunden, was wir suchen. Das ehrt Sie. Wie soll es auch sonst sein, bei diesem Namen.« Er zwang sich ein verunglücktes Lächeln auf die schmalen Lippen. »Und dennoch haben Sie meinen

Anweisungen zuwidergehandelt, Fräulein Ehrnsteiner.« Doris dachte nicht einmal daran, sich zu rechtfertigen.

»Lassen Sie den Westen aus Ihrem Kalkül. Es ist ohne Sinn!«

Doris nickte in gespielter Ergebenheit, während Ströttners Aufmerksamkeit sich auf eine der Bohrkernkisten auf der langen Ablage unter der Fensterfront richtete. Doris hatte die Aussagekräftigsten zur genaueren Untersuchung ins Labor transportieren lassen, um vor Ströttner den Beweis antreten zu können.

»Minus 60?«

Doris stand auf und wies auf den terrakottafarbenen Abschnitt und die roten Markierungen an den Holzwangen. »Ja. Unter den guten Schichten kommt eine Lehmbank mit vielen Lufteinschlüssen. Es handelt sich wohl um sedimentverfüllte Höhlen, was hier nicht unüblich ist. Alles unrentable Zonen.« Doris hatte wieder Mut gefasst und fügte scherzhaft an: »Außer Sie wollen in die Ziegelproduktion einsteigen.«

Aus Ströttners Kehle holperte ein unbestimmbares Lachen. »Und sonst? Im Osten und Süden vielleicht etwas?«

Doris beließ ihm seine schwindende Hoffnung; zeigte durch das Fenster hinab auf die Lagerhalle. »Geben Sie mir noch ein paar Tage, dann weiß ich mehr. 40 Kerne à 40 Meter lassen sich nicht an einem Nachmittag bestimmen.«

Ströttner zeigte sich verständnisvoll und schritt dem Ausgang entgegen. »Sie informieren mich umgehend!«

Doris wusste nicht, woher sie auf einmal den Mut dazu aufbrachte, Ströttner eine weitere Frage zu stellen. »Weshalb wurde auf dem Plan die westliche Schicht als beendet deklariert?«

Ströttner drehte sich um. Er ließ sich Zeit, als suche er in ihrem Gesicht nach dem Grund ihrer Frage. »Wir haben damals, anno '45, eine klare Linie gezogen, damit wir wissen, dass hier für uns Feierabend ist. Es hatte rein pragmatische Gründe«, zerwarf er Doris' vorauseilende Gedanken. »Und, ja. Es war geologisch inkorrekt. Wenn Sie das hören wollten.« Er sah gehetzt auf seine Armbanduhr. »Schicht im Schacht! Nach Hause mit Ihnen!«

Ströttner stand noch eine ganze Weile am Fenster seines Büros. Er hatte kein Licht angemacht, wusste, dass man ihn so von draußen nicht sehen konnte. Seine Augen verfolgten eine junge, weibliche Gestalt, wie sie in ein Auto stieg. Er sah, wie sie den Motor ihres neuen Gefährts zweimal abwürgte, bis sie zaghaft auf das Firmentor zusteuerte. Ströttner verfolgte die schwachen, roten Rücklichter, bis sie nicht mehr zu sehen waren. Dann griff er nach dem Telefon.

Ungeduldig tippte er mit den Fingern auf seiner Schreibtischunterlage herum, bis endlich abgenommen wurde. Er meldete sich nicht einmal mit Namen, wusste, dass ihn seine Stimme ausreichend auswies.

»Ihren Mann – sofort!«

Am anderen Ende wurde der Hörer auf ein kleines Telefontischchen gelegt. Eine aufgeregte Hausfrauenstimme rief undeutlich einen Kosenamen in den Keller hinab. Ströttner wurde ungeduldig. »Pompe! Na endlich! Nicht ausgelastet im Bruch?« Er stieß ein Lachen voller kalter Ironie in den Hörer.

Pompe reagierte höflich reserviert. »N' Abend, Chef. Sie wissen ja, dass ich gerne an kaputten Motoren herumschraube.« In seiner Stimme zitterte die Ahnung über den Grund des Anrufs. »Ist etwas los im Bruch?«

Ströttner ließ sich mit einem gefrorenen Schmunzeln in seinen Sessel zurückfallen. »Wie tief wurde heute im Westen gebohrt?«

Für Sekunden lag die Stille von schlechtem Gewissen in der Leitung. »Die Neue sagte, es wäre im Sinne der Firma«, begann sich Pompe zu winden.

»Wie tief?«

»Zwei mal 60. Querschnitt 120 Millimeter«, drang es schuldig zurück.

»Wo genau?«

Pompe schluckte leer, betete um seine Anstellung. »Auf halber Höhe des rekultivierten Hangs, etwa 50 Meter neben der alten Schüttanlage.«

Ströttner warf den Hörer ohne ein weiteres Wort auf die Gabel und trat aufgebracht vor seinen Plan an der Wand. Nervös fuhr er mit dem rechten Zeigefinger den Westteil des Bruches ab, bis er auf einer Stelle verharrte. Seine Augen orientierten sich schnell, glitten das Areal mehrfach ab. Sie maßen Längen im Maßstab eins zu 500, suchten versteckte Zeichen auf dem vergilbten Plan, die nur er kannte. Zögerlich atmete er auf.

Nach dem Winkel der Bohrung hatte er Pompe in seiner Rage nicht gefragt.

20

Doris parkte ihren kleinen VW Polo hinter Cruners Bus im Graben der schmalen, geschotterten Straße, die neben der Kreisstraße verlief. Es lag Stolz in ihren Augen, als sie auf ihr hellblaues, kleines Auto zurückschaute. Dann eilte sie den Abhang hinauf.

Cruner stand abseits der Grabungsstelle unter dem halb zusammengebrochenen Schuppen und rauchte genüsslich seine Pfeife. Er winkte Doris sofort unauffällig zu sich, als sich ihre Blicke trafen.

»Verdammter Regen! Wir müssen unbedingt ein einigermaßen trockenes Plätzchen für uns und das Material schaffen!« Er suchte etwas in seiner Umhängetasche. Unter einem gesungenen Tusch zog er eine Plastikhülle mit Fotos hervor und reichte sie Doris. »Tatatata! Was sagst du?«

Doris brauchte eine Weile, bis sie fand, was Fritz so zuversichtlich stimmte. »Höllschlund«, entzifferte sie halblaut.

Für einen Moment zeichnete Cruners flackernde Karbidlampe einen lodernden Schimmer in ihre Augen. Er präsentierte ihr ein zweites Foto. »Und hier ist die aktuelle Luftaufnahme des Geländes.«

Doris lockte mit ihrem Grinsen die Euphorie aus Cruner.

»Anhand der Kartografie aus dem Jahre 1704 kann man es zwar nicht auf den Meter genau bestimmen. Aber sicher ist, dass dieser Höllschlund einst in Ströttners Waldgrundstück lag. Und zwar mitten in der Verwerfungslinie.« Cruner zog an seiner Pfeife und blies den grauen Rauch zufrieden in die Regennacht.

Doris hob den Zeigefinger. »Und ich setze noch eins drauf. Die Bohrungen im Westen waren erfolgreich!«

Cruner hielt es nicht mehr an der verwitterten Bretterwand, an der er lehnte. Es war ihm gleichgültig, dass der Regen seine Pfeife löschte. »Höhlen, nicht wahr?«

Doris nickte bestätigend. »Und keine kleinen. Die Lehmverfüllungen waren teilweise bis zu vier Meter mächtig. Keine Frage, dass dort unten auch lufterfüllte Hohlräume existieren.« Doris fasste Cruner fest an den Schultern. »Mensch, Fritz, wir sind auf dem richtigen Weg! Und der alte Ströttner hat nicht den geringsten Verdacht geschöpft!«

Cruners Miene verfinsterte sich wieder. »Was macht dich da so sicher?«

»Er hat mir das Heiligste aus dem Archiv übers Wochenende mit nach Hause gegeben, damit ich die Diplomarbeit beginnen kann. Er vertraut mir.«

Der Ausdruck von Besorgnis wollte nicht aus Cruners Gesicht weichen. Selbst dann nicht, als sie gemeinsam zur Grabungsstelle hinüberschritten.

Als Doris die Leiter im Schacht hinabstieg, nahm sie eine unerhörte Spannung ein. Sie zerrte und zog an ihr wie ein treuer Jagdhund, der ihr seine Beute zeigen wollte. Doris liebte dieses Gefühl.

Am Schachtgrund roch es nach frisch gesägtem Holz und Schweiß. Vier Hände fanden kraftvoll zueinander, als würde ein bedeutender Akt der Geschichte beschworen. Woody, ein hagerer Mitstreiter der ersten Stunde, deutete mit dem Kopf auf die Spalte im Boden.

»Das ist was für unsere Doris. Ich bin bei der Hälfte stecken geblieben. 21 Zentimeter, und keinen Millimeter mehr. Wir haben eine Leiter und das Sicherungsseil schon eingehängt.«

Cruner griff hinter sich in eine kleine Nische im Holzverbau und hielt Doris auffordernd einen lehmverkrusteten Klettergurt entgegen. »Dein Vater war vor eineinhalb Stunden hier und hat das obere Tor ausgeschnitten. Wir haben uns kurz unterhalten. Er war sogar am Schachtgrund.«

Doris' geübte Bewegungen stockten. »Deute es nicht falsch, Fritz. Er wollte sich nur vergewissern, dass ich hier gut aufgehoben bin. Er macht sich große Sorgen um mich, seit Mutter tot ist.«

Cruner nickte anerkennend. »Glück Tief. Und pass auf.«

Es schwang Ehrfurcht in dem guten Wunsch, der jeden Abstieg in eine Höhle begleitete wie ein hoffnungsvolles Gebet. Dabei war es nichts anderes als das eingestandene Wissen um die menschliche Ohnmacht gegenüber der launischen Natur unter der Oberfläche.

Doris betätigte konzentriert ihr Abseilgerät und glitt langsam nach unten. Sie spürte, wie eng die Spalte tatsächlich war, als ihr der harte Kalkstein unerbittlich seine Kanten in den Rücken drückte. Für einen Moment hörte sie nur noch das Schleifen ihres Nylonoveralls. Ihr Körper war umschlossen von Gestein, Ablagerungen aus Milliarden kleinster, abgestorbener Urzeitwesen. Doris faszinierte ihre Fahrt durch das versteinerte Meer einer vergangenen Zeit. Hier, in dieser Zeitmaschine, deren Geschwindigkeit allein sie bestimmte, zog die Erdgeschichte direkt vor ihren Augen vorüber. Nirgendwo sonst war sie so uneingeschränkt in ihrem Element. Sie kümmerte sich nicht um die Enge des Schachtes. Wie eine Spinne am Faden schwebte sie weiter in die Tiefe, ins unerbittliche Schwarz des Berges. Sie beherrschte die neue Technik vollkommen, die sich Woody für den Verein aus Frankreich abgeschaut hatte.

Irgendwann drang nur noch ein schwacher Lichtschein nach oben, ließ die Zurückgebliebenen erahnen, dass sich der Schlund zu einem größeren Hohlraum weitete.

Fünf Meter tiefer wanderte das Helmlicht gespenstisch über die Wände des weichenden Spaltes. Doris senkte ihren Kopf und schickte den Schein ihrer Lampe über den Boden des Raumes und pfiff anerkennend durch die Zähne. »Ich hänge an der Decke einer Halle. Sie hat etwa 15 Meter im Durchmesser! Der Boden scheint stabil. Ich seile bis unten ab!«

Bei der Außenmannschaft fiel kein Wort. Die kaum merkliche Bewegung im nach unten führenden Seilstrang zeugte von steter Fortbewegung. Ein unverzichtbares Indiz für große Räume; für erfüllte Hoffnungen.

Cruner wirkte angespannt. Das Gespräch mit Ehrnsteiner schnitt plötzlich durch seine Gedanken. Mit jeder Sekunde, in der das Seil länger zitterte, trieb es ihm kalten Schweiß auf die Stirn. Seine rechte Hand ruhte am abwärtsführenden Strang, wie am Puls eines unstabilen Patienten. Er atmete auf, als es endlich an Spannung verlor.

»Sie ist unten«, wisperte er verheißungsvoll. »Zumindest steht sie irgendwo.«

Doris war erleichtert, als sie festen Boden unter den Füßen spürte. Sie zog das Seil ein wenig auf und löste es aus dem Abseilgerät. »Ich bin jetzt ganz unten!«, rief sie nach oben an die Hallendecke. Sie war beeindruckt, wie klein der Spalt von hier unten anmutete. Drei Lichtpunkte funkelten zu ihr herab.

»Das müssen mindestens 20 Meter sein«, sagte sie zu sich selbst, bevor sie sich bewusst machte, dass sie der erste Mensch war, der hier seinen Fuß auf den Boden setzten durfte. Ein wohliges Gefühl des Stolzes und der Dankbarkeit stieg in ihr auf. Sie wusste, dass es genau diese Momente waren, für die sie lebte. Augenblicke, in welchen all ihre Sinne geschärft waren, in welchen sie das Leben bis in jede einzelne Zelle des angespannten Körpers fühlen konnte.

Doris' Bewegungen vollzogen sich langsam. So, als wolle sie den Moment der Entdeckung konservieren. An einer Seite fiel die Decke etwas flacher ab und lief in einer Tropfsteinkaskade von schneeweißem Sinter aus. Darunter spiegelte sich ihr Helmlicht in einem kristallklaren Wasserbecken. Erst jetzt bemerkte sie den hohen Stalagmit, der daneben über einen Meter hoch aufragte. Sie ging ein paar Schritte durch den Raum. Ein leises Knirschen floh aus dem Profil ihrer Stiefelsohlen. Doris kannte es. Sie bückte sich und beleuchtete den Untergrund.

»Warzensinter«. Sie nickte sich unter einem verwegenen Grinsen selbst zu. Überall, wo diese Sinterform in Erscheinung trat, herrschte in der Regel ein mäßiger bis starker Luftzug. Ein unsichtbarer Wegweiser, der den Weg in den Berg vorgab. Es dauerte nicht lange, bis sie die Stelle lokalisiert hatte, an der der kalte Wind ihren warmen Atem durch die losen Blöcke weiter in die Tiefe sog.

»He da unten!«, drang Fritz' Stimme gedämpft an ihre Ohren. »Wir warten!«

Sie wandte sich im Telegrammstil nach oben: »Luftzug ist unvermindert! Potenzielle Fortsetzung erkennbar! Kluftrichtung etwa Osten! Alles sehr beeindruckend!«

Während Doris' Blick auf einem dunklen Fleck im weißen Sinter haften blieb, drangen gedämpfte Freudenrufe zu ihr herab.

»Da ist etwas!«, rief sie verhalten nach oben und bewegte sich vorsichtig auf die Stelle zu, die sie für einen herabgefallenen Humusballen aus dem Schacht hielt. Als sie sich näherte, entdeckte sie vier weitere solche Stellen zwischen den Steinen. Sie beugte sich hinab, beschien einen Fleck aus der Nähe. Kleine, filigrane Knochen staken aus Resten von Fell. Dann machte sie sich an den Aufstieg.

»Was war noch da unten?«, brach es aus Fritz hervor, bevor sich Doris überhaupt aufgerichtet hatte. Sie rang nach Luft.

»Knochen. Skelette, bestimmt vier oder fünf!«

Fritz' Gesicht wurde kantig und blass. »Skelette?«

Doris grinste über beide Backen und hieb ihm auf die Schulter. »Von Mardern. Was dachtest du denn?«

Fritz atmete vorsichtig auf. »Es sieht also gut aus?«

Doris nickte eifrig. »Sehr gut! Aber zuerst müssen wir den Durchstieg erweitern und Trittkrampen an die Wand setzen. Das dürfte problemlos möglich sein. Die Brocken liegen satt übereinander.«

Fritz stieg aus dem Schacht und reckte die Hände in den Himmel. »Was für ein Tag! Heute Morgen hätte ich das nicht für möglich gehalten. Ich muss am Montag sofort den Bürgermeister informieren!«

Doris sah zögerlich zu Fritz auf, der sich seine erloschene Pfeife wieder ansteckte. »Das könnte ich doch machen.«

Fritz zog argwöhnisch die Brauen nach oben. »Du?«

»Ich versau es schon nicht. Außerdem habe ich ohnehin dienstlich dort zu tun. Ich muss zum Bodengutachter, die Rekultivierungsbescheide einsehen. Da könnte ich doch …«

Fritz wollte sein freches Grinsen nicht aus dem Gesicht weichen. »Wir werden nachher ein paar Polaroidbilder zusätzlich machen, dass du deinem Jakob auch etwas zeigen kannst.«

Doris stieß Cruner genervt in die Rippen. »Vor dir Geheimnisse zu haben, ist nahezu unmöglich. Aber es ist nicht ansatzweise so, wie du vielleicht denkst. Wir sind nach wie vor per Sie.«

Fritz sah es Doris an, dass ihr noch etwas auf den Lippen brannte.

»Was ist noch?«

»Er ist nicht verheiratet, oder?« Doris wurde rot, während Cruner den Unwissenden spielte.

»Keine Ahnung. Ich wohne nicht in Blaubeuren.«

»Du weißt es. Sag schon!«

Cruners sanftem Kopfschütteln lastete liebevolles Unverständnis über die Flausen der jüngeren Generation an. »Nein, er ist nicht verheiratet. Er hat einen Vater, den keiner hier leiden kann und wahrscheinlich mehr Geld, als wir alle zusammen je haben werden.« Er hob abwehrend die Hände. »Aber frage mich bitte nicht nach seiner Blutgruppe, seinem Geburtstag oder seiner Schuhgröße.«

Aus Doris' Händedruck sprach Freude. »Keine Angst, das finde ich schon selbst heraus.«

21

Mathes Krüb war müde. Er hatte die Tür seines BMW geöffnet und wollte sich gerade in die weichen Veloursitze fallen lassen, als er vom Gasthaus Ochsen her Straßenlärm vernahm. Aufgebracht sah er auf seine Uhr, schüttelte den Kopf und schlug die Wagentür wieder zu.

»Halb zwölf, und die haben noch immer nicht genug! Ewig dasselbe mit dieser zügellosen Jugend!« Für ihn gab es neben seinem Beruf, den er wie eine Passion ausübte, faktisch keine Privatsphäre oder Freizeit. Krüb ordnete alles in seinem Leben dem Dienst unter; damals ebenso wie heute.

Michl Rohnelt hatte eine leere Rotweinflasche in der rechten Hand. In seiner linken klimperte sein Autoschlüssel, den er gerade umständlich aus der Hosentasche gefingert hatte. Michl kniff die Augen zusammen und visierte die abgestellten Autos an. Als er näher herantorkelte, um sich nach den Nummernschildern zu bücken, fiel er Krüb buchstäblich in die Arme.

»N' Abend! T'schuldigung. Könn' Sie mir vielleicht sag'n, wo meine Karre steht?« Michl lachte in einem Anfall von alkoholisierter Selbstironie unaufhörlich über sich selbst. Er war restlos betrunken.

Krüb hielt ihn an der Schulter fest und drehte ihn zu sich hin. »Sie sind doch einer dieser Höhlenmenschen! Ihr wollt bestimmt den Kummer um die verwehrte Genehmigung im Alkohol ersäufen, was?«

Michl lachte buchstäblich über den Dreck auf der Straße. »Höhlenmensch. Zu Befehl!« Er legte seine Hand zur Posse wie beim militärischen Gruß an die Stirn. »Kummer soll'n wir hab'n?« Michl rülpste knapp an Krübs Gesicht vorbei, der sich angewidert wegdrehte. »Nein. Gegenteil!«

Krüb wurde hellhörig. »Gegenteil? Ihr feiert etwas?«

»Bist ein schlaues Bürschchen!«, entgegnete Michl und nippte verärgert an der leeren Weinflasche

Krüb ließ ihn gewähren. »Und was wird gefeiert?«

Michl legte seinen Zeigefinger an die Lippen und versuchte zu wispern, was allerdings in einem heillosen Gekicher endete. »Pssst! Geheim!«

Krüb tätschelte Michl die Wangen, um ihn wieder munterer zu machen.

»Ihr habt eine zweite, geheime Stelle, und da habt ihr einen Durchbruch geschafft, ja? Du kannst es mir ruhig sagen. Du weißt doch: Die Polizei, dein Freund und Helfer. Ich werde auch keine Strafanzeige aufnehmen.«

Michl schüttelte amüsiert den Kopf. »Der gute alte Hans hat's wieder mal allen gezeigt. Er is durch!«

Krüb wurde ungeduldig. »Wer ist dieser Hans? Wo ist er durch?« Er rüttelte an Michels Kragen. »Komm, Saufbold! Heraus damit!«

Michl stockte und sah Krüb verständnislos ins Gesicht. »Na, die Falkensteiner Höhle. Der Versturz is offen! Und du kennst den Hans nich? Bildungslücke!«

Krüb verdrehte aufgebracht die Augen und lies Michl weiter nach seinem Auto suchen. »Du fährst mir heute keinen Meter mehr! Verstanden! Schlaf erst einmal deinen Rausch aus!« Er spähte hinauf zu den hell erleuchteten Fenstern des Ochsenwirts und überlegte eine Weile, ob er sich das wirklich antun wollte. Schließlich schritt er an den parkenden Autos vorbei zurück zu seinem Wagen und fuhr nach Hause.

22

Normalerweise ging Max Ströttner jeden Morgen zuerst in sein Büro, um in aller Ruhe die Zeitung zu lesen. An diesem Montag aber führte ihn sein Weg direkt ins Labor. Allein sein forscher Schritt verriet, dass er positive Ergebnisse erwartete; bedingungslos.

»Ehrnsteiner nicht da?«, blaffte er unwirsch, als er Doris nirgends sah. Brüning deutete mit dem Kopf abfällig nach unten aus dem Fenster. »Die Neue ist unten in der Lagerhalle B. Wollte sich die Bohrkerne von letzter Woche ansehen.«

Ströttner machte kehrt und eilte hinaus; hetzte die lange Stahltreppe hinab. »Und? Schon etwas gefunden?«

Doris erschrak. Sie hatte seine Schritte unter dem Lärm der Drehöfen nicht bemerkt. Verlegen schlang sie ihren Strickschal einmal mehr um den Hals. Es war kalt im Freien. »Es ist erst kurz nach neun. Was erwarten Sie. Gut«, beschwichtigte sie, »hinsichtlich der Marmorlinse gibt es Neuigkeiten.« Sie deutete auf den vor ihr liegenden Bohrkern. »Es handelt sich um eine größere Linse als zunächst angenommen. Ich habe die Bohrung 20 Meter weiter hinten angesetzt und zweimal schräg gegeneinander gebohrt. Ich konnte somit eine Stärke von …«

»Selbst nach 35 Jahren hält dieses Judengesindel den Betrieb auf!«, fuhr ihr Ströttner über den Mund. »Dieses scheiß Mahnmal interessiert mich einen feuchten Dreck!«

Doris war zusammengezuckt. Es war das erste Mal, dass sie Ströttner grundlos schreien hörte. Fassungslos wartete sie auf eine Entschuldigung; eine reuevolle Geste. Aber da war nichts in seinen feindseligen Zügen; nichts als die Kälte und der rigide Hass einer fatalen Ideologie.

»Setzen Sie Prioritäten, Ehrnsteiner!«, kläffte er militärisch weiter. »Zuerst kommt der Zement, dann dieses überflüssige Mahnmal, und dann erst Ihre Diplomarbeit!« Er wies mit dem Kopf auf die schier endlosen Reihen der Bohrkernkisten und trat dicht vor Doris' Gesicht. »Wir stehen mit dem Rücken zur Wand. Begreifen Sie das nicht? Also: Wie steht es um den Mergel?«

Doris konnte Ströttners Distanzlosigkeit nicht mehr ertragen. Sie ging ein paar Schritte an den Kisten entlang. Unter einem gezwungenen Lächeln wies sie auf die Kerne der Bohrungen 18 bis 20. »Wenn ich mich nicht täusche, könnten diese drei Bohrungen Aufschluss über die Schichtung im Süden bringen, die bisher nicht bekannt waren.«

Ströttner stieß den Atem aufgebracht durch die Nase. »Dort hat Weidlinger schon zigfach sondiert und nichts gefunden. Nur weil der Westen geologisch nicht einwandfrei gezeichnet wurde, müssen Sie nicht den ganzen Plan infrage stellen!«

Doris schickte Ströttner einen versichernden Blick zu. »Mit Verlaub. Weidlinger hat senkrecht gebohrt. Und dabei nur bis zum nächsten Niveau, also gerade einmal 20 Meter. Die Sinnlosigkeit eines solchen Aufschlusses brauche ich kaum ausführen. Meine Bohrung wurde mit der großen Lafette 100 Meter mit einer Vorneigung von 30 Grad gebohrt, also rund 40 Meter in unbekannte Schichten in doppelter Tiefe.«

Aus Ströttners Zügen wich die Überheblichkeit. Stumm forderte er mehr von Doris.

»Herr Ströttner«, begann sie ruhig. »Ich bin mir durchaus bewusst, wie wichtig die Erkenntnisse sind. Aber eine fundierte Analyse braucht Zeit.« Sie wies verdeutlichend auf das Meer von Bohrkernen. »Bis spätestens Freitag haben wir alles analysiert und datiert. Dann wissen wir, was für Schichten sich in ihrem Bruch verbergen, und zwar allumfassend. Sollte ich früher bewiesenermaßen auf die gesuchten Schichten stoßen, gebe ich Ihnen in der gleichen Minute Nachricht. Versprochen!«

Ströttner atmete tief ein und hob versöhnlich die Arme. Er schmeichelte Doris mit dem aufgesetzten Lachen der alten Schule. Sie traute dem Frieden nicht; empfand nur Abscheu.

»Wie stark ist die Marmorschicht?«

Doris versuchte nicht erst, freundlich zu wirken. »Es ist eine Prognose, nichts weiter«, polterte sie ihm entgegen.

»Und? Wie sieht Ihre Prognose aus?«

Doris gab sich gnädig. »Wir sind auf den Beginn eines weiter nach Osten führenden Lagers gestoßen. Den Aufnahmen im Archiv nach war der Bruch einst von einem kleinen Tal durchzogen. Demnach wäre eine Fortsetzung der Schicht auf der anderen Seite nur logisch. Die gebohrte, senkrechte Stärke am äußersten Grundstücksende beträgt bereits zwölf Meter.«

Ströttner zog nachdenklich die Brauen nach oben. »Zurück zu den Wurzeln … Wann ist die nächste Sitzung bei der Stadt wegen dieses Mahnmals?«

Doris sah kurz auf ihre schmale Armbanduhr. »In genau 50 Minuten.«

Ströttner wandte sich um und sagte im Weggehen: »Sie vertreten mich. Ich bin es allmählich Leid, um den heißen Brei herumzureden. Brüning und Arnegger kommen auch mal eine Stunde allein zurecht. Und vergessen Sie, was ich vorhin über dieses Ding gesagt habe.«

Doris atmete erst auf, als Ströttner aus ihrem Blickfeld verschwunden war. Dann sah sie mit geschultem Auge auf die Bohrung 18 und die Notizen auf ihrem Klemmbrett. *Mergel durchsetzt mit teilverfüllten Klüften, Mächtigkeit 28 Meter plus x*, stand dort in filigran weiblicher Schreibschrift. Doris hatte ein gefährliches Spiel begonnen. Der Gedanke, dem Zementmagnaten auf die Spur zu kommen, faszinierte sie maßlos. Sie hielt sich nicht lange mit der Frage auf, woher dieses unterschwellige Gefühl der Rache auf einmal kam. Sie verdrängte es; dachte für einen Augenblick an das Gespräch mit ihrem Vater. Dann flohen ihre Gedanken in die unsortierten Fragmente ihrer Recherche. Ströttner, so war sie sich sicher, sagte ihr Nachname nichts. Ansonsten hätte er sie niemals eingestellt. Trotzdem hätte sie gerne gewusst, wie er auf den Namen Strelin reagiert hätte. Dass es eine schicksalhafte Begebenheit gewesen sein musste, die Max Ströttner mit der Familie Ehrnsteiner verband, lag auf der Hand. Und eben das Rätsel um diese Begebenheit gipfelte in einer elementaren Frage: Was wog so schwer, dass Ströttner den Mergel im Westen ausschlug und damit mit der Zukunft des Unternehmens spielte?

Doris stand vor dem Amtszimmer des Bodengutachters im städtischen Liegenschaftsamt und klopfte an. Als sie eintrat, sah sie sich spontan an das Katasteramt in Tübingen erinnert. Regalfluchten, Berge von staubigen Akten in einheitlich, blassbrauner Farbgebung. Und inmitten dieser Papierflut ein ebenso blasser Beamter, der sie erwartungslos ansah. Doris streckte ihm ihre Hand hin.

»Ehrnsteiner, guten Tag. Ich komme von der StuMAG und wollte die Rekultivierungsverfügungen einsehen. Unsere Exemplare sind im Laufe der Zeit unleserlich geworden.« Sie machte eine entschuldigende Handbewegung. »Bei uns geht es etwas rau zu.«

Der Beamte stand behäbig auf und steuerte zielgenau auf eine bestimmte Stelle in der Regalwand zu. »Rekultivierung im Bruch? Davon ist mir nichts bekannt.« Er griff ins geordnete Papier. »Hier haben wir's. Die StuMAG.« Er schlug den Ordner auf und blätterte die Unterregister durch, bis er zwei durchscheinende Blätter mit Daumen und Zeigefinger pikiert nach oben hielt. Er sah Doris fragend an: »Von wann sollen denn die letzten Verfügungen datieren?«

Doris spürte, wie ihr die Röte in die Wangen stieg. »Ich weiß es nicht. Ich bin ganz neu bei der StuMAG. Man hat mir nur gesagt, ich solle die Verfügungen kopieren lassen.«

Der Beamte schüttelte den Kopf, öffnete den Verschluss und reichte Doris die beiden hauchdünnen Bögen. »Hier. Wenn Sie damit was anfangen können? Dezember 1945. Das war vor meiner Zeit. Ich wusste nicht, dass es damals schon so etwas gab. Eine Neuverfügung könnte allerdings notwendig werden, wenn das neue Naturschutzgebiet tangiert wird.«

Doris betrachtete das Schriftstück und las, was sie seltsamerweise nicht besonders verwunderte. Demnach war der Westteil des Bruches unverzüglich, bei Strafandrohung wieder in den Urzustand zu versetzen. Sie wollte das Papier schon wieder beiseitelegen, als ihre Blicke auf dem handgeschriebenen Faximile des Unterzeichners haften blieben: *Dr. Grameisner*, prangte dort auf dem Schreiben ganz unten am linken Rand über dem Amtsstempel. Die Schrift kam ihr bekannt vor. Es war der einprägsame

Abschwung des G's, der sie an das Katasteramt und das Revisionsschreiben aus dem Jahre 1945 erinnerte. Dort stand jedoch der Name Gramer unter dem Schriftsatz.

»War das der jetzige Wirtschaftsminister?«

Sie erntete ein ratloses Achselzucken. »Grameisner gibt's viele im Ländle.«

»Das Papier kann doch keine Gültigkeit mehr haben, oder?«

Der Beamte sah sie mit einem schelmischen Grinsen an. »Die Frage ist doch, ob das jemals Gültigkeit hatte. So kurz nach dem Krieg hat das niemand interessiert. Zudem gab es keine Behörde, die das zuverlässig überwacht hätte.« Er beugte sich etwas zu Doris hin und flüsterte unter vorgehaltener Hand: »Ein Papiertiger. Behördliche Gängelei, von jemandem, der einem anderen nichts vergönnen wollt'. Nichts weiter.«

Doris beschlich Skepsis. »Das heißt, die Rekultivierung wurde nicht so heiß gegessen, wie sie gekocht wurde?«

Der Beamte legt den Kopf schief und hob abwehrend die Hände. »Es gibt ja die ein oder andere Austauschfläche im Gelände. Sollte es im Bruch tatsächlich wieder nach Westen gehen, wenn Sie das ansprechen wollten, dann sehe ich da nur geringfügige Hindernisse.« Der Mann rieb Daumen und Zeigefinger auffällig aneinander und schmunzelte verwegen.

»Ich verstehe«, gab Doris knapp zurück und schob dem Beamten den Schriftsatz wieder zu. »Könnte ich davon eine Kopie erhalten?«

»Sicher. Es wird nur einen Moment dauern.«

Doris schenkte dem Beamten einen dankbaren Augenaufschlag. »Lassen Sie sich ruhig Zeit. Ich hole die Kopie nach der Sitzung im Bauausschuss ab.«

Als Doris nachdenklich auf den Konferenzsaal zuging, kreisten ihre Gedanken wieder um ihren Vater. Sollte er am Ende wegen Ströttner weggezogen sein und den Namen seiner Frau angenommen haben? Und wenn ja, aus welchem Grund? War es Lüge oder Schutz, ihr eine Kindheit voller Harmonie geschenkt zu haben, in der er das offenbar Unaussprechliche selbst heute noch beharrlich für sich behielt?

Es war schon kurz vor 12 Uhr, als Doris gemeinsam mit Jakob Ströttner in sein Amtszimmer trat. Die Sitzung hatte länger gedauert als erwartet.

»Wie schmeckt Ihnen die Arbeit bei der StuMAG?« Jakob ließ sich in seinen Sessel fallen. Er sprühte vor Freundlichkeit. Doris hingegen amüsierte sich insgeheim darüber, wie unschlüssig er war, ob er nun das linke Bein über das rechte schlagen sollte, oder umgekehrt. Er war ein schlechter Schauspieler, wenn es emotional wurde.

»Ich kann nicht sagen, dass mir langweilig wird«, entgegnete sie. »Aber deswegen bat ich Sie nicht um einen Termin.« Doris genoss die Neugier in seinen Augen; kramte übertrieben lange in ihrer Tasche.

»Ich habe es gestern in der Zeitung gelesen. Ihr Verein konnte in der Falkensteiner Höhle einen Erfolg verbuchen?«

Doris legte Jakob wortlos vier Fotos hin. »Wenn wir eines schönen Tages einmal solche Bilder von der Blauhöhle präsentieren könnten …« Doris beugte sich zu ihm vor und tippte demonstrativ auf die erste Abbildung des großen Tropfsteins. »Wir haben ihn Buddha genannt. Er befindet sich ungefähr 300 Meter Luftlinie von Ihrem Schreibtisch entfernt und nur 20 Meter unter der Erde.«

Jakobs Züge waren für einen Moment erstarrt. »Sagen Sie nur …«

Doris bestätigte mit einem sanften Blinzeln.

»So rasch geht das? Ich gratuliere!«

Doris versuchte, aus seiner Mimik abzulesen, was er wirklich dachte. Sie schob ihm eine maßstäbliche Handskizze der Entdeckung zu. Auf dem roten Millimeterpapier prangten noch die braunen Lehmspuren der Vermessung. »Wir haben einen Schacht von sechs Metern Tiefe abgeteuft und sind unverhofft auf eine enge Spalte gestoßen, die wir auf eine Breite von 40 Zentimeter erweitert haben. Darunter befindet sich eine Halle.« Sie deutete auf die Stelle des Plans, wo ein kleines Fragezeichen prangte. »Am östlichen Ende der Halle verschwindet die Luft in die Tiefe. Dort werden wir weiterarbeiten.« Jakob nahm seinen ungläubigen Blick nur zögerlich von Doris. Er wirkte abwesend, als er die Polaroid-Aufnahmen durchblätterte. Doris hatte bemerkt, dass ihn längst etwas anderes beschäftigte. »Was den Namen anbelangt, hätten wir uns auf *Blaubeurer Tropfsteinhöhle* geeinigt, wenn Sie damit einverstanden sind.«

Der Hauch von Bedenken wollte nicht aus Jakob Ströttners Gesicht weichen. »Ich weiß es zu schätzen, dass sie trotz Ihrer Unannehmlichkeiten die Stadt damit beehren. Nur was die Öffentlichkeit anbelangt, sollten wir uns weiterhin bedeckt halten.« Er hob eines der Fotos in die Höhe. »Eine Halle, so schön sie auch ist, macht noch keine Sensation. Erst wenn Sie weiterführende, schöne Gänge entdecken, müssten wir handeln.«

Doris packte ihre Unterlagen wieder in die Tasche und brachte einen faustgroßen Stein zum Vorschein. Bedächtig legte sie den über und über mit Warzensinter bedeckten

Felsbrocken vor Jakob auf die grüne Schreibtischunterlage und deutete auf die Vitrine an der Wand. »Dieser Stein ist für Ihr Regal. Ich habe ihn für Sie geborgen – als Andenken.«

Jakob suchte ihre Augen. »Als Andenken an Sie?«

Doris schlug beschämt die Augen nieder. »Es steht Ihnen frei, woran Sie denken, wenn Sie diesen Stein betrachten.«

Jakob schmunzelte und zog die Akte über das Holocaust-Denkmal zu sich her. »Zum anderen Thema: Sie wissen, weshalb dieses Mahnmal bei uns aufgestellt wird?«

Doris gab sich unwissend. »Der Verbrechen im Dritten Reich wegen?«

Jakob blätterte eine Seite auf, die eine schlecht kopierte Fotografie zeigte. »Hier. Dies war der kleine, jüdische Friedhof der Gemeinde. 1942 wurde auf dem Gelände das neue Zementwerk gebaut. Das Rüstungsministerium hatte es angeordnet.« Jakob seufzte. »Damals wie heute wurden Autobahnen, Brücken, Tunnels und«, er zögerte einen Moment, »natürlich auch kriegswichtige Einrichtungen gebaut. Man brauchte riesige, nie da gewesene Mengen von Zement. Mein Vater achtete immer auf die Erhaltung von Kulturgütern. Nichts lag ihm ferner als die Schändung dieses Friedhofes, den man allerdings schon Jahre zuvor dem Erdboden gleichgemacht hatte.«

Doris lief ein kalter Schauer über den Rücken. Sprach Jakob gerade von demselben Menschen? Oder belog er sich um seines Amtes willen?

Jakob machte eine erläuternde Handbewegung. »Das Werk wurde auf Anweisung von ganz oben gebaut. Ich meine, es ging alles mit rechten Dingen zu, gar keine Frage. Und doch will man dem Schrecken dieser Zeit heute Rechnung tragen.« Er machte eine kurze Pause und musterte Doris eingehend. »Was halten Sie davon?«

Doris überlegte. »Ich empfinde Hochachtung vor Ihrem Engagement. Sie tun das Richtige, Herr Ströttner.« Doris ergab sich für eine Sekunde seinem einnehmenden Blick.

Jakob genoss es, wie die Röte in Doris' Wangen stieg. Er hätte denjenigen erwürgen können, der im selben Moment ohne anzuklopfen eintrat.

Max Ströttner kannte weder im Polizeirevier noch im Büro seines Sohnes den Anstand, der jedem anderen Menschen anerzogen war. Er betrachtete prüfend den Schreibtisch seines Sohnes; las es aus den Gesichtern von Jakob und Doris, dass er störte.

»Ich sehe schon, das Projekt ist in den richtigen Händen.«

Jakob atmete angestrengt aus. »Was kann ich für dich tun?«

Ströttner gab mit einem kurzen Blick auf Doris zu verstehen, dass er nicht unter sechs Augen darüber sprechen wollte. Als Jakob nicht darauf einging, konnte er nicht an sich halten: »Wir brauchen den Wald im Osten«, platzte es aus ihm heraus. »Du kennst doch die hohen Herren vom Gut besser als ich.« Er machte eine rudernde Handbewegung, als müsse er nicht weiter ausführen, was er wollte.

Jakob zog die Stirn in Falten. »Jetzt ist es plötzlich der Osten? Hast du dich schon mit der Gutsverwaltung in Verbindung gesetzt?«

Ströttner grunzte unartikuliert vor sich hin und winkte mürrisch ab. »Halte mir Fräulein Ehrnsteiner nicht so lange auf. Sie ist im Labor unverzichtbar!«, bellte er in den Raum und wandte sich zur Tür.

Jakob schüttelte den Kopf und rief ihm ironisch hinterher: »Ich kann nur hoffen, dass sie auch entsprechend bezahlt wird!« Er machte aus seiner Erleichterung kein Geheimnis, als die Tür ins Schloss fiel. »Manchmal könnte ich ihn auf den Mond schießen. Aber im Grunde ist er ein rechtschaffener Mensch.« Er beugte sich zu Doris vor. »Was gibt es denn im Osten des Bruches? Den ersehnten Mergel?«

Doris tat es mit einer knappen Handbewegung ab. »Ihr Vater scheint ein sehr spontaner Mensch zu sein. Ich habe ihm heute gesagt, dass nach einer Bohrung feststeht, dass sich die Marmorschicht weiter nach Osten fortsetzen würde. Er dachte neben dem relativ kleinen Bedarf für das Mahnmal wohl an einen kommerziellen Abbau.«

Jakob lachte laut auf. »Wie will er sich das leisten? Die StuMAG ist doch ohnehin schon stark verschuldet. Kommt der Großauftrag nicht zustande, wird es finanziell sehr eng. Daran ändert auch das bisschen Marmor nichts mehr.« Jakob bemerkte die aufkommende Unruhe an Doris. »Sie brauchen mir nicht zu sagen, dass er versucht hat, Ihnen die gesamte Verantwortung über den Fortbestand der Firma aufzubürden. Machen Sie sich keine Sorgen. Sie haben nicht die geringste Verantwortung. Sie sind angestellt; tun nur, was man Ihnen sagt. Wenn es diese Schichten nicht gibt, dann können weder Sie noch irgendein anderer etwas dafür.« Jakob sah auf die kleine Pendeluhr auf seinem Tisch.

Doris verstand sofort und erhob sich. »Entschuldigung. Ich habe die Zeit vergessen.«

Jakob schmunzelte wieder in versonnener Berechnung. Er fasste sich nachdenklich ans Kinn. »Aber nicht doch. Es war mir ein außerordentliches Vergnügen. Es gäbe noch so viel zu besprechen … Was hielten Sie davon, wenn ich Sie heute Abend zum Essen einlade und wir in aller Ruhe über die Höhle reden?« Jakob war sich seines frechen Vorschlags bewusst. Aber irgendetwas in ihren Augen sagte ihm, dass sie sich insgeheim über die Einladung freute.

»Nun, ich weiß nicht, wie lange ich heute arbeiten werde. Der Chef, ich meine, Ihr Vater …«

»Den lassen Sie getrost meine Sorge sein«, fiel ihr Jakob liebenswert ins Wort. »Sagen wir um sieben im Adler?«

Doris nickte verhalten. Ein seliges Lächeln spielte um ihre Mundwinkel.

23

Brüning und Arnegger waren längst nach Hause gegangen. Das beeindruckende Meer der Bohrkerne gehörte seit einer Stunde nur Doris; ungeteilt. Irgendwann hatte sie die Zeit gänzlich vergessen, verlor sich in den Schichten. Akribisch arbeitete sie Meter für Meter ab, bis sie erschöpft am unteren Ende der Bohrung 23 ankam. Sie legte ihr Klemmbrett ab und rieb sich die brennenden Augen. Unter gewöhnlichen Umständen hätte sie jetzt ihren weißen Kittel ausgezogen und endlich Feierabend gemacht. Doch eben als sie aus dem linken Ärmel schlüpfen wollte, geriet ein auffällig durchsetzter Bohrkernabschnitt in ihren Fokus. Doris verspürte das unterschwellige Kribbeln von aufsteigendem Adrenalin, als sie den rostroten Fleck im Lehm zu untersuchen begann. Obwohl sie genau wusste, dass niemand außer ihr hier unten war, sah sie sich verstohlen um.

Was sie vor Augen hatte, sprach noch keine eindeutige geologische Sprache. Aber es war verräterisch. Für jeden anderen wäre es nichts weiter als eine oxidierte Eiseneinlagerung gewesen. Nicht aber für Doris. Dieses auffallende Ziegelrot mit den korrodierten Splittern rührte nicht einfach von schlichtem Bohnerz her. Es handelte sich um etwas anderes; etwas, das nicht ins Gefüge passte.

Der Blick auf ihre Uhr zwang sie zur Eile. Sie dachte an Jakob Ströttner, an die gemütliche Wärme des Gasthofs Adler. Doch sie blieb. Doris musste die Gelegenheit nutzen. Sie musste wissen, was sie da in den letzten Zentimetern angebohrt hatte. Was immer dort im angetrockneten Lehm steckte, konnte nur auf unnatürliche Weise in den Berg gelangt sein; und zwar während der letzten 50 Jahre. »1945«, hauchte sie ahnungsvoll vor sich hin.

Doris hatte die Labortür von innen abgeschlossen. Als sie den Kunststoffbeutel mit ihrem Artefakt auf ihrem Versuchstisch öffnete, schlug ihr ein eigentümlich bitterer Geruch entgegen. Sofort wich sie ein Stück zurück und schaltete den Abzug über dem Arbeitstisch auf die höchste Stufe. Spontan jagten Begriffe wie Bittermandel oder Blausäure durch ihren Kopf; riefen Wissensruinen aus zwei Chemiesemestern ab.

»Was um alles in der Welt liegt da unten? Pflanzenschutzmittel?«

Doris legte Einmalhandschuhe an und begann vorsichtig, die oberste, angetrocknete Lehmschicht abzutragen, um in das weiche Material zu gelangen. Zaghaft stach sie mit ihrem Gerät in den rötlichen Lehm und stieß immer wieder auf einen härteren Kern. Mit dem scharfen Teil der Spachtel schnitt sie den Bohrkern wie eine reife Avocado horizontal auf und löste die obere Hälfte vorsichtig ab.

Was sie in ihren Händen hielt, ähnelte entfernt einer Versteinerung. An der freigelegten Seite des Artefaktes war eine regelmäßige Struktur zu erkennen; eine Art Riffelung. Doris zog die Stirn in Falten und rieb sich die brennenden Augen. Sie verspürte mit einem Mal Kopfschmerzen, blinzelte sich eine glühende Träne von den Wimpern. Als sie wieder auf ihre Armbanduhr sah, entfuhr ihr ein leiser Fluch. »So ein Mist!« Hastig steckte sie ihr handtellergroßes Fundstück in eine luftdichte Kunststoffdose, löschte das Licht und eilte hinaus in die Nebelnacht.

24

Jakob Ströttner überkamen allmählich Zweifel, als die Turmuhr halb acht schlug. Er hielt immerzu nach einer ganz bestimmten Gestalt Ausschau, als er die Marktstraße hinunterblickte. Schon am frühen Nachmittag hatte er sich mehrfach ertappt, wie er abwesend aus dem Fenster seines Büros gesehen hatte. Immer und immer wieder war der Sinterstein durch seine Finger gewandert. Und nun stand er hier, in der Kälte und wartete auf sie. Sie, die sich offenbar anders entschieden hatte.

Als er sich schließlich entschloss zu gehen, lag Enttäuschung in seinen Zügen. Er schlug den Kragen seines Kamelhaarmantels hoch und trat aus dem Schutz des Vordaches auf den Bürgersteig. Als er um die Ecke des nächsten Hauses schlenderte, drangen plötzlich Schritte durch die menschenleere Straße. Es klang nach höheren Absätzen von Frauenschuhen, die es nicht gewohnt waren, ausgeführt zu werden.

Jakob war stehen geblieben, drehte sich erst um, als er Doris' lauten Atem vernahm. Er suchte ihre Augen. Aber sein Lächeln erstarb in der nächsten Sekunde.

»Was ist passiert? Geht es Ihnen gut?«

Doris verstand ihn falsch. »Es tut mir leid. Ich musste noch etwas zu Ende bringen«, keuchte sie und fasste sich mit der flachen Hand an die bebende Brust.

Jakob zog ein Taschentuch aus seinem Revers. »Ihre Augen! Sie sind gerötet, als hätten sie eine Woche nicht geschlafen.«

Doris tupfte sich peinlich berührt die Tränen von den Wimpern. Als sie sich räusperte, breitete sich ein bitterer Geschmack in ihrem Gaumen aus. Spontan kam ihr das Artefakt wieder in den Sinn. »Es ist nichts«, erwiderte sie. »Nur eine leichte Erkältung. Ich habe den ganzen Tag in der zugigen Lagerhalle zugebracht.« Sie machte eine Handbewegung zum Eingang des Lokals hin. »Können wir drinnen weiterreden? Ich bin halb erfroren.«

Doris' Blicke huschten immer wieder forschend in das Gesicht ihres Gastgebers. Doch als er es bemerkte, sah sie verstohlen zur Seite. Was wollte er mit dieser Einladung bezwecken? Suchte er etwa nach einem außergewöhnlichen Abenteuer mit einer Höhlenforscherin? Oder wollte er sie hinsichtlich der Firma oder dem Vorgehen bei der Höhlengrabung in irgendeine für ihn günstige Richtung lenken? Für einen Moment wunderte sie sich über sich selbst, da sie bislang immer zuerst vom Guten im Menschen ausgegangen war. Aber seit sie Max Ströttner kannte, hatte sich diese Einstellung schlagartig verzerrt.

Doris bemerkte nicht, wie ihre Gesichtszüge an Verbissenheit gewannen.

»Frau Ehrnsteiner?«

Doris sah abrupt auf.

»Was ich Ihnen nun sage, muss unter uns bleiben. Versprechen Sie mir das?«

»Sicher.« Doris machte eine schwörende Handbewegung, während sich Jakob vorbeugte.

»Erwähnen Sie gegenüber meinem Vater nie, dass Sie Höhlenforscherin sind. Es wäre Ihnen nicht zuträglich.« Er legte die Hand an den Mund fügte flüsternd an: »Er hat für Speläologie nichts übrig. Er mag die Forscher nicht.«

Doris dankte ihm mit einem Lächeln und legte ihre Hand auf die seine. Es war gedankenlos geschehen, intuitiv. So, dass Doris vor sich selbst erschrak, als sie es bemerkte. »Entschuldigen Sie. Ich weiß nicht, wie das …« Sie suchte verzweifelt nach ihrer Fassung.

Jakob hingegen verlor sich in ihrem Haar, das wellig über ihre Schultern fiel und unter dem warmen Licht der Tischlampe in tausend Rottönen schimmerte. »Ich wollte bewusst Rückschlüsse auf die Grabungsaktivitäten vermeiden.«

Doris lehnte sich abwartend in ihren Stuhl zurück. »Ihr Vater hat also nicht nur etwas gegen die Personen als solche, sondern auch gegen die Forschung im Allgemeinen?«

Jakob blieb ihr eine direkte Antwort schuldig. »Ich bin davon überzeugt, Sie wissen, was ich damit sagen wollte.«

Den winzigen Schluck Weißwein nahm Doris aus Verlegenheit. Sie wusste nicht, wohin mit ihren Augen. Nach ein paar Momenten brach sie schließlich das Schweigen. »Wurde in der StuMAG eigentlich immer nur Kalk abgebaut?«

Jakob sah Doris amüsiert an und zuckte entschuldigend mit den Schultern. »Es gibt nun einmal keinen Granit oder Sandstein hier in der Gegend. Aber wem sage ich das? Sie sind die Geologin.«

Doris biss sich angespannt auf die Lippen. Sie hielt sich in Gedanken ihre dämliche Frage vor und versuchte nachzubessern: »Ich meinte; nicht nur rein auf den Abbau bezogen. Es hätte ja sein können, dass es früher andere Unternehmenszweige gegeben hat. In der Archivakte ist in den 40ern einmal von einer StuMAG-Maschinen-und Handels GmbH die Rede.«

Jakob richtete den Zeigefinger auf Doris und schmunzelte ihr gutmütig entgegen. Für einen Augenblick glaubte Doris, einen Hauch von Misstrauen in seinen Augen zu erkennen.

»Da wären wir wieder beim Thema von heute Mittag. Damals ging es steil bergauf mit der Firma.« Er schüttelte über die vergangenen Erfolge ungläubig den Kopf. »Man bekam einen eigenen Bahnanschluss, schaffte eigene Eisenbahnwagons an, und, und, und. Als das Zementwerk im Tal errichtet wurde, hatte man zuvor die Marmorproduktion endgültig aufgegeben. Die veralteten Spezialmaschinen wurden demontiert und auf Geheiß des damaligen Reichswirtschaftsministeriums in einen Steinbruch irgendwo in Polen gebracht.« Jakob zeichnete mit seinen Händen ein Firmenkonstrukt in die Luft über dem Tisch. »Die StuMAG erhielt hierfür eine Art Aufwandsentschädigung, die jedoch aus steuerlichen Gründen nicht in die Hauptfirma eingehen durfte. Hilfsweise hat man dann diese GmbH gegründet und nach der Rückführung der Maschinen wieder gelöscht. Das war alles.«

Doris nickte nachdenklich. »Die Geschichte der StuMAG ist so vielschichtig, dass man darüber schon beinahe ein Buch schreiben könnte«.

Jakob schwieg. Er betrachtete nur ihr Gesicht, ließ sie weiterreden.

»Wenn ich nur an die alte Seilbahn denke. Für die damalige Zeit war das ein unglaublich fortschrittliches Transportmittel. Und die Bahn hinunter zur alten Lagerhalle …« Doris überlegte gespielt. »Eigentlich seltsam, dass über die Bahnstrecke kein Wort im Archiv verloren wird. Kein Plan der Trasse, keine Baugenehmigung für die beiden Viadukte oder den Tunnel; einfach nichts. Und dabei war es sicherlich ein enormer Aufwand, die Linie zu bauen.« Doris zog die Mundwinkel nach unten, als habe sie die Art der Ströttner'schen Geschichtsschreibung längst verstanden. »Aber das waren damals auch diffuse Zeiten.«

Jakob gab sich amüsiert. Doris wusste nicht, ob es echt war.

»Sie kennen sich schon gut aus im Betrieb. Sie haben recht. Während der 18 Monate des Bahnbetriebes befand sich der Krieg in seiner Endphase. Da gab es Wichtigeres zu tun, als von einer Steinbruchbahn zu berichten. Es wird am besten sein, wenn sie meinen Vater selbst danach fragen.«

Doris brannten Fragen über Fragen auf den Lippen, doch Jakob kam ihr zuvor.

»Und wie geht es nun weiter?«

»Wir werten die Proben aus und suchen weiter nach dem Mergel, bis wir ihn gefunden haben.«

Jakob lachte sie verliebt an. »Ich meinte die Höhle.«

Doris stieg wieder Verlegenheit in die Wangen. »Wir teufen einen zweiten Schacht ab und graben der Luft hinterher. Immer in der Hoffnung auf den großen Durchbruch. Auf gewisse Art ist es ein Glücksspiel.« Doris sah die Nachdenklichkeit in seinen Zügen. Sie wartete geduldig auf seine Reaktion.

»Wenn ich Zeit finde, bin ich viel in der Natur unterwegs. Vorwiegend auf den hohen Bergen, wo man so herrlich frei sein kann. Ich stelle mir diese unentdeckten Tiefen ebenso atemberaubend vor. Die ewige Finsternis und die Ruhe. Es gibt sicher keinen perfekteren Ort, um besser zu sich selbst zu finden.« Er machte eine Pause und blickte Doris träumerisch entgegen. »Ich wünschte, ich könnte einmal mit hinuntersteigen. Einmal den Fuß in Unerforschtes setzten und alles mit Ihren Augen sehen.« Er schien keine konkrete Antwort darauf zu erwarten und schloss großmütig an: »Ich wünsche Ihnen so sehr, dass sich Ihre Hoffnungen erfüllen.«

Doris hatte den Unterton in seinen Worten nicht überhört und ergänzte: »Aber es wäre gut, wenn die Wahl schon passé wäre, wenn der Durchbruch erfolgt. Nicht wahr?«

Jakobs Augen suchten für eine Sekunde den Weg hinter ihre Fassade. Schließlich hob er geschlagen die Hände und lächelte versöhnlich. »Ich kann nur hoffen, dass Sie ausschließlich meine dienstlichen Gedanken lesen können.«

Doris gab sich keine Mühe, ihr Lachen zu unterdrücken. »Wären die privaten denn so verwegen?«

»Oh! Da können Sie unbesorgt sein. Ich bin ein offener Mensch mit ehrlichen Absichten. Von mir geht keine Gefahr aus.«

»Sie sind also ungefährlich?«

»Absolut«, kam es überzeugt von Jakob.

»Schade.«

»Schade?«

»Nun, wie Sie wissen, liebe ich die Gefahr.« Doris blinzelte ihm angetan entgegen. »Danke für den schönen Abend.« Damit stand sie auf, warf sich ihren Mantel über die Schultern und ging auf den Ausgang zu. Ihren Schal, der zu Boden geglitten war, hatte sie dabei nicht absichtlich übersehen. In ihren Gefühlen herrschte ein heilloses Durcheinander.

Jakob legte hastig einen Schein auf den Tisch, bückte sich nach dem bunten Strickschal und lief ihr hinterher. Der Widerhall seiner Stimme wurde von den eng aneinander stehenden Häusern zurückgeworfen.

»Warten Sie.« Erst mitten in der Gasse lief er zu ihr auf, legte sanft seine Hand von hinten auf ihre Schulter. Doris drehte sich nicht um; genoss es nur, seine Berührung zu spüren.

»Sie haben etwas verloren«, hauchte er ihr ins Haar und legte ihr die weiche Wolle um die Schultern.

Doris drehte sich zu ihm hin, hielt ihre Hand liebevoll an seine warme Wange. Dann schritt sie rückwärts, ohne den Blick von seinem Gesicht zu nehmen. »Danke.«

Für einen Moment fragte sie sich, weshalb sie ihn nicht geküsst hatte. Doch eine innere Stimme sagte ihr voller Bestimmtheit, dass sich bald viele Gelegenheiten dazu ergeben würden.

»Sehen wir uns wieder? Ich meine, so wie heute Abend?«, rief ihr Jakob hoffnungsvoll hinterher.

Doris schenkte ihm nur ein Lächeln, bevor sie hinter der nächsten Hausecke verschwand.

25

Es war wieder Nacht, als Doris rückversichernd aus dem Fenster des Labors sah. Alles im Bruch war schon auf Nachtlicht umgestellt; niemand außer ihr war noch im Bürotrakt. Sie drückte kurz ihren Rücken durch und stand auf. Dann griff sie in ihre Jutetasche.

Sie umkreiste den Kunststoffbehälter wie eine Pathologin, die ihre einleitenden Worte vor der Sezession auf ihr Diktiergerät spricht. Als würde die verrostete Scherbe ihr Geheimnis freiwillig preisgeben, blieb sie eine ganze Weile tief in ihre Gedanken versunken vor ihr stehen. Vom Bohrgestänge stammte der Splitter nicht, davon hatte sie sich längst überzeugt. Außer dem normalen Verschleiß hatte es keinen Schaden genommen. Außerdem wäre der Splitter dafür äußerlich viel zu stark korrodiert gewesen und würde keineswegs die unzähligen anderen kleinen Metallpartikel im Bohrkern erklären. Er musste einen anderen Ursprung haben. Doris hatte ihn allem Anschein nach aus einem größeren, feststehenden Stück herausgebohrt. Das bewiesen die blank gefrästen Seiten. Sie nahm das gut verschlossene Fundstück auf, schaltete den Abzug wieder ein und öffnete das Behältnis. Ihre latexgeschützten Fingerkuppen glitten über die geriffelte Oberfläche. Dann begann sie, ein kleines Stück der glatten Außenseite des Metalls mit einer Bürste vom angetrockneten Lehm zu befreien. Aus Doris' Gesicht wollten die Grübchen der Ratlosigkeit nicht weichen. Sie fing an, mit ihrer kleinsten Spachtel den Rost aus den Rillen des Metalls zu kratzen.

»Ein Gewinde«, murmelte sie leise vor sich hin. »Du bist weder alt noch wertvoll. Du kannst kaum 50 Jahre lang dort unten gelegen haben. Du bist nichts weiter als ein simples Stück stinkender Stahl. Jedoch von der Stärke des Materials her viel zu dick für ein Giftfass.« Doris überlegte fieberhaft, sprach weiter mit sich selbst. »Zu was warst du nütze? Und wie um alles in der Welt kamst du in 60 Meter Tiefe, wo noch niemand zuvor gewesen sein kann?« Ihr Blick floh in Richtung Ströttners Büro. »Oder war am Ende doch schon jemand dort unten? In den Höhlen?«

Doris ging zu Arneggers Arbeitsplatz hinüber, griff nach dem kleinen Trennschleifer und begann, unter dem penetranten Singen des Gerätes eine hauchdünne Scheibe vom Ganzen abzutrennen. Sofort setzte sich ein bitterer Eisengeschmack in ihrem Gaumen fest. Das geschliffene Metall schimmerte bläulich unter der Laborlampe. Doris' Bewegungen wurden hastig. Rasch hatte sie das Okular des uralten Mikroskops auf die richtige Entfernung zur Trägerplatte gedreht und spähte angestrengt hindurch.

»Bläschen, Risse und Einschlusskorrosionen«, diagnostizierte sie vor sich hin. In einer Schublade fand sie Feinschleifpapier, mit dem sie über die frei gebürstete Stelle des Splitters schmirgelte. Unendlich langsam kam der kaltgraue Stahl darunter zum Vorschein. Und da war noch mehr. Doris' Blick haftete wie Pech auf einer einzigen Stelle, die sie unaufhörlich polierte. Sie traute ihren Augen kaum, wie sich die Ziffernreihe immer deutlicher aus dem Rost schälte. »35 Strich 874 Strich sechs.« Doris öffnete einen hohen, verschlossenen Schrank und zog eine Sofortbildkamera hervor. Sie legte das Stück in Pose und lichtete es zweifach ab. Ein paar Minuten später hetzte sie die lange Stahltreppe hinab zu ihrem Wagen. Sie kannte nur ein Ziel.

Es dauerte eine Weile, bis jemand an die Tür kam.

»Doris! Das muss aber dringend sein, wenn es um diese Zeit das gute alte Telefon nicht mehr tut.« Fritz Cruner sah kurz auf die hohe Standuhr im Flur und schritt ins gemütliche Wohnzimmer durch. »Du kommst doch nicht etwa jetzt erst aus der Firma?«

Doris nickte und begrüßte Frau Cruner, die gerade an der Staffelei an einem ihrer Bilder arbeitete. Doris wusste um die Integrität der sympathischen Künstlerin, die spontan den Pinsel aus der Hand legte und sich nach ihrem Hunger erkundigte. Doris musste sich selbst eingestehen, dass ihr der Magen knurrte. »Ich bin noch nicht zum Essen gekommen.«

Frau Cruner lächelte wissend und formulierte ihr Angebot mehr als Frage. »Ich habe frisches Holzofenbrot, Leberwurst und dazu ein Glas selbst gepressten Apfelsaft?«

Doris hätte sie umarmen können. Sie liebte dieses herzhafte, schwere Bauernbrot und den herben Saft von der Alb. »Gerne. Ich will Sie aber nicht von ihrem Kunstwerk vertreiben.«

»Ach, i wo! Das kann warten«, kam es gedämpft aus der Küche, aus der schon Teller und Besteck klapperten.

»Du hast schlechte Nachrichten von der Stadt, nicht wahr?«

Doris schüttelte den Kopf und stellte eine transparente Kunststoffdose auf den Esszimmertisch. »Nein. Es geht um das hier.«

Cruner schenkte dem Stück Metallschrott einen kurzen, abschätzigen Blick und sah wieder fragend in Doris' Gesicht. Er maß dem Artefakt keine große Bedeutung bei. »Was hat der Bürgermeister gesagt?«

Doris ließ kurz von ihrem Fundstück ab. »Er hat uns gratuliert. Wir sollen nur keinen großen Wind um die Sache machen.« Sie zögerte ein wenig. »Er würde gern einmal mit hinunter und sich alles ansehen.«

»Unmöglich!«, brach es aus Cruner hervor. Er wedelte energisch mit dem Zeigefinger. »Das ist mir zu heiß.«

»Keine Angst. Ich habe ihm nichts versprochen«, besänftigte ihn Doris. Sie tippte auffordernd auf das Plastikbehältnis auf dem Tisch. »Hier spielt die Musik. Was zum Teufel ist das?«

Cruner trennte sich geistig nur ungern vom vorherigen Thema, als wäre ihm die Aussage von Doris zu oberflächlich gewesen. Widerwillig nahm er die Dose auf und lies sie durch seine Hände wandern. »Metall mit Gewinde«, erwiderte er belanglos und wollte das Behältnis öffnen.

Doris zog sofort seine Hand zurück. »Halt! Das Ding riecht scheußlich. Es könnte Blausäure im Spiel sein!«

Cruner stellte die Dose argwöhnisch zurück, distanzierte sich. Er sah es Doris an, dass sie nicht scherzte. »Von einer Bohrung?

Doris bestätigte mit einem knappen Nicken. »Was war das einmal? Oder wo hat es einst dazugehört?«

Cruner überlegte angestrengt. »Blausäure. Und du bist dir sicher?«

»Nun, ich hab's noch nicht analysiert«, relativierte Doris. »Aber mir fällt sonst nichts ein, das so streng nach Bittermandel riecht.«

Cruner hakte nach. »Wo genau stammt das her?«

Doris zog ihre Brauen leicht nach oben. »Na, von wo wohl. Aus dem Westteil. 58 Meter unter dem Bohreintritt.«

Ein ahnungsvoller Gesichtsausdruck bemächtigte sich Cruners. Er hatte Blut geleckt. »Die Scherbe lag nicht innerhalb des Bruchareals. Hab ich recht?«

Doris lächelte verwegen. »Rund 20 Meter hinter dem Doppelzaun. Unter Ströttners Waldgrundstück.«

Cruner schüttelte den Kopf und widmete sich wieder dem Fundstück. »Du spielst ein gefährliches Spiel, Doris«, hauchte er ihr entgegen. »Ich hoffe, du weißt, was du tust.« Ihm war klar, dass er darauf keine befriedigende Antwort erhalten würde, aber er konnte nicht aus seiner Haut. Cruner war Lehrer und die Sorge gehörte nun einmal zu seinem Beruf wie der Stein zu Doris' Studienfach. Er zog ratlos die Mundwinkel nach unten und betrachtete das Artefakt noch einmal. »Ich kann es nicht mit Sicherheit sagen. Vielleicht ist es ein Stück von einem kontaminierten Druckbehälter. So etwas wie eine große Gasflasche oder irgendein Flansch von einer Leitung.« Er sah Doris aus einer gewissen Befürchtung heraus an. »Das Wasser läuft noch im Steinbruch?«

Doris wollte soeben etwas erwidern, als Frau Cruner das vollbeladene Tablett auf den Tisch stellte. Sie begutachtete das Behältnis aus der Distanz. »Bombensplitter«, stellte sie plötzlich nüchtern fest, als wäre es die klarste Sache der Welt.

Fritz und Doris sahen sich verwundert an.

»Ihr könnt mir schon glauben.« Frau Cruner griff nach der Dose und vergewisserte sich bei Doris. »Darf ich?«

»Bitte, gern.«

Frau Cruner nickte eifrig. »Ganz bestimmt. Wir haben in der Künstlergilde vor Kurzem eine Skulptur aus alten

Granatsplittern gefertigt. Ein Mahnmal gegen den Krieg. Es steht jetzt im Ulmer Museum. Eine Mordsarbeit war das. Ich konnte zum Schluss keine Patronenhülsen, Metallsplitter und Bombenflügel mehr sehen.« Sie stellte die Dose wieder vor sich auf den Tisch, genoss die fassungslosen Blicke ihres Mannes.

»Du hast recht! Und ich kann mir auch vorstellen, von welchem Teil der Bombe dies hier stammt!« Er deutete auf das Gewinde. »Dort wurde der Zünder eingeschraubt. Das Fragment stammt vom oberen Teil. Normalerweise müsste dort auch …« Er drehte die Dose um ihre eigene Achse, bis er fand, was er suchte. »Du hast die Nummer ja schon freigelegt.« Cruners Züge wirkten schlagartig wieder besorgt, als er sich erinnerte, wo Doris diesen Bombensplitter gefunden hatte. »Wie um alles in der Welt kommt die Granate da runter?« Fritz griff sich eine Scheibe Brot und schickte mit halb vollem Mund hinterher: »In Beiningen bei Blaubeuren versieht seit Kriegsende eine alte Bombenhülle den Dienst als eine der Kirchturmglocken. Das weiß kaum einer. Aber ich kenne den Mesner der Gemeinde.« Er hob den Zeigefinger. »Wir könnten uns das morgen Abend ansehen und mit deinem Fundstück vergleichen. Parallel soll Michel versuchen, anhand der Nummer etwas herauszufinden. Soviel ich weiß, kennt er jemanden vom Kampfmittelräumdienst in Stuttgart.«

Doris biss von ihrem Brot ab, während Fritz laut weiterdachte. Sie beantwortete seine Fragen nur mehr mit Kopfbewegungen.

»Du bist sicher, dass das Ding nicht von einer oberflächennahen Schicht irgendwie im Gestänge hängen geblieben ist?«

Doris schüttelte den Kopf.

Cruner griff nach seiner Pfeifentasche. »Und dass dir deine Kollegen als Scherz zum Einstand in der Firma einen Streich gespielt haben?

Doris trank einen Schluck Apfelsaft und verneinte abermals.

»Also eine frühere Bohrung, die mit Kriegsschrott verfüllt wurde? Warum sollte sich ein Vorzeigeunternehmer so ein faules Ei legen? Das ergibt keinen Sinn.« Cruner spann den gedanklichen Faden stumm weiter; bestätigte sich schließlich selbst: »Es musste schnell gehen, 1945! Das Zeug musste weg, bevor es die Alliierten gefunden hätten. Ein naher Steinbruch als perfektes Endlager?« Cruner stand auf und zog kräftig an seiner Mahagonipfeife, bis die Glut leise knisterte. Er hob abwehrend seine freie Hand. »Ich will es mir gar nicht vorstellen. Da hat dieser Hund den ganzen Kriegsmist in seinem Bruch vergraben und all die Zeit über darauf vertraut, es käme niemand dahinter.« Cruner fiel selbst auf, dass seine Feststellung nicht ganz stimmig war.

Doris schluckte ihren Bissen hinunter. »Er kann es nicht vergraben haben. Die Schichten sind intakt und es gab nie einen Untertageabbau bei der StuMAG.«

Cruner verfiel wieder in halblautes Gemurmel, bis er ratlos den Kopf schüttelte. »Hast du eine Erklärung dafür?«

»Bislang nicht.« Doris fasste sich ans Kinn und überlegte laut: »Ströttner ist jemand, der auf Nummer sicher geht. Vielleicht gab es ja Aktivitäten unter Tage. Und sie wurden nur nicht dokumentiert.«

Fritz beugte sich zu Doris vor. »Wenn dem so wäre, dann kann das da unten nicht einfach nur eine einzige Kartusche sein. Selbst der alte Ströttner würde wegen dem bisschen verrosteten Stahl keinen solchen Eiertanz machen. Da muss mehr dranhängen, Doris. Mengenmäßig und inhaltlich.«

Doris grinste wissend und wies mit dem Kopf auf die Dose. »Du kannst ja mal eine Nase voll nehmen.«

26

Es war schon fast Nacht, als Doris und Cruner die Stufen in den Glockenstuhl der Kirche von Beiningen hinaufstiegen. Ihre starken Lampen zuckten aufgeregt über die hölzernen Stiegen und beleuchteten eine unbehelligte Szenerie aus einem anderen Jahrhundert. Überall hingen Spinnweben, die im kalten Abendwind einen unheimlichen Tanz vollführten.

Der Mesner, der ihnen vorausgegangen war, tätschelte mit seiner Hand eine eiskalte Metallhülle. Sein spitzmäusiges Gesicht verriet, dass ihn das Interesse an dem Dorfunikum freute. »Das ist sie.«

Cruner richtete den Strahl seiner Lampe auf den Hals der flaschenförmigen Bombenhülle und ging näher heran. Die Aufhängung war hohl und man konnte deutlich das Gewinde für den Zünder sehen. Doris holte ihr gut verpacktes Relikt aus der Tasche. Sie musste es zweimal drehen, um es in dieselbe Position zu halten.

Der Mesner zog die Brauen zusammen. »Woher habt ihr den Splitter?«

Cruner war gerade dabei, die Ziffern zu notieren; trennte sich träge von dem zweckentfremdeten Klangkörper. »Feldfund, Hans. Unten in Blaubeuren in einer Baugrube.«

»Ah so. Ich dachte schon, ihr hättet ihn in einer eurer Höhlen gefunden.«

Doris durchzuckte es. Sie ließ von der Bombe ab. »Wie kommen Sie darauf? Wie könnte ein solcher Splitter in eine Höhle gelangen?«

Der Mesner winkte ab. »Nur so ein Gedanke. Nach dem Krieg hat man so manches einfach in der Landschaft vergraben. Aber das können Sie nicht wissen. Dafür sind Sie zu jung.« Er deutete auf die Glocke und setzte nach: »Sie sehen es ja selbst. Der Ort für diese Luftmine könnte nicht paradoxer sein. Dabei klingt sie sogar noch einigermaßen und ist zudem stabiler und billiger als Glockenbronze.«

Doris nickte nur und wandte sich Cruner zu, der wieder über den Zahlen brütete.

»Der Zahlencode ist vom Aufbau her identisch. Nur zwei Ziffern sind unterschiedlich. Ein Buchstabe scheint zu fehlen. Unser Splitter ist genau an dieser Stelle gebrochen.« Er ging wieder auf den Mesner zu. »Weiß man eigentlich etwas über die Herkunft dieser Glockenbombe?«

Der Mesner schmunzelte über die eigenwillige Wortschöpfung und zuckte mit den Schultern. »Nur gerüchteweise. Man sagt, der alte Simmerle – Gott hab ihn selig«, er schlug hastig ein Kreuz vor seinem Gesicht, »habe sie mit seinem Ochsengespann von Blaubeuren heraufgebracht. Angeblich soll sie am Damm der Steinbruchbahn gelegen haben.« Er machte eine ausladende Bewegung mit seinem Arm. »Dort, wo die Trasse in einer engen Kurve über den Weg verlief. Wahrscheinlich ein ausgebrannter Blindgänger.«

Doris und Cruner waren für Sekunden ganz still und sahen sich abgeklärt in die Gesichter.

Der Mesner blickte beide kritisch von unten an. »Weshalb interessiert ihr euch so dafür?«

Cruner setzte ein freundliches Lachen auf und legte seine Hand auf die Schulter seines Bekannten. »Ein Schulprojekt, Hans. Wir behandeln gerade den Krieg und Doris hatte diesen Splitter entdeckt. Ich möchte den Unterricht einfach interessant gestalten und mit einer wahren Geschichte beleben.«

Der Mesner hob anerkennend das Kinn. »Eine schöne Idee. Es muss ja nicht immer um die Endlösung gehen. Lokale Ereignisse können diese Zeit auch ausreichend verdeutlichen. Wenn deine Klasse einmal kommen will …«

Cruner reichte dem Mesner die Hand, bevor er ausgesprochen hatte. »Ich denke darüber nach.« Er sah nervös auf seine Uhr und drängte zur Stiege.

»Noch sieben Minuten und sie wird schlagen«, fiel der Mesner ein. »Wenn ihr wollt, könnt ihr noch warten! Sie hat wirklich einen interessanten Klang!«

Doch Cruner zog es hinunter. »Ich kenne den Klang ja schon, und meine Frau wartet mit dem Essen«, er hob entschuldigend die Hände. »Ein andermal.«

Doris reichte dem gutmütigen Mann die Hand, lächelte gezwungen und stieg hinter Cruner her.

Cruners VW-Bus roch nach Höhlenlehm und Pfeifentabak. Als sie ein Stück gefahren waren, steuerte Cruner den Wagen in die Parkbucht an der ersten Kehre der Steige und hielt an. Er stieg aus; schien in Gedanken versunken.

Doris kurbelte das Fenster herab und suchte nach ihm. »Musst du pinkeln, oder was ist los?« Sie konnte ihn nicht sehen. Es war schon dunkel. Doris erschrak ein wenig, als er von der anderen Seite hinter ihr auftauchte.

»Du weißt, was hier unter uns liegt?«

Doris starrte kurz in die Finsternis, die nur durch das spärliche Nachtlicht des Bruches erhellt wurde. »Wir stehen direkt auf dem Tunnel. Und weiter?«

Fritz' beunruhigter Blick glitt kurz in die Richtung, aus der ein einsamer, blecherner Glockenschlag zu ihnen herüberdrang. Der Klang war farblos, ohne Volumen und kalt. »In diesem Berg liegen Sünden, Doris. Dessen bin ich mir nun sicher. Und ich weiß nicht, ob es klug ist, diese aufzudecken. Wozu benötigt ein Steinbruch eine Bahn mit einem langen Tunnel, wenn er gleichzeitig eine Seilbahn und einen Straßenzugang besitzt?«

Doris schickte ihren warmen Atem kondensierend in die Nacht, ohne eine Antwort zu geben.

Cruner gab sie sich selbst: »Doch nur, wenn einem daran gelegen ist, etwas gut getarnt, reibungslos und ungesehen hinein- oder hinauszubefördern. Ist es nicht so?«

Doris nickte unter einem leichten Zittern. Die Kälte kroch langsam über ihr Gesicht. »Können wir das auch im Warmen besprechen?«

Fritz erwachte aus seinen nebulösen Überlegungen. »Entschuldige. Aber an der frischen Luft kann ich einfach besser denken.«

Als Fritz wieder in den Wagen stieg, waren die Schläge der Glocke von Beiningen verklungen. Schleichend stieg der Nebel aus den Wiesen vor dem Wald. Es herrschte eine gespenstische Ruhe; nahezu aufdringlich. Vage Vermutungen trieben Doris eine Gänsehaut über den Rücken.

Die kaum regulierbare Heizung des VW-Busses verbreitete eine angenehme Wärme im Wagen. Fritz wischte immer wieder mit einem alten Spüllappen über die angelaufene Frontscheibe, um die Straße sehen zu können. Nach einer Weile sah er kurz zu Doris hinüber und fragte: »Du warst neulich im Tunnel. Ist dir im Inneren irgendetwas aufgefallen?«

»Nein. War alles wie sonst auch. Meine Bohrungen lagen auch nicht auf der Ebene der Tunnelröhre. Ich habe viel tiefer angesetzt und auch nur in einer einzigen davon Metall gefunden.«

Cruner schwieg und sah hinaus auf die von den schwachen Scheinwerfern erhellte Straße.

Als sie an der Einmündung zur Bruchstraße vorüberfuhren, kam Doris der Besuch im Liegenschaftsamt in den Sinn. »Da fällt mir ein: Ich habe ja noch etwas herausgefunden!«

Cruners Kopf flog herum. Er schien verärgert, als Doris nicht sofort weitersprach. »Nun mach es nicht so spannend. Heraus damit!«

»Ich wollte die Rekultivierungsverfügungen für den Bruch einsehen, da mir Ströttner sagte, nur deswegen hätte man damals den Westen wieder verfüllt. Irgendetwas machte mich glauben, all das wäre nur eine weitere Notlüge. Und ich behielt recht.«

Fritz kuppelte aus und ließ den Bus auf den Randstein vor den ersten Häusern von Blaubeuren rollen, wo Doris ihren Wagen geparkt hatte. »Was heißt das?«

Doris atmete tief ein. »Es gibt keine aktuelle Verfügung. Weder zu diesem Gebiet noch für die anderen Teile des Bruches. Die letzte Niederschrift datiert aus dem August des Jahres 1945.«

Cruner hob berechnend das Kinn.

»Das ist noch nicht alles, Fritz. Was sagt dir der Name Grameisner?«

»Dr. Grameisner? Der Minister?« Er verzog die Mundwinkel. »Jetzt wird's auch noch politisch.«

Ein bestätigendes Lächeln spielte um Doris' Mund. Sie zog ein zusammengefaltetes Blatt Papier aus ihrer Tasche und knipste die kleine Leselampe am Dachhimmel an. »Sieh dir die Unterschrift an und versuche, dich an das Faximile des Revisionsleiters aus dem Katasteramt zu erinnern.«

Cruner stierte angestrengt auf die Kopie. »Zugegeben. Die Schrift ist ähnlich. Aber nur daraus abzuleiten, dass der hohe Herr eine unrühmliche Vergangenheit hat, wäre allzu verwegen.« Vorsicht hatte sich unübersehbar in Cruners Gesichtsausdruck geschlichen. Nachdenklich zählte er die Fakten an seinen Fingern ab. »Keine Karten vor 1945. Grameisner taucht möglicherweise zweifach für verschiedene Behörden auf. Ströttner baut seit 1945 nicht mehr im Westen ab. Die Steinbruchbahn, welche im Westen den Bruch erreichte, wird 1945 stillgelegt. Im Westen des Bruches liegt ein Bombensplitter in 60 Metern Tiefe. Wiederum 1945 errichtet Ströttner über dem brisanten Gebiet eine Jagdhütte.«

Er überlegte stumm, während Doris anfügte: Und im Archiv der StuMAG findet sich kein Eintrag über die Bahnbauten. Zudem kann Ströttner die Höhlenforscher auf den Tod nicht ausstehen.«

Cruner verzog das Gesicht zur Grimasse, als hätte ihm die letzte Bemerkung Schmerzen verursacht. »Du hast ihm doch nicht etwa gesagt, dass du …«

»Nein, natürlich nicht!«, fiel Doris sofort ein. »Jakob Ströttner hat mich gewarnt. Er sagte, ich solle es dem Alten gegenüber nicht erwähnen. Er habe etwas gegen die Speläologen.«

Cruner atmete laut aus und schüttelte den Kopf. »Aus dem Bürgermeister werde ich nicht schlau. Mir drängt sich der Verdacht auf, dass die Einstellung der ersten Grabung kein Zufall gewesen sein kann. Ich fresse einen Besen, wenn da nicht auch der alte Ströttner dahintersteckt.«

Doris wirkte bekümmert, als sie Cruner tief in die Augen sah. »Es gibt noch jemanden, der mich vor all dem gewarnt hat, noch bevor wir mit der Grabung begonnen hatten.«

Cruners Gesichtszüge wurden erst. Er fragte gar nicht erst nach dem Namen. Doris' Mimik verriet ihm genug.

»Mein Vater hat irgendetwas mit dieser Sache zu tun. Vor ein paar Wochen sagte er, wir würden uns buchstäblich ins Verderben graben. Als ich ihn nach dem Grund seiner Skepsis fragte, lenkte er ab. Und auf Ströttner ist er sehr schlecht zu sprechen.«

»Nachdem er neulich an der Grabungsstelle aufgetaucht ist, habe ich mir schon so etwas gedacht«, sagte Cruner nach einer Weile. »Ströttners Verhalten und diese ganzen Ungereimtheiten müssen etwas mit der alten Steinbruchbahn zu tun haben. Dein Vater dürfte damals noch keine 15 gewesen sein. Sofern in dieser Hinsicht irgendetwas zu beobachten war, ist er der einzige verlässliche Zeitzeuge, der uns momentan weiterhelfen kann, ohne dass es gleich das ganze Tal weiß.«

Doris biss sich verzweifelt auf die Lippen, während Cruner fortfuhr: »Ich hatte bei seinem unerwarteten Besuch den Eindruck, man könnte mit ihm darüber sprechen, oder es zumindest versuchen.«

Doris atmete ihre Vorbehalte stoßweise aus. »Es nimmt ihn schwer mit. Aber ich werde es schonend versuchen.«

Cruner nahm Doris' Hand und drückte sie kurz und fest. »Es wird dir keine Ruhe lassen; nicht jetzt und nicht in zehn Jahren. Packen wir es lieber zeitig an.« Er machte eine kurze Pause und sah ihr treu ins Gesicht. »Ich bin dabei.«

Doris öffnete die Tür, stieg aus und hob die Hand zum Gruß. »Wir sehen uns am Wochenende.«

Cruner sah ihr nachdenklich hinterher. Erst als die Rücklichter ihres Wagens hinter der nächsten Straßenbiegung verschwunden waren, löste er sich aus seiner Lethargie und startete den Motor.

27

Doris lief immer dieselbe Strecke im Labor auf und ab. Sie war in ein Buch vertieft, das sie vor sich aufgeschlagen in den Händen hielt. *Baustoffkunde, dritte Auflage* stand in großen Lettern auf dem grünen Einband. Immer wieder schüttelte sie den Kopf und murmelte etwas Unverständliches vor sich hin.

Arnegger, der hagere, schweigsame Bauchemiker war kein Mensch, der sich schnell aus der Ruhe bringen ließ. Doch als Doris ein weiteres Mal hinter seinem Rücken vorbeiging, warf er genervt seine Brille auf den Arbeitstisch. »Kann ich vielleicht weiterhelfen?«

Doris blieb stehen; realisierte, dass ihr Bewegungsdrang der Grund für Arneggers Frust war. »Ich verstehe das nicht.«

Arnegger verdrehte die Augen, während Brüning amüsiert seine Proben anschmunzelte. Doris wusste, dass es ihr galt. Aber sie ging darüber hinweg.

»Die Bauordnung schreibt für Schwerbeton nach aktuellem Stand eine Mindestfestigkeit von 35 bis 45 Newton pro Quadratzentimeter vor. Das Produkt, das Weidlinger kreiert hat, soll mit dem neuen Verfahren eine Festigkeit von über 50 Newton aufweisen.« Doris nahm eine Abschrift der Ausschreibung auf und zitierte: »Hinsichtlich der Festigkeit der Baustoffe, insbesondere Betonteile, sind die Werte der gültigen Bauordnung einzuhalten. Auf die Anlagen wird verwiesen.« Doris stützte sich mit beiden Armen auf den Versuchstisch, um ihren Worten Nachdruck zu verleihen. »Weshalb machen wir mehr, als wir müssen, und gefährden den Auftrag, indem wir Substanzen zumischen, die wir nicht mehr haben?«

Brüning wedelte gelangweilt mit einem Schriftstück und warf es Doris über den Tisch zu. »Hier. Das sind die Anlagen zur Ausschreibung. Die öffentliche Hand besitzt für bundes- und ländereigene Bauten eine Sondervorschrift, in der die Festigkeiten und Beschaffenheit der Materialien vorgegeben werden.« Er lehnte sich genüsslich in seinem Stuhl zurück und verschränkte die Arme vor dem Bauch. »Erklär's du ihr, Franz.«

Arneggers bemitleidende Gleichgültigkeit brachte Doris zum Kochen.

»Die Festigkeit muss 50 Newton betragen. Dafür brauchen wir neben dem vorhandenen Kalk Quarzmehl oder aber die nun fehlende Mergelschicht, die wir bisher abbauen konnten. Zudem muss der Klinker unter anderen Bedingungen gebrannt werden, als der Norm-Zement. Der Brennvorgang ist dabei aber das geringste Problem.«

Er zog ein Buch aus dem Regal, blätterte eine bestimmte Stelle auf. »Hier, lesen Sie. Diese Formeln sind für uns elementar.« Er redete monoton weiter, während er aufstand und in den Nebenraum ging. »Zement für Schwerbeton, feinporiger Zement mit Minimalkörnung für die Landebahn und Portlandzement mit erhöhtem Quarzanteil für den Tiefbau. Alles sollte natürlich witterungsbeständig, hochfest und am Ende noch fast umsonst sein.«

Er kam mit zwei Versuchsblöcken in den Händen zurück, stellte sie mit lautem Gepolter vor Doris auf den Tisch, um eindringlich auf die Quader zu weisen. »Hier! Heben sie die mal an!«

Doris schüttelte widerwillig den Kopf. »Ich kenne die Versuchsreihe von Weidlinger.«

Arnegger blieb beharrlich. »Natürlich. Vom Papier. Nun nehmen Sie schon!«

Doris wog die beiden Blöcke gegeneinander ab und ließ ihre Hand auf dem schwereren Quader ruhen. »Schwerbeton. Mindestens 2,9 Tonnen pro Kubikmeter. Verwendungsgebiet: Fertigbetonteile für den Tiefbau, sprich Neubau-Tunnelröhren. Zufrieden, Kollege?«

»Kollege …« Arnegger grinste nur, während sich Brüning wieder in selbstverständlichem Tonfall einbrachte.

»50 Newton; wie ich schon sagte.« Er wies nach draußen. »Wir sind hier in Blaubeuren in der glücklichen Lage, über ein einzigartiges Mergelvorkommen zu verfügen, das nahezu alle Komponenten für vielseitig verwendbaren Zement auf natürliche Art und Weise in sich vereint. Kalkmergel im Mischungsverhältnis von 78 zu 22 Prozent unter natürlicher Beimengung von Quarz, Eisenoxid und Aluminiumoxid. Nur deshalb sind wir in der Vergangenheit gegenüber unseren Konkurrenten stets der Günstigere gewesen. Das momentane Problem liegt in der Verfügbarkeit. Bei Großkontrakten muss die Mischung für den Fertigbeton rund um die Uhr bereitstehen.« Er hob verdeutlichend die Hand. »Und zwar pünktlich, dauerhaft und qualitativ absolut gleichbleibend über einen Zeitraum von Jahren! Da reicht eine Handvoll Mergel eben nicht aus. Das sind Dimensionen, die Sie sich nicht annähernd vorstellen können, Frau Laborleiterin!« In Brünings Stimme schwang fordernder Sarkasmus. »Aber immerhin haben wir jetzt Sie, als die gepriesene Geologin, die alles zum Besten wenden wird.«

Für einen Moment herrschte angespannte Stille im Labor. In Doris gärte der Zorn. Sie zitterte, als sie anhob: »Ich trage weder Schuld an Weidlingers Tod noch an der Auswahl seiner Nachfolge. Sie wären besser beraten, ihre Wut an jemand anderem auszulassen!« Doris deutete in Richtung Ströttners Büro. »Aber dafür mangelt es Ihnen wohl an Mut. Zudem haben Sie offenbar den Fokus auf das verloren, worauf es hier tatsächlich ankommt.«

Arnegger winkte selbstgefällig ab. »Was wissen Sie schon von unserem Firmencredo.«

Doris wurde laut. »Genug um zu sehen, dass wir mit dem Rücken zur Wand stehen! Wenn wir nicht binnen weniger Wochen eine Lösung haben, dann sind wir alle drei bald arbeitslos. Also ersuche ich Sie beide in jeder Hinsicht um ihre geschätzte Unterstützung in Form Ihrer ganz normalen Arbeit! Das ist doch nicht zu viel verlangt!« Sie riss ihre Übersicht auf dem Klemmbrett zu sich und hieb darauf, dass es knallte. »Hier! Eindeutig Mergel; und nicht zu knapp! Bohrung 23 bis 26; Westbruch. Schräg liegende Schicht in der Zusammensetzung von 75 zu 25. Qualität: Überaus gut – alle Oxide vorhanden.« Doris warf das

Klemmbrett scheppernd auf den Tisch. »Ist das nicht etwa das, was wir suchen?« Sie ging ein paar Schritte zurück an die Wand zur großen Karte und zeigte mit dem Finger an den Rand des verblichenen Blattes.

Brüning begehrte sofort auf und eilte ebenfalls an die Karte. »Das ist doch alles Unsinn! Hier!« Er deutete auf den Westteil. »Muss ich Ihnen noch ihre Tätigkeit erklären? Keine Spur von Mergel! Die Schichten sind wie abgeschnitten!«

Doris triumphierte innerlich und hob in sonorem Ton an: »Ich hatte nicht vorausgesetzt, dass sie sich in Geologie auskennen, Herr Brüning.« Sie klatschte mit der flachen Hand auf die Karte. »Das, was Sie hier sehen, taugt nicht einmal mehr für die Altpapiersammlung! Abgeschnittene Schichten! Wo gibt es denn so was? Der Herr weiß, wer diesen Plan angefertigt hat. Doch eins ist sicher: Er hatte nicht die geringste Ahnung!«

Arnegger hielt es nicht mehr auf seinem Drehschemel. Er drohte Doris mit einem lehmigen Spatel. »Wagen Sie es nicht, so respektlos vom Kollegen Weidlinger zu sprechen! Sie kommen frisch vom Studium und meinen, alles, was hier vor Ihnen geschehen ist, sei Mist gewesen!«

Doris wurde unheimlich zumute, als er sich vor ihr aufbaute.

»Sie wissen nichts über die StuMAG. Gar nichts!« Er zog eine abwertende Grimasse und ließ seinen Blick abschätzig über Doris gleiten. »Frauen taugen einfach nichts in Führungspositionen. Das ist meine Meinung. Und solange Sie nicht einmal einen Kaffee kochen können, wenn Sie morgens schon so zeitig anfangen, haben Sie mir gar nichts zu sagen! Eine Zumutung für den ganzen Bruch ist das mit Ihnen!«

Doris spielte die Unbeeindruckte; lächelte berechnend. »Sie müssten die Schichten aus dem Westen doch längst analysiert haben und selbst in Kenntnis der Lage sein.«

Im Raum herrschte für Sekunden eisiges Schweigen. Brüning wirkte ertappt: »Im Westen wird nicht mehr abgebaut; Order vom Chef. Weshalb sollten wir dann gerade diese Bohrkerne analysieren?«

Doris griff wieder nach ihrem Klemmbrett und fügte an: »Dann ist es ja gut, dass wenigstens ich es getan habe; heut' früh um halb sechs.« Sie schritt um Brüning herum und riss mit einem kräftigen Ruck den veralteten Plan des Bruches von der Klemmleiste an der Wand. Dann ging Sie hinüber zum eingestaubten Großformatdrucker und griff nach einer Papierrolle.

Arnegger und Brüning lachten sich gegenseitig zu. »Sie sind ja völlig …«

»Ich bin was?«, unterbrach Doris Arnegger aggressiv, indem sie sich dicht vor seinem Gesicht aufbaute. Er verstummte, während Doris im Zurückweichen den durchscheinenden Skizzierbogen in die Klemmleiste schob. »Das hier, meine Herren, ist der neue und korrekte Plan des Bruches! Und wenn Sie an den Grundlagen dafür zweifeln, dann überzeugen Sie sich mit ihren Analysen, die Sie mir noch schuldig sind, einfach selbst! Nach diesem Plan wird ab sofort gearbeitet! Tun wir das nicht, ist es aus mit der StuMAG. Ich dachte, es wäre angenehmer für Sie, wenn ich Ihnen das sage, als dass sie sich das noch unmissverständlicher im Chefbüro anhören müssten. Und jetzt möchte ich Sie arbeiten sehen!« Doris griff nach der zweiten großen Rolle auf dem Druckertisch und schritt forsch auf die Tür zu. Als sie an Arnegger vorüberging, der noch immer überheblich an seinem Apparaturenregal lehnte und sie finster anfunkelte, hielt sie inne, um ihn einen Moment lang zu mustern. Ihr Blick war streng und bestimmt. »Zwei Dinge, Arnegger. Erstens: Ich werde keinen Kaffee kochen. Zweitens: Zweifeln Sie nie wieder an mir oder meiner Kompetenz. Nie wieder!« Sie machte eine gehaltvolle Pause voller Nachdrücklichkeit, bevor sie in versöhnlichem Tonfall anfügte: »Und nun reichen wir uns die Hände wie normale Menschen und akzeptieren einander.« Sie hielt ihm ihre ausgestreckte Hand entgegen und wartete. Irgendwann sah sie auffordernd zu Brüning hinüber, der die Szene gespannt verfolgte.

»Komm schon, Franz«, kroch es gezwungen über seine Lippen. »Schlag ein. Im Grunde hat sie ja recht!«

Arnegger fiel die Bewegung seiner Hand sichtlich schwer. Sein Händedruck war leidenschaftslos. Nach einem letzten scharfen Blick auf den neuen Plan gestand er Doris schließlich ein leises Einverständnis zu. »Das mit dem Kaffee geht in Ordnung. Sie sind der Boss.«

Der Arbeitsplatz der Vorzimmerdame war verlassen und die Tür zu Ströttners Büro stand einen Spalt offen. Doris wollte soeben anklopfen, als sie Ströttner mit jemandem sprechen hörte. In seiner Stimme lag ein feiner, verräterischer Misston. Sein Aufbegehren wirkte kraftlos.

»Verdammt, Barthel! Wenn ich sage, wir sind dicht davor, dann stimmt das!« Es war eine Weile still.

»In zehn Tagen hast du unsere Expertise auf dem Tisch. Und über den Preis brauchen wir nicht zu reden. Wir werden unschlagbar …« Ströttner verstummte. Er fuhr sich mit seiner freien Hand durch sein schütteres Haar.

»Die Spende – Auf das Konto in Zürich. Wie immer.«

Die Leitung summte gleichmäßig. Barthel Grameisner hatte aufgelegt.

Ströttner riss es hart aus seinen aufgebrachten Gedanken, als es an der Tür klopfte.

»Ehrnsteiner! Was haben Sie für mich?« In seiner Stimmer lag eine Spur Hoffnung.

»Ich habe einen neuen Plan erarbeitet, der uns über die aktuelle Lage Aufschluss gibt. Und …« Doris hielt bewusste inne, während sie den Plan auf dem Besprechungstisch entrollte.

»Und was?«, gierte Ströttner.

»Wir sollten noch einmal über den Westen nachdenken.« Doris klatschte mit der Hand überzeugt auf den Westbruch. Aus dem Augenwinkel konnte sie sehen, wie Ströttners Gesichtszüge prompt entgleisten.

»Um die Rekultivierung brauchen wir uns keine Gedanken machen. Ich habe beim Liegenschaftsamt vorgesprochen und eine saubere Lösung gefunden.«

Ströttner explodierte. »Sie haben was?« Er rang nach Luft, riss hektisch seinen Hemdkragen auf.

Doris nutzte seine Sprachlosigkeit: »Wird von der StuMAG eine Austauschfläche angeboten, können wir diesen Bereich wieder gänzlich reaktivieren. Hierzu hätten wir einen Teil des Geländes nahe der Blau, das ohnehin brach liegt.« Sie beugte sich zu ihrem keuchenden Chef vor und hob ihren Zeigefinger in die Höhe. »Und nun kommt der Clou! Wenn wir einen Stollenzugang von nur sechs Meter Breite bis zum anstehenden Fels freilegen und dann im Untertagebau arbeiten, könnten wir über 95 Prozent der rekultivierten Fläche unangetastet belassen!«

Ströttner funkelte Doris finster an. Auf seinem cremefarbenen Schwarze-Rose-Hemd wucherten dunkle Schweißflecke.

Doris provozierte weiter; absichtlich und weiblich penetrant. Was sie wollte, war eine unüberlegte Äußerung. Ein unbedachtes Wort, das ihre Vermutungen bestätigte. »Die Gerätschaften sind allesamt vorhanden; ich habe das schon überprüfen lassen. Und die Qualität des Gesteins ist beispiellos! Weidlinger hat sich mit seiner einstigen Analyse dieses Gebietes offenbar gründlich vertan.« Sie tippte mit dem Finger auf die einzelnen Komponenten.

Ströttner atmete schwer, funkelte seine neue Laborleiterin finster an. Obwohl sie darauf gefasst war, erschrak Doris, als er ihre Auswertungen vom schimmernden Mahagonitisch fegte.

»Sind Sie von allen guten Geistern verlassen?« Ströttner schrie, dass es dumpf von den Wänden widerhallte. »Rennt einfach zum Liegenschaftsamt! Das hat uns gerade noch gefehlt!«

Doris mimte die Naive und setzte einen treuherzigen Blick auf. »Aber was war denn daran nicht korrekt?«

Ströttner sah für einen Moment in ihr Gesicht, als wisse er um das falsche Spiel, das sie mit ihm trieb. »Ebenso gut hätten Sie der Presse sagen können, was hier los ist! Morgen pfeifen es die Spatzen von den Dächern, dass der StuMAG das Material ausgeht! Es wird keine drei Tage dauern, bis das Ministerium wieder mit unangenehmen Fragen daherschleicht.« Ströttner stemmte die Arme in die Hüften und wandte sich von seiner Laborleiterin ab. Seine Augen glitten durch das verstaubte Fenster hinaus auf den Westhang und blieben nachdenklich darauf haften. »Merken Sie sich ein für alle Mal, was ich

Ihnen jetzt sage!« Er drehte sich um und schritt drohend auf Doris zu. »In allen Angelegenheiten, die mit der Öffentlichkeit oder den Behörden zu tun haben, können Sie meinetwegen Hunderte von Vorschlägen einbringen. Aber welcher davon dem Betrieb zuträglich ist und nach außen hin vertreten wird, entscheide allein ich!« Er verschränkte arrogant die Arme vor der Brust. »Untertagebau! Wir schürfen hier nicht nach Kohle! Was das kosten würde!«

»Im Prinzip nichts«, fiel ihm Doris kleinlaut ins Wort.

Sofort fuhr er wütend herum. »Wie um alles in der Welt können Sie sich zu dieser Aussage erdreisten? Sie haben nicht die leiseste Ahnung von Produktionszahlen, Löhnen und Maschinenstunden!«

Doris ließ sich nicht beirren, legte den Finger vollends in Ströttners Wunden. Eine mit Tusche gezeichnete maßstäbliche Skizze glitt auf den Tisch. »Wir haben eine Menge Schalungselemente vom Tunnelbau, die seit Jahrzehnten nicht genutzt werden. Die Bewährung für den unterirdischen Abbau könnte aus dem ersten Zement entstehen, der aus diesem Material gewonnen wurde. Eine bessere Veranschaulichung der Güte unseres Materials kann es für das Ministerium nicht geben!« Doris sah mit Genugtuung, wie Ströttner mit den Kiefern auf unverdaulichem Gedankengut herummahlte. Sein Blick war leer, ruhte eine Weile auf dem großen Luftbild an der Wand.

War die Lösung der Rohstofffrage zugleich der Untergang? War dies die finale Stunde; das Schach matt?, fragte er sich ahnungsvoll im Geist. Trotzig bestand er auf eine Revanche in dieser aussichtslosen Partie. Einer Partie, die 35 Jahre lang gedauert hatte; die ihm keine Zeit für Wiederholungen zugestand.

Doris' Stimme drang entfernt wieder an sein Ohr: »Die Arbeiter könnten mit den großen Maschinen auch untertage arbeiten. Selbst die Förderbandstraße könnten wir bis auf 150 Meter mobil in den Berg …«

Es herrschte augenblicklich Ruhe im Chefzimmer. Ströttner hatte mit der flachen Hand auf den Schreibtisch geschlagen. »Genug! Nichts mehr von diesem inkompetenten Gefasel!«, ging es wie ein Gewitterdonner durch das Zimmer. »Der Westen«, presste Ströttner zwischen seinen schmalen Lippen hervor, »steht nicht zur Debatte!«

»Aber warum?«

»Weil ich es nicht will!« Er jagte seiner Laborleiterin einen stechenden Blick entgegen. »Und mein Wille ist hier Gesetz!«

Doris schwieg einen Moment, lachte triumphierend in sich hinein. Sie gefiel sich in der Rolle der Firmenretterin, noch bevor sie ihr Wissen lapidar ausgesprochen hatte. »Gut. Dann machen wir dasselbe eben im Süden.«

Es dauerte, bis Ströttner begriff. Dann flog sein Kopf zu Doris herum. »Was sagten Sie da eben?«

Doris ließ sich Zeit. »Nun, wenn der beste Stein nicht zur Verfügung steht, müssen wir uns eben mit dem Zweitbesten zufriedengeben.« Sie hob die Übersichten und den Plan vom Boden auf und kreiste mit dem Bleistift ein Gebiet im südlichen Areal ein.

»Reden Sie! Verdammt!«, forderte Ströttner.

Doris schüttelte nur zweifelnd den Kopf. »Die Qualität im südlichen Bereich kommt nicht an die westliche Schicht heran. Zudem nimmt sie sich wahrscheinlich deutlich schwächer aus. Der Abbau wird sich aufwendiger gestalten, da das Vorkommen 20 Meter unter dem jetzigen Abbauniveau liegt.«

Ströttner winkte altklug ab. »Was sind schon 20 Meter. Und das Verhältnis zwischen Mergel und Weißkalk?«

»29 zu 65. Der Kern wies allerdings mehrfach Lehmsedimente und kleine Hohlräume auf.«

Ströttner notierte etwas auf seiner Schreibunterlage. »Und die restlichen sechs Prozent?«

»Kristalline Einlagerungen, ein wenig Eisen- und Aluminiumoxid«, entgegnete Doris knapp.

Ströttner erfasste ein hektischer Rausch. Er würdigte Doris keines Blickes mehr. Sein Zeigefinger riss die Wählscheibe am Telefon zweimal nach unten. Endlose Sekunden vergingen, in denen er ungeduldig mit den Fingerkuppen auf die Tischplatte trommelte.

»Pompe? Ströttner hier. Bis wann können die Tunnelschalungen eingesetzt werden?« Es dauerte nicht lange, bis er seine gekräuselten Brauen zufrieden entspannte.

»Eine Woche? Nehmen Sie sich zwei Lehrlinge und Embacher. Die Dinger sind in zwei Tagen einsatzfähig. Verstanden!« Ströttner ließ ihn nicht erst aufbegehren, donnerte rigoros hinterher: »Unmöglich gibt es nicht! Dann wird eben eine Dreifachschicht gefahren. Es gibt für jeden von euch auch die entsprechende Zulage; steuerfrei! Ich erwarte bis spätestens Donnerstag früh, zehn Uhr, die ersten 20 Elemente! Und kommen Sie in 15 Minuten an die Rampe im Süden!« Er warf den Hörer auf die Gabel und wählte die Nummer des Ingenieurbüros.

»Ströttner hier. In 15 Minuten an der Rampe zum Südbruch. Bringen Sie vier Dosen rote Neonsprühfarbe mit!«

Ströttner schloss für einen Moment die Augen und atmete zum ersten Mal an diesem Tag tief durch. Als er langsam und nachdenklich hinter Doris vorüber schritt, legte er seine Hand auf ihre Schulter. Doris zuckte zusammen. »Warum denn nicht gleich so?«

Sie beobachtete ihn abwartend, als er weiter um den Tisch herumstolzierte. Es schien, als habe er die Anspannung ein Stück weit zurückgedrängt. Weit weg, in die dunklen Winkel des Berges, wo sie ihren Ursprung hatte.

»Sie kommen mit an die Rampe! Ich möchte, dass Sie den Arbeitern und Ingenieuren an Ort und Stelle verdeutlichen, was uns bevorsteht.«

Doris nickte nur, sammelte ihre restlichen Aufzeichnungen vom Boden auf und ging zur Tür.

»Fräulein Ehrnsteiner?«

Doris hielt inne, wandte sich ahnend um.

»Was machte Sie anfangs so sicher, dass wir überhaupt im Westen hätten abbauen können? Das vorgeschlagene Gebiet liegt außerhalb der Steinbruchgrenze.«

Doris erstarrte. Sie brauchte keinen Spiegel, um zu wissen, dass ihr die Farbe haltlos aus dem Gesicht wich. Ihr Blick glitt nervös durch das Zimmer und blieb schließlich auf dem eingerahmten Bild von Jakob hängen. »Ihr Sohn«, brach es unpassend laut aus ihr hervor. »Ich meine, der Herr Bürgermeister. Er hatte bei der Sitzung das Grundstück im Wald erwähnt.«

Ströttner bewegte den Kopf nachdenklich auf und ab, schien mit der Antwort unzufrieden. »Was machen Sie eigentlich in Ihrer Freizeit?«

Doris kroch eine Gänsehaut über den Rücken. Ungelenk verlagerte sie die Unterlagen aus der rechten Armbeuge in die linke und deutete mit dem Kopf auf das Papier. »Viel Freizeit verbleibt mir nicht. Die Arbeit und meine Diplomarbeit füllen mich ziemlich aus. Aber normalerweise halten sich Geologen gerne in der Natur auf.«

Ströttners angestrengt kritischer Blick fiel kurz zum Bild seines Sohnes, um sich danach langsam zu entspannen. »Daher kennen Sie meinen Sohn?«

»Gewissermaßen, ja«, log Doris und ergriff die Türklinke. »Ich bitte um Verständnis, die Besprechung bedarf einer gewissen Vorbereitung.«

Ströttner hielt sie mit seinen Blicken zurück und stellte nüchtern fest: »Sie stammen nicht aus Blaubeuren.«

»Nein«.

Ströttner nickte, als habe er genug von der einseitig motivierten Unterhaltung. »Ich hole Sie in zehn Minuten ab.«

Als Doris die Tür zum Flur hinter sich geschlossen hatte, lehnte sie sich für ein paar Sekunden an die kühle Gangwand. Sie konnte sich dem Vergleich ihres Unterbewusstseins nicht erwehren, in dem sie sich als das potenzielle Opfer einer hungrigen Spinne sah. Noch saß sie in Sicherheit am Rande ihres klebrigen Netzes und blickte dem Unheil für Sekunden in seine nachtschwarzen Augen. Den Augen, die ihr nicht verraten hatten, wie weit sie durchschaut worden war.

Doris glaubte die haltenden Trossen von Ströttners überaus tragfähigem Konstrukt zu kennen. Alle, bis auf diese eine, deren Anker im vergangenheitsträchtigen Nebel ihrer eigenen Familie lag. Dass Ströttner nicht allein fallen würde, war ihr längst klar. Er würde viele mit sich reißen. Doris haderte mit sich, als sie an Jakob dachte. Unverhohlen sickerte es in ihren Verstand: Der Drang nach Aufklärung verlangte ein teures Unterpfand; ein schmerzliches Opfer. Dabei hätte das eine mit dem anderen nicht das Geringste zu tun haben dürfen. Aber es gab ihn, diesen Zufall; diese familiäre Verbindung zwischen Täter und spätem Opfer. Sie machte sich nichts vor. Jakob könnte die selbstgefällige Richterin über die Familie Ströttner nicht lieben. Er könnte nicht einmal einen Anflug von Sympathie für sie empfinden. Vielmehr müsste er sie hassen; berechtigt und überzeugt.

Doris spürte, wie ihr der teure, feinperlige Sekt in den Kopf gestiegen war. Ströttner hingegen schien der Alkohol nicht das Geringste auszumachen, obwohl er die Flasche mit dem orangeroten Etikett und der französischen Schrift nahezu allein ausgetrunken hatte. Es ging gegen vier, als Ströttner plötzlich ruckartig aufstand und die übliche Strenge demonstrierte.

»Wir haben noch viel zu erledigen, Ehrnsteinerin. Bis morgen möchte ich die Detailanalysen und den prognostizierten Abbauplan auf dem Tisch liegen haben. Volumen, Zeitfaktor, Ausbruchmenge pro Tag, et cetera, et cetera.« Er wandte sich ab und vertiefte sich in seine schwarze Unterschriftenmappe, ohne Doris weitere Beachtung zu schenken.

Als Doris an diesem Abend unter dem Portal des Bruches hindurchfuhr, war die Nacht von den Scheinwerfern der Spätschicht erhellt. Eine diffuse, karamellfarbene Lichtglocke aus Staub und gebrochener Helligkeit stand über dem umgebenden Wald, der sein kahles Geäst in den finsteren Himmel reckte. Doris wusste nicht recht, ob sie das Szenario schön oder unheimlich empfinden sollte. Ihr erschien der Bruch wie eine autarke, vor Kraft und Arbeitswut strotzende Industrieoase. Bei Tageslicht ein wahrhaft unschöner Anblick, ein Schandfleck. Als habe ein riesiges Ungetüm aus purer Lust an der Zerstörung dem sanften Bergrücken das Rückgrat entrissen.

Auf der Heimfahrt war Doris noch immer tief in Gedanken. Sie versuchte zwanghaft, Dinge zu ergründen, die ihre Geheimnisse ohne weitere Nachforschungen nicht preisgeben würden. Ihr Blick fiel auf ihre bunte Jutetasche, aus der ein gefaltetes, gelbliches Kopierpapier hervorragte.

Kurz nach der Besprechung war sie in den Cheftrakt gegangen, um mit Ströttner noch ein paar Details abzuklären. Die Zimmertür stand auf, unverschlossen. Im lindgrünen Plastikfach für die Sekretärin lag eine der dicken, schwarzen Unterschriftenmappen. Offen; zu einladend, um nicht darin zu lesen. Doris hatte sich selbst die erlogene Rechtfertigung gegeben, nur nach Unterlagen für die Diplomarbeit gesucht zu haben. Die Tatsache aber, das Licht gelöscht zu lassen und das vorgefundene Schriftstück im Nebenzimmer zu kopieren, degradierte ihre Ausrede zur billigen Selbstlüge. Und dennoch hielt sie ein weiteres Puzzleteil in Händen, das unter den ungeordneten Bruchstücken allmählich ein verschwommenes Bild entstehen ließ. Doris zwang sich ohne Zutun ein kriminalistisches Streben auf. Sie sammelte Beweise; akribisch, illegal und ohne Rücksicht auf die Folgen. Doris wähnte sich sicher.

28

Als Doris mit müden Schritten die Stiege ins Wohnzimmer hinaufging, hörte sie entfernt, wie die TV-Lautsprecher die einfallslose Titelmelodie der Tagesschau daherleierten.

»Essen steht im Ofen! Ich sehe fern!«, kam es bemüht aus dem Wohnzimmer.

Doris erwiderte nichts. Sie wusste, dass ihr Vater während des Fernsehens ohnehin nicht viel verinnerlicht hätte. In sich hineingrinsend schöpfte sie sich zwei Löffel Kartoffelbrei, gekochte Karotten und eine Scheibe Hackbraten auf den Teller. »Kochen können Sie zumindest, Frau Schneider«, ließ sie mit einem pikierten Unterton fallen, bevor sie sich an den Küchentisch setzte. Doris ließ ihre Seele baumeln, dachte an nichts. Gehasste Schlagworte, wie Wackersdorf und Pershingraketen, drangen nicht bis zu ihr vor. Nicht heute.

Nach einer Stunde drückte Hannes Ehrnsteiner den rot umrandeten Knopf auf der Fernbedienung seines neuen Telefunken-Fernsehers, verschränkte die Arme vor dem Bauch und lächelte Doris forschend an. Er sah, wie sie mit dem Schlaf kämpfte und dennoch neben ihm ausgeharrt hatte. »Was ist so wichtig, dass du mit mir den Tatort bis zum Ende ansiehst?«

Doris erwachte schlagartig aus ihrem Halbschlaf. Sie rang eine Weile mit sich. »Würdest du mit mir morgen Abend einen Spaziergang machen?«

Hannes zog die gesunde Partie seiner Brauen nach oben. »Wohin?«

»Nach Blaubeuren.«

Skepsis kräuselte sich einseitig auf Hannes Stirn. »Wohin genau?«

»An die Hangseite, an welcher unser Grundstück liegt.«

Hannes hob abgeklärt den Kopf an. »Gibt es einen bestimmten Grund dafür?«

Doris wusste, dass ihr Versuch, ihm die flaue Wahrheit mit Lügen schmackhaft zu machen, keinen Erfolg haben konnte. Sie versuchte es mit der Wahrheit. »Fritz und ich haben uns gefragt, wer in unserem Bekanntenkreis noch etwas über den alten Tunnel am Steinbruch wissen könnte. Der Erste, der mir einfiel, warst du.«

Hannes' gesunder Mundwinkel zuckte unbestimmbar. Er rettete sich in eine Gegenfrage: »Und was hat das mit Höhlenforschung zu tun?«

Doris senkte den Blick. »Nichts.«

Hannes überlegte zu lang, um mit sich einig zu sein. Schließlich nickte er verhalten. »Ich werde da sein. Aber nur unter einer Bedingung: Ab morgen möchte ich über alles, was sich in meinem Grundstück abspielt, umfassend informiert werden.« Es klang weniger nach einer väterlichen Bitte als nach einem ernstgemeinten Befehl.

Doris erwiderte seinen energischen Blick. »Wir werden dich morgen einweihen. Ich bitte dich nur, es uns gleichzutun.«

Hannes legte seine gesunde Hand versöhnlich an die Wange seiner Tochter und stand auf. »Wir treffen uns morgen um Punkt sechs im Grundstück. Und nun geh ins Bett. Du schläfst ja schon im Sitzen ein.«

Es war nach zehn, als Hannes das Licht im Flur löschen wollte. Doch er drückte den fluoreszierenden Kippschalter nicht durch. Sein Blick hatte ein Stück Papier erfasst, das aus Doris' Jutetasche ragte. Er hatte kurz gezögert, es aber dann doch herausgezogen. Für eine Sekunde schwebte der beißende Geruch von Kopieralkohol in der Luft.

Hannes kniff die Augen zusammen und überflog die handgeschriebenen Zeilen, bis sich seine Augen auf einer ganz bestimmten Stelle festfraßen. Rein visuell war es nichts weiter als ein kryptisches Muster ohne Bedeutung. Hannes aber entzifferte die handschriftliche Krakelei sofort. Er kannte diesen Namen; wusste nur zu gut, dass der Mensch hinter den sorgsam ausgesuchten Buchstaben ein anderer war, als er seit Jahrzehnten vorgab zu sein. Ebenso wie bei Ströttner hatte Hannes seinen Werdegang akribisch verfolgt. Ein kaltes Schmunzeln flog über seine Mundpartie, als er im Geist daran dachte, dass keiner dieser Schergen auch nur ahnte, wie dünn das Eis unter ihren Füßen schon geworden war.

Hannes steckte den Zettel wieder in die Tasche zurück und mahnte sich in Gedanken: Ab jetzt musst du wach bleiben, Hannes. Hellwach.

Er tat in dieser Nacht kaum ein Auge zu. Seine Gedanken kreisten immer nur um die bohrende Frage, ob er Doris gänzlich einweihen sollte oder nur so weit, wie es die Situation erforderte. Im Morgengrauen hatte er sich gerädert aus seinem Bett gewunden und auf die kalte Fensterbank aus poliertem Kalkstein aufgestützt.

»Nein«, hauchte er gegen das Fenster, um sich im Stillen zu ergänzen: Noch weiß sie zu wenig.

Das Fenster konservierte seine Bedenken einen Moment lang in fliehendem Dunst. Dann wandte er sich vom werdenden Tag ab. Seine Entscheidung wog schwer, aber sie war gefallen.

29

Hannes wusste, dass er viel zu früh aufgebrochen war. Ein unbestimmbares Gefühl hatte ihn wie ein Magnet hinaus ins Tal, zu seinen tauben Wurzeln gezogen. Er war nicht versucht, es zu ergründen. Hannes akzeptierte es. Ebenso wie die leichte Gänsehaut, die ihm über den Rücken lief, als er den schwerfälligen Tautropfen hinterherblickte, wie sie die Finsternis der Höhle verschlang. Lautlos, als hätte es sie nie gegeben. Für einen Moment verharrte er über dem gähnenden Schacht und dachte an den Spalt, der einst ein gutes Stück weiter im Wald existierte. Jenen Schlund, den kaum jemand gekannt hatte, der längst vergessen war. Zubetoniert – aus der Geschichte radiert.

»Es sieht fast genauso aus, wie …«, sagte er zu sich selbst und vervollständigte den Satz stumm im Kopf. Hannes wähnte sich allein und wärmte sich an den guten Erinnerungen. Wie lange war das her, als er hier das erste und einzige Mal mit seiner Ute gelegen hatte. Ganz zu Beginn, voller Leidenschaft und auf verschämt verliebter Flucht vor den Augen der Eltern. Er hatte es ihr nie gesagt, dass er Jahre später das Grundstück mit den Felsen geerbt hatte, unter denen sie sich vorsichtig geliebt hatten. Damals, in einem anderen Leben.

Hannes schreckte auf. Schritte näherten sich.

»Was sieht fast genauso aus?«

Hannes fuhr ungelenk herum; entspannte sich nur langsam.

Fritz Cruner hatte Hannes' Selbstgespräch als Offerte zum Dialog aufgegriffen und reichte ihm lächelnd die

Hand. Er erwartete keine Antwort und stellte auch keinen Zusammenhang zum Ziel des Treffens her. Hannes schwieg, nickte nur, während Cruner verlegen auf seine Armbanduhr sah.

»Ich weiß. Es ist viel zu früh. Ich störe doch nicht?«

Hannes sah Cruner berechnend von der Seite an. »Dasselbe könnte ich Sie fragen, nicht wahr? Wahrscheinlich hatten wir Ähnliches im Sinn.«

»Wahrscheinlich hatten wir das.«

Hannes stemmte die Hände in die Manteltaschen. »Sie wollen also die alte Trasse abschreiten.«

»Ja. Vielleicht bringt uns Ihre Erinnerung an diese Zeit ein wenig …«

»Das kommt ganz darauf an, wie viel ihr bereit seid, gedanklich zu gehen«, unterbrach ihn Hannes ohne Bosheit in der Stimme.

Cruner war kurz irritiert. Er verschränkte die Arme vor der Brust und stierte vor sich auf den Boden. »Nun. Offen gestanden, wir wissen selbst noch nicht, wo diese Geschichte hinführt und welche Rolle wir in ihr spielen werden.«

»Tatsächlich!« Es klang verständnislos, wie Hannes seinen Atem durch die Nase stieß. »Vielleicht wollt ihr es gar nicht wissen, weil die bohrende Neugier stärker als die Vernunft ist?«

»Was wollen Sie damit sagen?«

Hannes lächelte Cruner überlegen an. »Kommen Sie, Cruner. Sie gehören nicht zu jener Sorte Mensch, für die Selbstlüge ein Mittel zum Zweck darstellt, nur um die Situation zu beschönigen. Ich bin mir sicher, dass Sie das aufgeregte Summen deutlich hören, seit sie in dieses Wespennest gestochen haben. Und den giftigen Schimmel der Vergangenheit bekommen Sie seit ein paar Wochen auch nicht mehr aus der Nase.« Hannes wich etwas zurück. »Oder täusche ich mich in Ihnen?«

Cruner mied seinen ärgerlichen Blick. Hannes ging indessen ein paar Schritte und deutete Cruner an, ihm zu folgen.

»Hier«, er deutete anklagend auf das Schachtloch, »geht es längst nicht mehr um reine Speläologie oder Forschung. Es geht um weit mehr. Sie sind momentan nur noch nicht in der Lage, das Ausmaß dessen zu erfassen, was Sie und vor allem Doris im Begriff sind auszulösen.«

»Und warum sagen Sie uns nicht einfach, was uns da unten scheinbar auflauert?« Cruner sah es am Zucken in seinen Augen, dass er dazu nicht bereit war.

Hannes schwieg eine Weile, bevor er sich zu einer unverbindlichen Antwort überwand. »Es hat alles seinen Grund. Fertig.«

Cruner gab nicht auf; versuchte es auf die emotionale Art: »Und Doris? Sollte es nicht wenigstens sie wissen?«

Hannes wurde unruhig, klammerte sich an seinen Gehstock. »Ich hätte nicht gedacht, dass sie das Studium so rasch abschließt. Unter normalen Umständen wäre sie gar nicht dazu gekommen, hier diese Höhle …«

Das untere Tor hatte laut gequietscht. Eile fand in Hannes' Stimme. »Sie ist alles, was ich habe, Cruner. Reden Sie ihr um Himmels willen das mit Ströttner aus. Er, und das was ihn umgibt, ist mein Problem, das nur ich allein lösen kann. Und das werde ich, so wahr ich hier vor Ihnen stehe. Vertrauen Sie mir.« Hannes sah Cruner flehend ins Gesicht, bis seine Augen verdeutlichend zum Schachteinstieg glitten. »Dafür aber brauche ich Ihre Unterstützung, Cruner! Und nur Ihre. Doris darf da unter keinen Umständen mit hineingezogen werden.«

Cruners Gesichtszüge schienen gemeißelt. Ein ganz bestimmter Verdacht stieg in ihm auf. Er murmelte mehr zu sich selbst, als er es Hannes vorhielt: »Der anonyme Brief mit dem Hinweis auf die erste Grabungsstelle«, er sah Hannes forschend an, »das waren Sie?«

Hannes sah kurz zu Doris hinab, die bis auf wenige Meter zu ihnen heraufgestiegen war. Dann blickte er nur durchdringend in Cruners fassungsloses Gesicht. So lange, bis er wusste, dass er ihn verstanden hatte.

Der wolkenlose Himmel nahm bereits die kalte, stahlblaue Färbung des Abends an, als sich drei Personen langsam durch das Dickicht kämpften. An einem Platz, an dem sich die Trasse auf die doppelte Breite erweiterte, blieb Hannes stehen, um sich zu erholen. Er legte seine gesunde Hand auf die schmerzende Hüfte und rieb ein wenig, bevor er sich nachdenklich ans Kinn faste. Seine Augen tasteten die Gegebenheiten ab, als suchten sie im Gelände nach seiner Erinnerung. Schließlich hob er zaghaft den Zeigefinger.

»Hier teilte sich die Strecke. Deshalb ist die Trasse an dieser Stelle breiter. Der ansteigende Ast führte hinauf zum Tunnel und dann in den Bruch.« Hannes schüttelte den Kopf, versuchte sich zu erinnern. »Und gerade aus muss es ein Ausweichgleis für entgegenkommende Züge gegeben haben.«

»Sicher?«, hakte Cruner nach.

Hannes zuckte unschlüssig mit den Schultern. »Nein. Zwischen '43 und '45 war ich nicht oft zu Hause. Man hatte mich auf die Napola geschickt.« Er hatte die Stimme gesenkt, als schämte er sich für seinen letzten Satz.

Doris hatte sich längst ins Unterholz geschlagen und den Boden untersucht. Sie schob mit ihren festen Bergstiefeln das wuchernde Gras vom Untergrund, wälzte ein paar Felsbrocken beiseite und pfiff schließlich durch die Zähne. »Der Hang weist zwar keine Trassenkerbe auf, aber hier liegen noch die Schienen unter der Erde. Da sie auf der Hauptstrecke abmontiert worden sind, muss das Gelände lange vor dem Abbau des Gleiskörpers angeglichen worden sein. Aber weshalb?«

Hannes wies unpräzise in den dämmrigen Wald. »Die Gleise können höchstens bis zum nächsten Taleinschnitt verlaufen sein. Ansonsten müsste es dort eine zweite Brücke geben. Also ein blindes Trassenstück; ein Abstellgleis ohne Bedeutung.«

Cruner wandte sich an Hannes, als sie die leicht ansteigende Trasse entlangschlenderten. »Haben Sie je gesehen, was dort transportiert wurde?«

Hannes sah Cruner verwundert an. »Kalk, was denn sonst?«

»Natürlich. Ich meinte eher, ob Sie auch tatsächlich beobachtet haben, was im Bruch verladen wurde.«

»Sie glauben, die Bahn diente anderen Zwecken?«

Cruner erwiderte Hannes' zweifelnden Blick mit einem Brauenzucken. »Ich ziehe einfach alles in Betracht.«

Hannes schüttelte ungläubig den Kopf. »Die Wagons waren immer weiß eingestaubt.«

»Eingestaubt; oder angemalt?«, parierte Cruner vorlaut.

»So ein Unsinn. Was außer Zement hätte die StuMAG denn dort oben produzieren können? Dass damals im Talbahnhof Kalk verladen wurde, ist hinlänglich bekannt wie dokumentiert.«

Cruner bohrte nicht weiter, schritt stumm neben ihm her. Er spürte, dass etwas in ihm arbeitete.

Hannes' Frage klang nüchtern, ohne eine Spur von Befürchtung oder Ahnung. »Was wisst ihr überhaupt von Ströttner und seinem Bruch?«

Doris blieb mit einem Male stehen und warf Cruner einen rückversichernden Blick zu. »Ich habe mit einer Kernbohrung einen alten Bombensplitter aus dem westlichen Bruch ans Tageslicht befördert. Und ich frage mich, wie er rund 50 Meter durch gewachsenes Gestein in eine Lehmschicht gelangen konnte, die von nirgendwoher zugänglich ist.«

Hannes ging unbeeindruckt weiter; schwieg Desinteresse in die Nacht. »Soso. Weiß Ströttner von deiner Forscherleidenschaft?«, fragte er, als Doris zu ihm aufgeschlossen hatte.

»Nein. Ich denke nicht.«

Hannes schien aufzuatmen, blieb aber frostig. »Was habt ihr sonst noch?«

»Es ist das Jahr«, begann Doris zögerlich. »Bei allen unserer Nachforschungen stießen wir auf ein und dasselbe Jahr. 1945. Kurz vor Kriegsende verschwanden beispielsweise alle historischen Flurkarten dieses Gebietes auf unerklärliche Weise. Durch Zufall entdeckten wir im Landeskatasteramt eine alte unbeachtete Kopie und lasen daraus, dass es oben im Ströttner'schen Grund neben dem Bruch einst eine Höhle gegeben haben muss.«

Hannes wäre beinahe gestolpert. Er spürte, wie ihm das Blut aus den Wagen wich; dankte der hereinbrechenden Nacht für ihr fahles Licht.

Doris nahm es nicht wahr. »Im Jahre '44 wird unter größtem Aufwand eine Bahn hier herauf gebaut, obwohl bereits eine Seilbahn ins Tal und eine Straße bestehen. Über den Bau und den Betrieb der Bahn existieren keinerlei Aufzeichnungen im Archiv der StuMAG. Und der Westteil des Steinbruchs ist seit ’45 unangetastet, obgleich er reich an gutem Mergel ist. Daneben gibt es einen Rekultivierungsbeschluss aus demselben Jahr. In diesem Berg muss es irgendetwas von außerordentlicher Brisanz geben. Etwas, das nach all den Jahren noch immer mit aller Macht verschwiegen werden muss.«

Hannes hatte angehalten; seufzte seine Last in die kalte Luft. Seine Züge waren grau und unbewegt.

Doris wusste sofort, dass er noch weit davon entfernt war, hier und jetzt seine Geschichte zu erzählen. Sie gab ihm Zeit.

Von hohen Bäumen verdeckt verlief der Viadukt in einem leichten Bogen über einen Taleinschnitt. Auf dem verrosteten Warnschild haftete gerade noch so viel gelbe Farbe, um die Konturen des Totenkopfes und des Schriftzuges *Betreten verboten* zu erahnen. Gegenüber lag die bemooste Mauer des Tunnelportals. Ein immergrüner Vorhang aus Efeu wchte vor der schwarzen Kontrollluke.

Hannes trat an den Brückenkopf heran und kratzte mit seinem Gehstock versonnen auf dem Beton herum. Cruner und Doris wechselten verständnislose Blicke.

»’45 ist so manches passiert, was man heute nicht mehr wahrhaben will«, begann Hannes, ohne die beiden anzusehen. »Überall im Land; nicht nur hier in Blaubeuren.« Hannes drehte sich um und sah den beiden nacheinander durchdringend in die Augen. »Mag sein, dass Ströttner Geheimnisse hat. Nur kann ich mit meinen spärlichen Erinnerungen an die wenigen Tage, die ich damals zu Hause war, eure Theorie nicht untermauern.« Hannes hatte seine Taschenlampe angeknipst und beleuchtete eine Inschrift auf dem schmutzigen Betonfleck vor seinen

Füßen. »1945, StuMAG«, las er laut vor. »Die StuMAG ist überall. Ströttner *ist* Blaubeuren – für tausend Jahre im eigenen Zement manifestiert. Und er hat noch immer enorme Macht.« Hannes ging ein paar Schritte zurück; sah Cruner scharf in die Augen. »Ihr tut nicht gut daran, alte Wunden aufzukratzen. Nehmt meinen Rat an und lasst die ungute Zeit ruhen. Zu eurem eigenen Schutz.« Damit schritt er zielstrebig bergab, als flüchte er vor dem gähnenden Tunnel auf der anderen Brückenseite.

Doris stürzte ihm aufgebracht hinterher. »Moment mal, Paps! Wir hatten eine Abmachung!«

Hannes hob nur abwehrend die Hand.

Doris gab nicht auf. »Du weißt, was geschehen ist! Und ich habe ein Recht zu erfahren, was dich seit Jahren quält!«

Hannes schien getroffen. Er drehte sich mit einem Ruck um und hielt Doris warnend seinen Stock entgegen. »Ja. Ich habe nie darüber gesprochen. Weder mit dir noch mit Ute noch mit sonst jemandem. Und das hatte seinen verdammten Grund! Wir hatten ein gutes, ruhiges Leben. Und das soll zumindest für dich auch so bleiben!«

Doris konnte nicht an sich halten. Bitternis schwang in ihrer Stimme: »Ich bin deine Tochter! Du hast es mir versprochen!«

Hannes sah Doris so eindringlich in die Augen, dass sie sich abwenden musste.

»Nichts habe ich versprochen. Gar nichts! Und selbst wenn ich reden würde; was würdest du dann tun? Zu Ströttner laufen und ihn um eine Grabungsgenehmigung in seinem Grund bitten?« Hannes zitterte vor Wut; faltete umständlich die Hände vor Doris Gesicht. »Herrgott, Riesle! Sei vernünftig und bleib auf deinem Weg! Du willst

Geologin werden! Siehst du denn nicht, in welche Gefahr du dich begibst? Lass Ströttner meine Sorge sein!«

Doris entfuhr ein vergiftetes Lachen. »Deine Sorge? Ströttner gesteht dir keinen Behindertenbonus zu, wenn's hart auf hart kommt!«

Cruner legte besänftigend seine Hand auf Doris' Schulter. »Das ist nicht fair. Du solltest den Willen deines Vaters respektieren. Im Konsens geht es hier für uns um die Höhlenforschung. Diese Höhle auf Ströttners Waldgrundstück wird uns für immer verwehrt bleiben. Und was die Vergangenheit im Bruch anbelangt …« Cruner brach mitten im Satz ab. Doris hatte Cruners Hand zornig abgestreift, um sich demonstrativ vor den zwei Männern aufzubauen. Der Lichtkegel ihrer Lampe zuckte unruhig auf dem Boden hin und her, während sie mit dem Finger anklagend auf Cruner und ihren Vater zeigte.

»Ihr habt euch vorhin abgesprochen! Ihr macht gemeinsame Sache! Aber so schnell gebe ich nicht auf. Niemand kann mir verbieten, die Wahrheit ans Licht zu bringen. Mit diesem Stück Metall hat es etwas auf sich, das nach der Strafprozessordnung noch lange nicht verjährt ist. Ich werde sie überführen! Alle! Mit oder ohne eure Hilfe!«

Hannes hielt Cruner sanft am Arm zurück, als er Doris hinterherlaufen wollte. »Lassen Sie es gut sein. In diesem Alter ist man manchmal blind vor Wut. Sie hat einen schrecklichen Dickkopf.«

Die beiden gingen bis zum Tor des Grundstücks nebeneinander her, ohne ein weiteres Wort zu wechseln. Erst als sie sich die Hände zum Abschied reichten, sah Cruner voller Bedenken zum Abhang zurück.

»Was verbirgt dieser Berg, Herr Ehrnsteiner?«

Das spärliche Licht des aufsteigenden Mondes beleuchtete Cruners Gesicht. Hannes glaubte darin lesen zu können, dass Cruner nicht darauf aus war, seine Antwort weiterzutragen. Dennoch hielt er sich bedeckt. »Es ist zu früh, Cruner. Ich werde es Sie wissen lassen, wenn die Zeit reif ist. Alles andere wäre für uns alle zu gefährlich. Vertrauen Sie mir; um Doris' willen.«

Cruner biss sich auf die Lippen und sah an Hannes vorbei auf die Silhouette der vom Wind bewegten Baumkronen. Er war mit seiner Antwort sichtlich unzufrieden. »Sie machen es mir nicht leicht, Herrn Ehrnsteiner. Einerseits unterstützen Sie uns bei der Forschung. Andererseits soll ich Ihnen helfen, Ihre Tochter vor den Folgen daraus zu schützen. Und das, ohne preiszugeben, was Sie eigentlich bedroht.« Er fixierte Hannes mit einem Blick voller Nachdenklichkeit. »Ich kann für Doris nur hoffen, dass Ihre Rolle in diesem Geschehen eine inaktive war.«

Hannes durchfuhr es wie ein Blitz. Er hatte die Möglichkeit, durch sein Verhalten missverstanden zu werden, nie in Erwägung gezogen. »Aber …«, stammelte er. »Was denken Sie von mir? Ich war gerade einmal 13 Jahre alt!«

Cruner schlenderte langsam den Abhang hinunter. Er hielt nur kurz inne, drehte sich aber nicht mehr zu Hannes um. »Eben, Ehrnsteiner. Sie wissen doch besser als ich, wer am Ende des tausendjährigen Reiches an den Fronten stand. Hörige, führerverliebte Kinder. Sie sagten selbst, Sie wären auf einer dieser Schulen gewesen.«

Hannes war unfähig, etwas zu erwidern. Er rang nur nach der kalten Luft, die ihm wie eiskalte Messerklingen in die Lungen stach. Cruner hörte, wie sich Ehrnsteiner im geneigten Gelände schwertat, ihm zu folgen.

»Ich für meinen Teil kann mir Sie nur schwer in einer

solchen Rolle vorstellen. Lassen Sie es nicht dazu kommen, dass irgendwann Doris auf diese Idee kommt. Sie wissen, dass sie kaum mehr aufzuhalten ist.« Er machte eine kurze, gehaltvolle Pause, während er sich zu Hannes umdrehte. »Weshalb dieser Umweg mit der ersten Grabung? Wieso haben Sie uns nicht gleich auf diese Stelle aufmerksam gemacht?«

Hannes hatte aufgeschlossen. Er atmete schwer; rang mit sich. »Ich bin ein Jäger, der sich sein Wild gut und überlegt zurechtlegen muss.« Es sah verbissen an sich hinab. »Im Grunde hat Doris recht. Mir ist nur eine Waffe verblieben; und das ist mein Verstand. Ich musste wissen, wie sensibel Ströttner reagiert; welche Stellen er kontaktiert. Ohne diesen geistigen Vorsprung wäre ich chancenlos gewesen.«

Cruner sah Hannes eine Weile stumm an. Er musste das Bild, das er sich im Geiste von Hannes Ehrnsteiner gezeichnet hatte, neu ordnen. Schließlich zog er mit der flachen Hand einen Schlussstrich in die Luft. Seine Stimme klang ernüchtert. »Also waren die I. G. Karst und Höhle, ich selbst, ja, sogar ihre eigene Tochter, lediglich das Mittel zum Zweck.«

Hannes versuchte, sich zu rechtfertigen: »Ich wollte vermeiden, dass Doris bei der Grabung mit dabei ist. Und es wäre mir auch gelungen, hätte sie mich nicht mit ihrem vorzeitigen Abschluss an der Uni überrascht. Und was Sie angeht: Haben Sie nicht etwa das, was Sie wollten? Ihre sensationelle Entdeckung? Das schmutzige Beiwerk dürfen Sie getrost mir überlassen. Es war bisher nicht zu Ihrem Schaden.«

Cruner fuhr sich mit der Hand über das Gesicht. »Sie hätten mit mir reden sollen – früher. Viel früher.«

Hannes blieb einen Moment lang stumm, bevor er wieder anhob. »Forschen Sie weiter, Cruner. Entdecken Sie diese Höhle, mit all ihren Geheimnissen.«

»Tödlichen Geheimnissen?« Cruner wartete vergeblich auf eine Antwort. »Ich muss verrückt sein, unter diesen Umständen überhaupt weiterzumachen.« Er zeigte mit dem Zeigefinger anklagend auf Hannes. »Handeln Sie, Ehrnsteiner. Und handeln Sie rasch, bevor es zu spät ist!« Dann schritt er zügig hinab ins Tal.

30

In Michel Rohnelts Stimme schwang Unverständnis.

»Ihr habt doch nicht etwa so ein Ding in der Höhle gefunden!«

»Quatsch!« Doris verdrehte genervt ihre müden Augen. »Ich habe per Zufall von der Beininger Bombenglocke gehört. Es interessiert mich eben.«

Michel legte den Bleistift beiseite und nahm den Hörer wieder in die Hand, den er zwischen Kopf und Schulter geklemmt hatte. Die nichtssagende Nummer stand krakelig auf dem kleinen Blöckchen, das immer neben seinem Telefon festgeklemmt war. »Ich kenne jemanden vom Sprengmittelbeseitigungsdienst. Es muss etwas über ein Jahr her sein, als ich einen kleinen Artikel über Kriegsaltlasten geschrieben habe. Vielleicht bin ich morgen schon schlauer. Wir sehen uns ja ohnehin bei der Grabung.«

Doris sicherte zu und legte den Hörer zurück auf die Gabel, als das gesamte Gebäude wieder einmal kurz erzitterte. Sie kannte das Krachen, das eine Sekunde danach durch den Bruch rollte. Die Arbeiten hatten begonnen, und von jeder gesprengten Kalotte wurde ihr eine Probe ins Labor zur Auswertung überstellt.

Doris hatte Ströttners Schritte erst bemerkt, als er schon fast neben ihr stand. Er schien aufgeregt zu sein. Seine Blicke wechselten hektisch zwischen dem stetigen Treiben am Stollenloch und den schematischen Aufzeichnungen auf Doris' Schreibtisch.

»Schon was Neues? Was macht die Zusammensetzung im Querschnitt?«

Doris tippte auf ein Blatt Papier, das obenauf lag und fuhr mit dem Zeigefinger in einer Tabelle nach unten.

»Wir sind unerwartet nahe an der Idealzusammensetzung.«

Ströttners Mundwinkel zuckten vor unterdrückter Freude. »Gut so. Wie weit sind wir jetzt im Berg?«

»Etwa 30 Meter. Wenn Sie es genau wissen wollen, rufe ich rasch in der Baracke an.«

Ströttner winkte ab und wedelte abwesend mit einem geknickten Papier vor der verstaubten Fensterscheibe herum.

Doris war neugierig geworden. »Ist das die Kalkulationsvorgabe?«

Ströttner wachte auf. »Das hier?« Er schlug den knisternden Bogen mit einer Hand auf. »Statistikkram. Die Beschäftigungszahlen der letzten 40 Jahre.« Er wusste, dass Doris nicht viel damit anfangen konnte und erklärte knapp: »Ich habe heute Morgen zehn Arbeiter eingestellt. Wenn die Produktion erst einmal wieder ausgelastet ist, werden wir mehr als 50 Leute mehr im Betrieb haben. Ein neuer Höchststand und natürlich auch ein erheblicher Kostenfaktor.« Er machte eine erklärende Handbewegung. »Das hat mit Geologie nicht viel zu tun, ich weiß. Aber Sie müssen wissen, dass ein gutes Bild nach außen ebenso wichtig ist wie ein sauberer Fels. In Zeiten der Krise wirkt die Kunde von Neueinstellungen in den Kreisen der Politik wahre Wunder. Zur richtigen Zeit publiziert, ebnet das so manchen steinigen Weg für Aufträge und Zuschüsse.«

Doris war nicht besonders über sich erstaunt, als ein ganz bestimmter Name durch ihren Geist flog. Ströttner ließ das DinA4-Blatt auf Doris' Tisch gleiten und schritt auf die Tür zu. »Behalten Sie es, damit Sie auch einmal etwas anderes sehen als nur Steine und Formeln.«

Erst als Doris ihn über den Platz vor den Öfen eilen sah, zog sie das Blatt zu sich. Eine unübersichtliche Tabelle gab Auskunft über Lohnkosten und Umsatzwerte. Sie wollte das unspektakuläre Schriftstück eben aus der Hand legen, als ihre Augen die letzte Zeile überflogen und darauf haften blieben.

»1944, in Klammern: Reichsmark«, flüsterte sie vor sich hin. Doris hatte sich in Mathematik noch nie Lorbeeren verdient, doch das von den übrigen Jahren abweichende Verhältnis zwischen Lohnkosten und Umsatz stach selbst ihr auf Anhieb in die Augen; trotz vergangener Währung und kursiver Druckweise.

Flugs hatte sie die Zahlen in ihre Rechenmaschine eingetippt.

»Wie um alles in der Welt kann jemand mit einem Viertel der Belegschaft den doppelten Umsatz der Folgejahre erzielen?«, fragte sie sich laut selbst. Sie erinnerte sich an das Gespräch mit Jakob, hörte ihn sagen: *Maschinen und*

Anlagen wurden nach Polen abtransportiert und entsprechend vergütet. Sie war weit davon entfernt, daran zu glauben, es habe sich dabei um lapidare Steinbruchmaschinen gehandelt.

Als Doris wieder durch das Fenster blickte und Ströttner in Baracke vier verschwinden sah, war sie sich auf eine seltsame Art sicher, dass dort unten ein Verbrecher unbehelligt seines Weges ging. Ihre Gedanken galoppierten ins Unreine. »Irgendwo da draußen liegt dein Geheimnis begraben, Max Ströttner. Und bei Gott: Ich werde es finden«, hauchte Doris rachsüchtig vor sich hin.

»Was werden Sie finden?«

Doris zuckte zusammen. Sie hatte Arnegger und Brüning nicht wahrgenommen, wie sie aus der Kaffeepause zurückgekommen waren.

»Weidlingers Idealschicht, was sonst!«, versuchte sie zu überzeugen.

Arnegger setzte sich an seine Arbeitsplatte und seufzte missgelaunt, als er die vielen neuen Proben erblickte. »Es war also doch nicht alles Mist, was Karl prognostiziert hat?«

Doris erwiderte nichts darauf. Sie legte Ströttners Übersicht unauffällig auf die Heizungsschlitze zwischen Arbeitsplatte und Fensterbank.

Plötzlich durchschnitt Brüning mit einem erstaunten Pfiff die Stille im Labor. »Ich habe es schon vor der Pause an der Färbung gesehen«, begann er verheißungsvoll. »Der durchgelaufene Säuretest ist eindeutig!« Er hob einen faustgroßen Steinbrocken vom Tisch und wog ihn wohlwollend in der Hand. »Feinster, Blaubeurer Mergel! Wir sind so weit, meine Herrschaften!«

Doris' Blick flog hektisch über ihre geologischen Karten und Schnitte. »Das Stück ist aus der fünften Kalotte!

Es ist viel zu früh.« Ein vorsichtiges Lächeln huschte über ihre Wangen. »Das ist gut! Sehr gut!« Doris deutete auffordernd auf Brüning. »Rufen Sie sofort in Baracke vier an und verlangen Sie den Chef!«

Brüning aber schüttelte überzeugt den Kopf. »Nein.«

»Was heißt hier, nein?« Doris stemmte die Arme in die Hüften, während sich Arnegger selbst Mut zuzunicken schien.

»Sie hatten recht mit dieser Schicht und den falschen Karten. Es gebührt Ihnen als Laborleiterin, den Alten zu informieren.«

Doris' Blick sank verschämt nach unten. Sie wusste, dass sich ihre Wangen fleckig verfärbten.

In Baracke vier, die unweit des Stollenloches lag, wurde der Hörer gelangweilt von einem der Ingenieure an Ströttner weitergegeben. »Ehrnsteiner vom Labor.«

Mit einem strafenden Blick riss Ströttner das uralte Telefon an sich. »Ich hoffe es ist wichtig!«, bellte er unwirsch in den Hörer. Nach einer Weile stand er wie gebannt auf und stützte sich mit einer Hand auf den klapprigen Holztisch.

»Und Sie sind sich absolut sicher? Ich bin sofort bei Ihnen.« Ströttner hängte auf und wandte sich stolz zu seinen Angestellten um. »Es ist so weit, meine Herren.« Seine Worte standen eine Weile nüchtern im muffigen Raum. »Fahrt sofort die Verschalung für die ersten 40 Meter auf! Der Stollen wird auf das Planmaß gebracht. Eingangsneigung vorne: maximal acht Grad. Das erste Förderband möchte ich spätestens morgen früh am Stollenkopf sehen. Die Zuleitung erfolgt direkt an den Hauptbrecher.«

Niemand sah, wie Ströttner innerlich aufatmete, wie er einer höheren Macht für diese Fügung dankte, bevor er aus der Baracke stürmte.

Im Flur des Bürotraktes traf er auf Doris, die ihm mit der ungeordneten Sammlung aus den ersten Untersuchungen entgegenlief.

»Wir arbeiten an den Detailanalysen. Bis in ein paar Stunden kann ich Ihnen einen vorläufigen Bericht vorlegen. Sollten wir bei den nächsten zwei Sprengungen weiter in dieser Schicht bleiben, ist es sicher, dass die Lagerstätte fast doppelt so hoch ist wie angenommen. Ich werde für Montag mit vier Tiefbohrungen im Wald über dem Gelände beginnen. Nur so können wir zuverlässige Prognosen erstellen.«

Ströttner schüttelte ablehnend den Kopf und bedeutete Doris, mit ihm in sein Büro zu kommen. »Sie machen das nicht erst am Montag, sondern sofort. Ich brauche Gewissheit! Nehmen Sie sich ein paar Leute und die Großlafette. Bohren Sie meinetwegen bis in den frühen Morgen hinein.«

Doris wand sich; dachte wehmütig an den veranschlagten Grabungstermin. »Ich glaube nicht, dass wir das so rasch zuwege bringen. Die Lafette ist überbreit und benötigt einen festen, ebenen Untergrund. Wir brauchen absolute Stabilität für diese Bohrtiefe.«

Ströttner belächelte sie nur. Er zog das Telefon zu sich und knarrte kalt vor sich hin: »Ich will nicht länger Ströttner heißen, wenn ich das nicht in drei Stunden bewerkstelligt habe.« Er deutete auf den großen Plan an der Wand. »Die Bohrungen sind doch gut platziert, wenn wir sie entlang des alten Forstweges niederbringen. Oder?«

Doris seufzte sich den Unmut von der Seele. »Gut. Ich werde noch heute damit beginnen. Aber gestehen sie mir bitte wenigstens etwas Nachtruhe zu. Sie wissen, wie lange ich während der letzten Tage gearbeitet habe.«

Ströttners Augen funkelten kalt. »Krisenzeiten erfordern hohen Einsatz. Sie wissen nicht, wie das im Krieg war. So etwas prägt, verstehen Sie?« Sein Blick sank widerwillig auf den Schreibtisch. »Aber Sie sind schließlich eine Frau. Liefern Sie mir ein vorläufiges Ergebnis über die erste Bohrung. Danach können Sie meinetwegen tun, was Sie wollen.«

Als Doris das Zimmer verließ, wählte Ströttner eine Nummer, die er auswendig kannte. Es dauerte keine drei Sekunden, bis eine strenge Stimme durch die Leitung drang.

»Polizei Blaubeuren, Krüb am …«

»Die K 468 wird in einer Stunde von der Bruchausfahrt bis hinauf zum Wald total gesperrt! Geht das klar?«

Am anderen Ende verdrehte Krüb angestrengt die Augen. »Grundlos werde ich gar nichts …«

»Hör zu! Ich fange jetzt keine großen Diskussionen mit dir an. Entweder ist die Straße bis zwölf dicht, oder es gibt einen Stau bis in die Innenstadt!«

Ströttner hatte aufgehängt, wählte die nächste Nummer.

»Pompe? Wir brauchen sofort 20 Mulden mit grobem Kalksplitt oben im Ulmer Feld. Füllt mir den Waldweg auf und verdichtet das Ganze auf vier Meter Breite.«

Kurze Zeit später stand Ströttner am großen Fenster seines Büros. Zufrieden beobachtete er die Hektik, die sein Anruf im Gelände verursacht hatte. Wie ein Ameisenhaufen schien der Bruch in allen Winkeln zu leben. In allen; bis auf den Westen.

31

Es war bereits die vierte Tasse Kaffee, die sich Doris eingoss. Schwarz, ohne Zucker und nur noch lauwarm. Die letzten Tage zollten ihren Tribut. Vergangene Nacht hatte sie kein Auge zugetan. Der Streit mit ihrem Vater hatte sie zu sehr belastetet. Doris konnte sich nicht erinnern, dass es einmal so zwischen ihnen gestanden hätte. Kaum ein Wort war am Frühstückstisch gefallen. Jeder vermied den Blickkontakt. So durfte es nicht weitergehen. Noch dazu, wo sie zu wissen glaubte, weshalb ihr Vater so reagiert hatte.

Sie nippte an ihrer Tasse und sah hinaus in den vom Dämmerlicht eingenommenen Bruch. Schräg unter ihr luden die Fahrer der Spätschicht die Bohrkerne der ersten Bohrung von den Fahrzeugen und trugen sie in die Halle.

Arnegger stand ein Stück von Doris entfernt am Fenster und verfolgte kopfschüttelnd das Geschehen. Er sah Unmengen Arbeit auf das Labor zukommen. Als Brüning mit ein paar Proben bepackt aus der Halle trat und besorgt zu ihnen nach oben sah, riss Arnegger das Fenster auf. Er deutete mit dem Finger auf seine Uhr. »He da! In zehn Minuten ist Feierabend!«, brüllte er ihm entgegen. »Bring nicht so viel Arbeit mit rauf!«

Doris grinste nur und stellte ihre Tasse auf dem Fenstersims ab.

Es war nur ein leichter, kurzer Hauch, als Arnegger das Fenster schloss, doch er reichte aus, um Ströttners Statistikübersicht vom Vormittag ein Stück weit zu den Lüftungsschlitzen hin anzuheben. Doris sah nur noch aus dem Augenwinkel, wie das Blatt Papier unerreichbar in den Spalt zwischen Außenmauer und Versuchstisch glitt. Sie blieb stumm, ließ sich nichts anmerken.

»Hier ein paar chronologische Proben aus Bohrung eins«, sagte Brüning, als er außer Atem ins Labor trat und vier transparente Plastiktüten auf den Tisch stellte. »Es scheint bereits ab minus 60 loszugehen! Die Bruchstücke sehen genauso aus wie unser Muster von der sechsten Kalotte. Das heißt, die Schicht steigt eindeutig nach Süden hin an. Und zwar ordentlich!«

Doris hatte nachdenklich die Brauen nach oben gezogen und begutachtete das noch feuchte, graubraune Material. »Für einen Übertagabbau reicht es nicht, aber die Qualität scheint zu passen.« Sie fasste sich abgespannt an die Stirn. »Schluss für heute, Kollegen. Ich werde noch einen Säuretest machen und dem Alten das Neueste berichten.« Sie grinste verhalten. »Dass er ruhig schlafen kann.«

Nachdem Brüning und Arnegger gegangen waren, atmete Doris erleichtert auf. Sofort machte Sie sich an der verblendeten Arbeitsplatte zu schaffen. Sie musste dieses Blatt mit den Produktionszahlen wiederhaben; als wäre es ihr mühsam errungenes Eigentum. Sie leuchtete mit der Schreibtischlampe hinab, angelte mit einem umgebogenen Draht danach. Doch es wollte ihr nicht gelingen, es auch nur zu ertasten.

Doris' Frust löste sich erst im langen, mit kühlem Neonlicht gefluteten Flur auf, den sie gemächlich entlang schritt. Sie dachte zum ersten Mal an diesem Tag an nichts Bestimmtes und blieb einen Moment lang vor den verstaubten Bildern an der Gangwand stehen. Die uralten Luftaufnahmen waren von vorn herein ihrer Chance beraubt, die nüchternen Flure des Bürotraktes zu schmücken. Sie passten wie jedes andere Detail in das Einheitsgrau des Betriebes. Und doch hielt Doris jedes einzelne eine Weile gefangen. Oberflächlich; ohne den Anspruch, darüber nachzudenken. Doch als ihr Blick auf das letzte Bild fiel, war sie mit einem Mal hellwach.

Allein von der Abbaugrenze des Bruches her wusste Doris, dass dieses Bild im Jahre 1944 oder 1945 entstanden sein musste. Sofort jagten ihre Augen nach Indizien; Gegebenheiten, die nicht mehr existierten. Ein unbestimmbares Gefühl sagte ihr, dass es sie gab. Irgendwo, gut zwischen den Schatten der grobkörnigen Entwickleremulsion. Da gab es keine Rekultivierung im Westen, keinen zweiten Brennofen, aber – Gleisanlagen, die zum Rand des Bruches führten. Es war mehr ein Schatten, ein dunkel schraffierter Fleck, in welchem die Gleise haarfein, kaum mehr erkennbar, endeten, als wäre dort etwas bewusst getarnt worden. Doris wusste allein von der Lage her, dass dies nur das ehemalige Tunnelportal sein konnte, durch das sie vor wenigen Wochen hindurchgeschlüpft war.

Seltsamerweise war auf dem Betriebsgelände keinerlei Aktivität zu beobachten, obwohl es, den Schatten nach zu urteilen, früher Nachmittag sein musste. Kein Mensch, keine Maschinen – selbst die Öfen dampften nicht. In der linken unteren Ecke waren die Initialen *K. W.* angebracht worden. Doris' Augen flogen darüber hinweg. Sie gestand sich keinerlei Hoffnung zu, den Fotografen ausfindig machen zu können. Aber was für eine triviale Situation hat der Fotograf hier auf Papier gebannt? Doris zuckte zusammen, als zwei Meter weiter Ströttners Tür wild aufgerissen wurde.

Er reagierte überrascht. Sein Blick wechselte zwischen Doris' Gesicht und der bebilderten Wand. »Das waren noch Zeiten. Damals vor dem Krieg!«, brach es spontan aus ihm hervor. Er verschränkte die Arme vor dem Bauch und hob neugierig das Kinn an. »Gute Neuigkeiten?«

Doris fragte sich nur kurz, ob es tatsächlich Zufall sein konnte, dass Ströttner immer im ungünstigsten Zeitpunkt erschien. Sie strich sich nervös eine Haarsträhne aus dem Gesicht. »Wir haben noch keine Detailanalyse. Aber dem ersten Anschein nach traf die erste Bohrung von oben schon bei 65 Metern auf die Mergelschicht.« Doris atmete gespielt auf. »Es sieht sehr gut aus, Herr Ströttner. Die Schicht scheint sehr mächtig zu sein.«

Ströttners Züge wurden für einen Moment von einer Freundlichkeit eingenommen, die ihm nicht stand. Er zwinkerte Doris mit einem Auge zu. »Sie haben die richtige Nase für dieses Geschäft. Wir haben guten Grund, optimistisch zu sein.« Er trat einen Schritt näher an das Bild heran. »Wenn Sie es für ihr Diplom brauchen, nehmen Sie es einfach mit.« Er hob den Zeigefinger, als erinnere er sich plötzlich an etwas. »Ich habe gerade mit dem Steinmetz telefoniert. Er hatte angefragt, wann das Material frei liegt.«

Doris runzelte irritiert die Stirn. »Steinmetz?«

Ströttner schmunzelte vor sich hin.

»Schön, dass Sie gelernt haben, Prioritäten zu setzen. Aber vergessen sollten wir das Mahnmal nicht.«

Doris fasste sich mit der Hand an die Stirn. »Ich war in der Tat gedanklich noch beim Mergel statt beim Marmor. Ich werde morgen gleich einen Trupp mit der Bergung der ersten Proben beauftragen.«

Ströttner schüttelte verneinend den Kopf. »Morgen werden Sie sich erholen. So wie alle anderen am Samstag auch.«

Doris nickte abwesend, wollte gehen. Ströttner aber hielt sie sanft an der Schulter fest. Doris überlief ein Schauer.

Erschrocken blickte sie zuerst auf seine fleischige Hand, dann auf das Bild, welches er ihr entgegenhielt.

»Nehmen Sie es.« Er tippte mit dem Zeigefinger auf eine Stelle links neben den Baracken. »Hier wurde der Marmor abgebaut. Ich bin schon sehr auf ihre Arbeit gespannt, Fräulein Ehrnsteiner.«

Als Doris ihren VW startete, floh ihr Blick hinauf zum Bürotrakt. In Ströttners Zimmer brannte noch Licht. Wild gestikulierend ging er vor seinem großen Fenster auf und ab. Er telefonierte; und Doris glaubte genau zu wissen, mit wem.

32

Mathes Krüb fuhr gelöst in den Feierabend. Er hatte das Radio in seinem Wagen laut gestellt und versuchte, das populäre Lied seines Lieblingsinterpreten mitzusingen. Die Hülle der nagelneuen Heino-Musikkassette lag demonstrativ auf dem Armaturenbrett. Matthes gefiel es, wie ihn der strohblonde Sänger mit dem roten Rollkragenpullover durch seine obligatorische dunkle, große Brille freudig angrinste, als wäre er ihm persönlich für den Kauf dankbar.

Schon in der ersten Kurve nach der Blaubrücke schepperte die Plastikhülle über die Frontablage und fiel hinunter in den Beifahrerfußraum. Krübs Stimme wurde leiser. Er verwechselte den Text, als er mehrfach versuchte, nach der Hülle zu fingern. Es missfiel ihm, wenn seine musikalische Prozession gestört wurde.

Er befand sich mit seinem Wagen schon zur Hälfte auf der Gegenfahrbahn, als er seinen Oberkörper unverrichteter Dinge wieder hinter das Lenkrad brachte. Der entgegenkommende Wagen hupte mit allem, was er hatte, als Krüb seinen silbernen 5er-BMW gerade noch in die Spur brachte.

»Ist ja gut, verdammt! Hätten wir eine breitere Umgehungsstraße …«

Krüb sah im starken Scheinwerferlicht die Einmündung der Sackgasse zu den Heidegärten auftauchen. Genervt riss er das Lenkrad herum und bog ein. Er stieß die Tür auf und schritt um sein Fahrzeug herum. Als er die Kassettenhülle in der Hand hatte und sich aufrichtete, zögerte er plötzlich. Hatte er eben Stimmen gehört? Er horchte eine Weile in die Nacht. Aber da war nichts, außer dem leisen Gluckern der Blau. Kopfschüttelnd ging er auf die Fahrerseite seines Wagens zurück. Als er sich gerade auf den bequemen Ledersitz fallen lassen wollte, erspähte er durch die Fichtenhecke einen schwachen Lichtschein am Hang.

»Also doch!« Er griff nach seiner Taschenlampe und schritt auf das Eingangstor des Gartens zu. Krüb war wieder im Dienst. Eben als er die verrostete Klinke des von Brombeerhecken überwucherten Tores niederdrücken wollte, hörte er hinter sich ein Auto in die schmale Straße einbiegen. Rasch flüchtete er sich in die Hecke.

Hannes war die Gestalt wie auch der teure BMW sofort aufgefallen, als er mit dem Abblendlicht die nächtliche Szenerie erhellte. Er konnte die Person aus der Entfernung nicht zuordnen, nahm an, es wäre ein weiteres Vereinsmitglied. Eine Minute später hinkte er vorbehaltslos auf die

Gestalt zu. Er hatte seine kleine Lampe angeknipst und beleuchtete den schmalen Wiesenweg zu seinem Grundstück.

»Guten Abend. Kann ich Ihnen helfen?« Krüb näherte sich selbstsicher.

»Vielleicht können Sie das.« Hannes' Bewegungen stockten abrupt. Ihm war diese Stimme bekannt, auch wenn es schon Jahre zurücklag.

»Sie wissen nicht zufällig, wem dieses Grundstück gehört?«

Hannes sah kurz in seinen Grund, wo entfernt die Lichter der Helmlampen in der Nacht tanzten. »Doch. Weiß ich.«

Krüb wartete vergeblich auf eine ergänzende Antwort. Er wurde patzig. »Und wem, wenn ich bitten darf?«

»Dürfte ich fragen, wer das wissen will?«

Krüb zog seine Polizeimarke aus seiner Manteltasche und hielt sie Hannes lax vors Gesicht. »Polizei Blaubeuren. Ich habe zufällig beobachtet, wie sich jemand in diesem Grundstück zu schaffen machte.« Er hob das Kinn besserwisserisch an. »Das ist Landfriedensbruch, sollte der Eigentümer nicht informiert und einverstanden sein.«

Auf Hannes' Stirn hatte sich Schweiß gebildet. Es war das erste Mal, dass er einem der drei wieder von Angesicht zu Angesicht gegenüberstand. Krüb hingegen ahnte nicht, mit wem er gerade sprach.

»Das Grundstück gehört mir. Ich habe heute gemeinsam mit meinen Freunden angefangen, den Hang zu säubern und wieder schön herzurichten. Wir feiern noch ein wenig dort oben unter der Laube.« Hannes grinste ziellos in den grellen Schein von Krübs Lampe. »Trotzdem danke, Herr Wachtmeister. Ich schätze aufmerksame Ordnungshüter sehr, besonders in dieser abgelegenen Gegend.«

Krüb schien förmlich zu wachsen. Es wirkte althergebracht, wie er die Handkante an die Stirn legte. »Stets zu Diensten. Die Polizei, dein Freund und Helfer. Feiern sie noch schön.« Er hob mahnend den Zeigefinger. »Aber denken Sie daran: Eine Alkoholfahrt endet oft im Krankenhaus!«

Hannes spielte den ergebenen Bürger. Er wusste, dass er hoch pokerte. »Sagen Sie; ich habe schon länger keinen mehr von diesen zwielichtigen Forschern auf der Heide gesehen. Hat dieser Unsinn mit der Höhlengrabung etwa ein Ende?«

Krüb wandte sich überheblich zu ihm zurück, während er die Tür seines Autos öffnete. »Das habe ich höchst persönlich erledigt. Sollten Sie diese lichtscheue Sippschaft je wieder sehen, informieren Sie mich unverzüglich. Dann wird aufgeräumt!«

Für einen Moment drang die tiefe Stimme Heinos in die Nacht. Dann zog Krüb die Tür zu. Hannes lachte berechnend in sich hinein, als Krüb am Ende des Weges vor einem dunklen VW-Bus und einem altersschwachen Polo wendete. Er war so mit sich selbst beschäftigt, dass ihm weder Kennzeichen noch Farbe der geparkten Wagen auffielen.

»Recht und Ordnung – durch gewissenhafte Polizeiarbeit garantiert. So muss es sein. Ein netter, unbescholtener Mann, dieser … dieser …« Krüb winkte ab und begann wieder schief zu singen: »… Schwarzbraun muss mein Mädel sein, ebenso wie ich …«

Als Doris die neu installierte Leiter herabstieg, hörte sie lediglich ein leises Flüstern im Versturz. Ein ungewohntes Aroma lag in der Luft, das in kleinen Wölkchen aus einem Loch am Höhlengrund aufstieg.

Michel Rohnelt saß auf einem großen Block im Schummerlicht seiner Karbidlampe, die den Raum in ein warmes, angenehmes Licht tauchte. Er keuchte, verwandelte seine schillernden Schweißtropfen in ein zähes Lehmgeschmier, indem er sich mit dem Handschuhrücken über die Stirn fuhr.

»Vanille?«, kam es argwöhnisch von Doris.

»Räucherstäbchen. Wegen dem Luftzug. Fritz und Woody sind gerade unten.«

Doris zog ihre Brauen nach oben. »Unten? Was heißt das?«

Michel wies mit dem Kopf auf einen engen Durchschlupf. »Da geht's rein und anscheinend auch weiter. In einer kleinen Kammer liegt loser Versturz, dem die beiden nicht recht trauen. Fritz wollte auf dich warten.«

Doris nickte anerkennend. »Da habt ihr heute ganz schön was geschafft! Meinst du, ich soll runter?«

Michel schüttelte den Kopf. »Die Kammer ist mit den zwei langen Kerls schon mehr als überfüllt.« Er beugte sich nach vorn und rief in den Schluf: »Kommt mal raus aus eurem Mauseloch! Doris ist da!«

Entfernt hörte man das Schleifen von feuchtem Stoff. Gummistiefel schmatzten im Lehm. Michel nutzte die Pause. »Mit dieser Glocke in Beiningen ...«

»Hast du was herausgefunden?«

Michel grinste überlegen. »Ich konnte die Nummer einer deutschen Luftmine zuordnen. Herstellungszeitraum sehr wahrscheinlich Ende '44, Anfang '45. Die Hülle wurde bei Krupp in Essen gedreht.«

Doris zuckte mit den Achseln. »So weit nichts Besonderes, oder?«

Michel relativierte, indem er die Brauen nach oben zog. »Das ist nicht alles. Experten vermuten, dass diese Seriennummer eine spezielle Produktionscharge bezeichnet. Irgendein Geheimprojekt gegen Ende des Krieges. In den entsprechenden Kreisen kursierten damals wie heute verschiedene Gerüchte. Die einen reden von der undefinierbaren Wunderwaffe, die es nie gab. Die anderen philosophieren über Versuchsreihen mit bislang unbekannten Kampfstoffen. Fakt ist, bei der Räumung von Munitionslagern in Süddeutschland fand man nach dem Einmarsch der Alliierten Unmengen von Granaten mit chemischen Kampfstoffen, die in der Ostsee hätten versenkt werden sollen. Durch die zerstörten Verkehrswege war ein Großteil entweder in den Depots verblieben oder wurden irgendwo verscharrt. Der Befehl erging damals von der obersten Führung. Leider ist von dessen Ausführung kaum etwas bekannt. Es bleibt fraglich, wie diese eine Bombe nach Beinigen kam.«

Doris gab Ratlosigkeit vor. Tatsächlich aber drängte sich ihr ein Zusammenhang mit den brennenden Augen während der ersten Untersuchung ihres Artefaktes auf. Konnte das Zufall gewesen sein? »Also doch Munition«, murmelte sie unvorsichtig vor sich hin, worauf Michel den Kopf zur Seite neigte.

»Hattest du Zweifel?«

Doris spielte die Zerstreute. »Nein. Was rede ich nur.«

Inzwischen kroch Fritz aus dem engen Loch am Boden. Für einen Moment sah er Doris forschend ins Gesicht. »Alles wieder im Lot daheim?«

Doris hob abwehrend die Hand und senkte den Blick. Fritz verstand und lenkte ab: »Das da unten musst du dir unbedingt ansehen! Noch ein paar Brocken und wir sind durch!«

Doris ließ sich gerne von seinen geflügelten Worten mittragen und sah erwartungsvoll auf. »Wie; durch?«

Woody, der sich soeben aus dem Durchschlupf stemmte, nahm Fritz die Antwort ab: »Na ja. Wir können etwa zehn Meter weit sehen. Danach ist es schwarz. Durch die höhere Außentemperatur zieht die Luft auswärts. Und wir haben ein Echo!«

Doris wich die Farbe aus dem Gesicht. Die Befürchtung, welche soeben über den Horizont ihrer Gedanken dämmerte, lenkte ihren Blick starr auf das Loch im Boden. Strömte hier etwas ungehindert aus, was sie vor wenigen Tagen in Unkenntnis seiner Existenz freigesetzt hatte? Weit entfernt, tief unter dem Berg?

Doris wich zurück; hielt ihre Atmung so flach es ging. Sie sah allen angestrengt in die Augen, suchte nach Rötungen. »Wie ist es mit der Luft?«, kam es leise über ihre Lippen. »Gab es irgendwelche Besonderheiten im Schluf?«

Fritz verstand sofort und suchte ihre Augen. »Die Co2-Werte sind in Ordnung«, erwiderte er nachdrücklich und legte unauffällig den Zeigefinger an die Lippen.

Doris atmete sich die Furcht von der Seele; spielte die Unerschrockene. »Gut! Und wie geht es jetzt weiter?«

»Wir müssen den Schluf sichern, bevor wir es wagen«, erklärte er nüchtern, während sich Woody den Kopf in den Nacken legte und der Hallendecke entgegenbrüllte.

»Außenposten!«

Ein Lichtpunkt schob sich über den Schachtmund.

»Wir brauchen die kurzen Baustützen und die dicken Bohlen!«

Das Licht wippte; malte ein Zeichen von Einverständnis in die Nacht. »Material kommt gleich! Aber da ist noch was!«

Fritz sah fragend nach oben. »Was denn?«

Der Außenposten beugte sich weiter in das deutlich erweiterte Durchstiegsloch. »Herr Ehrnsteiner ist da. Er sagt, er müsse Doris sprechen.«

Doris seufzte; suchte in Fritz' Gesicht nach stummer Bestätigung.

»Geh schon. Und reicht euch die Hände.«

Als Doris auf der letzten Sprosse des Zugangsschachtes angelangt war, hatte sie sich sorgsam zurechtgelegt, wie sie sich entschuldigen wollte. Doch in dem Moment, als Hannes' Hand aus der Dunkelheit auftauchte, um ihr über den Absatz zu helfen, zerstob ihr Konstrukt wieder in tausend Stücke. Sie tauschten einen scheuen Blick aus; wortlos, beiderseits beschämt. Sie schwiegen sich an; starrten auf denselben Fleck am Boden. Beide schickten winzige Gesten des Bedauerns in die Nacht, bis sie sich schließlich gegenseitig ins Wort fielen; wie einstudiert, zur selben Sekunde.

»Es tut mir leid«, kam es wie aus einem Mund, worauf beiden ein verhaltenes Lachen entfloh. Doris wischte sich eine Träne aus dem Augenwinkel und ließ sich gelöst an die Schulter ihres Vaters fallen. Hannes zögerte. Doris' Overall war feucht und lehmverschmiert. Trotzdem legte er schließlich seinen gesunden Arm um sie und drückte sie fest an sich.

»Ich habe Krüb am Tor abgefangen. Er hatte Licht gesehen. Ich gab vor, mit Freunden zu feiern. Er hat es wohl geschluckt. Ihr solltet euer Helmlicht nachts besser so klein wie möglich halten.«

Doris nickte. »Lieb von dir, Paps. Aber deswegen bist du nicht gekommen.« Es schwang Hoffnung in ihrer Stimme.

Hannes verneinte und hob zögerlich an: »Es war dumm von mir, du bist erwachsen und …« Er atmete beschwert aus. »Sieh, Riesle. Es ist Unrecht geschehen, damals, als der Krieg zu Ende ging.«

Doris nahm die Hände ihres Vaters in ihre. »Du wusstest all die Jahre um Ströttners Machenschaften im Krieg, nicht wahr?«

Hannes sah wieder auf den Boden. Er war kaum imstande zu sprechen. Doris bemerkte, wie er um eine klare Aussprache rang. So, wie es seither immer war, wenn er in Stress geriet. Sie streichelte seine gefühllose Hand und nahm ihm die Antwort ab.

»Es ist dein eigenes Wissen, vor dem du dich fürchtest. Du hast es damals beobachtet.«

Hannes dankte Doris stumm dafür, dass sie ihm aus der Seele sprach. Ihm war unmissverständlich klar geworden, was Doris wusste. In Hannes begann sich eine tiefe Anspannung zu lösen. Eine Fessel, die über die vielen Jahre hinweg schon zur erdrückenden Gewohnheit geworden war. Er kämpfte mit den Tränen. »Ich bin der einzige Zeuge, Riesle. Der einzige«, hauchte er tonlos.

Doris wartete. Ihr war klar, dass das erlösende Bekenntnis Zeit verdiente. »Und Ströttner? Weiß er, dass du …«

Hannes schüttelte verneinend den Kopf. »Er rechnet nicht damit. Und so will ich es.« Hannes' Gesicht nahm hasserfüllte Züge an. »Es wird ein böses Erwachen.«

Doris sah ihrem Vater ernst in die Augen. »Warum erst jetzt, Paps?«

Hannes sah zur Seite. »Du machst dir keine Vorstellung davon, welche Bürde auf mir lag. Ich hatte Frau und Kind, mein Auskommen; ein Leben, mit dem ich zufrieden sein konnte. Das durfte und wollte ich nicht in Gefahr bringen.« Er zögerte einen Moment lang. »Jetzt aber habe ich nicht mehr viel zu verlieren. Ich bin krank und allein. Du wirst in Kürze eigene Wege gehen, und Ute …« Er brach mitten im sentimentalen Satz ab und fasste Doris panisch an den Schultern. »Du musst mir versprechen, dass du dich von nun an da raushältst. Wer Ströttner zur Gefahr wird, der weiht sich dem Tod. Dieses Scheusal ist zu allem fähig!«

Doris nickte erschrocken. »Ich werde meine Diplomarbeit fertig schreiben, und dann kündigen. Nur …«

Hannes sah fragend in Doris' Gesicht. Sie war plötzlich traurig geworden.

»Nur was?«

»Es ist wegen Jakob Ströttner.« Sie sah, wie ein Zucken durch Hannes' Körper ging. »Wir sehen uns sehr gern. Ich möchte ihn nicht verlieren – nicht deswegen.«

Hannes wollte an der zurückgewonnenen Harmonie festhalten; suchte nach den richtigen Worten. »Er weiß gewiss nichts davon. Ströttner hat ihn immer aus dem Betrieb herausgehalten.« Hannes drückte Doris fest die Hand und atmete angestrengt aus. »Aber Blut ist dicker als Wasser.«

Doris wollte kaum ein Schmunzeln entfliehen, als sie in seinen Zügen etwas suchte. Etwas Vertrautes, Liebevolles. Aber da war nur Bitternis zwischen den kleinen Falten seiner Wangen. »Du kannst dir meine Indizien zunutze machen.«

Hannes verneinte stoisch. »Um die Sache zu Ende zu bringen, bedarf es nicht viel. Es ist alles vorbereitet.«

In Doris' Blick lag Sorge, als sie langsam rückwärts die Wiese hinaufging. Sie deutete mit dem Kopf zum Steinbruch hin. »Wo liegen die Beweise im Berg? Nur für den Fall, dass dir etwas zustößt.«

Hannes biss sich auf die Lippen und nickte, als wolle er sich etwas Unvermeidliches eingestehen. »Nahe des Westbruchs. Ihr werdet bald darauf stoßen.«

Doris legte den Kopf etwas zur Seite. »Begeben wir uns in Gefahr, wenn wir dorthin vordringen?«

Hannes seufzte. »Fasst nichts an, bevor es nicht von entsprechender Stelle dokumentiert ist«, erwiderte er leise. »Pass bitte auf dich auf.« Dann wandte er sich ab und humpelte hinter dem schwachen Lichtstrahl seiner kleinen Taschenlampe den Hang hinab. Er konnte nicht wissen, dass sie eben von verschiedenen Dingen gesprochen hatten.

Die Kammer am Ende des Schlufs war so niedrig, dass Doris beim Vorwärtsrobben immer wieder hart mit dem Helm an die Decke stieß. Sie hatte nach wie vor dieses flaue Gefühl in der Magengrube. Es rührte weniger vom Adrenalin als viel mehr von der Ahnung, mit ihrer Vermutung richtigzuliegen. Doris sah sich durch das Gespräch mit ihrem Vater endgültig bestätigt. Obwohl sie wusste, dass man hier, im vorderen Bereich keinesfalls schon auf etwas Unerwartetes stoßen konnte, nistete sich in ihrem Gehirn bereits jetzt eine ganz bestimmte Furcht ein. Eine unterschwellige Angst vor dem Augenblick, in welchem der Strahl ihrer Lampe etwas beleuchtete, das nicht in die Umgebung passte. Rostender, gefährlicher Unrat einer giftigen Zeit.

Fritz hatte gerade die Spindel der zweiten Stütze auf die richtige Länge gedreht und arretiert, als Doris bei ihm ankam.

»Und? Familie repariert?«

Doris entfloh wegen der Anstrengung nur ein knappes »Denke schon«.

Unter einem knirschenden Geräusch stemmte sie eine Holzbohle unter die Stempel. Feiner Grus rieselte aus einer Spalte an der Decke. Doris kroch eine Gänsehaut über den Rücken, als ihr geschultes Auge skeptisch darüber wanderte.

Fritz hatte das Werkzeug aus der Hand gelegt. »Es ist Gasmunition. Oder?«

Doris blickte ihm ertappt entgegen. »Wir müssen sehr vorsichtig sein, Fritz. Es könnte sein, dass ich einen Teil davon mit meiner ersten Bohrung freigesetzt habe.«

Fritz schüttelte überzeugt den Kopf. »Das hast du entweder nicht oder es existiert keine Verbindung zwischen den Höhlenteilen.« Doris gab sich damit nicht zufrieden. »Wie kannst du das so sicher behaupten?«

»Ich bin Chemielehrer, Doris. Nachdem du mir den Splitter gezeigt hast und wir im Beininger Glockenturm waren, habe ich sofort die ausströmende Luft untersucht. Noch bevor wir hier nach unten gegraben haben. Das war meine Pflicht als Vorsitzender und Grabungsleiter.« Er zog die Mundwinkel leicht nach oben. »Da ist nichts. Nicht einmal eine Spur von flüchtigem Gas. Die Luft ist toxikologisch lupenrein.« Doris schien endlich erleichtert, während Fritz wieder nach seinem Hammer griff und gequetscht anfügte: »Das sollte aber unter uns bleiben.«

Doris' Helm schlug ein weiteres Mal hart an der Decke an, als sie sich ein Stück nach vorn arbeitete, um den vor ihr liegenden Versturz zu begutachten. Diesmal fluchte sie. »Verdammt! Ist das niedrig hier!«

Das Profil der Kammer verengte sich zu einer schmalen Röhre. Am verstürzten Ende gab es nur noch zwei kleine, handbreite Öffnungen. Dahinter war es schwarz. Doris legte ihre Stablampe in eines der finsteren Augen und sah durch das andere in unbetretenes Terrain. Der schwache Lichtstrahl zeichnete ein verzerrtes Relief der umliegenden Blöcke auf den Lehmboden. Nur ein paar Meter danach wurde das spärliche Licht von der Dunkelheit aufgesogen. Ohne Reflektion, ohne Schatten. Doris' Puls beschleunigte sich. Ein Funkeln trat in ihren Blick. Sie mochte das *Neulandfieber*, wie sie es nannte; genoss es, wie das Adrenalin durch ihre Venen schoss.

Cruner grinste vor sich hin, als Doris einen lauten Ruf durch die Öffnung schickte und auf das Echo wartete. Es war leise, weit entfernt; als käme es aus der Tiefe einer großen Kathedrale.

»Nicht schlecht, was?«

Doris blickte kurz zu Cruner zurück, um gleich darauf wieder in die Dunkelheit zu starren. »Das muss eine Riesenhalle sein!« Den eiskalten Schauer, der ihr über den Rücken jagte, schob sie auf den scharfen Höhlenwind. Dabei wusste sie nur zu genau, dass sie sich damit selbst belog. Für sie hatte jede Höhle ihren eigenen geologischen Charakter. So etwas wie einen Fingerabdruck, den sie sofort einordnen konnte, sobald sie die unbekannten Räume betreten hatte. In dieser Höhle war alles anders. Auf eine seltsame Art und Weise wirkte sie auf Doris finsterer als alle anderen, die sie je befahren hatte. Wieder nahm sie das Gefühl der ahnungsvollen Furcht ein. Doch die Vorstellung, heute noch Neuland betreten zu können, war stärker als all die unwirklichen Warnungen ihres Unterbewusstseins. Doris wischte sich die bösen Geister von den Augenlidern und begann, den Versturz zu analysieren. Sie griff nach dem Grabungshammer und stieß jeden einzelnen Stein vorsichtig an. Schon allein der Klang der Schläge verriet ihr, dass die verkeilten Steine vor ihr eine gewisse Stabilität innehatten. Sie sah sich ein weiteres Mal nach Fritz um, der ihr mit hochgezogenen Augenbrauen entgegenblickte.

»Du weißt, was du da tust?«

Doris nickte unter einem schmeichelnden Lächeln und griff nach dem verschmierten Brecheisen. Zentimeter um Zentimeter bohrte sie es schräg vor sich in den Untergrund. Zuletzt musste sie sich mit dem ganzen Körper darauf stützen, um das verschmutzte Werkzeug bis zum gebogenen Anschlag in den Lehm einzutreiben. »Alles trockener Lehm. Wenn nicht geradeaus, dann eben unten durch«, murmelte sie vor sich hin, ohne dass es Fritz hören konnte. Doris begann, Scholle für Scholle des zähen Bodens zu lösen, arbeitete sich stetig schräg nach unten vor.

In Cruners schweißnassem Gesicht formten sich Vorbehalte. »Doris! Das ist unverantwortlich!«

Sie hatte sich umgedreht und war mit den Füßen voraus in ihren Lehmtunnel gekrochen. »Alles im Lot! Ich versuche, den Lehm nach unten durchzutreten.«

»Und dieses lose Blockwerk drumherum ist dir völlig egal, was? Das ist keine Höhlenforschung, das ist Totengräberei! Du kommst auf der Stelle da raus!«

Doris lachte laut auf und schüttelte den Kopf. »Nein, *Papa*. Die Brücke ist statisch sauber. Komm lieber ein Stück näher. Ich brauche einen Druckpunkt!«

Cruner rückte auf und bot widerwillig seine Schulter an. Doris trat mit ihren Füßen weiter in den weichen Lehm; stöhnte vor Anstrengung auf.

»Das hat fast etwas von einer Geburt«, murrte Cruner schamhaft vor sich hin.

»Hast du schon eine erlebt?«

»Hmm. Sagen wir, passiv.« Cruner konnte sein Lachen nur schwer unterdrücken. Als er ein paar Zentimeter nachrückte, begann seine Helmlampe plötzlich zu flackern.

Sie schickte noch ein sterbendes Zittern über den Versturz, dann war es finster. Irgendwo schlugen Felsbrocken auf. Cruner drehte hektisch an seinem Lampenzünder. Vergeblich. Der Wind war zu stark. Er tastete nach Doris' Händen. Doch alles, was er spürte, war Leere und der kalte Hauch, der aus dem Lehmloch strömte. Seine Stimme überschlug sich. »Doris? Sag etwas!«

Es war still.

»Ich bin durch! Du kannst nachkommen!«

Cruner atmete auf, kramte in seinem Schleifsack nach seiner Stablampe. »Doris! Bis du in Sicherheit?«

»Aber ja! Von hier sieht das Ganze viel stabiler aus.« Es verging eine Weile, bis sich ein Lampenstrahl durch den Lehmkanal suchte.

»Hör zu, Doris. Es reicht noch nicht ganz für meine Körpermaße! Geh ein paar Schritte und sieh es dir an.«

Doris schritt langsam auf einen markanten Felsen zu. Er schien wie eine Kanzel über dem Unergründlichen zu thronen. Sie beleuchtete erste, schneeweiße Stalaktiten. Dahinter tauchte der größer werdende Gang stufenlos in die Finsternis ab. Ihre Augen suchten das Dunkel nach Konturen ab. Doch da war nichts als Schwärze.

Es klang beinahe wie eine zaghafte Frage, als sie einen Ruf in die Leere schickte. »Halloooo?«

Doris versuchte, das mehrfach zurückgeworfene Echo zu deuten. Sofort begann in ihrem Kopf eine Halle von enormen Dimensionen zu entstehen. Aber konnte das wirklich sein? Hier, am Rande der Schwäbischen Alb? Doris überkamen Zweifel.

»Ich brauche mehr Licht«, forderte sie sich halblaut auf und rüttelte ungeduldig am Gasentwickler ihrer Lampe. Sie hatte den Regler für die Gaszufuhr voll aufgeschraubt und wartete auf das charakteristische Zischen, mit dem die Flamme für einen Moment grell nach oben schoss.

Für kaum zwei Sekunden legte sich die Realität über das erdachte Bild. Dann krochen wieder die Schatten über die schimmernden Wände und eroberten den gewaltigen Felsendom zurück. Doris war voller Ehrfurcht auf die Knie gesunken. Fassungslos streifte sie sich die Handschuhe ab und fuhr sich in einer ernüchterten Geste über das Gesicht. Kurz darauf drang eine vertraute Stimme zu ihr vor.

»Alles in Ordnung bei dir? Was siehst du?«

»Es ist fantastisch! Ich komme gleich!«

Kurz bevor sie sich zu ihrem Lehmtunnel hinabbückte, fiel ihr Blick auf einen kleinen, marmorierten Stein. Sie bückte sich, hob ihn auf und steckte ihn in ihre Brusttasche. Nur ein unscheinbarer Kalkkiesel, glatt geschliffen vom steten Wassertropfen. Für Doris aber war es eine kleine Schatztruhe, für die nur sie einen Schlüssel hatte.

33

Es war kurz vor acht Uhr morgens, als das Telefon klingelte. Hannes schritt nachdenklich zum kleinen Tischchen, auf dem noch immer das von Ute selbst gehäkelte Deckchen lag. Es fiel ihm niemand ein, der am Sonntag um diese Zeit bei ihm anrufen könnte. Als er sich meldete, lag ein Hauch von Vorsicht in seiner Stimme:

»Ja, bitte?«

»Ströttner am Apparat. Fräulein Ehrnsteiner bitte. Es eilt!«

Hannes spürte, wie seine Wangen blutleer wurden. »Ehrnsteiner?«, stotterte er. »Es tut mir leid, Sie sind falsch verbunden.« Hannes fragte sich noch während er sprach, weshalb er seine Tochter verleugnete. Es war einfach über seine Lippen geflohen, ohne nachzudenken.

»Mit wem spreche ich?« Drang es laut und fordernd aus der Hörmuschel.

Hannes' Blick lag starr im Nirgendwo zwischen dem blumigen Muster der Gangtapete. Er schüttelte den Kopf, als ob es der Anrufer sehen könnte und hauchte leise, fast tonlos: »Falsch verbunden. Entschuldigen Sie.« Dann legte er auf. Hannes war kreidebleich, konnte den Blick nur schwer vom Unbedeutenden lösen. Er wusste, dass er wenig Zeit hatte, sich zu fangen und so zu wirken, als sei er jemand anderes. Ströttner würde es noch mal versuchen.

Hannes blieb gebannt vor dem Telefon stehen, wischte sich mit der Hand kalten Schweiß von der Stirn und wartete. So lange, bis sein krankes Bein zu zittern begann. Doch der Apparat blieb stumm.

Jakob nahm am großen Tisch Platz und griff nach einem Brötchen. Er spürte, wie ihn sein Vater mit seinen Blicken fixierte. »Was gibt es zu bereden, Vater?«

Max Ströttner hob abwehrend die Hände. »Nichts von Bedeutung. Es ist nur …«

Jakob legte das Brotmesser beiseite und sah auf. »Nur was? Habe ich wieder irgendetwas falsch gemacht?«

»Unsinn! Wir haben unseren Mergel wieder. Der Auftrag vom Ministerium ist so gut wie unterzeichnet.«

Jakob lächelte seinem Vater berechnend entgegen. Er

wusste, dass dies nur die verbale Ouvertüre gewesen war. »Gratuliere. Dann braucht sich ja die Stadt keine Sorgen mehr um die Gewerbesteuer zu machen.«

Ströttner wischte die spöttische Bemerkung mit einer wegwerfenden Geste vom Tisch. »Ich bin Blaubeuren noch nie etwas schuldig geblieben!«

Jakob entfloh ein Schmunzeln. »Um was geht es, Vater?«

»Diese Neue; Ehrnsteiner«, begann er. »Das ist ein Goldgriff gewesen!«

Jakob nickte anerkennend. »Du willst sagen, dass ich über eine gute Menschenkenntnis verfüge?«

Ströttner blies den Atem amüsiert durch die Nase. »Ich möchte das heute Abend feiern. Mit dir und …

»Und?«

»Na, und mit Fräulein Ehrnsteiner.«

Jakob forderte seinen Vater mit fragenden Blicken auf, weiterzureden.

»Ich habe mir scheinbar die falsche Telefonnummer notiert. Und im Buch finde ich keinen Eintrag. Ich dachte, du hättest vielleicht …?«

Jakob hatte verstanden; nickte wissend. »Aber nur, wenn du mir versprichst, dass es nicht nur um den Bruch und Politik gehen wird!«

Ströttner schluckte den Bissen seines Rosinenbrötchens hastig hinunter. »Nein – ich meine, ja! Wir werden nur kurz auf den Erfolg anstoßen. Danach plaudern wir über die Diplomarbeit oder Geologie. Ich werde die Archivordner für sie vorbereiten.«

Jakob stand die Skepsis ins Gesicht geschrieben, als er zum Telefonhörer griff und dieselbe Nummer anwählte, wie eine Stunde vor ihm sein Vater.

Hannes durchzuckte es, als das Telefon erneut klingelte. Er hörte, wie Doris den Hörer abnahm.

»Herr Bürgermeister! Es freut mich!«

Jakobs Stimme strotzte vor routiniertem Charme. »Nehmen wir an, Sie hätten heute noch nichts vor. Was müsste ich tun, um Sie zu einem Spaziergang und einer kleinen *Mergel-Feier* im Hause Ströttner zu überreden?«

Doris sah gehetzt auf ihre Armbanduhr. Sie war in Gedanken schon in der Höhle. »Nun, ich habe eigentlich schon etwas …«

Jakob unterbrach sie liebevoll. »Aber Frau Ehrnsteiner. Sie werden mir das doch nicht ausschlagen. Es wäre auch eine schöne Gelegenheit, die Archivordner über den Marmorabbau durchzusehen.«

Doris schlug die Augen nieder und blieb eine Weile stumm.

»Frau Ehrnsteiner?«, drang es schmeichelnd aus dem Hörer.

Doris nickte sich selbst zu. Sie wusste, dass sie mit der Neuigkeit ohnehin in den nächsten Tagen zu ihm hätte gehen müssen. Weshalb also nicht in diesem persönlichen Rahmen.

»Überredet. Sagen wir um 17 Uhr am Blautopf?«

Jakob entfloh ein glückliches Lächeln. »Ich werde dort sein.«

Hannes löste sich hinter der Glastür aus seiner starren Haltung. Er konnte aus den wenigen Worten nicht viel ableiten. Im Hinuntergehen knöpfte er mit einer Hand umständlich seinen halblangen Mantel zu, öffnete die Tür und schritt in einen lauen Frühjahrsmorgen hinaus. Als er gänzlich in Gedanken versunken durch den nahen Wald schritt, fragte er sich, was wohl passiert wäre, wenn er die Wegkreuzung damals fünf Minuten eher erreicht hätte.

Es wäre trotzdem geschehen – ohne Unterschied. Nur sein Leben hätte einen normaleren Verlauf genommen. Mit einem Mal kam Zorn in Hannes auf. Er wollte die Zeit zurückhaben, die in ihm steckte und doch nicht mehr da war. Die Zeit, die schmerzte wie ein durchtrennter Nerv.

34

Doris betrachtete sich unzufrieden im Rückspiegel ihres Wagens. Hastig suchte sie nach verräterischen Lehmspuren, ohne welche zu entdecken. Sie war wieder einmal spät dran. Rasch kämmte sie ihre widerspenstigen Haare zurück und band sich ein grünes, gefaltetes Tuch in sie ein. Dann drehte sie den Zündschlüssel um. Als sie ihren Wagen wendete und noch einmal an den Hang sah, zogen gewaltige Bilder vor ihrem geistigen Auge vorüber. Bilder vom finsterschönen Bauch der Blaubeurer Alb.

Jakob Ströttner hatte es sich leichter vorgestellt, in der heißen Phase des Wahlkampfes unerkannt über die Marktstraße zum Blautopf zu schlendern. Er wollte wie ein ganz normaler Wanderer aussehen. Doch der tief ins Gesicht gezogene Hut mit der breiten Krempe verriet mehr, als er tarnte. Schon nach den ersten Metern kapitulierte er vor seinen aufmerksamen Bürgern. Er hob den Hut, grüßte, schüttelte Hände.

Doris verlangsamte ihren Schritt, als sie durch den Klostergarten auf den großen Platz vor dem Quelltopf einbog und sich unauffällig an die raue Backsteinmauer lehnte. Sie sah Jakob eine Weile aus der Ferne zu. Ein Lächeln spielte um ihren Mund.

Als sie aus dem Schatten der Mauer hervortrat und sich ihre Blicke trafen, breitete sich wieder dieses Kribbeln in ihr aus. Sie schritt auf die lange Treppe zu, die zwischen den Häusern zu den Wanderwegen hinaufführte. Doris spürte, wie er sie aus dem Augenwinkel verfolgte, bis sie hinter einer Hausecke verschwunden war. Obwohl sie wusste, dass die eiligen Schritte nur von Jakob stammen konnten, erschrak sie ein wenig, als er um die Ecke bog. Für einen Moment standen sie sich wortlos gegenüber, sahen sich in die Augen. Sie roch sein Parfum, versank in seinen blauen Augen und spürte seine warmen Lippen. Zuerst zaghaft, dann innig.

Doris hatte sich an seine muskulöse Schulter geschmiegt, als sie den Waldweg hinter den Häusern entlanggingen. »Ich habe es sofort gespürt. Du auch?«

Jakob lächelte sie liebevoll an. »Ja. Als wir im Rathaus zusammengestoßen sind und uns vor diesem durcheinandergeratenen Aktenberg gegenüberstanden.«

In Doris' Augen lag ein seliger Glanz. Sie schwieg, genoss den Augenblick, bis Jakob stehen blieb und ihre Hände umschloss. Ein Hauch von Nachdenklichkeit hatte sich seiner Züge bemächtigt. »Ich liebe die Gefahr. Das waren deine Worte, als wir uns neulich verabschiedeten.« Er hielt ihre Augen bewusst gefangen. »Mit dem Bürgermeister zusammen zu sein, ist sicher nicht mit besonderen Gefahren verbunden. Aber es ist auch nicht immer einfach, wie du vorhin gesehen hast.«

Doris nickte sacht. Ihre Augen suchten die Weite der Talschleife.

Jakob folgte ihrem Blick. »Du kommst direkt aus der Höhle, nicht wahr?«

Doris blickte erschrocken an sich hinab. »Woran hast du das bemerkt?«

Jakob lachte. »Ich sehe es in deinen leuchtenden Augen – sonst nirgends.«

Doris lehnte sich wieder an. »Es ist einfach unglaublich. Wir sind in eine Halle vorgedrungen, in die man das gesamte Kloster hinein verfrachten könnte! So etwas ist auf der Alb einmalig!«

Jakobs Erstaunen war seltsam gehemmt. »Was für eine Entdeckung! Gratuliere! Aber das bedeutet, dass quasi der gesamte Bergrücken an der Heide hohl ist!«

»Ein Teil davon, ja«, pflichtete Doris bei.

Jakob wurde mehr und mehr nachdenklich. »Und was ist hinter dieser Halle? Wie weit reichen die Gänge in den Berg?«

Doris fischte nach seiner Hand und drückte sie an sich. Seine Erwiderung war schwächer als vorhin.

»Nun«, begann sie zögerlich, »wir haben bislang nur den Dom vermessen.«

Jakobs Gesicht hatte ernste Züge angenommen. Er blieb beharrlich. »Das heißt, es gibt eine Fortsetzung. Und diese muss doch irgendeinen Schluss zulassen. Osten, Süden, was auch immer.«

Doris zog ihre Hand zurück. In ihrer Stimme lag ein Hauch von Vorsicht. »Das ganze System ist nach Osten ausgerichtet. So, wie es die Verwerfung überirdisch vorgab. Aber das ist nichts Neues.«

Jakob verschränkte die Arme vor der Brust. »Und ihr seid noch nicht bis zum Ende vorgedrungen?«

»Nein. Aber warum ist das so wichtig?« Sie versuchte, ihm in die Augen zu sehen; erkannte sofort, dass sein Lächeln unehrlich war.

»Es ist nicht wichtig.«

Für ein kurzes Wegstück schlich sich eine vergiftete Stille zwischen sie. Doris kostete es Überwindung, das Schweigen zu brechen.

»Es ist die Nähe zur StuMAG. Habe ich recht?«

Jakob legte nur seinen Kopf fragend zur Seite, als wisse er nicht, was Doris damit sagen wollte. Es klang wie eine Rechtfertigung, als Doris zu beschwichtigen begann.

»Keine Sorge, die StuMAG hat nichts zu befürchten. Die Schichten des neuen Abbaugebietes liegen weit über dem Karstwasserniveau. Niemand wird nach einer Sprengung plötzlich in die Blauhöhle blicken und auf Fußspuren und Vermessungsschnüre stoßen.«

Doris sah Zweifel in seinen Augen. Selbst dann, als er ihr zart über die Wange strich. Seine Stimme klang besorgt und warnend zugleich. »Erwähne gegenüber meinem Vater nicht, dass du da mitmachst.«

Doris blickte ihm forschend entgegen. »Das sagtest du mir bereits.«

»Ich weiß.«

Doris fragte sich, was in Jakob vorging; ob er in Kenntnis der wahren Firmengeschichte war. Ihr kam das Gespräch mit ihrem Vater wieder in den Sinn. *Blut ist dicker als Wasser …*, hallte es in ihr wieder. Sie zwang sich, an etwas anderes zu denken; wollte die Stimme ihres Vaters nicht hören.

Nicht heute. Nicht an diesem perfekten, lauen Abend. Sie schmiegte sich wieder an ihn. Und dennoch verblich das Lächeln um ihre Mundwinkel schneller, als sie es wollte.

Irgendwann musste sie sich Jakob erklären. Sie sah sich ihm schonend eröffnen, was sie wusste; sah sich ihm Beweise darüber vorlegen, was wirklich unter dem Berg lag – außer Sinter, Lehm und Kalzit. Und sie fragte sich schon jetzt, ob er tatsächlich erstaunt darauf reagieren würde.

35

Auf Ströttners Stirn hatten sich winzige Schweißperlen gebildet. Sein Atem ging laut und schnell. Vor ihm lagen unzählige Schwarz-Weiß-Bilder, die nicht zu den braunen Negativen aus Weidlingers Kiste passen wollten.

»Wo zum Henker sind die Negative?«, presste er halblaut über die schmalen Lippen. Er zog eine Filmrolle ab und hielt einen Ausschnitt gegen die Schreibtischlampe.

»Strand und Meer! Diese Sau hat mich für dumm verkauft!« Seine Hand zerknüllte das spröde Zelluloidband, bis es splitterte. Mit finsterem Blick sammelte er die Bilder auf und warf sie zurück in die Blechkiste. Die nutzlosen Negative hielt er in der geballten Faust, rang sie gen Himmel. »Keine halbe Sachen mehr! Die richtigen Negative sieht außer mir keiner mehr. Weit weg können sie ja nicht sein.«

Kurz darauf mischten sich blaugrüne Schlieren in das lodernde Orange des Kaminfeuers. Es knisterte, als das Zelluloid Blasen warf und verschmorte.

»Es wird brennen müssen, wenn ich sie bei ihm nicht finde.« Ströttner blickte entschlossen zur anderen Talseite hinüber. Er dachte nicht im Traum daran, dass ihn jemand bei seinem leisen Monolog gehört haben könnte.

Doris überlief ein kühler Schauer, als sie die Stufen zur wuchtigen Eingangstür hinaufschritten. Der Gedanke, gleich ihrem Direktor gegenüberzustehen und die freundliche Angestellte zu mimen, war ihr unangenehm. Die Bodenplatten im Foyer schimmerten ihr in dunklem Rot entgegen; wirkten wie ein Grabmal auf sie.

Der Mann, der sich mit festem Schritt aus dem Halbdunkel des rechten Flurs schälte, fügte sich perfekt in seinen altmodischen Protz. Max Ströttner trug einen legeren, dunkelblauen Pullunder über seinem Hemd und hatte seine obligatorische Krawatte durch ein goldfarbenes Tuch ersetzt. Doris erschauderte, als sein bitterherbes Parfum heuchlerisch um ihre Nase spielte.

»Fräulein Ehrnsteiner!«

Doris lächelte ihm aufgesetzt entgegen. Ihr Blick fiel sofort auf den alten Aktenordner unter seinem Arm.

»Für Sie! Ihr Werk soll ebenso gelingen wie die Suche nach dem Mergel!« Er legte seine Hand kurz auf Jakobs Schulter und nickte ihm zur Begrüßung anerkennend zu. »Lasst uns in die Halle gehen.« Er schritt despotisch voran und ließ im Hinabsteigen beiläufig fallen: »Nachdem wir alle drei Schwaben sind, habe ich meine Angestellte gebeten, heute etwas Heimisches zu zaubern. Erika ist eine Künstlerin, was das Kulinarische anbelangt. Ich hoffe,

Ihren Geschmack getroffen zu haben, Fräulein Ehrnsteiner. Saure Kutteln! Nach einem Rezept meiner Mutter.«

Doris war froh, dass Ströttner in seiner Selbstgefälligkeit keine Antwort erwartete. Sie hasste dieses unansehnliche Gericht, seit sie denken konnte.

Im Kamin glomm die Glut eines großen Feuers. Hin und wieder knackte es im orangeroten Bett des sterbenden Holzes. Doris wandte sich davon ab, sah durch die Fensterfront hinaus zum Horizont, über dem der Tag in zartem Violett verblasste. Das friedliche Bild wurde nur von der hohen Fahnenstange auf dem ausladenden Balkon durchschnitten.

Doris war kalt, trotzdem die wohlige Wärme des Feuers im Raum lag. Alles, was sie umgab, schien bleischwer und tot.

Ströttner störte sich nicht an seinem Ungeschick, es bei jedem der drei Gläser geschafft zu haben, den Champagner überschäumen zu lassen. Er demonstrierte den Despoten; den Herrn über alles, was hier und jetzt geschah.

Überall glotzte Doris die Unverbesserlichkeit und das ewig Gestrige entgegen. Dabei konnte sie Ströttner nicht einmal absprechen, dass es zu ihm gepasst hätte. Als Ströttner Doris unter einem Hackenschlag zuprostete, wusste sie, dass sich für ihn seit 1945 nichts, aber auch gar nichts geändert hatte. Ginge es nach ihm, so war sie sich sicher, würde heute noch die Hakenkreuzfahne vom hohen Balkon wehen. In Doris kam Übelkeit auf.

Ströttner griff nach einem Geheft, um damit verheißungsvoll in der Luft herumzuwedeln. »Der Vorvertrag! Er kam heute per Eilboten direkt vom Ministerium!« Er blätterte auf die letzte Seite und tippte mit dem Finger auf die Unterschriftenzeile. »Diese Unterschrift ist Gold wert!« In seiner Stimme schwang ein gespielter Ausdruck von tiefer Dankbarkeit. »Auf die StuMAG! Auf eine neue, zugkräftige Generation in der Firma! Auf Sie, Fräulein Ehrnsteiner.«

Doris errötete und sah sich gezwungen, etwas zu erwidern, wozu sie nicht imstande war. Sie sah flehend zu Jakob hinüber.

»Auf dich, Doris«, überspielte er die Pause. »Und auf dein Gespür für den richtigen Stein.«

Über Ströttners Gesicht huschte ein süffisantes Lächeln. Er stellte sein Glas ab und schritt auf Doris zu.

Sie hielt den Atem an, als er sie an sich zog und steif umarmte. Sein Atem drang scheußlich warm durch ihre dichten, roten Locken.

»Sie können sich nicht vorstellen, was für einen Dienst Sie der StuMAG erwiesen haben.« Er wich wieder zurück, zog seinen Pullunder zurecht. Doch irgendetwas an Doris hielt ihn gefangen. Doris wich seinen Blicken aus.

»Sie haben dort etwas in den Haaren. Über Ihrem linken Ohr.«

Doris wurde blass. Sie griff sich in die Frisur und fühlte es sofort: Angetrockneter Höhlenlehm. Ihre Stimme hatte einen Unterton, als müsse sie sich selbst erst von ihrer Notlüge überzeugen. »Ach das. Ich war heute Nachmittag noch mal im Stollen und habe mir die Schichten an der Front angesehen. Es ist alles voller Bohrschlämme. Ich hatte keine Zeit mehr, um mich frisch zu machen.«

Ein scheuer Blick fand zu Jakob. Er verstand sofort und versicherte: »Wir haben uns gleich danach …«

»Sie waren am heiligen Sonntag im Bruch?« Ströttner funkelte sie durchdringend an. »Wann genau waren Sie dort?«

Doris spürte, wie ihr gänzlich das Blut aus den Wangen wich.

»So gegen vier.«

Ströttner nickte abgeklärt. Er schien zufrieden. »Dann haben wir uns nur knapp verpasst.«

Doris fischte sich verstohlen die Lehmklumpen aus den Haaren. Ihr war eiskalt geworden. Sie wünschte sich nur noch heraus aus dieser Gruft.

»Kann ich vielleicht ihr Badezimmer benutzen?«

»Unnötig! Mich stört es nicht, wenn man meinen Leuten die Tüchtigkeit ansieht«, polterte Ströttner.

Jakob räusperte sich. »Vater. Wenn Doris, ich meine, Frau Ehrnsteiner, das Bedürfnis hat …«

Ströttner brachte seinen Sohn mit einem einzigen scharfen Blick zum Schweigen. Er griff roh nach der Hand von Doris, nahm die erdigen Klümpchen auf und warf sie ins Eiswasser des Sektkühlers. »So. Jetzt können wir im wahrsten Sinne des Wortes auf unseren Erfolg trinken! Wo bleibt das Festmahl, Erika?«

Jakob sah es an Doris' gequältem Gesichtsausdruck, wie unwohl sie sich fühlte. Er entschuldigte sich bei ihr mit einem liebevollen Augenaufschlag; schämte sich für die bemitleidenswerten Manieren seines Vaters in Grund und Boden.

Ströttner schmatzte; sprach mit vollem Mund. »Wo stammen Sie her, Fräulein Ehrnsteiner?«

Doris faltete die Hände im Schoß. Sie wusste nicht, wohin mit ihnen. »Ich komme aus Lehr bei Ulm.«

Ströttner nahm einen großen Schluck aus seinem Rotweinkelch. Es störte ihn nicht, dass ihm ein paar Tropfen über das Kinn rannen. »Lehr! Ahh so. Da gibt's keinen vernünftigen Stein.« Er machte eine kurze Pause und schickte seiner folgenden Äußerung ein knarrendes Lachen voraus. »Aber dafür gibt es vernünftige Geologinnen!« Er wies mit dem Messer auf Doris, als wolle er sie erdolchen. Dann schob er sich eine überfüllte Gabel Kutteln in den Mund. Die Hälfte davon klatschte zurück auf den Teller.

Doris schlich der blanke Ekel in den Gaumen. Sie versuchte, sich von ihm abzuwenden, so gut es die Situation zuließ; lächelte über den Tisch hinweg ins Nichts.

Ströttner nickte einem alten Leitzordner zu. Braune Soße spritze aus seinem Mund. »Das Heiligtum des Bruches! Der Gral der StuMAG!« Seine zuckenden Augenwinkel heischten vergeblich um euphorische Neugier. Doris schwieg angewidert.

»Ich weiß, dass Sie das fasziniert. Und Sie wundern sich wahrscheinlich, weshalb ich Ihnen das gute Stück bislang vorenthalten habe.«

Doris bemühte sich, die Contenance zu wahren; legte den Kopf unverbindlich zur Seite.

Er musterte sie unter einem undeutbaren Schmunzeln. »Es braucht eine Weile, bis ich jemandem vertraue. Aber das kann ich doch, nicht wahr?« Doris zwang ihre Verunsicherung mit einem Schluck Wasser die trockene Kehle hinab. »Sie können mir …«

»Natürlich kann ich das«, unterbrach er sie dominant und stürzte sein drittes Rotweinglas in einem Zuge hinunter. »Jetzt, da Sie und Jakob«, er dämpfte sein holpriges Aufstoßen mit der Faust, »ich meine, da Sie sich gut mit ihm verstehen. Sie gehören dazu; mit Haut und Haaren! Ohne Widerrede!« Er nickte sich selbst zu, um grob nach dem Aktenordner zu greifen und ihn Doris über den Tisch hinweg zuzuwerfen. Der harte Aufschlag ließ Doris' Teller erzittern.

»Vater! Benimm dich! Wir wollten heute nicht ausführlich über die Firma sprechen.«

Ströttner winkte gelangweilt ab. »Davon verstehst du nichts! Hast dich ja nie dafür interessiert; außer der Gewerbesteuer.«

Jakob stand der Zorn ins Gesicht geschrieben. Er atmete gezwungen ruhig, während Doris nach dem Ordner griff.

Ströttner beobachtete sie genau.

»Los! Lesen Sie schon!«

Doris überblätterte die ersten beklebten Seiten – Zeitungsberichte auf hauchdünnem, vergilbtem Papier. Sie spielte die Interessierte; zeigte nicht, dass ihr alles bereits aus dem Zeitungsarchiv bekannt war.

Ströttner forderte eine Reaktion. »Was sagen Sie? Das ist doch etwas, womit man arbeiten kann!«

Doris nickte ihm zu und blätterte sich auf die hinteren Seiten der Sammlung durch. »Sicher, sicher!«

Ströttner nahm seinen lauernden Blick nur langsam von ihr. Er schien auf mehr zu warten. Aber Doris schwieg. Sie war heilfroh um die Haushälterin, die im selben Moment eine etikettlose Flasche mit drei Gläschen vor Ströttner abstellte.

»Das ist jetzt genau das Richtige! Mein Hausbrand!« Ströttners Augen flammten auf, suchten in der beschaulichen Runde gierig nach beipflichtenden Mienen.

»Danke, Vater. Morgen früh muss ich wieder Bürgermeister sein.«

Ströttner verdrehte die Augen. »Zu meiner Zeit haben Bürgermeister und Pfarrer im Ochsen noch um die Wette gesoffen! Und Sie, Ehrnsteinerin? Auch so schwach auf der Brust?«

Doris konnte sich nur schwer von ihrer Lektüre lösen. Und diesmal war es nicht gespielt. Eine der letzten Seiten im Ordner hatte sie vollkommen in den Bann gezogen. »Verzeihen Sie, ich bin Spirituosen nicht gewohnt.«

Ströttner wirkte verdrossen. Er goss sich ein Glas Schlehenschnaps ein und prostete in die Leere des großen Tisches. »Zum Teufel. Dann eben allein.«

Doris' Augen hafteten auf einer alten Fotografie, die lose zwischen den Seiten lag. Die Klebeecken, die sie einst hielten, hatten sich vom Trägerkarton gelöst. Der kurze Text auf der Rückseite war kaum noch zu entziffern.

14. September 1944, hörte sich Doris im Geiste selbst rezitieren. *Eröffnung der Schienentrasse. Weiche zum oberen Abschnitt.*

Sie blätterte weiter zu einem Umschlag mit tektierten Plänen des Viaduktes und des Tunnels. Sofort stach ihr der Stempel des Reichsamtes mit der markanten Unterschrift in die Augen. Der Name Gramer stand klar und deutlich vor ihr auf dem dünnen Papier. Er schrie förmlich nach einem Vergleich mit dem Faximile auf dem frisch unterzeichneten Vorvertrag. Doris schielte über den Tisch auf die geschwungene Unterschrift für das Ministerium. Schon nach wenigen Sekunden wusste sie es, zweifelte nicht im Geringsten mehr daran: Diese Unterschriften stammten von ein und derselben Person. Doris blätterte ein letztes Mal um und starrte geistesabwesend auf den grauen, faserigen Karton des Ordnerdeckels.

»Ist alles in Ordnung?«, drang es entfernt an sie heran.

Doris sah erschrocken zu Jakob auf. »Nein – ich meine, ja. Alles bestens. Ich bin nur fasziniert von all dem.« Sie wandte sich an Ströttner. »Wäre es möglich, den Ordner für ein paar Tage auszuleihen?«

Ströttner bejahte mit einer gönnerhaften Geste. »Wenigstens Sie interessieren sich für meine Verdienste fürs Vaterland. Bringen Sie ihn nur nächste Woche unversehrt zurück in den Betrieb.«

Doris dankte ihm mit einem gekünstelten Augenaufschlag. Als sie Ströttners getrübten Blick wahrnahm, wie er ziellos über den Tisch wanderte, kam ihr eine alte schwäbische Redewendung in den Sinn: *Im Suff, saget d' Leut' d' Wahrheit.* Sie konnte sich nicht zurückhalten. »Dieser Ordner endet anno '44. Gibt es noch weitere über die Zeit danach?«

Ströttners Kopf flog abrupt auf. Alte Wut zerrte an seinen Mundwinkeln. »Die hat der Feind beschlagnahmt. Damals, als sie die Betriebe auf Rüstungsproduktion gefilzt haben. Gefunden haben sie nichts; gar nichts! Weil es nichts zu finden gab. Aber zurückbekommen habe ich die Unterlagen nie wieder. Dreckschweine in blitzsauberen Uniformen waren das. Weder Ahnung von Treue und Ordnung noch Achtung vor guter deutscher Arbeit und unserer überlegenen Rasse!«

»Es ist gut, Vater«, fiel Jakob harsch ein. »Das ist lange her.«

Ströttner machte nicht einmal mehr den Versuch, sich unter Kontrolle zu halten. Der Alkohol wirkte. »Es mag lange her sein. Aber es war nicht alles schlecht, damals! Es wird nur immer in den Dreck gezogen. Wir waren jemand in dieser ziellosen Welt! Wir durften noch stolz sein; auf Volk und Vaterland und unseren …«

»Schluss jetzt!« Jakob hatte ihn laut unterbrochen.

Ströttner lachte nur. »Ich weiß: Diese Worte fallen nicht in diesem Haus«, mahnte er sich selbst. Dann wandte er sich an Doris. »Sie müssen entschuldigen, Fräulein Ehrnsteiner. Manchmal geht der Teufel mit mir durch. Es ist eben schwer zu vergessen, wenn man damit *groß* geworden ist.«

Doris senkte nur haltlos den Blick, während Ströttner aufstand und in selbstgerechtem Stolz an die Fensterfront schritt. Der seidene Vorhang blähte sich kurz unter dem Luftzug, als er die Schiebetür einen Spalt öffnete und seinen Kopf in die Kühle streckte.

Doris hatte sich den Weg zur Toilette von Jakob erklären lassen und bog in den breiten Hausflur ein. Ihre Schritte waren hastig, wie jene einer Flüchtenden. Sie verlangsamte ihren Gang vor einer angelehnten Tür. Ein Lichtschein zeichnete ein schmales, helles Trapez auf den fahl beleuchteten Flur.

Sie lauschte; hörte die Haushälterin in der nahen Küche mit dem Geschirr klappern; nahm entfernt die überkochende Unterhaltung der Ströttners wahr. Schließlich legte sie ihren Zeigefinger auf die dunkel gebeizte Tür und drückte sie langsam auf.

Doris' Blick flog über lieblos bebilderte Wände. Sie sah Urkunden, das Porträt Jakobs und ein in Öl gehaltenes Bildnis eines vor Kraft und Stolz strotzenden Jungunternehmers in brauner Parteiuniform.

Sie wandte sich von den strafend auf sie gerichteten Augen ab; spürte, wie ihre Handflächen zu schwitzen begannen, als sie die Schwelle des Raumes übertrat. Doris wusste, dass sie sich niemals glaubhaft würde rechtfertigen können, wenn man sie hier entdecken würde.

Im Schloss des schweren Eichenschranks steckte ein kunstvoll geprägter Schlüssel. Der rechte Flügel des uralten Möbels stand auf – einladend, wie ein nicht auszuschlagendes Angebot. Ein schwacher Schein lag auf den steingrauen

Aktenordnern mit ihren nichtssagenden Beschriftungsreihen aus Zahlen und Buchstaben. Ein geheimer Ordnungscode; lesbar für einen einzigen Menschen. Inmitten der einheitlichen Ordnerfront gähnte eine Lücke, finster und staubfrei. Doris war sich sicher, dass dieser eine Leitzordner auf dem Tisch im Kaminzimmer lag. Sie fragte sich, ob sie sich tatsächlich das uneingeschränkte Vertrauen dieses alten Kauzes erarbeitet hatte. Oder war der Ordner nur der unverfänglichste von allen? Ein rückschlussfreies, ungefährliches Sammelsurium für Demonstrationszwecke – für Abende wie diesen?

Doris lauschte zurück ins Kaminzimmer. Die Ströttners lieferten sich ein energisches Wortgefecht. Sie machte sich Glauben, noch ein paar Sekunden Zeit zu haben. Hastig griff sie nach einem der Ordner; fächelte sich mit jedem Überblättern der alten Seiten den Geruch von ausgehärtetem Papierleim zu. Als ihr Blick über Jahreszahlen aus den 50ern flog, klappte sie den Ordner wieder zu.

»Uninteressant«, hauchte sie vor sich hin. Als sie den Aktenordner wieder zurück in den Schrank schieben wollte, erfassten ihre Augen plötzlich etwas im Halbdunkel der Ordnerlücke. Es steckte in der Rückwand des Schranks; wollte nicht recht zu der oberflächlichen Ordnung des Zimmers passen. Geheime Dokumente einer toten Epoche?

Doris klopfte das Herz bis zum Hals. Ihr war längst klar, dass sie ihre lange Abwesenheit selbst mit dem ausgiebigen Studium der Exponate im Hausgang nicht mehr erklären konnte. Und dennoch griff sie danach; zuerst zögernd, dann entschlossen.

Die schmale Blechschatulle, die in die Schrankwand eingearbeitet worden war, fühlte sich kalt an. Krümeliger

Flugrost suchte sich zwischen die Rillen ihrer Fingerabdrücke. Das alte Behältnis war an den beiden Scharnieren leicht korrodiert und besaß kein Schloss. In Doris kam schlechtes Gewissen auf. Selbst die Hoffnung, hier die Beweise zu finden, denen sie auf der Spur war, schien ihr als Selbstrechtfertigung zu fadenscheinig.

Der Deckel knirschte, stöhnte leise auf. Ein gefalteter, fleckiger Planbogen war federnd aufgesprungen; jagte Doris' Hadern in die Bedeutungslosigkeit. Sie nahm eine Lesebrille vom überfüllten Schreibtisch auf, um für die Schatulle Platz zu schaffen. Ohne nachzudenken, legte sie sie im gewölbten Deckel der kleinen Blechtruhe ab.

Gierig flogen ihre Augen über das Skizzierpapier.

»Trassenplan 1944 – Tunnelführungen, StuMAG Handels-GmbH u. CoKG«, las sie tonlos ab. Doris hatte den Plan schon zur Hälfte entfaltet, erkannte ein mit Tusche gezeichnetes Tunnelportal, als ihr aus den Falten des Plans eine Fotografie entgegenglitt. Doris hielt sie ins Licht, um die Details besser erkennen zu können. Sie sah den Bruch in ähnlichem Abbaustand wie auf dem Bild, das ihr Ströttner neulich für ihre Arbeit mitgegeben hatte. In der Eile erfasste sie die Baracken, das Portal des Tunnels und einen halb verdeckten Transportzug. Im Mittelgrund des Bildes standen drei Männer auf dem damals modernen Brecherturm.

Doris stöberte verbissen in den Rätseln der Vergangenheit und legte den Plan zur Seite. Sie griff nach einer weiteren Fotografie in der Kiste; bemerkte nicht, wie die Stimmen im Kaminzimmer verstummten und jemand die Stufen zum Flur hinaufstieg.

36

Der alte Kaminofen mit der gesprungenen Glasscheibe in der Feuertür bullerte Gemütlichkeit in den Raum, die nicht existierte.

Hannes hatte nichts gegessen. Ihm war nicht danach. Der Schmorbraten von Frau Schneider stand unangetastet auf der Anrichte; stak in erkalteten Fettaugen. Er saß vor seiner alten Schreibmaschine und versuchte, sich eisern zu konzentrieren. Doch es wollte ihm nicht gelingen. Er zitterte.

Schon der gut versteckte Schuhkarton auf dem hohen Schlafzimmerschrank hatte ihm den Schweiß auf die Stirn getrieben; seiner gesunden Seite alles abverlangt. Das farbenfrohe Behältnis vergangener Damenschuhmode war lange nicht mehr geöffnet worden.

Was vor ihm lag, war brisant, entlarvend; jagte ihm nach all den Jahren noch immer eine Gänsehaut über den halben Körper. Ein Schauer, der exakt am Rückgrat versiegte, als wäre die kranke Seite immun gegen ihn. Hannes wünschte sich inständig, dass es doch mit seinem Geist genauso sein könnte, nur für diese bösen Erinnerungen. Aber es war nicht so, würde nie so sein.

Er nahm einen kleinen Stapel unkolorierter Fotos auf. Sie waren finster, beinahe flächig schwarz. Nichtssagende Schatten hingen wie wehende Vorhänge in grau-grieseliger Unschärfe. Hannes hielt sich eines nach dem anderen dicht vor die Augen; schob es unter die Leselupe. Er wusste, dass es an neunter Stelle kam. Und er wusste, dass sich dann sein Magen zusammenkrampfen würde. Dennoch: Er blätterte weiter; Bild für Bild, als brauche er diesen Ritus, der sich irgendwann selbst geboren hatte.

Als er innehielt, lag das einzig verwertbare Foto dieser Nacht unter der Lampe. Trotz der langen Belichtungszeit und dem spärlichen Licht der schwachen Grubenlampen besaß es bemerkenswerte Schärfe. Es sprach die unmissverständliche Sprache eines handfesten Beweises.

Er legte das Bild beiseite wie ein heißes Stück Metall. So, wie er es immer tat, wenn es ihn überkam und er den Karton panisch schloss. Heute aber schob er seine eigenwillige Sammlung nicht wieder auf den Schrank. Heute hielt er aus; grub so lange tief in seinen zu Papier gebrachten Erinnerungen, bis er es schließlich in der Hand hielt.

Seine Pupillen durchleuchteten den alten Negativstreifen angestrengt, bis sie die Nummer des neunten Bildes fixierten. Dann stand er auf, schritt hinüber in das kleine Fotolabor und fischte einhändig nach den Utensilien, die ihn beinahe 30 Jahre lang begleitet hatten.

Alles, was er in diesen geistesabwesenden Minuten im Labor tat, ging ihm von der Hand, als läge nur ein einziger Tag zwischen dem Jetzt und jenem Abend, als es plötzlich schwarz um ihn wurde. Und dennoch waren es schon 29 Monate, die ihn von seinem alten Leben trennten.

Ernüchternde Wehmut fraß sich in seine Seele, als er die Bilder durch die Emulsion zog und im Rotlicht der Dunkelkammer auf die Leine hängte. Im Vergleich zu früher hatte es Ewigkeiten gedauert. Aber es war vollbracht, hing vom roten Licht verfälscht vor ihm. Vier identische Fotos einer Szene, die für jeden unbedarften Betrachter einem schlechten Kinostreifen zu entstammen schien. Für Hannes aber war es nichts anderes als eine nonverbale Anklageschrift – unumstößlich und vernichtend. Das i-Tüpfelchen für die vorbereiteten Beweismappen, die fein säuberlich nebeneinander auf dem Schreibtisch lagen.

37

Doris hielt das schwarz-weiß gehaltene Foto näher an ihre Augen. Es zeigte die Dreiergruppe auf dem Brecherturm detaillierter, größer. Gesichter wurden deutlich. Doris konnte nur vermuten, wer die Männer waren. Sie drehte das Bild um und las den teils verwischten, krakeligen Kommentar: – April 1945, Ströttner, Gramer, Krüb wenige Stunden vor der …‹

Der Rest des Kommentars war unleserlich, ins Grau eines Fleckes verwischt. Doris wurde mit einem Male eiskalt. Wer konnte diese Aufnahmen unbeobachtet gemacht haben?

Gejagt griff sie ein weiteres Mal in die Schatulle, wollte das nächste Bild umdrehen, als sie ein leises Klopfen aus ihren vorauseilenden Ahnungen drängte. Der Strom der Eindrücke riss jäh ab. Doris sah erschrocken zur Tür.

Ein Schatten verebbte auf dem spiegelnden Marmorboden. Der Gang der Person klang leicht, passte nicht zu den Ströttners. Plötzlich wurde es dunkel auf dem Flur. Jemand hatte das Licht in den Nischen gelöscht. Absichtlich.

Erika?, fragte sich Doris ungläubig selbst.

Ein anderes Schrittmuster drang von der Treppe her in den finsteren Hausgang zurück. Es war ein schwerer, selbstüberzeugter Tritt, der Erikas zerbrechliche Stimme beinahe gänzlich überlagerte. Sie schien Ströttner in ein lapidares Gespräch verwickeln zu wollen. Doris hörte etwas von Nachspeise und irgendwelchen Zutaten, als sie den Deckel der Kiste zuwarf und sie in ihr Verlies quetschte. Sie wusste sofort, was da klemmte und diese kleine Beule aus dem dünnen Blech drückte. Aber für Korrekturen war keine Zeit mehr. Im Hinauseilen bückte sie sich noch hastig nach der Fotografie, die ihr entglitten war, und steckte sie in die Gesäßtasche ihrer Wanderhose. Dann huschte sie katzenhaft aus der Tür; einen Bruchteil einer Sekunde, bevor das Licht wieder anging.

Ströttner lächelte sie stumpf an. Er machte sich wie immer Glauben, seinen alkoholisierten Zustand durch eiserne, äußere Disziplin überspielen zu können. Unmengen an Adrenalin jagten Doris ein scheußliches Kribbeln durch die Venen.

»Morgen um sieben geht's wieder weiter, Ehrnsteinerin! Mit Erfolg zum Sieg!«

»Selbstverständlich, Herr Ströttner«, sprang es betont über ihre Lippen. An der Ammonitennische traf Doris auf Erika. Sie brachte ihr dankbar fragende Blicke entgegen. Doch die Haushälterin wich ihr aus; sah nur leidend auf den Boden.

»Was wissen Sie?«, presste Doris leise hervor.

Erika schüttelte im Vorübergehen nur den Kopf. Ihre gesamte Erscheinung wirkte im Schummerlicht des Hausflurs verhärmt und gezeichnet. Doris sah ihr hinterher, bis sie die Küchentür hinter sich geschlossen hatte. Sollte ihr etwa der Zufall eine Zeugin beschert haben?

Als Jakob den Zündschlüssel seines Mercedes zurückdrehte und der Motor stoppte, hörte man nur noch den

Regen auf das Dach trommeln. Der Parkplatz war leer, schien im Gegensatz zur sommerlichen Belebtheit wie ausgestorben. Sie küssten sich und lehnten sich in die komfortablen Ledersitze zurück. Doris sah ihn eine Weile von der Seite an, wie er mit geschlossenen Augen den Kopf an die Nackenstütze legte. In ihrem Blick lag eine Spur von Trauer, als sie nachdenklich begann: »Was wäre, wenn unsere Beziehung etwas belasten würde, das deiner Karriere abträglich wäre?«

Jakob öffnete die Augen. »Was meinst du damit?«

»Nur einmal angenommen: Dein Vater findet heraus, dass ich Höhlenforscherin bin. Es kommt zum Streit und du müsstest dich zwischen mir und ihm entscheiden.«

Jakob schmunzelte in liebevoller Selbstverständlichkeit. »Was plagen dich nur für abstruse Gedanken. Mir ging es bei meiner Äußerung heute Nachmittag um dein Wohlergehen in der Firma.«

Doris blieb beharrlich. »Du weichst mir aus.«

Jakob wurde ernst. »Ich würde mich für dich entscheiden, Doris. Das weißt du. Nur verstehe ich nicht, was dies mit meiner Karriere zu tun haben könnte?«

Aus Doris' Gesicht floh ein Stück ihres Lächelns, als sie den verchromten Türhebel zurückzog. »Dein Vater hat mehr Macht, als du denkst.« Sie küsste ihn auf die Wange, stieg aus und eilte hinüber zu ihrem VW Polo, der im Regen mattblau glänzte.

Eine halbe Stunde später öffnete Doris behutsam die Tür zum oberen Stockwerk. Ein schwacher Lichtkegel fiel von der kleinen Stube auf den Flur. Der abgehackte Anschlag der uralten Adler-Schreibmaschine, den sie auf der Treppe gehört hatte, war verstummt. Sie gab sich keine Mühe, leise durch den Hausgang zu schleichen. Doris wusste, dass er sie längst bemerkt hatte.

Die Walze der Maschine stöhnte hell auf. Das Stück Papier, das unter ihr geklemmt hatte, war ruckartig herausgezogen worden, ohne die Spannfeder zu lösen. Ein leises, charakteristisches Knistern schloss sich an, bevor das metallische Quietschen eines Hebels alles beschloss. Doris kannte die Stimme der alten, geschwärzten Tür des kleinen Ofens. Ihr war sofort klar, dass ihr Vater etwas verbrannte, was nicht für ihre Augen bestimmt schien.

Ein Stuhl wurde zurückgeschoben. Unrhythmische, von grauen Filzhausschuhen gedämpfte Schritte schlichen über die Dielen. Als Hannes in der Tür erschien, lag wieder dieses verständnisvolle Bedauern in Doris' Blick. Sie sah ihm an, dass er lange mit sich gerungen hatte, sich hinzusetzen; sah ihn vor sich, wie er Buchstabe für Buchstabe niederdrückte, um es schwerfällig zu beschließen. So wie ein langes, düsteres Kapitel eines Dramas. Bis sie kam und alles zunichtemachte, was der einsame Abend bisher geboren hatte – kurz vor dem Aufatmen.

»Entschuldige. Ich wollte dich nicht stören.«

Hannes wirkte, als habe man ihn beim Stehlen ertappt. Er sah an Doris vorbei zur Wanduhr. Der Versuch abzulenken, war kläglich. »Schon spät. Werde schlafen gehen.« In gespielter Zufriedenheit nickte er sich selbst zu und legte seine Hand im Vorübergehen anerkennend auf die Schulter seiner Tochter.

Doris wusste nicht, weshalb er dies tat. Sie schwieg nur; drehte sich erst um, als er die Tür zum Gang fast geschlossen hatte und schickte ihm ein leises »Gute Nacht, Paps« hinterher.

Doris ließ ihre Tasche auf den zweigeteilten Buchenholzschrank im Gang gleiten und tat einen vorsichtigen Schritt in das Zimmer ihres Vaters. Sie war als Kind unzählige Male hier oben gewesen, hatte bei ihm auf dem Schoß gesessen und ihm beim Arbeiten zugesehen. Heute aber fühlte sie sich fremd; wie ein Spion im elterlichen Haus. Allein der Verdacht, der Doris verfolgte, legte diesem Raum einen Schleier von Unehrlichkeit auf, der niemals mehr entfernt werden konnte. Ihre Augen glitten nicht mehr über die vielen schönen Bilder, um sich in Landschaften und Stillleben zu verlieren. Heute lag etwas Lauerndes in ihren Augen. Sie war auf der Suche. Ohne genau zu wissen, wonach sie überhaupt Ausschau hielt.

Obwohl sie wusste, dass sie sich hier ungefragt an den Tisch setzen konnte, beschlich sie dasselbe diebische Gefühl wie in Ströttners Arbeitszimmer.

Die längliche grüne Schirmlampe mit der ausklappbaren Lupe brannte noch, als sie sich an den Tisch setzte und in ihre Gesäßtasche griff. Doris' Blick schien die Fotografie zu beschwören, als sie den beigefarbenen Karton mit der bedruckten Seite nach unten auf die Schreibtischplatte schob und ihre Hand flach darauf legte. Ihre Gedanken waren bei Jakob. Sie machte sich erneut klar, dass sie seit jeher durch ein und dasselbe Geheimnis verbunden waren. Ein Geschehnis, das sich wie eine ätzende Säure in das fragile Fundament ihrer Liebe fraß. Doris hasste Ströttner dafür; überlegte eine Weile, ob sie das Richtige tat. Dann aber drehte sie das Bild um und kommentierte es stumm in sich hinein: Drei Leute auf dem alten Brecherturm. Zivil gekleidet, unauffällig. Der eine hält etwas in der Hand, als wolle er es im nächsten Augenblick in den Trichter werfen. Geheime Dokumente? Ströttners Gesichtsausdruck ist wie immer kalt und bösartig. Und die anderen? So wie es aussieht, sind das Minister Grameisner und der Krüb in jungen Jahren.

Doris zog die Lupe aus dem Lampenschirm und beugte sich darüber. Ihre Augen analysierten jeden Quadratzentimeter der alten Fotografie.

Da waren der nahezu unbelaubte Aprilwald, ein Zaun und die damalige Abbruchkante. Es folgten Felsen, Abraum, Gerätschaften und die Baracken auf der unteren Ebene.

Doris konnte sich gut orientieren. Die Lupe rückte gleißende Blechdächer und die im Schatten liegenden Holzwände ins Licht. Schräg davor hob sich das Profil eines Zuges nahezu gestochen scharf vom weißen Kalkstein ab. Die Schiebetüren der gedeckten Güterwagen waren verschlossen. Doris kniff die Augen zusammen, um schärfer sehen zu können. Doch sosehr sie sich auch bemühte; das einzige, was ihr auffiel, war die offensichtliche Menschenleere im gesamten Areal.

Kann ich es nicht sehen oder gibt es tatsächlich nichts weiter auf dem Bild zu entdecken?, fragte sie sich verärgert selbst. Doris kam das Bild in den Sinn, das ihr Ströttner aus der Firma geschenkt hatte. Sie nahm es aus ihrer bunten Umhängetasche und legte es neben die wesentlich kleinere Fotografie aus Ströttners Arbeitszimmer. Doris' Blick wechselte aufgeregt zwischen den Aufnahmen. Auf beiden Bildern trugen die Bäume noch kein Laub. Die Maschinen und Großgeräte standen allesamt in den gleichen Positionen. Nur der Zug, die Schienen …

Doris fiel es wie Schuppen von den Augen.

»Es gab eine zweite Bahntrasse!«, sagte sie vorwurfsvoll zu sich selbst. »Wie konnte ich das nur übersehen!«

Sie fuhr mit der Leselupe den unbekannten Schienenstrang entlang. Waggon um Waggon rückte in die Schärfe des konvexen Glases. Doris zählte sieben zweiachsige Güterwagen derselben Bauart. Ein paar Meter dahinter gähnte das finstere Portal eines Tunnels in das leicht überbelichtete Szenario. Etwa 20 Meter darüber erkannte sie das Portal, durch welches sie neulich in den Bruch eingedrungen war. Auf dem anderen Bild hingegen gab es weder einen Zug noch eine zweite Schienentrasse auf einem niedrigeren Niveau. Selbst der zweite Tunnelzugang war verschwunden. Doris suchte vergeblich nach Retuschierungsspuren, die man auf älteren Fotos immer deutlich erkennen konnte. Sie lehnte sich zurück und dachte halblaut vor sich hin: »Wenn die Fotografie nicht verändert wurde – dann muss das Gelände geändert worden sein. Die vermeintliche Ausweichstelle im Wald …«

Sie bemerkte nicht, wie sie unaufhörlich mit dem gummierten Ende eines Bleistiftrestes auf das polierte Eichenholz des Schreibtisches tippte.

»Bohrung 21 ging zufällig in diesem verborgenen Tunnel nieder, der bis unter die Decke mit Altlasten aus dem Krieg vollgestopft ist. Ein Giftdepot, welches das Grundwasser des gesamten Tals gefährdet.«

Plötzlich ergab alles einen teuflischen Sinn. Ein wärmendes Gefühl des Triumphes stieg in Doris auf, um sogleich wieder von einer bohrenden Frage gedämpft zu werden: War dieses Bild das Bindeglied zwischen ihrem Vater und Ströttner?

Doris befühlte den Karton der Fotos. Sie roch daran, drehte und wendete sie mehrmals. Schließlich war sie sich sicher: Von ihrem Vater stammte weder die eine noch die andere Ablichtung. Sie kannte die Charakteristik seiner frühen Bilder, wusste um die obligatorische, leichte Unterbelichtung und den kaum wahrnehmbaren Lichteinfall der alten Kamera im linken oberen Eck.

Doris ließ ihre Augen noch einmal über den vergrößerten Zug gleiten. Und wieder verfing sich ihr Blick in einem weiteren Detail. Es stand etwas auf den Waggonwänden geschrieben. Ein kleiner, weißer Aufdruck; kaum zu entziffern. Darüber prangte ein größeres Wort an den Schiebetüren. Es war offenbar von Hand und in Eile angebracht worden. Doris zog die Linse auf die maximale Vergrößerung.

»Z u n f t, Ausrufezeichen«.

Doris fuhr mit der Lupe langsam über die Dächer der Waggons. Ein bestätigendes Lächeln zuckte in ihren Mundwinkeln. »In keinem Steinbruch der Welt werden gedeckte Güterwagen eingesetzt. Dieser Zug hat nicht etwa Kalk abtransportiert. Er hat etwas ganz anderes hinein verfrachtet. Deshalb steht die Lokomotive auch am Anfang des … Moment!«

Doris ließ von der Fotografie ab und stand auf. Sie suchte nach etwas ganz Bestimmtem; nach etwas, das sie kannte und nie beachtet hatte. Ein kleines unscheinbares Foto im Bilderwald des Zimmers.

»Sieben Waggons, mit dieser Aufschrift. Eine kleine Dampflokomotive davor …«

Sollte des Rätsels Lösung tatsächlich schon immer vor ihren Augen gehangen haben?

Doris kannte jedes einzelne, auch noch so kleine Juwel in der Stube. Sie mochte dieses überdimensionale Album, das seit dem Tode ihrer Mutter nicht mehr fähig war zu wachsen.

Das Bild war in einem schmalen, hölzernen Rahmen gehalten und besaß diesen markanten hellen Lichteinfall in der oberen linken Ecke. Obgleich es matt gehalten war, strahlte es den Glanz des Besonderen aus. Doris nahm es vom Haken und legte es auf die Tischplatte zu den anderen.

Sofort steuerte sie mit der Lupe die Nummer der Lokomotive an und verglich sie mit jener auf Ströttners Bild. Ihre Bewegungen wurden hektisch. Aufgeregt erhaschte sie vielsagende, winzige Einzelheiten; fügte sie zu einer erschlagenden Gewissheit zusammen.

»Er hat denselben Zug fotografiert«, stellte sie leise fest. »Er ist der letzte Zeuge. Die ganz persönliche Zeitbombe für Max Ströttner.« Doris zog ein Blatt Papier aus einem der drei Fächer des Schreibtischaufsatzes, drehte den Rahmen des Bildes um und fing an, die Daten zu notieren. Ungeordnet, formlos und dennoch getriebener als zuvor.

38

Das Buchhaltungsbüro war verwaist. Der neue Kopierapparat schickte grelles Licht in den Raum. Doris atmete auf, als sie den letzten Abzug aus dem Schacht fingerte und fluchtartig den Raum verließ. Im Treppenhaus drangen gedämpfte Stimmen zu ihr nach oben. Irgendwo im ersten Stock war eine Tür aufgegangen. Sie war abgelenkt, drehte sich nur kurz nach unten um. Als sie sich zurückwandte, drang ein halblauter Schrei aus ihrer Kehle. Doris war zu Tode erschrocken. Ströttner war wie aus dem Nichts vor ihr erschienen; stand wie ein Fels über ihr auf dem letzten

Treppenabsatz. Die dünne Aktenmappe, die ihr aus ihrer Hand glitt, öffnete sich wie die Flügel eines Schmetterlings.

»So schreckhaft am frühen Morgen?« Ströttner trat die Stufen herab, bückte sich und las die kopierten Fotografien vom Boden auf, die Doris in der Eile nicht erreichen konnte. Das Bild ihres Vaters lag offen vor ihm, als er danach griff. Seine Frage klang unehrlich. »Was haben wir denn da?«

Ströttner hielt sich das Bild mit ausgestrecktem Arm vors Gesicht. Seine Augen waren angestrengt zusammengekniffen.

Doris war kreidebleich. »Für die Diplomarbeit«, stotterte sie.

Ströttner aber rang nicht weiter nach Schärfe und streckte ihr das Bild entgegen. »Meine Arme sind zu kurz. Aber ich werde ja bald Ihre gesamte Arbeit lesen dürfen. Und dann mit meiner Lesebrille, die ich wieder irgendwo verlegt habe.« Ströttner wirkte eisern, als er an Doris vorbei die Treppe hinabeilte. Sein flüchtiger Blick, den er ihr von der Halbebene aus zurückschickte, war nicht zu deuten.

Im Labor ließ sich Doris erschöpft auf ihren lehnenfreien Holzdrehstuhl fallen. Sie nahm ein Paar tiefe, beruhigende Atemzüge, sah ziellos durch den Raum; bemerkte nicht, wie ihr Blick auf dem Gesicht ihres Kollegen ruhte.

Arnegger hatte soeben von seinem belegten Brot abgebissen. Er verlagerte den Happen in die linke Backentasche und fragte schmatzend: »Alles in Ordnung mit Ihnen?«

Doris hasste rhetorische Fragen und ließ sie unbeantwortet. Ihre Augen suchten den neuen Abbauplan. Sie wusste selbst nicht, weshalb sie plötzlich an ihren Vorgänger denken musste.

»Was war Weidlinger eigentlich für ein Mensch?«

»Hmm?« Arnegger sah Doris verständnislos an. Er würgte seinen Bissen hinunter. »Was weiß ich? Geradlinig, sparsam. Dick und seit Ewigkeiten in der Firma. So lange, dass er mit dem Chef auf Du und Du stand.«

Doris überlegte eine Weile. »Nein. Das meine ich nicht. Was hat ihn außer seiner Arbeit interessiert? War er verheiratet? Hatte er Kinder, Wünsche oder Ziele?«

Arnegger stieß seinen Atem in einer Geste der Ratlosigkeit zwischen den Lippen hindurch, bevor er sich seinen Mund am Ärmel abwischte. »Wen interessiert das jetzt noch? Er ist tot und fertig.«

Doris störte es, wie Arnegger von seinem einstigen Kollegen sprach. »Mich interessiert es. Ich denke, dass mit dem Tod nicht einfach alles vorüber ist. Etwas bleibt von jedem von uns. Weidlinger hat uns zumindest eine fast fertige Analyse eines neuen Verfahrens hinterlassen.«

Arnegger zog die Brauen nach oben. Er schien auf dem Boden nach den Resten seiner Moral zu suchen. »Nun ja. Er hatte keine Angehörigen, soweit ich weiß. Karl war ein typischer Einzelgänger. Er machte nicht viel Worte um das, was er tat, oder von was er träumte. In den letzten Wochen faselte er häufig von einer großen Reise. Ewiger Sommer oder so was. Ich glaube, das einzige, das ihm etwas bedeutete, war seine Knipserei.«

Doris wurde aufmerksam. »Knipserei? Sie meinen Fotografie?«

Arnegger bestätigte unsicher. »Ja. Mit großen Kameras, Stativ und dem ganzen Plunder. Er hat alle seine Aufnahmen selbst entwickelt. Darauf war er immer stolz.«

Doris war aufgestanden und hatte sich auf den Versuchstisch aufgestützt. »Er hatte ein privates Labor?«

»Er hat ganze Nächte darin zugebracht. Das hat er zumindest manchmal erzählt.« Arnegger deutete auf den Schrank an der Außenwand von Doris' Arbeitsplatz. »Dort, in dem verblendeten Teil bewahrte er immer ein paar seiner neuesten Fotos auf. Er zeigte sie uns oft. Es waren wirklich gelungene Sachen darunter. Wir rieten ihm dazu, einmal einen Wettbewerb mitzumachen. Aber er mochte das nicht.«

Doris schritt auf den Schrank zu. »Hat er gesagt, weshalb?«

»Er hasste die Presse und die Öffentlichkeit. Einmal sagte er, es sei ihm zu gefährlich. Weshalb auch immer.«

Doris begutachtete die Schrankwand ohne Schloss, während sie Arnegger von hinten skeptisch musterte.

»Warum interessieren Sie sich so dafür?«

Doris hörte ihn nur noch schwach. Sie suchte verzweifelt nach irgendeinem versteckten Riegel, einem Knopf. »Für was?«, entfloh es ihr abwesend.

»Na, für die Knipserei.«

Doris drehte sich kurz zu ihm um. »Mein Vater ist professioneller Fotograf.«

Doris hielt kurz inne und relativierte: Nun ja. Er war es zumindest. Ich habe diesen Virus sozusagen mit der Muttermilch eingesogen.«

Arnegger gab sich zufrieden, tippte mit dem Zeigefinger verdeutlichend Löcher in die Luft. »Unten, die Zierleiste. Sie müssen sie nach links schieben. Aber ich glaube, da ist nichts mehr drin.«

Doris bedankte sich mit einem Lächeln. Sie nahm wahr, wie sich Arnegger neugierig über seinen Tisch lehnte.

Doris schüttelte enttäuscht den Kopf, als die Blende aufschwang. Sie sah auf einen Blick, dass hinter dem dünnen

Holz nichts zu finden war. Nichts bis auf ein Blatt Papier, das ihr vor drei Tagen hinter die Belüftung geglitten war. »Da ist nichts.«

Arnegger ließ sich auf seinen Stuhl zurückfallen, während Doris das Din-A4-Blatt faltete und unbemerkt in ihre Tasche schob. Indessen kam Brüning durch die Tür.

»Und seine persönlichen Sachen?«, bohrte Doris weiter. »Was ist mit seiner Fotoausrüstung passiert?«

Arnegger zuckte mit den Schultern und wandte sich an seinen Kollegen. »Weißt du, was mit Karls Sachen passiert ist?«

Brüning legte seine Zigarettenschachtel beiseite und schüttelte den Kopf. »Wer will das wissen?«

»Wir. Ich meine, Sie.« Arnegger wies auf Doris. »Frau Ehrnsteiner interessiert sich für Fotografie.«

»Das Zeug wird irgendwann vom Nachlassgericht versteigert. Verwandtschaft gibt's ja keine. Und der Erlös wandert in den Staatssäckel.«

Doris griff nach einer Sprengprobe und ihren Utensilien. »Trauriges Schicksal«, entfloh es ihr halblaut. In Gedanken war sie längst woanders. Doris wusste, was sie zu tun hatte.

39

Die Gegend war einsam und unheimlich. Fliehendes Abendlicht lag über dem spärlich beleuchteten Bahnareal. In einer großen Regenpfütze vor dem abgelegenen

Nebengebäude am Ulmer Hauptbahnhof ruhte das perfekte Spiegelbild einer rot-weiß getünchten Schranke. Ein Hauch von Öl und Teer schwebte in der Luft. Es roch nach Eisenbahn. Unverkennbar.

Eine Männergestalt trat aus einer der hohen Werkstüren und kam mit fragendem Blick auf sie zu. Sie hätte sich den Herrn, mit dem sie am Telefon gesprochen hatte, jünger vorgestellt.

»Frau Ehrnsteiner? Haben wir telefoniert?«

Doris brachte dem gutmütig wirkenden Bahnbeamten mit der blauen DB-Mütze ein freundliches Lächeln entgegen. »Wenn Sie Herr Lorbacher sind?«

»Möcht ich meinen.« Er zog einen Schlüssel aus seiner Jackentasche und öffnete die Seitentür.

Doris' Blick floh kurz über das Lagergelände; erfasste Gegenstände, mit denen sie kaum etwas anfangen konnte. Signalflügel, Gittermasten, Kabeltrommeln, Hemmschuhe, Laternenaufsätze; ein buntes, geordnetes Depot, in dem sich Tradition mit Moderne mischte.

»Sie sind neu bei der Lokalredaktion?«

Doris sah Lorbacher fragend an, während dieser die Tür zu seinem Büro öffnete.

»Ich komme nicht von der Zeitung. Ich schreibe eine Diplomarbeit, in der dieser Bahnhof am Rande eine Rolle spielt.«

Lorbacher nickte verständnisvoll. »Es wird nur immer wieder von der Bombardierung berichtet. Und da sich das erst letztlich gejährt hat, dachte ich …« Lorbarcher bot ihr einen Stuhl an und setzte sich hinter seinen winzigen Tisch. »Wie auch immer. Ich bin immer erfreut, wenn sich jemand für Bahngeschichte und alte Schienenfahrzeuge interessiert. Womit kann ich Ihnen helfen?«

Doris kramte in ihrer Tasche und legte die Fotokopie des Bildes ihres Vaters auf den Tisch. »Diese Aufnahme entstand am 22. April '45.« Doris tippte mit dem Finger auf die Zugmaschine. »Können Sie mir sagen, wie lange diese Lokomotive Dienst getan hat?«

Lorbacher korrigierte schmunzelnd. »Sie meinen, wann sie ausgemustert worden ist.« Er nahm das Bild vom Tisch auf und griff nach einer kleinen Lupe. »Na, wen haben wir denn da?« Er sprach von der Maschine wie von einem Menschen, den er gut kannte. »Eine 89er. Ein tapferes Mädchen der letzten Stunde …« Lorbacher kniff die Augen zusammen und notierte eine Zahlenreihe auf einen fleckigen Zettel. »Von denen hatten wir damals einige im Bahnbetriebswerk. Zum Rangieren oder für Kurzstrecken. Allerdings sind fast alle in Grund und Boden gebombt worden.« Dann kräuselte er die Stirn. »Wann soll die Aufnahme entstanden sein, sagten Sie?«

»Am 22. April.«

Der Bahnbeamte schüttelte überzeugt den Kopf. »Das kann nicht sein. An diesem Tag wurde der gesamte Bahnhof zerstört. Keine einzige Maschine ist damals auch nur einen Meter weit gefahren.« Er tippte auf den ausfahrenden Zug. »Und schon gar nicht Richtung Westen, den Franzosen entgegen.«

Doris überlegte fieberhaft. Sollte sich ihr Vater verschrieben haben? »Sind Sie sicher?«

Lorbacher schielte verächtlich über seine schmale Brille und zog seinen Kittelärmel zurück. Sein Unterarm war von tiefen Narben entstellt. In seiner Stimme schwang schmerzlicher Stolz. »Ganz sicher. Ich war dabei; die ganze Zeit. Bis an diesem 22. der Befehl zum Abrücken nach Leipheim kam.«

Doris war überzeugt.

Lorbacher hatte ein Schubfach des alten Stahlschranks aufgezogen und blätterte in einer Karteikiste. Schließlich nahm er eine der graubraunen Registerkarten heraus und legte sie vor sich auf das Tischchen. Er wirkte nachdenklich. »Kann ich Ihr Bild noch einmal sehen?«

Doris schob es ihm wortlos zu und wartete geduldig, bis er seinen Oberkörper aufrichtete und den Atem amüsiert durch die Nase stieß.

»Was haben Sie?«

Er lachte verhalten. »Ich hätte nicht gedacht, dass dieser Abend noch so spannend wird.« Er legte die Registerkarte langsam, wie den letzten Trumpf in einem Benokelspiel, neben das Foto. »Hier. Diese Maschine gilt seit dem 19. April 1945 als verschollen. Sie gehörte dem Bahnbetriebswerk Ulm an und wurde vornehmlich auf der Strecke zwischen Blaubeuren und Ulm eingesetzt. Ein klassischer Hilfsdienst bis zur Hauptstrecke.«

Doris traute ihren Ohren kaum.

»Leider existiert kein Lokbuch mehr, aus dem wir erfahren könnten, wo sie bis zum 19. April gestanden hatte. Das ist bei unseren verschollenen Fahrzeugen aus dieser Zeit leider die Regel.« Er machte eine Pause, in der er Doris auffordernd die Fotokopie entgegenhielt. »Diese Aufnahme muss allerdings nach dem 19. April entstanden sein, da auf ihr die Zerstörung der Verbindung zum Verladebahnhof eindeutig erkennbar ist. Und diese wurde beim letzten schweren Angriff getroffen – am 19. April.« Lorbacher zog anerkennend die Mundwinkel nach unten. »Sie hatten recht mit Ihrem Datum. Fragt sich nur, wo unsere kleine 89er verblieben ist? Und weshalb fuhr sie trotz akutem Kohlemangel dem Feind entgegen?«

Doris gingen die Überlegungen des Bahnbeamten zu weit. Sie faltete ihre Fotokopie und steckte sie zurück in ihre Tasche. »Verschollen oder in den Dienst der Franzosen gelangt. Das wird sich kaum klären lassen. Mir jedenfalls hat es schon viel weitergeholfen«. Doris versuchte, das Gespräch zu beenden.

Lorbacher schien es bemerkt zu haben. Er erhob sich und reichte Doris die Hand. »Und ich habe durch Sie ein offenes, stählernes Schicksal zu klären.« Er blinzelte ihr jovial zu. »Das ist mein Hobby, wissen Sie. Dampf und Kohle lassen einen nicht los, wenn man Jahrzehnte lang davon umgeben war. Sollten Sie je etwas über diese Lok in Erfahrung bringen, dann rufen Sie mich bitte an.«

Doris griff in seine warme, fleischige Hand und sah für einen Moment in seine graugrünen Augen. Ein Anflug von Misstrauen schlug ihr entgegen.

»Ich werde mich melden, sicher. Haben Sie vielen Dank.«

Lorbacher sah ihr eine Weile nach, wie sie eilig auf die hohe Tür zuschritt. Kurz bevor sie die Klinke niederdrückte, rief er sie nochmals von hinten an. »Sagen Sie …«

Doris beschlich ein ungutes Gefühl, als sie seinen forschenden Blick erwiderte.

»Ja?«

»Sagt Ihnen der Begriff *Zunft* etwas?«

Doris überlief ein kühler Schauer. Sie schüttelte naiv den Kopf. »Nein. In welchem Zusammenhang?«

Lorbacher sah sie eine Sekunde stumm an. Dann winkte er ab und lächelte.

»Nicht so wichtig. Kommen Sie gut nach Hause. Der Türöffner ist an der Mauer auf der linken Seite.«

Es war inzwischen Nacht. Doris lenkte ihren VW Polo in die unbeleuchtete Bushaltestelle nach dem Kreisverkehr und stieg aus. Das Licht der gelben Telefonzelle flackerte in unregelmäßigen Abständen. Als Doris die schwerfällige Tür aufstemmte, schlug ihr das typische Gemisch aus kaltem Zigarettenqualm, Schweiß und Moder entgegen. Sie hielt kurz die Luft an, um sich daran zu gewöhnen.

Während ein paar Zehnpfennigmünzen durch den Zählschlitz ratterten, blickte sie auf ihre Armbanduhr: 18 Uhr – Abendessenszeit. Dann wählte sie eine Nummer, die ihr schon seit Langem in Fleisch und Blut übergegangen war.

Fritz klang unmotiviert, als er nur seinen Namen nannte.

»Doris hier. Du musst mir helfen!«

Es war kurz ruhig im schwarzen Hörer.

»Keine Sorge, es ist nichts passiert«, setzte Doris nach. »Ich will nur einen Begriff geklärt wissen. Und da du Geschichte unterrichtest …«

»Du recherchierst also immer noch«, drang es ernüchtert aus der Hörermuschel. »Lass mich raten. Es ist ein Begriff aus der Nazizeit, so um '45?«

Doris legte den Kopf auf die Seite. »Stimmt. Es handelt sich um das Wort *Zunft*; Zett, U, En, Ef, Te.«

Cruner seufzte. »Ach du lieber Gott. Es ist also Fakt.«

Doris verstand nicht, sah nur die Münzanzeige, wie sie auf 10 Pfennig sprang und zu blinken begann. »Sag schon, was war das für eine Organisation? Mir geht das Geld aus.«

Cruner räusperte sich. »Das war keine Organisation. Es war ein Befehl; eine Order von ganz oben. Damit sollten alle Bestände an Giftgas, die im Reich lagerten, vernichtet werden. Sie hätten eigentlich …«

»In der Ostsee versenkt werden sollen. Ich weiß«, ergänzte Doris ungeduldig.

»Michel hat es mir schon vor zwei Wochen gesagt. Jetzt aber habe ich es schwarz auf weiß. Ich fresse einen Besen, wenn nicht der gesamte Zug – Hallo? Fritz?«

Die Verbindung war abgebrochen. Doris legte den Hörer auf die Gabel. Ihr Blick ruhte gedankenversunken auf dem hochgeklappten, aufgeschlagenen Telefonbuch der Zelle. Es zeigte Blaubeuren, Buchstabe *U*. Die Werbeanzeige des urgeschichtlichen Museums stach Doris ins Auge. Ihre Gedanken aber kreisten um einen anderen Namen, ließen ihren Zeigefinger den Buchstaben *W* hinabgleiten.

»Weber, Wegmann, Weygart«, las sie die Einträge laut vor sich hin. So lange, bis ihr Finger in einer ganz bestimmten Zeile ruhte.

Weidlinger, Karl, Im Vesperwäldle 1.

40

Das Scheinwerferlicht warf lange Schatten in den nebelverhangenen Staatsforst. Ein scheues Augenpaar funkelte auf. Graue Silhouetten flüchteten vom nahen Feld zurück ins Dickicht.

Doris fuhr langsam. Sie wusste, dass diese Adresse weit weniger einladend war, als sie verhieß; besonders bei Nacht. Die schmale Straße war uneben, die Schlaglöcher mit unbewegtem Regenwasser gefüllt. Gischt spritze von den Reifen weit über die Bankette hinaus, troff von der bemoosten Rinde der hohen Buchen auf den Boden zurück. Doris hatte das Radio laut gedreht. Wohler wurde ihr davon aber nicht.

Doris bog in einen kreuzenden, überwucherten Waldweg ein. Die Äste des austreibenden Gestrüpps schlossen sich hinter der Heckscheibe wie ein Vorhang. Sie stellte den Motor ab und schaltete das Licht aus. Für einen Moment haderte sie mit sich und dem unbestimmbaren Gefühl aus Neugier und Furcht. Dann fasste sie Mut und stieg aus. Schon nach wenigen Metern schälte sich ein kleines Haus aus der Dunkelheit. Ein schwacher Lichtschein drang aus den Fenstern in den dunstigen Wald. Doris jagte ein kalter Schauer über den Rücken.

Er hatte keine Verwandten, drang Arneggers Stimme von irgendwoher in ihren Geist. Also Einbrecher! Hier, auf dem Land?

Dürres Geäst knackte verräterisch unter Doris' Sohlen, als sie auf die efeuüberwucherte Rückseite des Hauses zuschlich. Sie überstieg den zusammengebrochenen Holzzaun des verwahrlosten Gartens; trat in die weiche Erde ehemaliger Gemüsebeete. Aus einem fast vollständig verlandeten Teich schickte ein einsamer Frosch seinen knatternden Lockruf in den Wald. Gleichsam wie das Licht im oberen Stock gelöscht wurde, verstummte auch der Teichbewohner. Mit einem Mal war es stockfinster im Wald.

Doris tastete sich zur Eingangstür vor. Sie stand ein Stück weit offen. Der Schein einer schwachen Stubenlampe fiel aus einem Türspalt auf den kalten Dielenboden. Die Küche? Das Wohnzimmer?

Doris hielt ihre Jacke vor ihre neue Lampe und knipste sie an. Von ihrer Hand beschattet, beschien sie die Haustür. Sie hing schräg in ihrem Rahmen; schwang unkoordiniert im Luftzug des Waldes. Rote Hebelspuren prangten an gequetschten Zargen. Die beiden dicken Holzbohlen der zusätzlichen Verriegelung lagen im Kies der Einfahrt.

Ein letzter Anflug von Vernunft floh haltlos durch Doris' Gedanken. Dann legte sie ihre Hand an das spröde Türblatt und zog es auf.

Doris atmete mit offenem Mund, spürte den Puls gegen die Schläfen hämmern. Binnen Sekunden erdachte sie einen wilden Fluchtplan. Sah sich aus dem Flur ins Freie stürzten, über den Vorplatz jagen; hinein in das verschlingende Dickicht des Waldes. Doch alles blieb verdächtig still. Friedhofsgleich.

Schale Luft stand im Flur. Es war dieser ganz gewisse, individuelle Muff einsamer Gebäude; das vielschichtige Gemisch aus feuchtem Keller, vergessenem, eingemachtem Obst und abgetragener Kleidung. Der abflachende Atem eines sterbenden Heims.

Doris erspähte neben der kleinen Garderobe eine Treppe, die in das Dunkel des oberen Geschosses führte und hielt inne. Plötzlich zuckte sie zusammen; horchte ins Finster des Aufgangs. Hatte sie gerade Schritte gehört? Ihr Körper war angespannt; bereit zum Weglaufen. Doch sie blieb; ortete ein weiteres Geräusch aus dem ersten Stock. Der Strahl ihrer Lampe beleuchtete ein freudlos aufgehängtes Trockengesteck vor einer geschlossenen Tür. Wer treibt sich hier herum? Und was macht er da oben?

Sie richtete ihren Lampenstrahl auf eine mit einem staubigen Vorhang verhängte Nische unter der Treppe. Sie überlegte einen Augenblick, bevor sie sich in den Winkel hineinwand und ihre Lampe löschte.

Gespannte Stille schwebte im Haus. Bis mit einem Mal die obere Etagentür geöffnet wurde. Ein lautes Knarren durchdrang das Schweigen des Hauses. Ein Gegenstand wurde über Holzdielen gezogen. Doris hielt den Atem an; verharrte regungslos in ihrem Versteck. Sie blickte geradeaus durch einen winzigen Spalt auf die gegenüberliegende Flurwand.

Das Licht einer Taschenlampe fiel diffus von oben auf eine Pinnwand aus Kork. Doris erfasste einen abgerissenen Zeitungsartikel mit dem Bild Ströttners darauf. Eine rote Pinnnadel steckte in seinem linken Auge. Sein Gesicht war unzählige Male durchbohrt worden; kündete von schierem Hass.

Doris sah über sich auf die knarrenden Stufen der Holztreppe; verfolgte die zaghaften Schritte. Sie hörte auf den Klang der Schuhabsätze und wunderte sich. War das eine weibliche Person? Doris zog sich von dem Spalt zurück, rührte sich nicht. Die Person verharrte kaum einen Meter weit von Doris entfernt im Flur. Stumme Ahnungen drangen durch den grünlichen, unbewegten Schal vor der Nische. Dann stürzte jemand eilig aus dem Haus.

Doris hielt es nicht mehr hinter der Treppe.

»Halt, stehen bleiben«, hallte es gedämpft von den Bäumen wieder, als Doris die Tür krachend an den Rahmen stieß und zu laufen begann. Am Ende der Einfahrt hatte sie die dunkel gekleidete Person fast eingeholt, konnte bereits hören, wie sie vor Anstrengung keuchte. Doris wurde mutiger. Es war kein Atmen eines gestandenen Mannes. Es klang tatsächlich nach einer Frau.

»Sofort stehen bleiben, Polizei!« Doris war in der Aufregung nichts Besseres eingefallen.

Doch die Person gehorchte; stand wild schnaufend vor einer dicken Eiche und senkte geschlagen den Kopf.

»Umdrehen! Und die Hände hoch!«

Doris blendete ein blasses Gesicht; erntete ein von bitterem Sarkasmus geprägtes Lächeln. Dann senkte sie den Lichtkegel auf das feuchte Laub vor ihr. Etwas war auf den Boden gefallen.

41

Der Inhalt der beiden Briefe wog schwer. Nicht etwa, was das Gewicht des Papiers anbelangte; vielmehr an belastenden Beweisen. Hannes hatte sich lange überlegt, ob er den Brief einwerfen sollte. Selbst auf der kurzen Fahrt hatte er noch mit sich gerungen, ob dies tatsächlich der richtige Zeitpunkt wäre. Nun stand er vor dem abgelegenen Briefkasten sechs Kilometer vor Ulm und hielt mit seinem Zeigefinger den Schlitz des gelben Postkastens offen. Weshalb er sich gerade Thalfingen ausgesucht hatte, wusste er nicht. Wichtig war für ihn nur, dass auf dem Umschlag nicht der Poststempel von Ulm-Lehr prangte. Es sollte keine Spur zu ihm führen – noch nicht. Erst wenn die Schlinge um Ströttners Hals so fest saß, dass er sich nicht mehr entziehen konnte, würde er seine Aussagen machen. Hannes zelebrierte seine späte Rache. Er ließ den schmalen Einwurfdeckel sachte zurückschwingen. Sein Atem ging schwer. Für einen Moment würgte ihn noch die Beklemmung vergangener Tage. Doch dann brach sich in seinem ziellosen Blick tiefe Erleichterung Bahn. Es war getan. Ein Zurück gab es jetzt nicht mehr.

Als er mit seinem Wagen das Ortsschild von Lehr erreichte, fühlte er sich seltsam fremd und frei. Er bog nicht in den Ratgebweg ein, schenkte seinem kleinen Häuschen keinen Blick. Er fuhr weiter; Richtung Blaubeuren. Hannes hatte den unbestimmbaren Drang, an die Blau zu fahren. Wie nie zuvor sehnte er sich nach seinem Grundstück mit dem kleinen Felsen darin. Hannes floh zu seinen Wurzeln. Dorthin, wo er aufatmen konnte – wie schon einmal, vor über 35 Jahren.

Ströttners alkoholisierte Fahrt war unruhig. Er fuhr viel zu schnell. In der scharfen Kurve vor der Bahnbrücke kam der schwere Mercedes bedrohlich ins Schlingern. Ströttner steuerte wütend dagegen, jagte den zweiten Gang ohne zu Kuppeln ins Getriebe und gab Vollgas. Er führte einen angestrengten, unwirschen Dialog mit einer Person, die es nicht gab. Ströttner sprach mit einem Toten.

»Falsche Mistsau! Jahrzehntelang heuchelst du den treuen Mitstreiter; und dann das! Bist selbst schuld! Woher soll ich wissen, wo das richtige Material liegt?« Er schwieg eine Weile, als er schleudernd in die Abzweigung zum oberen Forstweg einbog und wieder voll aufs Gaspedal trat. Eine Fontäne aus Schotter und Gras spritzte an den hinteren Kotflügeln vorbei auf die Straße. »Es gibt nur einen sicheren Weg: Deine alte Bruchbude muss weg; kümmert sich eh niemand mehr drum.«

Kurz darauf sank Ströttner keuchend auf die Eckbank in seiner Jagdhütte. Er fühlte sich ausgelaugt. Sein Körper verlangte nach einem winzigen Moment der Ruhe. Doch sein gepeitschter Geist gönnte ihm keine Pause. Sein Blick lag wie festgefroren auf der leicht angehobenen Bodendiele, die er ein paar Tage zuvor in blinder Rage aus ihrem gleichförmigen Fischgratgefüge gestemmt hatte. Ströttner erschrak vor sich selbst; schoss in die Höhe. Als suchten sich unsichtbare Geister aus der dunklen Dielenfuge einen Weg, wandte er sich ab und griff panisch nach der Obstlerflasche im Wandregal. Der deutlich mehr als 40-prozentige Klare brannte höllisch in seiner Kehle. Er verzog das Gesicht, schmetterte die Flasche rüde auf den Tisch, um sie kurz darauf nochmals an die Lippen zu setzen. Dann trat er wieder ins Freie – gestärkt, wie er sich einredete.

Die Kühle der Nacht zerrte beharrlich an seinem Gleichgewicht, als er sich zu der Luke am Verschlag für das Stromaggregat bückte. Benommen tastete er ins Dunkel und riss zwei der vier olivgrünen Kanister hervor. Diesel schwappte dumpf an die Blechwände. Sie waren voll.

»Ihr werdet für die klapprige Schaluppe reichen«, nuschelte er den alten Treibstoffbehältern der Wehrmacht zu, als wären es lebende Verbündete.

Als sich die schwache Silhouette des Waldrandes vom Nachthimmel abzeichnete, hielt er mit einem Male inne. Es war ruhig, nur der Diesel schmatzte in den Kanistern. Licht beim Nachbarn? Zu dieser Zeit?, fragte er sich stumm und ging vorsichtig weiter.

Es hatte etwas gedauert, bis er die Dieselkanister mit den bunten Expandern im Kofferraum verzurrt hatte. Er sah wieder auf das Grundstück hinab; wartete auf einen Lichtschein. Aber es blieb dunkel. Ströttner ließ es dennoch keine Ruhe. Er schloss seinen Wagen ab und schritt unsicher zur hohen Fichtenhecke hinab. Die Äste, die er zur Seite bog, stachen ihn in die Fingerkuppen. Er fluchte leise.

Für kaum eine Sekunde war die helle Wand des Felsens in ein schwaches Licht getaucht. So, als käme es von weit unten; vom Boden – oder aus dem Boden? Kurz darauf lag alles wieder im Grauschwarz der Nacht. Ströttner begann, träge zu kombinieren. Sein alkoholbetäubter Geist fand nicht allzu weit. »Was geht da vor?«, fragte er sich halblaut selbst und tastete sich entlang des rostigen Drahtzauns weiter bergab bis zum oberen Tor. Er wartete, stierte trüb in die Dunkelheit. Kein Lichtschimmer stahl sich mehr zu ihm herüber. Der Felsen stand wie ein finsterer Wächter im Grund.

»Komm heraus! Ich habe dich gesehen! Das ist Landfriedensbruch!«, quoll es rau aus seiner Kehle. Niemand antwortete.

Nach einer Weile fanden die Dieselkanister wieder in Ströttners lahmen Sinn. Er verpasste dem rostigen Tor einen aufgebrachten Tritt und suchte sich zurück zu seinem Wagen.

Die tiefen Spurrillen lenkten das schwere Fahrzeug fast von allein den steilen Weg herab. Ströttner fuhr stotternd rückwärts; verrenkte sich fast den Hals dabei. Die Heckscheibe war beinahe vollständig beschlagen. Das Auto, welches kurz zuvor in den unteren Forstweg eingebogen war, hatte er bei seiner halbblinden Rückwärtsfahrt nicht wahrgenommen.

Hannes hatte das Licht seines Opel-Rekord-Automatik abgeschaltet. Er sah in den Rückspiegel, erkannte die markanten Rücklichter eines teuren Mercedes. Es konnte nur Ströttner gewesen sein, der so spät noch von seinem Grundstück herabgefahren kam. Hannes rollte den Schotterweg ein Stück entlang, bis er die Handbremse zog und den Motor abstellte.

Die ersten Bewegungen nach längerem Stillsitzen waren immer die schlimmsten. Ihm war, als müsse er dann binnen 20 Sekunden das Laufen neu lernen. Ein grässliches Gefühl. Trotzdem war Hannes an diesem Abend nicht vorsichtig. In ihm stieg eine gewisse Gleichgültigkeit gegenüber dem auf, was ihm möglicherweise passieren konnte.

Er beleuchtete mit seiner Stablampe das verschmutzte Nummernschild und befühlte die warme Motorhaube des VW-Busses. Es war nicht schwer zu erraten, wer hier vor kaum zehn Minuten eingetroffen war. So rasch es sein Bein zuließ, stieg Hannes hinauf zum Unterstand am Kirschbaum. Aber alles war still und finster. Cruner war nicht da. Nur die Stahlkette des offenen Schachteingangs wiegte sich leise quietschend im Wind.

Hannes saß auf einem vermoderten Brett unter dem Dach des Verschlages. Er hatte die Augen geschlossen und sog die Kühle frischen Regens in seine Lungen. Seine gesunde Hand berührte einen Stapel sauberer Kleider. Sie gehörten Cruner und verrieten ihm, dass er vor Kurzem eingestiegen war – für ihn unerreichbar.

Hannes entschloss sich zu warten. Er hatte Zeit; viel Zeit. Trotz des obligatorischen Montagstatorts im Fernsehen. Zeit kann man nicht messen. Nicht einmal mit einer Uhr. Alles ist relativ, sagte er sich stumm vor. Und was den Tatort anbelangte; den durchlebte er gerade selbst. Hier und jetzt. Er dachte an diese eine schreckliche Nacht, die sich heute auf den Tag genau jährte, und war erstaunt über den Blickwinkel, der sich ihm ohne Geheiß auferlegt hatte. Es gab eine gewisse Distanz zu dem, was ihn bis gestern diabolisch heimgesucht hatte. War das etwa das ersehnte Vergessen? Das geistige Aufatmen?

»So müsste sich das Sterben anfühlen. Genau so«, sagte er zu sich selbst, ohne zu ahnen, was ihm bevorstand.

42

»Erika!«, stieß Doris in die Nacht. Sie senkte ihre Lampe vollends und sah fassungslos in das Gesicht von Ströttners Haushälterin. »Was machen Sie hier?«

Erika visierte Doris scharf an. »Dasselbe könnte ich Sie fragen.«

Doris schluckte trocken. Sie schien mit ihren fliehenden Augen eine Antwort im nächtlichen Wald zu suchen. »Ich habe einen schrecklichen Verdacht und suche nach Beweisen.«

Erika nickte wissend und bückte sich in trauernder Zufriedenheit nach einem Behältnis auf dem Boden. Sie umklammerte es mit beiden Händen, wie einen teuren Schatz. »Ich weiß, dass Sie ihn am Wickel haben.«

Doris' Blick fiel kurz auf die Holzkiste. Sie war sich sicher, dass sie heute zur richtigen Zeit am richtigen Platz war, spürte, wie Erika aufatmete. Behutsam legte sie ihren Arm um ihre Schultern und leitete sie zurück auf den Vorplatz. »Lassen Sie uns ins Haus gehen.«

Erika fügte sich stumm.

Doris kümmerte es nicht, dass die Küchenstühle entsetzlich knarrten. Ihr Augenmerk galt nur der kleinen Holztruhe, die vor ihr auf dem kleinen, klapprigen Tisch ruhte.

Dort liegen sie wohl, die Beweise, dachte sie insgeheim, als Erika mit zitternder Stimme das Wort ergriff.

»Ich habe gestern gesehen, wie Sie im Büro von Herrn Ströttner nach etwas suchten.«

Die Scham trieb ein zartes Rot auf Doris' Wangen. Sie fühlte sich ertappt.

»Der Speiseaufzug«, erklärte sich Erika. »Man muss sich beinahe anstrengen, um nicht hinzuhören. Sie interessieren sich für die Zeit nach '44 im Bruch.«

Doris bestätigte mit einem Nicken.

»Ich habe es in Ihrer Stimme gehört. Sie hegten die ganze Zeit Misstrauen gegen ihn.« Erika senkte ihren Blick, nestelte an den abgescheuerten Kanten des Tisches herum.

Doris blieb stumm, wartete ab.

»Ich weiß, was Sie auf der Spur sind und wen Sie verdächtigen. Bei dieser Person treffen sich unsere Wege.«

Doris gierte nach ihren Worten, suchte in Erikas fahlem Gesicht nach der erlösenden Antwort, die alles erklärte. Sie beugte sich fordernd vor. »Was wissen Sie von dieser Zeit? Was ist damals geschehen? Und was haben Sie mit Weidlinger zu tun?«

Erika sah sie eine Weile lang durchdringend an. So, als überlege sie, ob sie sich Doris vorbehaltslos anvertrauen konnte. »Was soll ich lange herumlügen«, brach es irgendwann abgebrüht aus ihr hervor. »Sie erfahren es ohnehin. Karl und ich ...« Erika stockte, als fiele es ihr schwer, den selbst auferlegten Bann zu brechen, »... wir waren zusammen; sahen uns gern. Nicht so, wie das in Ihrem Alter ist. Eben anders, platonisch – wenn Sie verstehen.«

Doris sah, wie Tränen in Erikas Augen anschwollen. Sie legte mitfühlend die Hand auf ihren Arm. Als der Schmerz in Erika abzuebben schien, suchte Doris wieder ihre traurigen Augen. »Und wer hat die Tür aufgebrochen? Ströttner etwa?«

Erika fing sich unter einem zitternden Atemzug verdrängter Trauer. Sie zuckte mit den Schultern und wies mit einer sanften Kopfbewegung auf die Schatulle auf dem Tisch. »Ich weiß es nicht. Karl wusste, dass er mit dem

Feuer spielte. Er sagte oft, es würde nicht mehr lange dauern, bis wir einen ruhigen Lebensabend genießen könnten. Weit weg von hier, von Ströttner und dem unseligen Bruch. Vor ein paar Wochen beschrieb er mir das Versteck. Ich solle es holen, falls ihm etwas zustoßen sollte. Nur für den Fall, dass …« Erika beruhigte ihre vor Trauer zuckenden Wangen mit einem tiefen Atemzug. »Der Inhalt der Kiste sei bares Geld wert und dürfe unter keinen Umständen in die Hände von Ströttner gelangen.« Sie machte wieder eine Pause. »Ich bin hier, um ihm diesen letzten Dienst zu erweisen. Und weiß Gott, ich bin noch rechtzeitig gekommen. Vor diesem Scheusal, diesem …«

Doris' Augen zuckten ungläubig durch Erikas Gesicht, suchten nach der traurigen Wahrheit. »Sie glauben, dass er …«, sie schluckte trocken, »… ihn umgebracht hat? Was um alles in der Welt fürchtet er?«

Erika seufzte unter einem wissenden Lächeln, als erahne sie einen fernen Sieg. »Er fürchtet die Vergangenheit.«

Doris blickte Erika fordernd an. »Sie wissen es also auch! Weshalb sind Sie nicht längst zur Polizei gegangen?«

Erika stieß einen sarkastischen Ton hervor. »Pah. Am End' zu seinem besten Duzfreund nach Blaubeuren? Ohne Beweise, nur mit einer lapidaren Behauptung? Glauben Sie, dann hätten wir uns heute hier getroffen?« Sie schüttelte bitter den Kopf. »Nein. Ich läge längst dort, wo Karl jetzt ruht!« Wütender Hass fand in Erikas Züge. »Dieser Mann ist zu allem fähig«, zischte sie über den Tisch. »Das muss auch Ihnen mittlerweile klar geworden sein. Sonst wären Sie mit Ihrem Wissen ja selbst schon bei der Polizei vorstellig geworden.«

In einem Moment des Schweigens gestand sich Doris ein, dass Erika recht hatte. »Lassen Sie es uns gemeinsam tun. Gleich morgen. Nicht in Blaubeuren, sondern in Ulm, wo er keine Beziehungen spielen lassen kann.«

Erika biss sich unentschlossen auf die Unterlippe.

Doris gab nicht auf. »Wenn Sie mir die Schatulle für einen Tag übergeben, werte ich die Beweise für sie aus und füge sie in meine bisherigen Recherchen ein.«

Erika hob abwehrend die Hand. »Das ist mein Vermächtnis und nicht Ihres! Ich kann Ihnen nicht aushändigen, was ich selbst noch nicht einmal zu Gesicht bekommen habe.« Sie griff nach der Holzkiste und zog sie näher zu sich.

Doris hatte begriffen, dass die Situation mehr Sentimentalität erforderte. Sie griff in ihre Jackentasche und brachte einen kleinen Notizblock und einen winzigen Bleistift zum Vorschein. Eine Ziffernfolge fand in hastig weiblicher Schrift auf das dünne Karopapier. »Hier. Meine Telefonnummer.« Sie schob das Zettelchen über den Tisch und suchte Erikas Augen. »Ich bitte Sie inständig; rufen Sie mich bald an. Uns läuft die Zeit davon. Ihr Leid ist gewiss unermesslich, aber dennoch nur wenige Wochen alt. Der Leidensweg anderer dauert seit über 35 Jahren an. Helfen Sie uns, Erika! Ich flehe Sie an!«

Erika nickte kaum merklich, als ginge sie das alles nichts an. Dann stand sie auf und wandte sich zur Tür. In ihrer Stimme lag der nüchterne Ernst einer verhärmten, gebrochenen Frau.

»Geben Sie mir etwas Zeit.«

Doris schob in einer Geste der Sinnlosigkeit ihren Stuhl an den Tisch und sah Erika nachdenklich hinterher. Kurz bevor sie ins Freie trat, ging sie ihr nach. »Hat Karl – ich meine, Herr Weidlinger, Ihnen gegenüber jemals den Namen Ehrnsteiner, oder Strelin erwähnt?«

Erika blieb stehen, drehte sich nochmals zu Doris um. Sie überlegte lange. »Nein.«

Doris nickte geschlagen. Für einen Augenblick war sie mit ihrer Hoffnung allein; wünschte sich in die Zukunft, um endlich klar sehen zu können, bis sie plötzlich von grellen Lichtstrahlen zurück ins Jetzt gerissen wurde. Gejagte Räder schlugen hart in die regengefüllten Pfützen. Ein schwerer Wagen näherte sich dem Gebäude. Das starke Fernlicht warf lange Baumschatten in den dunstigen Wald.

Doris flüchtete ins Dickicht, ertastete neben sich den festen Lodenstoff von Erikas Mantel. Sie war froh, nicht allein zu sein.

»Mein Auto steht da vorn. Sie fahren selbstverständlich bei mir mit.«

Erika aber blieb stehen, duckte sich nur hinter eine dichte, niedere Heimbuche. »Ich will sehen, wer sich außer Ströttner noch für den Nachlass meines Karls interessiert. Außerdem lehnt mein Fahrrad am Schuppen hinter dem Haus.«

Der Motor des Wagens heulte gequält auf.

»Das ist Ströttner. Und er ist betrunken«, entfloh es Erika angewidert.

Doris sah Erika erstaunt von der Seite an. »Woher wissen Sie das?«

»Was glauben Sie, wie oft ich ihn schon habe nach Hause kommen hören; sturzbesoffen. Der Mercedes hat einen eigenwilligen Klang.« Sie legte den Zeigefinger an die Lippen.

Doris starrte gebannt auf den von den Frontscheinwerfern erhellten Vorhof des Grundstücks. Der Wagen stand still; schickte feine Dampfschwaden aus der Motorhaube in den waldumkränzten Himmel. Plötzlich wurde die

Fahrertür aufgestoßen. Unrhythmische Schritte knirschten im bemoosten Kies. Ströttner wankte um sein Fahrzeug herum und öffnete den Kofferraum. Ein gedämpftes Schwappen drang durch die unbewegte Waldluft; stieß in Doris eine glasklare Vorstellung an, was in den nächsten Minuten unabwendbar geschehen würde.

Ströttner schlingerte auf den Eingang zu und verschwand im Dunkel des Eingangs.

Doris spürte die Angst in Erika, als sie erschrocken nach ihrem Arm tastete. Ihre tonlose Stimme hauchte hoffnungslose Wölkchen in das dichte Geäst der Buchenhecke. »Wir müssen etwas unternehmen!«

Doris überlegte fieberhaft, wandte sich mit einem Ausdruck an Erika, der nicht verriet, ob sie von ihrem Vorhaben überzeugt war. »Sie rühren sich nicht von der Stelle! Ich werde dieses Nazischwein festnageln. Dann rufen wir die Polizei.« Sie gestand Erika keine Zeit für eine Antwort zu. Doris war bereits auf dem Weg, ohne zu wissen, woher sie den Mut dazu nahm.

Sie hatte die Schuhe ausgezogen, um das verräterische Knirschen im Kies zu vermeiden und huschte lautlos hinter den linken Kotflügel von Ströttners Wagen. Sie fühlte, wie sich die Nässe in den Stoff sog. Eine Armee kleiner, gemeiner Steinchen stach bösartig in ihre Sohlen, als hätten sie einen stummen Pakt mit demjenigen geschlossen, der sie einst gebrochen und verarbeitet hatte. Doris' Finger waren klamm vom kalten Regen, tasteten kreisförmig den Reifen entlang, bis sie fand, wonach sie suchte. Verbrauchte Luft mischte sich zischend mit dem Geräusch des einsetzenden Regens. Doris war zufrieden, als das Heck des Mercedes absank. Dann fiel ihr Blick auf die offene Fahrertür. Ströttner war sich offenbar sicher, allein zu sein.

Die Innenbeleuchtung der teuren Limousine beschien das Zündschloss mit dem dicken Schlüsselbund. Er baumelte einladend an einer kurzen Kette, schlug leise gegen die Kunststoffverkleidung der Lenksäule.

»Hab ich dich …«, hauchte Doris vor sich hin und griff danach. Sie zog sich weiter, sah eine angebrochene Flasche Cognac unter dem Sitz liegen; spürte die nassen, dreckigen Fußmatten unter ihren Händen. Es kümmerte sie nicht. Mit dem ausgestreckten Arm fingerte sie nach dem Griff des Handschuhfaches. Die Klappe federte auf und gab Doris einen kleinen Einblick in Ströttners mobile Unordnung. Ein kaltes Schmunzeln huschte über ihre Mundpartie. Das, was sie sich erhofft hatte, lag ganz oben auf.

Ströttners Brieftasche sprach eine eisige Sprache. Doris riss zusammenhanglose Worte und Nummern in ihr Gedächtnis und hielt zuletzt das abgegriffene Konterfei Adolf Hitlers in der Hand.

»Ewig ergeben«, las sie den selbst aufgemalten Untertitel flüsternd ab. Sie erschauderte. Dann wand sie sich zurück, hinaus in die Kühle der Nacht und huschte weiter über den erleuchteten Vorhof dem Gebäude zu. Im gebückten Lauf ließ sie den Schlüsselbund in das übertriefende Regenfass fallen. Als sie die Brieftasche in den breiten Riss der Betonstufen vor der Eingangstür stecken wollte, schrak sie auf. Explosionsartig stachen Flammen aus einem berstenden Fenster im ersten Stock. Sofort war der davorliegende Wald in ein loderndes Orange getaucht. Doris war klar, dass Ströttner nicht lange auf sich warten ließ. Sie flüchtete durch einen von Efeu umrankten Torbogen, der den Vorhof vom Garten trennte, als sie im Haus bereits unbeholfene Schritte auf der steilen Holzstiege hörte. Sie drehte sich um, spähte durch den Bogen zurück, als sie hinter sich plötzlich ein dumpfes Geräusch vernahm. Das Aufschlagen von feuchtem Holz.

Ströttner stieß mit den beiden leeren Kanistern mehrfach gegen die Wand und das Treppengeländer. Ein glockengleicher Zwieton schlich durch das Haus. Die ersten angelnden Rauchschwaden suchten sich die Treppe hinab, als er verdutzt vor der geschlossenen Eingangstür stand. Die Kanister polterten auf den Boden. Er griff nach der Türklinke, drückte sie nieder und zog. Zuerst leicht, dann heftiger und zuletzt mit all seiner brachialen Kraft. Es half nichts. Die Eichentür gab nicht nach. Eine unterschwellige Furcht schlich sich in sein benebeltes Denken. Adrenalin schoss durch seine Venen. Und es dauerte dennoch Sekunden, bis er sich eingestand, dass er nicht mehr allein war, dass ihn jemand bei seiner Tat beobachtet hatte.

»Was soll das! Aufmachen! Sofort aufmachen!« Berstend knallte die Stubentür an die Wand. Ströttner stürzte dem einzigen Fenster zu, dessen Fensterläden im selben Moment von außen verriegelt wurden. Panik vergiftete seinen Geist.

»Mord! Das ist Mord!«, gellte es durch die Stube, in die bereits die stickige Luft der Glut sickerte. Ströttner hörte das Feuer über sich knacken, sah es vor sich, wie es die schweren Dachbalken hinaufzüngelte. Viel Zeit verblieb ihm nicht für einen rettenden Einfall. Er stürzte in die Küche, in der dicker Rauch bereits aus dem offenen Kamin quoll. Ein Flackern ging durch die Lampe über dem Tisch, dann lag alles im Dunkeln.

Ströttner tastete sich kniend an der Wand entlang, riss sich panisch den Hemdkragen auf. Der heiße Rauch trieb das Wasser aus seinen Augen, stach wie tausend Messer in seine Lungen. Er hatte gänzlich die Orientierung verloren, robbte ziellos im finsteren Qualm umher, teilte den letzten Rest trüber Bodenluft mit seinem Feuer. Bleischwere Erinnerungen zogen verzerrt durch sein schmerzendes Gehirn. Sollte dies sein Schicksal sein? Sein unrühmliches Ende?

Doris ergriff Erikas Arme, als sie den schmalen Fensterladen der Toilette schließen wollte und zog sie weg vom Haus. »Das können Sie nicht tun! Es reicht! Kommen Sie zur Vernunft!

Erika nahm sie nicht wahr. Sie schrie vor Rage. »Das ist für Karl, du elendes Schwein!«

Doris umfasste ihr Gesicht mit beiden Händen. »Sie dürfen jetzt nicht den Kopf verlieren! Gehen Sie hinüber zu meinem Auto und warten Sie dort auf mich!« Doris sah Erika an, dass ihre Worte sie kaum erreicht hatten.

Als sie Sekunden später vor der lodernden Vorderfront des ächzenden Hauses stand und die Hand an die Balken in ihren Widerlagern legte, zögerte sie für einen Moment. So, als gewähre sie Ströttners Opfer, gleich wer sie waren, einen sühnevollen Vorschuss auf das Unausweichliche. Dann riss sie die Balken beherzt aus den Angeln und rannte Erika hinterher.

Ströttner war im Delirium, zog sich in winzigen Zügen kraftlos über den Boden. Ein schwacher Schrei drang von außerhalb des Gebäudes zu ihm vor. Er tat es als Halluzination des beginnenden Wahns ab. Kraftlos versuchte er, sich ein letztes Mal aufzuraffen. Grässlicher Schwindel und Übelkeit nahmen ihn ein, machten es ihm unmöglich, frei zu gehen. Er wankte wie ein angeschlagener Boxer kurz vor dem K. o., als sein linkes Bein an etwas Blechernes stieß, das ihm scheppernd vor die Füße fiel. Er stürzte, probierte gar nicht erst, gegen den Fall anzukämpfen. Er wusste um diese letzte, finale Bewegung, die nicht einmal von ihm selbst ausgelöst worden war. Er schlug hart auf den Boden. Röchelnd rang er nach seinem Leben, riss seine blutunterlaufenen Augen weit auf, als er unverhofft einen kühlen Luftzug in seinem Gesicht spürte. Er ächzte, sog einen Atemzug ein, konnte kaum glauben, was er schemenhaft sah.

Regenfeuchtes Kies, Moos und Wald. Er atmete Luft; frische, saubere Luft. Langsam robbte er durch die offene Tür ins Freie hinaus, ließ sich über die Stufen auf den Vorhof rollen. Er erbrach jämmerlich. Sein Kopf schien vor Schmerzen zu platzen. Er krümmte sich von seinem unaufhörlichen Hustenanfall, gierte nur nach der rettenden Waldluft, während die Flammen in das Erdgeschoss vordrangen. Unaufhaltsam und gründlich. Balken fielen, barsten in tausend Funken auf die durchbrechende Glut in der Wohnstube. Als er die Hitze der nach ihm schnappenden Flammen spürte, krabbelte Ströttner auf allen vieren weiter. Er ruhte ein paar Sekunden auf den Knien, blickte zurück auf die Eingangstür, unter der die beiden Kanister lagen. Dann drückte er nacheinander beide Beine durch und schleppte sich halb fallend zu seinem Wagen. Im Spiegelbild der Seitenscheiben loderte das Feuer, bis sich sein rußgeschwärztes Gesicht davorschob. Ströttner erkannte sich nicht; sank auf den kühlen Ledersitz und hustete sich die Seele aus dem Leib. Er hatte den zerknitterten Zettel auf dem Beifahrersitz ebenso wenig wahrgenommen wie den Kleinwagen, der im selben Moment mit Standlicht waldauswärts schlich.

43

Erika starrte stumm durch die Windschutzscheibe auf den erleuchteten Bahnhofsvorplatz. Ihre Hände umklammerten die Holzkiste so fest, dass die Fingerknöchel weiß hervorstachen. Sie atmete noch immer unnatürlich schnell. Unverarbeitete Panik kondensierte an der Windschutzscheibe.

Doris stand in der Telefonzelle direkt vor dem Wagen und wählte die Nummer der Polizei. Sie blickte durch die schmutzig angelaufene Scheibe zu Erika zurück; schickte ihr ein aufmunterndes Lächeln entgegen. Ohne Reaktion. Erika war am Ende ihrer seelischen Kräfte.

Nach einer Ewigkeit meldete sich eine unmotiviert klingende Männerstimme.

»Polizeiinspektion Ulm, Kleinschmidt.«

Doris atmete tief durch, dann sagte sie mit verstellter Stimme: »Brandstiftung im Vesperwäldle bei Blaubeuren. Beeilen Sie sich, der Täter ist noch vor Ort. Das Haus brennt lichterloh!«

»Wer spricht bitte? Ist jemand verletzt?«, drang es aus der Hörmuschel. Doris aber nahm den Hörer vom Ohr und führte ihn der Gabel zu.

»Hallo? Legen Sie nicht …«

Doris hatte aufgehängt.

Erika starrte noch immer geradewegs ins Nichts. Sie zitterte. Erst als sie wieder auf der Bundesstraße Richtung Blaubeuren fuhren, krochen ein paar Worte über ihre violett angelaufenen Lippen: »Ich hätte die Balken nicht vorschieben dürfen.«

Doris nahm den Blick kurz von der Straße und sah sie

verständnisvoll an. »Ist ja noch mal gut gegangen.« Sie berührte Erikas faltigen Handrücken. »Ich habe die Polizei informiert; anonym. Sie werden seine Brieftasche finden, das Auto sicherstellen und ihre Schlüsse ziehen.« Sie bremste ihren Wagen behutsam an die geschlossene Schranke des Bahnübergangs heran und machte den Motor aus. »In seinem Zustand kommt er nicht weit. Sie werden ihn da oben finden. Dann wandert er erst einmal für eine Weile in Untersuchungshaft, wo er uns nicht mehr gefährlich werden kann. Und genau dann sagen wir als Zeugen aus und legen die Beweise auf den Tisch.« Doris wies mit dem Kopf auf die Holzschatulle.

In Erikas Gesicht verebbte ein Rest Rachlust. In ihrer Stimme schwang Verwunderung. »Auf einmal ist alles anders.«

Doris sah sie forschend an. »Besser oder schlechter?«

»Es fühlt sich gut an.« Erika warf Doris einen ehrfürchtig scheuen Blick zu. »Das hätte ich Ihnen nicht zugetraut, Frau Ehrnsteiner.«

Doris zog die Mundwinkel nach oben und hielt Erika ihre Hand hin. »Doris. Mein Name ist Doris.«

Der Hauch eines Lächelns spielte um Erikas Mund, als sie einschlug. »Erika. Aber das wissen Sie ja schon.«

Ein langer Schotterzug ratterte vor ihnen über die Schienenstöße. Als der letzte Waggon von der Nacht verschluckt wurde und die Schranken nach oben schwangen, preschten auf der Gegenfahrbahn zwei Feuerwehrfahrzeuge und ein Rot-Kreuz-Sanka an ihnen vorüber. Es fiel kein weiteres Wort zwischen den beiden Frauen. Sie spürten, dass sie dasselbe dachten.

Erika fiel nicht auf, dass Doris bewusst langsam an einer Abzweigung vorüberfuhr. Ihre Augen waren halb geschlossen; sie kämpfte gegen die bleierne Müdigkeit, obwohl sie es nicht wollte. Doris aber schielte angestrengt hinaus in die Nacht; erkannte im mageren Schein der Scheinwerfer zwei Autos auf dem Feldweg – Fahrzeuge, die sie kannte.

Zur gleichen Sekunde schreckte Max Ströttner jäh auf. Was war das plötzlich für ein Heulen? Der durchdringende Ton einer Sirene suchte sich durch den Wald; schwoll langsam an. Entrückt richtete er seine Augen auf das glühend zusammengebrochene Haus, dann auf sein Gesicht im Rückspiegel. Siedend heiß drängte sich das Geschehene wieder in sein Denken: Das Feuer, die Beweise und … die verrammelte Tür. Er hielt inne, kniff die brennenden Augen zu schmalen Schlitzen zusammen.

»Wer immer du bist«, krächzte er vor sich hin. »Ich werde dich finden und es dich büßen lassen.«

Das Martinshorn kam näher. Ströttner fingerte nervös um das Zündschloss herum.

»Herrgott noch Mal! Wo habe ich nur …« Hektisch befühlte er seine Taschen; riss die Mittelkonsole auf, bis sein Blick auf einem Stück Papier auf dem Beifahrersitz haften blieb. Mit Daumen und Zeigefinger nahm er es auf, hielt es sich weit vors Gesicht. »Götterdämmerung?« Er zerknüllte das Papier und öffnete das Handschuhfach. Seine Finger wühlten in der gewohnten Unordnung; zuerst unstet, dann panisch. »Judenpack! Dreckschweine!«, brach es heiser aus seiner trockenen Kehle. Das Gefühl, das ihn einzunehmen begann, schmerzte mehr als die brennende Lunge. Er hasste sie vom ersten Augenblick an – die Angst des Gejagten.

Der Sirenenton überlagerte sich; hallte Ströttner penetrant entgegen. Ihm verblieben kaum zwei Minuten, um einen gewieften Plan zu fassen. Aber darin war er Meister. Es hatte immer einen Weg gegeben.

Brandblasen wölbten sich an seinen Handinnenflächen, als er die beiden Kanister und die abgerissenen Nummernschilder in die sumpfige Wildschweinhüle im Wald drückte, bis sie nicht mehr zu sehen waren. Den Schwindel und die rasenden Kopfschmerzen nahm er nicht mehr wahr. Kurz darauf trat er wild keuchend aus dem Waldsaum. Er kannte den Feldweg; wusste, wohin er führte. Aus dem Augenwinkel sah er grellblaues Licht in den orangeroten Feuerschein zucken. Sie waren da; um zu retten, was nicht mehr zu retten war. Ströttner entfloh unter einem erneuten Hustenanfall ein pfeifendes Lachen. Er fühlte sich überlegen, trotzdem er ätzend schwarzen Schleim ausspie.

»Götterdämmerung! Ich werde euch vernichten!«

44

Matthes Krüb kam missgelaunt im Vesperwäldle an. Er war vor seinen beiden Kollegen eingetroffen, die Bereitschaftsdienst schoben. Zwischen seinem Häuschen und dem Einsatzort lagen gerade einmal drei Kilometer. Er wusste selbstverständlich, wer dort einst wohnte. Für ihn drängte sich das Motiv förmlich auf: Raub in großem Stil, mit vollständiger Spurenvernichtung. Irgendjemand musste Wind vom plötzlichen Tod Weidlingers bekommen haben. Unter einem lang gezogenen Gähnen knöpfte er seine Uniformjacke zu, setzte sich die Mütze auf und schritt zu seinem Kollegen aus Ulm hinüber.

»Krüb mein Name; vom Posten Blaubeuren. Unchristliche Zeit, was?« Er deutete gelangweilt auf das Geschehen, als wäre er schon Herr der Lage, noch bevor er richtig angekommen war. »Was gibt es außer dem Scheiterhaufen da vorn noch? Mord, Totschlag?«, fragte er mit gespielter Ironie.

Der hochgewachsene Kollege mit seinen schütteren, blonden Haaren zuckte unbeeindruckt mit den Achseln und hielt ihm leidenschaftslos seine Hand hin. Er schien kein Verständnis für Krübs unpassenden Humor zu haben. »Ruckgaber, Kripo Ulm. Wir wissen es noch nicht. Lassen wir erst einmal die Feuerwehr ihre Arbeit machen.«

Krüb wechselte zu naivem Ernst. »Weshalb seid ihr denn extra aus Ulm hergefahren? Das ist Blaubeurer Gebiet.«

Der Kollege aus Ulm sah ihn mit seinen hellblauen Augen durchdringend an, nickte ihm auffordernd zu und ging voraus. Sein Tonfall war gallig: »Wir sind, hinsichtlich der Kapitalverbrechen, für den ganzen Landkreis zuständig. Schon immer. Das müsste auch bis zum Posten Blaubeuren vorgedrungen sein. Außerdem kam der Notruf bei uns rein.« Ruckgabers Augen wanderten bemitleidend über Krübs nächtliche Gestalt. Er atmete angestrengt aus, als wäre allein dies schon ein teures Opfer. Er war stehen geblieben und hatte seinen Notizblock und den Kugelschreiber gezückt. »Zur Sache: Sie wissen, wem dieses Anwesen gehört?«

Krüb knirschte mit den Zähnen. Ihm gefiel nicht, wie sich der deutlich jüngere Kollege über ihn stellte. »Weidlinger, Karl. Vor etwa vier Wochen verstorben«, erwiderte er knapp. »Es muss wohl jemandem aufgefallen sein, dass das Haus leer steht. Für mich ist das Motiv glasklar: Da hat einer gründlich …«

»Kann sein, muss aber nicht«, unterbrach ihn Ruckgaber unwirsch.

Krüb kochte, als sie über zwei pralle Wasserschläuche hinweg um das vordere Magirus Löschfahrzeug herumschritten. »Sie sind noch nicht lange dabei, was? Ich kenne Sie nicht.«

Ruckgaber tat so, als habe er Krüb nicht gehört. Er steckte sein Blöckchen wieder ein und kramte in seiner Reverstasche. Eine Dienstmarke funkelte im Feuerschein. »Genügt das?« Ruckgaber gab nichts auf Krübs finstere Miene; blieb dienstlich nüchtern. Er wies mit dem Kopf auf ein geparktes Auto. »Dieser Wagen stand davor. Offen, platte Hinterreifen, völlig durchwühlt. Wird sich zeigen, ob der Besitzer noch Angaben machen kann.« Seine Augen ruhten einen Moment lang in der zischenden Glut.

Krüb überkam ein eisiger Schauer – trotz der Hitze des Feuers. Er kombinierte rasch, fragte sich dabei nicht lange, ob Ströttner als Täter in Betracht kam. Vielmehr keimte in ihm die vorsichtige Hoffnung, Ströttner hätte in diesem Feuer all ihre gemeinsamen Geheimnisse für immer mit in sein Grab genommen. Wie befreiend wäre das gewesen. Ein Leben ohne Druck, ohne Abhängigkeit. Der Segen eines friedlichen Ruhestandes.

»Wird bis morgen dauern, den Halter festzustellen«, riss ihn Ruckgaber aus seiner Lethargie. »Die Nummernschilder sind entfernt worden.«

Krübs Blick haftete noch immer wie festgefroren auf dem goldfarben schimmernden Mercedes. »Das Fahrzeug ist meine Sache«, stammelte er nach einer Weile.

»Wie meinen Sie das?«

»Das übernehmen wir. Der Posten Blaubeuren. Ich habe dieses Fahrzeug schon einmal gesehen.«

»Haben wir einen Namen?«, entgegnete der Ulmer Kollege ohne Hoffnung in der Stimme.

»Sehe ich so aus, als hätte ich das Archiv aller Verkehrsdelikte in Blaubeuren im Kopf? Ich sagte, ich kenne das Fahrzeug, nicht den Halter.«

Ruckgaber wandte sich ab. »Gut. Je weniger Arbeit ich damit habe, desto besser. Schicken Sie mir morgen früh einen kurzen Bericht.«

»Ich werde Sie anrufen, sobald ich etwas habe.« Krüb deutete unpräzise in den Wald. »Ich werde mich ein wenig umsehen; mal rund um das Haus gehen.«

»Halt!« Mit ein paar Sätzen war Ruckgaber zu ihm zurückgelaufen und hielt ihm zwei kleine Plastiktüten vors Gesicht.

»Wenn Sie schon die Arbeit der Spurensicherung machen wollen: markieren, eintüten, beschriften. Die Absperrung ist tabu!«

Krüb erwiderte nichts darauf. Er schritt mit gespieltem Eifer in den Wald; spürte, wie ihm Ruckgaber skeptisch hinterhersah. Irgendwann schob sich die Ruine zwischen sie. Erst dann knipste er seine starke Polizeilampe an und beleuchtete konzentriert den feuchten, erdigen Waldboden. Er hatte es längst begriffen: Ganz gleich, ob Ströttner tot oder noch am Leben war; er gab ihm immer noch vor, was er zu tun hatte. Krüb lauerte auf verräterische Spuren, die über Umwege zu ihm führen konnten. Es waren oft die irrwitzigsten Zufälle, die alles ans Licht brachten. Und Ruckgaber schrieb er von Anfang an die Akribie zu, diese Zufälle zielgenau lokalisieren zu können.

Für einen Moment lag ein Zögern in seinem Gang. Seine Augen hafteten im Lampenstrahl, der für Sekunden eine einzige Stelle beschien. Eine deutliche Fußspur und ein Stück einer Nummernschildumrahmung raubten ihm seine vage Todeshoffnung. Ströttner lebte. So viel war sicher. Aber was hatte ihn veranlasst, zu Fuß zu flüchten? Wer hatte ihm ins Handwerk gepfuscht? Oder war das wieder einer dieser taktischen Züge, die niemand verstand?

Krüb knipste die Lampe wieder aus und ging eilig zurück zu seinem Wagen. Er unterwies kurz seine beiden Untergebenen von der Bereitschaft, die soeben angekommen waren, und startete den Motor. Ruckgabers Tütchen hatte er ebenso wie die abgebrochene Schilderfassung mit der Schuhspitze tief in einen frischen Maulwurfshügel gedrückt.

Max Ströttner schoss der Schweiß von der Stirn, als er gänzlich außer Atem vor seinem Anwesen ankam. Nirgendwo brannte Licht. Er hatte gehofft, dass das Haus leer sein würde. Seine Armbanduhr zeigte 22.04 Uhr. Götterdämmerung, geisterte es immerzu durch sein Hirn. Gab es doch Mitwisser?

Als er den zerbrochenen Blumentopf unter der Korkenzieherweide anhob und den Ersatzschlüssel hervorzog, wusste er genau, was er zu tun hatte. Er trat durch die Garagentür, öffnete den Schaltkasten der Alarmanlage und drückte alle drei Schalter nach unten. Die Automatik war tot. Die große Brechstange knirschte brachial zwischen dem Estrichbeton und dem Torrahmen der Garage, bis das Metall schließlich nachgab und verbogen aufsprang. Ströttner hastete zum Haupteingang hinauf. Er verfluchte die vierfache Verriegelung, stemmte sich mit aller Kraft gegen das Eisen. Die schwere Tür ächzte, wehrte sich lange, bis sie schließlich unter einem berstenden Geräusch aufsprang. Sein Plan lenkte ihn sofort ins Arbeitszimmer, um zwei Regale von den Wänden zu zerren und die Schreibtischschublade aufzuhebeln. Dann warf er das Stemmeisen in den schmalen Spalt zwischen dem Schrankabschluss und der Decke. Ströttner war zufrieden mit seinem Werk.

Minuten später stand er unter dem heißen Strahl seiner Luxusdusche. Das Wasser, das von ihm abtroff, färbte die blendend weiße Duschwanne für Momente dunkel. Braun-schwarzer Schaum suchte sich durch das Gitter des Ausgusses. Ströttner bürstete sich so oft mit dem grünen Schauma-Shampoo ab, bis seine Haut rot glühte. Er fühlte sich sauber, roch keinen Ruß mehr. Nur seine Augen und die Handinnenflächen brannten noch immer wie Feuer. Es verblieb ihm keine Zeit, darüber nachzudenken. Als er die glänzende Gürtelschnalle seiner Anzugshose schloss, klingelte es schon an der der Tür.

Ströttner zuckte kurz zusammen und ärgerte sich im selben Moment über seine Schreckhaftigkeit. Dann lächelte er sich im Spiegel an, kämmte seine Haare zurück, um denjenigen zu empfangen, den er erwartete.

Krüb war alles andere als überrascht. Er drückte die beschädigte, angelehnte Haustür auf und trat ohne zu warten ein.

Im großen Wohnzimmer brannte ein knisterndes Feuer im Kamin. Krüb rümpfte die Nase. Diesmal roch es nicht nach würzigem, abgelagertem Lärchenholz. Es stank nach ätzendem Qualm von schlecht Brennbarem. Mathes Krüb drehte sich gelassen zu Ströttner um, als er Schritte auf der Treppe vernahm. Er sah ihm wissend in die geröteten Augen.

»Ich nehme an, du willst Anzeige gegen Unbekannt erstatten?«

Ströttner unterdrückte ein Husten; lächelte eine unterkühlte Bestätigung in den Raum.

Krüb zog ein Formular aus seiner Aktentasche und setzte sich an den langen Esstisch. Mit unberührtem Usus begann er zu schreiben.

»Ich war in meiner Jagdhütte, den ganzen Abend«, krächzte Ströttner.

Krüb sah ihn berechnend an. »Natürlich. Zu Fuß.« Überlegene Ironie huschte über seine Mundpartie. »Du spielst mit dem Feuer, Max. Ich hoffe nur, dass es der Sache dienlich war.«

Ströttner blieb wie versteinert, verzog keine Miene, während Krüb aufstand und das Formular über den Tisch schob. »Unterschreiben.«

»Wie? Das war's schon?«

Krüb schlug bestätigend die Augen nieder. »Den kläglichen Rest kann ich mir denken. Ich werd's schon zu unserem Besten richten. Dafür schuldest du mir etwas. Und diesmal lasse ich mich nicht so billig abspeisen wie sonst.«

Ströttner kaute an seiner Wut. »Soll mir recht sein. Und jetzt raus!«

Krüb sah ihm provozierend in seine geröteten Augen, schritt hinüber zum Kamin und warf demonstrativ zwei Scheite Holz auf das qualmende Feuer. »Ich dachte, du kennst dich mit der Zündelei aus. Der Herr Bürgermeister soll doch keinen Verdacht schöpfen, wenn er von der Gemeinderatssitzung nach Hause kommt.« Er fasste sich verdeutlichend an die Nase, stieg die Treppe empor und lichtete die aufgebrochene Tür mit der Polaroid-Kamera ab.

Ströttner folgte ihm und stellte sich ihm in den Weg, als er den Flur entlanggehen wollte.

»Es muss alles gründlich dokumentiert werden! Denk an die Versicherung.«

Ströttner machte widerwillig den Weg frei. Er sah zwei grelle Blitze auf den Flur dringen, hörte das leise, charakteristische Surren des Auswerfermotors der Kamera. Dann kam Krüb zurück und klopfte ihm mit den sich selbst entwickelnden Bildern provokativ auf die Brust.

»Wer ist da noch im Spiel, Max? Wen hast du in deiner Genialität übersehen?«

Ströttners Gesicht gefror. Er blieb stumm, während Krüb nickte, als wisse er mehr als sein Gegenüber. »Wer immer es ist. Bring ihn zum Schweigen.« Er ging ein paar Schritte auf die malträtierte Haustür zu. »Ein neues Auto wäre nicht übel. Der alte BMW müsste dringend ersetzt werden. Du weißt ja: Nach sieben Jahren kommen die ersten großen Reparaturen.« Dann ging er ohne ein weiteres Wort aus der Tür.

45

Über dem Tal schwebte ein Band kalten Rauchs. Doris drückte die kühle Hand ihres Vaters innig, bevor sie ihre Karbidlampe anschlug. Sie hatte ihm von Erika, Weidlingers unausweichlichem Schicksal und von Ströttners Brandstiftung erzählt. Ihre Erkenntnisse über den Zug waren im Strudel der Ereignisse untergegangen.

Hannes hatte nur erwidert, dass die Lawine seit einer Stunde unaufhaltsam rollte. Doris glaubte ein befreiendes Aufatmen darin zu hören.

»Du hast das Richtige getan, Paps. Ströttner wird hinter Gitter gehen. Fahr jetzt nach Hause und ruh dich aus. Ich komme nach, sobald ich mit Fritz gesprochen habe.«

Hannes erhob sich vom Holzstoß, sah in das warm beleuchtete Gesicht seiner Tochter.

»Gib acht auf dich. Da unten.«

»Sicher. Ich bin nicht allein.«

Die Höhle war binnen weniger Tage zur Großhöhle avanciert. Über tausend Meter hatte das Team um Fritz Cruner provisorisch an Gängen und Hallen kartografiert. Doris kletterte sicher über die großen Versturzblöcke der Halle. Sie konnte sich denken, wo sich Fritz aufhielt und schlug den Weg zum sogenannten Glockengang ein. Ein Abschnitt, in welchem lange, durchscheinende Sinterfahnen beim Antippen sonor klingende Töne von sich gaben. Dahinter war bislang noch niemand gewesen. Sie folgte einer einsamen Fußspur im matt schimmernden Lehm bis zu einer zerrütteten Wandpartie. Die Grabungsspuren an einem niedrigen Felsjoch sprachen eine eindeutige Sprache. Doris wand sich vorsichtig durch die Lücke zwischen den zwei großen Blöcken. Nach ein paar Metern konnte sie sich wieder aufrichten. Ein Lichtschein zuckte um die nächste Biegung des Seitenganges.

»Fritz?«

»Doris! Das hätt' ich mir denken können! Nirgendwo hat man seine Ruh'.«

Doris mochte seine liebenswert schroffe Art; wärmte sich für den Augenblick daran.

Cruner saß auf einem Felsen mitten im Gang. Er hatte ein Klemmbrett auf dem Schoß und skizzierte; wie ein gänzlich in sein Werk versunkener Künstler. »Ist etwas passiert?«, entfloh es ihm beiläufig, ohne Doris anzusehen.

Doris schwieg, streifte sich die lehmigen Handschuhe ab und griff in die Innentasche ihres Overalls. Ihre Augen suchten nach einem halbwegs sauberen Fleck auf dem vom Tropfwasser zerfressenen Felsen. Der auf Pergamentpapier abgepauste Höhlenplan war mittlerweile groß geworden; überdeckte die aktuelle Landkarte des Gebietes im selben Maßstab.

Fritz legte sein Klemmbrett beiseite und linste skeptisch auf die Pläne. »Was willst du mir damit sagen?«

»Warte.« Doris zog einen Bleistift hervor und fuhr die in der Karte gestrichelt vermerkte Trasse der alten Steinbruchbahn entlang. An einem bestimmten Punkt, den sie mit einem Kreuz markierte, verließ sie die Linie und strichelte sie weiter, für Fritz ziellos in den Steinbruch hinein. »Du erinnerst dich an die Frage der toten Ausweichstelle im Wald?«

»Ja. Ein gutes Stück vor dem Viadukt.«

Doris schüttelte den Kopf, schickte eine vielsagende Mimik voraus. »Das Gleis endete nicht tot am Berg. Es gab eine zweite Zufahrt zum Bruch. Einen längeren Tunnel auf einer tieferen Ebene, die im Bruch heute nicht mehr existiert. Ich kann es mittlerweile anhand von alten Fotos beweisen; und nicht nur das.«

Fritz fuhr sich mit seiner schmutzigen Hand über das Gesicht.

»Wir lagen also von Anfang an richtig. Höhlenforschung ist eine spannende *Zunft.*« Er hatte das besagte Wort bewusst betont.

Doris las den Unmut aus seinen Zügen, als er voller Bedenken in die Fortsetzung des Ganges blickte. Seine Stimme klang ernüchtert, als er auf der Karte die Höhenlinie gefunden hatte, welche am nächsten an die Trasse heranführte: »Der letzte Messpunkt im Glockengang lag auf rund 560 Meter über Normalnull. Hier sind wir bereits auf Niveau des Tunnels; gut 60 Meter über dem Karstwasserspiegel!«

Doris versuchte, den Gang so weit wie möglich auszuleuchten. »Wie weit warst du?«

Fritz zeigte auf den unberührten Boden. »Ab hier geht's ins Neuland.«

»Was macht die Luft? Augenbrennen? Schwindel?«

Fritz verneinte. »Nichts dergleichen. Die Bewetterung ist kaum spürbar.«

»Dann lass uns mal nach dem Rechten sehen.«

Der Gang besaß ungemein schönen Sinterschmuck. Cruner war fasziniert, staunte mit offenem Mund. Doris hingegen konzentrierte sich auf etwas ganz anderes. Sie versuchte, die Höhle zu lesen. Sie sah die Farbe der Tropfsteine, die Bruchkanten und den gleichförmigen Lehmboden. Doris schritt langsam; schlich nahezu, als suche sie nach etwas Bestimmtem. Plötzlich blieb sie stehen. »Halt.«

»Was ist? Riechst du was?« Cruner klang besorgt.

Doris wies nur vor sich und an die Decke. »Ab hier ist die Decke von jungen Rissen durchzogen. Überall liegen gebrochene Stalaktiten im Lehm. Selbst die Beschaffenheit des Bodens scheint verändert.«

Cruner zog einen Tropfstein aus dem Lehm und hielt ihn mit der Bruchstelle dicht vor seine verschmierte Brille. »Vielleicht vom schweren Erdbeben '77?«

Doris verneinte wortlos. »Dann wären andere in den vorderen Bereichen auch gebrochen. Das hier rührt von einer lokal begrenzten Erschütterung her.«

Cruner ging an Doris vorbei und bückte sich. Kaum fünf Meter vor ihnen senkte sich die Gangdecke vollständig ab. Das Ende markierte eine niedere, graubraune Fläche. In Fritz' Bewegung lag etwas Andächtiges, als er mit der flachen Hand darüberstrich. »Heiliges Blechle. Wir sind da.«

Doris bekam es mit der Angst. »Das ist morsches Holz! Lass die Finger davon!«

Es klang dumpf und instabil, als Cruner sacht auf die Wand klopfte. Dann ließ er davon ab. »Schalungsholz. Dahinter liegt der Tunnel.«

Doris traute sich nicht aufzuatmen. Ihre Blicke wanderten bedenklich über das zerrissene Gangprofil. Stumm schritt sie rückwärts. Cruner kramte indessen eine mit Schaumstoff ausgekleidete, orangefarbene Tupperbox aus seinem Schleifsack und machte seine Kamera fertig. Grelle Blitze zuckten durch den Gang.

Doris drehte sich um, hielt die Hand vor die geblendeten Augen. Die schmale Spalte an der anderen Gangwand hatte sie nicht wahrgenommen. Sie nahm ihre Pläne vom Felsen auf und kroch hinaus in den Glockengang. Für einen Augenblick beschlich sie das Gefühl, die Luft wäre hier frischer.

Fritz kam rasch hinterher. »Wie willst du den Gang nennen?«

Doris überlegte nicht lange. »Götterdämmerung.«

Fritz nickte Anerkennung ins Finster. Er blieb den ganzen Rückweg über stumm. Erst als er den Schachtdeckel am Höhleneingang schloss und das Vorhängeschloss anbrachte, brach er das Schweigen: »Du bist so still.«

Doris ging versonnen ein paar Schritte bergab. »Ich bin in Gedanken«

Cruner holte sie rasch ein. »Es ist Jakob Ströttner. Nicht wahr?«

Doris schwieg, nestelte nur abwesend an ihrer Gürtelschnalle herum. Erst als die schwache Kofferraumleuchte ihres Polos ein wenig Licht auf ihre Gesichter warf, stahl sich ihr Blick kurz zu Fritz hin. »Ich werde ihn verlieren.« Sie nahm ihre Jutetasche aus der Ablage hinter dem Fahrersitz und zog zwei Fotoabzüge aus einem Umschlag. »Wie soll ich ihm, angesichts dieser Bilder, schlüssig erklären, keine bösen Absichten zu verfolgen?«

Cruner fasste Doris entschlossen an beiden Schultern und sah ihr eindringlich in die Augen. »Ich übernehme das für dich, wenn du willst.«

Doris dankte Fritz mit einem leidenden Lächeln. »Was macht das für einen Unterschied? Es ist gleichgültig, ob ich es ihm sage oder er mich irgendwann nach meiner Rolle in diesem Gefüge fragt. Nein, Fritz. Ich habe es begonnen und ich werde es auch beenden müssen. Was muss ich blöde Gans mich auch ausgerechnet in ihn verlieben.« Doris' Versuch, über ihre Selbstironie zu lachen, erstarb an einem kehligen Schluchzen. Tränen sammelten sich in ihren grün schimmernden Augen.

Fritz drückte sie väterlich an sich, wartete, bis sie sich die feuchten Spuren von den Wangen gewischt hatte. »Was immer du jetzt unternimmst; sei wachsam und tu es nicht allein. Er hielt ihr eine schwarze Filmdose entgegen. »Zwölf Bilder von der Tunnelwand und dem Gang. Wir machen das gemeinsam. Versprich mir das!«

Doris legte ihren Kopf schief. »Es hat begonnen, Fritz. Ich muss das alleine mit meinem Vater durchstehen. Bitte versteh'.«

46

Doris schlich um halb acht ins Labor. Sie ließ nur ein leises »Morgen« fallen, als wäre es für niemanden bestimmt. Danach sank sie erschöpft auf ihren Drehstuhl und starrte auf ihre überfüllte Arbeitsplatte. Arnegger und Brüning legten ihre Zeitungen nicht aus der Hand.

»Heute schon die Süd-West-Presse gelesen?« Brünings Stimme klang provokant.

Doris täuschte Gleichgültigkeit vor. »Bin noch nicht dazu gekommen. Gibt es etwas, das ich wissen muss?«

Für einen Moment musterte sie Brüning abwartend. Dann faltete er die Zeitung und warf sie ihr über den Tisch hinweg zu. »Seite drei dürfte Sie interessieren.«

Doris wich seinem stechenden Blick aus und drehte ihm den Rücken zu. Stumm flog sie über die dick gedruckten Zeilen: *Brand im Vesperwäldle. Einbruch und Brandstiftung in leer stehendes Gebäude gibt Polizei Rätsel auf. Ein anonymer Anrufer alarmierte gestern Abend gegen 21.30 Uhr die Einsatzkräfte der Blaubeurer Feuerwehr und rief mit der Behauptung, es handle sich um Brandstiftung, die Kripo Ulm auf den Plan.* Doris hörte im Geist ihre verstellte Stimme von gestern Abend und las weiter: *Derzeit scheint noch unklar, aus welchem Grund der Täter das unbewohnte Gebäude in Brand gesteckt hatte. Ein fahruntüchtiges Fahrzeug, das am Tatort sichergestellt wurde, war nach Angaben des Polizeipostens Blaubeuren als gestohlen gemeldet worden. Die Spurensicherung der Kripo Ulm schließt derzeit aus, dass dem Feuer Personen zum Opfer gefallen sind. Es gilt als wahrscheinlich, dass der Einbrecher zu Fuß flüchtete. Der Brand, so Chefermittler Oberkommissar Ruckgaber, diente lediglich dazu, Spuren zu verwischen. Einen Zusammenhang zu einem Einbruch in Blaubeuren wird seitens der Ermittler bislang nicht bestätigt.*

Doris lief es kalt den Rücken hinab. Sie spürte, wie ihre Kollegen hinter ihr auf eine Aussage lauerten. Sie haben sich doch gestern so intensiv nach Weidlingers Erbe erkundigt. Wo waren Sie gestern Nacht? Doris drehte sich nicht um, tat so, als lese sie vertieft weiter. Zudem fragte sie sich inständig, was schiefgelaufen war? Hatte die Polizei aus ermittlungstaktischen Gründen ihre eigens gelegte Spur verschwiegen? Oder hatte Ströttner tatsächlich wieder ein Schlupfloch gefunden?

Sie zuckte zusammen, als die Klinke der Labortür nach einem lauten Klopfen niedergedrückt wurde. Sie drehte sich scheu um.

Jakob Ströttner wirkte versteinert. »Frau Ehrnsteiner? Dürfte ich Sie kurz sprechen?«

Doris zitterten die Knie. Sie legte die Zeitung beiseite und schritt unsicher aus dem Labor. Arnegger und Brüning wechselten schadenfrohe Blicke.

»Jakob. Was immer du jetzt …« Weiter kam sie nicht. Jakob hatte sie an sich gezogen. Doris konnte den Kuss nicht genießen. Sie war zu sehr in wirre Gedanken verstrickt; löste sich von ihm. »Was tust du hier?«

Jakob verlor sich für Sekunden in ihrem Gesicht. Seine Augen tanzten versonnen von einer Sommersprosse zur anderen. »Ich hatte ein paar Papiere wegen des Mahnmals abzugeben und dachte, ich sehe auf einen Sprung bei dir vorbei. Ich habe dich vermisst.«

Doris wich ihm aus, als er sich wieder näherte.

»Ein paar Papiere? Weshalb du? Ist der Chef – ich meine, dein Vater – nicht da?«

Jakob gab seinen Versuch, ihre Lippen zu finden, liebevoll verdrossen auf. »Du glaubst nicht, was gestern Nacht geschehen ist! Trotz der sündteuren Alarmanlage ist bei uns eingebrochen worden.«

Doris schnürte es die Kehle zu. Es war keinesfalls Entsetzen, das ihr die Farbe aus den Wangen stahl. »Mein Gott!«, entfloh es ihr leise, als sie einen vernichtenden Gedankengang zu Ende dachte.

»Keine Sorge«, beschwichtigte Jakob. »Es geht uns beiden gut. Es war niemand im Haus. Der Einbrecher hat sich offenbar nur für den alten Mercedes interessiert. Und selbst den haben sie schon wieder gefunden. Vater ist heute mit Versicherungsfragen beschäftigt. Außerdem hat er Migräne und lässt sich von Erika verwöhnen.«

Jakob suchte vergeblich nach Erleichterung in Doris' Gesichtszügen. Er umgriff ihre Hände. »Was ist mit dir?«

Doris' Kehle war staubtrocken. »Nichts. Ich habe schlecht geschlafen.«

Jakob nickte verhalten und wechselte das Thema. »Auch wenn es penetrant wirkt: Mir gehen deine Schilderungen von der Höhle nicht mehr aus dem Kopf. Ist es nicht vielleicht doch möglich, einmal mit hinunterzukommen? Ich möchte es nur ein einziges Mal mit meinen eigenen Augen sehen, bevor wir damit an die Öffentlichkeit gehen.«

Doris' Geist geriet durcheinander. Ein leichter Schwindel ließ sie sich an die Wand lehnen. Sie roch ihn, spürte ihn, war ihm so nah. Und doch schien ihr Jakob plötzlich unerreichbar zu sein. Doris wusste nicht, warum sie nachgab; bereute ihre Zusage schon, bevor sie sie ausgesprochen hatte. »Jetzt, da die Gefahr …« sie brach ab und sagte still zu sich selbst: Was rede ich nur. »… Da im Eingangsbereich alles abgesichert ist, wäre es möglich. Freitagabend gegen halb sieben. Nur das mit der Öffentlichkeit sollten wir besser noch mit Fritz Cruner besprechen.«

Aus Jakobs Gesicht sprühte die Freude eines Kindes, als er Doris' eiskalte Hand losließ. »Selbstverständlich. Ich freue mich auf Freitag! Ich liebe dich!« Er schickte ihr einen Handkuss zu, öffnete die Tür und hüpfte die Stahltreppe hinab.

Als die schwere Brandschutztür vor Doris ins Schloss fiel, war ihr, als hätte sie etwas in ihr durchtrennt. Geschlagen lehnte sie an der warmen Holzwand des Flurs. Sie fühlte sich seltsam leer; allein. Es schmerzte, als sie ihn aufgab.

Jakob muss die Wahrheit erfahren, sagte sie sich stumm vor, als sie zurück ins Labor schritt. Und zwar bevor der Wahlkampf in seine Endphase geht.

Zur selben Minute ging Erika die Diele in Ströttners Villa entlang, Richtung Badezimmer. In ihrem Schritt lag keine Hast.

Ströttner stöhnte auf. Er lag auf seinem antiken Biedermeier-Sofa im Lesezimmer, klammerte sich an die polierten Nussholzwangen des Möbels, als verliere er im nächsten Augenblick das Gleichgewicht. Ein blauer Eisbeutel kühlte seine Stirn, schickte ein paar verirrte Wassertropfen auf die karierte Steppdecke. »Wo, zum Teufel, bleibt das Aspirin?«, presste er mit verzerrtem Gesicht über die Lippen.

Erika stand vor dem großen Spiegelschrank im Badezimmer. *Spalt N*, stand in großen grünen Lettern auf der kleinen Pillendose in ihrer Hand. Sie hätte längst bei Ströttner sein können. Doch sie rührte sich nicht vom Fleck. Aus ihrem Gesicht schrie die blanke Wut. Die kleine, braune Glasflasche im Regal trug eine verführerische Aufschrift. Sie war unangetastet; bis zum Rand mit unscheinbaren Tablettchen gefüllt. »Valium«, kroch es leise über Erikas Lippen.

Ihr Gesicht war versteinert, als sie den Schrank schloss und mit einem Glas Wasser zurück ins Lesezimmer ging.

Arnegger und Brüning verbrachten ihre Mittagspause im Aufenthaltsraum. Im Labor war es totenstill. Nur Doris saß noch auf ihrem Drehstuhl und rieb sich die Augen. Sie hatte versucht, ihre Kollegen mit einer Diskussion um das Mahnmal abzuspeisen. Vergeblich. Die misstrauischen Blicke waren geblieben. Blicke, die nicht verrieten, was in ihren Köpfen vorging, was sie aus ihren Vermutungen machen würden.

Doris sah seit Sekunden starr auf das Deckblatt ihrer Analysen. Ihr müder Geist schien in den Energiesparmodus gewechselt zu sein. Sie war fernab des Bruchs, kämpfte mit der bleiernen Mündigkeit. Sie schreckte auf, als das scharfe Klingeln des Telefons durch den Raum schnitt.

Argwöhnisch besah sie den lärmenden Apparat; hörte es am doppelten Klingelton, dass der Anruf von außerhalb kam. Ihre Handinnenflächen schwitzen, als sie abnahm.

»Firma StuMAG, Ehrnsteiner?«

Die Leitung summte, bis eine flüsternde Stimme an Doris' Ohr drang. Sie klang verzweifelt, gehetzt. »Er wird niemals verhaftet! Er hat einen Einbruch vorgetäuscht!«

Doris war sofort hellwach. »Erika! Du musst jetzt Ruhe bewahren. Ich habe noch ein zweites Eisen im Feuer. Vertraue mir. Er wird büßen – bei meinem Leben!« Doris war sich der Tragweite ihres Versprechens in diesem Moment nicht bewusst.

Erika hauchte ihre Anspannung hörbar ins Telefon. »Ich halte das nicht mehr aus! Ich muss ihn den ganzen Tag ertragen; mit all dem, was ich weiß!«

Doris schluckte leer. »Beruhige dich. Mir geht es doch ebenso. Sobald die Sache ausgestanden ist, werde ich kündigen.« Sie seufzte, suchte nach besänftigenden Worten. »Sollen wir uns irgendwo treffen?«

Erika antwortete prompt, als habe sie nur auf diese Frage gewartet.

»Übermorgen, 19 Uhr. Café Tagblatt in Blaustein. Ist dir das bekannt?«

»Sicher«, bestätigte Doris und hielt kurz inne. »Hat er Verdacht geschöpft?«

Erika ließ sich mit einer Antwort Zeit. »Nein. Ich glaube nicht.«

Doris klang es zu unschlüssig. »Was macht er gerade?«

»Er schläft. – Endlich.«

47

Markus Ruckgaber von der Kripo Ulm hatte die Beine überkreuzt auf den vollen Schreibtisch gelegt und die Arme hinter dem Kopf verschränkt. Wie in jeder Mittagspause döste er ein paar Minuten, bevor er sich der zweiten Tageshälfte annahm, die erfahrungsgemäß mit mehr Geschäft aufwartete. Schon als er am Morgen zur Tür hereingekommen war, hatte er sie förmlich gerochen, die viele Arbeit. Im halb schlafenden Unterbewusstsein bemerkte er nicht, wie die Kanzleidame rücksichtsvoll leise ein weiteres braunes Kuvert auf seinen Tisch legte. Erst als kurz darauf das Telefon schepperte, schreckte er auf.

»Wer stört?«

Die Dame an der Zentrale kicherte. »Das LKA, Herr Ruckgaber. Soll ich durchstellen?«

Der Oberkommissar zog verwundert die Brauen nach oben, während sein Blick auf den Umschlag auf seinem Schreibtisch fiel. Er seufzte. »Als hätte man da eine Wahl. Immer her damit.«

Er klemmte den Hörer zwischen Schulter und Ohrmuschel, um den Inhalt aus dem Kuvert ziehen zu können.

Polizeiposten Blaubeuren. Abschrift Ermittlungsbericht, las er sich tonlos vor. Dann klickte es in der Leitung. »Ruckgaber, Kripo Ulm.«

»Herr Ruckgaber. Schön, dass ich Sie erreiche. Kriminaloberrat, Doktor Leiermann vom Landeskriminalamt am Apparat.«

Ruckgaber konnte sich ein Grinsen nicht verkneifen. Der Mann sprach so, wie er hieß. »Wie kann ich Ihnen helfen?«, entgegnete er mit abwartender Höflichkeit. Gleichzeitig überflog er die ersten Zeilen des Berichts aus Blaubeuren; schnappte Schlagworte wie *Diebstahl*, *Einbruch* und einen Namen auf.

»Mir ging heute eine anonyme Anzeige zu, die ich, solange kein dringender Verdacht vorliegt, im Ulmer Zuständigkeitsbereich sehe. Die in diesem Fall prognostizierte Tat liegt schon lange zurück. Eigentlich zu lange.«

Ruckgaber nahm den Blick vom Bericht. Er lehnte sich ahnungsvoll zurück; hakte lakonisch nach: »Eigentlich? Eigentlich habe ich schon genug Arbeit auf meinem Tisch liegen.«

Leiermann blieb unbeeindruckt. »Sagt Ihnen der Name Maximilian Eugenius Ströttner etwas?«

Ruckgabers Gesichtsausdruck verriet, dass er in dieser Sekunde zu kombinieren begonnen hatte. Er nahm den Bericht aus Blaubeuren wieder auf. »Wer kennt den nicht?«

Es herrschte für einen Moment Stille im Telefon. Leiermann bestätigte mit einem sonoren Brummen. »Hmm. Sagen Sie: Ist das dieser Zement-Ströttner von der StuMAG?«

»Es gibt nur einen von dieser Sorte in Blaubeuren.«

»Höre ich da etwas Unterschwelliges zwischen den Zeilen?«, hakte Leiermann nach.

Ruckgaber nahm einen Bleistift auf und begann, Fantasiefiguren auf seinem Schmierzettel zu malen. »Ströttner gilt allgemein als schwierig. Er unterhält weitreichende Beziehungen in die Landespolitik und nutzt diese bei jeder Gelegenheit aus. Was soll er denn ausgefressen haben?«

»Hmm«, knurrte Leiermann wieder friedfertig vor sich hin. »Ich weiß noch nicht, wohin uns das Ganze führen wird. Die Ermittlungen sind sicherlich sehr aufwendig. Jedenfalls hätte die Sache enorme Tragweite, wenn zuträfe, was mir hier vorliegt.«

Ruckgaber wurde ungeduldig. »Wenn ich Ihnen helfen soll, müssten Sie etwas deutlicher werden.«

Leiermann ließ keine Zweifel aufkommen, seine Frage als Befehl verstanden zu wissen: »Was halten Sie von einem Treffen? Hier im LKA. Gleich morgen.«

Ruckgabers Blick glitt nach Fassung ringend über seine überfüllte Arbeitsstätte. »Wenn es unbedingt sein muss. Nur wenn möglich, gleich vormittags.«

»Gut. Sagen wir um neun. Zimmer zwo zwo drei im zweiten Stock.«

Ruckgaber nickte dem Hörer missmutig Ergebenheit zu.

»Ich werde da sein.«

»Eine Frage noch, Herr Oberkommissar.«

Ruckgaber verdrehte die Augen. »Ja?«

»Wie reagieren Sie auf enge Räume? Zum Beispiel auf Höhlen?«

In Ruckgabers Gesicht formierten sich Vorbehalte. »Offen gestanden hab ich's noch nie ausprobiert. Warum fragen Sie?«

Leiermann brummte wieder Unschlüssigkeit in die Leitung. »Hmm. Nicht so wichtig. Wir sprechen morgen darüber. Auf Wiederhören.«

Ruckgaber legte unter einem Kopfschütteln auf. »Das ist wieder typisch LKA.«, murmelte er vor sich hin. »Aber diesen Ströttner nehme ich mir zur Brust, bevor die sich einmischen.«

Er nahm den Bericht auf und las ihn aufs Neue. Diesmal intensiver.

Zur selben Zeit richtete sich Ströttner von seinem Kanapee auf und verzog das Gesicht zu einer schmerzerfüllten Grimasse. Erika schickte ihm aus dem Halbdunkel des Gangs ihre schlimmsten Wünsche zu. Sie dachte an das braune Fläschchen im Badezimmerschrank, das dort noch unberührt auf dem Glasregal stand. 20 dieser unscheinbaren Pillen hätten gereicht; hätten es beendet – ein für alle mal. Aber es wäre Mord gewesen. Sie betrachtete ihre Hände und fragte sich, weshalb sie sich das nicht schon vergangene Nacht vorgehalten hatte, als die Riegel der Fensterläden an Karls Haus krachend niedergefahren waren. Die Antwort, die in ihr heraufdämmerte, erstickte chancenlos unter Ströttners wütendem Gebrüll: »Erika! Sofort das Telefon her!«

Sie hasste es, die lange Schnur, welche bis in den entlegensten Winkel des oberen Stockes reichte, vom Messinghaken zu nehmen, abzurollen und hinterher wieder einzuziehen. Doch sie tat, wie ihr befohlen wurde.

Die Nummer, die Ströttner wählte, hatte nur drei Ziffern.

»Mathes, bist du dran?«

Es folgte ein verhaltenes »Ja.«

»Ich gehe davon aus, dass alles ruhig bleiben wird!«

Krüb atmete hörbar tief ein und wieder aus. »Es ist nicht auszuschließen, dass sich jemand von der Kripo Ulm mit dir unterhalten will. So viel musst du schon aushalten.«

Ströttner ging nicht darauf ein. »Und die Presse?«

Krüb warf aufgebracht seinen freien Arm in die Höhe. »Ich lese Zeitung, genau wie du. Ich drucke sie nicht!«

»Setz diese Schmierfinke unter Druck! Ich will meinen Namen nirgendwo lesen! Ist das angekommen?«

»Hängen lassen, sollte ich dich«, brach es feindselig aus

Krüb hervor. »Einfach hängen lassen! Wer so einen Mist macht …«

»Halt's Maul, Büttel. Und hör zu«, erzwang sich Ströttner wieder das Wort. »Gestern, als ich oben an meiner Jagdhütte war, habe ich jemanden in diesem Grundstück am Waldrand gesehen. Als ich näher kam und nach ihm rief, hat er sich versteckt. Sieh mal nach dem Rechten da oben!«

Es war eine Weile still im Apparat. »Wenn mich jemand dort hinaufschickt, dann nur der Eigentümer dieses Flurstückes. Und der ist unbedenklich, das habe ich bereits überprüft.«

»Jetzt hör mir mal zu, Bulle! Wenn ich sage, dass da oben etwas vor sich geht, dann rennst du da rauf, und zwar sofort! Das Licht, welches ich gesehen habe, verschwand unter dem Felsen. Ich brauche dir wohl nicht zu sagen, was das bedeuten kann.«

Krübs Wangen zitterten vor Wut. »Hirngespinste! Alles nur blinde, alkoholdurchsetzte Vermutungen! Ich habe langsam die Schnauze voll von deinem Verfolgungswahn! Dieser Herr hat mich selbst danach gefragt, ob das mit der Höhlengrabung denn endlich ein Ende hat. Keinen Finger werde ich krumm machen!«

In Ströttners süffisantem Lachen schwang Unsicherheit. Nicht mehr die unnahbare Kälte, die alles um ihn herum erstickte und ergeben machte. »Wie du willst. Geh deinen Weg. Aber denk daran, wie es damals den Verrätern erging.«

Die Leitung summte. Krüb warf den Hörer abschätzig auf die Gabel und presste einen Fluch hervor. Es klang wie ein Versprechen: »Nicht mehr lange, miese Drecksau. Eines Tages bekommst du die Quittung.«

48

Ruckgaber hielt eine Weile inne, als er am frühen Nachmittag durch die Eingangstür der Ströttnervilla schritt. Der Schreiner gab sich bereits alle Mühe, den Schaden zu beheben.

»Da muss ganz schön Gewalt dahinter gewesen sein«, ließ der Ermittler lapidar fallen.

Der füllige Handwerker zog konsterniert die Brauen nach oben und wies auf die gequetschten Türfalze im Rahmen. »Alle vier Bänder herausgerissen. Das muss Herkules persönlich gewesen sein.«

Der Ermittler aus Ulm grinste amüsiert. »Ein griechischer Gott, hier in Blaubeuren? Vielleicht hatte der Einbrecher nur ein sehr effektives Werkzeug und wusste, wo man es ansetzen muss.«

Dem Handwerker war der prüfende Blick des Kripobeamten nicht entgangen. Er wich bereitwillig, als Ruckgaber die Tür so weit wie möglich schloss und mit den Fingern über die tiefen Hebelspuren strich.

»Sie sind von der Versicherung. Sachverständiger, stimmt's?«

Ruckgaber vermied eine direkte Antwort. »So etwas Ähnliches.«

Der Handwerker schien sich mit einem Mal förmlich aufzudrängen. »Das Garagentor sieht im Übrigen genauso aus. Totalschaden! Da ist nichts zu machen.«

Ruckgaber schenkte ihm keine weitere Beachtung. Hemmungslos schritt er in die großzügige Diele und lief ein Stück den Hausflur entlang. Neben den historischen Gemälden suchte sich das große Kristallarrangement in sein Blickfeld – sündteuer, kalt spiegelnd. Ruckgaber stutzte; bannte binnen Sekunden alles Auffällige in sein untrügliches Kripogedächtnis. Er schuf eine erste zarte Skizze, wagte ein kaum zu erahnendes Gefühl für den Fall. Und dieses Gefühl war ungut.

»Hallo? Herr Ströttner? Sind sie da?«

Eine Tür wurde unwillig aufgestoßen. Schwerfälliges, entferntes Gemurmel holperte die Stufen von der Halbebene herauf. Dann erreichte Ruckgaber ein notorisch wütender Blick eines älteren Herrn mit zerzaustem Haar.

»Ich bin von der …« Ruckgaber kam nicht weiter.

»Ist mir scheißegal, was Sie wollen und vom wem Sie kommen! Ihr Zeitungsverkäufer und Staubsaugervertreter riecht es wohl, wenn bei mir die Tür kaputt ist! Steht da etwa ein Schild mit der Aufschrift: *Bitte eintreten*?« Er machte eine abfällige Handbewegung. »Verschwinden Sie! Oder ich hole die Polizei!«

Ruckgaber lächelte ihm Überlegenheit entgegen und griff nach seiner Dienstmarke. »Unnötig. Die Polizei ist schon da. Ruckgaber mein Name; Kripo Ulm. Ich habe ein paar Fragen an Sie.« Er machte eine betonte Pause. »Wegen des Einbruchs.«

Ströttners Augenlider zuckten. Er schien für einen Moment irritiert. »Wenden Sie sich an Ihren Kollegen in Blaubeuren. Ich wiederhole mich nicht gern. Zeit ist Geld.« Er wies aufgebracht Richtung Tür. »Sie sehen ja selbst, was diese Bande angerichtet hat.«

Ruckgaber schickte ein Grummeln in den Raum, das alles bedeuten konnte. »Ich bestehe darauf, Herr Ströttner.«

Ströttner machte eine widerwillige Geste mit der Hand. »Also gut. Dann kommen Sie mit.«

Erika hatte sich die Hände abgetrocknet und kam aus

der Küche. Sie hatte es deutlich gehört: *Kripo Ulm.* »Benötigen Sie etwas, Herr Direktor?«

Ströttner winkte genervt ab und wandte sich klagend an den Beamten. »Bis das faule Weib daherkommt, habe ich das längst selbst geregelt. Ein Kreuz ist das. Man bekommt kein vernünftiges Personal!«

Ruckgaber blieb unbeeindruckt und folgte Ströttner bis an den großen Tisch. Er öffnete eine weiße Plastiktüte und brachte einen Autoschlüssel sowie eine Brieftasche zum Vorschein. Die Gegenstände verströmten einen penetrant herben Duft.

Ströttner wich kaum merklich ein Stück von der Tischkante zurück; konnte seine Augen nicht von seinen Utensilien nehmen.

Ruckgaber entging keine seiner Reaktionen. Jede für sich erzählte eine Geschichte, markierte einen unsichtbaren Eckpunkt seiner kriminologischen Arbeit – wertfrei und neutral. Noch.

»Das Zeug ist ja total durchnässt! Mein Mercedes sieht hoffentlich besser aus!«

Ruckgaber blieb ihm die Antwort schuldig. »Sie sind über den Verbleib Ihres Fahrzeuges informiert worden?«

Ströttner atmete schwer, schien zu leiden. »Dieser Krüb vom Posten hat es mir gesagt.

Ruckgaber rief sich die Daten des Polizeiberichts ins Gedächtnis. »Wann genau haben Sie gestern Nacht die Polizei verständigt?

Ströttner blickte nach oben, als suche er in den seichten Mulden des Deckenverputzes nach einer passenden Antwort. »So gegen neun, denke ich.«

»Denken Sie«, repetierte Ruckgaber. »Und wann sind Sie nach Hause gekommen?«

»Zwei Minuten zuvor!«, blaffte Ströttner zurück. »Was soll diese scheinheilige Fragerei? Verraten Sie mir lieber, ob Sie schon eine Spur von diesem Judenpack haben!«

Ruckgaber neigte den Kopf zur Seite. »Keine Spur.«

Ströttner richtete seinen Körper gerade, versuchte, ein Aufatmen zu kaschieren. Er rechnete nicht mit dem Nachsatz Ruckgabers.

»Nur eine Fährte. Eine zarte Fährte.«

Ströttner wich seinen Blicken aus, sah immer wieder auf die mattfeucht schimmernde Brieftasche.

Ruckgaber wies mit dem Kopf darauf. »Wollen Sie nicht nachsehen, ob noch alles da ist?«

Ströttner nahm sein zerfleddertes Eigentum mit Abscheu auf. Er betrachtete das schmutzige Sammelsurium an Schlüsseln und öffnete für einen Moment die durchnässte Brieftasche. »Fehlt nichts.«, knarrte er über den Tisch und lehnte sich zurück.

Ruckgaber sah ihm forschend ins fahle Gesicht. »Verwunderlich. Meinen Sie nicht auch?«

Ströttner zuckte gleichgültig mit den Schultern. Aber er wirkte dennoch angespannt.

»Sie bewahren Ihre wertvolle Brieftasche im Auto auf?«

»Ist das etwa ein Verbrechen?«

»Gewiss nicht. Mich wundert nur, dass der Dieb die 600 Mark zurückgelassen hat« Ruckgaber sah ihn scharf an und schob ein vorgefertigtes Schreiben über den Tisch. »Vielleicht wurde er ja gestört?«

Ströttner räusperte sich nervös und wies auf das Formular. »Was soll das sein?«

Ruckgaber genoss seine Ahnungslosigkeit und tippte mit dem Finger auf das Papier. »Steht doch drüber. Quittieren Sie das Übergabeprotokoll bitte unten links.«

Ströttner zückte seinen teuren Füllfederhalter aus der Brusttasche. Sein Faksimile nahm sich lange nicht so selbstsicher aus wie sonst.

Der Ermittler zog das Protokoll zu sich. Er schlug gemütlich die Beine übereinander und nickte dem Schlüsselbund zu. »Welche Türen werden damit geöffnet?«

Ströttners Züge gefroren. »Haustür, Garage, Betrieb und so weiter.«

»Betrieb«, ließ Ruckgaber nüchtern im Raum stehen. »Sie leiten die StuMAG. Ist das richtig?«

Ströttner bestätigte wortlos.

»Gibt es in Ihrem Steinbruch irgendetwas Besonderes?«

Ströttner seufzte und rieb sich die brennenden Augen. »Etwas Besonderes!«, echauffierte er sich. »Bei uns gibt es Steine! Nichts als Steine, wie es der Name schon sagt.«

Der erfahrene Kriminalist blickte ihn einen Moment lang nur stumm an, sah, wie sich ein feuchter Schimmer auf seiner hohen Stirn bildete.

Ströttner stützte sich protestierend auf seine Hände; gab den gehetzten Direktor vor. »Was soll das werden, wenn's fertig ist? Ein Verhör?«

Ruckgaber schmunzelte ihn neugierig an. »Gäbe es denn einen Grund Sie zu verhören?«

In Ströttner kochte der Missmut über. »Hören Sie, Kommissar: Ich habe, weiß Gott, noch mehr zu tun! Die StuMAG trifft gerade Vorbereitungen für einen Großauftrag!«

Ruckgaber erhob sich mit einer mahnenden Geste. »Oberkommissar, Herr Ströttner. So viel Zeit muss sein. Von einem Großauftrag wurde in der Presse aber nichts verlautbart.«

»Das weiß nur das Ministerium und ich. Wir hängen unsere Geschäftsbeziehungen nicht an die große Glocke.«

Ruckgaber notierte etwas auf seinem Blöckchen. »Gibt es einen Grund dafür?«

»Es ist, wie es ist. Schon immer.«

Der Ermittler wandte sich der Fensterfront zu. »Eine Frage noch: Sie waren auf dem Heimweg von Ihrer Jagdhütte, als es geschah. Wo genau liegt diese Hütte?«

Ströttner wies auf den Gegenhang. »Dort drüben im Wald.«

Ruckgabers Blick wechselte von einer Hangseite zur anderen. Er schloss sofort an: »Wann genau haben Sie das Grundstück verlassen?«

»Hab' nicht auf die Uhr gesehen. Muss so gegen halb neun gewesen sein.«

Ruckgaber verweilte noch etwas vor der Fensterfront, blickte in das nebelverhangene Tal, bis er wieder näher an Ströttner herantrat. »Das niedergebrannte Gebäude gehörte einem gewissen Karl Weidlinger.« Der Ermittler hielt inne, wartete auf eine Ergänzung.

»Hat bei mir gearbeitet, ja. Und?«, bellte Ströttner in den Raum.

Ruckgaber lächelte ruhig vor sich hin. »Nichts und. Von Angehörigen wissen Sie nichts?«

Ströttner zuckte mit den Schultern. »Woher auch?«

»Nun, er ist kürzlich im Betrieb verstorben. Es könnte ja sein, dass Sie sich mit dieser Frage bereits auseinandersetzen mussten.«

»Quatsch. Es war akutes Herzversagen. Ich habe die Polizei nicht einmal gesehen. Der Karl war ein Einzelgänger – hat es geheißen.«

Ruckgaber sah abrupt auf. »Sie waren miteinander per Du?«

Für einen Augenblick stahl sich ein Hauch von Nervosität in Ströttners Gesicht. Er überlegte kurz. »Ich sagte, Kerl, nicht Karl.«

Ruckgaber nickte schelmisch ab. »Haben Sie beim Nachhauseweg einen Feuerschein am Gegenhang gesehen?«

Ströttner senkte nervös den Blick. Er blieb zunächst stumm und erhob sich stöhnend. »Ich kann mich nicht erinnern. Aber es ist schlimm, was heutzutage alles passiert!«, presste er gequält hervor.

Der Oberkommissar reichte ihm die Hand zum Gruß. Er provozierte bewusst: »Früher hätte es das nicht gegeben. Als noch Zucht und Ordnung herrschte, nicht wahr?«

Vor seinem geistigen Auge erschien das Hitlerporträt aus der Brieftasche, auf welches ihn die Spurensicherung hingewiesen hatte.

Ströttner blieb stoisch, als hätte er nichts gehört.

Ruckgaber stieg indessen langsam die Treppe hinauf. »Was ist eigentlich mit ihren Augen passiert?«

Ströttner sah konsterniert auf seinen rötlichen Marmorboden. »Chronische Bindehautentzündung. Vom Staub im Bruch.«

Ruckgaber stand mit dem Rücken zu Ströttner im Foyer. Er schien auf etwas zu warten, was mit Gewissheit noch kommen musste.

Und es kam: »Was ist mit meinem Wagen?«

Der Ermittler machte kehrt, stützte sich auf das Geländer auf, als könne er sich nur schwer von der Villa lösen. Er hatte den offenen Schaltkasten an der gegenüberliegenden Wand erfasst. Die Zeitschaltuhr für die zentrale Alarmanlage blinkte aufgeregt eine rote, verräterische Zahl in den Gang. Er erinnerte sich an Krübs Fotografien im Bericht; dankte dem Zufall für die Wahl der Motive. »Die Spurensicherung hat ihn noch nicht freigegeben.«

Ströttner presste die Kiefer aufeinander; folgte dem Ermittler weiter durch sein Haus.

»Außer dem bisschen Geld in der kleinen Kasse ist nichts gestohlen worden? Schmuck, Kunstwerke, Wertpapiere? Oder etwa«, er machte eine betonte Pause, »Firmeninternas?«

Ströttner schüttelte den Kopf, während sich Ruckgaber vom Treppengeländer löste und ihm einen letzten zweifelnden Blick zuwarf. Er betonte seine Worte vielsagend. »Auf Wiedersehen, Herr Ströttner.«

Dann schritt er hinaus zu seinem Wagen. Sein Gedächtnis repetierte unaufhörlich eine Zahl. So lange, bis die Ziffern auf seinen kleinen Block fanden: 22.44 Uhr. Eine Stunde nachdem er vergangene Nacht selbst am Tatort eingetroffen war.

Ruckgaber nutzte die lange Rotphase an der Kreuzung beim Bahnhof, um die Aussagen Ströttners zu sortieren. Der Beamte aus Ulm spann einen hauchdünnen Faden in eine ganz bestimmte Richtung. Als er über die Blaubrücke fuhr und aus der Distanz die verwitterten Werbetafeln der StuMAG sah, verlangsamte er das Tempo und bog in einen unbefestigten Feldweg ein. Er führte sanft am Hang entlang nach oben in den Wald. Der Ermittler fuhr, soweit es der Weg zuließ. Schließlich verwehrte ihm eine verrostete Schranke die Weiterfahrt.

Ruckgaber stieg aus, sah sich gründlich um. Dann ging er in die Hocke, widmete sich dem feuchten Waldboden. Sein Blick wanderte über ein Meer von Bucheckern und schwarzbraunem Laub, bis er auf einer schimmernden Pfütze haften blieb. Er hatte gefunden, was er suchte. Etwas, das er am Tatort schon einmal gesehen hatte.

49

Es war kurz nach 20 Uhr, als Doris im winzigen Fotolabor ihres Vaters das Rotlicht anknipste. Sie kannte die Prozedur; hatte ihm oft genug über die Schulter gesehen. Die Bilder, welche sie entwickelte, zeugten von einer Neuentdeckung. Aber keiner, über die sie sich freuen konnte.

Doris hängte die ähnlichen Motive allesamt auf die Trockenleine und blickte ihnen starr entgegen. Sie erschrak, als es an der äußeren Tür klopfte.

»Riesle? Telefon. Fritz will dich sprechen.«

Das Licht im Hausflur stach ihr für einen Moment grell in die Augen. »Danke Paps.«

Sie wischte sich die feuchten Hände an der Hose ab und griff nach dem Hörer auf dem kleinen Tischchen im Flur. »Fritz, was gibt's?«

»Doris! Hast du heute schon die Zeitung …«

»Ja. Habe ich. Und ja – ich habe mir auch schon meine Gedanken darüber gemacht.«

Es war kurz still in der Leitung, bis sich Fritz wieder zu reden traute. »Nichts für ungut. Gibt es einen Zusammenhang?«

Doris blieb kurz angebunden. Sie wusste, dass ihr Vater in der Nähe war und nicht weghören konnte. »Den gibt es. Mehr kann ich dazu noch nicht sagen.«

»Natürlich«, gab sich Fritz verständnisvoll. »Pass auf dich auf!«

Doris wickelte das Telefonkabel um ihren Zeigefinger und erwiderte verlegen: »Ich hätte einen prominenten Gast für die Höhle.«

Fritz verdrehte am anderen Ende die Augen. »Der Bürgermeister.«

»Hmm«, summte Doris unverfänglich vor sich hin. »Ich habe ihn gestern getroffen. Er spricht von der Öffentlichkeit, will sich das Ganze in Natura ansehen.« Doris stotterte Verlegenheit in den weiß-grauen Hörer: »Es tut mir leid … Ich habe ihm kommenden Freitag vorgeschlagen. Geht das in Ordnung?«

Fritz seufzte. »Ich halte nicht viel davon – nur zu zweit und zudem mit einem Unerfahrenen. Freitagabend ist Elternsprechstunde. Da bin ich unabkömmlich.«

Doris witterte eine Chance und flehte ihm entgegen: »Nur bis zur großen Halle und ein Stück den Ostgang entlang. Ich kenne mich ja aus. Bitte Fritz.«

Cruner blieb ruhig; wartete. Er ahnte, dass da noch etwas kommen würde.

»Ich möchte die Gelegenheit nutzen. Verstehst Du? In der Höhle kann er mir wenigstens nicht groß weglaufen.«

Doris spürte, wie Fritz am anderen Ende der Leitung mit sich rang. »Passt auf euch auf und schließt das Tor sorgfältig ab«, kam es schließlich zurück. »Ich gebe dir eine absolut fixe Alarmzeit vor! Null Uhr, Mitternacht, und keine Minute länger! Vorsorglich werde ich irgendwann diese Woche noch ein zusätzliches Seil einhängen und den Eingang zum ersten Schluf mit Mörtel absichern.«

Doris schlug die Augen nieder. »Danke Fritz. Ich melde mich dann am Freitag zwischen zehn und zwölf von der Zelle am Bahnhof.«

Fritz' Stimme klang mahnend, als er ihren Namen sagte: »Doris?«

»Ja?«

»Es darf absolut nichts passieren. Nicht das Geringste.«

Doris nickte sich selbst zu, als gestehe sie sich die Gefahr ein. »Ich weiß.«

50

Erika schritt rasch durch die großen Pfützen auf der Straße. Obwohl es von der Bushaltestelle nicht weit zu gehen war, spürte sie bereits die Feuchtigkeit unangenehm durch die Nähte ihrer Schuhe dringen. Schmale Rinnsale tropften von ihrem kleinen, grauen Damenschirm.

Trotz ihrer Trauer huschte ein erleichtertes Lächeln über ihr Gesicht, als sie das Café betrat und Doris einsam an einem der kleinen Tischchen sitzen sah. Sie hängte ihren schwarzen Lodenmantel an die Garderobe, strich ihr Kostüm glatt und ging zu Doris hinüber. »Heute regnet es auch nur einmal – von morgens bis abends«, sagte sie im Hinsetzen und reichte Doris die Hand. »Schön, dass du gekommen bist.« Ihr Blick sank in bitterer Erkenntnis auf den spiegelnden Tisch. »Er hat es wieder einmal geschafft.«

»Vorerst«, seufzte Doris. »Wir können derzeit ausschließen, dass er verhaftet wird. Mit dem fingierten Einbruch hat er sich ein tragfähiges Alibi verschafft. Würden wir jetzt zur Polizei gehen und als Zeugen aussagen, hätten wir alle Mühe, unsere Anwesenheit am Tatort schlüssig zu begründen. Es sei denn …« In Doris' abgerissenem Satz schwang auffordernde Hoffnung.

Erika verstand. Zögerlich griff sie in ihre Tasche, zog einen Umschlag hervor und schob ihn halb über den Tisch.

Doris sah sich nach den wenigen Gästen um. Niemand schien Notiz von ihnen zu nehmen. Schließlich zog sie das unverschlossene Kuvert zu sich. »Ist es das, wofür ich es halte?«

Erika nickte kaum merklich. »Es ist schlimmer, als ich dachte.«

Doris nippte an ihrem Kaffee und gab der Bedienung ein Zeichen, sie möge doch noch eine Portion für Erika bringen. Dann griff sie in den unscheinbaren Umschlag und nahm einen der braunen Zelluloidstreifen heraus. Noch blieb sie ruhig; glaubte zu wissen, was sie erwartete.

Erika klammerte sich an die Handtasche auf ihrem Schoß. »Damit dürfen wir nicht in ein Fotogeschäft gehen. Wir müssen sie anderweitig entwickeln.«

Doris' Augen wanderten gebannt den ersten Streifen entlang. Sie schüttelte fassungslos den Kopf; griff hastig in den Umschlag. »Ich habe ein Fotolabor zu Hause«, sagte sie geistesabwesend ins Nichts zwischen ihr und Erika. »Mein Vater, er war …« Mit einem Mal brach sie ab. Als könne sie es kaum glauben, fixierte sie über Sekunden jeden einzelnen Abschnitt auf dem zweiten Filmstreifen. Ihre Wangen wurden blass. »Mein Gott … Hat er am Ende …?« Die unvollendete Frage verlor sich unsichtbar in der würzigen Caféluft. Doris bemühte sich, die Fassung zu behalten, antwortete sich im Geiste selbst. Ein feuchter Schleier fand in ihre Augen. Sie suchte Halt, irgendwo in Erikas faltigem Gesicht.

Diesmal war sie es, die Doris' Hand nahm und ihr ihre Verbundenheit bezeugte. Sie ahnte nicht, welcher gordische Knoten sich in Doris soeben gelockert hatte.

»All die Jahre über … Wie konnte ich nur so blind sein, Paps!«

Erika bedankte sich bei der Bedienung für den Kaffee mit einem gütigen Nicken, bevor sie Doris' Blick suchte. »Paps?«

Doris erschrak. Sie rang kurz nach Luft, als müsse sie an etwas ersticken. »Sagte ich Paps?«

Erika hielt sich vornehm zurück. »Wie hättest du das wissen sollen. Das liegt über 35 Jahre zurück.«

Doris hörte sie nicht; überlegte laut: »Wie konnte Weidlinger unentdeckt solche Aufnahmen machen? Er muss ein exzellentes Objektiv verwendet haben.«

Erika spielte mit Daumen und Zeigefinger am Henkel ihrer Tasse. Wehmütiger Stolz zauberte ihr ein Lächeln auf die Lippen. »Das hat er. Und damit dokumentierte er alles, was im Bruch vor sich ging. Sogar noch bei Dämmerlicht und aus großer Distanz.« Erika nahm den Umschlag wieder zu sich und sah Doris fordernd an. »Wenn es so weit ist, machst du Abzüge davon und gehst zur Polizei. Mit diesen Bildern ist es ein für alle Mal bewiesen – für alle drei.«

Doris versuchte, die Fakten zu ordnen. Ihr Blick glitt aus dem regenverzierten Fenster und verlor sich zwischen den ruinenhaft aus dem Nebel ragenden Häuserfronten. »Wir sollten nicht länger warten«, sagte sie schließlich überzeugt.

Erika neigte bedenklich den Kopf. »Geduld, Doris«, flüsterte sie. »Die Kripo war heute im Haus. Ich habe alles mitgehört – jede Frage, jede Antwort. Dieser Ermittler ist ihm auf den Fersen. Lange trägt ihn sein Lügennetz nicht mehr.«

»In Ordnung«, seufzte Doris. »Wir sorgen zum Schluss für einen Paukenschlag.«

Erika nippte an ihrem dampfenden Kaffee und lehnte sich zurück. Sie wirkte in sich gekehrt, schien sich wieder ihrer auferlegten Trauer zu fügen. Doch in den Winkeln ihrer Augen zuckte Genugtuung. So, als habe sie dort geschlummert, um endlich auszubrechen.

51

Markus Ruckgaber hatte die Brauen nach oben gezogen. Für einen Moment blieb sein zweifelnder Blick auf Leiermann haften; irrte über seine tief vernarbte linke Gesichtshälfte. Es war eine jener Entstellungen, denen man sich nicht entziehen konnte – ein offensichtlich schwer verheiltes Brandmal aus vergangener Zeit.

Leiermann bemerkte es sofort. »Kriegsverletzung«, schnitt er Ruckgabers Gedanken ab und lenkte ihn wieder auf den Fall. »Und? Wie schätzen Sie das Ganze ein?«

Er ließ sich abwartend in seinen abgewetzten Ledersessel zurückgleiten; las in Ruckgabers Gesichtszügen.

»Was wollen Sie hören? Dass sich die Sache zu einem Politikum entwickeln kann, ist Ihnen sicher klar. Sie kennen zumindest einen der erwähnten Herren aus Funk und Fernsehen. Das wird eine ziemlich heiße Sache.«

Leiermann zog die Mundwinkel nach unten. Er machte keinen Hehl daraus, dass ihm Ruckgabers Reaktion nicht recht gefallen wollte. »Im LKA ist man daran gewöhnt, mit dem Feuer zu spielen. Für uns ist kein Fall zu heiß. Also: Ihre Meinung?«

Ruckgaber neigte den Kopf leicht zur Seite. Er wusste, dass es jetzt auf jedes Wort ankam. Seine Karriere wäre nicht die erste, die im Landeskriminalamt einen jähen Abbruch erfahren hätte. Er resümierte sachlich. »Die Bilder dokumentieren lediglich einen Zug der Deutschen Reichsbahn im zerstörten Ulmer Hauptbahnhof. Es gibt bislang keine wirklichen Beweise für die schriftlichen Ausführungen. Und der von sich selbst als einziger Zeuge Beschriebene, behält sich vor, erst dann in Erscheinung zu treten, wenn wir augenscheinlich tätig werden. Ergo möchte er seinen Triumph genießen. Gleichsam weiß er, welcher Gefahr er sich aussetzt.« Ruckgaber überlegte scheinbar angestrengt; verschaffte sich Zeit. Hinter seiner Fassade überlegte er fieberhaft, wie es um die Loyalität Leiermanns gegenüber der Regierung bestellt war. Hatte er etwa schon eine Vorgabe erhalten? War das gerade ein taktisches Spiel, um die Akten zu bereinigen; um den Fall durch geschickt kaschierte Aktenvermerke einstellen zu können? Oder avancierte das Gespräch gerade zu einer extemporalen Laufbahnprüfung für den Oberkommissar aus Ulm?

Leiermann musterte ihn stumm, ließ ihn ungehindert seine unreinen Überlegungen in den Raum stellen.

»Ich würde zunächst verdeckt und allein in zwei Richtungen ermitteln:« Ruckgaber tippte mit seinem grünen Amtskugelschreiber versichernd seine Vermerke ab. »Zuerst würde ich mich den geschichtlichen Gegebenheiten widmen, um die Integrität des Anzeigenden zu überprüfen. Hierzu müssten die Örtlichkeiten genauer untersucht werden.« Unweigerlich tauchte der Forstweg mit der verrosteten Schranke vor seinem geistigen Auge auf. »Sollte all das mit den Schilderungen aus der Anzeige übereinstimmen, würde ich einen staatsanwaltlichen Beschluss beantragen und mir Zugang zum prognostizierten Tatort verschaffen. Parallel wäre die Vernehmung von Ströttner fortzusetzen.«

Ein Ruck ging durch Leiermanns Züge. Sein Oberkörper schnellte nach vorn. »Sie haben Ströttner befragt? Ohne genaue Kenntnis der Sachlage? Ohne offiziell aufgenommenen Fall? Sie hätten mit mir korrespondieren sollen! Damit haben Sie …«

Ruckgaber hob die Hand und fiel ihm ins Wort. »Nicht in unserer Sache! Ströttner ist Geschädigter in einem Einbruchsdelikt. Ich dachte, ich hätte es bereits erwähnt.«

»Ach, tatsächlich? Das hatte ich vergessen.« Leiermann ließ sich wieder in den Sessel fallen. Er warf seinen Zeigefinger symbolisch Richtung Ruckgabers Brust. »Das vereinfacht Ihre Vorgehensweise, die ich im Übrigen für sehr konstruktiv erachte.« Er schmunzelte. »Reale Vorwände sind die beste Tarnung!«

Ruckgaber sah versonnen aus dem hohen Fenster. »Dann wäre da das Motiv. Ein erfundener Vorwurf als Racheakt? Möglicherweise um mit einem behördlich verordneten Produktionsstopp seinem Feind den Garaus zu machen?«

Leiermann kniff die Augen zusammen. »Der Großauftrag für das Verkehrsministerium … Wenn dieser nicht zustande kommt …« Er bedeutete Ruckgaber weiterzureden.

»Oder es ist tatsächlich so passiert. Wie schätzt man den Fall hier im LKA ein?«

Leiermann verzog freundlich sein Gesicht. »Auf Einschätzungen kommt es nicht an. Und auf meine schon gar nicht – so gut, wie Sie schon informiert sind. Es zählen Fakten und Beweise. Und die bringen Sie mir. Ausschließlich mir. Die Sache darf nicht ausufern.«

Ruckgaber nickte verhalten und stand auf. Sein Blick streifte eine eingerahmte Auszeichnung an der Wand.

»Vom Bundespräsidenten. Damals, als ich …« Leiermann brach ab und reichte Ruckgaber im Aufstehen die Hand. »Nicht so wichtig. Nur ein Fetzen Papier aus jungen Tagen, nichts weiter. Halten Sie mich auf dem Laufenden, Oberkommissar; unbedingt! Kommen Sie heil nach Ulm zurück.«

Ruckgaber zögerte, als er die Klinke in die Hand nahm. »Warum gerade ich, Herr Kriminaloberrat?«

Leiermann verzog abschätzig das Gesicht. »Ich bin zu alt für so etwas. Sie sitzen vor Ort, sind jung, dynamisch.« Er lehnte sich vor und fügte beinahe flüsternd an: »Und sie wollen ja auch noch etwas werden – bei diesem Verein!«

Ruckgaber hatte die Tür sachte ins Schloss gezogen, schleppte die belanglose Antwort Leiermanns ein paar Schritte mit. Auf der breiten Treppe hatte er seine Worte bereits vergessen. Unter seinem Arm klemmte die Akte. Ein Bund Papier, der noch keinen Namen hatte. Er wusste nun, weshalb sich Leiermann nach seinem Klaustrophobieverhalten erkundigt hatte. Welche Rolle dem altgedienten Kriminaloberrat bei diesem Fall letztendlich zukam, wusste er jedoch nicht; noch nicht. Eine Gänsehaut kroch über seinen Rücken.

52

Doris beschlich ein flaues Gefühl, als sie in Ströttners Büro trat. Die Arme auf dem Rücken verschränkt, stand er vor dem großen Fenster in seinem Büro und sah hinaus auf sein Reich. Stumm, regungslos. Sein stoisches Gesicht spiegelte sich im Glas der Scheibe. Ihre Blicke kreuzten sich kurz, als Doris in das schwache Abbild seiner versteinerten Visage sah.

Doris räusperte sich zurückhaltend, worauf Ströttner gemächlich seine verschränkten Arme löste und sich langsam umdrehte. Sein Gesicht schimmerte wachsgleich. Er wirkte älter als sonst. Mit einer befehlenden Handbewegung wies er Doris einen der beiden Sessel vor seinem Schreibtisch zu. Er selbst blieb, an die Kante des uralten Möbels gelehnt, stehen und griff nach einem Blatt Papier.

»Johannes Ehrnsteiner«, stieß er betont in den Raum. »Sagt Ihnen das etwas?«

Doris erschrak. Sie nickte ertappt, während Ströttner den aufgenommenen Zettel vor sich in die laue Luft des Büros hob.

»Das ist Ihr Vater?«

Doris war wie erstarrt; bestätigte ohne Worte.

Ströttner steckte sich eine Zigarre an, paffte den bläulichen Qualm zur Zimmerdecke. »Hätten ja was sagen können!«, kam es qualmgedämpft über seine schmalen Lippen.

Doris gab sich naiv. »Ich verstehe nicht …«

»Na, dass wir Nachbarn sind!«, kürzte Ströttner ab.

»Ach so. Das Grundstück am Waldrand! Ist etwas damit nicht in Ordnung?«

Ströttner musterte sie eingehend, zuckte schließlich mit den Schultern. »Es geht mich ja nichts an«, er nahm einen Zug von seiner stinkenden Cohiba, »aber als ich neulich den Waldweg hinuntergefahren bin, habe ich Licht im verwilderten Grund gesehen. Nicht hell, eher diffus – wie ein Schein von einer Taschenlampe.« Er hob die Hände in die Höhe, als wolle er sich ergeben. »Sie können jetzt von mir denken, was Sie wollen. Aber wenn ich um diese Zeit so ein Licht sehe, dann werde ich skeptisch. Es könnte sich ja, Gott weiß wer dort einnisten! Nichtsnutze, Mineraliendiebe oder«, er zögerte, sah Doris abwartend an, »diese verrückten Höhlenforscher.«

Doris unterbrach ihn nicht. Verfolgte stumm seine eigenwilligen Bewegungen.

»Als ich im Liegenschaftsamt den Namen Ehrnsteiner las, sah ich es als meine Pflicht an, sie zu informieren.« Er beugte sich über den Schreibtisch und hielt die Hand geheimnisvoll an den Mund. »Der Krüb vom Polizeiposten war mit mir auf der Volksschule. Wenn Sie also irgendwann ein Problem im Grundstück haben, dann brauchen Sie es mir nur zu sagen. Mein Wort ist beim Krüb Gesetz.«

Doris schluckte, versuchte, sich etwas Dankbarkeit ins Gesicht zu zaubern. »Das ist sehr aufmerksam. Aber das

Licht kann ich erklären: Wir rekultivieren gerade oben am Felsen. Es war gewiss mein Vater, der nur das Werkzeug aufgeräumt hat.«

Ströttner musterte sie, schien einen Augenblick lang etwas gegeneinander abzuwägen, bevor er Doris entgegenheuchelte: »Rekultivierung am Hang! Ich weiß, was das heißt.« Er klatschte mit der flachen Hand auf den Tisch, demonstrierte seinen Entschluss, als hätte Doris schon dankbar zugesagt. »Ich lasse morgen zwei Fuhren Kalkquader dort abladen und einen Kleinbagger vors Tor stellen. Ohne eine vernünftige Maschine können Sie den Hang nicht befestigen.«

Doris hatte aufmerksam zwischen den Zeilen gelesen. Sie hob abwehrend die Hände. »Das ist zu gütig. Aber mein Vater will lediglich das Gestrüpp beseitigen. Nach seinem Schlaganfall kann er ohnehin nicht mehr bewerkstelligen.«

Ströttner hob den Kopf ein wenig an, nickte kaum merklich. »Wenn Sie mich brauchen; dann immer heraus damit! Ich muss mich ja gut stellen mit Ihrer Familie.« Er blinzelte stolz dem Bild seines Sohnes zu. Von einer Sekunde zur anderen wechselte er wieder in den Befehlston und knallte drei volle Unterschriftenmappen vor sich auf den Schreibtisch. »Gut. Das war es, was ich Ihnen sagen wollte. An die Arbeit mit Ihnen!«

53

Ströttner konnte den Singsang Heinos nicht mehr ertragen. Er drehte den linken Knopf von Krübs Dienstwagenradio ruppig nach unten, erntete zornige Blicke.

»Schnall dich wenigstens an! Wir sind hier nicht in Texas!«

Ströttner lachte nur bemitleidend vor sich hin und ließ einen undeutlichen Fluch folgen: »Du kannst mich kreuzweise.« Kurz hinter der Blaubrücke wies er mit seinem Arm vorwurfsvoll nach rechts. »Hier rein!«

»Ich weiß, verdammt!«, kam es genervt von Krüb.

Der Wagen stand still. Die Motorhaube dampfte in die kühle Nacht. Ströttner und Krüb blieben im grün-weißen Passat Kombi sitzen. Für einen Moment war es ruhig. Nur das Funkgerät schickte ab und an ein Knistern über den Äther.

»Dieser Schnüffler von der Kripo ist mir nicht geheuer. Redet ständig zweideutiges Zeug daher.«

Krüb zuckte unbeeindruckt mit den Schultern.

»Routinebefragung. Wenn er Verdacht schöpft, dann nur durch widersprüchliche Aussagen von dir. Von meiner Seite her ist die Sache wasserdicht.«

Ströttner atmete angestrengt. Die Scheiben begannen zu beschlagen. »Notfalls muss Barthel Druck ausüben. Über das Kriminalamt oder die Direktion in Stuttgart. Da ist noch jeder Bulle zum Ochsen geworden.«

Krüb seufzte. »Und um mir das zu sagen sind wir hier hergefahren?«

»Trottel«, fuhr ihm Ströttner über den Mund. Er griff über Krüb hinweg zum Lichtschalter und drückte ihn nach vorn in die Fernlichtstellung. Zwischen den Büschen am Wegesrand wurde das Heck eines VW-Busses sichtbar. Ströttner öffnete die Beifahrertür und stieg aus. Er zog die kühle Luft zischend durch die Zähne ein, hielt sie eine Weile an, um sie fauchend wieder auszustoßen.

Krüb stemmte abwartend seine Hände in die Uniformtaschen. »Was ist mit dem alten Karren? Reutlinger Kennzeichen – wahrscheinlich ein Angler.« Krüb stockte, fingerte nach seiner Stablampe im Ablagefach der Fahrertür und schaltete die Scheinwerfer wieder auf Abblendlicht um. »Moment. Dieses Zeichen auf der Heckklappe …«

Ströttner verfolgte seine Reaktion regungslos. Erst als Krüb auf den Wagen zuschritt, rief er ihn zurück. »Die Mühe kannst du dir sparen! Er gehört diesem Cruner, vom Höhlenverein.«

Krübs Lampenstrahl glitt über den aufgeweichten Boden. »Lehmspuren!«

Ströttner zelebrierte seine Überlegenheit. »Auf dem Armaturenbrett liegt ein Schreiben mit seiner Adresse.« Ströttner fixierte Krübs Augen, zwang sie zu unterwürfigem Gehorsam und setzte zischend nach: »Zweifle nie wieder an meinen Worten, Bulle! Nie wieder!«

Krüb fühlte, wie das Blut aus seinen Wangen wich. Er schluckte leer, als ihm Ströttner die Lampe aus der Hand riss. Er ließ ihn gewähren, ohne ein Wort; folgte ihm wie ein abgerichteter Hund durch den verwinkelten Heckeneingang am unteren Tor. Alles, was ihm verblieb, war seine Ergebenheit. So wie damals – so wie seit jeher. Und dafür hasste er seinen alten Duzfreund wie sonst nichts auf der Welt.

An diesem Abend zuckte kein Licht durch das Grundstück. Alles bettete sich still und dunkel in das nächtliche Bild des Tals. Ströttner hoffte nicht etwa auf ein Zusammentreffen mit Cruner. Er war auch nicht gewillt, heute Nacht tätig zu werden; in welcher Weise auch immer. Vielmehr sah er die Sache aus zweierlei Perspektiven heraus als erledigt an: Noch heute würde er Jakob darüber informieren und einen sofortigen Grabungsstopp erwirken. Morgen dann würde er sich seine Laborchefin vornehmen.

»Von wegen Bohrschlämme im Haar. Höhlenlehm war das! Dieses falsche Luder …«, entfloh es Ströttner, als er vor dem Schacht am Felsen stehen blieb und angewidert nach unten sah. Krüb atmete schwer, als er bei Ströttner ankam und fassungslos in die Tiefe blickte. Ein schwacher Lichtschein zuckte hin und wieder durch die Blöcke am Boden der teilweise sichtbaren Kammer.

»Heiliger Strohsack! Diese Höhlenteufel haben sich tatsächlich hineingegraben! Der arme Herr Ehrnsteiner. Ich muss sofort eingreifen. Das ist Landfriedensbruch erster Güte!« Er legte die Hände an den Mund, um in die Tiefe zu rufen, als ihn Ströttner unwirsch zurückzog.

»Wie dumm muss man eigentlich sein?«, presste er zwischen den Lippen hervor und stieß mit der Fußspitze zornig an einen losen Stein an der Schachtwand. Er schenkte dem leisen Aufschlag in der Kammer keine Beachtung. »Überleg wenigstens einmal, bevor du etwas tust!« Er wies auf den Aushub am Hang. »Glaubst du tatsächlich, das hier würde diesem Ehrnsteiner nicht auffallen? Der Mann toleriert die Grabung aus einem ganz bestimmten Grund!«

Krüb gab vor, verstanden zu haben, nickte verlegen in die Nacht. »Ich werde diesen Ehrnsteiner nach Strich und Faden durchleuchten. Morgen früh wissen wir alles über ihn.« Er zählte seine Gedanken an den Fingern auf. »Vorstrafen, Eintragungen, Ordnungswidrigkeiten, et cetera, et cetera.«

Ströttner schwieg, winkte nur gelangweilt ab und schritt den Hang hinab. »Gar nichts wirst du.«

Krüb konnte seinen Gesichtsausdruck nicht sehen. Er hätte ihm vielleicht verraten, dass Ströttner längst an einem Plan feilte.

»Ich werde das gleich morgen regeln! Verlass dich auf mich!«, hechelte Krüb beflissen gegen Ströttners breiten Rücken, als er zu ihm aufgeschlossen hatte.

Der gab nichts auf sein gefälliges Geplapper, packte ihn grob an beiden Schultern. »Du wirst das Maul halten und dich auf deinen Arsch setzen! Das ist Chefsache! Verstanden?«

Cruner hob erschrocken den Kopf und horchte. Nach einer Weile der Stille drehte er sich um, kroch bis zur Hüfte aus dem ersten Schluf und leuchtete nach oben zum Schachtmund. Waren da eben Stimmen zu ihm hinabgedrungen? Oder täuschten ihn seine Sinne?

Der Schatten, der am Schachtrand durch den Strahl einer von außen gehaltenen Lampe wanderte, wäre für jeden anderen kaum zu erkennen gewesen. Doch Cruner fiel das fahle Lichtspiel sofort auf. Wer hielt sich um diese Zeit im Grundstück auf? Ehrnsteiner etwa? Doris hätte sich zweifelsohne bemerkbar gemacht.

Cruner legte die Hände trichterförmig an den Mund; wollte rufen. Doch er ließ den eingesogenen Atem sacht zwischen den Lippen entweichen. Stattdessen ging er zur Leiter hinüber und begann, nach oben zu steigen. Cruner kletterte lautlos, unterdrückte das aufkommende Keuchen.

Er verfluchte sein Laster, beinahe alle Stunde eine Pfeife rauchen zu müssen.

Kurz vor dem Ausstieg hielt er an, entwirrte sich aus dem Sicherungsseil. Kein Lichtschein zuckte über die letzte Bohlenreihe. Alles war still. Erst als er die letzten beiden Stufen nahm, hörte er entfernt ein Stimmenpaar. Ein Lampenstrahl beschien die untere Hecke.

Cruner begann zu laufen; trotz der Atemnot. Unwirklich huschten die schwarzen Silhouetten der alten Obstbäume an ihm vorüber. Die Personen vor ihm, so war er sich sicher, hörten beide nicht auf den Namen Ehrnsteiner.

Zwei Autotüren wurden zugeschlagen. Ein Motor startete und heulte auf.

Als Cruner vorsichtig die Hecke beiseite bog und auf den Feldweg sah, funkelten ihm die charakteristischen Rücklichter eines Passat-Kombis entgegen. Ein turmartiger Blaulichtreflektor schimmerte kurz auf dem Dach. Cruner wich wieder hinter die Hecke zurück und fuhr sich mit der Hand über das schweißtriefende Gesicht. »Krüb und seine Schergen. Das hat uns gerade noch gefehlt.«

54

Die neu renovierte Eingangstür flog laut ins Schloss. Jakob erschrak, schritt aufgeregt aus seinem Arbeitszimmer hinaus auf den Flur.

»Du bist es.« Er wandte sich während des Satzes wieder ab.

Ströttners Stimme klang scharf, als er seinen Sohn von hinten anrief: »Wir müssen reden! Sofort!«

Jakob sagte nichts darauf; blickte ihm nur ahnungsvoll hinterher, wie er die Stufen ins Kaminzimmer hinabschritt.

Max Ströttner kippte den Obstler hastig hinunter, um sich gleich wieder nachzuschenken. Eine süßliche Alkoholfahne lag über dem Tisch, als Jakob eine graue Mappe vor sich ablegte. Ströttner war außer sich. Aufgeregt rang er die Faust gegen die andere Talseite. »Diese Lehmwühler haben dich an der Nase herumgeführt! Sie haben sich hinter deinem Rücken woanders hinuntergegraben!«

Jakob setzte sich wortlos, schlug die Mappe auf und reihte drei Fotografien gleichmäßig nebeneinander auf.

Ströttner stand noch immer und äugte argwöhnisch über den Tisch. Wieder einmal tastete er sein Jackett nach seiner Lesebrille ab. Vergebens. Doch selbst ohne sie bohrten sich die plakativen Motive wie Messer in seinen Verstand; verteilten unschöne Rollen. Sein Gesicht wurde aschfahl. Er griff nach einer Stuhllehne, stützte seinen Körper kraftlos auf. Als er geschlagen auf den Stuhl sank, glitt das Schnapsglas aus seinen Fingern. Es zerschellte klirrend; gebar einen dunklen Fleck auf dem rötlichen Marmorboden. »Du wusstest es …«

Jakob griff besorgt nach dem Arm seines Vaters. Doch er wehrte ab; gab zu verstehen, was keiner Verdeutlichung mehr bedurfte.

»Du musst das verstehen, Vater. Ich kann mich dieser Entdeckungen nicht länger verwehren.«

Ströttner wich den Blicken seines Sohnes kategorisch aus. Jakob wusste nicht, ob er ihm überhaupt zuhörte.

»Blaubeuren erhält eine Schauhöhle wie aus dem Bilderbuch. So eine Chance kann ich der Gemeinde nicht vorenthalten. Sieh es dir doch an!« Er schob die anderen Bilder ein Stück weit in den Blickwinkel seines Vaters.

Ströttner stand mühsam auf, gab Stolz vor. Doch sein Körper war von wütendem Zittern eingenommen. Er strafte Jakob mit einem kurzen, verachtenden Blick. »Du bist weich, Jakob Ströttner«, brach es schließlich knarrend aus seiner Kehle. »Wachsweich, wie deine Mutter. Hast dich einwickeln lassen von diesen Höhlenforschern.« Er wischte die Fotografien mit einer unwirschen Handbewegung vom Tisch.

Jakob sah seinen Vater fragend an. In seinem Blick lag etwas Anklagendes. »Was stört dich wirklich an diesen Grabungsaktivitäten?«

Ströttner blickte schneidend auf. »Du hast mich hintergangen«, lenkte er eisig ab, »hast meinen väterlichen Rat gegen das Gesäusel dieser Ehrnsteiner eingetauscht.«

Jakobs Züge wurden streng. »Lass Doris aus dem Spiel. Sie hat mit deinen Problemen nichts zu tun; ganz im Gegenteil. Oder hast du schon vergessen, wem du das Fortbestehen der Firma zu verdanken hast?«

Ströttner lächelte sarkastisch und kühl vor sich hin. »Ihr steckt allesamt unter einer Decke! Wollt mir an den Kragen, was? Eine Schande ist das!« Er trat dicht vor Jakob hin. »Merk dir nur eines: Diesen Krieg kannst du nicht gewinnen.«

Jakob verdrehte angewidert die Augen; schnaubte seinen Atem ungehalten durch die Nase. »Ja, Krieg! Es geht immer nur um deinen Krieg. Hörst du dich eigentlich selbst reden?« Er beugte sich vor und deutete auf seine Brust. »Ich bin dein Sohn, verdammt!«

Ströttner wehrte mit der Hand ab und wandte sich zur Treppe. »Geh' deinen Weg. Aber hoffe nicht auf meine Hilfe, wenn du merkst, dass du dich verrannt hast.«

Jakob ließ ihn mitsamt seinem diktatorischen Trotz aus seinem Blickfeld ziehen. Er stand noch eine ganze Weile vor dem großen Fenster. Allein; ins Nichts starrend; umgeben von dröhnender Stille. Das Glas spiegelte das leere Kaminzimmer in allen Details wider und verlieh dem gedoppelten Raum eine bläulich schimmernde Kälte.

Jakob fror, als er für einen Moment nach Antworten suchte.

55

Die Uhr im Labor zeigte kurz vor halb zehn. Arnegger und Brüning legten gerade eine ihrer ausgedehnten Raucherpausen ein, standen diskutierend auf der Freitreppe.

Doris nutzte die Gelegenheit und griff nach dem Telefonhörer, wählte auswendig eine auswärtige Nummer.

»Komm schon. Geh' ran. Ich weiß dass du da bist«, sagte sie sich ungeduldig vor und sah dabei nochmals auf die Uhr. Der Vorwurf, der unablässig gegen ihre Vernunft anrannte, trieb feine Schweißperlen auf ihre pigmentierte Stirn. Warum bist du nach Fritz' Anruf noch einmal in den Bruch gekommen? Diplomarbeit hin oder her! War es das wert, Doris?

»Hier bei Ströttner?«

Doris atmete auf. »Erika! Wir müssen handeln. Krüb wurde gestern Nacht von meinem Kollegen an der Höhle gesehen. Er hat mich soeben informiert. Ich gehe davon aus, dass Ströttner jetzt von der Grabung weiß. Wir sind alle in Gefahr, wenn ich nicht sofort zur Polizei gehe!«

Aus dem Hörer drang ein beschwertes Ausatmen. »Ich bin bereit.«

»Du sagst als Zeugin aus?«, hakte Doris nach.

»Das ist das Mindeste, was ich Karl schuldig bin. Und was ist mit Jakob?«

Doris senkte trauernd den Kopf. »Morgen«, beschwichtigte sie schließlich. »Ich werde es ihm morgen Abend sagen, noch bevor die Polizei tätig wird. Ich melde mich wieder.« Sie legte auf, spähte hinab auf den Parkplatz. Ströttner war noch immer nicht da.

Kaum eine Minute später eilte Doris die Stahltreppe hinab und stieg in ihren Wagen. Auf dem Beifahrersitz federten drei Leitzordner nach, die unsanft dort hingeworfen worden waren.

Zur selben Stunde sah ein Minister des Landes konsterniert auf die beigefarbene Gegensprechanlage auf seinem Schreibtisch. Die piepsige Stimme der blutjungen Sekretärin war verstummt. Sein Blick wechselte angewidert auf die aufgeschlagene Zeitung. Sie zeigte ein Bild von einem Steinbruch sowie ein Konterfei in einem kleinen Rahmen daneben. Der Minister kannte das Areal und die zugehörige Person nur zu gut. Er hatte die reißerische Überschrift erst gar nicht lesen wollen. Aber er tat es dennoch. Versteinert. Das vierte Mal an diesem Morgen.

»Herr Minister?«, zwitscherte es wieder aus der Anlage.

Grameisner wandte sich von der Bild-Zeitung ab und drückte die Sprechtaste durch. »Schicken Sie ihn rein.«

Ströttner war sichtlich gealtert. Ein Hauch von Gebrechlichkeit hatte sich in seine Statur geschlichen.

Grameisner war aufgestanden, schickte seine Empörung in Gesten voraus. Er hatte sich auf Gewohntes eingestellt. Ströttner aber ließ seine forsche, rücksichtslose Art vermissen; ging langsam auf Grameisners Schreibtisch zu. Sein Hut wanderte nervös von einer Hand in die andere. Schließlich platzte es aus ihm heraus: »Du musst etwas tun, Barthel. Sonst ...«

»Wir hatten eine Abmachung, Max!«, donnerte Grameisner zurück. Wutentbrannt riss er die Zeitung vom Stapel und hielt sie ihm drohend entgegen. »Keine weiteren Treffen! Keine Eskapaden mehr! Und nun das! Hast du gänzlich den Verstand verloren?«

Ströttner wurde fahl, nahm die verräterisch knisternde Zeitung an, die er noch nicht kannte. Gehetzt stürzten seine Augen über den Tenor des Artikels; schlangen anklagende Zeilen in seinen brennenden Geist. Ströttner spürte, wie der Sog seiner Lügen an ihm zerrte. In seiner Stimme lag das Flehen um eine unerreichbare Gunst: »Gib nichts auf dieses Geschmier, Barthel. Die Leute haben das morgen wieder vergessen. Es ist nichts geschehen, was uns gefährlich werden kann.«

Grameisner hielt es nicht mehr hinter seinem Schreibtisch. Er schritt nach vorn und packte Ströttner am Kragen, dass seine Fingerknöchel weiß wurden. »Gefährlich!«, zischte er ihm entgegen und wechselte abrupt in den Flüsterton. »Du warst damals weder an der Front noch im Hauptamt, als es den Bach runterging. Hast dich gedrückt, wo es nur möglich war, und am Ende noch den großen

Reibach gemacht! Du bist der Letzte, der mir etwas über Gefahr erzählen kann!«

Er ließ von Ströttner ab, der seinen hinabgefallenen Hut vom Boden aufnahm und reumütig anhob: »Ein scharfes Wort im Kriminalamt würde reichen. Dieser Ermittler …«

»Bin ich etwa der Messias persönlich?« Der Minister funkelte sein Gegenüber kalt an. »Keinen Finger werde ich rühren, nachdem es in allen gängigen Blättern in Stuttgart zu lesen ist!« Seine rechte Hand rang in der Luft nach seiner verlorenen Fassung. »Und dann noch der Artikel in der Ulmer Zeitung: Brandstiftung an Weidlingers Haus! Für wie dumm hältst du die Polizei?« Er tippte anklagend auf das zerknitterte Blatt. »Du hast es ausgelöst und du wirst es auch geradebiegen!«

Ströttner suchte nach altgedienten Druckmitteln. Ungewohnte Schwäche war in seine Stimme gekrochen. »Ich warne dich, Minister! Ich zieh' dich mit hinein! Dagegen ist dieser Artikel ein Mückenschiss! Ich habe Beweise! Wenn sie mich drankriegen, werde ich aussagen.«

Grameisners Miene verfinsterte sich drohend. »Du meinst: Wenn du dann noch sprechen kannst?«

Ströttners Atem beschleunigte sich. Das Gift Grameisners Worte sickerte stechend durch seine Hirnwindungen. »Das tust du nicht, Barthel. Dazu bist du nicht fähig.«

Der Minister blieb versteinert. »Hast du es schon vergessen? Ich hätte den Burschen damals an Ort und Stelle erschossen. Du hast in dieser Nacht gekniffen; hast mich davon abgehalten.« Er beugte sich ein Stück zu ihm vor und schüttelte sacht den Kopf. »Du bist nicht unsterblich, Maximilian Eugenius Ströttner. Und ich habe nach wie vor meine Leute für das schmutzige Geschäft. So, wie ich sie damals schon hatte.« Er zog eine Schublade auf und holte ein geheftetes Pamphlet hervor. Ströttner erkannte es sofort, als es laut klatschend auf dem polierten Mahagonischreibtisch landete. »Dem Land ist es gleichgültig, wer am Ende den Zement liefert. Für dich steht dagegen alles auf dem Spiel, Max. Wenn die Geschichte nicht binnen 24 Stunden per Gegendarstellung in allen gängigen Blättern der Region dementiert worden ist, muss sich das Ministerium von der StuMAG öffentlich distanzieren.«

Die Worte des Ministers hallten in Ströttners Kopf nach wie Gewitterdonner. Er rang nach Luft, riss sich die Krawatte auf und suchte mit fassungslosem Gesichtsausdruck nach Worten.

Grameisner sah das Flehen in seinen Augen, kam ihm süffisant zuvor: »Es ist immer das Kleingedruckte. Paragraf 38: Die Aufhebung des Vertrages ist beiderseits bis zu vier Wochen ab Ratifizierung wirksam, sofern sie schriftlich mitgeteilt wird. Eines Grundes bedarf es nicht.« Grameisner drehte seinem Gegenüber den Vertragstext hin. »Am Ende ist sich jeder selbst der Nächste. Und mach mich nicht Glauben, du wüsstest nicht, was noch auf dem Spiel steht.«

Ströttner sah abrupt auf, musterte Grameisner skeptisch. »Ich dachte, dafür gibt es keine Indizien? Oder weiß ich nur nichts davon?«

»Unsinn!«, donnerte Grameisner. »Heinrich war damals aus gutem Grund der Einzige, der die Stelle kannte. Dummerweise hat er sich beim Rückflug irgendwo in einen Acker gebohrt. Unauffindbar. Abgesehen davon gehört es uns nicht.«

Ströttner mahlte mit seinen Kiefern, suchte in Grameisners Gesicht stumm nach der Wahrheit. Doch er fand nichts. Nicht einmal den Hauch einer Regung. Mit einem schweren Einatmen löste er sich von dem angeschnittenen Thema. Er klang seltsam matt, angeschlagen, als ließe er die Schwäche willenlos zu. »Warum jetzt? Warum nicht schon damals; als es noch üblich war, jemanden ans Messer zu liefern?«

Grameisners Mundwinkel zuckten vor überheblichem Sarkasmus. »Es war lukrativ. Deine Spende für mein letztes Engagement in diesem Amt ging gestern unwiderruflich in Luzern ein. Eine weitere Zuwendung wird es nicht geben, da ich für eine weitere Amtszeit nicht mehr zur Verfügung stehen werde.« Er machte eine Pause von vernichtender Nachdrücklichkeit. »Du bist nutzlos geworden.« Er sah auf seine Uhr. »Und jetzt raus mit dir. Deine Zeit läuft nicht nur, sie rennt.«

Ströttner wirkte apathisch, als er die hohe Tür zum Vorzimmer aufriss und offen stehen ließ. Es war ihm gleichgültig, dass beide Flügel der Pforte laut an die mit Stuck verzierten Wände knallten. Seine unklaren Gedanken hörten nicht auf, sich zu jagen, ließen keinen Raum mehr für das, was im Moment geschah.

Als er auf den weitläufigen Gang des Ministeriums trat, sank sein Blick auf das bunte Bodenmosaik, das einen Geologenhammer beschrieb. Ihm war, als wäre es zu seinen Füßen in Stein gehauen worden, als schrie es ihm mit bestialischem Zorn entgegen: Das ist das Ende!

56

Ruckgaber zog angestrengt seine Augenbrauen nach oben. Er ließ den grünen Kugelschreiber geschmeidig durch seine Finger gleiten, prüfte seinen Gast auf jede unpassende Bewegung, jede unglaubwürdige Geste. Unauffällig drehte er seine Bild-Zeitung um, die mit Seite drei offen auf einer Ablage neben dem Schreibtisch lag. Er wollte nicht, dass die einprägsame Überschrift den Redefluss der Anzeigenden unterbrach.

Als Doris zu Ende war und den offenen Umschlag auf den Tisch legte, lehnte er sich in seinen Stuhl zurück und griff sich nachdenklich ans Kinn. »Das war sehr viel auf einmal, Frau …«

»Ehrnsteiner, Herr Oberkommissar. Doris Ehrnsteiner.«

Ruckgaber staunte hinter seiner gut getarnten Fassade Bauklötze, wie sich die Dinge um Max Ströttner innerhalb weniger Tage wie von selbst zueinanderfügten. Er raunte abwartendes Verständnis vor sich hin: »Hmm. Und das mit der Brandstiftung können sie bezeugen, zusammen mit dieser Frau Erika? Ich meine – sie waren tatsächlich dort und haben es gesehen?«

Doris nickte, während sie Ruckgaber skeptisch musterte.

»Und was hat sie beide um diese unchristliche Zeit zu diesem verlassenen Haus getrieben?«

Doris schluckte. »Ich; also wir, suchten gemeinsam nach einer ganz bestimmten Hinterlassenschaft von Herrn Weidlinger. Und wir wurden fündig.« Sie wies mit einem auffälligen Augenzucken auf den Umschlag.

Ruckgaber wurde neugierig, griff nach dem braunen Din-A4-Umschlag. »Darf ich?«

»Klar. Dafür habe ich es ja mitgebracht.« Doris verfolgte, wie Ruckgaber ein paar entwickelte Bilder hervorzog und sie ohne intensivere Betrachtung auf einen Stapel sortierte. Dann sah er ihr wieder direkt in die Augen.

»Was verbindet Sie mit Weidlinger?«

Doris wand sich einen Moment. »Es ist so: Erika und Karl waren ein Paar. Es wusste niemand davon. Insbesondere ihrer beider Arbeitgeber nicht.«

Ruckgaber drehte fragend den Kopf ein wenig zur Seite. »Die StuMAG, also Ströttner?«

»Genau.«

Der routinierte Kriminalbeamte nahm sich wieder der Fotografien an, schichtete die eine um die andere unter den Stapel. Doris studierte sein Gesicht, wartete auf das erste Zucken in seinen Augen, suchte nach irgendeiner Reaktion. Aber sie blieb aus. Ruckgaber schien gänzlich unbeeindruckt. Gelassen schob er ihr den Stapel wieder zu und verschränkte die Arme auf dem Tisch.

Doris war empört. »Das sind eindeutige Beweise! Sie müssen das doch sehen!«

Ruckgaber nickte verhalten. »Immer langsam, Frau Ehrnsteiner.« Er beugte sich zu ihr vor. »Die Sache mit diesem zweiten, verschütteten Tunnel? Haben Sie da eine Karte oder einen Plan?«

Eine dünne Plastikhülle knisterte. »Hier!« Sie breitete die Karte vor Ruckgaber aus und tippte mit dem Finger auf den Taleinschnitt vor dem Bruch. »Genau hier trafen wir in der Höhle auf die betonierte Mauer.«

Ruckgaber überkam ein unterschwelliges Schaudern, als er sich durch enge Höhlengänge kriechen sah. Die Vorstellung behagte ihm überhaupt nicht. »Sie legen Herrn Ströttner eine ganze Menge zur Last. Aber zugegeben. Es spricht einiges für Ihre These.« Er schichtete ein paar Fotos um; betrachtete sie oberflächlich. »Sagen Sie – dieses Metallstück? Haben Sie das noch?«

Doris lachte überlegen. »Ich wäre eine schlechte Geologin, wenn ich derartige Besonderheiten wegwerfen würde.«

Ruckgaber lächelte ihr entgegen, als hätte er nichts anderes erwartet. »Ich würde es gern so rasch wie möglich analysieren lassen.«

Doris wies durch das Fenster auf den kleinen Parkplatz hinter der Brücke. »Soll ich es holen? Es liegt im Kofferraum.«

Ruckgaber machte eine abwehrende Handbewegung.

»Nachher. Zuerst nehmen wir ihre Aussage förmlich auf.«

Nach knapp einer Stunde nahm der Ermittler das letzte Blatt aus der elektrischen Schreibmaschine und visierte Doris eindringlich an. »Und weitere Unterlagen befinden sich also im heimischen Arbeitszimmer der Ströttnervilla? Woher wissen Sie das so genau?«

Doris vermied eine direkte Antwort. Ihre Wangen röteten sich leicht. »Ich war am Sonntag dort zu Gast.«

Ruckgaber zog die Brauen nach oben; forderte stumm eine Erklärung.

Doris wurde nervös. »Sie glauben doch nicht etwa, dass ich etwas mit dem Einbruch zu tun habe?«

Ruckgaber antwortete spät und knapp: »Nein.«

Doris traute dem Frieden nicht; erklärte sich weiter: »Ja. Ich habe ein wenig gestöbert. Jakob Ströttner ist …«, sie rang mit sich, »… wir lieben uns. Spielt das denn eine Rolle?«

»Nein. Aber danach hatte ich Sie auch nicht gefragt.« Ruckgaber zog anerkennend die Mundwinkel nach unten. »Sie haben Talent zur Kriminologie.«

Doris wurde mit einem Male ernst. »Ich tue das alles nur für meinen Vater und der Gerechtigkeit wegen.«

»Für Ihren Vater?«

Doris verweigerte sich mit einem sachten Kopfschütteln. »Das geht nun wirklich nur ihn und mich etwas an.«

Ruckgaber nickte ihr stumm Verständnis entgegen; hakte nicht weiter nach. Wie von selbst war der Tenor dieser anonymen Anzeige vor seinem geistigen Auge erschienen.

Kurz darauf reichte Doris an ihrem Auto dem Ermittler die Hand. Ihr Händedruck war stark und entschlossen, als wollte sie ihre Anzeige damit bekräftigen.

Ruckgaber riskierte einen ersten Blick auf den rostigen Metallfetzen in der Kunststoffdose.

»Lassen Sie die Dose erst im Labor öffnen«, warnte ihn Doris. »Es könnte Blausäure mit im Spiel sein. Sagen Sie das auch Ihren Kollegen im Labor.«

Ruckgaber blieb äußerlich gelassen – wie immer. Als er nach ihren Augen suchte, lag so etwas wie ein guter Wunsch in seinem Blick. »Gehen Sie diesem Ströttner künftig aus dem Weg. Lassen Sie sich für diese Woche am besten krankschreiben.« Er sah, wie Doris abwägend den Mund verzog und wurde eindringlich. »Frau Ehrnsteiner! Ermitteln Sie auf keinen Fall alleine weiter. Das war ohnehin schon …«, er suchte kurz nach dem passenden Wort, »… mutig genug von Ihnen. Sie können das Geschäft jetzt getrost mir überlassen.« Er hielt ihr seine Visitenkarte entgegen. »Rufen Sie mich umgehend an, wenn etwas geschehen sollte. Zu jeder Zeit.« Er sah, dass Doris etwas erwidern wollte und wartete.

»Handeln Sie rasch. Mein Vater ist in großer Gefahr.«

Ruckgaber wirkte einen Moment lang nachdenklich. »Welche Rolle spielt Ihr Vater in dieser Sache?«

»Wenn ich das wüsste, wäre ich jetzt nicht hier bei Ihnen.« Sie ging langsam rückwärts. »Sie informieren mich, wenn sich etwas ergibt! Das sind sie mir schuldig!«

Ruckgaber stand noch eine Weile am Fenster im Erdgeschoss und beobachtete, wie sich Doris mit ihrem VW Polo vorsichtig in den Verkehr einreihte.

Zurück am Schreibtisch schlug er den Bericht der Spurensicherung auf und las wiederholt den Passus über die Reifenspuren des zweiten Fahrzeuges, das unweit vom Tatort in einem Waldweg gestanden haben musste. »Reifenmarke Dunlop. 155 Schrägstrich 60.« Ruckgaber fühlte sich bestätigt. Er kannte die alten Modelle aus den zahlreichen Verkehrsdelikten und wusste, dass der identifizierte Reifen zu Doris' Wagen passte. Dann griff er entschlossen nach dem Telefonhörer und wählte die Nummer der Vermittlung.

Die Worte des Chefredakteurs der Bild-Zeitung schlichen durch die Leitungen wie zäher Honig.

»Wir haben zuverlässige Quellen, die nicht namentlich genannt werden dürfen.«

Ruckgaber wurde ungeduldig. »Ob Sie das dürfen oder nicht, werde ich Ihnen schon sagen. Notfalls per Eilbeschluss vom Gericht. Und nun heraus mit der Sprache. Woher haben Sie diese Informationen erhalten?« Unentschlossenheit surrte durch die Leitung. »Es war ein anonym abgesandter Umschlag«, begann der Redakteur zögerlich. »Ich kann Ihnen sagen; wenn wir alles gedruckt hätten …«

Ruckgaber würgte den Anflug von Gönnerhaftigkeit altklug ab. »Das haben Sie aus gutem Grund sein lassen, da Sie sich sonst mit einer Verleumdungsklage herumschlagen müssten. Trug dieser Umschlag den Poststempel des Postamtes Elchingen?«

Am anderen Ende war das Knistern von Papier zu hören. »Ja.«

»Beinhaltete das Geheft außer 18 Fotografien in schwarz-weiß, einem Lageplan und einem sogenannten, schriftlichen Tathergang sonst noch etwas?«

»Nein. Aber das heißt im Gegenzug: Die Kripo in Ulm hat dasselbe wie wir erhalten? In welche Richtung ermitteln Sie? Ströttner oder Anonymus?«

Ruckgaber reagierte streng, obwohl er wusste, dass die Drohgebärde sinnlos war. »Ich warne Sie. Denken Sie nicht einmal darüber nach, in der morgigen Ausgabe einen Folgeartikel zu bringen. Ich könnte Ihnen das als Behinderung einer polizeilichen Ermittlung auslegen!« Ruckgaber hatte aufgelegt.

Kaum zwei Minuten später klingelte sein Telefon wieder. Ruckgaber hört Leiermann schon, als er den Hörer von der Gabel nahm. Er redete nicht, er schrie: »Wie konnte das passieren? Was läuft bei Ihnen in Ulm eigentlich schief?«

Ruckgaber musste mehrfach ansetzten, um sich Gehör zu verschaffen. »Die Bild-Zeitung hat …«

»Leere Ausflüchte! Nur Sie waren davon in Kenntnis; hatten nichts Besseres im Sinn, als es …«

»Mit Verlaub! Die Bild verfügt über exakt dasselbe anonyme Paket wie das LKA!«

»Kein Wort glaube ich … – Die Bild hat was?«

Ruckgaber glaubte zu hören, wie Leiermanns Zorn zerplatze.

»Sie haben richtig gehört. Der anonyme Anzeiger hat gestern die Presse eingeschaltet. Aber das muss nicht weiter tragisch sein.«

»Nicht tragisch? Reden Sie, Ruckgaber! Was wissen Sie?«

Der Kriminaloberkommissar drehte mit seiner freien Hand versonnen einen Plastikbehälter um seine Achse. »Eine gewisse Frau Ehrnsteiner hat gerade eine Aussage zu Protokoll gebracht. Sie arbeitet seit Kurzem als Laborleiterin bei der StuMAG und legte Beweise vor, welche sich zu 100 Prozent mit den Schilderungen dieses Anzeigers decken.

»Haben Sie ihre Aussagen überprüft?«

Ruckgaber rollte mit den Augen. »Sie war eben erst hier. Aber die Beweiskette ist beeindruckend; nahezu lückenlos. So etwas konstruiert niemand. Und schon gar nicht über einen so langen Zeitraum.«

Leiermann murrte unzufrieden. »Hmm. Und der Anonyme? Irgendwelche Hinweise?«

Ruckgaber zögerte. Er war kein Freund von vorschnellen Schlüssen. »Ich habe den Verdacht, dass es sich um den Vater dieser Frau Ehrnsteiner handelt. Und das zwingt uns zur Eile. Die Beschuldigten sind durch die Presse gewarnt. Seit heute besteht Gefahr im Verzug. Der Fall bedarf umgehend einer Ermittlungsgruppe.« Er machte eine halbe Drehung mit seinem Stuhl, blickte einladend zu seinem Kollegen hinüber. »Kollege Lauser könnte inzwischen einen richterlichen Beschluss für eine Durchsuchung des Bruchs sowie der Privaträume von Ströttner beantragen. Die vorläufigen Haftbefehle schieben wir nach, sobald sich bestätigt, was im Raum steht. Was halten Sie davon?«

Leiermann seufzte. »Fertigen Sie die Beschlüsse vor.

Ich will Ihre neuen Beweise selbst in Augenschein nehmen. Zuleiten können wir dann immer noch. Ich bin bis spätestens 16 Uhr bei Ihnen in Ulm.«

Die Leitung summte. Leiermann hatte überstürzt aufgelegt.

Sich selbst zunickend schloss Ruckgaber die Ermittlungsakte in die oberste Schreibtischschublade ein und stand auf. Die verschraubte Dose mit dem Stahlklumpen aus dem Steinbruch stellte er übertrieben vorsichtig auf den Schreibtisch seines Kollegen. »Das muss sofort ins Labor zu Frau Gärtner! Es soll eingehend auf blausäurehaltige Kampfstoffe untersucht werden. Ich brauche bis 16 Uhr zumindest einen Zwischenbericht. Schriftlich und lesbar!« Er schnappte sich seine Jacke vom Kleiderständer und deutete im Hinauseilen nochmals auf das brisante Gefäß. »Und lass die Dose zu! Das Zeug ist giftig!«

Eine halbe Stunde danach warf Ruckgaber die Tür des Dienstwagens zu und schritt langsam über die gekieste Einfahrt von Weidlingers Grundstück. Selbst nach vier Tagen legte sich der brennende Geschmack von Ruß noch in seinen Gaumen.

Auf der Fahrt durch die Stadt hatte er sich lange überlegt, dem erwähnten Vater der Anzeigerin einen Besuch abzustatten. Das zentrale Melderegister hatte einen gewissen Johannes Ehrnsteiner unter derselben Adresse ausgespuckt. Als er jedoch mit laufendem Motor vor dem schlichten Häuschen anhielt, trat er kurz darauf wieder auf das Gaspedal und setzte seine Fahrt fort. Etwas Unbestimmbares riet ihm zur Geduld.

Statt einer Zeugenvernehmung auf gut Glück stocherte er nun mit einem abgebrochenen Haselnusstrieb in den schwarz glänzenden Balkenresten der Brandstätte herum.

Ruckgaber sprach im Geiste mit sich selbst, benannte verkohlte Räumlichkeiten, sowie sein Blick darauf fiel. Er rief sich Details aus dem Bericht in Erinnerung: Obergeschoss – Holzbauweise, leicht entflammbares, trockenes Holz.

Er sah auf ein mit Fähnchen markiertes Karree. Brandherd – ausgelöst durch Beschleuniger – wahrscheinlich Dieselkraftstoff. Ruckgaber dachte angestrengt nach: In Ströttners Kofferraum fanden sich Spuren von Diesel.

Er muss zu Fuß geflüchtet sein. Gut gedeckt, mitten durch den Wald. Der Ermittler wandte sich in Richtung Blaubeuren und zeichnete mit den Händen einen logischen Weg zwischen die bemoosten Baumstämme. Er kniff die Augen zu schmalen Schlitzen zusammen, als könne er das Gelände röntgen. Weder im Wagen noch in der verkohlten Ruine wurden Kanister oder andere Behältnisse gefunden. Und bis Blaubeuren hast du deine Kanister nicht getragen, soviel ist sicher.

Der sumpfige Boden schmatzte bei jedem Schritt, den Ruckgaber ins Unterholz tat. Er folgte einem kleinen Rinnsal, das sich in einer seichten Mulde zwischen den alten, braunen Blättern des letzten Herbstes hindurchsuchte. Unzählige Wildschweinspuren kreuzten die feuchte Bachmulde.

Wo sich so viele Fährten kreuzen, muss irgendwo ein Morast oder eine Hüle sein, sagte er sich ahnungsvoll vor. Zielstrebig ging er den leicht geneigten Hang hinab zu einer feuchtdunklen Senke. Ein überlegenes Schmunzeln spielte um seinen Mund, als er sich zu den deutlichen Fußspuren hinabbückte. Ölig schimmernde Augen schwammen auf dem stehenden Wasser. Verräterische Relikte aus der Tatnacht.

Sein geübter Blick blieb auf der Oberfläche des Sumpfgumpens haften. Das Bild war nicht stimmig. Altes Laub lag auf dem spiegelnden Morast, als wäre es gestern herabgefallen. Unmöglich.

Unweit der Hüle hatte Ruckgaber einen langen Ast mit einem gegenläufigen Auswuchs am Ende gefunden. Geduldig stocherte er damit im Sumpf herum, bis der Ast plötzlich an einen Widerstand stieß. Es klang hohl; metallisch. Ruckgaber suchte vorsichtig nach einem Angriffspunkt für seinen hölzernen Haken und fand ihn. Dann zog er aus Leibeskräften; entriss dem Morast einen weiteren Beweis.

Normalerweise gab es nichts Schlimmeres für ihn, als Schmutz an den Händen zu haben. Heute aber störte ihn der schwarze Dreck nicht. Seine Finger ertasteten vielsagende Vertiefungen im Blech. Ruckgaber sah sich um und rupfte ein Büschel Moos aus dem Waldboden. Er tränkte es im trüben Wasser und begann, seinen neuen Beweis zu waschen. Was er kurz darauf las, war eindeutig und belastend: Wehrmacht – Hakenkreuz. Darunter in weißer Schrift: StuMAG – Blaubeuren.

Der Verschluss zog Luft an, als er ihn nach hinten klappte und öffnete. Ruckgaber fächelte sich einen Dunstschwall zu. »Diesel.«, hauchte er halblaut einem Baumstamm zu, als wäre er ein stummer Zeuge. Dann richtete er sich auf und holte die Kamera hervor.

57

Ströttner war auf der Autobahn mehrfach angehupt worden. Er fuhr langsam, unkonzentriert; war mit seinen Gedanken fernab der Straße. Als er seinen nagelneuen Mercedes 280 SE schräg auf seinen reservierten Parkplatz lenkte und den Motor abstellte, lief ihm der kalte Schweiß von der Stirn. Sein keuchender Atem zog gegen die Windschutzscheibe, zeichnete einen nebulösen Schleier in den frühjährlichen Ausblick. Unterschwellig schlich sich das Dröhnen der Produktion in seinen Gehörgang. Ein feines Beben kroch über das Lenkrad, ließ seine feuchten Handinnenflächen am Lenkrad unmerklich vibrieren. Gewohnt vertraute Geräusche, tausendfach gehört. Und doch kam ihm heute alles fremd und tot vor, als er seinen Blick über das Gelände schweifen ließ.

Kurze Zeit später ließ er sich erschöpft in seinen Sessel fallen. Ströttner ergab sich für ein paar Minuten der verdrängten Endlichkeit seines Schaffens. Dann raffte er sich mit einem tiefen Atemzug auf und griff nach dem Telefonhörer. Er musste sie schlagen; diese letzte, aussichtslose Schlacht. Ob er wollte oder nicht.

Das Telefonat mit der renommierten Anwaltskanzlei war einseitig und laut. Ströttner diktierte, befahl. Er glaubte an seine selbst geschriebene, fadenscheinige Rechtsauffassung; fauchte Worte wie *Verleumdung* und *Rufmord* in den Raum – unpräzise und stumpf.

Danach sah er gehetzt auf die Uhr. Beide Zeiger standen nahe der Eins. Die Zeit lief ihm davon. Verbissen riss er dreimal an der Wählscheibe. Drei, drei, neun, das Büro für Öffentlichkeitsarbeit. Es mutete ihm wie eine Ewigkeit an, bis jemand abhob.

»Verdammt, Bachmann! Warum dauert das so lange?« Er setzte voraus, dass sein Mitarbeiter über die Zeitung informiert sein musste. »Wir bringen in allen gängigen Zeitungen des Landes eine Gegendarstellung zu den heutigen Vorwürfen in der Presse. Bis in einer Stunde muss der Bericht fertig per Telex in allen Redaktionen mit DPA-Berechtigung liegen! Verstanden?«

»An alle Zeitungen?«, schickte der verdutzte Angestellte vorsichtig in die Leitung. »Das wird das von Ihnen festgelegte Budget um ein Vielfaches übersteigen.«

»Das ist mir scheißegal! Es muss ein großer, plakativer Artikel werden. Ich lasse Ihnen in den nächsten Minuten eine Liste mit Stichpunkten bringen, die Sie zu einem hundertprozentig positiven Artikel verarbeiten! Und hängen Sie heute noch einen internen Abdruck davon an jede Abteilungstür, damit der ganze Betrieb weiß, dass da nichts dran ist.«

Ströttner hatte den Hörer angewidert auf die Gabel geworfen. Seine Augen waren auf die Liste der Beschäftigten gerichtet, welche unter einer eingearbeiteten Glasplatte im Schreibtisch klemmte.

»106 Menschen in Lohn und Brot. Und das nur hier, in Blaubeuren«, hauchte er vor sich hin. »Das darf nicht einfach so enden. Ich kapituliere nie! Nicht damals und nicht jetzt!«

Das Blatt für die Presseabteilung lag dicht beschrieben vor ihm. Seine beinahe unleserliche Bleistiftsudelei kündete von Hast. Er überflog sein Geschriebenes noch einmal, während er langsam zur Tür schritt.

»Bringen Sie das auf schnellstem Wege in die Presseabteilung. Das muss heute noch raus.«

Seine Sekretärin gab sich höflich und zuvorkommend, nahm seine Notizen beflissen entgegen. Wie immer, schien es.

Ströttner aber fiel die Veränderung in ihrem sonst so konstanten Habitus sofort auf. In ihrem routinierten Lächeln raunten Zweifel. Sie wich seinen starren Blicken aus, als wäre ihr die tausendfach wiederholte Begegnung plötzlich peinlich.

Ströttner wallte ein kalter Schauer über den Rücken. Sein Wort, seine Macht; sie zerfielen – unaufhaltsam.

Er war gerade dabei, kehrtzumachen, als das Telefon der Sekretärin klingelte.

Die Vorzimmerdame hatte ihre Hand schützend auf das Sprechteil gelegt. »Es ist ihr Sohn. Soll ich durchstellen?«

Ströttner nickte bitter und schloss die Tür hinter sich. Für einen Bruchteil einer Sekunde lag ein Zögern in seiner Hand, als der Apparat an seinem Schreibtisch zum fünften Mal schepperte.

Jakob klang angespannt. »Können wir uns treffen?«

»Nein!«, kam es barsch zurück. »Ich habe dir nichts anderes zu sagen als den Journalisten, die hier pausenlos anrufen.«

Jakob ließ sich nicht beirren, wurde laut: »Wir müssen darüber reden. Dingend! Es steht viel auf dem Spiel!«

Ströttner hörte im Hintergrund eine Zeitung knistern.

Jakob zitterte über die reißerischen Zeilen. »Liegen bei der StuMAG Leichen im Keller? *Aus inoffiziellen Kreisen wurde bekannt, dass das renommierte Hoch-Tief-Bau-Unternehmen eine aktive Nazivergangenheit hat. Die Vorwürfe richten sich hauptsächlich …*«

»Halt den Mund! An dieser Schmiererei ist nicht das Geringste dran. Du kennst die Firmengeschichte!«

Jakob zögerte: »Ich kenne das, was du mir erzählt hast. Und ich habe ein Recht …«

»Nichts hast du! Gar nichts!«, unterbrach ihn Ströttner und beendete das Gespräch mit einer abschließenden Handbewegung, bevor er ausgesprochen hatte: »Schluss jetzt!«

Ströttner schnaubte; trocknete sich mit seinem Taschentuch die Stirn. Er stürzte an eines der nach Westen gerichteten Fenster und riss es auf. Wie ein Ertrinkender rang er nach der staubigen Luft. Die Augen weit aufgerissen, ließ er seinen Blick von einem Felsen zum anderen den Hang hinaufklettern. Fliehend, ohne Ziel. Plötzlich aber verharrte er auf einer bestimmten Stelle im Westbruch, fixierte nur mehr einen einzigen Punkt an. Dort oben an der Einsenkung des ehemaligen Tors passte etwas nicht in das gewohnte Bild. Ströttner kniff die Augen zusammen, hoffte auf eine Sinnestäuschung. Doch die Person mit der auffällig gestreiften Kleidung war real; stand regungslos am Doppelzaun und blickte ihm direkt entgegen.

»Nein. Das kann nicht sein!«, hauchte Ströttner in die kalte Luft und warf mit einem lauten Knall das Fenster zu. Unaufgefordert würgte sein Gehirn Fragmente der Vergangenheit in sein Bewusstsein; wiederkäute einen sauren Brei aus anklagenden Bildern. Panisch zerrte er die untere Schublade des Wandschrankes auf und wühlte nach seiner alten Militärpistole. Dann wankte er ans Fenster zurück. Schweiß rann über seinen Nasenrücken. Seine Augen zuckten suchend durch den Bruch. Doch die Person war verschwunden.

Gröttners Keuchen flaute ab. Nach einer Weile erfassten seine Augen das matte Spiegelbild seiner selbst im Fensterglas. Sein entrückter Blick verlor sich in der Mündung der geladenen Pistole, die auf ihn selbst gerichtet schien.

58

Hannes Ehrnsteiner schritt unweit des Jagdgrundstücks der Ströttners gemächlich durch den Wald. Die Sonne strahlte durch das zarte Grün des eben keimenden Blätterdaches, wärmte den Boden, auf dem noch das taube Laub des Herbstes lag. Hannes liebte diese Jahreszeit; die wenigen Wochen im April, in der sich die Natur selbst gebar, wie er es immer für sich pathetisch umschrieb. Aber Hannes kannte auch das Geräusch von brechenden, dürren Ästen, wenn jemand darüberschritt. Störend schnitt es in das wiegende Rauschen der Bäume. Er blieb stehen und sah sich um.

Ein Mann ging mit konzentriertem Gesichtsausdruck zwischen den Bäumen umher, als suche er etwas. Hannes hob in konservativem Anstand den Hut, als sich ihre Blicke kurz trafen.

»Entschuldigen Sie?«, rief ihn der Fremde an.

Hannes hob fragend den Kopf, während der Herr mit dem halblangen Trenchcoat über das quer liegende Totholz hinweg zu Hannes aufschloss. »Kennen Sie sich hier aus?«

Hannes musterte sein Gegenüber skeptisch.

»Wo wollen Sie denn hin?«

Der Herr zog eine zerknitterte Karte aus der Tasche und hielt sie zwischen sich und Hannes. »Hier.« Er tippte auf eine als Ebene gekennzeichnete Linie. »Ich kann diesen Weg nirgends finden.«

Hannes gab den Oberlehrer, nickte den Schuhen des Passanten zu. »Da werden Sie mit den Stadtgaloschen nicht weit kommen. Das ist kein Wanderweg. Was suchen Sie denn dort im Gestrüpp?«

Der Fremde klemmte die Karte unter den Arm und zog einen amulettartigen Anhänger an einer Kette aus der Hosentasche.

Hannes kniff die Augen zusammen, sah ihn fragend an. Er spielte den naiven Vorruheständler. »Kriminalpolizei? Ah! Sie sind wegen dem Ströttner hier! ’s steht ja heut’ in der Zeitung, gell!«

Ruckgaber ging einer Antwort durch eine abwägende Kopfbewegung aus dem Weg. Er wies auf die nahe Hecke aus Tuyabäumen. »Können Sie mir etwas darüber sagen?«

Hannes nickte beflissen. »Gehört dem Bürgermeister. Der ist aber nie hier.«

»Aber Sie sind oft hier?«

Hannes schob mit seinem Gehstock Laub zu einem kleinen Haufen zusammen. »Ab und an.«

Ruckgaber schwieg seine Zweifel in den Wald.

»Der Grund gehört dem Bürgermeister? Nicht Ströttner senior?«

Hannes grinste mit einem Mundwinkel spöttisch vor sich hin. »Das macht keinen Unterschied – kommt aufs selbe raus, Herr Wachtmeister.«

»Oberkommissar«, korrigierte Ruckgaber freundlich. »Glauben Sie, an den Sachen aus der Presse ist was dran?«

Hannes hob die Achseln, stieß ein vieldeutiges Brummen vor sich hin. »Vielleicht. Müssen halt ein bissle suchen; der Herr Oberkommissar.« Er blickte knapp und deutlich auf das umrankte Grundstück. »Ein dicker Brocken. Damals wie heut'.«

Ruckgaber gab sich mit den rätselhaften Worten nicht zufrieden. »Sie kennen diesen Tröttner? Was wissen Sie von früher?«

Hannes wandte sich von ihm ab und ging langsam weiter seines Weges. »Von früher will ich nichts mehr wissen. Ich war damals ja noch ein Kind.« Nach einem Stück zeigte er mit seinem Gehstock den Hang hinab. »Zur alten Bahntrasse geht's übrigens dort lang. Immer geradeaus den Berg hinunter.«

Ruckgabers Augen folgten kurz dem gestikulierten Wegweiser. Als er von hinten wieder zu Hannes auflief, blieb sein Blick auf seinem alten Leinenrucksack haften.

»Warten Sie. Was haben Sie in Ihrem Rucksack?«

Hannes blieb erneut stehen, nahm den Rucksack ab und schlug die lederne Deckelklappe zurück. »Was man halt so in seinem Rucksack hat«, gab er gelassen zurück. »Vesper und Regenkleidung.«

Ruckgaber sah zuerst auf den blau-weiß gestreiften Stoff, der obenauf lag, dann in den strahlend blauen Himmel über sich. »Regenkleidung?«

Hannes schenkte ihm einen besessenen Blick und hob eindringlich seinen Gehstock. »Es wird Regen geben. Schon Bald. Und morgen oder übermorgen gibt es ein gewaltiges Donnerwetter.«

Der Oberkommissar zog amüsiert die Brauen nach oben, steckte sein gezücktes Blöckchen wieder in die Manteltasche. »Dann wünsche ich noch einen schönen

Regentag. Sie sind sicher, dass Sie allein aus dem Wald finden?«

Hannes lachte übertrieben und winkte mit seinem kranken Arm ab, soweit er es vermochte. Dann schlug er eine andere Richtung ein. Ruckartig, verwirrend für jeden, der ihn beobachtete.

Die Hatz hat begonnen, sagte er zufrieden in sich hinein und schritt dem Waldweg zu.

Ruckgaber sah dem seltsamen Zeitgenossen noch eine Weile nach. Er bemerkte sein Hinken und die eigenwilligen Bewegungen, die ihm sein Körper aufzwang. Aus seinen Eindrücken schloss er, Hannes gehöre der Gattung Mensch an, die man landläufig als bemitleidenswerte Kreaturen der rauen Alb bezeichnete. Ein armseliger Simpel. Nichts weiter.

Er hatte sein entrücktes Geplapper im Geiste bereits ad acta gelegt, als er die rostige Klinke am Stahltor des Waldgrundstücks niederdrückte. Wie erwartet, war es mehrfach gesichert und verschlossen.

Ruckgaber wusste, dass er dem Staatsanwalt mögliche Erkenntnisse aus seinem illegalen Eindringen gar nicht erst vorzulegen brauchte. Die pure Neugierde trieb ihn, als er zwischen den süßharzig riechenden Ästen über den Zaun kletterte. Im Grundstück lag ein gedrungenes, einstöckiges Gebäude mit einem vorgebauten Eingang. An der rechten Seite klebte ein klappriger Verschlag, aus dem ein Abgasrohr ragte. Ruckgaber grinste siegesgewiss vor sich hin.

Der Metallriegel an der Tür war mit einem alten Vorhängeschloss gesichert. Doch eine der verfaulten Buchenlatten hing schräg im Verbund und gab am Boden den Blick ins Innere ein Stück weit frei. Ruckgabers Stablampe beleuchtete Spinnweben, schlug Käfer und Kellerasseln in die Flucht.

»Betonboden, Ölflecken und der Geruch von Diesel.« Der Lichtkegel leuchtete ein stählernes Regalfach aus, in dem fünf Treibstoffkanister standen. Daneben kündeten zwei Abdrücke im Staub von einer Veränderung, die noch nicht lange zurückliegen konnte.

Die Sofortbildkamera schickte blaugrelles Blitzlicht in den Verschlag. Ihr Motor surrte viermal. Prüfend sah Ruckgaber auf die Ergebnisse. Er war zufrieden.

Zwei Kanister – Wehrmacht – Hakenkreuz, rief sich Ruckgaber in Erinnerung. Er genoss das triumphierende Gefühl aus Schadenfreude und Genugtuung.

Als er weiter um die ungepflegte Hütte ging, streifte sein rechter Fuß etwas Hartes. Das Laub, das er mit den Händen beiseite schob, war feucht und roch nach Moder. Darunter kam eine wuchtige Betonplatte zum Vorschein. Ruckgaber verfolgte die vom Laub kaschierte Kante und überschlug den Abstand zum Haus. Rund herum mehr als vier Meter überstehendes Fundament? Er suchte nicht lange nach geometrischer Logik oder einem statischen Anlass. Ihm reichte die Übereinstimmung mit den Schilderungen aus der anonymen Anzeige. Er wollte gerade ein zweites Bild von seiner Entdeckung machen, als es ihm glühend heiß durch den Kopf schoss: Ein dicker Brocken, damals wie heute?

Ruckgaber schalt sich einen Idioten, nicht nach den Personalien des Spaziergängers gefragt zu haben. Obgleich er wusste, dass er im Wald kaum Chancen hatte, den Passanten wiederzufinden, stürzte er zum Zaun, warf sich darüber und lief ein Stück in die Richtung, in welcher er verschwunden war. Es dauerte nicht lange, bis sich der

Ermittler dem kahlgrauen Stammgewirr junger Buchen ergab. Dann entfaltete er seine Karte und ging bergab.

Er besah sich alles mit besonderem Bedacht. Die Trassenabzweigung, das Gelände hinter dem toten Gleis und den gebogenen Viadukt im steilen Tal. Er versuchte, sich zurückzuversetzen, stellte sich die Umgebung vor 35 Jahren vor. Erst als ihn das Tunnelfenster finster und kalt angähnte, blieb er stehen und schüttelte den Schatten der Vergangenheit ab. Hier, gut einen Meter vor der Einstiegsöffnung am vermauerten Westportal, verlief für ihn eine schier fühlbare Grenze. Die Grenze zwischen dem schrecklichen Einst und dem sühnevollen Jetzt.

Er war schon ein gutes Stück am rostigen Schienenstrang entlanggegangen, als ihn der piepsende Alarm seiner Digitaluhr an Dr. Leiermann vom LKA erinnerte. Er blieb stehen, hörte das Echo längst getaner Schritte, bis es gänzlich still war. Ruckgaber fröstelte; fühlte sich unbehaglich – trotz der Dienstwaffe, die merklich an seine Rippen drückte. Er schob seinen Ärmel zurück und drückte den oberen linken Knopf der rechteckigen Uhr. Das Display schickte einen grünlichen Schimmer auf seinen hellen Mantel. Ohne es wirklich zu wollen, sprach Ruckgaber laut mit sich selbst.

»15 Uhr.«

»Uhr, Uhr, Uhr«, antwortete ihm der Tunnel. Ruckgaber leuchtete mit seiner Lampe kurz in die unergründliche Ferne und fragte sich, was er hier machte. Nichts als endloses, sich selbst verschlingendes Schwarz. Ein kalter Schauer kroch ihm ins Genick, als er der Dunkelheit den Rücken kehrte und zurückging – rascher, als er gekommen war.

Ruckgaber kletterte geschickt aus der niedrigen Öffnung ins Freie. Er war froh, wieder zischen den Bäumen zu stehen und dachte mit Schrecken an eine gewisse Höhle, die unweit von hier auf ihn wartete.

Etwas Feuchtes tropfte ihm auf die Stirn, als er sich aus dem Schutz der Portalmauern begab. Er legte den Kopf in den Nacken und sah nach oben in einen grau verhangenen Himmel rasch ziehender Wolken.

Es regnete.

59

Leiermann lehnte in einem der durchgesessenen, beigefarbenen Besucherstühle, als Ruckgaber zur Tür hereintrat.

Er streckte seinem hohen Gast schon von Weitem die Hand entgegen, ließ sich auf seinen Bürostuhl fallen und schloss seinen Schreibtischkontainer auf. Ausladend legte er einen Aktenbund auf den Tisch. »Das sind die gesammelten Werke dieser Frau Ehrnsteiner.«

Leiermann schwieg vor sich hin und begann zu blättern, während Ruckgaber nach der grauen Umlaufmappe griff, die vom Labor geschickt worden war. Er schlug sie auf und überflog einen kleinen, blauen Zettel auf dem Kurzbericht. *So was Giftiges hat man selten. Immer wieder gern. Gruß Susi.* Binnen Sekunden saugte Ruckgaber Begriffe wie *Berliner Blau*, *Eisensulfat* und *Cyanwasserstoff* aus dem Nachweis ins Kurzzeitgedächtnis.

Schließlich las er den schier unaussprechlichen, chemischen Begriff scheinbar mühelos ab: »Dimethylphosphoramidocyanidsäureethylester. Auf Frau Gärtner ist eben Verlass.«

Leiermann legte die Akte beiseite. »Von was reden Sie?«

Ruckgaber genoss sein Halbwissen einen Augenblick, las die weiteren Erläuterungen quer und schloss die Mappe wieder. »Tabun, Doktor Leiermann. Landläufig als chemischer Kampfstoff bezeichnet, welcher um 1944 in Deutschland produziert worden ist. Frau Ehrnsteiner hatte recht, was ihren Verdacht mit der Gasmunition anbelangt. Das Labor hat soeben HCN, sprich Blausäure und Zyankali im Lehm dieses abnormen Fundstückes analysiert. Tabun ist der einzige Kampfstoff, der diese Elemente als Basis besitzt.« Ruckgaber sah es Leiermann an, dass er noch nicht zufrieden war. Er beugte sich über die Akte und blätterte getrieben nach hinten zum Abbauplan. Sein Zeigefinger tippte auf eine bestimmte Stelle. »Frau Ehrnsteiner hat in ihrer Funktion als Laborleiterin der StuMAG auf diesem Abbauniveau eine sogenannte schräg niedergebrachte Sondierungsbohrung vorgenommen. In etwa 60 Meter Tiefe förderte der Bohrkopf einen Metallkorpus zutage.« Er nahm die Kunststoffdose auf und stellte sie demonstrativ vor Leiermann ab. »Es handelt sich um den Kopf einer Luftmine, die in die Gattung Gasmunition zu subsumieren ist. Die Bohrung selbst endete in einem Hohlraum, den es dort gar nicht geben dürfte. Den Archivunterlagen nach hat die StuMAG nie bis in diese Tiefen abgebaut. Gleichzeitig konnte Frau Ehrnsteiner recherchieren, dass es in der Gegend einst eine Höhle und einen zweiten Transporttunnel zum Steinbruch gab. Beides wurde von Ströttner versucht, aus den Landkarten und Archiven zu radieren. Diese Woche hat sie bei einer Höhlenbefahrung unter dem Berg Folgendes entdeckt:« Ruckgaber reihte vor Leiermann die neuen Bilder der Betonwand auf und wies auf die Landkarte. »Und zwar genau hier.«

Leiermanns Blick verriet, dass er begann, die Zusammenhänge zu erkennen. Er zog die Gegenüberstellung der Tunnelaufnahmen zu sich. »Ein Endlager für Giftgas?«

Ruckgaber zog vielsagend die Brauen nach oben. »Es spricht viel dafür. Da kommt für Ströttner noch ganz schön was oben drauf, Herr Kriminaloberrat. Diese Frau Ehrnsteiner hat ganze Arbeit geleistet.«

Leiermann stand auf und stemmte angriffslustig die Hände in die schmalen Hüften. »Wir müssen umgehend das Umweltamt informieren! Bodenproben, Wasseranalysen und so weiter.«

Ruckgaber winkte ab und beschwichtigte: »Noch nicht. Das Einwirken einer Bundesbehörde würde den Fall unnötig kompliziert machen. Tabun ist ein flüchtiges Gas, also nichts, was direkt in den Untergrund sickern kann. Darüber hinaus können wir davon ausgehen, dass der Rest dessen, was unter dem Berg vermutet wird, unversehrt in den Kartuschen liegt, also gebunden ist. Ohne äußere Einwirkung, wie zum Beispiel einer Sprengung, kann der Wandung der Granaten so schnell nichts etwas anhaben. Die Hinzuziehung des UBA sollten wir erst dann in Erwägung ziehen, wenn wir das Zeug tatsächlich gesehen und gesichert haben.« Ruckgaber roch Leiermanns Schweiß, sah die dunklen Flecke unter den Achseln seines rot-weiß gestreiften Hemdes.

»Einverstanden«, gestand er zu, als müsse er sich das Wort unter Schmerzen abringen. »Und unser Anonymus?«

Ruckgaber suchte nach zwei bestimmten Bildern in der Akte und legte sie nebeneinander. »Ein und dieselbe Aufnahme vom Bahnhof Ulm. Der einzige Unterschied besteht im Absender. Frau Ehrnsteiner sprach von ihrem Vater; sie täte all dies nur seinetwegen. Er muss in dieser Sache eine gewisse Schlüsselrolle innehaben. Unter der Adresse von ihr ist noch ein gewisser Johannes Ehrnsteiner, geborener Strelin, gemeldet. Er scheint den Namen seiner verstorbenen Frau angenommen zu haben.«

Leiermann schritt konzentriert im Büro auf und ab. »Er bringt etwas ganz anderes zur Anzeige. Obwohl er mit seiner Tochter unter einem Dach wohnt? Das ergibt keinen Sinn.«

»Für mich ist das logisch«, kommentierte Ruckgaber lapidar. »Jeder will den anderen schützen; will ihn nicht mit hineinziehen.«

Der Kriminaloberrat konterte mit einer weiteren Frage: »Was hat es mit dieser Brandstiftung auf sich?«

Ruckgaber schmunzelte. »Auch hier gibt es einen Zusammenhang zum eigentlichen Fall. Ich habe heute weitere Beweisstücke gesichert. Zudem wurde Ströttner beobachtet. Es gibt neuerdings zwei Zeugen. Eine davon ist Frau Ehrnsteiner. Die andere ist offenbar der Meinung, dass Ströttner ihren Lebensgefährten ermordet hat. Ihm gehörte das niedergebrannte Anwesen, in dem er Repressalien gegen Ströttner aufbewahrt hatte. Und ein Teil dieser Druckmittel«, er machte eine vielsagende Pause, »liegt gerade vor Ihnen.«

Leiermann nickte, schien überzeugt. »Gut, gut. Ruckgaber. Das hat Hand und Fuß. Nur noch eines:« Er beugte sich zu Ruckgaber vor und ging in den Flüsterton über. »Der politische Part ist noch etwas undurchsichtig. Haben Sie da was?«

Ruckgaber fischte ein Bild aus der Akte. »Sehen Sie sich die mittlere Person auf dem Bild genau an.« Er wartete. »Und jetzt denken Sie sich einfach den Schnauzbart weg.«

Leiermann stieß den Atem fassungslos durch die Nase. »Unglaublich. Die Narbe unter dem Auge! Gibt es mehr über ihn?«

Ruckgaber nickte. »Die Unterschriften. Sehen Sie sich den Vergleich an: Im Mai '45, Dr. Grameisner. Und im Monat davor, Gramer.«

Leiermanns Gesichtsausdruck veränderte sich. Er zog die Kopien näher zu sich. »Gramer. Endlich! Er ist es tatsächlich!«

Ruckgaber wurde unsicher, antwortete vorsichtig. »Ja. Von ihm wurde alles in Bewegung gesetzt, um die Geschichte …«, er suchte nach dem richten Ausdruck.

»Zu glätten?«, vervollständigte Leiermann. Er wurde zusehends umtriebig. »Sehen Sie zu, dass Sie die Beschlüsse für Montag beantragen. Wir schlagen um halb acht konzentriert zu, wenn Ströttner noch nicht in der Firma ist. Stellen Sie einen Einsatzplan für Ihre Gruppe auf und schicken Sie ihn mir umgehend per Telefax. Objekte: Ströttners gesamte Räumlichkeiten, privat wie betrieblich. Gleiches gilt für diesen korrupten Polizisten in Blaubeuren.« Er hielt kurz inne. »Und diese Höhle? Die läuft uns nicht weg. Lassen Sie aber den Eingang sichern und verplomben. Dort schicken wir Sie dann mit den erwähnten Spezialisten hinunter. Und Gramer, ich meine natürlich Grameisner, übernehme ich persönlich.« Er warf seinen Zeigefinger wieder symbolisch auf Ruckgabers Brust. »Und lassen Sie sich nicht von irgendwelchen Anwälten abwimmeln. Sie sind geschickt in diesen Dingen, das sehe ich Ihnen an.« Leiermann sah gehetzt auf die Wanduhr. Er griff den gesamten Aktenberg vom Schreibtisch und hielt ihn mit auffordernder Selbstverständlichkeit Ruckgabers Kollegen hin, der nicht recht wusste, wie ihm geschah. »Wir haben nicht viel Zeit, dafür umso mehr Arbeit. Machen Sie sich nützlich. Ich will in einer halben Stunde einen kompletten Abzug davon haben. Inzwischen werde ich den Inspektionsleiter über unser Vorgehen in Kenntnis setzen und eine SOKO aufstellen lassen.« Er wandte sich um. »Sie, Ruckgaber, machen sich an die Zusammenstellung für den Staatsanwalt. Machen Sie das Ding schön plakativ! Sollte er nicht willig sein, was ich mir in Anbetracht der Fakten schwer vorstellen kann, sagen Sie ihm einen schönen Gruß von mir. Erwähnen Sie einfach den Begriff *Braunbuch*.«

Leiermann eilte aus der Tür, während Ruckgaber fragend seinen beladenen Kollegen Lauser ansah. »Braunbuch?«

»Braunbuch. Sag bloß, du weißt mal etwas nicht?«, triumphierte Lauser und schnäuzte in sein kariertes Taschentuch.

»Nein. Sagt mir nichts.«

»Kriegsverbrecher? Nürnberger Prozesse? Na, kommt's?«, witzelte der junge Kommissar.

Ruckgaber klatschte sich mit der Handinnenseite auf die Stirn. »Mensch! Das ist der Leiermann, der die Nazis jagt! Und ich frage mich noch, was da für eine Auszeichnung in seinem Büro hängt.«

»Na endlich ist der Groschen gefallen, Herr Kollege. Und nun gehe ich kopieren und du pinselst Beschlüsse bis zum Abwinken.«

Ruckgaber seufzte und klemmte ein Blatt Papier in die Schreibmaschine. »So machen wir das.«

60

Jakob Ströttner trat in den Flur der Villa und schloss die Tür hinter sich. »Ich bin da, Vater!« Er verharrte einen Moment, wartete auf eine Antwort. Doch es blieb still.

Er warf seinen Mantel an einen der schmiedeeisernen Haken der Garderobe und jonglierte seinen Hut in einem gekonnten Wurf daneben.

Leise Schritte näherten sich. Behutsam zurückhaltend, als wohne in ihnen ein guter Wunsch. Erikas Stimme lastete ein Hauch von mütterlicher Sorge an: »Aber Herr Bürgermeister. Der gute Mantel!« Sie nahm das Kleidungsstück ab, hängte es auf einen der ledergepolsterten Bügel und strich die Schultern glatt.

Jakob lächelte gütig. »Jakob. Nenn mich bitte nicht immer Herr Bürgermeister.«

Erika wich seinen Blicken aus; verbarg den Stolz in ihren Augen. »Ach i wo. Ehre, wem Ehre gebührt. Für was wäre dann der schöne Titel gut?«

»Das frage ich mich zurzeit auch öfter.« Jakob schritt ziellos durch das Foyer und steckte die Hände in die Hosentaschen. Er schien uneins mit sich. Auch wenn er ihn zur Rede stellen wollte, war er seltsamerweise froh, seinen Vater nicht angetroffen zu haben. Ihm war nicht nach Streitgesprächen; dem althergebrachten Zorn. Er wollte seine wie auch immer geartete Offenbarung nicht hören – wenn er sich denn je dazu durchgerungen hätte.

Erika beobachtete Jakob besorgt. Sie kannte ihn seit seinen Kindertagen, sah es ihm an, dass er das Bedürfnis hatte, mit jemandem zu reden. Mit demjenigen, der sich bei solchen Gelegenheiten immer feige in seine Arbeit geflüchtet hatte. Sie blieb stehen und verschränkte die Hände vor dem Schoß. Offen für jedes Wort. So wie immer.

»Wie können diese Presseleute nur solch vernichtende Gerüchte in die Welt setzen!«, stieß Jakob mit einem Mal hervor.

Erika fixierte nur mehr den Fußboden, als er sich ihr zuwandte.

»Was sagst du dazu? Du hast sicher auch schon die Zeitung gelesen.«

Erika nestelte verlegen an ihrer weißen Schürze herum, zitterte ein halbherziges »Ich bin bestürzt« über die Lippen.

Jakob wertete Ihren Satz nicht weiter, gestikulierte seinen Unmut in die Luft über dem Salon. »Diese Menschen wissen nicht, was sie mit ihren Thesen anrichten!«

Für einen Augenblick war er ganz sein Vater. Hass sprühte aus seinen zuckenden Augen. Dabei suchte er nur nach einer beruhigenden Erklärung, die all das auslöschen würde, was sich ihm so brachial aufdrängte. »Das ist Rufmord! An diesem Geschmier ist nichts dran; gar nichts. Ich kenne die Firmengeschichte genau!«

Für einen Moment verfing sich Jakob in Erikas bemitleidenden Blicken. Er wurde ruhiger und nickte sich nach einer Weile bitter selbst zu, als wäre ihm sein Irrtum klar geworden.

»Darf ich das Essen servieren? Rindsrouladen mit Knödel?«, drang es entfernt zu ihm vor.

Sein Lächeln währte gerade so lange, wie sein Gehirn das behagliche Gefühl der Geborgenheit zuließ. Geborgenheit;

dank eines Pfannengerichtes? Er wunderte sich über sich selbst, wie wenig es bedurfte, heimatliche Gefühle in ihm auszulösen. Waren sie so rar gewesen, dass er nach allem griff, das auch nur entfernt danach roch?

»Sicher. Ich muss ohnehin bald wieder weg.«

Jakob senkte nachdenklich den Kopf; stahl sich in Gedanken verschämt aus der schmerzenden Gegenwart. Hinunter. Tief hinab in eine bizarre Welt. Seite an Seite mit Doris.

Zur selben Zeit, als Jakob Ströttner das Haus wieder verließ, knipste Doris das Licht der schwachen Leselampe an ihrem Arbeitstisch aus und versteckte sich hinter der Tür. Harte Absätze schlugen stechend auf den Boden. Ein Klangmuster, das sich ihr tief eingeprägt hatte.

Entgegen der Warnungen ihres Unterbewusstseins war Doris noch einmal in den Bruch gegangen; hatte die Abwesenheit Ströttners genutzt. Sie war über Stunden an den Archivunterlagen gesessen und ergänzte ihre Diplomarbeit noch um ein paar gut gehütete, geologische Fakten. Jetzt, als sie vor Angst den Atem anhielt, bereute sie es.

Die Schritte verlangsamten sich vor der Labortür. Doris sah gebannt auf den Türknauf. *Ströttner ist zu allem fähig*, hatte Erika gesagt.

Doch nichts geschah. Doris hörte, wie die schwere Gangtür ins Schloss fiel, vernahm eilige Schritte auf der langen Stahltreppe. Sie atmete auf, ging zum Fenster und spähte aus dem Dunkel des Raumes hinab auf das für die Nachtschicht vorbereitete Gelände. Der übliche Kalkdunst lag im Halbrund des vorderen Bruches. Eben als sie Ströttner über den Barackenplatz eilen sah, ließ eine Sprengung das gesamte Gebäude erzittern. Sie kannte die kleinen Beben längst, erschrak nicht mehr daran. Trotzdem sah sie besorgt hinüber zum unbeleuchteten Westteil, überschlug die Entfernung mit etwas über 100 Meter.

Ob es dort unten in der Höhle wohl zu spüren ist?, fragte sie sich nachdenklich.

Als sie wieder über das Areal spähte, war Ströttner verschwunden.

Die zentnerschwere Stahltür hinter der Rückwand von Baracke neun ächzte, als sie in ihren verrosteten Angeln nach innen bewegt wurde. Niemand außer Max Ströttner hatte einen Schlüssel zum aufgegebenen, kavernierten Sprengmitteldepot. Keiner im Bruch wusste, dass dort in den alten schimmligen Kisten noch Dynamit aus vergangenen Tagen lag. Aus einer Zeit, in der es nebensächlich war, ob die Liste über die verbrauchte Sprengmenge tagesgenau geführt wurde.

Der schwache Strahl einer Grubenlampe huschte über stählerne Zeugen der Vergangenheit. Über Ströttners Gesicht strich ein kalter, modriger Hauch. In seinen Bewegungen lag Zielstrebigkeit, als er die matte Wachsplane von einer der Metallkisten zog und die Verschlüsse nach oben klappte. Für ihn hatte es etwas Finales, etwas Endgültiges, wie er nach den letzten vier Stangen samt der Zündkabelrolle griff und in einen braunen Rupfensack steckte.

»Besondere Zeiten rechtfertigen besondere Mittel«, knarrte er in die leere Kiste. »Danach wird Ruhe sein. Für alle Zeit.«

Im Hinauseilen griff er noch nach dem alten Zündmechanismus in einem der schräg hängenden Regale. Dann warf er den Schlüssel zurück ins Dunkel der Kaverne und zog die schwere Tür in ihre innenliegenden Fallriegel. Verschlossen; bis in die Ewigkeit.

Doris löste sich erst vom Fenster, als sie die Rücklichter seines Mercedes nicht mehr auf der Zufahrt zum Bruch sehen konnte. Dann schaltete sie das Licht der Tischlampe wieder an, sortierte ihre Kopien und Unterlagen in den dicken Leitzordner und nahm ihre Jacke aus dem Kleiderschrank. Für einen Moment stand sie nachdenklich im Türrahmen, blickte ein letztes Mal zurück ins Labor. Das fahle Licht der Nachtbeleuchtung schickte graue Schatten über die Armaturen. Der neue, auf blendend weißem Papier gedruckte Abbauplan reflektierte gelbliches Restlicht an die Decke. Wehmut?, floh es fragend durch ihren Geist. Sie dachte an Brüning und Arnegger, schüttelte angewidert den Kopf. Nein, nicht die Spur.

Es war kurz vor sechs. Doris schlich vorsichtig aus dem Eingangstor. Sie klammerte sich an den zweiten Satz Beweise, der in einem verschlossenen Umschlag ruhte.

Das Paket unterschied sich von der ersten Version, die sie der Polizei übergeben hatte, nur in einem winzigen Detail. Im Adressaten, der mit großen, geschwungen Lettern darauf geschrieben worden war: *Für Jakob*.

61

Ströttners Tonfall war barsch wie immer. Die Eile eines Gejagten flüchtete aus seinen Worten, drang hin zu einem aufmerksamen Ohrenpaar.

»Ich brauche dich nicht mehr, Erika. Bin eh gleich wieder weg. Geh jetzt nach Hause.«

»Wie Sie wünschen, Herr Direktor«, gab sie sacht zurück. »Wo geht es denn noch hin, heut Abend?«

Ströttner verharrte, sah sie für einen Moment lang von oben herab an und wies auf den Ausgang. »Was geht's dich an? Schließ die Tür ordentlich ab!«

Erika wirkte zerbrechlich. Sie hob entschuldigend die Hände.

Ein Damenmantel wurde von der Garderobe genommen, glitt über schmale, hängende Schultern. Kurz darauf wurde die neu renovierte, wuchtige Eingangstür satt ins Schloss gezogen. Ein Schlüssel drehte sich zweifach im Zylinder. Dann war alles still.

Ströttner zögerte nicht lange. Mit panischer Gier in den Augen stürzte er den langen Gang entlang und riss die Tür zu seinem Arbeitszimmer auf. Er brauchte kein Licht anzuschalten; kannte das brisante Innenleben seines Schranks. Mit roher Gewalt riss er die Ordner vom Regal, zerrte die Schatulle aus ihrer Vertiefung und eilte in den Salon hinunter.

Eine zarte Streichholzflamme nagte am weißen Esbittäfelchen im Kamin; schickte ein weiches Lodern durch das Bett aus trockenem Buchenholz. Der ungeordnete Papierstapel, den Ströttner aus dem Behältnis nahm, landete unsanft am hinteren Ende des kleinen Scheiterhaufens. Zufrieden sah Ströttner dem fressenden Feuer zu, bevor er sich abwandte und eilig wieder die Treppe empor hastete. Er nahm nicht mehr wahr, dass sich die Holzscheite durch die Hitze gesenkt hatten und seine Papiere auf den blanken Rost hinter dem Feuer gerutscht waren.

Die altgediente Walter PPK lag kühl in seiner rechten Hand, verströmte den Geruch von gut geschmiertem Hartmetall. Er wog sie mehrfach hin und her, als müsse er sich spielerisch vergewissern, ob ihm der damit verbundene Umgang, das Richten über Leben und Tod, noch gegenwärtig waren. Dann steckte er sie ein, zusammen mit einem Umschlag, der seiner maßgeschneiderten Anzugsjacke eine unscheinbare Erhebung verlieh. Der schwere Mantel, den er zuletzt überwarf, kaschierte zuverlässig.

Als er das Foyer durchquerte, um hinunter in die Garage zu eilen, zeichnete der zuckende Feuerschein rötliche Schatten in Ströttners Augenwinkel. Ströttner entfloh ein sicheres Grinsen. Kurz danach heulte der Motor des Mercedes auf.

Die Hand, welche die Kamera auf den Boden legte und den Schürhaken am Kamin umgriff, war faltig, zeugte von einem arbeitsreichen Leben. Erika hatte keinen Gedanken daran verschwendet, das Haus tatsächlich zu verlassen. Nicht heute. Sie war barfuß durch die offene Garage wieder ins Haus geschlichen. Aus dem Halbdunkel heraus hatte sie mit Karls bester Kamera vier Aufnahmen gemacht.

Es hatte lange gedauert, die Anleitungen der vielen Apparate zu studieren und am Ende zu wissen, welcher der richtige war und welches Objektiv dazu passte. Was aber hätte die langen, einsamen Abende sonst ausgefüllt? Was, außer diesem sündteuren Nachlass.

Erika fuhr mit dem Gusshaken unter den Stapel an Fotografien und zog ihn seitlich aus dem Kamin – nahezu unversehrt.

Kurz darauf klickte der Auslöser der Kamera erneut. Das grelle Licht des Blitzgerätes zuckte durch den Arbeitsraum eines fallenden Steinbruchdirektors, bannte eine stumme Anklage auf den Kodakfilm. Dann fiel die schwere Eingangstür ein drittes Mal ins Schloss.

In derselben Minute bog ein silberfarbener Mercedes 280 SE behäbig von der Kreisstraße in das Wohngebiet ab. Dunkel funkelnde Augen jagten von einer Hausnummer zur nächsten. Der kleine Windfang der Nummer 48 war beleuchtet, aus den Ritzen der hölzernen Jalousien im ersten Stock drang das wechselnde Licht einer Bildschirmröhre.

Ströttner fuhr eine Querstraße weiter und parkte unter der weißen Blütenkuppel eines hohen Kirschbaums. Er stellte den Motor ab; sah eine Weile auf die nächtliche Silhouette von Ulm. Ein schwacher rötlicher Schein der längst untergegangenen Sonne schwebte am Horizont zwischen zwei Wolkenschichten.

»Götterdämmerung«, knarrte er abfällig vor sich hin. »Wer zuletzt lacht …«

62

Tee dampfte aus einer blass beblümten Kanne; schickte den Duft von Salbei, Minze und Eukalyptus durch den Raum. Hannes schlief – bei laufendem Fernseher. Er hatte sich nach seiner Wanderung erschöpft in seinen Lehnsessel gesetzt und die bunte Steppdecke über die Beine gezogen. Nach kaum fünf Minuten waren ihm die Augen zu gefallen. Das Bild schien unendlich gemütlich. Doch das war es nicht.

Hannes träumte dunkle Gedanken zu Ende, die ihm seine Vernunft im Wachzustand kategorisch verbot. Er schwitzte. Seine Hände zuckten, griffen in der lauen Luft nach etwas, das sich immer weiter von ihm entfernte. Hannes sah, wie seine Hand eine Waffe auf eine dämonenartige Silhouette richtete. Er spürte, wie er den Finger krümmte, hörte den Knall und schreckte mit einem tiefen Atemzug in eine unwirklich vertraute Umgebung auf.

Er drückte auf die rote Taste der Fernbedienung; lauschte skeptisch in den Flur. War das eben tatsächlich ein Knall gewesen? Die Haustür! Hatte er überhaupt abgeschlossen? Das abflauende Knistern der Fernsehröhre war verklungen. Das Haus schwieg beharrlich.

Hannes konnte sich nicht beruhigen. »Doris kommt heute erst spät in der Nacht zurück«, sagte er zu sich. »Und Frau Schneider würde klingeln.« Er stemmte sich auf die Lehne seines Sessels und drückte die Tür zum Hausflur mit seinem Gehstock einen Spalt auf. Sie ächzte laut. »Riesle? Bis du das?«

Niemand antwortete.

Hannes griff nach der Teekanne und goss sich ein. Er bemerkte sein Zittern. »Salbei beruhigt die Nerven«, sagte er unter einem selbstsarkastischen Lachen vor sich hin. »Zumindest die, die noch da sind.«

Ströttner sah auf den fluoreszierenden Klingelknopf unter dem Namensschildchen. Er zögerte. Eine ungewisse Ahnung kroch in sein Unterbewusstsein. Sollte das ein unverhofftes Wiedersehen werden? War Ehrnsteiner wirklich der, den er vorgab zu sein?

Er legte die Hand auf die Klinke der Haustür und drückte sie sachte nieder. Sie schwang auf, als er losließ; beinahe einladend. Ein Windstoß fegte durch den Eingang, warf die Tür knallend an die Rauputzwand. Ströttner schalt sich einen Idioten und hielt versteinert inne. Er blickte nach oben in das Stiegenhaus. Hinter der angelehnten Etagentür mit dem Butzenglasausschnitt in der Mitte blieb alles unverändert. Kein Laut der Beunruhigung mischte sich zu der Stimme eines motivierten TV-Komikers.

Ströttner ging leise weiter. Er hatte die Hälfte der Treppe bereits hinter sich gelassen, als der Fernseher plötzlich schwieg. Ein Scharnier knarzte in den Gang. Es hörte sich an, als wäre jemand schwerfällig aufgestanden.

Nervöse Fragen drangen durch den oberen Flur, froren Ströttners Bewegungen abermals ein. Er griff in seine linke Jackentasche, tastete nach dem Umschlag und der Pistole.

Eine Chance soll er haben, wenn er's wirklich ist, dachte er vor sich hin. »Hallo? Ist jemand zu Hause?«

Hannes schoss schräg nach oben; suchte verkrampft das Gleichgewicht. Seine Augen starrten unbewegt auf die im Halbdunkel des Ganges liegende Etagentür. Er war wie elektrisiert. Ströttners Stimme war alt geworden, hatte an Stärke eingebüßt. Aber das Unverkennbare an ihr war noch immer da. Hannes' Gedanken pflügten durch schwere Erinnerungen. Er sah ein von Schatten durchzogenes Gesicht vor sich; eine Fratze, die ihn sein Leben lang verfolgt hatte. Er hörte die geifernden Schäferhunde. Und er spürte die lähmende Machtlosigkeit gegenüber all dem, was sich in der Nacht zum 24. April '45 abgespielt hatte. »Wer ist da? Verlassen Sie sofort mein Haus! Ich rufe die Polizei!«

Ströttners Mundwinkel zuckten schadenfroh, als er die Schwäche in Ehrnsteiners Stimme wahrnahm. Er ging weiter dem oberen Treppenabsatz zu. »Ich bin Ihr Nachbar!«, verharmloste er. »Die Tür stand auf. Sind Sie oben?« Er hatte den Absatz erreicht und baute sich vor der Butzenglasscheibe auf.

Hannes' Stimme stolperte, als die Tür geöffnet wurde und die dunkle Gestalt Konturen bekam. »Was wollen Sie? Sagen Sie mir sofort, wer Sie sind!« Er schluckte leer; spürte nicht, wie ihm kalter Schweiß die Mulde der Wirbelsäule entlanglief. Die Person, die soeben aus dem Flurschatten trat und ihm die Hand entgegenstreckte, brauchte sich nicht vorzustellen.

Hannes stützte sich mit beiden Händen auf seinen Stock. Mit einem entschuldigenden Blick auf seine übereinanderliegenden Hände, ließ er seinen ungebetenen Gast wissen, dass er seine Einschränkung nur allzu gern missbrauchte.

Ströttner belächelte sein Misstrauen, verschränkte die Arme hinter dem Rücken. »Ströttner mein Name – von der StuMAG«, knarrte es ihm entgegen.

Er ergötzte sich an Hannes' gebrochener Erscheinung. Seine finsteren Augen forschten in seinem Gesicht nach

Ähnlichkeiten zu einem nächtlichen Bild, das nur noch vage und schräg in seiner Erinnerung schwebte. Er sah den Gehstock, die hängende Schulter und die ausdruckslose, linke Gesichtshälfte – rätselte.

Nein, er konnte es nicht sein.

Hannes hielt stand, versteckte sich unter dem dankbaren Mantel seiner Behinderung. Hatte er ihn erkannt?

»Ich habe geklingelt. Aber es hat niemand geöffnet. Da ich Licht gesehen hatte und die Tür aufstand …«

»Sind Sie einfach hereinspaziert?«, ergänzte Hannes zynisch. »Wie man das eben so macht, als ehrbarer Bürger. Ich darf hoffen, dass Sie wenigstens einen triftigen Grund mitgebracht haben, um Ihren unverfrorenen Auftritt zu rechtfertigen.«

Ströttner war überrascht. Seine Augen suchten sich an Hannes vorbei, in das Zimmer vor dem er beharrlich stand. Er wies mit einem Wink auf die beiden Stühle. »Setzen wir uns doch.«

Hannes machte beschwert den Weg frei und deutete auf den hinteren Stuhl. »Nehmen Sie den. Ich bin schlecht zu Fuß.«

Ströttner nahm seinen Hut ab, legte ihn auf den Tisch und faltete seine Hände wie zu einem Gebet. »Ob Sie es wollen oder nicht. Wir sind Nachbarn«, sagte er pathetisch, als wären sie dadurch auf besondere Weise verbunden.

Hannes musterte ihn kalt. »Und? Weiter?«

Ströttner spielte versonnen mit der Krempe seines Huts. »Mir gefällt Ihr Grundstück. Das meine im Wald ist recht finster und ich dachte, wir könnten uns irgendwie einigen.«

Hannes wurden seine Absichten schlagartig klar. Er stieß seinen Atem abschätzig durch die Nase. »So! Und nun wollen Sie es mir abkaufen? Ein gutes Werk tun; weil ich es ja sowieso nicht mehr richten kann?« Er sah selbstverachtend an sich hinab. »Sie kommen mir gerade recht!« Hannes beugte sich ein Stück nach vorn über den Tisch. »Vergessen Sie es. Solange ich lebe, bleibt der Flecken in der Familie.«

Ströttners Miene wurde ernster. Ein unscheinbarer Umschlag wanderte über die PVC-Tischdecke bis kurz vor Hannes' Hände. »Sie wären der Erste, den das nicht überzeugen würde. Eine Runde Summe – mehr als das Doppelte des Markwertes.«

Hannes blieb versteinert, schenkte dem Umschlag nicht einmal einen flüchtigen Blick. »Ich bin nicht käuflich. Wenn es Ihnen in Ihrer Jagdhütte zu dunkel ist, dann müssen Sie schon den Wald roden, um«, er hielt kurz inne, »Licht ins Dunkel zu bringen.«

Ströttner kniff die Augen zu schmalen Schlitzen zusammen. »Jeder ist käuflich. Es ist immer nur eine Frage der Mittel.«

Hannes überspielte seine Unsicherheit mit einem galligen Lachen. »So sehen Sie mir aus. Verschwinden Sie!«

Versteinert steckte Ströttner den Umschlag wieder ein; lehnte sich überlegen in den knarrenden Stuhl zurück. »Dass Ihre Tochter eine so gute Anstellung bekommen hat, ist keine Selbstverständlichkeit. Ein gesichertes Einkommen ist heutzutage sehr wichtig.«

Hannes kostete es Mühe, überzeugend zu bleiben. Er fuhr mit einer unwirschen Handbewegung durch Ströttners Drohung und spielte den kaltherzigen Rabenvater. »Doris ist alt und klug genug, um sich eine saubere Anstellung zu suchen. Sie hat ohnehin viel zu lange in den Lehrsälen gesessen, ohne anständiges Geld zu verdienen. Dass diese Göre hier noch wohnen darf, verdankt sie einzig ihrer verstorbenen Mutter und diesem dinglichen Wohnrecht.« Hannes erhob sich mit schmerzverzerrtem Gesicht, wies auffordernd auf die offenstehende Etagentür. »Es wird kalt!«

Ströttner stand auf, steckte die Hände protestierend in die Taschen seines Jacketts; spürte das kalte Metall der Pistole in seiner Hand. »Schade«, entfloh es ihm leise. »Ich wollte mich im Guten einigen.«

Hannes fuhr ungelenk herum. »Wenn das im Guten gemeint war, möchte ich nicht wissen, was Sie unter dem Unguten verstehen.« Er zeigte mit dem Zeigefinger anklagend auf Ströttner und nickte mit dem Kopf der Zeitung zu, die auf dem Tisch lag. »Geben Sie sich nicht der Hoffnung hin, ich wäre außerstande, die Gewichtigkeit von Argumenten und Beweggründen zu erkennen.«

Ströttner war aufgestanden und verharrte. »Was wollen Sie damit sagen?«

»So eine Drohgebärde für ein wenig Licht im Grund?«, blaffte er. »Hier geht es doch um etwas ganz anderes!«

Ströttners Blick fiel unweigerlich auf die Zeitung und den aufgeschlagenen Bericht über die StuMAG.

»Ihre Tochter wird mir das Grundstück sicher verkaufen. Schon allein, um sich von Dingen loszusagen, die sie an ihren uneinsichtigen Vater erinnern.«

Hannes schwieg; blieb eisern, während Ströttner die Pistole in seiner Tasche fester umgriff. Ein gedämpftes Klicken drang durch den braun karierten Stoff. Zu undefiniert für Hannes' Ohren.

Ströttner nahm den Blick von Hannes und überflog die bebilderte Wand in der Stube. Er ließ sich Zeit dabei; blieb irgendwann auf einer der gerahmten Fotografien haften. Ein leichtes Zucken ging durch seine Augenlieder.

Hannes brauchte sich nicht umzudrehen, um zu wissen, was ihn stumm und feige verraten hatte. Etwas, das seit Jahr und Tag seine versteckte Botschaft in die Gemütlichkeit der Stube sandte. Für den Einzigen, der sie zu sehen vermochte, wie er glaubte. Hannes' Maske fiel – unaufhaltsam.

Ströttners Fokus ruhte auf dem schwarz-weiß gehaltenen Zug mit der plakativen Aufschrift. Seine Blicke flogen weiter durch den Raum, während sein Hirn tief in der Vergangenheit nach Zusammenhängen grub.

»Sie verlassen jetzt sofort mein Haus!«, zischte Hannes energisch; packte Ströttner mit seiner gesunden Hand am Arm.

Ströttner reagierte nicht, schüttelte Hannes wie eine lästige Fliege ab und trat näher an einen verstaubten Steinkrug heran. Ein kehliges Lachen holperte durch den Raum, als er den blauen Namenszug ablas. »Johannes Strelin.«

Hannes wusste es sofort: Es würde geschehen; jetzt und hier. Ein letzter Opfergang für das Erlebte; vielleicht sogar provoziert.

Respektvoll wich er ein paar Schritte zurück und hob seinen Stock drohend an.

Ströttner belächelte die spärliche Abwehr und drängte ihn an die Wand, bis sie sich fast berührten. »Das ist alles, was von dem stolzen Hitlerjungen übrig ist?«, hauchte er ihm entgegen. »Hattest nicht einmal den Mut, zu deinem Namen zu stehen …« Er schüttelte den Kopf und nahm ein Paar dünne Lederhandschuhe aus der Jackettasche. Sie knarrten, als er den Zeigefinger um den Abzug der Pistole legte.

»Und plötzlich entsprechen sich die Gewichtigkeiten wieder. Jetzt zufrieden, Strelin?«

63

Doris hatte Jakob nicht einmal begrüßt, vermied es, ihm ins Gesicht zu sehen. Sie schien gereizt zu sein; hantierte mit verschiedenen Ausrüstungsteilen herum.

»Du solltest deinen Wagen hinter der Wegbiegung parken. Es muss nicht jeder sehen, dass heute jemand hier ist.«

Jakob war kurz irritiert. »Ich bin zu Fuß gekommen«, erwiderte er einfühlsam und beäugte argwöhnisch den staubigen Overall, den ihm Doris in die Hand gedrückt hatte.

»Ich habe nichts Besseres im Fundus des Vereins gefunden. Zieh alles an, was du hast. Dort unten liegt die Temperatur unter acht Grad.«

Er bückte sich zu seinem Rucksack hinab und zog unwillig einen dicken Wollpullover hervor. »Das ist alles, was ich noch dabei habe. Glaubst du wirklich, dass es uns beiden da unten kalt wird?« Er zwinkerte zweideutig mit dem rechten Auge, erhoffte sich ein liebes Wort, einen verschämten Blick. Doris aber antwortete nicht, hatte nur Augen für ihr Material. Wortlos bedeutete sie ihm, einen verdreckten Sitzgurt anzulegen.

Er folgte ihren souveränen Handgriffen und tat es ihr gleich, so gut er es konnte.

Die Bauhandschuhe umschlossen seine Schultern fest, als sie ihn an den Schachtmund heranführte und zu sich hindrehte. In ihrem Blick lag die unausgesprochene Frage, ob er den Herausforderungen gewachsen war. »Das wird kein Spaziergang, Jakob. Mach genau das, was ich dir sage.

Und nur das! Gehe immer strikt hinter mir her und fasse nichts an. Wenn du Angst oder Panik bekommst, dann sag es gleich. Spiele nicht erst den Helden.«

Jakob sah an der Seilleiter entlang, hinab ins Schwarze. Ein herunterspielendes Lächeln zuckte um seine Mundwinkel. »Doris. Das wird keine Mondlandung. Es ist nur eine Höhle. Und ich bin alt genug, um …«

Doris unterbrach ihn forsch, hob warnend den Zeigefinger. »Gut! Dann eben in der Männersprache: Für den Berg sind wir nichts weiter als winzige Ameisen. Das Höhlensystem ist wie ein riesiger Haufen Bauklötze, der nur durch einen geologischen Zufall zusammenhält. Wenn man sich dort an den falschen Brocken lehnt, war es das unter Umständen schon. Klar? Also: Entweder du nimmst mich ernst oder wir lassen es!«

Jakob nickte ihr schmallippig zu. »In Ordnung.«

Doris' Blick glitt ein letztes Mal prüfend über Jakobs Gurtzeug. Dann begann sie zu steigen.

»Komm jetzt nach«, drang es kurz darauf hohl aus dem Bauch des Berges.

Jakob troff der Schweiß von der Stirn, als er wieder festen Boden unter den Füßen spürte. Doris gönnte ihm keine Pause. Sie drückte ihn an den Schultern zuerst in die Hocke und zog ihn danach über die enge Öffnung zwischen den Blöcken.

»Sieh auf die Flamme meiner Lampe«, forderte sie ihn auf und hob den Kopf über den Schlufeingang. Die längliche Gasflamme flackerte aufgeregt, wurde wie von einer unsichtbaren Macht niedergedrückt und erlosch schließlich ganz. »Rund zwei Meter pro Sekunde bläst es dort. Wir brauchen etwa zehn Minuten bis in die zweite Halle.«

Noch ehe er etwas erwidern konnte, hatte sie ihm eine Stablampe in die Hand gedrückt und verschwand im engen Schluf.

»Nachkommen!«, drang es Sekunden später zu ihm zurück. Und er gehorchte, ließ sich vom Berg verschlucken. Danach war es still in der ersten Halle.

Auch im Zimmer 24 der Kripo Ulm war es für einen Augenblick ruhig. Oberkommissar Ruckgaber gähnte hemmungslos und reckte die Arme nach hinten. Er saß seit einer Stunde allein vor seiner Schreibmaschine und tippte die Anträge für die Staatsanwaltschaft in Form. Die digitalen Balken seiner Armbanduhr sprachen eine eindeutige Sprache, rieten ihm zur Eile. Er verdrehte innerlich die Augen, als er durch die Glastrennscheiben des Großraumbüros seinen Abteilungsleiter herannahen sah. Ruckgaber hasste sein übertrieben suchendes Gehabe, obgleich er sein potenzielles Opfer schon aus dem Augenwinkel erwählt hatte. Er hob sofort abwehrend die Hände, als der Vorgesetzte auf seinen Schreibtisch zuschritt. »Keine Chance. Ich hab alle Hände voll zu tun.«

Der Abteilungsleiter der Kripo setzte sein kollegiales Lächeln auf und heuchelte Interesse. »Der Steinbruch, nicht wahr?«

Ruckgaber zog echauffiert die Brauen in die Höhe. »Was sonst. Und es nimmt einfach kein Ende damit. Bis in einer Viertelstunde muss ich die Mappen und die Anträge fertig haben. Dann kommt der Eilbote von der Staatsanwaltschaft.«

Der Chef der Kripo mimte Anerkennung in den Raum. »Ich weiß, ich weiß.« Ruckgaber sah, wie er Fragmente der vorliegenden Beweiskette in sich aufsog, mit dem

Kopf anteilnehmend der Schreibmaschine zunickte. »Bin in Kenntnis der Sachlage. Hab die Formulare ja blanco unterzeichnet. Ich hoffe nur, der Richter ist um diese Zeit noch greifbar.«

Ruckgaber antwortete knapp, ohne sich von seiner elektrischen Olympia abzuwenden: »Dieser Dr. Leiermann hat ihn informiert. Er und der Staatsanwalt kennen sich von früher.«

Der Abteilungsleiter strich sich angespannt über die grauen Schläfen und lehnte sich in einer Geste der Ratlosigkeit an die gegenüberliegende Schreibtischkante.

Ruckgaber gab es auf, konzentriert zu wirken. »Was ist los?«

»Nichts weiter«, entgegnete Schindler gefährlich unbedarft. »Kollege Lauser hat sich gerade krank gemeldet, kann die Bereitschaft heute nicht übernehmen.«

Ruckgaber seufzte abgeschlagen. »Schon klar. Ich bin der Einzige, der noch hier ist.«

Der Chef schenkte ihm einen unschuldigen Blick und begann, seine Misere an den Fingern abzuzählen. »Weber, Funk und Holzbeck sind im Urlaub. Wiesner und Waxmann auf dem Nachhauseweg von der Schulung. Kühn kann ich nicht erreichen. Was soll ich machen? Die Stelle unbesetzt lassen?«

»Wär' doch auch mal eine Idee«, höhnte Ruckgaber.

Schindler beschwichtigte überzeugt: »Es wird sicher ruhig bleiben. Ich habe das im Urin. Sehen Sie's positiv! Jetzt, um diese Zeit haben Sie die nötige Ruhe für den Einsatzplan und all das, was bis Montag fertig sein muss.« Er klopfte ihm unter freundschaftlichem Sarkasmus auf die Schulter und ging zur Tür. »Ich merke mir das für die nächste Beförderung! Versprochen.«

Ruckgaber winkte ab. Er hörte die unverbindlichen Phrasen schon lange nicht mehr. Er nippte widerwillig an seinem kalten Kaffee und brachte die Beweisunterlagen mit Büroklammern akribisch sauber übereinander. Sein Schreibtisch wurde langsam übersichtlicher. Die schwindenden Papierberge gaben Leiermanns Visitenkarte frei. Gedankenversunken nahm er sie auf und las die krakelige Schrift einer kaum zu entziffernden Notiz, die ihm bislang nicht aufgefallen war. *Für den Notfall ständig erreichbar unter null sieben elf …*« Er sah es schon an den folgenden drei Ziffern, dass es sich hierbei nicht um eine Behördennummer handelte. Ruckgaber hoffte inständig, dass sein Vorgesetzter recht behielt, was seinen Urin anbelangte. Er schmunzelte, obwohl ihn plötzlich ein ungutes Gefühl beschlich. Was, wenn es vorzeitig losging? Wenn er allein nach Blaubeuren fahren müsste und … Die Vorstellung, sich in eine kalte, enge Höhle zwängen zu müssen, stahl sich erschreckend real in seine Gedanken, stellte eine Armee von feinen Härchen in seinem Nacken auf.

Als er eine Minute vor sieben den Türsummer hörte, schlang er gerade den breiten, roten Gummi um die Mappen und legte alles in einen großen Umschlag.

Zu Händen Herrn Oberstaatsanwalt von Brick, schrieb er in geschwungenen Lettern darauf und eilte zur Tür.

64

Hannes wich Ströttner nicht mehr aus. Eine seltsame Gleichgültigkeit hatte ihn eingenommen. Seine Gedanken flogen zu seiner Ute hin. Wie von selbst legte sich ihr unwirkliches Abbild über die Realität, blendete alles andere aus. Er flehte nicht, erwartete gefasst, was kommen musste.

Ströttner zögerte einen Moment.

»Bring es zu Ende. Oder fehlt dir plötzlich der Mumm, Wehrlose zu töten?«

Ströttner lachte kalt, während sich Hannes vor die Ablage am Sofa drückte. Die krankhaft zuckenden Bewegungen seines Armes verrieten nicht, wohin seine tauben Finger strebten. Er wusste, dass sein Diktiergerät irgendwo dort unter der grünen Steppdecke lag. Seine neue Errungenschaft, mit der er kürzlich den ganzen, schrecklichen Sachverhalt aufgezeichnet hatte. Jetzt würde das Gerät nur noch einen letzten Zweck erfüllen – Zeit fürs Finale.

Ströttner hatte das leise Klicken des Aufnahmeschalters nicht wahrgenommen.

»Wenn ich jetzt gehe, nehme ich dich mit«, provozierte Hannes.

Ein kaum wahrnehmbares Zucken ging durch Ströttners Gesicht. Er tat Hannes' Worte als leere Drohung ab; ließ ihn reden. Ein paar letzte Sekunden.

»Dieses Mal kommst du nicht davon. Elender Nazi. Es wird dir keiner helfen; kein Minister, keine Polizeifreunde. Es hat begonnen. Und sosehr du auch strampelst, du kannst es nicht mehr aufhalten.« Er legte die Hand an seine linke Ohrmuschel und lächelte entrückt. »Da! Du hörst sie nicht?«

»Oh. Strelin wird mystisch«, spöttelte Ströttner. »Was soll ich denn hören, außer deinem Henkersgejammer?«

Hannes fixierte seine Augen, beugte sich mutig ein paar Zentimeter nach vorn. »Die Lawine, die auf dich zurollt. Die Presse ist mächtiger als die Politik. Und den Herrn von der Kripo hast du ja schon kennengelernt. Es ist aus mit dir. Ein für alle Mal.«

Ströttner grunzte überlegen. »Ein schlechter Schachzug, Strelin. Es gibt keine Beweise. Für nichts, was damals im Bruch passiert ist. Und was mich angeht: Ich habe nur das getan, was ein paar Tage später ein anderer hätte tun müssen. Genau genommen haben wir Blaubeuren, ach was sag ich, ganz Süddeutschland vor einer Katastrophe gerettet.« Er beugte sich drohend nach vorn. »Wir haben dem Führer gedient, bis zur letzten Stunde! Hatten Ideale, die heutzutage nicht mehr taugen. Wachsweich ist dieser Staat geworden, samt seiner inkonsequenten Legislativen. Paradoxerweise beschert uns aber genau das ein ruhiges Leben.« Ströttner distanzierte sich ein Stück von Hannes, schritt in einem Bogen um ihn herum. »Glaubst du tatsächlich, es gäbe auch nur einen Richter in Deutschland, der aufgrund von Indizien einen Beschluss zum Abriss eines Gebäudes, oder zur Stilllegung eines Steinbruches unterzeichnet? Du bist nach Weidlinger der letzte Zeuge für den 23. April '45. Oder besser: Du warst es. Warum konntet ihr miesen, kleinen Zecken nicht einfach das Maul halten?« Ströttner richtete die Waffe auf Hannes' Schläfe. »Und ich habe den Mumm dazu. Fahr zur Hölle, Strelin.«

Mit einem entsetzlichen Schlag schleuderte Hannes' Kopf zur Seite. Seine Beine gaben nach, knickten unter ihm weg. Im Hinabsinken sah er Blut an der beigefarbenen Stubenwand; realisierte schwach, dass es sein eigenes war. Seine linke Hand wurde bewegt, die Finger um etwas Warmes gelegt und festgedrückt. Hannes' Geist entschleunigte sich in einem gleichmäßigen Rauschen. Alles um ihn herum versank in einem schäbig fahlen Sog der Endlichkeit.

Kalte Schwärze. Das ist alles, was bleibt? Wo ist das Licht? Wo ist Ute?, hörte er sich entfernt denken. Wo ist meine Ute …

Hannes' Augen waren starr auf den Linoleumboden gerichtet. Sie schienen fassungslos die ausufernde Blutpfütze zu fixieren. Er hatte losgelassen.

65

Doris wich mit dem Kopf zurück und rümpfte die Nase. In Bruchteilen von Sekunden suchten ihre Synapsen nach Vergleichbarem.

Blausäure? Nein. Es war etwas anderes. Doris leuchtete vor sich zum Durchschlupf und atmete erleichtert aus. Beton. Frischer Zement. Nichts weiter. Fritz hat den Durchgang gesichert.

Jakob robbte nach, rüttelte an ihren Beinen. »Stimmt etwas nicht?«

»Alles okay. Ich habe die Stabilisierung der Engstelle nur auf Veränderungen kontrolliert.« Doris kroch weiter.

Ihr Auge streifte einen Grabungseimer, in dem Fritz die leeren, braunen Zementpackungen deponiert hatte. *Stu-MAG Blaubeuren* repetierte ihr Hirn die blauen Lettern, ohne dass sie den Werbeaufdruck bewusst gelesen hatte.

Kurz vor dem Ausstieg in die große Halle griff Jakob nach Doris' ausgestreckter Hand, um sich aus der Enge helfen zu lassen. Als er sich aufrichtete, zog er sie zu sich. Sie wich ihm aus, fühlte sich störrig in seinen Armen an. Er ließ sie frei, suchte nachdenklich ihren Blick.

»Was ist? Geh' zu dem freistehenden Felsen vor.«

»Ich darf nicht!«, entgegnete er beharrlich. »Jemand hat mich angewiesen, immer hinter der Führerin zu bleiben.«

Doris entwischte ein Lächeln, das sie sogleich wieder unterdrückte. Für einen Moment haderte sie mit sich, schämte sich für ihre Schroffheit. Dann flüchtete sie wieder hinter ihre kalte Maske. »Geh! Es kann nichts passieren.«

Jakob drehte sich auf der Empore im Halbkreis und beleuchtete die grandiose Szenerie. Schließlich wandte er sich ergriffen zu Doris zurück. Er flüsterte. »Unglaublich! Das ist einfach unfassbar!«

Doris schenkte ihm einen kurzen Blick und ging langsam auf ihn zu. »Ruf' etwas!«

Jakob legte seine Hände an den Mund. »Ich – liebe – dich!«

Das Echo schallte vierfach von den Wänden, kroch strafend in Doris' Ohren. Ihr Atem ging schwer. So, als unterdrücke sie ein aufkommendes Schluchzen. Sie blieb etwa zwei Meter vor ihm stehen und sah ihm zu, wie er die Höhle genoss. Nichts von all dem Überwältigenden drang heute zu ihr vor. Doris trauerte um ihre erste, große Liebe. Sie wollte nicht nach vorne denken, verharrte in diesem zeitleeren Zustand des Loslassens, der ihr nicht mehr geben konnte, als die schiere Erinnerung. Der letzte Akt eines hoffnungslosen Dramas dämmerte über den Horizont.

Es schmerzte, als sie begann: »Jakob. Ich muss dir …«

»Kolosseum«, fuhr ihr Jakob ohne Boshaftigkeit über den Mund. »Was für ein passender Name!« Er jauchzte vor Übermut.

Doris versuchte es erneut: »Hör doch. Wir sollten …«

»Ja! Wir sollten weitergehen. Von dort oben habt ihr das Foto gemacht, nicht wahr? Ich muss es selbst sehen. Bitte!«

Doris wandte sich seitlich. Sie wollte nicht, dass er ihre feuchten Augen sah. »Natürlich, Jakob. Ich zeige dir die ganze Höhle.«

Als sie über den Geröllhang zum Hallenboden hinabstieg, rannen Tränen über die schmutzigen Wangen. Doris schritt wie ferngesteuert über die großen Blöcke, kletterte am fix installierten Seil hinauf zum großen Podest, dem Eingang zum *östlichen Orakel* zu. Tief in ihr hatte sich bereits manifestiert, was noch nicht geschehen war. Es würde vorbei sein, sobald sie diese Höhle verlassen hatten.

Als sie kurz darauf in den neu entdeckten Höhlenteil blickte, tastete sie versichernd nach den Unterlagen in ihrer Innentasche. Ihr Blick glitt kritisch über die beiden großen Blöcke über dem Durchschlupf. Hatte sich dort etwas verändert? War der Riss an der Decke breiter geworden? Doris war sich unsicher, dachte unweigerlich an die Sprengungen im Steinbruch. Aber sie kroch dennoch durch das enge Joch. Trotz der Gänsehaut, die sie überfiel. Mit einem Mal wirkte die Höhle bedrohlich auf sie, beinahe abstoßend. Sie erinnerte sich an diesen sonderbaren Eindruck, der sie schon bei der Erstbefahrung eingenommen hatte. Da war diese unterschwellige Gefahr, die Einbildung, es wäre schon jemand vor ihr hier gewesen. Sollte es am Ende gar keine Einbildung gewesen sein? Fußspuren hatten jedenfalls weder sie noch Fritz entdeckt. Sie sah auf den großen Block vor sich und verdrängte ihre Bedenken mit einer schmerzenden Hoffnung. Der einzigen, die ihr verblieben war. »Komm jetzt nach. Und berühre auf keinen Fall die beiden Felsen über dir!«

Jakob gab sich Mühe, robbte Zentimeter um Zentimeter nach vorn. Seine Helmlampe flackerte.

»Halt! Bleib liegen!« Doris war mit einem Satz zu ihm gesprungen.

Jakob rührte sich nicht, blies den Atem stoßweise aus. Er lag wie versteinert unter dem fragilen Bogen aus zentnerschweren Kalkbrocken. Er schielte nach oben, versuchte vergeblich, am Helmrand vorbei über sich zu blicken. »Was ist los?«, presste er hervor.

Doris hob abwehrend die Hand. Sie schloss die Augenlider und konzentrierte sich. Für einen Moment war nur das leise Flackern der Helmlampen zu hören. Doris spürte, wie die kühle Luft an ihrer Nase vorüberwehte; gleichmäßig und deutlich. Sie sog sie vorsichtig ein, schnüffelte – das zweite Mal an diesem Abend. Und wieder roch es nicht nach der absoluten Reinheit, der puren Höhlenluft. Es roch auch nicht nach Bittermandel oder aushärtendem Zement. Vielmehr mischte sich eine schale, modrige Note in den Wind. Ein aufdringlich verbrauchter Hauch. Was lag da in der Luft? Und woher kam dieser Geruch auf einmal? Doris hatte keine Antwort darauf, schlug die Augen auf und sah in Jakobs angespanntes Gesicht. Es glänzte vor Schweiß.

»Wir haben auswärtigen Luftzug. Bei der Entdeckung konnten wir in diesem Teil der Höhle keine Luftbewegung feststellen. Ich habe es an der Flamme deiner Helmlampe bemerkt. Du kannst jetzt weiterkriechen.«

Jakob klang die Erklärung zu lapidar. »Und deswegen machst du so einen Tanz?« Jakob stand der Zorn im Gesicht, während sich Doris abwandte. »Verdammt! Ich hatte Angst! Du brauchst hier keine Abenteuershow für einen Idioten abziehen. Als wäre der Luftzug in der Höhle etwas Todbringendes.«

Doris fuhr herum, sah ihm für einen Moment stechend in die Augen. »Und genau das wäre in dieser Höhle denkbar.«

»Was soll das schon wieder heißen?«

Doris griff in die Innentasche ihres Overalls, während sich Jakob an die Wand lehnte und sie skeptisch beobachtete. Sie antwortete erst, als sie die Karte auf dem Block ausgebreitet hatte. »Komm rüber. Ich erkläre es dir.« Doris' Stimme zitterte, als er neben ihr stand und ziellos auf den Höhlenplan starrte. »Diese Höhle ist der Schlüssel zu etwas, das ich dir nicht länger verheimlichen kann. Einer Begebenheit, die lange Zeit zurückliegt.«

Jakob verschränkte die Arme. »Archäologie? Ihr habt Knochen gefunden?«

Doris schüttelte verzagt den Kopf und legte den Ausschnitt der topografischen Karte zum Plan. »Erinnerst du dich, als ich dich kürzlich gefragt hatte, ob du immer zu mir halten würdest, gleich, was geschieht?«

In Jakobs Gesichtszüge schnitt ahnungsvoller Ernst. Er nickte stumm.

Doris wischte sich verstohlen eine anschwellende Träne aus dem Augenwinkel. »Dieser Berg wurde im Jahre '44 zu einem ganz bestimmten Zweck durchbohrt.« Sie wies auf die entsprechende Stelle auf der Karte.

Jakob zuckte wissend mit den Schultern: »Ich weiß. Der Tunnel am Ende der Bahntrasse.«

Doris schüttelte vielsagend den Kopf. »Du sprichst vom oberen Tunnel. Von diesem hier weiß niemand mehr. Bis auf wenige Menschen. Einer davon«, sie schöpfte beschwert Luft, »ist dein Vater.«

Jakob wurde mit einem Mal kalt. Erinnerungen an das erste gemeinsame Essen flogen durch seinen Verstand. Er suchte nach einem Sinn, einem roten Faden im Durcheinander seiner vorauseilenden Gedanken. Sein Blick wurde hektisch, flüchtete von der Karte in das Dunkel des Gangs. »Dieser Gang führt direkt dorthin, stimmt's? Was ist in diesem Tunnel?« Seine Stimme schwoll an. »Sag es mir! Ich habe ein Recht darauf!«

»Es wird wehtun, Jakob. Und du wirst mich dafür hassen.«

»Unsinn!«, polterte Jakob. »Ich bin einiges gewohnt. Also: Was ist da drin?«

Doris nickte sich Mut zu. »Es ist Gas – Giftgasgranaten aus dem Zweiten Weltkrieg.«

Stille lag im schweißdunstigen Raum. Jakob kniff skeptisch die Augen zusammen. Seine Gedanken rasten. »Viel?«

»Sehr viel. Ein ganzer Zug.«

Jakob löste sich unter einem zynischen Atemzug von der Karte und hob abwehrend die Hände. Seine Kiefer zerquetschten himmelschreiende Wut; stumm gezügelt und doch nicht beherrscht. Siedend heiß suchte sich die Logik in sein Denken, verbannte die wundersamen Eindrücke von vorhin in die Bedeutungslosigkeit. Schlagartig wurde ihm Doris' Verhalten klar. Er flüchtete sich gar nicht erst in den rettenden Gedanken, all das wären nur wilde Spekulationen auf die Pressemeldungen hin. Jakob wusste, dass Doris die Wahrheit gesagt hatte. Er hatte es schon immer gewusst.

Doris biss sich auf die Lippen, sah ihn mitfühlend an. »Weidlinger war in Kenntnis von dieser Geheimaktion. Er hatte deinen Vater erpresst und dies letztlich mit seinem Leben …«

»Hör auf!«, gellte es durch die Höhle. »Hör sofort auf damit!« Jakob schlug sich mit den flachen Händen auf die Ohren, verkrampfte am ganzen Körper, als wolle er die bittere Wahrheit gewaltsam aus ihm vertreiben. *Frag nie wieder nach der Geschichte dieses Grundstückes … Du wirst die Genehmigung widerrufen …*, hallte es unaufhörlich in ihm wieder. Alles passte in das von Doris gezeichnete Schreckensbild. Jakob verzog das Gesicht zu einer schmerzerfüllten Grimasse. »Dieser Zeitungsartikel. Stammt er von dir?«

Doris verneinte wortlos mit dem Kopf.

»Und die Polizei? Wird bereits ermittelt? Wird mein Vater verhaftet, während ich hier unten durch seine trübe Geschichte wate?«

Doris sah die panische Verzweiflung in seinen Augen; kannte ihn kaum. Sie weinte, konnte unter ihren schmerzgekrümmten Lippen kaum sprechen. »Wir mussten handeln, bevor ein weiteres Unglück passiert.« Sie konnte ihr Wimmern nicht zurückhalten. »Es tut mir leid, Jakob. Es tut mir leid.«

Er nickte, ohne sie wahrzunehmen, sah nur mehr matt auf den Lehmboden.

»Wie konnte er nur …? Wie konnte das …?«

Doris streckte ihre Hand aus, berührte seine kalten Finger. Er zog sie zurück. Kategorisch. Seine Stimme klang, als wäre er dem Wahnsinn nahe. »Seit ich denken kann, sagte mein Vater: *Die Höhlenforscher sind wie Grabschänder und Totengräber.* Wie wahr das doch ist!« Er schritt laut lachend am großen Block vorbei, weiter den Gang entlang. »Zeig es mir! Zeig mir die ganze Wahrheit! Ich will die Schande mit eigenen Augen sehen!«

Doris rief ihn zurück. »Warte! Bleib bitte hier. Es gibt noch keinen Durchgang. Und es ist gefährlich!«

Ihre Blicke trafen sich für den Bruchteil einer Sekunde. Doris sah die Kälte in seinen Augen. Sie fühlte, dass zwischen ihnen etwas verloren gegangen war.

»Ich dachte, du liebst die Gefahr! Oder war das nur ein Teil deines großen Dramas?«

Jakob wartete nicht auf eine Antwort, schritt stur weiter.

Ein lauer Schein von sanftem Orange flammte zurück in die Kammer, als er hinter der nächsten Biegung verschwand und die Zweisamkeit endgültig mit sich zog. Doris sank auf die Knie und ließ ihrem Schmerz freien Lauf. Sie wusste, dass der Gang in einer Sackgasse endete. Jakob würde irgendwann von selbst zurückkommen; ein letztes Mal – zu ihr.

66

Markus Ruckgaber beschwor das Telefon mit einem angewiderten Blick. Das unterbrochene Klingeln deutete ein internes Gespräch an. Er überwand sich erst nach dem fünften Scheppern des Apparates, den Hörer abzunehmen.

»Wir haben gerade einen Notfall reinbekommen«, drang es nüchtern aus dem Telefon. Offenbar ein Selbstmord in Lehr, Ratgebweg 48. Der Notarzt ist verständigt.«

Ruckgaber durchfuhr es wie ein Blitz, als er die Adresse hörte. »Hab' verstanden. Ich bin unterwegs!« Er hängte auf, kramte in der ersten Schublade seines Schreibtisches einen zerknitterten Notizzettel hervor und wählte hastig eine Nummer.

»Fred? Ich weiß, dass du krank bist. Aber hier brennt's gleich lichterloh. Ich brauche jemanden von der Soko Bruch, der weiß, was auf dem Spiel steht.«

Widerwillen hustete aus der Leitung.

»Hab dich nicht so. Wirf zwei Aspirin ein und schwing dich rüber! Es sind ja nur ein paar Meter! Alles Weitere über Funk!«

Als der Ermittler in den Ratgebweg einbog, zuckten Blaulichter über die regenfeuchte Straße. Ein Streifenwagen und ein Notarztkombi standen schräg auf dem Bordstein. Der Krankenwagen parkte mitten in der Straße. Vor der Nummer 48 hatte sich eine kleine Menschentraube gebildet. Es wurde heftig diskutiert. Man demonstrierte selbstgefällige Fassungslosigkeit.

»Es kann nicht nass und kalt genug sein. Diese Gaffer sind eine Pest«, murmelte Ruckgaber unverständlich vor sich hin und zog die Handbremse an. Er stieg aus; schritt forsch zu einem der uniformierten Kollegen hinüber. »Abend Kollege.«

Der Streifenbeamte legte die Handkante an die feuchte Mütze und nickte dem offen stehenden Haus zu. »Wir haben alles gesichert. Es handelt sich offenbar um einen gewissen Johannes …«

»Ehrnsteiner. Ich weiß«, unterbrach ihn Ruckgaber. »Wer hat die Leiche gefunden?«

Der Beamte zögerte. »Wir haben keine Leiche.«

»Was soll das heißen?« Ruckgabers Augäpfel traten hervor. »Der Mann lebt?«

»Ja. Was wie ein tödlicher Kopfschuss aussah, entpuppte sich als Streifschuss. Er wird durchkommen. Gefunden hat ihn die Nachbarin.« Der Kollege zeigte auf eine ältere Dame, die in der offenen Hecktür des Krankenwagens saß. Man hatte ihr eine Decke umgelegt. Ihre Hände klammerten sich an einen mit Alufolie umwickelten Teller. Ruckgaber näherte sich ihr, versuchte ihren starren Blick vergeblich einzufangen.

»Die hat doch was mit dem Ehrnsteiner gehabt!«, hörte er im Vorübergehen aus der Menge. Er speicherte es ab, während er sich niederkniete und dem Sanitäter im beleuchteten Innenraum des Wagens einen fragenden Blick zu warf. Dieser bestätigte mit einem verhaltenen Nicken. Seine Stimme klang sonor, einfühlsam.

»Kann ich mit Ihnen sprechen? Meine Name ist Ruckgaber von der Kripo Ulm.« Vorsichtig nahm er ihr den Teller aus der Hand; erntete einen trauernden Blick. »Darf ich Sie nach Ihrem Namen fragen?«

Die Frau unterdrückte ein Schluchzen. »Schneider, Elsbeth. Ich bin die Nachbarin.« Sie griff wieder nach ihrem Teller, hob die Alufolie etwas an. Sofort kroch der Geruch von Hackbraten mit Kartoffelbrei in Ruckgabers Nase. Mit einem Mal bemerkte er, wie hungrig er war.

»Ich wollte ihm das Essen bringen. Für einen allein lohnt es sich ja nicht zu kochen, und da bringe ich dem Hannes eben manchmal etwas Gutes. Es schmeckt ihm doch so, seit …« Ihre Mundwinkel krümmten sich. »Warum tut er denn so was. Die Doris ist doch wieder bei ihm. Wir sitzen oft gemeinsam hinter dem Haus am Teich, gehen ein Stück. Er hat sich so gut von seinem Schlaganfall erholt. Und dann …«

Ruckgaber zog ein dunkelblaues Päckchen Papiertaschentücher hervor und bot es ihr offen an. »Er lebt. Und das ist jetzt das Wichtigste.« Ruckgaber erkannte verzögert, dass seine tröstenden Worte auch für ihn und die Ermittlungen Gültigkeit hatten. »Wann haben Sie ihn denn gefunden, Frau Schneider?«

Sie zuckte mit den Achseln. »Ich habe um sieben, halb acht gekocht. Normalerweise telefonieren wir kurz und ich gehe dann hinüber. Aber er hat den Hörer nicht abgenommen. Selbst nach dem vierten Versuch nicht. Ich sah Licht und bin dann gegen halb neun hinüber. Die Tür stand offen.«

Ruckgaber unterbrach sie sanft. »Ist das üblich für Herrn Ehrnsteiner?«

»Nein. Hannes schließt normalerweise immer ab, seit sie bei uns in der Straße mehrfach eingebrochen haben.«

Ruckgaber erinnerte sich an die Einbruchsserie und nickte Verständnis vor sich hin. »Und dann sind Sie allein hineingegangen?«

Frau Schneider tupfte sich die Augen trocken. »Ja. Ich habe gerufen. Aber es blieb alles ruhig. Als ich oben in die Stube kam, da sah ich ihn schon liegen. Da war diese scheußliche Waffe und das Blut …« Ihre Stimme erstarb.

»Haben Sie davor jemanden am Haus beobachtet? Haben Sie etwas angefasst oder verändert, Frau Schneider?«

Die Befragte schüttelte nur abwesend den Kopf.

Ruckgaber legte seine Hand kurz auf die ihre. »Ich danke Ihnen. Bitte haben Sie Verständnis, dass ich in den nächsten Tagen nochmals auf Sie zukommen muss.« Dann erhob er sich und ging mit einer auffordernden Handbewegung auf den Streifenbeamten zu. »Sie kennen die Örtlichkeiten bereits. Gehen wir hinein.«

In der Stube im ersten Stock war der Notarzt zugange. Er legte Ehrnsteiner gerade eine Infusion an. Ruckgabers Kollege flüsterte. »Ich habe die ursprüngliche Lage des Toten«, er versuchte sich zu verbessern, »entschuldigen Sie. Des, des …«

»Verletzten?«, ergänzte Ruckgaber gefällig.

»Danke. Ich habe die Lage selbstverständlich mit der Kamera dokumentiert.«

Ruckgaber schlug zuerst anerkennend die Augenlider nieder, dann musterte er den Uniformierten nachdenklich. »Ich dachte, es wäre ein Suizidversuch gewesen. Zweifeln Sie daran?«

Der Kollege wirkte verlegen. Er war diese Art von Fragen nicht gewohnt. »Nein. Bislang nicht.« Er zog drei Polaroid-Sofortbilder aus der Uniformtasche und reichte sie dem Ermittler.

»Bislang«, echote Ruckgaber und hielt ihm eines der Bilder vor. »Er hält die schwere Waffe noch in der Hand. Nach so einem Sturz?«

Er schob sich aufdringlich in das Sichtfeld des Arztes und des zweiten Sanitäters, die Ehrnsteiner im selben Moment auf die Bahre betteten. Es lag keine besondere Hast in ihrem Tun. Ruckgaber bemerkte die absichtliche Ignoranz, als ihm der Arzt den Rücken zuwandte. Er hatte nichts anderes erwartet.

»Entschuldigen Sie, Herr Doktor …« Er wartete vergeblich auf eine Vervollständigung. Indessen stöhnte Ehrnsteiner leise auf.

»Denken sie erst gar nicht über eine Vernehmung nach«, herrschte der Arzt vor sich hin.

Ruckgaber brauchte eine Weile, bis er realisierte, dass der Weißkittel mit ihm sprach. »Der Patient muss so rasch wie möglich in die Klinik. Kommen Sie morgen wieder.«

Der Ermittler kannte die Masche der Mediziner, sah es schon an der Art ihrer Bewegungen, ob tatsächlich Eile geboten war. Er hakte sofort nach. »Der Mann ist offensichtlich stabil?«

Der Arzt zog angestrengt die Brauen nach oben, murmelte etwas wie: »Polizeiliches Halbwissen.« Er hielt kurz inne. »Er wird in ein paar Tagen wieder auf den Beinen sein. Zumindest körperlich.« Er zeigte mit dem ausgestreckten Finger auf den dicken Verband an Ehrnsteiners Kopf. »Die Kugel hat ihn nur gestreift, ist an der Schädeldecke abgeprallt und steckt dort hinten im Rauputz. Der ungemilderte Sturz bescherte ihm eine schwere Commotio. Er ist wohl am Tisch aufgeschlagen. Um eine Contusio auszuschließen, wird er ein paar Tage im Hospital zubringen müssen.« Der Arzt grinste dem Ermittler überlegen entgegen.

Ruckgaber blieb unbeeindruckt, steckte ihm unter einem wissenden Nicken seine kleine Standardvisitenkarte in die Brusttasche. Er begleitete den Transport, so gut es im engen Flur ging. »Wenn er gänzlich aus dem Delir erwacht ist und aus Ihrer Sicht vernommen werden kann, geben Sie mir bitte umgehend Nachricht. Ist Ihnen hier sonst noch etwas aufgefallen?«

Der Arzt zog an der Bahre, zielte rückwärtsgehend durch den schmalen Türstock und rang sich zu einer kühlen Anmerkung durch. »Der Nachbarin nach leidet er offenbar an den Folgen eines Schlaganfalles. Teile der linken Körperhälfte gehorchen ihm nicht mehr.« Er wies mit dem Kopf auf den am Boden liegenden Gehstock und die Waffe, dann auf eine gelbliche Flüssigkeit. »Er trägt Windeln. Falls Sie sich fragen, was das ist.«

»Windeln?«

»Wegen der Inkontinenz«, erklärte der Arzt. »Hören Sie: Ich möchte Ihnen ja nicht ins Handwerk pfuschen. Aber die Pistole kann er mit Sicherheit nicht links gehalten haben. Und abgefeuert hat er sie schon gar nicht.« Der Arzt schob sich langsam auf den Flur und aus Ruckgabers Blickfeld. Der schritt dem Sanitäter hinterher, gab nicht auf.

»Sie kennen sich mit Waffen aus?«

Der Arzt nahm die erste Stufe der Holztreppe und wechselte angestrengt die Griffhaltung an der Bahre. »Etwa so, wie Sie sich in der Medizin auskennen«, presste er hervor.

Ruckgaber blickte verdeutlichend auf Ehrnsteiner, der sich unter der Decke sichtbar bewegte, als wolle er sich gegen die festgezogenen Gurte wehren. Für einen Moment schien es, als zeige seine gesunde Hand zurück in die Stube. Ruckgaber war es nicht entgangen. »Bethesta-Klinik?«

Der Arzt nickte und zirkelte aus der Tür ins Freie.

Ruckgaber blieb am oberen Treppenabsatz stehen und wandte sich zu seinem Kollegen von der Streife. »Ich komme jetzt allein klar. Nur die Kamera würde ich mir gerne ausleihen.« Der Kollege nickte wortlos und ging.

Ruckgaber wusste, dass es Spuren gab. Es gab sie immer. Ganz davon abgesehen, würde Ehrnsteiner, aller Voraussicht nach, aussagen können, sofern er sich an den Abend noch erinnern konnte.

Für einen Augenblick war es ganz ruhig in der Stube. Der Oberkommissar zog sich die Einmalhandschuhe über und griff nach einer der Plastiktütchen, die er immer in der Jacke hatte. Vorsichtig schritt er um den Couchtisch; suchte akribisch den Boden ab. Auf der Höhe des Fensters hielt er plötzlich inne. Ein kaum hörbares Geräusch drang zu ihm vor. Die Heizungsrohre? Eine Umwälzpumpe?

Er bückte sich, ging näher heran. Das leise Rattern wurde lauter. Ruckgaber schüttelte ungläubig den Kopf, als er die bunte Steppdecke von der Ablage hob. Vor ihm lag ein eingeschaltetes Diktiergerät. Das Band war zu Ende, sprang bei jeder Umdrehung über den Widerstand in der Mechanik. Ruckgaber stoppte die Aufnahme, spulte zurück, tastete sich zu den letzten Wortfetzen einer bekannten Stimme vor. Er wusste sofort, was Ehrnsteiner da aufgezeichnet hatte. Unter einem süffisanten Lächeln steckte er das Beweisstück in eine Kunststofftüte und steckte es in die Tasche seines Anoraks. Danach zog er den Jackenärmel zurück, sah auf seine Armbanduhr und nuschelte seine Überlegungen fast abwesend in seinen blonden Schnauzbart. »Freitagnacht, zwanzig vor zehn. Wo ist Doris Ehrnsteiner?«

67

Ein schwerer Donner schmetterte über das Lenninger Tal. Fritz Cruner wischte sich sinnbildlich den Schweiß von der Stirn, als er auf den leeren Gang blickte. Die große Uhr im Klassenzimmer der Sechs A zeigte 21:12 Uhr. Der Elternsprechtag war diesmal früher zu Ende gegangen. Er war heil froh darüber. Es war noch Zeit. Nach Blaubeuren brauchte er nicht allzu lange.

Cruner hatte von Anfang an kein gutes Gefühl dabei, Doris und ihren prominenten Liebsten allein in der Höhle zu wissen. Immer wieder hatte er bei den Elterngesprächen seine abschweifenden Gedanken einfangen müssen, um sich der Anliegen und Fragen der Eltern widmen zu können. Er beherrschte die Fähigkeit, im selben Moment etwas zum Thema zu sagen und gleichzeitig an etwas völlig anderes zu denken, wie kein Zweiter.

Als er in seinem VW-Bus saß und den erdigen Duft seines Höhlenschlazes roch, dachte er nur noch an den neu entdeckten Höhlenteil mit seinem fragilen Eingang. Cruner war gewiss kein Raser. Doch ohne genau zu wissen, weshalb, holte er in dieser Nacht aus dem alten 60-PS-Diesel heraus, was er hergab.

Zur selben Zeit tastete der Strahl einer starken Grubenlampe den Boden der Einstiegshalle ab. Maximilian Ströttner hatte nicht die Absicht, dort hinunterzuklettern. Er stand nur am aufgeklappten Gitterrost und studierte den Schichtaufbau des Schachtes. Angesichts der großen, ineinander verkeilten Deckenfelsen, zuckte ein siegesgewisses Lächeln über sein Gesicht. Er glaubte an die entscheidende Wende im Geschehen; so, wie er damals auch an die Wunderwaffe geglaubt hatte.

Damit kennen wir uns aus. Ein dumpfer Knall, ein großer Krater; danach wird der Hang von oben nachrutschen und alles für immer begraben, sagte er sich im Geist vor. Tektonische Setzungsprozesse, wird es heißen. Das natürliche Ende einer Höhle.

Er griff in seinen Leinensack und zog zwei rostrote Dynamitstangen hervor. Routiniert längte er Litzen ab, drehte die Kontakte in die Buchsen und fixierte alles mit einem starken Klebeband. Schließlich senkte er eine der beiden Ladungen auf halber Höhe des Schachtes in einen engen Spalt. Die zweite ließ er am Zündkabel direkt auf den Grund des Durchschlupfs zur großen Halle ab. Seine Bewegungen wurden hastiger. Er schritt rückwärts vom Schachtmund weg; fluchte, als sich im restlichen Kabel ein heilloses Knäuel bildete. Der Strahl seiner Lampe zitterte zum Gitterrost zurück.

»Kaum zehn verdammte Meter! Verfluchte Scheiße!«

Hektisch sah er sich um, visierte zuerst den hohen Birnbaum an, dann den windschiefen Unterstand. »Ein paar Bretter über dem Kopf, nur zur Sicherheit«, brummte er vor sich hin und kniete halb im Freien auf dem aufgeweichten Wiesenboden. Er spürte weder die Feuchtigkeit, die auf seine Haut drang, noch die kalten Regentropfen im Genick. Als wäre er ein Teil seiner eigenen Sprengmaschinerie, drehte er den Hebel nach oben und umschloss den roten Griff mit seiner fleischigen Hand. Ströttner zögerte nicht; drückte den Hebel nach unten.

Ein leises Surren drang drohend in die Nacht; schickte der Explosion eine vernichtende Botschaft voraus. Dann bebte der Berg.

Ströttner hatte sich flach auf den Boden geworfen. Im Augenwinkel sah er Felsbrocken hoch in die Nacht schießen. Es folgte ein Ächzen von berstendem Holz. Ströttner sah einen Baum auf sich zufallen. Dann wurde es plötzlich seltsam ruhig um ihn.

68

Jakob hatte den abknickenden Hauptgang nicht wahrgenommen. Er war eben durch eine enge Spalte in eine kleine Kammer geschlüpft, als ihm das Blut in den Adern stockte. Affektiv hielt er seine Arme über den Kopf; duckte sich unter einen großen Felsen. Das gewaltige Donnern, welches den Berg in seinen versteinerten Eingeweiden erzittern ließ, wollte nicht abebben. Überall um Jakob mahlte schweres Gestein. Kalkbrocken schlugen nieder, sprengten knirschend auseinander. Eine gewaltige Bewegung losen Materials umspülte ihn, brüllte ihm rauschend seine Winzigkeit entgegen. Er bemerkte nicht, wie er in ein ungehörtes Gebet verfiel. »Ave Maria, gegrüßet seist du, heilige Mutter Gottes …«

Erst als das letzte Nachpoltern verklungen war, nahm Jakob seine Hände aus dem Nacken und hob vorsichtig den Kopf. Aber tat er das wirklich? Hatte ihn der Berg verschont? Ihn umgab nichts als Schwärze. Und es war still – zu still.

Doris!, fuhr es ihm siedend heiß durch den Kopf, bevor er ihren Namen in die Finsternis hustete. »Doris! Sag etwas!«

Nichts. Nur der Berg antwortete ihm mit dem gedämpften Echo seiner eigenen Stimme. Jakob zog seine Beine aus dem erdigen Schutt und schlug die Karbidlampe an. Er konnte kaum etwas erkennen. Feiner Staub schwebte durch die Luft, trocknete den Gaumen bei jedem Atemzug aufs Neue aus. Jakob würgte panische Schreie aus seiner Kehle. »Doris! Wo bist du?« Er wartete endlose Sekunden.

Dann drang ein gequältes Stöhnen zu ihm vor. Panisch stürzte er zur engen Spalte zurück, durch die er gekommen war, und leuchtete in den wabernden Staub. Vor ihm lag ein Chaos, das nicht im Entferntesten mehr an das erinnerte, was ihm vor Minuten noch Sicherheit suggerierte. Alles war zertrümmert. Lediglich zwischen den verkeilten Felsen hatten sich kleine Hohlräume erhalten – fragile Blasen, unter Tonnen von Stein. Jakob spürte, wie die Urangst ihre eisigen Dornen in seinen Geist trieb. War dies sein Grab?

Jakob schreckte hoffend auf.

»Hier, Jakob. Ich bin hier.«

Ungelenk zwängte er sich durch schmale Zwischenräume im Blockgewirr. Sein Blick jagte getrieben durch den veränderten Raum, bis er sie endlich liegen sah; bis zur Hüfte unter einem Berg von Geröll begraben. Er suchte ihren müden Blick, wischte die dicke Staubschicht von den Wangen, über die ihre Tränen schmale, saubere Bahnen gezogen hatten.

Doris verzog die Mundwinkel, als er unter ihre Arme griff und sie vorsichtig anhob. Ein kurzer, tapferer Schrei gellte durch den Versturz. Doris' linkes Bein stand unnatürlich ab. Blut suchte sich durch den Schlaz, verlieh dem aufgewühlten Lehm einen dunklen, ockerfarbenen Ton. Jakob fuhr es stechend in die Seele, als er den Schmerz aus ihrem Gesicht brüllen sah. Seine Augen fixierten ihre blassen Lippen; versuchten, Worte aus den bebenden Bewegungen abzulesen.

Doris deutete auf den Schleifsack, der noch immer unter dem tischartigen Felsen lehnte. »Benuron und Tilidintropfen«, presste sie gequält hervor.

Jakob stürzte über die Trümmer; sah im Vorübereilen,

dass die Karte und der Höhlenplan unversehrt auf dem Felsentisch lagen. Eine vergängliche Grabinschrift.

Jakob war wieder zu Doris gestolpert und öffnete die wasserdicht verschließbare Kunststoffdose. »Hier. Die Medizin und die Trinkflasche.«

Doris antwortete nicht, knickte sich zitternd zwei der Tabletten aus dem weißen Streifen und trank einen Schluck Tee. Ihr Atem ging schwer. Kalter Schweiß suchte sich aus den Poren ihrer Stirn.

Jakob verfolgte ihre Hand, wie sie kraftlos nach dem roten Brecheisen fingerte. Sie hielt es ihm entgegen, als reiche sie eine heilversprechende Ikone an ihn weiter.

»Du musst einen zweiten Ausgang finden.« Doris keuchte; rang um jedes Wort. »Es muss sich etwas aufgetan haben. Der Luftzug!«

Jakob legte seinen Zeigefinger auf ihre Lippen, nickte ihr versichernd zu. »Schone dich.« Er durchsuchte mit den Augen entmutigt das niedrige Felsjoch, durch das sie gekommen waren.

Doris folgte seinem Blick, schüttelte verzagt den Kopf. »Dort gibt es nichts mehr. Du musst in die andere Richtung gehen; zum Tunnel. Gehe dem Wind nach! Beeil' dich.«

Jakob umschloss das kalte Metall des Stemmeisens fest mit seiner Hand, betrachtete es mit dem Ausdruck von Sinnlosigkeit. Ein Strohhalm in einem Meer aus erdrückendem Kalk – mehr nicht. »Wäre ich nur nicht so übereifrig gewesen«, brach es in tonlosem Schmerz aus ihm heraus. »Das Erdbeben hätte uns nichts anhaben können. Wir gingen draußen spazieren, wie vor ein paar Tagen …« Seine Stimme erstarb, während sich Doris' Atem langsam beruhigte. Die Tabletten entfalteten ihre analgetische Wirkung. Sie nahm seine Hand und drückte sie fest an sich.

»Das war kein Erdbeben. Es war eine Sprengung – im Eingangsbereich. Wir sind hier nicht sehr weit davon entfernt.« Ihre Augen wanderten eine ganze Weile in seinem Gesicht umher, versuchten, daraus zu lesen, was in ihm vorging. Doch seine Züge blieben versteinert. Es bedurfte keiner Erklärung mehr, wer ein triftiges Motiv für so einen schäbigen Akt haben könnte.

Jakob wich ihr visuell aus. Er knöpfte seinen Overall auf, zog seinen Wollpullover aus und legte ihn über Doris' Oberkörper. Unbewegt, wie aus einer höflichen Pflicht heraus. »Halte aus.«

Doris erfasste schwindelnde Müdigkeit. Als Jakob schon durch den engen Spalt in die Kammer zurückgeklettert war, hob sie ihren Kopf noch einmal an und rief ihm hinterher: »Achte auf einen deutlich bitteren Geschmack in der Luft!«

Sie erhielt keine Antwort mehr. Jakob schichtete drohende Worte durch seinen Verstand. Begriffe wie *Gasmunition*, *Kriegsverbrechen*, *Wunderwaffe* oder *Endsieg* hatten plötzlich ein Gesicht bekommen. Das Gesicht seines Vaters. Jakob begann, ihn zu hassen; eben in diesem Augenblick.

Jakob stieß ein verhaltenes »Hallo« durch die kleine Lücke zwischen den Felsen und wusste sofort, woher das entfernte Echo von vorhin gekommen war. Die kreisrunde Halle vor ihm schien hoch zu sein. Er setzte das Brecheisen an, hebelte einen störenden Block aus seinem schwachen Lager. Der Felsbrocken rollte ein Stück. Es klang seltsam hohl, als er an etwas Rundes anstieß. Etwas, das nicht aus Stein war.

Jakobs Helmlicht wurde schwächer. Das Karbid war beinahe aufgebraucht. Er kniff die Augen zusammen, versuchte zu erkennen, was in der Mitte der Halle lag. Ein ungeordneter Haufen Äste? Wurzelknollen? Er konnte es nicht deuten und beschien die Hallenwand in seiner unmittelbaren Umgebung. Gebrochene, graubraune Tropfsteine. Als habe ein wildes Urzeitwesen um sich geschlagen, schimmerten unzählige helle Wunden im Sinter. Woher stammten diese brachialen Kerben? Waren sie jahrhundertealt oder nur ein paar Minuten?

Jakob tat einen ersten Schritt nach vorn und erstarrte. Unter der Sohle seines rechten Stiefels hatte es dumpf geknackt. Er wusste sofort, dass dies kein dürrer Ast gewesen sein konnte. Woher sollte dieser auch kommen; mitten im Berg? Nein. Nichts auf der Welt glich dem Geräusch von brechenden Knochen.

Sein Blick glitt unendlich langsam auf den Boden; hoffend, es würde nur ein verendetes Tier sein. Doch das war es nicht.

Ein Schrei jagte durch die Halle. Jakob starrte zwei leeren, knöchernen Augenhöhlen entgegen. Gewebereste spannten über den hohlen Wangen, konservierten einen schmerzenden Ruf. Er wollte wegsehen. Doch wohin er sich auch wandte, seine Augen wühlten überall im Durcheinander geraubten Lebens. Mit jedem Schritt gruben sich neue Schreckensbilder in sein Hirn; kratzten jedes scheußliche Detail in seine brechende Seele. Er schritt über blauweiß gestreiftes, grobes Tuch; presste die modrige Luft aus seinen Lungen, als müsse er daran ersticken. Jakob konnte den schalen Geschmack in seiner Kehle nicht hinunterschlucken. Er würgte, dass es ihm die Tränen in die Augen trieb. Doch Jakob schritt weiter, nahezu katatonisch, bis wieder etwas seinen traumatischen Weg versperrte. Er konnte sein verzweifeltes Schluchzen nicht länger unterdrücken, bekreuzigte sich vor den beiden Skeletten, die mit zerschmetterten Beinen vor ihm an der Wand lehnten. Ihre Schultern und Köpfe berührten sich. Jakob griff nach einer steifen Mütze, ließ seine Finger unter einem tonlosen Wimmern andächtig darübergleiten. Dann blickte er über sich in das Finster der Hallendecke. Er wusste genau, was über ihm im Wald stand.

»Du elender Teufel! Sie waren nicht einmal alle tot!«, gellte es durch das versinterte Rund.

Jakobs Züge waren von innerem Schmerz verzerrt. Er begann zu laufen. Weg von diesem Ort; nur fort von dem gefräßigen Moloch, der sein Leben zerstampfte, als wäre es nicht einmal mehr eine Erinnerung wert.

»Jakob? Was war das für ein Schrei?«

Doris' schwache Stimme legte sich wie ein lindernder Balsam auf seine Seele, verschaffte ihm Raum für halbwegs klare Gedanken. Er betrachtete die Mütze in seiner Hand, faltete sie sorgsam und steckte sie in die Tasche seines Overalls. Schließlich wischte er sich mit dem Handrücken die feuchten Wangen ab und zwängte sich in die kleine Verbruchkammer.

»Es tut mir leid«, sagte er mit belegter Stimme. »Nur eine Halle. Ohne Ausweg, ohne Hoffnung. Wie ein Grab.«

Doris nippte entmutigt an ihrer Aluminiumtrinkflasche, nahm einen winzigen Schluck des lauen Tees. Sie sah weder das Zittern noch die Tränen auf Jakobs Wangen. Und selbst wenn ihr Blick auf die trägen, lehmtrüben Tropfen gefallen wäre, hätte sie nur Schweiß in ihnen vermutet.

69

Die grobe Kiesauflage des unteren Feldweges ließ Cruners VW-Bus ein Stück weit rutschen. Braun aufgewühltes Regenwasser rann in die vertieften Radspuren; bildete kleine, sporadische Seen.

Cruner hatte sich rasch den Overall übergeworfen und seinen Helm mit der Lampe aufgesetzt. Mit einem Knall warf er die Heckklappe zu und eilte durch den verwinkelten, unteren Heckeneingang. In der Hektik hatte er nicht einmal seinen Wagen abgeschlossen. Selbst seine Helmlampe war noch aus. Irgendetwas verschaffte ihm eine penetrante Unruhe. Cruner witterte Unheil.

Er war gerade in den Laufschritt übergegangen, als er plötzlich gegen etwas Hartes stieß. Er strauchelte, schlug der Länge nach hin. Mühsam rappelte er sich in die Hocke auf und wischte sich das schmutzige Regenwasser aus dem Gesicht. Er betätigte den Schalter seiner Lampe und blickte auf eine unerklärliche Stolperfalle zurück. Ein heller, kantiger Felsbrocken ragte aus dem Wiesenweg. Fest und stabil, als hätte ihn jemand absichtlich dort eingegraben. Cruner schüttelte ratlos den Kopf, während der Regen den braunen Schleier von seinen Brillengläsern wusch. Er richtete sich vollends auf, bestrahlte mit seiner Lampe die Wiese und erschrak. Der gesamte Hang war von unzähligen solchen Steinbrocken übersäht.

Cruner realisierte, begriff und begann wieder zu laufen. »Stehe Gott ihnen bei«, verlor es sich ahnungsvoll in kleinen Wölkchen zwischen den Regentropfen. Cruner flehte um einen Funken Hoffnung. Kurz vor dem Unterstand roch es nach Schwefel aus brachial zermalmtem Kalkgestein. Der Schein seiner Lampe fiel auf den Birnbaum mit seinen austreibenden, jungen Blättern. Sie wussten noch nicht, dass sie soeben gestorben waren. Dort, wo einst der Schachteinstieg lag, sammelte sich das Regenwasser in einer seichten Mulde zwischen verkeilten Felstrümmern. Nichts kündete mehr von einem mühsam gegrabenen Schacht. Cruner konnte nicht an das Schlimmste denken; verbot es sich strikt. Er sah panisch auf seine Uhr und zeichnete Doris' Weg im Berg nach. An welcher Stelle konnte sie gewesen sein, als es passiert war? Sicher schon im *Amphitheater*, redete er sich ein. Die vage Hoffnung, dass die Sprengung dort keine solch verheerenden Folgen gehabt haben konnte, tat gut. Doch als er wieder auf das Chaos vor sich blickte, schüttelte er verzagt den Kopf und zwang sich zu rationalem Denken. Er brauchte ein Telefon, musste sofort die Kripo und die Höhlenrettung alarmieren.

Cruner lief bereits, als sein gehetzter Blick nochmals den umgestürzten Baum streifte. Er hielt an, ging zurück. Unter den jungen Blättern der Krone lag eine Gestalt.

»Doris!«, stieß er laut aus. Aber schon im Näherkommen zerschlugen die Umrisse des Körpers seine Hoffnung. Sie waren maskulin und keineswegs in einen Höhlenschlaz gehüllt. Cruner drückte die Äste beiseite, bekam einen Zündkasten und Kabelreste zu fassen. Dann beschien er mit seiner Helmlampe das Gesicht des Bewusstlosen. Blut sickerte über die rechte Gesichtshälfte. Cruner konnte nicht mehr an sich halten: »Du miese Nazisau!« Er ballte seine Faust und holte aus. Doch die Vernunft hielt ihn zurück. Er zögerte, dachte nach. Schließlich entkrampfte er seine Hand und führte seine regenfeuchten Finger vor Ströttners Nase. Sein Atem war warm; ging gleichmäßig wie sein Puls. Cruner kramte in seinem Gedächtnis. Wo hatten die großen Kabelbinder im Schuppen gelegen?

Cruners Blicke rasten durch den zur Hälfte zusammengebrochenen Unterstand, suchten nach einer weißen Plastiktüte und fanden sie schließlich zwischen zwei verkeilten Balken. Es war Zufall, dass ihm der erste herausgezogene Binder aus den Händen glitt und in einem noblen Herrenschuh zu liegen kam.

»Jott, Ess. Jakob Ströttner«, entschlüsselte Cruner das eingenähte Monogramm im Futter. Bei dem Gedanken, dass er womöglich nicht mehr am Leben war, überlief ihn ein scheußlicher Schauer.

Die Kunststoffbänder rätschten leise, als sie mit einem Ruck zugezogen wurden. »Diesmal gibt es kein Entkommen, Freundchen. Mal sehen, wie rasch der Westteil wieder aufgemacht wird, wenn das eigene Söhnchen in der Höhle steckt.«

Ströttners Stöhnen klang holprig. Als er vollends erwachte, war Cruner schon nicht mehr da.

70

Ruckgaber hatte sich eine ganze Weile mit der Waffe und der Kugel in der Wand beschäftigt. Die gut gepflegte Offizierspistole wies keine Seriennummer mehr auf. Sie war herausgefeilt worden. Ruckgaber hatte nichts anderes erwartet. Das Projektil war tief ins Mauerwerk eingedrungen; ließ sich selbst mit dem Schweizer Armeemesser nur mühevoll herausoperieren. Erst nach einer halben Stunde konnte Ruckgaber das deformierte Stück Metall in eines seiner Tütchen stecken.

Er war ein paar Schritte durch die Stube gegangen. Seine Blicke stöberten kurz durch das fremde, ungeordnete Familienalbum an der Stubenwand. Keines der Bilder sprach ihn besonders an. Er erkannte das kindliche Gesicht von Doris Ehrnsteiner; sah von Licht umspielte, fremde Landschaften und schillernde Porträts alter, gezeichneter Menschen. Nur an einer einzigen Stelle strahlte ihm die hellbeige Tapete entgegen. Eines der Bilder fehlte. Barg es eine verräterische Aussage? Hatte er es mitgenommen?

Er? Ruckgaber fragte sich, weshalb er dem Verdächtigen noch keinen Namen gegeben hatte, obwohl er von Anfang an nur einen im Verdacht hatte.

Als er die Etagentür versiegelte und die knarrende Treppe hinabstieg, erkannte er im Schatten der Tür einen Gegenstand. Er lehnte unscheinbar an der Wand; sah aus wie ein Rucksack. Beim Zurückschlagen derDeckelklappe , fiel es ihm wie Schuppen von den Augen: Diesen Rucksack hatte er schon einmal gesehen – vor kaum sechs Stunden, mitten im Wald. »Regenkleidung«, sagte er sich leise vor.

Ruckgaber ließ sich in den Sitz des Dienstwagens fallen. Noch immer fragte er sich nach Doris Ehrnsteiner. Wo war sie nur? In ihrer Höhle? Im Steinbruch? War sie am Ende in Gefahr? Der Ermittler griff zum Funkgerät. »Ruckgaber von der Kripo. Holt mir mal Lauser von der Soko Bruch an das Gerät.«

Es knackte. »Schon da!«

Ruckgaber wusste sofort, dass etwas nicht stimmte. Normalerweise dauerte es Minuten, bis der Kollege zur

Funkwache hinuntergelaufen kam. »Ist was los bei dir?«, fragte Ruckgaber ahnungsvoll.

»Ob was los ist?« Lauser war aufgebracht. »Der Teufel ist los! Irgend so ein Höhlenforscher hat angerufen; der Ströttner habe die Höhle gesprengt! Und jetzt halt' dich fest: Es sind noch zwei Personen im Berg; diese Ehrnsteiner und angeblich der Bürgermeister von Blaubeuren!«

Ruckgaber schlug mit der flachen Hand auf das Armaturenbrett. »So ein Schafmist! Das hat uns noch gefehlt.« Er hörte im Hintergrund Papier rascheln.

Lauser krächzte weiter: »Ich habe die komplette Soko aus dem Bett geklingelt. Inklusive diesem Leiermann vom LKA. Ich musste handeln! Du warst ja nicht zu kriegen!«

Ruckgaber fingerte nach dem Sicherheitsgurt und startete den Motor. »Klärt Leiermann das mit den Beschlüssen?«

»Er sagte zumindest, dass er das hinbiegen würde.«

»Was ist mit Ströttner? Ist er flüchtig?«

Im Funkgerät rauschte es kurz. »Nein … nicht!«, kam es aus dem Funklautsprecher. »Dieser Cruner hat ihn dingfest gemacht. Der Zementfuzzi ist offenbar verletzt. Ich habe sofort die Blaubeurer Kollegen auf den Plan gerufen. Die müssten schon am Tatort …«

»Du hast was?« Ruckgaber war laut geworden, drückte das Gaspedal durch. »Dieser Krüb steckt mit Ströttner unter einer Decke!«, bellte er in das Sprechteil. »Das kann Cruner den Kopf kosten!«

Am Ende der Leitung wurde es still.

»Wer von der Soko ist schon bei dir?«

»Hermann und Werner. Die anderen sind auf dem Weg.«

»Schnapp dir Werner und komm so rasch wie möglich nach Blaubeuren zu diesem Höhlengrundstück. Und zwar bewaffnet! Hermann soll über Funk koordinieren.«

Er knipste den Blaulichtschalter an, ignorierte die rote Ampel an der Kreuzung und schoss in das Nebelgrau des Blautals.

71

Es hatte aufgehört zu regnen. Von Zeit zu Zeit fiel schwaches Mondlicht durch die dichten Wolken. Fritz Cruner war soeben von der Telefonzelle am Ortsrand zurückgekehrt und hatte sich leise an den Schuppen angeschlichen. Er reagierte nicht auf Ströttners Gewinsel und wartete in der dichten Fichtenhecke geduldig auf die Polizei, deren Blaulicht er schon durch das Tal zucken sah.

Ich schicke Ihnen sofort die Kollegen von der Streife vorbei, hatte der Polizist am Telefon zugesichert. Cruner kam es erst bei der Rückfahrt in den Sinn, dass er mit seinem Anruf schlussendlich den Polizeiposten Blaubeuren auf den Plan gerufen hatte. Seinen Wagen hatte er daraufhin absichtlich ganz am Ende des unteren Weges, hinter der leichten Biegung geparkt.

Cruner hörte eine Autotür ins Schloss fallen. Kurz darauf sah er eine einzelne Person den Hang heraufsteigen. Krüb. Wer sonst, interpretierte er die strenge Silhouette. Er ging in die Hocke, duckte sich hinter die Fichtenstämme.

»Hierher! Sofort losmachen!« Ströttners Stimme klang schwach, fast flehend. Er lag noch immer in der feuchten Wiese, halb unter der Baumkrone begraben.

Krüb aber gab sich keine Mühe, schneller zu steigen. Gelassen lief er zum Schuppen hinüber und blieb abwartend vor Ströttner stehen. Als er die Fesseln sah, spielte ein Lächeln von Genugtuung um seine Mundwinkel. Er richtete seine Stablampe in Ströttners Gesicht; blendete ihn.

Ströttner blinzelte. »Mathes? Bist du das?«

Krüb antwortete nicht, schickte seinen Lichtkegel zuerst über den aufgewühlten Hang am Felsen, dann in den Verschlag. Er suchte nach dem Anrufer, der ihm von der Kripo in Ulm beschrieben worden war.

»He, Dorfbüttel! Hier spielt die verdammte Musik!«, giftete ihn Ströttner an. »Schneid' mir endlich diese scheiß Plastikbänder ab! Worauf wartest du!«

Krüb verschränkte die Arme vor dem Bauch und sah Ströttner abschätzig an. »Warum sollte ich das tun?«

Ströttner spuckte Dreck und Speichel aus, zerrte an seinen Fesseln. »Mach mich los, Idiot!«

»Idiot«, rezitierte Krüb nüchtern. »Solche Ausdrücke habe ich nicht gern, obgleich ich von dir nichts anderes gewohnt bin.«

Ströttner rang nach Luft. Er schien kraftlos, zitterte. »Wir haben jetzt keine Zeit für Spielchen, Mathes. Ich bin verletzt. Diese Höhlenforscher wollen mir die Sauerei hier anhängen, siehst du das denn nicht?«

Mathes zog Ströttner unter dem Geäst hervor, griff ihm unter den Arm und half ihm auf die zusammengebundenen Beine. »Erzähl mir doch nichts. Wir wissen beide, dass du es getan hast. Aus demselben guten Grund, den du seit über 30 Jahren predigst.«

Ströttner wankte, hielt sich mit den gefesselten Armen an Krübs Schulter. »Wir müssen jetzt zusammenhalten,

Mathes! Sonst sind wir dran! Alle drei! Und nun schneid diese Drecksbänder durch!«

Mathes sah ihn bemitleidend an. »Mit diesem unleidigen Zeitungsartikel hat sich einiges geändert, Max. Ich kann nichts mehr von dir erwarten. Wenn der Staat den Auftrag zurückzieht, steht die StuMAG vor dem Aus. Keine lukrativen Rundgänge im Bruch, kein Grund zur Treue. So einfach ist das.«

Ströttner stierte in das ausdruckslose Gesicht Krübs, versuchte, die Lüge zu fassen. »Woher glaubst du das zu wissen?«

Krüb hob selbstverständlich die Achseln. »Dafür würde schon allein ein gesunder Menschenverstand ausreichen. Darüber hinaus verbindet Barthel und mich ein alter Schwur. Ein Schwur, den du nie begriffen hast. Wir teilen redlich, was uns verbindet; Geistiges und Materielles.«

Ströttner blickte ihm angewidert ins Gesicht. »Die SS. Das alte Lied. Und ich soll euch den Sündenbock machen. Da hast du dich aber ge…«

»Die Zeit hat dich eingeholt. Sieh es endlich ein«, unterbrach ihn Krüb energisch. »Wir brauchen dich nicht mehr. Mit der ganzen Sache hatten wir nie etwas zu tun.« Er wischte Ströttners Hände von seiner Schulter, als wäre es ein lästiger Fussel.

Ströttner tänzelte, wankte und schlug wieder auf den matschigen Boden. Mühsam drehte er sich auf die Seite, versuchte sich vergeblich hinzusetzen. »Du bist eindeutig auf den Fotos zu sehen! Genau wie Barthel! Wenn ich gehe, dann werde ich euch beide mitreißen, verlass dich drauf!«

Krüb lachte überlegen vor sich hin. »So einfältig bist selbst du nicht.« Er schüttelte wissend den Kopf. »Deine

Beweise liegen doch längst eingeäschert im Kamin. Habe ich recht? Es ist nur noch eine Frage von Stunden, bis die Kripo mit einem Durchsuchungsbeschluss bei dir anklopft.« Krüb wartete nicht auf eine Antwort, ging neben ihm in die Hocke und hauchte verheißungsvoll: »Keine Beweise, keine Zeugen, keine Rache.«

Ströttner blies sich einen Grashalm von der Oberlippe. Er kochte vor Wut. »Du bist tot, Bulle! Tot!«

Krüb bückte sich noch ein Stück zu ihm vor und nickte dem Sprengkrater entgegen. »Ja, ja. So wie dein Nichtsnutz von Sohn.«

Ströttner hielt kurz den Atem an; wog Wahrscheinlichkeiten gegeneinander ab. »Wie plump«, tat er es ab. »Und? Auf was warten wir jetzt? Bessere Zeiten?«

»Bessere Zeiten gibt es für dich nicht mehr. Meine Kollegen aus Ulm müssten gleich eintreffen.«

Cruner repetierte im Geiste unaufhörlich, was die beiden gesprochen hatten, um später der Kripo berichten zu können. Lautlos schlich er zwischen den Fichtenstämmen dem unteren Tor zu, lies die stechenden Äste behutsam hinter sich zurückschwingen. Der Zweiklang mehrerer Martinshörner schickte einen warnenden, stimmlosen Kanon durch die Schleifen des Blautals.

Ruckgaber zog die Handbremse, schleuderte das Heck des Wagens durch den spitzen Winkel des abzweigenden Feldweges und gab ein letztes Mal Gas. Der Wagen kam schlingernd vor dem unteren Tor zum Stehen, direkt hinter Krübs Passat Variant vom Polizeiposten Blaubeuren. Der Oberkommissar griff nach dem Funkgerät. »Ich bin jetzt vor Ort. Wo bleiben die anderen?«

»Gib ihnen zwei Minuten. Sie sind schon auf der Bundesstraße bei Klingenstein«, kam es durch die durchbrochene schwarze Riffelung des Lautsprechers.

Ruckgaber öffnete das Futteral seiner Dienstwaffe und entsicherte sie. Er atmete noch einmal tief durch, dann stieg er aus und warf die Tür zur.

»Herr Kommissar?«

Ruckgaber fuhr herum, reagierte wie eine Maschine, die man angeschaltete hatte. Blitzschnell bildeten seine Augen mit den ausgestreckten Armen und der Waffe eine steife, treffsichere Einheit. Sein angespannter Finger am Abzug lockerte sich erst, als eine unbewaffnete, männliche Gestalt in rotem Overall in den Lichtkegel seiner Lampe trat.

»Cruner, mein Name. Ich hatte angerufen.«

Der Ermittler ließ die Waffe sinken, schloss für einen Moment erleichtert die Augen. »Sie wissen nicht, wie froh ich bin, Sie lebend zu sehen. Sie sind nicht mit Krüb aufeinandergetroffen?«

Cruner schüttelte den Kopf. »Ich war mir der Gefahr bewusst und habe mich hinter dem Schuppen versteckt. Dadurch konnte ich alles mit anhören, was die beiden gesprochen haben – die ganze Schande.«

Ruckgaber sah im Augenwinkel den zweiten Einsatzwagen durch das Tal jagen und schritt durch das verwinkelte Tor voraus. »Ströttner sei gefesselt und verletzt worden, habe ich über Funk mitbekommen. Waren Sie das?«

Cruners Schmunzeln ging in der Nacht unter. »Ich habe starke Kabelbinder verwendet. Ich meine; das durfte ich doch, oder?«

Ruckgaber nickte versichernd. »In diesem Fall, ja. Wobei ihn Krüb sicherlich schon befreit haben wird.«

»Nein«, kam es überzeugt von Cruner. »Das hat er nicht.«

Ruckgaber blieb stehen, hielt die Lampe zwischen sich und den Höhlenforscher. »Hat er nicht?«

»Er hat Ströttner den Rücken gekehrt«, erklärte Cruner. »Das Schwein will sich geschickt aus der Affäre ziehen. Er geht davon aus, dass man ihm nichts nachweisen kann.«

Der Ermittler grinste schadenfroh vor sich hin und schritt weiter. »Das heißt, Krüb wartet da oben mit einem Gefangenen auf uns?«

»So kann man das sagen«, bestätigte Cruner.

»Das macht es einfacher. Zumindest diese Sache.« Ruckgaber zögerte. »Was viel wichtiger ist: Gibt es schon Lebenszeichen von den Verschütteten? Haben Sie die Rettung alarmiert?«

Cruners Stimme wurde sorgenvoll: »Die Höhlenrettung ist unterwegs. Den Krater konnte ich noch nicht genauer untersuchen. Aber das Ausmaß der Zerstörung lässt eine Bergung über den Originaleinstieg nicht mehr zu. Die Rettungskräfte dürften erst einmal chancenlos sein. Ich bete nur darum, dass sich Doris und ihr Begleiter während der Explosion in einem sicheren Höhlenteil befunden haben. Gegebenenfalls im Osten.«

Ruckgaber hielt wieder an, verschnaufte kurz. »Warum gerade im Osten?«

»Dort gibt es eine Verbindung zu einem ehemaligen Tunnel, der einst in den Steinbruch führte. Wenn es überhaupt eine Möglichkeit gibt, sie rasch zu bergen, dann an dieser Stelle. Es gibt da nur einen Haken. Der Weg zur Rettung führt unweigerlich durch Ströttners Imperium.«

Ruckgaber fuhr sich mit dem Handrücken über die feuchte Stirn. »Ich weiß. Und dass sich der Bürgermeister in der Höhle befindet, ist Fakt?«

Cruner atmete bedrückt aus. »Ich habe ein Paar teure Herrenschuhe mit seinen Initialen im Schuppen gefunden. Und …« Cruner wirkte verlegen.

»Und was?«, forderte ihn Ruckgaber auf.

»Doris; ich meine, Frau Ehrnsteiner, wollte ihm einen Wunsch erfüllen und ihn bei dieser Gelegenheit in alles einweihen. Die beiden standen sich sehr nahe. Zumindest noch vor ein paar Stunden.«

Ruckgaber nickte verständnisvoll und stieg weiter dem Verschlag zu.

Davor schritt eine uniformierte Person ungeduldig auf und ab; folgte stur dem auf den Boden gerichteten Lampenstrahl.

Kurz vor dem Schuppen wandte sich Ruckgaber flüstern Cruner zu: »Die Rettungskräfte sollten sich noch ein paar Minuten zurückhalten, bis wir da oben fertig sind. Es hängt viel davon ab, wie wir auf ihn einwirken.«

Der Höhlenforscher nickte einsichtig. »Keine Sorge. Die Höhlenrettung muss sich vor Ort erst einmal organisieren, bevor es losgeht.«

Ruckgaber klopfte ihm kameradschaftlich auf die Schulter. »Das haben Sie gut gemacht. Gehen Sie jetzt besser zurück.«

Krüb schwitzte vor Anspannung, als ihm Ruckgaber gegenübertrat. Er zwang sich ein Lächeln ins glänzende Gesicht. »N' Abend. Wir kennen uns ja schon.«

Ruckgaber nickte wortlos, schlug in die feuchtkalte Hand Krübs ein und hielt sie fest. Er genoss Krübs irritierten Gesichtsausdruck; spürte, wie sein Händedruck schwächer wurde, wie er versuchte, die Hand zurückzuziehen. Ruckgaber ließ nicht los; griff an seinen Gürtel.

Unter einem metallischen Klicken rasteten die Handschellen ein. »Danke für Ihren raschen Bericht in dieser Sache mit der Brandstiftung.«

Krübs Blick glitt fassungslos auf die Handschellen, folgte der Hand Ruckgabers zu seinem Pistolenhalfter, wie sie sich seiner Waffe bediente. »Sind Sie noch zu retten?« Krüb wies mit dem Kopf auf den am Boden liegenden Ströttner, der aus Leibeskräften gegen das Klebeband brüllte, das ihm Krüb auf den Mund gepresst hatte. »Das ist der Richtige! Wir sind Kollegen!«

Ruckgaber sah Krüb unbewegt in die Augen. »Das waren wir. Ich verhafte Sie wegen dringenden Verdachts auf Beihilfe zum mehrfachen Mord, Verbrechen gegen die Menschlichkeit und illegaler Entsorgung von Massenvernichtungswaffen sowie Strafvereitelung und Beweisunterschlagung.«

»Das ist doch Quatsch!«, begehrte Krüb auf. »Sie werden sich zu verantworten haben, Kollege!«

Ruckgaber hob warnend seinen Zeigefinger. Unterdrückte Wut zischte durch seine schmal gewordenen Lippen: »Sie können zu den Vorwürfen schweigen. Alles, was Sie von jetzt an aussagen, kann gegen Sie verwendet werden. Der Rest der Belehrung dürfte ja bekannt sein. Und nennen Sie mich nie wieder Kollege!« Ruckgaber wandte sich ab, übergab Krüb in die Obhut seiner eben eintreffenden Soko-Mitstreiter. »Abführen. Und zwar schnell.«

Ströttner verfolgte das Geschehen, so gut er es aus seiner Position konnte. Er wirkte erschöpft. Seine Augenlider bewegten sich bei jedem Aufschlag langsamer. Ruckgaber kannte keine Gnade. Er wusste um die Spielchen der Verdächtigen. Mit einem kräftigen Ruck zog er ihm das haftstarke Band vom Mund; riss ihn in die kalte Wirklichkeit des Augenblicks zurück.

»Machen Sie mich sofort los! Ich habe einflussreiche Freunde in der Regierung! Euch wird noch das Arschwasser kochen!«, fauchte Ströttner Ruckgaber entgegen, der sich zu ihm niedergekniet hatte und ihn ausgiebig musterte.

Der Ermittler unterbrach ihn nicht in seinem vulgären Redeschwall.

»Besorgen Sie sich besser einen guten Anwalt! Sie irren sich nämlich gewaltig! Diese Höhlenmenschen wollen mir das in die Schuhe schieben.« Er wies mit dem Kopf auf den Sprengtrichter. »Die wollen mich fertigmachen. Das sieht doch jedes Kind!«

Ruckgaber blieb stumm, löste seinen Blick von Ströttners bissigem Gesicht. Er griff nach dem Zündkästchen, das halb zertrümmert neben ihm auf dem Boden lag und steckte es in eine seiner farblosen Tüten. Geschmeidig wanderte es durch seine Hände, bis die Lampe ein eingestanztes Emblem beschien. Ruckgaber hielt es Ströttner mit fragendem Gesichtsausdruck entgegen.

»Das war diese Ehrnsteiner! Sie muss es aus dem Lager entwendet haben! Diese hinterhältige Schlampe!«

Ruckgaber formte seine Lippen zu einem Kreis, schüttelte verständnislos den Kopf. »Nicht einmal Höhlenforscher kämen auf die Idee, sich selbst in die Luft zu jagen. Und schon gar nicht grundlos. Die Fingerabdrücke werden es beweisen.«

Ströttners Flüche brachen ab. Ein wütend fragender Blick floh in sein Gesicht. Ruckgaber griff hinter sich und stellte ein Paar schwarze Schuhe zwischen sich und den Gefesselten. Sie waren frisch vom Schuhmacher in der

Kramgasse aus Ulm; rochen aromatisch nach ungetragenem Leder. Ruckgaber richtete den Lampenstrahl auf das Schuhwerk. Er sah es in Ströttners Augen, wie die Lawine der Erkenntnis ins Rollen kam.

Ströttners Lippen zuckten. »Was soll das heißen?«

»Denken Sie nach«, forderte Ruckgaber ihn auf und sah sich versichernd um. Es war ein seltsames Gefühl, mit Ströttner allein zu sein. Da lag nicht nur ein einfacher Mörder vor ihm im Dreck des aufgewühlten Berges. Er kniete bei einem Kriegsverbrecher. Dem ersten in seiner bisherigen Dienstzeit.

Wortlos sandte er den Schein seiner Lampe Ströttners Blicken hinterher, beschien den Sprengkrater, den zerfaserten Baumstamm. Er sah, wie er an der Wut kaute; wie sie ihm unkontrollierbare Fratzen in die kalten Züge zeichnete. Irgendwie ahnte Ruckgaber, dass es gleich passieren würde; dass Ströttner seinem aufgestauten Zorn nicht länger standhalten konnte. Er dankte Hannes Ehrnsteiner für seine Hinterlassenschaft. Unbemerkt fasste er in die Tasche seines Anoraks, tastete nach dem Aufnahmeschalter und drückte ihn durch. Ein leises Klicken drang durch die Nacht – exakt dann, als Ströttner explodierte.

»Du gottverdammter Depp!«, scholt Ströttner seinem Sohn, als säße er neben ihm. »Was musstest du dich auch mit dieser rothaarigen Höhlenhure einlassen. Der Betrieb, die Familie! Alles steht auf dem Spiel! Siehst du das nicht!« Ströttner schrie; schäumte: »Du hast uns verkauft. Alles, was wir sind, alles, was wir jemals waren!« Er riss an seinen Fesseln, schlug mit den gebundenen Händen in den weichen Untergrund, dass es Ruckgaber in den Sohlen spürte. »Niederträchtiger Verräter! Ein Weichling ohne Ehre im Leib, ohne Ideale, ohne eherne Vorbilder. Ein unwürdiger Heuchler der demokratischen Volkslüge!« Ströttner keuchte Speichelfäden ins Gras, rang nach Luft.

Ruckgaber erkannte, dass die Zeit reif war. Er packte ihn an den Handgelenken, legte die Handschellen an und durchtrennte die Kabelbinder mit seinem Schweizer Armeemesser. Schließlich nahm er den blendenden Strahl aus Ströttners aschfahlem Gesicht. Nicht etwa weil er ein Einsehen mit ihm hatte, vielmehr weil er seine selbstgerechte Visage nicht länger ertrug.

Ströttner schien fern dieser Welt. Dem Wahn verfallen, faselte er halblaute, von der Zeit zerfressene Parolen vor sich hin: »Früher hätte man solche subversiven Typen an die Ostfront gejagt. Strafkompanie, Himmelfahrtskommando …«

Ruckgaber erhob sich aus der Hocke; musterte ihn abwertend. In seiner Stimme schwang schwarzer Zynismus. »Jakob ist eben nicht zäh wie Leder und hart wie Kruppstahl. Er ist anders als Sie es von ihm immer erwartet haben. Ihr Sohn hat etwas, das Sie nie besessen haben: Anstand und Ehrlichkeit. Das muss er wohl von seiner Mutter haben.«

Ströttner wandte sich ignorant ab. »Was wissen Sie schon! Sie sind doch von der gleichen Charge!«

Ruckgaber ließ Ströttners gallige Bitternis von sich abtropfen. »Was muss das für eine Ideologie sein, die einem das Recht verwehrt, einfach nur ein besorgter Vater zu sein; die einem jegliche Menschlichkeit aus der Seele ätzt?«

Das kaum merkliche Zucken in Ströttners Augen verriet ihm, dass er ihn getroffen hatte. Er ging wieder vor ihm in die Hocke, suchte bewusst den Augenkontakt. »Jakob braucht Sie jetzt. Er ist in höchster Gefahr. Helfen Sie uns!«

Ströttner erwiderte den beschwörerischen Blick Ruckgabers; sah ihm für einen kurzen Moment berechnend in die Augen. Seine Gedanken kreisten um den Schacht unter der Jagdhütte, den zweiten Tunnel. Er wog ab, wie er es immer tat; sah drohende Szenarien – das Ende dieser Geschichte. Ein Ende, das unvermeidlich war; das sich in einer schlichten, grauen Aluminiumkapsel mit absolut tödlichem Inhalt beschrieb. Der letzte, feige Ausweg getreu dem Vorbild, das geifernd in seiner Brieftasche wohnte.

Ströttner klang besessen. »Niemand kommt je lebend aus diesem Berg, wenn ich es nicht will. So ist es doch?«

Ruckgaber gab ihm mit einem sachten Nicken recht. Er griff nach Jakobs Schuhen und betrachtete sie eine Weile. So lange, bis auch Ströttners Blick auf dem stumpfen Leder ruhte. »Dies hier ist definitiv die letzte Chance in Ihrem Leben, etwas richtig zu machen. Es liegt bei Ihnen.«

Ströttner haderte, schüttelte in sich gekehrt den Kopf, um kurz danach zu nicken. Dann begann er; schwer atmend: »Es gibt eine Verbindung.«

»Gut«, hakte Ruckgaber sofort ein. »Sagen Sie uns, wo der zweite Tunneleingang liegt, und lassen Sie ihn frei räumen. Nur mit Ihren Maschinen kann eine rasche Rettung erfolgen, bevor es zu spät ist.«

Ströttner schreckte kurz auf, sank aber sogleich wieder in sich zusammen. An seinem Hals schob sich eine trotzige Hautfalte über seinen schmutzigen Hemdkragen. »Sie stellen sich das alles so einfach vor. Sie wissen ja nicht …«

»Doch. Ich weiß, dass dort unten ein Zug voller Gasmunition im Tunnel steht.«

Ströttner stöhnte leise auf, als suche ihn ein alter Schmerz heim. »Von der östlichen Seite her ist eine Räumung völlig ausgeschlossen. Der gesamte Tunnel ist mit Lehmschlamm vollgepumpt worden, um die Chemie bei einem eventuellen Austritt zu binden.«

»Dann eben von der Talseite her«, schloss Ruckgaber hastig an. Er hörte seine Kollegen wieder herannahen, wollte sich die zerbrechliche Vertrauensbasis nicht kaputt machen lassen. Dabei war ihm klar, dass dieses Geständnis nicht viel wert war. Aber das brauchte es auch nicht zu sein. Er musste es nur hören, unverfälscht; nur für sich.

Ruckgaber dachte laut vor sich hin: »Flüssiger Lehm staut sich dem Gefälle nach am unteren Portal auf.«

Ströttner belächelte ihn kalt. »Sie glauben, die ganze Wahrheit zu kennen, und wissen im Grunde gar nichts. Wir haben hinter dem Zug einen Damm aus losem Abraum aufgefahren. Der Lehm hätte sonst niemals zur vollständigen Deckung des Zuges ausgereicht.« Ströttner überlegte kurz. »Diesen Höhlenast zwischen dem Damm und dem ehemaligen Eingangsportal haben wir damals zubetoniert.«

Ruckgaber hörte seine Kollegen hinter sich und hielt als abwartendes Zeichen seine Hand hinter den Rücken. »Sie sprechen im Plural«, begann er wieder.

Ströttner reagierte nicht.

»Damit beschreiben Sie nicht etwa diejenigen, die es anordneten. Sie beziehen sich auf die Menschen, die es taten – die es tun mussten. Unschuldige, die keine zehn Stunden danach allesamt nicht mehr lebten.«

Ströttner würgte an seinem Geständnis, brachte nur ein knappes »Und wenn schon« hervor.

»Und Weidlinger. Er hatte viele Jahre dichtgehalten. Doch vor ein paar Wochen legte er Ihnen Fotos vor, drohte mit der Presse. Es gab nur eine Lösung für Sie: Weidlinger musste weg. Unauffällig und sicher.«

Ströttner atmete wild, kaute über Sekunden am widerwärtigen Brei der Wahrheit. Schließlich brachen alle Dämme in ihm: »Ja! Ich habe es getan!«, keifte er dem Ermittler ins Gesicht. »Der elende Fettsack hatte mir keine andere Wahl gelassen. Was würden Sie tun, wenn jemand ihre Existenz auszulöschen versucht?« Sein Blick glitt wahnwitzig in Richtung Steinbruch. »Ich habe aufgeatmet, als er tot vor mir auf dem Boden im Labor lag.«

»Und dann kam Ehrnsteiner«, schloss Ruckgaber an. »Ein geduldiger Zeuge, mit dem Sie nicht mehr gerechnet …«

»Ein Denunziantenschwein! Lebensunwürdig!«, fuhr Ströttner dazwischen. »Er hat sich nicht einmal gewehrt. Damals hat man solche Leute von ihrem Leid erlöst.« Ströttner sah Ruckgaber gallig an. Er wartete auf die ausbrechende Wut, suchte das zornige Reißen in seinen Augenwinkeln. Doch es kam nichts. Mit stoischer Arroganz kehrte Ruckgaber die Situation ins Gegenteil, provozierte in Ströttner einen Schwall der Selbstrechtfertigung. »Ich habe an den Führer und unser Volk geglaubt. Zusammen mit Krüb und Gramer habe ich die gesamte Region vor dem Einsatz dieser Vernichtungswaffen bewahrt« Er tippte sich mit dem Zeigefinger hart auf die Brust. »Der Ströttner Max hat alles auf seine Kappe genommen! Alles! Samt dem lästigen Beiwerk des totalen Krieges.« Ströttner las aus Ruckgabers bemitleidendem Gesichtsausdruck, dass er gegen eine Wand redete. Er wurde leiser. »Was erzähle ich Ihnen das. Sie verstehen es ja ohnehin nicht.«

Ein Klicken ertönte aus der Jackentasche des Ermittlers, ließ Ströttner aufhorchen. »Aha. Jetzt wollen Sie mir den Gefallen tun und mich erlösen? Was?«

Ruckgaber sah ihn versteinert an, zog das Diktiergerät hervor und winkte seine Kollegen heran. »Nein. Auf dieser Welt gibt es niemanden, der Sie jemals erlösen könnte.« Er stand auf und sah voller Abscheu auf Ströttner herab. »Danke für Ihre offenen Worte.« Dann schüttelte er die Bitternis ab und wandte sich an seine Kollegen. »Bringt Ihn in den Wagen. Wir fahren zum Steinbruch hinauf.«

72

Jakob dachte nicht mehr an die Leichen oder an seinen Vater. Er dachte an gar nichts. Sein Geist war leer. Ausgetrocknet. Immer wieder schnüffelte er in die leicht bewegte Höhlenluft. Er wusste nicht genau, wie Bittermandel roch, achtete auf jede auch noch so geringe Veränderung in seiner nasalen Wahrnehmung. Wie ein panisches Tier wühlte er sich einer schmalen Öffnung zu, kämpfte sich zentimeterweise durch einen engen Spalt zwischen bröseligem Magerbeton und Kalk. Er scherte sich nicht um die scharfen Ecken und Kanten, die sich tief in seine Gliedmaßen drückten; spürte keinen Schmerz. Der alleinige Gedanke, Doris zu retten; sie lebend aus diesem steingewordenen Gefängnis zu bergen, machten seine Nerven taub.

Das Echo seiner Bewegungen schwoll schlagartig an, als ihn das winzige Loch in einen geräumigen Hohlraum ausspie. Jakob keuchte, stützte sich mit den Armen auf seine Knie, sah abwesend auf den frischen Ausbruch auf dem Boden.

Jakob richtete die Helmlampe auf das Gleisbett und rüttelte am Gasentwickler. Trotzdem ihn Doris eindringlich gebeten hatte, sparsam mit der Karbidnotration umzugehen. Nur eine Sekunde Licht; einen Moment lang Helligkeit und Klarheit haben. Mehr wollte er nicht. Acetylengas zischte; es wurde kurz hell: Der Rost hatte die Schienenoberflächen rau gemacht, Löcher in sie hineingefressen. Von irgendwoher drang Wassergeplätscher an Jakobs Ohren. Leise, wie durch eine geschlossene Tür hindurch. Ein schmales Rinnsal ergoss sich in kleine Lehmseen, die es im Laufe der Zeit selbst geschaffen hatte; strebte dem unteren Portal zu. Der Tunnel war leer. Zumindest auf der Seite, die ein deutliches Echo zurückwarf. Die andere Seite schien seltsam stumpf. Bilder des Schreckens flogen durch Jakobs Geist. Horrorszenarien, die seine Vorstellungskraft bis vor einer Stunde noch gesprengt hätten. Regungslos stand er da, atmete einen gehetzten Takt der Furcht in den wieder schwächer gewordenen Lichtkegel.

»Ja, ich habe Angst«, sagte er laut zu sich selbst. »Vor den Leichen und vor diesem scheiß Gas!« Schließlich gab er sich einen Ruck. Seine Sohlen knirschten auf dem harten Untergrund, als der Lichtschein seiner Lampe über die gleichförmige Tunnelwand bergauf schlich. Helle Sinterflächen glitzerten zu ihm zurück. In halber Höhe hingen die totgerosteten Reste der einstigen Kabelverbindung. Dann sah Jakob vollends ins Profil; suchte nach dem Schrecken, den grässlichen Bildern. Doch da gab es nichts. Nichts außer einem lehmbesudelten Schuttkegel, der kaum zehn Meter von ihm entfernt bis unter die Decke ragte.

Jakob löste sich aus seiner Starre, atmete seine Erleichterung vorsichtig aus und schritt auf den Damm zu. Die wahllos aufeinandergesetzten Gesteinsbrocken kündeten von Eile. Jakob beschien die Decke. Sie war unversehrt, wies keine Schäden auf. Direkt von oben konnte sich der Kegel nicht ergossen haben. Man hatte ihn bewusst dort aufgeschichtet. Ein niedriger Spalt gähnte zwischen Schutt und Betonwölbung.

Jakob tauchte am Fuß des Walls seine Hand in das Wasser, zerrieb es zwischen seinen Fingern und hielt sie sich unter die Nase – ein Hauch von Eisen. Harmlos, wie er sich selbst zusicherte. Jakob verschwendete keinen Gedanken daran, sich am unteren Portal zu versuchen. Er sah es an seinem Atem, dass die Luft auf ihn zuzog und in der Höhle verschwand. Das Prinzip der Höhlenbewetterung kam ihm in den Sinn. Doris hatte es ihm neulich erklärt. Damals, in glücklicheren Tagen.

Jakob kletterte über die schmierigen Felsbrocken dem Deckenspalt zu. Die kleine Flamme seiner Karbidlampe hatte nicht den Hauch einer Chance, als er sich hineinzog. Sofort war es stockdunkel; stank schwefelig faul.

»Nur das ausströmende Karbidgas«, besänftigte er sich und zog die Stablampe aus dem Overall. Der Lichtkegel zitterte in einen tiefer liegenden Tunnelabschnitt. Schatten wanderten über die unversehrten Tunnelwände, verloren sich in einem Meer halbdunkler Silhouetten. Jakob glaubte, wellig geformte Hügel aus purem Lehm zu erkennen, schickte seine Vermutungen in den schwach antwortenden Raum: »Eine Verplombung. Das sollte die Chemie binden, für den Fall …« Er brach ab, ließ sich auf eine unberührte Fläche aus einheitlich ockerfarbenem Sediment gleiten und sank knietief ein. Jakob richtete seinen Blick in die Ferne, die pechschwarz in der Tunnelbiegung auslief. Lehmhügel, Deckeneinbruch mit Quelle, repetierte Jakob stumm in sich hinein. Gesplitterte Holzplanken, verrostete Blechdächer, Schornstein, Tunnelbiegung.

Jakob musste nicht erst das Brecheisen in das morsche Holz der Wagenwände rammen, um sich Gewissheit zu verschaffen. Er wusste, was sich hinter den mit einer dicken Lehmschicht kaschierten Waggonaufbauten befand. »Verlogenes Scheusal!«, brach es wütend aus ihm heraus.

Jakob hatte es aufgegeben, die Nase prüfend in den Wind zu halten. Wohin hätte er auch flüchten sollen? Stetig arbeitete er sich entlang der Tunnelwand dem Einbruch zu, aus dem ein dünner Wasserstrahl herabrieselte. Bei jedem Schritt sank er tief ein, zog seine Beine mit beiden Armen aus dem zähen Lehm. Doch mit jedem gequälten Schritt verlor die Lehmschicht ein kleines Stück an Mächtigkeit, ließ die Waggonwände immer höher aufragen. Sie waren teilweise geborsten, hatten dem erdigen Druck nicht standgehalten. Jakob erkannte Teile der Ladung – graufaulige Holzkisten. Dort, wo sie gebrochen waren, lagen längliche Sprengkörper ungeordnet übereinander. Eine der Luftminen hatte mit ihrem Kiel die Außenwand des Waggons durchschlagen, ragte warnend in den Tunnel. Jakob bückte sich unter ihr hindurch, schenkte ihr einen respektvollen Blick. Nur nicht anfassen, keinesfalls berühren, hielt er sich in Gedanken vor, als traue er sich selbst nicht mehr.

Kurz darauf zog ein kleines, unscheinbares Häufchen Gestein seine Aufmerksamkeit auf sich. Jakobs Augen folgten den frischen Schlagspuren am Waggon nach oben. Ein kreisrundes Loch gähnte schräg aus dem Deckenbeton. Jakob brauchte es sich nicht lange klarzumachen: Er stand am Auslöser der Misere. Hier, an diesem unscheinbaren Loch, reichte die Gegenwart der vertuschten Vergangenheit die Hand, um sie mit all ihrem Sumpf ans Tageslicht zu zerren.

Der Waggon, der unter dem Bohrloch bis zu den Achsen im Lehm ruhte, war am Dach eingeknickt. Jakob wusste sofort, dass der Metallsplitter aus Doris' Schilderung nur von hier stammen konnte. Plötzlich wanderte sein Blick entsetzt an die Decke zurück. War dieses winzige Bohrloch etwa die Pforte für die Bewetterung? Endete hier sein hoffnungsvoller Weg?

Er ging weiter; erwartete mit jedem Schritt die einsetzende Windstille. Doch der Wind blieb. Jakob atmete auf. Zum ersten Mal seit den letzten Stunden.

Schließlich hielt er unter einem großflächigen Deckeneinbruch an und blickte nach oben. Er duschte förmlich in der herabfallenden Luft, labte sich am würzigen Duft. Es roch humus-nussig nach feuchtem Laub; nach Wald und Regen. Es roch nach draußen.

Jakob sandte seinen Lichtstrahl hinauf, bis er sich im Dunkel verlor. Große Felsbrocken stemmten sich in den Schacht, hingen bedenklich über. Die Zwischenräume der verkeilten Felsen waren eng, noch enger als der Durchschlupf zum Tunnel. Den Rest des natürlichen Kamins konnte er nicht einsehen.

Zweifel begannen an Jakobs einziger Hoffnung zu nagen; machten sie spröde und dünn. Aber Jakob klammerte sich an diesen Weg. Den einzigen für ihn und Doris. Die Sorge um sie holte ihn wieder ein. Wie ging es ihr? Sollte er zurückgehen und ihr von dieser winzigen Chance berichten? Würde das Licht dafür noch reichen?

Sein Blick turnte noch einmal über die Blöcke, suchte analytisch eine Route durch das Chaos, als er zwischen den verkeilten Felsen eine unregelmäßige Spur im Lehm entdeckte. Frische Aufschläge, als wäre ein Stein über den gesamten Lehmhügel herabgekullert und direkt vor seinen Füßen zum Liegen gekommen. Jakob zog die Stirn in Falten, als er nach einem verlehmten Gegenstand griff. Er stammte nicht aus der Zeit, in der dieser Zug hier verschüttet worden war. Er war jünger; viel jünger.

Kurz nachdem Jakob gegangen war, hatte Doris den Entwickler ihrer Lampe geöffnet und die trockenen Karbidbrocken herausgefischt, um sich eine kleine Reserve aufzusparen. Sie fror entsetzlich, seit der Behälter erkaltet war. Der nicht zu unterdrückende Schüttelfrost jagte höllische Schmerzen durch ihren Körper. Doris' Hand tastete wiederholt nach dem Tablettenstreifen, um gleich darauf wieder von ihm abzulassen. Allein die Gewissheit, noch über acht der Pillen zu verfügen, beruhigte sie. Sie trank einen Schluck eiskalten Tee und lehnte sich zurück in ihr feuchtes Schuttbett. Ihre Augen waren geöffnet, starrten ziellos in die Richtung, in welcher Jakob vor über einer Stunde verschwunden war. Erdrückende Stille bohrte sich durch die alles umgebende Schwärze; schickte imaginäre Geräusche durch den Verbruch. Geräusche, die es nur in Doris' Einbildung gab. Sie kannte dieses Phänomen, wusste um die Täuschung ihrer Sinne. Und doch hatte sie irgendwann damit begonnen, seinen Namen fragend in die Finsternis zu rufen. Zuerst leise, dann immer lauter; bis ihre panische Stimme vor Tränen erstickt war.

Doris erschrak vor dem Gedanken, allein zu sein; vor der Ahnung, dass ihm etwas zugestoßen sein könnte. Sie hoffte längst nicht mehr auf einen Zufallsausgang aus ihrem Gefängnis. Sie sehnte sich nur einen Menschen an ihre Seite; flehte um eine warme Hand, die sie festhielt. Jakobs Hand.

Das Schleifen von schwerem Stoff schreckte sie aus ihren zermürbenden Schmerzen, schaltete die Nerven in ihrem Bein für ein paar Sekunden aus.

»Jakob? Bist du das?« Doris hatte den Oberkörper wieder aufgerichtet, stierte in die Dunkelheit, die ihr keine Antwort gab. Sie hörte ein entferntes Keuchen. Unweit von ihr stöhnte jemand. Sie hielt den Atem an. War sie das selbst? Verlor sie allmählich den Verstand? Ihre eiskalten Finger rissen den Schleifsack auf, wühlten hektisch nach der Stablampe, bis es ihr wieder einfiel: Sie kann nicht mehr im Sack sein. Jakob hat sie mitgenommen. Vor einer Stunde, vor zwei Stunden – vor einer Ewigkeit.

Ihre Finger ertasteten das Notpaket. Sie würgte bei der Vorstellung von Leberwurst und Schwarzbrot. Kraftlos sank sie zurück an die Wand, ließ der Verzweiflung und dem Schmerz freien Lauf. Wimmernd legte sie ihre Hände vors Gesicht. »Was habe ich nur getan!«

Jakob suchte nach den richtigen Spalten, achtete auf seine Spuren vom Herweg und zog sich erschöpft über die letzten sperrigen Trümmer. Seine Helmlampe war erloschen und der Glühfaden der Stablampe glomm nur noch schwach. Er würde vielleicht noch für fünf Minuten Licht haben, dann war es aus; endgültig finster.

»Doris! Ich bin wieder da.«

Er wartete, hoffte auf eine leise Antwort. Vergebens. Sein Rufen wurde panisch. »Doris! Sag etwas!«

Doris nahm die Hände vom Gesicht, sah einen unendlich schwachen Schein zwischen den Blöcken. Passierte das wirklich? Durfte sie ihren Augen trauen? Ihre Stimme war schwach; beinahe tonlos.

»Jakob. Endlich.«

Er stolperte vor ihr auf die Knie und griff nach ihrer Hand. Er erschrak. Zwischen seinen glühenden Fingern fühlte sie sich an wie Eis. Er zwang sich ein Lächeln auf die Lippen, wollte sie ein wenig aufmuntern.

Doris suchte in seinem Gesicht nach Hoffnung. Doch seine Augen wichen ihr aus. Eben in dem Moment, als das Licht ganz erlosch.

Jakob schwieg; kniete wie erstarrt im Lehm und dachte an die beiden Skelette an der Hallenwand. Wie sich die Bilder gleichen. Vielleicht finden sie uns eines Tages auch so vor.

Seltsamerweise flößte ihm der Gedanke daran keine Furcht ein. Es war ihm gleichgültig, was seine Person betraf. Nur Doris. Sie durfte nicht hier unten sterben, durfte nicht das letzte unschuldige Opfer seines Vaters werden.

Jakob starrte in die Dunkelheit, zog die kaltfeuchte Einsamkeit tief in seine Lungen. Er wusste, dass Doris kaum einen Meter vor ihm saß, ihm Blicke schenkte, welche ihm die gefräßige Finsternis vorenthielt. Für eine Weile war es ganz still. Als würden sie nicht existieren, wog nur ihr leiser Atem im Raum. Es klang fremd, beinahe anonym, als er anhob: »Du hattest recht. Der Zug, die Munition. Alles ist wahr. Es grenzt an ein Wunder, dass die Ladung durch die Bohrung nicht explodiert ist.«

Verzagte Stille spülte in seine Pause.

»Die Luft fällt durch einen Deckeneinbruch herab. Frisch und gut. Aber das nächste Niveau ist unerreichbar.« Er tastete nach dem, was er am Fuße des Einbruchhügels aufgelesen hatte.

Doris hörte etwas klappern. Effektiv riss sie ihre Augen auf, um doch wieder nur ins Nichts zu sehen.

»Hier«, sagte Jakob, als könne er sehen, was er schüttelte.

Doris griff leer in die Dunkelheit. Sie kannte dieses Geräusch. »Was hast du da?«

Ihre Hände fanden sich.

»Sie lag am Fuße des Einbruchkegels. Ich weiß auch nicht, weshalb ich sie überhaupt mitgebracht habe. Sie macht keinen Mucks mehr.«

Doris glich Formen aus ihrem Gedächtnis ab, suchte nach bekannten Bildern, bis ihr plötzlich klar wurde, was Jakob da gefunden hatte.

In Doris keimte Hoffnung. Diesmal stärker denn je.

73

Ruckgaber saß allein in seinem Dienstwagen. Die Scheiben beschlugen rasch, fächerten die Blaulichter der eintreffenden Einsatzfahrzeuge der Rettungskräfte in gleißende Punkte auf. Er hatte Ströttners Wunde am Kopf von einem Sanitäter versorgen lassen und ließ ihn in Gewahrsam zweier Streifenbeamter in der Kälte vor dem Wagen warten. Eine winzige Genugtuung im engen Spielraum seiner Dienstvorschrift.

Leiermanns Stimme kam verzerrt aus dem kleinen Lautsprecher. »Ich bin jetzt in Ulm, in der Inspektion. Wie weit sind Sie, Ruckgaber?«

Er griff nach dem Sprechteil und drückte die Taste durch. Ein wenig Stolz schwang zwischen seinen Worten. »Ströttner und Krüb sind verhaftet und belehrt. Ströttner hat bereits gestanden. Ich habe seine Aussage auf Band.«

Es war eine Weile still im Apparat. Leiermann schien auf etwas zu warten. »Und weiter?«

Ruckgaber fragte sich nur kurz, ob man ihm selbst bei dieser miserablen Übertragung anhörte, dass etwas im Argen lag. »Es gab eine Explosion. Ströttner hat die Höhle gesprengt.«

»Na, wenn das alles ist. Solange der Tunnel mit den Beweisen noch unversehrt ist! Sehen Sie sich vor mit diesem Gas!«

»Sicher, das tun wir«, schloss Ruckgaber sofort an. »Nur befinden sich leider zwei Personen im Berg. Der Bürgermeister von Blaubeuren und Frau Ehrnsteiner.« Ruckgaber hörte ein Geräusch ziehender Atemluft am anderen Ende. Er konnte erahnen, wie sich Leiermann mit der Hand entnervt über das Gesicht fuhr.

Ruckgaber legte nach: »Daneben haben wir hinsichtlich Ströttner noch einen weiteren Mordversuch zu verbuchen. Am Vater von Frau Ehrnsteiner, unserem letzten Zeitzeugen, dem Anonymus.«

Leiermann jammerte Fassungslosigkeit vor sich hin. »Ei, ei, ei. Und der einzige, der die Maschinen für eine Bergung hat, heißt ausgerechnet Maximilian Ströttner. Korrekt?«

»Richtig«, bestätigte Ruckgaber.

»Kooperiert er? Ich meine, es ist immerhin sein Sohn!« In Leiermanns Feststellung schwang ein frommer Wunsch.

»Im Moment tut er das«, gab Ruckgaber zurück.

»Dann fahren Sie mit Ströttner in den Bruch und veranlassen alles, was angebracht ist. Aber lassen Sie ihn keine Sekunde aus den Augen.«

»Sicher. Und was ist mit Grameisner?«

Leiermann stieß den Atem pikiert durch die Nase. »Der wollte türmen; hatte durch die Veröffentlichungen wohl Lunte gerochen. Gott sei Dank waren die Kollegen vom Zoll in Konstanz aufmerksam. In seinem Wagen fand man gefälschte Papiere, einen Schließfachschlüssel und rund zwei Millionen Mark Bargeld. Jetzt müssen wir sehen, wie genau es die Staatsanwaltschaft mit der politischen Immunität seiner Person nimmt.« Leiermann seufzte. »Jetzt aber an die Arbeit, Kollege! Gegenseitige Information erfolgt bei neuen Erkenntnissen. Viel Glück Ihnen.«

Ruckgaber hörte bereits das Klicken in der Leitung, als er erstaunt zu sich selbst sagte: »Er sagte Kollege.«

Minuten später rieb sich Pompe, der Betriebsschlosser der StuMAG, den Schlaf aus den Augen. Er konnte ein langgezogenes Gähnen nicht unterdrücken; machte gar nicht erst Anstalten, sich die Hand vor den Mund zu halten. Er beachtete Ruckgaber nicht weiter, sah nicht, dass Ströttners Hände auf dem Rücken mit Handschellen gefesselt waren.

»Also. Was gibt's so Dringendes, Chef?« Sein Blick wanderte verwundert über den abgerissenen Aufzug seines Arbeitgebers. So hatte er den Direx, wie sie ihn in der Schlosserei alle nannten, noch nie gesehen.

Ströttner gab sich gebieterisch. Sein Blick floh hinauf zur westlichen Halde. Ruckgaber stand noch immer wie ein Schatten hinter ihm.

»Hol den Schlüssel für die Dora.«

Pompe sah Ströttner entgeistert an. »Jetzt, um Mitternacht? Ich dachte es sein ein Notfall.«

Ruckgaber bemerkte, dass Ströttner kurz davor war, die

Fassung zu verlieren. Er antwortete betont für ihn. »Das ist es auch. Wenn Sie bitte so freundlich wären?«

Pompe schenkte dem Ermittler einen abschätzigen Blick. »Wer sind Sie denn?«

Ruckgaber zückte seine Marke. »Kripo Ulm. Reicht das?«

Pompe stemmte die Arme in die Hüften und lachte zynisch. »Ach du grüne Neune. Machen Sie uns jetzt den Laden dicht, was? Jetzt, da es endlich wieder rollt?«

»Gäbe es denn Anlass dafür?«

Pompe winkte ab und ging Richtung Hauptgebäude. »Quatsch. Hier ist alles sauber. Das sehen Sie doch.«

Kurz darauf dröhnte ein heiserer Dieselmotor durch den Bruch. Der stattliche Pompe wirkte winzig im Führerhaus, als er mit dem gelben Radladergiganten um das Gebäude steuerte. Er bremste gefährlich dicht vor Ruckgaber, ließ den Motor weiterlaufen und stieg die abgetretenen Metallstufen herab. »Und wo soll's jetzt damit hingehen?«

Ströttner verzog keine Miene; antwortete eiskalt: »Schalte die Ofenstraße ab und hol' dir die Jungs von der Nachtschicht. Die können mit den Mulden umgehen.«

Pompe tat so, als habe er sich verhört. »Ich soll was?«

»Tu, was ich sage, verdammt!« Ströttner brüllte. Schweiß lief ihm über das Gesicht, wusch den Schmutz aus seinen Falten.

Ruckgaber stellte sich in den Vordergrund und setzte nach: »Tun Sie es einfach. Es geht um Leben und Tod.«

Pompe hob ergeben die Hände und ging in Richtung Kontrollraum. »Sie sind der Boss.«

Kurz darauf lag das fauchende, mahlende Wesen aus Stahl still im Bruch. Es war ruhig, unheimlich ruhig; beinahe, als wäre etwas gestorben.

74

Doris hatte die aussortierten Karbidklumpen wieder hervorgekramt und in den Entwickler fallen lassen. Ein schwaches Licht drang durch das Durcheinander, beschien die gelbe Stablampe in Jakobs Händen. Doris lachte, gleichsam, wie sie sich schmerzverzerrt auf die Lippen biss. Sie sah Jakob an, wie er verzweifelt versuchte, einen rettenden Zusammenhang herzustellen. »Das ist meine Lampe!«

Jakob sah sie verständnislos an. Aus seinen Zügen sprach die Befürchtung, sie würde fantasieren. Seine Frage klang wie eine Feststellung: »Du warst also doch schon in diesem Tunnel.«

Doris schüttelte den Kopf, wünschte sich ein Lächeln auf die Wangen. »Nicht in diesem. Aber im Tunnel darüber. Sie kreuzen sich!« Sie atmete beschwert ein. »Die Lampe fiel mir in einer der Notnischen aus der Hand. Ich dachte, es wäre nur ein Entwässerungssumpf. Dabei ist es eine inkarsionsbedingte Verbindung. Es können kaum 25 Meter dazwischenliegen. Deshalb hat man die Trasse auch so rasch wieder stillgelegt. Es herrschte schon damals Einsturzgefahr.« Doris sah Jakob beschwörend in die Augen, griff nach seinem Handgelenk. »Ich weiß, dass ich nicht von dir verlangen kann, es für uns zu tun. Nicht mehr. Aber tue es wenigstens für dich! Du bist im Klettern versiert. Du kannst es schaffen, Jakob. Dieser Einbruch ist eine Chance.« Sie hielt ihm ihren Helm mit der kleinen zischenden Flamme entgegen. »Rette dich. Blaubeuren braucht dich.«

Jakob senkte den Blick und nahm ihren Helm entgegen. Er sagte nichts, als er die Schnalle des Helmverschlusses umlegte und den Riemen festzog. Es war wie ein Versprechen.

Doris träufelte sich zehn Tropfen Tilidin in den Mund und spülte den bitteren Geschmack mit einem Schluck Tee hinunter. Ihr Atem ging schnell, als sie Jakob mit gut gemeinten Ratschlägen überhäufte. Sie redete wie ein Wasserfall, beinahe so, als wäre dies das letzte Gespräch, das sie führen konnten. Und vielleicht war es das am Ende auch. Sie nahm sein Gesicht in beide Hände, scherte sich nicht darum, dass sie dabei klebrig-braune Abdrücke auf seinen Wangen hinterließ.

»Du musst das Gefüge prüfen; bei jedem Tritt. Versprich mir das. Verwende Bauteile der Waggons für den Aufstieg. Es müsste Waggonleitern geben, Holzplanken und Ketten. Vielleicht kannst du sie als Sicherungen oder Verankerungen hernehmen.«

Jakob nickte, löste das Batteriefach der gefundenen Leuchte und wechselte die Stromspender in die intakte Lampe. Sie funktionierte. Schließlich zog er sich zurück, ließ ihre Hände von sich abgleiten und richtete sich auf, so gut es ging. »Ich werde dich retten, Doris. Wenn ich nicht zurückkomme, bin ich entweder tot oder atme frische Luft.«

Doris erschrak weniger vor seiner direkten Formulierung, als vor der Art, wie er es gesagt hatte. Abgebrüht, kalt und gleichgültig, als habe er nichts mehr zu verlieren; als hätte er mit allem abgeschlossen. Doris suchte ein letztes Mal seine Augen, fand sie für den Bruchteil einer Sekunde. »Ich liebe dich, Jakob. Ich habe dich immer geliebt.«

Sie hoffte auf ein Zeichen; ein gütiges Lächeln. Jakob aber hatte sich umgedreht. Er verschwand hinter den Felsen, zog die letzten fahlen Lichtstrahlen hinter sich her, bis die Wogen der Dunkelheit wieder über Doris zusammenschlugen.

Sie klammerte sich an die Geräusche, die immer schwächer zu ihr zurückdrangen. Sie schlufte in Gedanken hinter Jakob her; folgte dem von seinem erhitzten Körper erwärmten Luftstrom ins Schwarz. Irgendwann sandte nur noch die Hoffnung imaginäre Reize an ihre Sinne. Jakob war nicht mehr da. Sie wusste, dass alles, was sie nun zu hören glaubte, nicht existierte.

Irgendwann fügte sich Doris dem gleichmäßigen Beben in ihrer Brust, zählte die Schläge, die durch ihren Körper drangen, bis 100, bis 1.000. So lange, bis sie die Einsamkeit gebrochen hatte. Doris ließ das Ende zu, obwohl es noch nicht stark genug war. Sie fühlte, wie sich ihr der Tod näherte, unsichtbar und schwer. Sie fragte sich, ob es das gewesen war, was ihr seit der ersten Befahrung der Höhle dieses Unbehagen beschert hatte. Ein vorauseilender Gedanke; eine sich erfüllende, böse Ahnung? Warum hatte sie ihren Instinkt ohne zu überlegen verraten; hartnäckig verdrängt, was sich in ihr gesträubt hatte?

Doris atmete flach und ohne Willen. Sie war allein. So einsam und verlassen wie noch nie in ihrem Leben.

75

Ströttner massierte sich die Handgelenke, schenkte Ruckgaber einen vorwurfsvollen Blick, als sich seine Hände rot färbten. Er zerrieb das angetrocknete Blut zwischen den Handflächen und drückte die Klinke seines Büros nieder. Vier Neonröhren blinzelten kaltes Licht in den Raum.

»Was machen wir hier? Ich dachte, Sie wüssten, wo man den Zugang findet?«, fragte Ruckgaber forsch. Er bereute es, ihm die Handschellen nicht sofort nach Verlassen der Toilette wieder angelegt zu haben und zog seine Waffe aus dem Halfter.

Auf Ströttner hingegen schien die Dienstpistole keinen besonderen Eindruck zu machen. Er riss seine Schreibtischschublade auf, wühlte darin und griff nach einem kleinen unscheinbaren Gegenstand.

Ruckgaber war in einem Satz zu ihm gesprungen und zog ihn von seinem schweren Möbel weg. »Sofort weg da! Und die Hände her!«

Ströttner hob ergeben die Hände, hielt einen kleinen Schlüssel zwischen Zeigefinger und Daumen hoch. »Nun kriegen Sie sich mal wieder ein. Ich brauche den alten Plan der Trasse aus dem Tresor.«

Der Ermittler hielt seine Waffe noch immer dicht vor ihm, wich ihm nicht von der Seite.

»Herr Gott noch mal«, fuhr ihn Ströttner an. »Das ist immerhin schon 35 Jahre her!«

Ruckgaber entkrampfte sich widerwillig, senkte die Pistole ein kleines Stück. »Beeilen Sie sich wenigstens!«

Ströttner wandte sich dem großen Bild des Steinbruches zu, hängte es ab und schloss den Tresor auf. Mit der einen Hand griff er nach einem vergilbten Ordner. Die andere griff unbemerkt nach einer kleinen Aluminiumkapsel. Als er Ruckgaber auffordernd den Plan hinstreckte, war sie bereits in seine Jackentasche geglitten.

Eine Stunde später wurde der Wald hinter dem Bruch in ein gespenstisches Licht getaucht. Grelle Baustrahler leuchteten von einem Mast herab, schickten lange Schatten in den steilen Hang. Ein Dieselaggregat bollerte gleichmäßig seine Abgasschwaden in die Nacht, lieferte zuverlässig Energie für Presslufthämmer, Scheinwerfer und anderes schweres Gerät. Der dumpfe Pulsschlag der Rettungsmaschinerie.

Die Kräfte der Höhlenrettung hatten sich am Ort des Geschehens eingefunden und warteten auf die Fahrzeuge aus dem Steinbruch. Allen voran Fritz Cruner, der ungeduldig die ersten Brocken von Hand bewegte, bis ihn jemand an der Schulter festhielt.

»Hör auf, Fritz. Spar dir deine Kräfte für nachher auf. Der Radlader ist schon fast da.«

Cruner blickte in das besorgte Gesicht von Michel und ließ von den bemoosten Felsen ab. »Gut, dass du da bist. Doris ist …«

»Ich weiß. Albert von der Rettung hat es mir schon gesagt. Ich bin gekommen, so rasch ich konnte, als sie angerufen haben.«

Cruners Aufatmen erstarb an einem herben Schluchzen. Er wies auf die Trasse, warf fassungslos die Arme nach oben. »Ich hätte das niemals zulassen dürfen. Was soll ich nur Ehrnsteiner sagen?«

Michel nahm ihn zur Seite, machte dem schweren Radlader Platz, der sich durch den matschigen Boden pflügte. »Mensch. Das konnte doch keiner wissen!«

Cruner sah ihn leidend an. »Doch, Michel. Doch.«

Ein Muldenkipper schob sich seitlich neben den Schaufellader, lauerte auf seine erste Ladung. Pompe vergewisserte sich mit einem prüfenden Blick bei Ruckgaber und Ströttner, die seitlich am Hang standen. Ströttners

Nicken wirkte verhalten. Wie ein notwendiger Startschuss für etwas, das nicht mehr aufzuhalten war. Kurz darauf kreischte die Schaufel des Ungetüms über die rostigen Schienen; scherte einen Keil aus dem unauffällig geneigten Gelände.

Ströttner hatte sich abgewendet. Er konnte nicht zusehen, wie der eigene Radlader seine gut getarnte Lebenssünde enthüllte. Der Unnahbare zerrte an den Handschellen, fischte sich den Trassenplan aus der Tasche und breitete ihn umständlich auf der Abdeckung des Aggregates vor sich aus. Ruckgaber beobachtete ihn, wie er in realitätsfernem Eifer den Plan studierte, als ging ihn all das, was um ihn herum geschah, nichts an. Er sah den Glanz in seinen Augen, den Stolz über sein Imperium, das es nicht mehr gab. Ruckgaber gestand es ihm zu; ließ ihn, für die wenigen Minuten, die ihm unter dem freien Himmel seiner Heimat verblieben, in Vergangenem schwelgen. Sobald sie mit den Maschinen im Tunnel angekommen waren, würde er ihn den Streifenbeamten anvertrauen und in die Inspektion überführen lassen. Ruckgaber graute schon jetzt vor den Verhören. Sie würden von dieser Art sein, die nie von einem Ermittler abfallen.

Jakob stand wieder unter dem Deckeneinbruch und spähte hinauf in den verwinkelten Kletterweg. Er hielt eine verrostete Leiter in der Hand und wollte soeben die ersten Tritte in den Schutthügel schlagen, als ein leises Geräusch durch den Tunnel wanderte. Jakob sah nach unten auf die Gleise. Konnte das Geräusch von den Gleisen gekommen sein? Argwöhnisch betrachtete er die alte Lokomotive.

Nein. Der Zug konnte sich nicht bewegen. Er kniete nieder, führte sein Ohr ganz nahe an den Schienenstrang heran und legte die Hand auf die zerfressene Lauffläche. Sie war kalt und nass; lag stumm in ihrem Betonbett. Jakob erinnerte sich an Doris' Schilderungen von schaurigen Höhlenphänomenen. Er schüttelte überzeugt den Kopf. Was konnte schauriger sein als das, was er gerade durchlebte?

Die Leiter bohrte sich eine Hand breit in das Konglomerat aus Kieseln und Lehm. Jakob begann zu steigen, verharrte direkt unter dem sperrigen Felsen. Vorsichtig fuhr er mit dem Brecheisen in einen Zwischenraum und sah zurück. Nein, flüchten konnte er von hieraus nirgendwohin. Jakob zog sich nach oben, hörte auf jedes Geräusch. Doch der Block über ihm blieb stumm. Kurz darauf reckte er seinen Kopf durch den engen Spalt. Seine Helmlampe flackerte, verlieh den in einander verkeilten Felsen scheinbare Bewegung. Jetzt, so sagte er sich vor, gibt es kein Zurück mehr. Er musste weiter, irgendwie höher in den Versturz hinein. Jakob wand sich, klemmte seinen Oberkörper zwischen harten Stein, bis er wild schnaufend eine einigermaßen sichere Position gefunden hatte. Vorsichtig zog er die Leiter nach und lehnte sie schräg an den nächsten Felsen. Sie wippte, lag nicht einmal plan an, als sich Jakob langsam an ihr nach oben arbeitete. Ab der letzten Stufe sah er nur nach oben; sehnte sich einer großen, einladenden Felsschuppe entgegen. Er kämpfte um jeden Tritt. Seine Unterarme brannten; wurden schwach. Nicht nachlassen. Du schaffst das! Denk an Doris, hallte es durch seinen Kopf. Er zog sich auf einen schmalen Balkon und lehnte sich keuchend an die marode Wand. Seine Kehle war trocken und rau. Er hustete – und jemand hustete zurück. Im selben Rhythmus. Ungläubig legte Jakob den Kopf in den Nacken.

»Hallo?« Sein Ruf war zaghaft; voller Angst vor der Stille.

Aber der Berg antwortete. »allo, lo, lo.«

Jakob jauchzte. Seine Bewegungen flogen nur so dahin. Er kletterte ohne zu überlegen, jagte das Brecheisen tief zwischen die Felsen und zog sich schließlich auf einen abschüssigen Absatz. Seine Lungen fauchten die Anstrengung kondensierend gegen den Wind. Wasser lief über die Ebene, auf der er zu liegen gekommen war. Jakob sah im flackernden Licht seiner Lampe lose Ziegelsteine vor sich liegen, erkannte Fußspuren im Schmutz der Ablaufrinne. Waren das Doris' Abdrücke? Sie mussten es sein! Euphorisch rappelte er sich auf, stieg aus der engen Kluft hinaus in unversehrtes Terrain. Das Echo des oberen Tunnels schwoll laut an. Er lachte sich unter Tränen die Anspannung von der Seele und begann zu laufen. Obwohl er wusste, dass es über den östlichen Ausgang viel kürzer gewesen wäre, lief Jakob stur nach rechts. Alles in ihm sträubte sich, durch den Bruch zu laufen. Er wollte nie wieder im Sündensumpf seines Vaters umherwaten.

Jakob sah den fahlen Lichtschein der Nacht in den Tunnel fallen. Ein Gefühl aus Kindertagen nahm ihn ein. Paradoxerweise dachte er an Weihnachten; an den Moment, bevor er das größte Geschenk auspackte, das er sich immer für den Schluss aufgespart hatte. Er ließ die Unbeschwertheit zu, war für einen Augenblick frei von den Dämonen, die ihn jagten.

Als sich Jakob durch die eingeschlagene Öffnung im vermauerten Westportal zwängte, sah er entfernt die ersten Lichter im Wald. Erleichtert roch er das Abgas, hörte das Bollern des Dieselaggregats und das Schleifen von schweren Maschinen. Sie waren da, räumten den unteren Tunnelzugang frei. Doris würde es schaffen, sicher schaffen. Jakob hielt einen Moment lang inne, rang nach Atem und blickte hinauf zum Bergrücken, hinter dem die Jagdhütte stand, unbedarft und trotzig. Dann begann er wieder zu laufen; hinunter, in den von Licht durchfluteten Wald.

76

Es war der dritte Muldenkipper, der rückwärts die Trasse entlangfuhr um seine Fracht dorthin zu befördern, wo sie einst hergekommen war. Der Fahrer lehnte sich weit aus dem offenen Fenster und blickte zurück, um sein Gefährt besser steuern zu können. Plötzlich trat er kraftvoll auf die Bremse. Eine gänzlich mit Lehm befleckte Gestalt wand sich eilig zwischen Felswand und Lastwagen hindurch.

»Willst du dich zum Pfannkuchen machen! Mach dass du weg kommst!«

Jakob hörte den Fahrer nicht, rannte weiter. Er passierte ein Rotkreuzzelt, rempelte einen uniformierten Sanitäter an, sah Polizisten und eine Gruppe Höhlenforscher, die ungeduldig auf ihren Einsatz warteten. Gierig biss der Radlader mit seiner Schaufel in den Hang, brüllte seine unbändige Energie durch die beiden Rußrohre in den Wald. Ein scheinbar müheloser Kraftakt; ein Schlag ins Gesicht für all jene, die hier einst schuften mussten. Jene, die das Gelände mit bloßen Händen perfekt angeglichen hatten.

Jakob war fest entschlossen, alles offenzulegen. Alles, bis auf den letzten Knochen, jede einzelne Identität. Es sollte ein Erwachen mit Nachhall werden. Eine schmerzhafte Geburt in eine Vergangenheit, die man Jahrelang mit den Worten *Im Blautal hat es das nicht gegeben* beharrlich von sich gewiesen hatte.

Es lag ein ohrenbetäubender Krach in der Luft. Jakob schien es kaum vorstellbar, sich vor wenigen Minuten noch nach dem Lärm der Zivilisation gesehnt zu haben. Er taumelte von Spurrille zu Spurrille; wurde von niemandem beachtet; mehr als ein Zugehöriger angesehen. Die Retter waren alle viel zu sehr mit ihrem Usus beschäftigt, der sie jedes Mal wie automatisch einnahm, wenn ein Ernstfall eintrat. Zigfach geübte Abläufe, sicher und voller Präzision ausgeführt. Diese Männer würden Doris behutsam aus dem Versturz bergen. Jakob sah es vor sich, wärmte sich an der glücklichen Rettung.

Fritz Cruner stand etwas abseits. Er hielt seinen Helm mit beiden Händen verkrampft vor sich; klammerte sich förmlich an das kleine Stück Sicherheit, welches außerhalb des Berges nichts bewirken konnte. Der Routinierte wirkte abgeschlagen, hoffnungslos. Er erschrak in die Tiefe seiner Seele hinein, als ihm jemand die Hand auf die Schulter legte und keuchend auf die Knie sank.

Cruner stotterte, begriff schleichend, was gerade passierte. »Jakob! Herr Bürgermeister! Wie …« Seine aufgerissenen Augen suchten nach Doris. »Sanitäter! Er ist da! Der Bürgermeister ist hier!«

Sofort flogen die olivfarbenen Eingangsschürzen des Mannschaftszeltes zurück. Ameisengleich quoll der gesamte Rettungstrupp heraus, als habe man in ihrem heiligen Bau herumgestochert.

Cruner bückte sich zu Jakob hinab, suchte eine erleichternde Botschaft in seinem matten Gesicht. »Wo ist Doris?«

Jakob kam zu keiner Antwort. Ein Sanitäter zerrte an seinem schmierigen Schlaz, um ihn auf einer Bahre zum Liegen zu bringen. Jakob wies ihn mit einer scharfen Handbewegung zurück. »Mir geht es gut!« Er wandte sich wieder Cruner zu. »Doris ist verletzt. In diesem Seitengang ist die gesamte Decke heruntergebrochen. Es steht schlimm.«

Cruner sah es am Ausdruck seiner Augen, dass Eile geboten war. Er richtete sich auf, ohne den Blick von Jakob zu nehmen, als könne er es noch nicht glauben, dass er da war. Er fand zu seiner Stärke zurück, übertönte mit seiner kräftigen Stimme das Bollern des Dieselaggregates: »Höhlenrettung sofort zu mir!«

Im Nu war Jakob von einer Menschentraube umringt. Ein Mann mit einem schwarzen Koffer wurde durchgelassen. Er kniete sich neben Jakob und musterte ihn mit diagnostischem Blick. »Ich bin Arzt. Sind Sie verletzt?« Jakob schüttelte den Kopf, ließ sich widerwillig von den Fragen leiten. Eine kleine Lampe huschte von einer Pupille zur anderen. Seine Augen folgten einem fremden Zeigefinger – automatisch, ohne Zutun.

»Wie heißen Sie?«

Jakob war es leid, sich auf das Test-Schema einzulassen. »Hören Sie: Mir fehlt nichts. Wir verlieren wertvolle Zeit!« Er stand auf. Ein Höhlenplan wurde knisternd vor ihm entfaltet.

»Wo liegt Sie? Können Sie diesen Plan lesen?«

Jakob nickte, legte seinen rechten Zeigefinger zielsicher auf den skizzierten Gang.

»Und wo ungefähr befindet sich der Ausgang, durch den sie gekommen sind? Können Sie sich an den Weg erinnern?«

Jakob fragte sich, weshalb man mit ihm wie mit einem Idioten sprach. Er musste sich anstrengen, nicht autoritär zu werden. »Der obere Tunnel besitzt eine Notnische kurz vor dem östlichen Portal. Sie ist in den unteren Tunnel durchgebrochen. Ich musste senkrecht nach oben klettern. Vom Tunnelbogen leiten mein Fußspuren bis zum Durchschlupf an der linken Wand.« Er stockte, als bereite es ihm Schwierigkeiten weiterzusprechen. Dennoch klang seine Stimme fest und überzeugt, als er es aussprach. »Dieser untere Tunnel ist kein normales Bauwerk. Er ist ein Endlager. Sie müssen sehr vorsichtig sein.« Jakob hörte es an dem aufkommenden Gemurmel in der Runde, dass er konkreter werden musste. »In diesem Tunnel wurde Gasmunition aus dem Krieg entsorgt.«

Cruner blickte in die abwägenden Gesichter der Rettungskräfte. Er sah, wie sie an der Neuigkeit kauten; mit sich haderten. »Juckt uns das? Dort unten liegt Doris und wartet auf uns! Ihr habt es gehört: Wir brauchen zwei 50er-Seile, Felsanker und die gesamte Schachtbergungsausrüstung. In zehn Minuten will ich Mann und Material vollständig vor dem oberen Portal sehen!«

Jakob wandte sich an Cruner. Seine Augen waren wach und aufmerksam. »Ich gehe mit.«

»Kommt gar nicht infrage«, wiegelte Cruner kategorisch ab. »Sie haben genug durchlitten, müssen essen und sich …«

Jakob hatte ihn fest am Arm gepackt. »Cruner. Ich muss zumindest ein wenig davon gutmachen, sofern es in irgendeiner Weise gutzumachen ist.«

Cruner entzog sich seinem energischen Blick, nickte betroffen in den Wald. »Bleiben Sie an meiner Seite. Machen Sie genau das, was ich Ihnen sage.«

Jakob atmete auf, schickte Cruner ein bitteres Lächeln zu. »Das habe ich heute schon mal gehört.«

Maximilian Ströttner hatte wahrgenommen, dass der Geräuschpegel gesunken war. Er erwachte ein Stück weit aus seiner beinahe autistisch wirkenden Lethargie. Es schien, als suche er nach den Ruinen seines Lebens, als er um sich sah.

Ruckgaber beobachtete ihn aus dem Augenwinkel, während er versuchte, die Situation zu verstehen. Er riss einen vorbeieilenden Höhlenforscher aus seiner beflissenen Hast. Metall klimperte an seinem Höhlengurt, spielte eine zufällige Melodie der Eile. »Was ist da vorn los? Weshalb geht es nicht weiter?«

»Der Bürgermeister ist befreit. Er hat sich selbst über den offenen Tunnel gerettet. Mit etwas Glück geht es jetzt schneller als gedacht.«

Ruckgaber gab den Helfer mit einem verständnisvollen Nicken frei. Er wandte sich wieder Ströttner zu, sah ihm trotz seines stoisch nach unten gerichteten Kopfes an, dass er mitgehört hatte. Ging da etwa ein Aufatmen durch seine Züge? War das Läuterung, die seine Augen feucht machte?

Der sentimentale Spuk war rasch vorüber. Ströttner hatte seinen Anker in der Gegenwart ausgeworfen, wieder seine eiserne Maske aufgesetzt. Der gewohnt bösartige Blick floh weder zu den eben wieder einsetzenden Maschinen noch zu seinem Sohn hin. Er sah nur Ruckgaber an, fixierte ihn auffordernd, ohne ein Wort.

Ruckgaber verneinte sein unterschwelliges Drängen mit einem Kopfschütteln. »Wir bleiben hier. So lange, bis der Zugang frei ist.«

Ströttner wandte sich konsterniert ab, floh wieder in

die Details seines Trassenplans auf dem Aggregatdeckel. Er nahm nicht wahr, dass niemand mehr die Sicht zwischen ihm und Jakob zerschnitt.

Jakobs hochgewachsene Gestalt warf einen langen Schatten auf den aufgewühlten Waldboden. Er näherte sich seinem Vater langsam und gefasst, als habe er akzeptiert, wer er wirklich war. Doch Maximilian Ströttner sah selbst dann nicht auf, als Jakob direkt vor ihm stand. Unberührt wartete er auf das, was kam. Er war nicht darauf gefasst, dass ihn sein Sohn hart am Kinn packte und seinen Kopf nach oben zwang. Jakob suchte seine Augen, suchte die Ehre, den Stolz. Doch Ströttner sah nur stur zur Seite.

Angewidert ließ Jakob von ihm ab. »Was kann man für ein Sohn sein, wenn man einen Massenmörder zum Vater hat?« Jakobs Worte lagen schwer in der Dämmerung der künstlichen Oase des Scheinwerferlichtes. »Du bist eine Bestie, Vater. Ein blind wütendes Krebsgeschwür der Menschheit.«

Ströttner entfloh ein Schmunzeln von verachtendem Unverständnis. »War das alles?«

Jakob sammelte Speichel in seinem trockenen Mund und spuckte ihm ins Gesicht. »Wie konntest du es nur wagen, mich mit deiner Vergangenheit zu belasten? Ich wäre lieber tot als dein Blut in meinen Adern zu wissen.«

Ströttner wischte sich mit seinem verdreckten Ärmel unbeeindruckt die fremde Spucke von den Wangen. Jakob hörte ihn kaum, als er in lapidarem Tonfall zu reden begann; eher mit sich selbst: »Mein arisches Blut in deinen Adern? Gott behüte.« Er machte eine Pause voller Boshaftigkeit. »Du bist nicht mein Sohn. Du warst es nie.«

Jakob packte ihn hart am Kragen und riss ihn vor sein Gesicht.

Ruckgaber warf sich sofort dazwischen. Er hatte Mühe, die beiden zu trennen. »Ruhig bleiben, meine Herren!«

Keiner der beiden hörte ihn.

»Du verleugnest mich? Dein eigen Fleisch und Blut?«

Ströttner blieb versteinert. »Hab dich nicht so. Du bist ein Unehelicher, ein Bastard. Deine Mutter hat mir zur Schande der Familie Hörner aufgesetzt. Kurz nach der Geburt hat sie es gebeichtet; auf dem wohlverdienten Sterbebett.« Er zuckte mit den Schultern, als spräche er von einer Fremden. »Der Herrgott hat mir abgenommen, was ich sonst hätte selbst tun müssen.«

Jakob wich ein paar Schritte von ihm. Er fuhr sich mit den Händen ernüchtert über das erhitzte Gesicht und blickte für einen Moment nach oben in den Nachthimmel. Bitterer Sarkasmus verzerrte seine Mundpartie, als er wieder auf Ströttner sah. »Weshalb erst jetzt? Warum hast du mich denn nicht den anderen hinterhergeworfen? Hinunter in diese Höhle.«

Ströttner schickte seinen Blick im Zickzack über den Plan, als stünden just in diesem Augenblick bahnbrechende Entscheidungen an. »Bilde dir nicht ein, ich hätte aus Mitleid gehandelt. Du warst eine Chance, von Anfang an. Ich konnte dich lenken, wie ich es wollte. Du hast mir allerlei Vorteile eingebracht, hast mir genützt, wie alle anderen auch. Als Bürgermeister, der voll und ganz nach meiner Pfeife tanzte.«

Jakob zitterte vor Wut; ging ein paar Schritte den Hang hinauf, um den anderen zu folgen. Als er sich nochmals umdrehte, wies er auf die Maschinen. »Und warum dann das, wenn ich dir nie etwas bedeutet habe?«

Ströttner blickte kurz zu Ruckgaber hin, sodass es Jakob sehen konnte. »Die Obrigkeit hat mich dazu gezwungen.«

Ruckgaber hatte Ströttner zugestanden, sich am Zelt eine Tasse Tee abzuholen. Er sah nicht, wie zwei Aluminiumröhrchen auf den Boden glitten; wie sich im Getränk ein zuckerähnliches Pulver auflöste. Ströttner bewies tiefschwarzen Galgenhumor, als er Ruckgaber zuprostete und auf den halb geöffnete Tunnel wies. »Auf den letzten Durchbruch. Soll es diese Ehrnsteiner meinetwegen schaffen.«

Ruckgaber konnte sein hämisches Grinsen nicht recht deuten, als ihm Ströttner zuflüsterte: »Sie kriegen mich nie, Ruckgaber. Auf den Führer!« Er kippte den Tee gierig in seinen Rachen und stand für eine Weile still auf einem Fleck, als warte er auf die heilvolle Erlösung. Ruckgaber wurde skeptisch, als die Plastiktasse klappernd auf den Boden fiel; wollte ihn am Arm nehmen. Ströttner aber war nicht mehr bei ihm. Ein unverständlicher Laut gurgelte aus seiner Kehle, als ihm seine Beine den Dienst versagten. Es roch nach Kali.

Ruckgabers Stimme überschlug sich. »Einen Arzt! Schnell!«

Als er sich zu Ströttner hinabkniete und den Hemdkragen aufriss, entfloh seinen Augen das Leben. In der nächsten Sekunde starrten sie leer und ausdruckslos in den Wald. Maximilian Ströttner, der Zementmagnat, war nicht mehr; lag unscheinbar auf dem Waldboden. So, als wäre soeben ein unbescholtener, freundlicher Herr der alten Schule durch Herzversagen verschieden.

Jakob wich nicht von Doris' Bahre. Sie sah ihn die ganze Zeit über an, wie einen Fixstern, der ihre Hoffnung wundersam erfüllt hatte.

Er erwiderte ihren seligen Blick flüchtig, erkannte sein eigenes, abgespanntes Gesicht im grünen Spiegel ihrer

Augen. Jakob wusste, was sie sagen wollte und antwortete mit aufmunternder Mimik.

Sie hatten das Portal erreicht. Die Bahre wurde vorsichtig abgestellt, als es die letzten störenden Brocken zu beseitigen galt. Doris zog ihn sacht zu sich heran.

Er erschrak, wie wenig Kraft noch in ihr wohnte.

»Was wird nun aus uns, Jakob Ströttner? Haben wir eine Chance?«

Jakobs Wangen bebten. Er wischte sich eine Träne aus den Augen und strich ihr liebevoll über die Haare, auch wenn er es eigentlich gar nicht wollte. »Gib mir etwas Zeit«, wisperte er leise. »Ich wurde gerade erst geboren.«

Doris schenkte ihm ein im Schlaf ertrinkendes Lächeln, als die Bahre behutsam wieder aufgenommen wurde.

Ruckgaber hatte sich ans Ende der Menschenschlange gestellt, die den erfolgreichen Tross mit überschwänglichen Rufen in Empfang nahm. Als Jakob an ihm vorbeischritt, hielt er ihn an. In seinem Gesichtsausdruck lag nur schwer abgerungenes Mitgefühl.

»Herr Bürgermeister. Es tut mir sehr leid.« Er zeigte auf eine orangefarbene Decke am Boden neben dem Zelt, die die Konturen eines menschlichen Körpers erahnen ließen. »Ihr Vater; er hat sich das Leben genommen. Ich konnte es nicht verhindern. Zyankali.«

Jakob blieb seltsam gefasst, sah Ruckgaber lange in die Augen; undeutbar und fern dem Geschehen. »Er war nicht mein Vater«, holperte es aus seiner trockenen Kehle. »Er war es nie. Keine Sekunde meines Lebens.«

Dann schritt er zurück an Doris' Bahre, ohne sich noch einmal umzusehen.

77

Das Café war beinahe leer. In der großen Glasfront spiegelte sich das hektische Treiben der Kleinstadt – ausgesperrt, ihres Lärms beraubt.

Doktor Leiermanns Blick wanderte abwartend durch Ruckgabers Gesicht. Er sah ihm an, dass ihn etwas beschäftigte.

»Ströttner ist jetzt schon seit 14 Monaten tot«, resümierte Ruckgaber. »Krüb ist geständig und Grameisner wurde heute verurteilt. Eine taugliche Bilanz.« Seine Augen starrten auf den glänzenden Marmortisch, verloren sich im verzerrten Spiegelbild des Raumes. »Als ich damals bei Ihnen im LKA war, erwähnten Sie den Großauftrag vom Verkehrsministerium. Woher wussten Sie davon?«

Leiermann sah ihm unbewegt direkt in die Augen; schien etwas abzuwägen. Eine Spur zu lange für Ruckgabers Geschmack. »Bundesnachrichtendienst. Ich habe meine Kontakte«, ließ er trocken fallen.

Ruckgaber nahm den letzten Schluck Kaffee; sah ihn über den Tassenrand unentwegt an. Schließlich bestätigte er ihn stumm, sah auf seine Armbanduhr und stand auf.

»Sie müssen weiter?«

Ruckgaber nickte, legte einen Geldschein auf den Tisch und stand auf. »Blaubeuren. Die Gedenkstätte wird heute eingeweiht. Und Ehrengäste sollten pünktlich sein.«

Leiermann schwieg eine Weile, bevor er Ruckgaber ernst ansah. »Ich habe mein halbes Leben damit zugebracht, diese Nazis aufzuspüren und deren Verbrechen zu sühnen.« Er hielt kurz inne, wirkte wehmütig. »Übermorgen räume ich meinen Schreibtisch. Ich gehe in den Ruhestand. Und das ist gut so.« Er sah Ruckgaber forschend in die Augen. »Dann ist es ausgestanden und vorbei.«

Der Ermittler erwiderte seinen Blick. Seine Antwort klang hart: »Es ist so lange nicht vorbei, bis alle überführt sind. Alle, Doktor Leiermann.«

Leiermann flüchtete aus seinem Blick, stand mühsam auf und warf sein Sommerjackett über die Schulter. Dann schritten sie hinaus in die Helle des Tages, jeder in eine andere Richtung.

Der Blick hinab auf den Marktplatz war ungetrübt. Hannes genoss den leichten Wind, der über die Hangkante strich, sich kühl in seinem Hemd verfing. Seine Augen hafteten am Gegenhang, trugen ihn hinüber zu seinem Ländle. Sie fraßen sich nicht mehr in den Berg hinein, wie sie es einst getan hatten. Sie ruhten sich aus; im augenschmeichelnden Bild seiner Heimat.

Das Hanggrundstück lag ebenmäßig vor dem Wald. Nichts zeugte mehr von den Geschehnissen. Der Höhleneingang war für jedermann über den unteren Tunnel zugänglich gemacht worden. So weit, bis ein verzinktes Gitter den Weiterweg in die östlichen Teile der Höhle verwehrte. Schwaches Licht eröffnete den tunnelartigen Blick in einen Ort des Schweigens und der Betroffenheit. Der Gang zur Halle des Geschehens war nur so weit von störenden Felsen befreit worden, dass man entfernt in das Rund sehen konnte, in welches ein dunstiger Kegel von Tageslicht fiel. Eine dicke Glasscheibe lag auf dem Schachtmund, über dem einst eine einsame Hütte stand. Jakob hatte sie samt dem Fundament zu Staub zermahlen lassen; im Brecher des Steinbruches, Stück für Stück, ohne vorher das Inventar geborgen zu haben.

68 Namen glänzten auf der Bronzetafel. Bis auf einen waren sie alle mit demselben Datum versehen; dem 23. April 1945. Jenem Tag, an dem sie aufgehört hatten zu existieren. Der Lokführer, die SS-Einheit, die Zwangsarbeiter. Nur Karl Weidlinger trug ein neueres Datum.

Ruckgaber stieß sich von der rostigen Fahnenstange auf dem Blaufels ab, an der er gelehnt hatte. »Die Zeit drängt. Ich muss wieder an den Schreibtisch.« Er schritt auf Doris und Hannes zu. Sein Blick fiel kurz auf ihren linken Ringfinger. Der schlichte Goldring glänzte in der Sonne. »Ich wünsche Ihnen alles Glück der Erde. Grüßen Sie mir den Herrn Bürgermeister.« Als er Hannes die Hand reichte, wusste er, dass der fehlende Gegendruck nicht von Gleichgültigkeit herrührte. Ehrnsteiners Lippen bebten. Seine Augen waren feucht.

»Wir haben es geschafft. Es ist vorüber!«

Ruckgaber nickte ihm anerkennend zu. »Es ist allein Ihr Verdienst.« Dann hob er die Hand und schlug den Weg ins Tal ein.

Doris und ihr Vater standen eine ganze Weile nur stumm nebeneinander und blickten ins Tal. Ihre Schultern rieben sich sacht. Die Sonne berührte die Kronen der alten Buchen, warf Schatten über das Tal. Entfernt hörte man den Regionalzug über die alte Stahlbrücke donnern. Eine einsame blecherne Stimme, die sich seit Jahrzehnten nicht verändert hatte. Ein Stück dahinter schob eine einsame Planierraupe mit Geröll versetzten Humus über nackten Kalk; begrub Meter um Meter eine klaffende Wunde am Berg.

Die Anlagen, die seit Jahrzehnten wie ein lästiger Parasit an der Landschaft genagt hatten, schwiegen. Nur die

Stille wollte noch nicht in die geschundene Umgebung passen. Sie lag leer und losgelöst über dem gekalkten Areal, als traue sie dem Frieden nicht. Und doch hatte sie etwas Erlösendes. Man hörte mit einem Mal wieder die leise Stimme des Tals, die längst vergessen schien. Man hörte den Wind in den Bäumen, das Plätschern der Blau, die aus den Tiefen der Alb ans Tageslicht strebte. Mystisch, kalt und klar.

78

22. April 1945, 10:04 Uhr

Hannes blickt gehetzt um sich; steht ruckartig auf. In stummem Entsetzen versucht er sich aus seinem Albtraum zu entwirren und erwacht in eine nicht minder schreckliche Realität. Sein Blick erfasst die beschädigte Halle, die verbogenen Gleise und die dogmatisierten Gesichter der Passanten. Es dauert eine Weile, bis er gänzlich wach ist.

Er läuft zum Fußgängersteg hinauf, der die Gleise überspannt, atmet tief ein. Er genießt jeden Schritt, mit dem er sich diesem stinkenden Brodem des Krieges entzieht und in die Helle des Tages steigt.

Hannes stören die in einem Kreuz angebrachten roten Latten nicht. Er duckt sich hindurch; lässt seinen Blick über den Bahnhof gleiten. Als er seinen Rucksack nach dem letzten Rest Essbarem durchstöbert, kommt ihm sein Fotoapparat in die Finger. Das kleine Filmfensterchen der teuren Agfa-Kamera zeigt die Ziffer vier. Nachdenklich wiegt er den Apparat in den Händen, überlegt, ob er das, was er sieht, wirklich in Erinnerung behalten will. Dann aber richtet er sich entschlossen auf und blickt durch den Sucher.

Die Zeit steht still. Wie aus einer anderen Sphäre betrachtet er das Areal. Er sieht die zerbombten Ruinen im Hintergrund, die Stadtmauer und die Donau, wie sie sich finster stromabwärts schiebt. In der Bildmitte stößt eine kleine Lokomotive heißen, weißen Dampf aus dem Schornstein. Unendlich langsam schiebt sie sich über halb in der Luft hängende Weichenstraßen der westlichen Nebenstrecke zu. Die Radsätze rattern laut über die notdürftig zusammengeschraubten Schienenstöße. Schrilles Quietschen schreit in das zerstampfte Gelände. Dann ziehen sich sieben Waggons in eine gerade Flucht.

Hannes drückt den Auslöser durch und kurbelt den Film auf das nächste Bild vor. Er bannt ein zweites Hundertstel einer Sekunde in die Silberionen des Schwarz-Weiß-Films. Noch ahnt er nicht, dass er mit diesen Bildern ein trauriges Manifest aus der Taufe hebt.

Hannes liest die mit Kreide aufgebrachte Aufschrift an den Waggons. Er blickt in den offenen Führerstand der Lokomotive und erkennt drei Personen. Hannes drückt den Auslöser wieder durch, ist wie in einem Rausch, schert sich einen Dreck um das Fotografierverbot auf dem Bahnhof. Etwas Unbestimmbares drängt ihn dazu, diesen Zug abzulichten – dreimal, viermal. Vielleicht weil es das Einzige ist, was sich in der grau erstarrten Umgebung bewegt.

Erst als er die Kamera absetzt und wieder zu sich findet, nimmt er die Ketten an den Türen wahr. Sieht die Form der Waggons und das kleine Loch im Rostfleck des letzten von ihnen. Der Zug fährt nach Westen, seiner Heimat zu.

23. April 1945, 11:15 Uhr

Hannes hatte die Nacht frierend unter freiem Himmel verbracht, nur in eine dünne Decke gehüllt. Er lehnt angespannt an der Brüstung der Panzersperre und starrt hinaus auf das freie Feld. Unberührt, als herrsche längst Frieden auf den heimatlichen Fluren, liegt es vor ihm.

Hannes weiß, dass der Schein trügt. Dennoch fliegt er in seinen müden Gedanken durch seine Kindheit, als läge sie schon Jahre zurück; realisiert nicht, dass er noch immer ein Kind ist.

In seinem Wachtraum ersinnt er sehnsüchtig einen anderen Verlauf seiner kurzen, durchlebten Geschichte und sieht sich dort im Vorfeld mit seinem Vater den selbst gebastelten Drachen steigen lassen. Ohne den Lärm der amerikanischen Panzermotoren, ohne die krachenden Schüsse vom nahen Lärchenfeld her, ganz frei von Feind und Ehre.

Die Realität, welche ihn am vergangenen Tag unerwartet hierher verschlagen hat, schmeckt bitter – vergiftet. Sie vereinigt sich mit der aussichtslosen, gegenwärtigen Situation zu einem faulen Morast des Betruges. Dem Betrug um seine Kindheit.

Einen tapferen, treuen Soldaten hätten Sie aus ihm gemacht, sagten Sie beim Abschied aus der Napola. Niemand hatte ihn je danach gefragt, ob er das auch wollte. Schließlich hatten ihn die letzten Fänger des sterbenden Systems am Bahnhof rekrutiert. Sie hatten ihn hierher geschickt; an den Eselsberg; an die Front – wie sich das anhörte.

Plötzlich vibriert der Boden. Schwere Motoren heulen auf. Hannes jagt eine Gänsehaut über den Rücken. Die Panzerfaust auf seiner Schulter zittert einen verräterischen Takt der Angst in die Morgenkälte.

Hannes fährt herum, als er eine Hand auf seiner Schulter spürt, reißt effektiv die Handkante an die Schläfe.

»Wie hoisch, Bua?«

»Hannes.«

Der Feldwebel hebt das Kinn und blickt kritisch über Hannes hinweg, als hätte er alle Zeit der Welt. »Wia alt isch er?«

Hannes schluckt die aufkommende Nervosität trocken hinunter.

»13, Herr Feldwebel!«

Der Feldwebel senkt betroffen den Kopf. »Gang hoim, Hannes. So lang du's no kanscht.«

Hannes blickt ihm verständnislos entgegen, während der Feldwebel die Panzerfaust von seiner Schulter nimmt.

»Des war a Befehl! Hau ab!«

Hannes macht einen Schritt zurück. »Ist der Krieg denn wirklich verloren?«

Der Feldwebel sieht ihm durchdringend in die Augen. »Net dr Krieg. Mir send verlora. Bis en älle Ewigkeit.«

23. April 1945, 12:08 Uhr

Der Bruch ist wie ausgestorben. Die Anlage liegt wie ein totes Raubtier in seiner selbst geschaffenen, gelbbraunen Grube. Drei Männer stehen auf dem Brecherturm der StuMAG. Sie sind zivil gekleidet, wirken angespannt. Sie ahnen nicht, dass sie mitten im Fokus eines hoch vergüteten Zeis-Teleobjektivs stehen.

Der Mann, der unablässig den Auslöser betätigt, steht gut versteckt hinter einem der schweren Stahlträger des angrenzenden Gebäudes. Es sind nicht die ersten Aufnahmen, die er am heutigen Tag macht. Und es ist auch nicht die erste Einstellung. Er fotografiert für sein Leben gern, bannt die angespannten Gesichter auf den vorletzten AGFA-Schwarz-Weiß-Film, den der Schwarzmarkt hergegeben hatte. Der stille Beobachter huscht seit dem Morgengrauen wie unsichtbar durch ein Industrielabyrinth, das ihm wohlbekannt ist. Er kennt jeden Meter hier. Die Tunnels, die Abbauebenen, die staubigen Gebäude und Maschinen.

Keiner der drei Akteure im Sucher seiner Kamera nimmt ihn wahr. Ihn, Karl Weidlinger, den jungen, schmierigen Laborleiter der StuMAG, der seit ein paar Tagen keine Arbeit mehr hat. So wie alle anderen der Belegschaft.

Gramer nickt dem Zug entgegen, der soeben führerlos die leichte Rampe zurück in den unteren Tunnel rollt. »Und was ist mit dem Gesindel und dem SS-Trupp?«

Ströttner schenkt ihm einen abschätzigen Blick und sieht stechend in Krübs Augen. »Die SS ist nicht mein Problem. Und die anderen beseitigen wir heute Nacht, wenn sie das östliche Portal zugeschaufelt haben. Sprengen können wir ja nicht.«

Gramer scheint unzufrieden, wartet fragend auf weitere Erklärungen. »Und wie, wenn der Tunnel dicht ist?«

»Das wirst du schon sehen. Und nun wirf endlich die Frachtpapiere in den Brecher. Wir haben nicht mehr genug Sprit, um ihn ewig laufen zu lassen.«

Ein paar Stunden später visiert Weidlinger ein neues Objekt an. Die Blende ist weit geöffnet. Es dämmert.

Ein Tross Arbeiter schiebt sich unendlich langsam durch das Westtor des Bruches. Die Linsen des Objektivs bannen gepeinigte, ausgelaugte Gesichter auf den Film. Dokumentieren unabänderlich, wo sich das Grauen abspielt.

Weidlinger hört unter sich, vor dem Kontrollraum die Stimmen von Ströttner und Krüb.

»Der Damm in der Röhre ist dicht?«

»Wie ein Korken in der Flasche.«

»Wie viel Sprit haben wir noch?«

»Gerade noch genug.«

»Dann bereite die Pumpen für die Schlammgruben vor; so, wie ich es dir erklärt habe. Wenn ich das Zeichen gebe, öffnest du das obere Wehr um drei volle Radumdrehungen. Es muss Lehm in den Tunnel. Und zwar alles, was das Loch hergibt!«

23. April 1945, 17:11 Uhr

Die Dämmerung klammert sich bereits an die sanften Hügel, als sich Hannes zum ersten Mal zurückwendet.

Der Geschützdonner rollt unheimlich und drohend über den Wald; lässt Hannes glauben, der Tod brülle ihm den Anspruch auf seine Seele den ganzen langen Weg hinterher.

Hier, in sein tief eingeschnittenes Tal, so ist er sich sicher, würden die Amerikaner mit ihren Panzern noch nicht vorgerückt sein. Vielleicht in zwei Tagen, wenn sie die Stadt endgültig eingenommen hatten.

An einer Weggabelung des Wiesenweges erinnert er sich an die Abkürzung entlang des Steinbruchs. Die Mutter hatte ihm stets verboten, dort zu gehen, da die StuMAG makabre Totenkopfschilder mit der Warnung *Betreten verboten, Schusswaffengebrauch* aufgestellt hatte. Hannes aber schlägt die Warnung in den kalten Ostwind. Er rennt bergan, bis ihm das Hemd schweißfeucht zwischen Rucksack und Rücken klebt. Während seines gehetzten Laufes fällt er in Gedanken seiner Mutter in die Arme, drückt seinem Vater respektvoll die Hand und liebkost Füchsle, seinen rotbraunen Spitz. Er wähnt sich bereits zu Hause, spürt die durchdringende Wärme der Ofenkacheln am kalten Rücken. Bis er plötzlich innehält und sich duckt. Seine Blicke haben jeglichen Schatten von Träumerei verloren. Sie haften wie Pech auf dem Westportal des Steinbruchs. Hannes erschaudert; erstarrt.

Aufgebrachte Stimmen hallen durch den nebelschwangeren Wald, fordern ein gespenstisches Echo. Sie klingen boshaft und erniedrigend. Zwei abgerichtete Schäferhunde zerren an ihren langen Leinen und strecken armen, zurückweichenden Kreaturen ihr geiferndes Gebiss entgegen. Handlampen zucken durch den Wald, beleuchten für Augenblicke das austreibende Krummholz.

Unfähig sich abzuwenden, verfolgt Hannes den kraftleeren Marsch. Schemenhaft erkennt er einheitlich gestreifte

Anzüge. Einige der Gequälten stützen sich gegenseitig, andere werden getragen oder geschleift. Hannes versteht nicht, was dort vor sich geht; fragt sich inständig, wer diese Menschen sind. Er greift in seinen Rucksack, fingert nach seiner Kamera und richtet sie vor sich. Automatisch, als wäre er dazu gezwungen.

Der kleine Hebel der Belichtungszeit rastet auf einer Viertelsekunde ein, der Verschluss klickt. Einmal, zweimal; trotz der Dämmerung. Hannes zieht den Film weiter, bis er zu Ende ist – bis ihm der Atem stockt. Der Vorausgehende der drei bewaffneten Aufseher schlägt einen schmalen Waldweg ein; geht direkt auf ihn zu. Hastig wirft er die Kamera in den Rucksack, blickt verzweifelt um sich. Für eine Flucht ist es zu spät. Hannes' Puls rast. Er rührt sich nicht, als der erste der Aufseher kraftvoll an ihm vorübergeht; bleibt unbemerkt. Im Schein der Grubenlampen erkennt er die einprägsamen Züge des Vorausgehenden. Sein Blick ist unverrückbar auf den Abhang im Wald gerichtet. Hinter ihm folgen die Gefesselten. Hannes sieht den Tod in den finsteren Augenhöhlen. Er wendet sich ab, atmet ins modrige Laub des Vorjahrs.

Plötzlich schlagen die Hunde an. Wie rasend bellen sie in den dunklen Wald, zerren bösartig an ihren viel zu langen Leinen.

»Haltet euer verdammtes Maul, Köter! Dem Pack da sollt ihr nachstellen, nicht den Hasen!« Mit einem scharfen Ruck jagt der hinterhergehende Aufseher die Hunde wieder vor sich auf den Pfad.

Kaum einen Steinwurf entfernt hält der Führende an. Hannes hört jedes Wort, das knarrend aus seiner Kehle holpert. »Und nun zu euch; Lumpenpack! Wenn ihr glaubt, ich würde euch hier laufen lassen, nur weil die J.

A.'s vor der Stadt stehen, habt ihr euch geschnitten! Kein einziger wird mir in die Suppe spucken! Weder jetzt noch sonst wann!« Unter einem überheblichen Lachen richtet Ströttner sein Gewehr auf die Brust eines Gefangenen. »Ich werde nicht einmal eine Kugel für euch verschwenden! Das wird das billigste Massenbegräbnis der Geschichte! Himmler und Göbbels würden mir einen Orden verleihen, wüssten sie um die Vorzüge dieser Gegend!«

Hannes durchfährt es wie ein Blitz: Der Schacht! Die Höhle. Er wird sie alle töten! Wie oft war er schon vor dem verschlossenen Schacht gestanden und hatte brennende Äste hinabgeworfen, um zu sehen, wie tief es hinuntergeht. Nur wenige kannten dieses grundlose Loch mitten im dichten Wald. Niemand hatte je versucht, dort hinunterzusteigen. Es war schlicht zu eng auf den ersten Metern. Für Ströttner sollte es ein Leichtes gewesen sein, es zu erweitern.

»Los, spring!«, hallt es von den Buchenstämmen zurück.

Ketten werden gelöst. Verzweifelte Rufe mischen sich mit unerhörtem Flehen. Zu leise, um es in der Stadt zu hören; zu laut für Hannes' Ohren. Er sieht, wie Ströttner so lange mit den Füßen nach ihren Köpfen und den Händen tritt, bis sie den Halt verlieren und in ihr Grab stürzen.

Es ist ein lautloser Fall. Kein Laut dringt aus der Höhle nach außen. Alles ist von einer schweren, anklagenden Stille geprägt, nachdem der letzte von ihnen im Spalt verschwunden ist. Nur die Hunde bellen in den tiefen Abgrund hinunter, als wollen sie den armen Seelen hämisch ihre Verdammnis hinterherblaffen.

»Die Handgranaten her!«, fordert Ströttner unwirsch und streckt Krüb ungeduldig die Hand entgegen. Ohne zu zögern, zieht er drei Granaten ab und wirft sie in das

Finster hinab. Kurz darauf faucht der Schacht heiße Luft ins Dämmerlicht des Waldes.

Hannes fahren die unterirdischen Schläge durch Mark und Bein. Kalter Schweiß perlt von seiner Stirn. Er fleht zum Herrgott, all das, was sich vor ihm abspielt, einfach vergessen zu können. Doch von dem Zeitpunkt an, als er langsam rückwärts zu kriechen beginnt, weiß Hannes, dass ihn diese Nacht ein Leben lang verfolgen wird. Wie ein tiefer Kratzer auf einer Schallplatte prägt sich das nächtliche Bild in sein Hirn ein, um sich immer und immer wieder zu wiederholen. Hannes hat die Augen geschlossen, schiebt sich Meter um Meter rückwärts. Seine Bewegungen stocken erst, als er mit den Sohlen an etwas anstößt, das nachgibt. Seine Gedanken galoppieren, während fieses Lachen an seine Ohren peitscht. Er keucht Panik in die Nacht, dreht sich ruckartig in einen blendenden Lampenstrahl um.

Sie werden mich töten, schwillt es immer lauter in seinem Kopf an. Ich bin der einzige Zeuge. Ich bin tot! Tot!

»Sieh einer an! Die Hasen werden auch immer größer.«

Eine starke Hand packt Hannes am Kragen und zieht ihn hart nach oben.

Ströttner wird aufmerksam. »Was gibt's da hinten?«

Er blickt verachtend in den zusammengebrochenen Schacht und spuckt auf die großen Brocken, welche sich in ihm verkeilt haben. Dann watet er mit Krüb durch das raschelnde Unterholz auf Hannes zu.

»Aha. Die jungen Ratten verlassen das sinkende Schiff? Der Lausbub ist von der Hitlerschule ausgebüxt.« Ströttners Stimme klingt gequetscht und rau. Aus seinen Zügen spricht die pure Gewalt. Ohne eine Antwort abzuwarten, packt er Hannes am Oberarm und zieht ihn dicht vor sein

Gesicht. Die Schatten der Nacht zeichnen Drohgebärden auf die pockenvernarbte Haut.

Hannes kennt seine emotionslos dominanten Züge; wendet sich von ihm ab und hält schützend seine Hand vor. »Seit wann liegst du hier?«

Hannes' Kehle ist staubtrocken. Blanke Panik steht in seinem aschfahlen Gesicht. »Nicht lange«, ringt er sich ab, als bereite es ihm Schmerzen.

Ströttners hypnotischer Blick sucht etwas in seinen Augen. »Du bist doch der Bengel vom Spengler Strelin.«

Hannes zitterte ihm ein Nicken entgegen.

»Kommst von der Napola, was?«

»Mach keinen Tanz, Max«, drängt sich Krüb ungeduldig dazwischen. »Knall die Mücke endlich ab! Wir haben nicht die ganze Nacht Zeit!«

»Halt's Maul! Ich weiß schon, was ich tue!« Er nimmt die Augen nicht von Hannes. Seine Stimme fällt beschwörerisch ab. »Du hast einen Eid auf den Führer geschworen, Strelin. Dies hier ist deine erste Prüfung auf Leben und Tod. Das, was hier eben stattgefunden hat, geschah auf Befehl von allerhöchster Ebene. Geheime Kommandosache – Führerhauptquartier! Du hast nichts, aber auch gar nichts gesehen. Kapiert?«

Hannes schlottert am ganzen Leib, wimmert ein kindliches »Ja« vor sich hin.

»Du wirst diese Nacht aus deinem Gedächtnis streichen. Ganz gleichgültig, wer dich jemals danach fragen wird; du wirst das Maul halten. Sollte mir irgendwann auch nur ein Wort zu Ohren kommen, stünde es schlecht um die Strelins.« Ströttners Griff um Hannes' Kragen wird mit einem Ruck fester. »Ein Wort von dir, und ihr gehört allesamt der Katz! Verstanden?«

Hannes kann kaum noch nicken, blinzelt Ströttner panisch entgegen.

»Ob du das verstanden hast?«, fährt ihn Ströttner scharf an, hält drohend den Lauf seiner Pistole an seine Schläfe.

»Ja. Ja! Ich hab's verstanden!«

»Dann mach, dass du weiterkommst!«

Für eine Sekunde starrt Hannes geschlagen in Ströttners rachsüchtige Visage. Erst als er den reißenden Griff nicht mehr am Kragen spürt, realisiert er seine Chance und beginnt zu laufen. Blind vor Angst rennt er bergab; schlägt immer wieder lang auf den weichen Waldboden hin. Er sieht nicht, wie Gramer seine Pistole durchlädt und ihm hinterherzielt.

»Von dem Pimpf lass ich mir nicht an den Karren fahren! Kinder erzählen alles zu Hause! Der muss weg, wie die anderen auch!«

Ströttner reagiert rasch und schlägt ihm mit einem einzigen, gezielten Hieb die Waffe aus der Hand. Ein Schuss rast durch den Wald, schlägt berstend in die Borke einer Buche. »Idiot! Das Loch ist zu! Schon vergessen? Sollte er tatsächlich eines Tages singen, bring ich ihn schon zum Schweigen. Verlass dich drauf.«

Hannes stürzt aus dem Waldsaum hinaus auf die Blauwiesen. Er ringt nach Luft, bis die Lungen brennen. Irgendwo vor dem Bachufer stolpert er über einen alten Viehdraht und fällt ins hohe Uferschilf. Er steht nicht auf, liegt nur da und keucht, weint – schreit dem weichen Boden entgegen. Als sich sein Atem beruhigt, wälzt er sich auf den Rücken. Sein Blick ist starr in den Himmel gerichtet; auf die vorüberziehenden Wolkenarmeen. Ein Hauch trügerischer Sicherheit will in ihm aufsteigen. Er lässt es zu, schmiegt sich in sanfte Erinnerungen an das Grundstück außerhalb von Blaubeuren. Die Feuchte des Taus dringt behutsam auf seine Haut. Hannes ist, als berühre ihn ein alter Bekannter. Er ist angekommen, liegt auf Heimaterde; auf dem Flecken seiner Familie, der sich von der Blau über einen schmalen Wiesenstreifen gut 100 Meter hinauf bis zur unteren Steige erstreckt. Sein Puls rast noch immer, stemmt sich unbeugsam gegen die Erlebnisse. Dunkle Gedanken fliegen durch seinen Geist, bauen sich drohend vor ihm auf, um sich in derselben Sekunde zu einer hässlichen Fratze zu vereinigen. Einer Fratze, die ihn über 35 Jahre lang heimsuchen wird.

35 Jahre später

Hannes sprach nie über diesen einen Tag; schwieg ihn tot. Erst als ihn die Vergangenheit mit aller Macht einholt, ihn Tag und Nacht verfolgt, lässt er die brennende Erinnerung zu. Es ist wie ein Weckruf. Ein aus dem Nichts der Finsternis geborener Schrei nach Gerechtigkeit. Und dennoch sitzt Hannes still und schweigsam in seiner guten Stube auf dem abgewetzten Lehnstuhl. Als begrabe er soeben ein paar böse Gedanken unter der Vielzahl von Geschehnissen seines Lebens, ruht sein Blick bekümmert auf der Tischplatte. Auf ihr liegt, was an der dicht bebilderten Wand die weiße Raufasertapete hervorstechen lässt. Eine unscheinbare Schwarz-Weiß-Fotografie. Sie scheint unspektakulär, zeigt nichts, außer einem einsam ausfahrenden Zug.

Der tiefere, eigentliche Fokus des Unikats hatte sich Hannes erst spät offenbart. Als habe er sich unbemerkt in das Foto geschlichen; sich erst mit der Zeit entwickelt, ruhte er geduldig in den Schichten der Emulsion. Beinahe nebensächlich.

Hannes streicht mit dem Finger sacht über die glatte Glasscheibe des Bilderrahmens und rezitiert das Wort *Zunft* in seinem Geist. Auf seinem Gesicht liegt etwas Versonnenes, etwas Andächtiges. Ihn erfasst ein unbändiger Drang, es zu beginnen. Er rückt die Walze der alten Schreibmaschine zurecht, dreht das Papier nach oben und fängt an zu tippen. Zuerst nachdenklich, dann immer überzeugter.

ENDE

Weitere Krimis finden Sie auf den folgenden Seiten und im Internet:

WWW.GMEINER-SPANNUNG.DE

CLAUDIA SCHMID
Wer mordet schon in Mannheim?
DER KRIMINELLE FREIZEITPLANER: 11 KRIMIS UND 125 FREIZEITTIPPS
GMEINER SPANNUNG

EVA-MARIA BAST
Kornblumenjahre

978-3-8392-1694-1 (Paperback)
978-3-8392-4665-8 (pdf)
978-3-8392-4664-1 (epub)

»Die Geschichte von Johanna, Sophie und Luise geht weiter. Der zweite Teil der großartigen Familien-Saga vor der spannenden Kulisse der Weimarer Republik.«

1923 wird das Ruhrgebiet von Franzosen besetzt. Der Hass gegen die Besatzer wächst, die Bevölkerung leidet. Johanna, Luise und Sophie müssen um ihr Glück kämpfen. Am Bodensee wird auf Sophie, Mutter eines Halbfranzosen, ein Anschlag verübt und sie flieht zu Luise ins Ruhrgebiet. Als deren Gatte Siegfried davon erfährt, bedroht er die Frauen, die in ihrer Verzweiflung eine schreckliche Tat begehen. Und dann begegnet Sophie ihrem einstigen Verlobten, dem Franzosen Pierre, wieder …

MICHAEL BOENKE
Kässpätzlesexitus

978-3-8392-1662-0 (Paperback)
978-3-8392-4601-6 (pdf)
978-3-8392-4600-9 (epub)

»Ein skurril-heiterer Schwabenkrimi mit sprachlichen Finessen und vielen Bezügen zur regionalen Küche.«

Das heitere Kässpätzleswettessen in sommerlich oberschwäbischer Idylle nimmt ein jähes Ende: Eine tote Mitesserin – erstickt am schwäbischen Gaumenschmaus. Ein Unfall, so ergeben es die Untersuchungen. Dann gibt es eine zweite Tote, gegart im Dampf des Pasteurschranks einer oberschwäbischen Brauerei. Und wiederum heißt es: ein tragischer Unfall. Daniel Bönle, mittlerweile Hausmann, wird in die skurrilen Ereignisse hineingezogen. Seine Ermittlungen führen ihn auch wieder ins geheimnisvolle Ried …

Das Neueste aus der Gmeiner-Bibliothek

Unsere Lesermagazine

Bestellen Sie das kostenlose KrimiJournal in Ihrer Buchhandlung oder unter www.gmeiner-verlag.de

Informieren Sie sich …

www … auf unserer Homepage:
www.gmeiner-verlag.de

@ … über unseren Newsletter:
Melden Sie sich für unseren Newsletter an unter www.gmeiner-verlag.de/newsletter

f … werden Sie Fan auf Facebook:
www.facebook.com/gmeiner.verlag

Mitmachen und gewinnen!

Schicken Sie uns Ihre Meinung zu unseren Büchern per Mail an gewinnspiel@gmeiner-verlag.de und nehmen Sie automatisch an unserem Jahresgewinnspiel mit »mörderisch guten« Preisen teil!